SUPERBEST

80

Della stessa autrice

L'ANGELO CADUTO
DESTINY
INTRIGHI E PASSIONI

SALLY BEAUMAN

LA COLOMBA DALLE ALI SPEZZATE

SPERLING
PAPERBACK

Traduzione di Sofia Mohamed
a cura di Guado - Milano
Danger Zones

I edizione «Superbestseller» Paperback settembre 2000

ISBN 88-8274-152-4
86-I-2000

Al mio caro Lovell

Prologo

Il giovane dirigente con il soprabito nero era nervoso ma non ebbe difficoltà ad attraversare la frontiera. Era partito da Amsterdam alle sei di una fredda mattina di gennaio a bordo di una delle Mercedes di Cazarès. Fuori c'erano ventidue gradi sotto zero e all'interno della macchina aveva regolato il riscaldamento a quindici gradi: non di più, perché ci teneva a restare sveglio. Per paura del ghiaccio, di incappare nella polizia o di qualunque altro incidente, guidava dieci chilometri orari sotto il limite di velocità previsto in Olanda.

S'inquietò un po' avvicinandosi al confine con il Belgio, ma a quell'ora il traffico stava aumentando e lui non era che uno dei tanti uomini d'affari su una delle tante macchinone dirette ad Antwerp, a Bruxelles o Parigi. Inoltre, la Comunità Europea aveva ridotto i controlli alle frontiere e a meno che non ci fossero particolari problemi di sicurezza, raramente si veniva fermati.

Proseguì verso sud lungo le autostrade piatte del Belgio; prima delle dieci era già in Francia con Parigi, la sua destinazione, a non più di un'ora di distanza.

Una volta in Francia cominciò a rilassarsi, un errore, come avrebbe constatato più tardi. Accese il CD, si concesse la tanto desiderata sigaretta e, provando una certa euforia perché aveva quasi portato a termine la missione, aumentò la velocità.

Il potente motore 8V della Mercedes rispose al lieve tocco sull'acceleratore. Andava a velocità sostenuta e si ritrovò dietro a un lento e ingombrante camion, si spostò sulla linea di mezzeria per sorpassarlo lanciando un'occhiata sprezzante e in quell'attimo vide l'auto della polizia che il camion gli aveva nascosto.

Sentì una scarica di adrenalina, la bocca improvvisamente secca, ma non perse il controllo. Proseguì, riducendo gradualmente la velocità, mise la freccia e rientrò nella corsia centrale. Si disse che la polizia avrebbe chiuso un occhio. Se avesse avuto una macchina più veloce, una Porsche, per esempio, se non avesse indossato abiti irreprensibili, un soprabito di Hermès e un completo Savile Row da tremila sterline, allora sì che lo avrebbero fermato. Era l'immagine della ricchezza e della rispettabilità, e questo sarebbe stato sicuramente la sua salvezza.

Mentre pensava così, si rese conto di avere dietro l'auto della poliza con le luci e le sirene accese.

Stai calmo, si ordinò. Un ammonimento, al peggio una multa; poteva tenere in pugno la situazione. Fece un gesto educato per indicare che aveva capito e accostò. Aveva circa quindici secondi prima che la macchina della polizia si fermasse alle sue spalle e scendessero gli agenti. Guardò il portadocumenti nero sul sedile accanto. Quelle borse venivano date a tutti i collaboratori di un certo livello di Cazarès; sulla sua era inciso il suo nome, Christian Bertrand, e una targhetta cifrata JL era attaccata al manico a indicare che Bertrand era uno dei sei assistenti che lavoravano direttamente con Jean Lazare.

Per un doloroso e interminabile secondo fissò il portadocumenti. L'istinto gli diceva di coprirla con il soprabito o un giornale, di nasconderla sotto il sedile. Ma il primo poliziotto si stava avvicinando e qualunque gesto che avesse attirato l'attenzione sulla valigetta sarebbe stato un errore. Controllò la propria immagine nello specchietto: era pallido ma calmo. Poi aprì la portiera. Quando il poliziotto lo raggiunse, aveva già i documenti in mano; si mostrò educato, rispettoso e pronto a porgere le sue scuse.

Le scuse, naturalmente. Una momentanea mancanza di concentrazione. Si fermò pensando: non menzionare Amsterdam. Poi continuò tranquillamente: era stato distratto dai dettagli della colazione di lavoro che aveva avuto a Bruxelles e del resoconto che avrebbe dovuto fare al signor Lazare quando nella tarda mattinata avrebbe raggiunto il quartier generale di Cazarès. Fece una pausa, lasciando che quei nomi, dal magico significato per ogni francese, facessero effetto. E fu così.

Il poliziotto non mostrò deferenza, ma assunse un atteggiamento più cordiale. Osservò che un'importante riunione di lavoro e una momentanea mancanza di concentrazione potevano scusare molte cose, ma non guidare a centotrenta chilometri all'ora su una strada il cui limite era di novanta chilometri orari.

Bertrand mormorò le scuse appropriate. Nel porgergli i documenti aggiunse in tono casuale che, naturalmente, quello era un periodo in cui tutti coloro che avevano a che fare con Cazarès erano sotto pressione perché, come certamente la gente sapeva, la settimana seguente sarebbe stata presentata la collezione di primavera di Cazarès.

Il poliziotto registrò questa informazione. Lanciò a Bertrand una lenta e cauta occhiata. Gli occhi squadrarono il soprabito, l'ineccepibile completo, la camicia e la cravatta, il taglio dei capelli, gli occhiali da sole con la montatura di tartaruga. Bertrand pregò mentalmente che la sobrietà dell'abbigliamento lo salvasse. La Sorbona, Oxford, un dottorato alla Harvard Business School... recitò silenziosamente questa litania di successi fra sé e sé. Speriamo che il poliziotto sia una persona ragionevole, pregò, e non uno di quei super efficienti impiccioni che a volte capita di incontrare. Speriamo che si accorga di avere a che fare con un uomo d'affari istruito, con conoscenze influenti, il cui lavoro per Cazarès è d'importanza internazionale e conferisce alla Francia lustro e prestigio.

Speriamo che sia patriottico, speriamo che resti maledettamente bene impressionato, pensò febbrilmente il giovane, poi si raggelò. Mentre il primo poliziotto esaminava con esasperante lentezza i documenti, il collega faceva altrettanto con la Mercedes. Si abbassò a controllare la targa, toccò le luci posteriori, fece il giro della macchina e andò davanti, esaminò con intollerabile attenzione i tergicristalli. Poi aprì la portiera anteriore del passeggero. Bertrand lo osservò di nascosto. L'agente si chinò a esaminare il cruscotto, la strumentazione, il CD, i sedili di pelle nera cuciti a mano. Aprì il vano portaoggetti e poi lo richiuse. Bertrand distolse lo sguardo e affondò entrambe le mani nelle tasche del soprabito augurandosi che i due non avessero notato che stavano tremando.

Il secondo poliziotto adesso stava guardando il portadocumenti, Bertrand se lo sentiva. Azzardò un'occhiata, aveva ragione: l'uomo aveva preso la valigetta e stava esaminando la targhetta cifrata: sentì la paura serrargli lo stomaco, provò un senso di malessere e di stordimento. Devo distrarli, dire qualcosa, pensò.

E poi, all'improvviso, era finita. Il secondo poliziotto sbatté la portiera, il primo ripiegò i documenti e glieli consegnò.

«Date le circostanze», disse quest'ultimo.

Non completò la frase, ma Bertrand capì. Provò un sollievo che gli diede le vertigini. Lo lasciavano andare... e senza neanche fargli la multa! Era salvo. Il secondo agente stava già tornando alla macchina, il primo fece per seguirlo, ma poi si fermò.

«Cazarès...» disse.

Bertrand s'irrigidì.

«È molto che lavora lì?»

«Quattro anni.»

Ci fu una pausa. Bertrand guardò il poliziotto incerto, cercando di decifrare la sua espressione. Gli sembrò meno ufficiosa, quasi reverenziale.

«Allora deve averla incontrata... Cazarès, voglio dire.»

Decisamente reverenziale, persino un tantino in soggezione. Bertrand si rilassò.

Adesso sapeva di essere fuori dei guai, quella domanda gli era alquanto familiare. Gliel'avevano rivolta alle cene, alle feste, agli incontri d'affari a Parigi, Londra, Roma, New York. Aveva i suoi vantaggi lavorare per una leggenda: il fascino di Cazarès toccava chiunque lavorasse per lei, che fossero stretti collaboratori o sarte. Sorrise. Certo che aveva incontrato Cazarès, in quelle celebrate occasioni due volte all'anno quando lasciava il suo rifugio per ricevere gli applausi alla fine delle sfilate. Abbassò la voce in un tono più confidenziale, poi aggiunse di avere avuto il privilegio di conoscerla, di esserle stato presentato due anni prima a un ricevimento in suo onore da Jean Lazare in persona.

«Vuole dire che le ha parlato?»

«Sì, abbiamo scambiato qualche parola. La signorina Cazarès è molto timida, come lei saprà, molto sensibile. Non si è fermata molto a quel ricevimento, quindi riconosco di essere stato particolarmente fortunato. Una donna intimidita dal proprio successo, un'artista così bella. Un incontro che non dimenticherò mai...»

Snocciolò queste bugie con estrema facilità, tutti loro erano bene allenati a farlo, faceva parte della politica della società e lui aveva dato la stessa risposta, o delle variazioni sul tema, in diverse occasioni precedenti. Bisognava far sapere che anche se Cazarès era avvolta nel mistero, esisteva e continuava a disegnare. Gli altri collaboratori potevano decidere di esaltare il suo aspetto, il fascino o il suo grado di ispirazione, Bertrand però, che non aveva mai parlato a Cazarès, aveva sempre trovato che la storia dell'artista tormentata fosse più credibile.

«Una donna straordinaria», commentò il poliziotto, scuotendo la testa.

Bertrand annuì solennemente, ma non diede ulteriori informazioni, dato che gli aspetti più straordinari di Maria Cazarès, che lui conosceva solo per deduzione, non potevano essere rivelati a nessuno, neanche a sua moglie.

L'incidente era chiuso, la macchina della polizia se ne andò. Bertrand, ancora scosso, salì sulla Mercedes, fumò un'altra sigaretta per calmarsi e decise che per nessun motivo avrebbe parlato di quel piccolo incidente al signor Lazare. Continuò per Parigi a velocità meno sostenuta.

Quando raggiunse il cortile del bellissimo *hôtel particulier* del diciassettesimo secolo che Lazare aveva comprato quindici anni prima come quartier generale degli affari di Cazarès, era di nuovo nervoso. L'avversione di Lazare per i ritardi e la sua collera quando si verificavano, erano ben note. Bertrand si preparò alla lavata di capo che sarebbe sicuramente avvenuta; superò il portiere, salutò con un cenno il ragazzo dell'ascensore, si diresse verso le scale e appena fuori del campo visivo si mise a correre.

Gli uffici di Lazare erano all'ultimo piano. Il rifugio era sorvegliato da una serie di segretarie, assistenti e tirapiedi stazionati in una sequela di stanze. Dato che Bertrand era atteso, nessuno cercò di fermarlo, anche se nell'ultima stanza la segretaria personale di Lazare alzò gli occhi verso l'elegante orologio alla parete rivestita di pannelli. Fece un lieve gesto di avvertimento: *«Calmez-vous»*, gli suggerì.

Bertrand raddrizzò la cravatta, strinse con più forza il manico del portadocumenti e aprì la porta in fondo al corridoio. Attraversò un'anticamera fiancheggiata da specchi e da alte finestre che davano su rue Saint Honoré. Era uno dei più belli e costosi panorami del mondo, o così Bertrand amava vantarsi con la moglie.

La porta delle stanze di Lazare era imbottita di pelle nera per attutire i rumori, l'imbottitura era spessa dieci centimetri. Bertrand si fermò, si schiarì la gola, poi entrò. Sapeva che il suo arrivo era già stato annunciato e, come sempre, aspettò qualche secondo sulla soglia perché gli occhi si abituassero all'oscurità in cui Lazare preferiva lavorare.

Attraversò il parquet e si avvicinò alla scrivania e alla sedia che costituivano gli unici mobili dell'ufficio. Si fermò davanti a Lazare, fece un rispettoso mezzo inchino e si preparò a ricevere la sfuriata per il ritardo.

Ci fu silenzio. La sfuriata non arrivò mai. Lazare alzò lentamente la testa. Guardò il portadocumenti invece del suo assistente. Poi, con la mano dalle lunghe dita, spostò le carte davanti a sé su un lato della scrivania.

«Qualche difficoltà?» domandò.

«No, signore, nessuna. C'era molto traffico sull'autostrada. Chiedo scusa per essere arrivato in ritardo.»

«Hai il nuovo prodotto?»

«Sì, signore. Come stabilito.»

«Abbiamo abbastanza tempo?»

«Sì, signore. Consigliano un periodo di prova di quattro giorni per stabilirne la tolleranza. Una pasticca al mattino a stomaco...»

Bertrand esitò. «Continua», lo incitò Lazare.

«A stomaco pieno, signore. Raccomandano anche di bere acqua prima e dopo avere ingerito la dose. Hanno insistito parecchio su questo.»

«Effetti collaterali?»

Bertrand esitò di nuovo. Lazare si chinò in avanti finché l'alone di luce della lampada sulla scrivania non gli illuminò i lineamenti. «Mi hai sentito? Ci sono effetti collaterali sì o no?»

«Be', signore, naturalmente il prodotto è stato testato limitatamente fino a ora, ma affermano di non avere registrato reazioni negative. In qualche caso si è avuta un'accelerazione del battito cardiaco, ma solo per poche ore. Si è verificato anche qualche caso di insonnia, ma solo quando il dosaggio è stato aumentato o somministrato in tarda giornata...»

Lazare lo interruppe con un breve gesto della mano. Indicò a Bertrand di posare il portadocumenti sulla scrivania. Poi rimase in silenzio a guardarlo per un po'. I silenzi di Lazare erano famosi, e l'intento era di intimidire, o almeno questo pensava una volta il suo assistente. Adesso che aveva più familiarità con i suoi modi, li considerava meno teatrali. I silenzi di Lazare, ormai ne era convinto, erano il prodotto della sua straordinaria nonché inquietante capacità di concentrazione. Che la cosa fosse intenzionale o meno, Bertrand era cosciente di essere appena diventato invisibile.

Restò in piedi a fissare Lazare, le cui belle mani erano adesso posate sul portadocumenti. Lavorava per lui dal 1991, eppure non lo conosceva meglio del giorno del suo arrivo. In quattro anni non aveva permesso nessuna intimità o confidenza, né aveva mai rivelato un singolo fatto personale. Bertrand sapeva solo che Lazare era sulla cinquantina, che probabilmente non era di origine francese, che parlava fluentemente cinque lingue, che lavorava tanto, dormiva poco, e girava la voce che vivesse solo, per quanto Lazare avesse diverse proprietà a Parigi e fuori, così come all'estero, sempre ammesso che tale voce fosse fondata.

Il famoso acume di Lazare per gli affari e la sua ferocia Bertrand li aveva toccati con mano, e sulla sua dedizione per l'impero di Cazarès non c'erano dubbi. Bertrand però non sapeva se, come si sussurrava, tale dedizione si estendesse anche a Maria Cazarès in persona.

Il silenzio si prolungava. Guardando quell'uomo ascetico e sconcertante che era il suo datore di lavoro, Bertrand, che non amava ma rispettava Lazare, provò ammirazione e timore misto a pietà. Non era nella natura fiera di Lazare ammettere delle debolezze, eppure la prova della sua debolezza, una debolezza che non avrebbe mai sospettato, giaceva fra di loro sulla scrivania.

Se questo era ciò di cui aveva bisogno per portare a termine la collezione, allora la tensione degli ultimi tempi doveva essere stata più grave di quanto Bertrand avesse pensato. Osservandolo adesso, si rese conto che c'erano segni rivelatori di quella tensione, e che avrebbe dovuto accorgersene prima. Lazare aveva un'aria affaticata e depressa; quando alzò gli occhi scuri, Bertrand restò scioccato dalla loro espressione.

«Apri la valigetta», ordinò Lazare.

Bertrand ubbidì. All'interno c'erano dei minuscoli pacchettini che Bertrand aveva diligentemente incartato nella sua stanza d'albergo di Amsterdam la sera prima seguendo le precise istruzioni di Lazare. Ogni pacchetto era una scatoletta bianca di cinque centimetri quadrati che conteneva una pasticca avvolta in un pezzo di *faille* dorato. Ogni scatola era ricoperta all'interno e all'esterno con seta grezza bianca che era il tessuto caratteristico di Cazarès, così come il fiocco di seta d'argento fissato sulle scatole. I pacchetti scintillavano sotto la luce della lampada. Erano piccoli, allettanti, come se contenessero qualcosa di raro e lussuoso, una pietra preziosa, un gioiello dall'intricata lavorazione o una minuscola fiala di raro profumo. Era stata di Lazare l'idea che sarebbe stato meglio camuffarli da regalo.

Erano in tutto sei. Lazare li spostò in modo che quattro si trovassero alla sua sinistra e due alla sua destra. Alzò ancora una volta lo sguardo; la luce della lampada gli accentuò i lineamenti prominenti e l'impenetrabilità degli occhi scuri.

«Un periodo di prova di quattro giorni. Questo mi porta al giorno prima della sfilata. E poi?»

L'assistente deglutì.

«Il giorno della sfilata potrà prendere due pasticche, signore.»

«Devo raddoppiare la dose?»

«Sì, signore. Per allora avrà raggiunto un livello di tolleranza accettabile.»

«E quali saranno gli effetti?»

«Un gran senso di benessere e ottimismo, signore. Euforia. Sicurezza.»

«È un bene sapere che si possono comprare certe cose.»

«C'è anche un notevole miglioramento fisico, signore. L'effetto è temporaneo, ma il recupero delle energie è ben visibile. La pelle acquista luminosità e...»

«E gli occhi?»

«Solo una leggera dilatazione delle pupille, signore. Niente di troppo evidente. Lo si nota solo da molto vicino.»

«E la parola? E i movimenti?»

«Inalterati, signore.»

«Tu hai provato il prodotto?»

«Sì, signore, come mi è stato ordinato.»

Bertrand fissava negli occhi Lazare, come riteneva prudente fare ogni volta che mentiva a quell'uomo.

«Ho preso una pasticca ieri mattina.»

«Una pasticca intera?»

«Sì, signor Lazare», confermò, mentre in realtà ne aveva presa mezza.

«Ne ho presa una alle dieci dopo aver fatto colazione nella mia stanza d'albergo. L'effetto è stato quasi istantaneo e alquanto sorprendente...»

«Non ti ho chiesto i dettagli. È stato raggiunto il risultato desiderato?»

«Sì, signore. In modo incredibile. C'è stato un immediato allentamento di tutte le tensioni e dell'ansia. Ho provato un senso di calma e sicurezza. Una maggiore consapevolezza. I colori e i suoni erano straordinariamente intensi, e...»

«Sei riuscito a riposare?»

Lazare pose la domanda con inaspettata veemenza. Bertrand tacque per un attimo.

«Riposare? Be', sì, in seguito. Sono andato a dormire intorno a mezzanotte e...»

«Hai dormito bene? Hai sognato?»

«Solo sogni piacevoli, signore.» Bertrand azzardò un sorriso. «Il tipo di sogni che mi piacerebbe fare ogni notte...»

«Non ti seguo.»

«Tutti i cinque sensi sono stimolati, signor Lazare. Intendo eroticamente. Si è verificata una crescente sensibilità della libido. Se non fossi stato solo io...»

«Puoi andare.»

Il congedo era stato pronunciato in tono brusco e freddo. Bertrand, il quale aveva pensato che perfino Lazare si sarebbe divertito alle sue ultime affermazioni, si rese conto di avere frainteso il suo atteggiamento. Adesso Lazare aveva assunto un'espressione ostile e distaccata. Chinò la testa a esaminare di nuovo i pacchetti. L'assistente cominciò a indietreggiare allontanandosi dalla scrivania. La troppa familiarità era una cosa che Lazare non tollerava: con un po' di fortuna, pensò, sarebbe riuscito ad arrivare alla porta prima che la sua collera esplodesse. Gli era già andata bene poco prima quando non era stato rimproverato per il ritardo. Non poteva credere che sarebbe stato risparmiato per la seconda volta. Dirigendosi verso la porta, si preparò mentalmente a ricevere il rabbuffo, lo sferzante sarcasmo. Uno degli aspetti più temuti del carattere di Lazare era la freddezza: poteva far sentire una persona una nullità senza neanche alzare la voce.

«Aspetta», disse Lazare.

Bertrand impallidì e si voltò verso di lui.

«Dimmi...» Lazare stava ancora esaminando i pacchetti. Ne girava uno fra le mani. «Queste miracolose pillole sono state battezzate? Gli è stato dato un nome?»

Bertrand, quasi sopraffatto dal sollievo, confermò che in effetti era stato dato un nome alle miracolose pillole. Il loro inventore, un giovane chimico olandese, propendeva per un nome aggressivo, che avrebbe dato immediata credibilità al nuovo prodotto. Il suo socio americano, un gigantesco capellone, lo aveva dissuaso Quello di cui avevano bisogno, aveva sostenuto, era un nome che esprimesse l'eccitazione iniziale e al contempo la sensazione di profonda tranquillità che seguiva.

«Una volta che arriverà nelle strade», aveva aggiunto, «i ragazzi gli metteranno comunque un altro nome, lo fanno sempre. Nel frattempo... be', amico, ti fa volare, poi ti fa sentire al sicuro nel tuo piccolo nido, poi...»

«Che nome gli hanno dato?» chiese di nuovo Lazare.

Bertrand, che ormai si era ripreso, arrivò al punto. Rivelò a Lazare che le pillole miracolose, che erano piccole, bianche e di sapore dolce, sarebbero state conosciute come White Dove, Colomba Bianca.

Il nome sembrò far vibrare qualche corda in Lazare che lo ripeté ad alta voce. Alzò nuovamente lo sguardo verso Bertrand e gli pose in tono secco l'ultima domanda: «E sono sicure?»

Bertrand, che era ansioso di fuggire, capì che quello non era il momento di approfondire certi dettagli. Decise di non parlare di certe inquietanti osservazioni del chimico olandese, né di certi incoerenti avvertimenti dell'americano. Sicuramente non aveva intenzione di rivelare a Lazare l'effetto che aveva avuto su di lui la sera prima solo una mezza pasticca. Bertrand, che era sposato ed estremamente rigoroso il più delle volte, non era abituato a una tale perdita di controllo. Lazare doveva aspettarsi un po' di sorprese, pensò, non senza una certa malizia.

«Sono molto potenti, signore», rispose. «Ma completamente sicure.»

Parte Prima

Inghilterra

1

L'INCONTRO con Rowland McGuire era previsto per le dieci nel suo ufficio ai Servizi Speciali e non da lei alla redazione Moda. Lindsay aveva accettato di vederlo nel suo territorio, poi si era resa conto che questo avrebbe dato un vantaggio a McGuire. Irritata, aveva cominciato immediatamente a pianificare. Non le piaceva McGuire, che, al giornale da soli due mesi, aveva avuto la meglio su di lei più di una volta. Era arrivato il momento di dare una lezione a McGuire; Lindsay aveva deciso che non ci sarebbero state più finte in quel faccia a faccia. Gli avrebbe sferrato un colpo che lo avrebbe messo KO.

Come al solito quel mattino arrivò in ufficio alle otto. Era andata a letto a mezzanotte e si era alzata alle sei. Prima di uscire di casa, aveva dovuto affrontare i soliti problemi domestici, la tubatura che perdeva, il latte finito, il gatto malato... e già cominciava a sentirsi stanca ancora prima di cominciare la giornata. Ma si fece animo e cercò di convincersi che era pronta per incontrare McGuire.

Per le nove aveva consegnato le pagine di moda della settimana, organizzato tre sedute fotografiche, fatto da analista al suo fotografo preferito Steve Markov (la maggior parte dei fotografi erano nevrotici, ma Markov, il cui ultimo fidanzato se l'era appena squagliata alle Barbados, li superava tutti) e aveva ultimato tutti i preparativi per la copertina del *Correspondent* delle sfilate di primavera a Parigi che avrebbero avuto inizio la settimana seguente.

Alle nove e trenta si ritirò nel proprio ufficio isolandosi dai telefoni che squillavano, dall'andirivieni delle assistenti, dalle urla. Bevve il terzo caffè della mattinata e cominciò a stilare le varie liste, il che era sempre brutto segno.

Le liste continuavano ad aumentare. Quella con l'intestazione LAVORO era una sfilza di numeri per le modelle, le assistenti, parrucchieri, fornitori di accessori, tutte persone che, se fossero state blandite, maltrattate, coccolate o lusingate a seconda del caso, forse le avrebbero permesso di realizzare in modo soddisfacente il servizio sulla collezione primavera, sempre ammesso che Markov non minacciasse ogni dieci minuti di tagliarsi la gola. L'altra lista, quella con l'intestazione URGENTE era ancora più deprimente. Doveva ricordarsi di comprare il pollo, il pane integrale e la carta igienica! E Fare benzina/Chiamare Gini/Telefonare all'idraulico/Dire a Tommy di restituire le videocassette.

Era venerdì e sarebbe andata via per il fine settimana. Né sua madre né suo figlio erano tipi da ricordarsi di comprare da mangiare o chiamare un idraulico quando una tubatura perdeva. Come poteva perfezionare l'attacco a McGuire quando era costantemente distratta da certe banalità?

Raddrizzò la schiena e guardando fuori della finestra il cielo plumbeo di gennaio, per qualche minuto si esercitò ad assumere un atteggiamento glaciale. Era arrivata alla conclusione che per trattare con i McGuire di questo mondo bisognava avere uno sguardo freddo e sprezzante. Cercò di ricordare l'atteggiamento e le tecniche delle *grandes dames* che ancora dominavano il mondo della moda quando lei aveva iniziato la carriera, circa quindici anni prima.

Queste dame appartenevano a una razza che era ormai quasi estinta: tracce della loro algida eleganza, della loro naturalezza di tiranne, si riscontravano forse in alcuni degli eredi, ma certe qualità non appartenevano a Lindsay. Per quello che poteva ricordare, però, quelle donne si erano isolate dalla vita reale. Erano presumibilmente in balia di autisti, cameriere, governanti e cuochi; i loro mariti erano invisibili e, per quel che ne sapeva lei, non avevano mai avuto figli. E anche se ne avessero avuti, dovevano aver lasciato il nido ben presto.

Sono la redattrice di moda di una rivista, si rammentò Lindsay. Ho un lavoro che molti mi invidiano e che tutti ritengono forse erroneamente, affascinante, qualunque cosa intendano con quell'aggettivo. Sono una donna indipendente che lavora. Posso essere una *grande dame* ogni volta che lo voglio. Lunedì partirò per assistere alle sfilate di Parigi. Stai in guardia, Rowland McGuire, perché conosco anche la politica del giornale, e sono pronta a schiacciarti.

Lindsay si guardò i piedi, di solito indossava comodissime scarpe da tennis di tela nera. Quel giorno portava un paio di scarpe nere con un tacco di otto centimetri. Le scarpe in questione, tremendamente eleganti e tremendamente costose, le stringevano gli alluci. Suo figlio le chiamava tagliole per dirigenti, ma del resto c'era da aspettarselo da Tommy.

Alla finestra Lindsay provò un altro sguardo glaciale, appallottolò le liste, le lanciò decise verso il cestino e mancò il bersaglio. La verità era che lei non era tagliata per essere una *grande dame*, e non lo era mai stata. Innanzitutto non aveva il fisico: era piccola e mascolina; in secondo luogo non si potevano trascurare gli eventi della sua vita: era un genitore single di trentotto anni che viveva in un caotico appartamento a West London con una madre impossibile e un figlio diciassettenne che, sperava, stava uscendo dalla tempesta di ormoni dell'adolescenza. Nonna e nipote confidavano sul fatto che fosse lei a pagare i conti e a risolvere ogni problema.

Tom era estremamente intelligente, ma di poche parole. Negli ultimi tre anni il suo modo di comunicare si era limitato a grugniti; dallo scorso autunno però, aveva, in rapida successione, trovato una ragazza, preso l'influenza e scoperto Dostoevskij. Questo connubio di amore, letteratura e trentanove di febbre gli aveva perlomeno restituito la voce. Con il risultato che Lindsay era costretta a subire discorsi sull'etica mentre cercava frettolosamente di spolverare o cucinare. Louise, sua madre, che attraversava la vita su una nuvola di ottimismo, le ripeteva che questa era una fase, ma Lindsay non era così convinta.

«Tom sta emergendo dalla crisalide, tesoro», le aveva detto Louise la sera prima. «Adesso è il momento di cementare il vostro rapporto. Ti aspettano un bel po' di chiacchiere sagge e materne.»

«Può chiacchierare con la sua ragazza», aveva replicato Lindsay digrignando i denti, mescolando il sugo in scatola per gli spaghetti. «In fondo è il suo ruolo. I ragazzi dell'età di Tom non vogliono parlare con le madri. Forse sparlarne. Per lui sono quasi inesistente. Guarda la realtà.»

«Sciocchezze, tesoro», aveva replicato Louise in tono leggero, versandosi del vino e accendendosi un'altra sigaretta. «Lui non vuole parlare con la sua ragazza. Il ruolo della fanciulla è fare del sesso.»

Lindsay chiuse gli occhi. La voce della coscienza, sempre iperattiva e portata al senso di colpa, cominciò a tempestarla di domande sui contraccettivi, le statistiche sull'Aids, e cose del genere. Cambiando bruscamente argomento, una delle sue specialità, la vocina interiore le ricordò che i piedi di Tom stavano crescendo come funghi, e che per lunedì avrebbe avuto bisogno di un nuovo paio di scarpe sportive. Cristo, imprecò Lindsay ad alta voce con una certa violenza. Scrisse TOM/SCARPE/CHIAMARE LOUISE su un foglietto adesivo, staccò il foglietto e lo appiccicò al telefono. Guardò l'ora, imprecò, si alzò, si passò sulle labbra un rossetto eccessivamente rosso, e si spruzzò un profumo americano dal bouquet forte. Aprì la porta e si fermò nell'antiufficio. Lì, Pixie, la sua assistente, che sapeva che era arrivato il suo momento, aspettò che arrivassero le cinque e dieci, poi compose il numero dell'ufficio di McGuire. Spiegò in tono affettato e insolente che la signorina Drummond era in riunione e sarebbe arrivata con un po' di ritardo: Lindsay piazzata davanti a lei faceva smorfie.

Pixie era una diciannovenne molto ambiziosa e aveva anche talento. Aspirava a dirigere *Vogue* in Inghilterra a trent'anni, e poi prenderne le redini a New York tre anni dopo. Pixie, una punk postmoderna, riservava sempre delle sorprese nell'abbigliamento in quanto a originalità. Quel mattino aveva un brillante conficcato in una narice, una collana africana, un top di Gualtier che sembrava fatto di plastica e pantaloni colorati tipo afro. Aveva un forte accento di Liverpool e tutta la saggezza che deriva dall'aver vissuto per le strade. Lindsay fingeva con se stessa di averla assunta per quest'ultima ragione, in realtà lo aveva fatto perché le piaceva e perché le ricordava il coraggio dell'incoscienza dei giovani che lei stessa aveva avuto. Pixie, che spesso la faceva sentire vecchia, ridacchiò mentre riappendeva.

«Povero McGuire», commentò. «Sembrava disorientato.»
«Bene.»
«Perché non ti piace?» Pixie la guardò attentamente. «Io lo trovo stupendo.»
«È un *uomo*. Un arrogante ficcanaso. Tu osserva e impara, Pixie, d'accordo?»
«Vorrei che fosse ficcanaso per quanto mi riguarda. Parlo sul serio.»
«Pixie. Stai attenta. Ti intimidisco? Che ne dici dell'abito?»
«Assolutamente magnifico. Davvero stupendo. Vuoi mettermi alla prova?»
«D'accordo. Ti darò un indizio. Costa cinque mesi di stipendio. Ha richiesto un prestito. Dalla Banca Mondiale.»
«È un Cazarès, evidentemente.» Pixie corrugò la fronte. «Dammi un secondo. È dell'anno scorso? Primavera o autunno? Sì, scommetto che è dell'autunno '94. È un modello... diciamo di 'alta moda'...»
«Speriamo lo pensi anche McGuire.»
«... ma non può essere di alta moda. A meno che tu non abbia incontrato un miliardario di recente...»
«Magari.»
«Allora è un abito confezionato, ma firmato. Non ho potuto fare a meno di notare i bottoni, *adoro* i bottoni, e il taglio della giacca, e il tessuto... cashmere?»
«E seta. Cos'altro hai notato?»
«Il colletto.» Pixie cominciò a sorridere. «Il modo in cui il colletto gira intorno al collo, vero?»
«Ottimo. Sei sulla buona strada.»
«Ci sono. Autunno '94. Un abito firmato. Ci ha sfilato Kate Moss, misura 42, o 43, credo.»
«43. Molto bene, Pixie. Che ne dici, sono abbastanza in ritardo, adesso?»
Pixie sorrise e controllò l'orologio. «Di venti minuti. Ancora altri cinque minuti, che ne dici? Voglio dire, se proprio vuoi essere cattiva, fallo fino in fondo, giusto?»
«Giusto.» Lindsay ricambiò il sorriso.
E lasciò passare altri dieci minuti.

* * *

«Prendiamo un po' di caffè», propose Rowland McGuire sollevando tutto il suo metro e novantacinque da dietro la scrivania. Lindsay gli lanciò una calcolata gelida occhiata resa un tantino meno efficace dal fatto che dovette alzare lo sguardo.

«Se tu hai tempo», replicò. «Come sai, ho i minuti contati.»

McGuire si limitò a lanciare un'occhiata all'orologio. «Siediti», disse da sopra le spalle. «Scusa tutto questo disordine. Sposta pure con un calcio le riviste. Sono esemplari per le recensioni. Tutta robaccia.»

Lindsay guardò furiosa alle sue spalle. McGuire sembrava l'unico uomo nel palazzo in grado di prepararsi il caffè da solo. Un altro stratagemma per impressionare, decise. Non ci fosse stata lì lei, il compito sarebbe toccato a una delle tante segretarie, tutte nuove, sedute fuori dell'ufficio che tremavano a ogni cenno del capo.

Senza fare commenti, Lindsay si avviò verso la scrivania zigzagando fra pile di libri e riviste. Nel giro di due mesi, McGuire aveva trasformato la redazione e la sua efficienza. Prima di lui, i Servizi Speciali era un luogo simpatico popolato da giovani talenti allergici a ogni fatica che, quando non erano a pranzo con le loro fonti, trascorrevano gran parte della giornata a congratularsi con se stessi per avere evitato la richiesta di una sala stampa dove la gente avrebbe potuto effettivamente lavorare. Con l'avvento di McGuire, quei fannulloni si erano dileguati. Erano stati sostituiti, aveva notato Lindsay con irritazione mentre si dirigeva verso l'ufficio di McGuire, con una schiera di giovani donne incredibilmente attraenti, tutte, così si mormorava, terribilmente ambiziose, spaventosamente intelligenti e naturalmente innamorate del capo. Lindsay aveva subito gli sguardi di valutazione esultando fra sé e sé per avere indossato il completo di Cazarès.

Anche l'ufficio di McGuire era stato trasformato. Prima era pieno zeppo di ronzanti dispositivi moderni, adesso sembrava il laboratorio di qualche studioso di inizio secolo. C'era un computer IBM, questo era vero, ma era praticamente invisibile: tutta la superficie della stanza era ricoperta di pile di quotidiani, riviste e libri. Sedendosi accanto alla scrivania Lindsay ne sbirciò i titoli e si seccò nel vedere che la pila più vicino a lei era composta dai Libri Bianchi del governo sormontati da un'edizione in francese di Proust a cui erano state fatte parecchie orecchie e che chiaramente era molto consultato. Si chinò in avanti per controllare che cosa stava leggendo McGuire quando era arrivata; vide un grosso fascicolo verde, una sfilza di fax e l'edizione del mattino di *The Times* piegato sulla pagina del cruciverba. Le era già giunta la voce che McGuire riusciva a completare questi cruciverba in quindici minuti, ma certo non immaginava che quell'insopportabile lo facesse a penna.

«Devi essere l'unico uomo a Londra», osservò acida, «che fa i cruciverba di *The Times* con la penna stilografica. E se sbagli?»

«Non sbaglio. Di solito.» Le tese una tazza di caffè. «Ho sempre trovato i cruciverba piuttosto facili. Anche quelli di *The Times*. È una piccola stravaganza. Una specie di gioco di abilità.»

Lindsay gli lanciò un'occhiata penetrante. Aveva usato un tono abbastanza modesto. Due mesi prima, quando era appena arrivato, forse si sarebbe lasciata ingannare da quel tono: adesso non ci cascava. Inizialmente si era fatta l'impressione che fosse troppo bello, troppo simpatico e troppo buono per durare a lungo in quel lavoro, ma poi aveva cominciato a licenziare. E nel corso della strage, per ben due volte nel primo mese, aveva bocciato alcune decisioni di Lindsay.

Una volta poteva perdonargliela. Due no. Lindsay non aveva perso altro tempo a discutere con McGuire, di cui avrebbe dovuto diffidare a prima vista, ed era andata direttamente dal suo superiore, il direttore del *Correspondent*, un vecchio amico di nome Max.

Nel suo ufficio, mentre si concedevano un bicchiere di whisky alla fine della giornata, aveva fatto un'altra scoperta. McGuire, che non sembrava interessato ai giochi di potere, era già stato lì. «Senti, Max», era partita all'attacco, «chi dirige la redazione Moda qui? Pensavo la sottoscritta. E lo dice anche il mio contratto Adesso scopro che è un Adone con la puzza sotto il naso. Devi fare qualcosa, Max. Mi rivolgo a te perché sono disperata. Toglimi quell'uomo dai piedi e dalla mia vita.»

«Sono parole piuttosto forti», aveva osservato Max, accendendosi una sigaretta.

«Max, non sa un accidente di moda, perché diavolo deve interferire? Da quando devo rispondere ai Servizi Speciali? Mira in alto o cosa?»

«Certamente no. Rowland non agisce in questo modo. Anche se devo ammettere che a volte mi capita di pensare che possa essere candidato al mio posto.»

Max, un tempo un giovanotto turbolento la cui ascesa alla carica di direttore era stata vertiginosa, aveva adesso assunto modi pacati. Indossava completi con gilè come si conveniva al direttore di una testata potente e conservatrice. Di recente aveva preso a portare occhiali di cui lei era certa non avesse bisogno. Era un trentaseienne che si mascherava da cinquantaseienne, perlomeno quand'era al lavoro. Reprimendo un sorriso, si aggiustò gli inutili occhiali e si mise a fissarla.

«Max, capisci quello che ti sto dicendo? Quest'uomo ha scartato delle fotografie di Steve Markov che hanno richiesto tre mesi di lavoro per essere realizzate. A quest'uomo non piacciono le modelle, non gli piacciono le fotografie e non gli piacciono i vestiti. Questo stesso uomo, Max, non ha mai sentito parlare di Christian Lacroix. È stato lui stesso ad ammetterlo, e la cosa non mi ha sorpreso affatto. Dubito che sappia chi è Saint Laurent.»

«Rowland ha detto questo? Che non ha mai sentito parlare di Lacroix?»

«Esatto. E non è neanche arrossito.»

Max sospirò. Abbassò gli occhi sulla scrivania. «Non devi credere a tutto quello che dice Rowland, Lindsay. Gli piace prendere in giro le persone. Mi aspettavo che ti avrebbe fatto saltare la mosca al naso.»

L'osservazione non migliorò l'umore di Lindsay.

«È un pagliaccio», replicò. «E anche un essere maledettamente subdolo, comincio a pensare.»

«Non direi», asserì Max in tono amabile. «Deve essere stato un clown in qualche recita scolastica. Per quanto riguarda il fatto che è subdolo, è estremamente determinato, quindi può darsi che tu abbia ragione in questo senso.»

«Bene. E a Oxford non si è laureato in moda, vero?»

«Andiamo, Lindsay. Tutto questo comincia ad annoiarmi.»

«D'accordo. Sono impressionata. Legge il latino e il greco. Ma la realtà non cambia, di moda ne sa meno del mio gatto.

Allora, Max, chi dirige la redazione Moda? Io o un saputello di Oxford con il complesso del potere?»

«Hai torto su tre punti.» Sorrise compiaciuto. «Non devi limitarti ad associarlo a Oxford. È mezzo irlandese, figlio di un agricoltore. Non è un saputello, è spiritoso. È un esperto e ricercatissimo giornalista che ho portato in questo giornale perché rimettesse a nuovo i Servizi Speciali. Cosa che ha fatto in meno di due mesi. E non ha il complesso del potere. Semplicemente gli piace fare le cose a modo suo. Come a te, naturalmente.»

«Oh, adesso comincio a capire. Quanti anni ha?»

«Trentacinque.»

«Più o meno la tua età. È un tuo coetaneo, in altre parole. Lo hai conosciuto a Oxford, Max?»

«Sì», rispose lui, sempre in tono amabile. «In effetti è così. Abbiamo condiviso la stessa stanza al secondo anno. Abbiamo condiviso una moto. Avevamo un debole per la stessa donna, solo che Rowland mi ha soppiantato. Abbiamo...»

«Risparmiami.» Lindsay finì il whisky in un solo sorso. Capì quanto Max si stesse divertendo. Si alzò.

«D'accordo. Non tirerò fuori la storia del legame con un vecchio amico, Max.»

«Sin troppo facile.»

«Non tirerò fuori la ben nota solidarietà maschile, né cose di poco conto come questa. Messaggio ricevuto. E ho sbagliato a dargli del saputello.»

«Neanche a me sono piaciute le fotografie di Markov. O la modella. Sembrava mezzo morta di fame. Non mi piacciono questi scheletri...»

«Sono stata scavalcata, e lo sono ancora, giusto? Quel subdolo bastardo ti ha manovrato. Sono stata tagliata fuori...»

«Solo in due occasioni. E ho ascoltato attentamente le motivazioni di McGuire. Lui sostiene che possiamo migliorare i nostri servizi di moda se adottiamo una linea più decisa, più giornalistica. Lindsay, è molto in gamba, e tu lo sai. È tremendamente bravo. Le sue osservazioni hanno prevalso. La prossima volta...»

«La prossima volta che prevarranno, Max, io darò le dimissioni. E l'occasione me la daranno le collezioni di questo mese. Non voglio che McGuire interferisca. Non lavorerò a queste condizioni.»

Max sorrise alla minaccia. «Sciocchezze», replicò. «Non daresti mai le dimissioni. Tu ami questo lavoro. Tu ami questo giornale. Tu ami me, un tuo caro amico, nonché il tuo eccezionale direttore...»

«Forse una volta.»

«E con il tempo amerai Rowland McGuire. Guardati intorno, Lindsay. Lo amano tutti. Tranne quelli che ha licenziato, naturalmente.»

Non io, pensò Lindsay, mentre McGuire si risedeva alla scrivania. Se non avesse provato antipatia e diffidenza nei suoi confronti, forse sarebbe stata pronta ad ammettere che la descrizione che Pixie aveva fatto di lui era esatta. McGuire attirava gli sguardi per strada e, quali che fossero i suoi difetti, Lindsay doveva riconoscere che la vanità non rientrava fra questi. Sembrava sinceramente inconsapevole della propria bellezza. Di certo non faceva nulla per accentuarla. Aveva una corporatura snella e muscolosa che neanche i vecchi completi di tweed stropicciati riuscivano a nascondere. Aveva capelli neri scompigliati leggermente lunghi e un pessimo taglio. Gli occhi verdi avevano un'espressione pigra e canzonatoria. Girava voce che avesse un pessimo carattere, ma Lindsay non aveva mai avuto modo di constatarlo.

Se non lo avesse conosciuto come lo conosceva adesso, avrebbe potuto immaginarlo camminare a grandi passi attraverso i campi nella nebbia celtica. Avrebbe potuto vederlo comportarsi come un uomo di campagna, assistere un animale malato, portare grossi pesi sulle spalle o spaccare legna. Avrebbe potuto immaginarlo coraggioso, scalare impavido una montagna, essere un soldato, un poeta, un veterinario: non riusciva però a vederlo muoversi con efficienza all'interno di un moderno quotidiano. Invece ci era riuscito benissimo, quindi doveva essersi sbagliata lei.

Lo guardò attentamente. L'apparente gentilezza, la dolcezza nei modi: un atteggiamento deliberato e ingannatore, pensò. L'intento era di disarmare e affascinare. Erano le armi che

McGuire usava nel competitivo mondo del giornalismo per fare lo sgambetto ai rivali e arrivare per primo.

«Ho sentito che questo fine settimana vai in campagna», esordì McGuire. «Andrai da Max?» Lindsay sussultò. Era così assorta a decifrare la spietatezza di McGuire, che si era dimenticata di atteggiarsi a *grande dame*. Si raddrizzò e gli lanciò un'occhiata polare. «Sì.»

«Salutami la moglie di Max e i loro cuccioli.» Sorrise. «Quattro figli, ho sempre pensato che fossero troppi. Adesso invece... lo trovo bello. Se non sbaglio ce n'è un quinto in arrivo.»

«Sì. Dovrebbe nascere fra due mesi.»

«Forse questa volta sarà una femminuccia. A Max piacerebbe.»

«Indubbiamente», convenne Lindsay, ignorando l'impercettibile accento irlandese che di tanto in tanto traspariva dalla sua voce. Sia l'accento sia il sorriso erano irresistibili, e lei era certa che McGuire ne fosse pienamente consapevole.

«Senti, possiamo cominciare?» Si chinò in avanti. «Ho un mucchio di lavoro da sbrigare prima di andarmene. Sto ultimando i preparativi per Parigi. Hai dato un'occhiata ai punti essenziali delle idee che ti ho mandato?»

McGuire cominciò a mettere in ordine le carte sulla scrivania. «Vai da Max con un'amica, o così credo che mi abbia detto...»

«Sì. Gini. Genevieve Hunter. Non puoi conoscerla...»

«No. Lavorava qui prima che arrivassi...» Continuò a spostare le carte distrattamente. «Però conosco il suo lavoro. Per non parlare dei suoi articoli dell'anno scorso sulla Bosnia. Erano eccellenti. Eccellenti quanto le fotografie di Pascal Lamartine... avevano già lavorato insieme, vero?»

«Sì.»

«Un'ottima squadra. L'ho detto anche a Max. Dove diavolo ho messo quei dannati appunti? Erano qui un secondo fa... perché non è rimasta là a lavorare con lui?»

«Non saprei proprio dirtelo.»

«Mi pare di avere sentito... che fosse malata.»

«Non proprio. No. Comunque adesso sta bene.»

«Oh, devo aver capito male. Max ha detto...»

Lasciò la frase in sospeso. Lindsay non abboccò. McGuire era bene informato. Se sapeva della malattia di Gini, cosa di cui pochi erano a conoscenza, significava che Max era stato un tantino loquace. Chiaramente i due erano più intimi di quanto aveva pensato. Doveva essere così, perché Max era una persona estremamente discreta.

E in quel momento, mentre cercava di immaginare cos'altro gli avesse spifferato Max, McGuire la colse di sorpresa. Aveva finalmente trovato gli appunti e glieli fece scivolare attraverso la scrivania.

«Vanno bene», commentò.

Lindsay lo fissò incredula.

«Vanno bene? Vuoi dire che sei soddisfatto?»

«Sei tu la redattrice di moda.» Alzò le spalle. «Se quel dannato Markov ti è indispensabile, usalo. Dai risalto alle sfilate che scegli. Se ogni tanto facessi dei tagli qua e là non sarebbe male.»

«Non hai altri suggerimenti? Sono sorpresa.»

«No, non ne ho. Le collezioni di moda sono il tuo campo. Non mi sognerei mai di interferire. Del resto, non sarei in grado di distinguere un Lacroix da un Saint Laurent...»

Accidenti a te Max, pensò, cogliendo lo scintillio divertito negli occhi verdi. Così gli aveva riferito la loro conversazione.

«Mi fa piacere che ti sia reso conto dei tuoi limiti.» Sospinse la sedia all'indietro, pronta a una rapida ritirata.

«C'è ancora un'altra cosa», la bloccò lui.

Si voltò sorpresa. McGuire aveva preso il grosso fascicolo verde.

«Il completo che indossi è un Cazarès, vero?»

Assunse un'espressione divertita nel fare l'osservazione. Lindsay gli lanciò un'occhiata velenosa.

«Sì, è così.»

«Hai mai incontrato Cazarès? Forse l'hai intervistata?»

Lo guardò incerta. Non riusciva a capire se la domanda era dettata dall'ignoranza o dall'astuzia.

«No», rispose. «E come probabilmente sai, nessun giornalista l'ha mai fatto. Cazarès non appare mai in pubblico, tranne che alle sue sfilate. E non concede mai interviste. A nessuno. È praticamente una reclusa.»

«Una bellissima reclusa, immagino...»

«Indubbiamente.»

«E per quanto riguarda Lazare, parla con la stampa?»

«Solo con i giornalisti di cui si fida. Amici suoi. Persone che non farebbero mai domande imbarazzanti su Cazarès. Non direi che rilascia delle vere e proprie interviste, ma sì, occasionalmente riceve.»

«A te ti riceverebbe?»

«Se lo volessi, e non è così, probabilmente sì.»

«Provaci. Vedi se riesci a contattarlo mentre sei a Parigi.»

Lo guardò sconcertata.

«Perché? Sarebbe inutile. Anche se mi ricevesse, non riuscirei a cavargli nulla di interessante. Sì, mi piacerebbe sapere se certe voci sono fondate, chi non lo vorrebbe? Anch'io ci terrei a sapere se veramente Maria Cazarès ha cominciato a sfondare cinque anni fa. E darei non so cosa per sapere quanti dei pezzi dell'ultima collezione ha effettivamente disegnato lei. Tutti vorrebbero le risposte a queste domande...»

«Allora falle. A Lazare. Perché no?»

«Per un sacco di motivi», sbottò lei. «Tanto per cominciare, non oserei mai, perché se lo facessi sarei finita. Verrei bandita da tutte le sfilate di Cazarès all'istante. In secondo luogo, come ti ho già detto, sarebbe inutile. Lazare ha un'unica risposta a ogni domanda: Maria Cazarès è un genio. Lui ha la funzione di proteggerla dall'intrusione del gregge. Tutto qui.»

«E anche la funzione di dirigere una società da milioni di dollari. Non dimentichiamoci di questo...»

«E chi se lo dimentica. Lo fa con spietata efficienza. Sarebbe più che disposto a discutere di questo. Parlerebbe delle linee di abiti confezionati, dei cosmetici, dei profumi. Tirerebbe fuori le statistiche e tutto il suo fascino. Uno spreco di tempo. Conosco già quelle statistiche. Cazarès ha i migliori PR di tutte le case di moda a Parigi. Non mi rivelerebbe niente di nuovo.»

«Davvero? Ne sei sicura?»

Lindsay stava per dargli una risposta tagliente, ma si trattenne. Gli occhi verde smeraldo la stavano esaminando freddamente, e nella sua voce aveva colto una certa irritazione. Incassò il muto rimprovero e alzò le spalle.

«D'accordo. Ho esagerato. Non so poi tutto, e neanche nessun altro. Lazare e Cazarès sono circondati da un alone di mistero. Se ne parla da...»

«Sì, lasciamo perdere.» McGuire abbassò lo sguardo sul fascicolo. «Parlo da inesperto, naturalmente, ma mi chiedo da dove vengono, come si sono conosciuti, come Lazare ha costruito la sua fortuna, l'esatta natura del loro rapporto oggi, perché lui ha cercato di scaricare la società l'anno scorso...»

«Quelle erano solo voci», lo interruppe Lindsay.

«Perché invece quest'anno ha cambiato idea e si tiene stretta la poltrona. Solo qualche domandina del genere. Tutti quesiti che non hanno strettamente a che vedere con la moda...» McGuire le lanciò una breve occhiata. «Naturalmente», riprese, «i giornalisti di moda non lavorano come gli altri, vero? Comincio a rendermene conto. Loro non fanno domande imbarazzanti. Non indagano sull'industria di cui scrivono. Presenziano alle sfilate, tubano con i loro amici, mandano a dormire quella piccola parte del loro cervello che è ancora in grado di funzionare, si sprecano in salamelecchi e lodano estasiati una gonna, una giacca o un cappello...»

«Aspetta un momento», obiettò lei.

«Quello che guardano», continuò lui imperturbabile, «non ha nulla a che vedere con il novantanove per cento delle donne. Loro non si identificano con quegli abiti. Sono frivoli, scandalosamente costosi, un insulto al sesso femminile...»

«Posso parlare?»

«Le sfilate costituiscono pubblicità gratuita due volte all'anno per un'industria dagli altissimi profitti e i giornalisti di moda danno il loro contributo. Aiutano a promuovere il prodotto per quanto grossolano, brutto e inutile possa essere. Questo mi ha sempre sconcertato. Perché mentire? Perché anno dopo anno esaltare qualcosa che non ha valore? Adesso comincio a capire, naturalmente. Non possono criticare. Non *osano* criticare. Se lo facessero, perderebbero i loro preziosi inviti, le prestigiose poltrone in prima fila... ti è mai capitato di sedere in prima fila, Lindsay?» Il gelido sguardo verde si posò su di lei. Lindsay dovette conficcarsi le unghie nei palmi.

«Sì, mi è capitato», rispose. «Mi ci sono voluti dieci maledetti anni prima di riuscirci, e ti garantisco che descrivo molto meglio quello che vedo stando in prima fila piuttosto che dieci più indietro. Senti...»

«Ne sono certo», ribatté McGuire, stiracchiandosi. «Dove

sono cresciuto si dice che se vuoi mangiare con il diavolo devi usare un cucchiaio lungo. Ma sono sicuro che non si adatta al tuo caso. Dopotutto, se scrivessi quello che pensi veramente, se rimarcassi che, per esempio, le collezioni di Cazarès non sono più originali, che cosa otterresti? Verresti bandita. All'istante.»

Citò le sue stesse parole con il più amabile dei sorrisi. Lindsay, che con il tempo aveva imparato a controllare il temperamento collerico, contò fino a dieci respirando piano secondo il metodo yoga. Stupido, borioso irlandese, pensò. Non era che un insopportabile, prepotente, pieno di sé... Esitò. Era abbastanza onesta da ammettere che c'era molta verità in quello che aveva detto, ma era anche abbastanza furiosa da non ammetterlo davanti a lui.

«Rowland», parlò infine, in tono eccessivamente educato, «forse sarebbe utile che ti spiegassi alcune realtà riguardo al mio lavoro. Vado alle sfilate per fare dei servizi sui vestiti. Su ciò che è all'ultima *moda*. Presto attenzione al taglio, al colore, al tessuto, alla linea. Sono un'esperta in questo. E il fatto che mi interessino i vestiti mi è solo di aiuto. Mi piacciono i vestiti. E piacciono anche alle centinaia di migliaia di donne che leggono le mie pagine ogni settimana. Le stesse di cui questo giornale ha bisogno. Le stesse che rendono felici le agenzie di pubblicità, Rowland, quelle agenzie che comprano gli spazi sulla rivista e garantiscono lo stipendio a me e a te...»

«Grazie, ma non ho bisogno di lezioni di economia in questo campo», la interruppe McGuire freddamente, e lei dovette ricorrere a tutte le sue forze per non chinarsi in avanti e schiaffeggiarlo.

«Oh, andiamo...» lo investì. «Guarda i risultati dei tuoi Servizi Speciali, Rowland, prima di predicare. Sabato scorso, per esempio, hai pubblicato un lungo articolo sulla Cecenia e un pezzo sui Clinton...»

«E allora?»

«Hai pubblicato *anche* un pezzo sulla nuova Aston Martin nella rubrica Motori, un servizio realizzato su un'esclusiva spiaggia thailandese e un confronto fra quindici marche di olio d'oliva extravergine della tua redattrice gastronomica, e la prima frase era così pomposa e pretenziosa che per poco non ho vomitato. Hai permesso a quella terrificante ragazza che scrive sui ristoranti per te, una terrificante ragazza che tu hai portato al giornale, di dedicare un'intera colonna a qualche dannato ristorante di moda fuori Oxford dove lei e il suo ultimo ragazzo hanno sperperato quasi duecento sterline a spese del giornale. A pranzo. Questo non è frivolo? Questo non è scandaloso? Andiamo, Rowland. Vedi di non rifilarmi certe stronzate.»

Ci fu silenzio. Le *grandes dames*, pensò Lindsay, non avrebbero fatto certe osservazioni, a dire il vero, non si sarebbero nemmeno messe a discutere. Ed era un peccato, pensò. Adesso si sentiva molto meglio. Non provava alcun rimpianto. McGuire, notò, era arrossito. Ma che le sue osservazioni avessero o meno colto nel segno, si riprese in fretta. Anzi, le venne il sospetto che provasse gusto a discutere. Le lanciò una breve occhiata, poi, con suo disappunto, si mise a ridere.

«Hai colto nel segno», disse. «Decisamente. D'altra parte...» Si chinò in avanti. «La terrificante ragazza ha dimostrato di avere delle capacità come critico culinario. Ha bocciato la salsa *duglère*...»

«Che genio!»

«... e il nostro corrispondente di automobilismo ha descritto per filo e per segno le strumentazioni dell'Aston.»

«Ha sbavato su quella dannata Aston. Costa più di un quarto di milione. Lasciami perdere.»

«Tuttavia, sono d'accordo con te per quanto riguarda l'olio d'oliva. Agghiacciante. Illeggibile. Totalmente inutile.»

«E hai fatto qualcosa al riguardo? In qualità di direttore dei Servizi?»

«Certo.» Incontrò il suo sguardo. «Non hai sentito? Ho licenziato la columnist.»

Seguì un altro silenzio, questa volta più lungo. Lindsay sedette immobile. Guardò gli occhi verdi, la giacca di tweed e la pila di libri. Pensò brevemente alle tasse scolastiche, al mutuo da pagare e alle nuove scarpe sportive da comprare.

«È una minaccia?» domandò infine, pronunciando le parole con calma e chiarezza.

Per la prima volta McGuire sembrò sorpreso. Le diede un'occhiata vacua, si passò una mano fra i capelli, poi cominciò a parlare rapidamente.

Lindsay non lo stava ascoltando. Si alzò. Si sentiva intrappolata in un luogo freddo e glaciale, dove l'aria era così sottile che era difficile respirare e parlare. «Perché se quella era una minaccia», continuò con voce piatta, «allora farei meglio a chiamare Gini e avvertirla che arriverò in ritardo. Abbiamo un appuntamento fra un'ora ed è ovvio che sarò in ritardo.»

«In ritardo? Di che cosa stai parlando?»

«Gini dovrà aspettare. E sempre ammesso che ti interessi, cosa di cui dubito, dovranno aspettare anche mia madre, mio figlio, la spesa, l'idraulico...»

«L'idraulico? Quale idraulico?»

«Così come dovrà aspettare il meccanico e quel dannato negozio dove potrebbero avere l'ultimo paio di scarpe sportive numero quarantacinque. Così come tutte le altre noiose banalità con cui ho a che fare oltre il mio lavoro che, nel caso te ne fossi dimenticato, deve essere concluso entro questa settimana. Tutti dovranno aspettare, Rowland, perché sarò ancora di sopra. A parlare con Max. Non ho nessuna intenzione di lavorare in queste condizioni.»

Lindsay, soddisfatta del sottile sarcasmo e della dignità del discorso, si avviò verso la porta. McGuire tossì.

«Per il calcio o per il rugby?»

Lindsay si fermò. Si voltò e posò su di lui il più raggelante degli sguardi.

«Le scarpe sportive, intendo. Sono per il calcio o per il rugby?»

«Calcio. E non cercare di ingraziarmi. È troppo tardi.»

«Porta il quarantacinque? È grande. Dev'essere alto.»

«È alto. Uno e ottantasette. Ha diciassette anni. Questo aiuta i tuoi calcoli?»

«Non stavo facendo nessun calcolo, ma sono sorpreso. Pensavo fossi sui trent'anni. Trentuno, al massimo.»

«Troppo tardi per le lusinghe», replicò Lindsay, anche se compiaciuta fra sé. «Troppo tardi per districarti. Io...»

«Non era una minaccia», la interruppe McGuire, alzandosi in piedi. «Ci siamo fraintesi. Ho affrontato l'argomento nel modo sbagliato. Non ti ho fatto venire per minacciarti o criticarti. La moda non mi piace. E non fingo neanche di capirla.» Improvvisamente si lasciò andare a un largo sorriso e le prese un braccio. «Non mi piacciono molto neanche le Aston Martin.

O i pranzi da duecento sterline. Ma devo arrivare a dei compromessi. Questo lo ammetto...»

Lindsay rimase immobile. Abbassò gli occhi sulla grande, abbronzata e bellissima mano di McGuire. Si chiese se avesse in corso un'aritmia cardiaca, se il battito accelerato fosse dovuto al troppo lavoro, all'ansia, a una dieta carente o allo stress. In seguito si sarebbe domandata se era in quel momento che aveva commesso il primo e più cruciale errore con McGuire. Dopotutto, poteva staccare la mano e proseguire verso l'uscita, ma non lo aveva fatto. Invece aveva incontrato il suo sguardo divertito e aveva rallentato il passo.

«Allora perché mi hai chiesto di venire qui?» chiese, permettendogli di riportarla verso la scrivania. Lì, prese di nuovo il fascicolo verde, slacciò i nastri e glielo tese.

«Perché ho bisogno del tuo aiuto», rispose. «Con questo.»

La franchezza e la semplicità della richiesta la stupirono. Lo scrutò in volto per capire se aveva qualche secondo fine, ma non notò nulla. Le passò per la mente che McGuire, quando non si comportava da dominatore, forse era un uomo che avrebbe potuto piacerle. Guardò il pesante fascicolo senza etichetta.

«Ha a che fare con la moda?»

«No. Solo indirettamente. È una faccenda molto più grossa e spiacevole.»

«Puoi darmi delle spiegazioni?»

«Non proprio. Non ancora.»

«È confidenziale?»

«Diciamo di sì.»

Lindsay aprì il fascicolo. Si ritrovò a fissare un volto familiare, un volto famoso. La fotografia, una delle pochissime non fatte di nascosto, era stata scattata da Cecil Beaton. Risaliva agli anni Settanta, e una volta vista era difficile da dimenticare. Maria Cazarès era stata catturata nel fulgore della sua bellezza. I capelli neri erano tirati indietro, gli occhi neri ridevano, la mano era sollevata a metà, come se volesse proteggersi il viso. Sembrava, come Beaton stesso l'aveva eccellentemente definita, il più bel ragazzo del mondo. Portava al collo un piccolo crocefisso d'oro. Lindsay corrugò la fronte e prese a sfogliare il fascicolo. Era pieno zeppo di ritagli di giornale, tutti riguardanti Cazarès e Lazare e coprivano quasi tre decenni.

«Voglio che tu legga tutto», disse McGuire. «Tutto quanto i miei segugi sono riusciti a trovare è lì dentro. Ritagli di giornali americani, inglesi, italiani, francesi. Puoi farlo questa settimana?»

«È così urgente?»

«Sì. Ho pensato... ho pensato che potevi farlo da Max. Magari dopo cena. Una volta a letto...»

Lo sguardo verde si posò di nuovo su di lei. Con grande sorpresa, Lindsay si rese conto che quell'uomo aveva dei talenti che non avrebbe mai sospettato: quando serviva al suo scopo, era capace di flirtare.

«Potrebbe essermi di aiuto sapere che cosa sto cercando», osservò lei.

«Delle lacune.»

«Ce ne saranno a centinaia. Qualcuna l'hai fatta notare tu stesso poco fa. È tutto materiale che si basa su voci. Non troverò che supposizioni. Chiacchiere sulla Leggenda. Sul Mito.»

«Non importa. Qualunque cosa tu sappia, o abbia sentito, per quanto inconsistente e improbabile possa sembrare, se non è in questo fascicolo, voglio esserne informato.»

«Anche se si tratta di pettegolezzi?»

«Anche in quel caso. A volte possono essere utili.»

«Rapporto per lunedì?»

«Sì.» Distolse lo sguardo. «Prima che tu parta per Parigi, che ne dici se ti offro un pranzo per ringraziarti?»

«Forse.»

McGuire sembrò restarci male.

«Non avevamo fatto pace?»

«No. Non ancora.» Lindsay resse il suo sguardo. «Sono ancora convinta che tu sia un manipolatore. Un subdolo. Non mi fido di te neanche un po'.»

«Ma mi aiuterai lo stesso?»

«Sei un pochino più sopportabile quando chiedi favori. Quindi... sì, lo farò.»

Lindsay si alzò e si diresse verso la porta. McGuire, colto da un improvviso accesso di galanteria, si alzò a sua volta e le aprì la porta. Sulla soglia le pose un'ultima domanda che la sconcertò parecchio: Jean Lazare aveva qualche legame con Amsterdam?

«No. Perché dovrebbe? Qualunque sia la sua vera nazionalità, di certo non è olandese. E gli olandesi raramente entrano nel circuito della moda internazionale...»

«Già», convenne Rowland, il cui telefono stava suonando. «L'ho pensato anch'io...» Sollevò la cornetta. Lindsay attese sulla soglia. Captò una voce femminile che parlava velocemente e con enfasi. Rowland corrugò la fronte.

«Allora ci vediamo lunedì, Rowland...»

«Lunedì?» Le lanciò un'occhiata assente.

«Il nostro pranzo, Rowland. Quello che mi offrirai per scusarti...»

«Oh, sì. Naturalmente. Lunedì, sicuro.»

Lindsay diede un'ultima occhiata alle sue spalle mentre lasciava la stanza. La voce femminile che aveva chiamato Rowland stava ancora parlando. In realtà aveva continuato a farlo per tutto il tempo. Rowland, convinto di non essere osservato, fece un sospiro. E mentre lei richiudeva la porta posò delicatamente la cornetta sulla scrivania, prese il libro di Proust e cominciò a leggere.

All'una e un quarto, Rowland McGuire nell'ufficio del direttore al dodicesimo piano controllò l'orologio e guardò fuori delle finestre. Da quel punto poteva vedere il Tamigi, i fabbricati di Canary Wharf e il parcheggio sottostante.

«In perfetto orario», commentò Rowland.

Max, che stava mangiando uno dei panini al formaggio e sottaceti che abitualmente ordinava quando restava a pranzo in ufficio, mise giù il fascicolo che gli aveva portato Rowland e si unì a lui alla finestra.

Entrambi osservarono una donna piccola e snella che usciva dall'edificio e s'incamminava fra le macchine parcheggiate verso una Golf nuova. I capelli della donna, corti e ricci, erano neri e luminosi come la vernice della macchina. Indossava scarpe da tennis nere, un maglione nero, e un enorme cappotto nero. Portava una valigetta, una borsa di tela, un mucchio di libri e un grosso fascicolo verde legato con un nastro. Aveva difficoltà a tenere in equilibrio tutta quella roba, e quando raggiunse l'auto gliene cadde un bel po'. Diede un calcio alla borsa di tela. Alzò il volto furente verso il cielo. Le labbra si mossero in un'imprecazione leggibile anche dodici piani sopra. Rowland sorrise.

«Che peccato», disse. «Si è cambiata. Il completo era magnifico.»

«Si è tolta il completo di Cazarès?» Max sogghignò. «Lo aveva indossato solo per il vostro incontro? Allora è proprio guerra, Rowland. Non hai nessuna speranza.»

«Ti sbagli. Adesso sta andando a prendere Genevieve Hunter. Tutto secondo i piani, Max...»

«Non ha sospettato nulla?»

«Certo che no. Te l'avevo detto. L'ho affascinata. Le ho preparato il caffè. Le ho fatto i complimenti per l'abito. Sarà una passeggiata, Max.»

«Questo è quello che credi tu. Non hai mai capito le donne, Rowland. Mai.»

«Abbi fede.» Rowland ignorò l'osservazione di Max. Guardò la Volkswagen nera accelerare verso l'uscita e, dopo aver messo la freccia a destra, svoltare a sinistra. Evitò per un pelo un grosso camion che sopraggiungeva. Max chiuse gli occhi.

«Non accettare mai un passaggio da Lindsay. È l'unico consiglio che ti do, Rowland. Qualunque folle progetto tu abbia in mente, evitalo. È come giocare con la morte. Soprattutto se è arrabbiata...»

«Non è arrabbiata.» Rowland girò le spalle alla finestra. «Te l'ho detto. Due giorni fa era guerra. Adesso è distensione. È facile conquistare una donna come Lindsay, una volta che te lo sei messo in testa. Inoltre...»

«Rowland, hai forse flirtato con lei?»

«Santo cielo. Per chi mi hai preso? Io non flirto mai con le donne.»

«Invece sì, Rowland. Senza accorgertene.»

«Be', di certo non l'ho fatto in questo caso. Perché avrei dovuto?» Prese uno dei panini di Max e cominciò a mangiare con espressione assorta. Max represse un sorriso senza parlare e accese una sigaretta.

Seguì un breve silenzio durante il quale Rowland, che non riusciva a distogliere a lungo la mente dal lavoro, sfogliò il fascicolo che aveva portato al direttore, mentre Max, osservando l'amico dalla straordinaria bellezza che mai si era reso conto dell'effetto che aveva sulle donne, ebbe tutto il tempo di assaporare gli ultimi sviluppi tragicomici della vita di Rowland McGuire.

Considerati i progetti di Rowland, si disse, forse sarebbe opportuno un ulteriore avvertimento.

«Senti, Rowland», iniziò, un po' esitante, sapendo quanto l'amico custodisse ferocemente la propria vita privata. «Voglio parlarti di Lindsay. Non è così invulnerabile come lascia intendere, e io e Charlotte le siamo molto affezionati. So quanto questa storia sia importante per te e capisco perché hai bisogno del suo aiuto, ma...»

Rowland non stava ascoltando. Era assorto nella lettura dell'ultimo rapporto del suo contatto alla DEA americana ad Amsterdam, lo stesso che aveva sottoposto poco prima a Max. Max non conosceva il nome del contatto e non ne sarebbe mai venuto a conoscenza: questo era il modo di lavorare di Rowland.

«Certo, certo», disse, richiudendo il fascicolo, liquidando le osservazioni di Max con un cenno della mano. «Max, Dio santo, smettila di agitarti. Ancora un po' e mi chiederai quali sono le mie intenzioni.»

«È improbabile. Anche se lo facessi, non mi risponderesti.»

«Lavorare», replicò Rowland, in tono impaziente, dando una scorsa alle fotografie sulla scrivania di Max. «La mia intenzione è lavorare per ricollegare tutti i fili di questa storia. Lindsay è marginale. Se acconsentirà ad aiutarmi bene, se non lo farà, pazienza. Continuerò a usare l'arma del fascino.»

«Sii più chiaro.»

«Queste fotografie...» Rowland le rimise sulla scrivania. «Sono le ultime di Pascal Lamartine?»

«Sì.» Max le raccolse. «Ne metterò una sulla prima pagina di domani. Il redattore dei servizi fotografici mi ha consigliato questa...»

«Sbaglia.» Rowland indicò la fotografia che Max teneva nella mano sinistra. «Dovresti usare quella. La gente si sta abituando alla Bosnia. Devi scioccarla, Max.»

«Può darsi», rispose, sapendo che Rowland aveva ragione. Guardò la foto che gli aveva suggerito. Un gruppo di donne piangeva intorno al cadavere di un ragazzo; questi teneva ancora nella mano destra un Kalashnikov, la sinistra giaceva in una pozza di sangue; il volto del ragazzo era nascosto, ma le facce delle donne no. Lamartine aveva avuto probabilmente sì e no trenta secondi per immortalare quel dolore; era questo il suo grande dono, pensò Max, un dono che lo annoverava fra i migliori: la capacità di unire infallibilità tecnica e compassione umana. La fotografia aveva tormentato Max per tutta la mattina. Se uno dei miei figli fosse morto, pensò, mi sentirei così, mia moglie avrebbe la stessa espressione.

Alzò lo sguardo, incontrò gli occhi consapevoli di Rowland, annuì e mise la foto da un lato.

«Per quanto tempo Lamartine resterà là?» chiese Rowland, alzandosi e cominciando, come faceva a volte, a gironzolare. «Pensavo che sarebbe tornato con Genevieve Hunter.»

«Questa era l'idea iniziale.» Max alzò le spalle. «Quando si sentirà pronto, suppongo. Lamartine ha le proprie regole.»

Rowland non fece commenti al riguardo. Tornò alla sedia e si sedette.

«Allora. Riprendiamo il discorso, Max?» Lanciò un'occhiata all'orologio. «Hai detto che mi avresti dato tutte le informazioni su Genevieve Hunter...»

«Davvero?» replicò Max, in tono evasivo.

«Sì. Come ben sai. Andiamo, Max. Mancano dieci minuti all'inizio della tua riunione. Voglio i dettagli. Tutti i dettagli. Dalla A alla Z.»

«Rowland, ne abbiamo già parlato. Sei già al corrente della maggior parte dei dettagli...»

Rowland assunse un'espressione ostinata. Si chinò in avanti.

«E tu ripetimeli», disse.

2

ADESSO al mattino Gini passeggiava. A volte camminava per un'ora. A volte per due, e sempre a caso. Camminare le faceva bene: le occupava il corpo, le calmava la mente e accorciava la giornata. Se restava a casa, si sentiva obbligata a scrivere, ma le parole che comparivano sullo schermo del computer mancavano di senso compiuto o di coerenza. Se restava a casa sentiva troppo la mancanza di Pascal. Quella era la prima casa che condividevano: l'avevano trovata insieme, arredata insieme. Era un luogo da cui traspariva tutto il loro amore anche se avevano convissuto per meno di cinque mesi.

L'appartamento si trovava all'ultimo piano di un enorme stravagante palazzo con le torrette nei dintorni di Notting Hill. L'aveva progettato nel 1868 per i suoi amici preraffaelliti un architetto considerato all'epoca un innovatore. Rossetti aveva avuto lì uno dei suoi studi e Ruskin era un frequentatore abituale. Ma per quanto le interessasse il passato del palazzo in cui viveva, Gini non riusciva a lasciarsi coinvolgere. Per lei non aveva una storia antecedente, per lei aveva cominciato a esistere solo il giorno in cui era stata nell'appartamento con Pascal.

Si erano ritrovati in una stanza studio spaziosa e con il soffitto alto come l'interno di una chiesa. Una scala a chiocciola portava a un corridoio rivestito da scaffali per libri che terminava in una camera da letto. Una finestra arcuata che dava verso nord occupava un'intera parete. Era un giorno di primavera, un giorno in cui la vita germogliava di nuovo, e la luce che si riversava da quella finestra pareva renderli partecipi. Da lì la città era invisibile. Ancora pietrificati sulla soglia, guardarono fuori il cielo azzurro percorso da piccole nuvole e i rami di un platano che gettavano nuove foglie, lasciandosi abbagliare dalla luce del sole. «È nostro», disse Pascal dopo un lungo silenzio. «È stato progettato per noi. Deve essere nostro.»

Dopodiché, anche se a fatica, entrambi cercarono, di essere realisti. Mano nella mano esplorarono l'appartamento alla ricerca di difetti. Pascal picchiò sui muri e controllò l'impianto elettrico e idraulico, mentre Gini ispezionava la cucina che le era piaciuta all'istante. Scoprirono una seconda camera da letto al piano inferiore, una deliziosa camera nella torretta che Rackham doveva aver disegnato pensando a qualche principessa delle favole. Sembrava fatta apposta per un bambino con molta fantasia. Gini aveva capito che Pascal stava pensando alla figlia. «Marianne potrebbe venire a stare qui, Pascal», propose.

Lui sospirò. «Potrebbe. Effettivamente potrebbe.»
«Dici che le piacerebbe questa stanza?»
«L'*adorerebbe*. Ne sono certo.»
Poi per un po' nessuno dei due osò parlare. Tornarono nell'enorme stanza studio e rimasero in piedi accanto alla vetrata tenendosi per mano. Pascal giocherellò con le chiavi che gli aveva dato l'agente. Si guardarono negli occhi, quelli grigi di Pascal s'illuminarono divertiti. Sapeva quello che stava per dire, e prima che lo facesse le posò le dita sulle labbra.
«No. Aspetta», disse. «Prima che tu sia ragionevole, devo fare questo.»
Le scostò i lunghi capelli dal viso. La guardò negli occhi per un lungo momento, poi, attirandola verso di sé, si chinò a baciarla.
Il lungo bacio la lasciò scossa e confusa. Forse lo ha fatto apposta, pensò. Si allontanò da lui scuotendo la testa con un sorriso. Allacciò le mani alle sue e lo osservò in volto a distanza di sicurezza. Guardò la luce del sole sui capelli scuri, sui suoi lineamenti. Amava la linea delle sopracciglia; amava ogni particolare del suo viso, ogni inflessione nella voce, ogni variazione nel suo tocco. Sapeva con precisione a che cosa stava pensando, glielo leggeva in volto, nella curva delle labbra, nello scintillio divertito che ancora gli illuminava gli occhi. Ciononostante, doveva dar voce alla ragione prima o poi: «Pascal, è troppo caro», disse.
«Un po'.»
«Più che un po'. Dobbiamo guardare in faccia la realtà.»
Pascal, l'uomo più determinato che avesse mai conosciuto, l'uomo che riusciva sempre a cavarsela in qualunque situazione, alzò le spalle. Cominciò ad andare avanti e indietro per la stanza. Gini, che conosceva il suo rifiuto ad accettare qualunque forma di sconfitta, lo guardò con affetto. Lo aveva già visto comportarsi così sul lavoro: Pascal che litigava o ricorreva al fascino per superare qualunque impedimento o barriera; Pascal che, anche quando non riusciva a entrare in qualche paese dal confine, trovava sempre il modo di infilarsi da qualche altra parte; Pascal che andava nelle zone di guerra e riportava fotografie che nessun altro avrebbe potuto scattare.
Andrà avanti e indietro per cinque minuti, pensò, e così fu.

Toglierà la giacca e si arrotolerà le maniche della camicia, pensò, e lui lo fece. Stava cercando di escogitare qualcosa, ne era certa.

Gini cercò di concentrarsi. Rivide i conti, pensando ai soldi che avrebbe ricavato dalla vendita dell'appartamento di Londra, a quelli che Pascal pensava di ottenere vendendo lo studio di Parigi, i mutui che potevano ottenere. Per quanto sommasse le cifre, il prezzo restava comunque alto. Il divario era tale da scoraggiarla. Sospirò. Pascal, che non si scoraggiava mai davanti a niente, le fu immediatamente accanto. Le mise un braccio intorno alla vita.

«La macchina», mormorò, riferendosi alla vecchia amatissima Porsche. «Venderò la macchina. Ne prenderò una meno potente. Questo ci aiuterà.»

«Anch'io venderò la mia...» Gini possedeva un vecchio maggiolone Volkswagen. Pascal, che non aveva una grande ammirazione per la sua macchina, la guardò con serietà.

«Non potrei mai chiederti un tale sacrificio. Inoltre, dovremmo essere noi a pagare qualcuno perché se la prenda...»

«E potremo mangiare solo verdure...»

«Già.» L'attirò più vicino. «Rape e radici di pastinaca. Costano poco.»

«Potrei non comprarmi più vestiti nuovi per i prossimi dieci anni...»

«Ottima idea. Del resto ti preferisco senza vestiti.»

«Potrei rinunciare alla mia carriera di giornalista. Lavorare in una banca. In uno studio legale. Con qualche mago della pubblicità...»

«No. Sarebbe uno spreco. Guardami, Gini...» Lei si voltò verso di lui che l'abbracciò.

«Vogliamo questa casa, Gini?»

«Sì. La vogliamo.»

«Allora compriamola», concluse Pascal, che quando prendeva una decisione diventava irresistibile.

Da quel momento in poi divenne il Pascal che più amava: molto energico, molto affascinante, molto determinato e molto francese. Prima i proprietari dell'appartamento, poi gli agenti, poi la banca, cominciarono a cedere ai suoi assalti senza sosta: il prezzo della casa poteva essere, dopotutto, negoziabile; l'ipoteca poteva essere, dopotutto, aumentata. Nel giro di una settimana trovò un compratore per l'appartamento di Gini. Di notte, quando con disappunto non poteva contattare la banca o gli agenti immobiliari (per Pascal non esisteva l'orario d'ufficio e disprezzava chi lo rispettava) riempiva centinaia di fogli di calcoli su calcoli. Aggiunse le loro uscite, gli alimenti alla ex moglie per Marianne, i rimborsi futuri del mutuo, i costi del riscaldamento, dei viaggi, del pane e del vino.

«Vino?» chiese Gini, chinandosi sopra le sue spalle. «Il vino è un lusso tanto per cominciare. Cancellalo.»

«Forse per te è un lusso. Per me è una necessità. Tu sei americana. Io francese.»

«Hai tralasciato l'elettricità, Pascal...»

«Candele?» propose, girandosi a guardarla con un sorriso.

«E l'assicurazione?»

«Accidenti, dovrò chiamare Max.»

Gli telefonò immediatamente, e Gini sospettò che avesse intenzione di farlo sin dall'inizio. Disse a Max che era felice di essere corteggiato dal *Correspondent*, ma che se voleva arrivare al matrimonio, la dote doveva essere più consistente.

«Stavo facendo i conti», spiegò Pascal. «Mi sono concesso il vino, ma non posso permettermi di pagare l'elettricità. Quando verrai a cena da noi, Max, vedrai il bellissimo appartamento che vogliamo prendere, però sarebbe utile che potessimo cucinarti la cena... Oh, davvero? Una cifra da capogiro? Cosa vuol dire?»

Ci fu una pausa mentre Pascal, che conosceva i termini molto bene, ascoltava attentamente. Poi sparò una cifra. Gini impallidì, ma Max accettò.

E così acquistarono il meraviglioso appartamento, Pascal andò a trovare un amico antiquario che aveva un negozio in fondo a King's Road. Dopo un eccellente pranzo e diverse ore di trattative, comprò un letto. Era un ampio, magnifico letto a baldacchino che una volta era appartenuto all'amante di un re, o così sosteneva l'antiquario. Le colonne erano intagliate e i drappeggi di seta originali erano di un rosso sbiadito. Non le rivelò il prezzo e lo fece installare un giorno che lei era fuori a intervistare un noioso ed egocentrico ministro. Quando quella sera di primavera era rientrata a casa, lo aveva trovato lì.

Ci erano saliti subito. Era come essere su una nave. Appoggiati ai cuscini, avevano guardato attraverso la magnifica vetrata le cime degli alberi, le nuvole che correvano nel cielo sospinte dal vento, ascoltando i suoni dell'invisibile città cinque piani sotto. Bevvero del vino lì, cenarono lì, fecero l'amore lì, poi si addormentarono.

«Mi sento appagato», disse Pascal, prendendola fra le braccia l'indomani mattina. «Non mi sono mai sentito così appagato.»

Anche Gini si sentì appagata. Le piaceva quella parola, sembrava racchiuderli in un abbraccio. Pensò a quanti anni erano passati dalla prima volta che aveva conosciuto Pascal, e si rese conto scioccata che erano quasi la metà della sua vita. Ripensò alle prime settimane quando lo aveva incontrato e amato a Beirut. Pensò agli anni in cui erano stati separati e alla loro riunione. Pensò: non voglio altro. Tutto ciò che amo e stimo è qui. Oh, sì, mi sento appagata.

Non provò alcun disagio, nessuna premonizione, neanche un briciolo di superstizione sul fatto che gli dei benevoli che dispensano doni agli umani hanno la crudele abitudine di togliere con la sinistra quello che danno con la destra. Cinque mesi dopo il trasferimento nel nuovo appartamento, si realizzò l'altro suo più grande desiderio: venne mandata a Sarajevo come corrispondente di guerra in Bosnia. Ci andò con Pascal, e lavorò con Pascal. Lui aveva già operato molte volte in zone di guerra, lei no.

Sei mesi dopo era tornata da sola. Pascal, inconsapevole del cambiamento che era avvenuto in lei, aveva concordato che era la cosa migliore da fare. Sarebbe rimasto lì ancora un po' per scattare delle fotografie. Non più di tre settimane, un mese. Erano già passate nove settimane e la data del ritorno non era ancora stata fissata. Inizialmente, anche se si era ben guardata dal dirlo a Pascal, Gini era contenta di quel ritardo. Pensava che le avrebbe dato il tempo di riprendersi da ciò che aveva vissuto e visto in Bosnia, tempo per sconfiggere gli incubi, l'insonnia, tempo per curare se stessa.

Le guerre possono essere esorcizzate, continuò a ripetersi, mentre le settimane passavano. Doveva esserci un modo per guardare le cose con distacco, non per dimenticare, si sarebbe disprezzata se lo avesse fatto. Doveva trovare la forza di liberarsi, eppure sembrava esserne incapace. La morte, il modo di morire, il rumore, il sapore, la vista e l'odore della morte continuavano a perseguitarla. La morte le impediva il riposo, la svegliava all'alba facendola urlare di paura, era in ogni angolo di quel meraviglioso appartamento, era alle sue spalle nelle anonime vie della città. Come molti altri giornalisti, era stata ferita fisicamente mentre si trovava in Bosnia. Una sera, mentre lei e Pascal attraversavano un piccolo villaggio in mezzo alle montagne diretti a Mostar (Mostar era il suo incubo peggiore) furono sorpresi da un attacco con i mortai. Una scheggia di shrapnel le si era conficcata nel braccio; una ferita da niente e quasi se ne vergognava, considerati gli orrori di cui era stata testimone. Fu rapidamente soccorsa e curata.

Adesso, nove mesi dopo aver lasciato il paese, la ferita era quasi guarita, ma la sua mente no.

Pascal, che conosceva da tempo le guerre moderne e le orribili conseguenze che comportavano, aveva cercato di metterla in guardia. E lei, che non era una stupida, aveva seriamente preso in considerazione i suoi avvertimenti. Prima della partenza per la Bosnia, le aveva mostrato, anche se con riluttanza, alcune fotografie che aveva scattato in passato, fotografie che custodiva per sé come documentazione, e che nessuna rivista o quotidiano avrebbe mai pubblicato.

«Devi essere preparata.» Dispose le foto in bianco e nero davanti a lei. «Vedrai questo, Gini. E questo. E questo. E di peggio.»

Aspettò in silenzio mentre lei guardava quei rettangoli.

«Questa è la linea di confine», disse infine. «Sei sicura, Gini, assolutamente sicura, di volerla attraversare?» Scossa, nauseata, lottando contro i sintomi fisici che le provocavano quelle immagini, distolse lo sguardo, incapace di guardarlo. Mancava ancora una settimana al loro viaggio, aveva calcolato i tempi in modo che poteva ancora ritirarsi.

«Non sarebbe un gesto di codardia», continuò dolcemente. «Non devi neanche pensarlo. Sarebbe semplicemente una scelta. Tutto sommato *c'è* una differenza fra i sessi, Gini. Per una donna sarebbe difficile vedere tutto questo, affrontarlo...»

«Perché?» Si voltò a fronteggiarlo, forse percependo anche allora che aveva ragione. «Perché, Pascal? Queste cose succedono. Queste atrocità esistono. Perché le donne dovrebbero esserne protette? Non lo trovo giusto. È un segno di debolezza, e non voglio essere debole...»

«Non di debolezza, necessariamente. Io non la vedo in questo modo. Questi orrori che vedi...» Indicò le fotografie. «Sono perpetuati dagli uomini. Quindi è giusto che tutti gli uomini ci si debbano confrontare. Ma se una donna non vuole vederli, se tu non vuoi vederli, Gini, non potrebbe essere un segno di forza?»

La preoccupazione e la dolcezza, che lesse sul suo viso allora, la commossero. Era tipico di Pascal, pensò, non solo offrirle una scappatoia, ma farlo anche con grazia.

Rifiutò però quella scappatoia con la stessa gentilezza con cui le era stata offerta. Ma una volta in Bosnia, Pascal aveva tentato di proteggerla in tutti i modi. Non la espose a pericoli che, se fosse stato solo, sicuramente avrebbe affrontato. Prestava attenzione a quello che vedeva e la rassicurava che, come una piantina alle prime gelate, gradualmente si sarebbe rafforzata.

Anche se lui non lo avrebbe mai ammesso, a Gini bastò meno di una settimana per capire che tanta sollecitudine ostacolava il loro lavoro. Quindi, per lei quasi sin dall'inizio divenne indispensabile agire. Lei, che non aveva segreti per Pascal, adesso era costretta ad averne: se avesse anche solo sospettato quali erano le sue vere reazioni, avrebbe insistito perché tornasse immediatamente a Londra.

Scoprì di essere abbastanza brava a nascondere la paura e la fatica. Non lo era altrettanto nel celare le lacrime, e ancora più dura era dissimulare il dolore dietro quelle lacrime. Ogni giorno inventava nuovi stratagemmi per ingannarlo e doveva utilizzarli con molta attenzione giorno e notte (niente debolezze quando giaceva fra le sue braccia e non riusciva a dormire), perché Pascal era sensibile a tutto ciò che la riguardava. Sarebbe bastato uno sguardo, un'inflessione della voce, un gesto, e lui avrebbe scoperto la verità.

Così, giorno dopo giorno, perfezionò quella parte di se stessa che doveva essere di ghiaccio; si trasformò in un automa che osservava con efficiente professionalità gli edifici in rovina, i corpi martoriati, le vite rovinate, perché questo era il suo lavoro. Ben presto si rese conto che c'era un prezzo da pagare. Era come se la linfa vitale le fosse stata risucchiata; gli occhi avevano perso espressione; l'appetito se n'era andato, e quando Pascal l'abbracciava non gli rispondeva più con passione. Era come una pianta che lentamente si era prosciugata. Non fu una sorpresa per lei non avere più le mestruazioni nonostante prendesse la pillola: le donne avevano le mestruazioni, ma lei ormai non era che una parvenza di donna.

Naturalmente, certi sintomi non potevano sfuggire a un amante. Vedendo che Pascal ne soffriva, raddoppiò gli sforzi. Cominciò a fingere l'orgasmo e lui la lasciò fare per un paio di settimane. Poi una sera la prese fra le braccia aspettando una confessione che non venne. Infine affrontò l'argomento: «Gini. Non farlo mai più. Non voglio che mi menta. E soprattutto, non voglio che lo faccia a letto».

Gini percepì il dolore e l'ansia nella sua voce, nonché una certa rigidità. In quell'occasione pianse un po' e Pascal la tenne stretta a sé. Dopo cercò di convincerla a parlare, ma quando lei evitò le domande e rifiutò ogni sua preoccupazione, cessò di farle pressioni. Prese la decisione di accettare la sua reticenza anche se, sapeva, quella decisione gli costava cara.

Professionalmente, impressionato dalla freddezza che dimostrava, gradualmente acconsentì alle sue richieste e piano piano aumentò i rischi. La portò con sé negli ospedali da campo dove vide le vittime degli stupri, i morti, i moribondi, i mutilati. Pascal si rese conto che per quanti orrori avesse visto, ancora le era difficile guardare il dolore dei genitori e la violenza sui bambini: il suo corpo si ribellava e le lacrime scendevano copiose, le mani tremavano. Fedele alla sua decisione, Pascal non interferiva, ma faceva del suo meglio per stare lontano dai luoghi dove potevano incontrare simili situazioni, ma neanche lui poteva evitare l'inevitabile. In quel paese nulla era prevedibile: i fuochi dei mortai si aprivano improvvisamente su un remoto passo di montagna apparentemente deserto e la morte poteva attendere dietro l'angolo o nella via successiva.

Per Gini l'esperienza della Bosnia era la morte in agguato. E questa sensazione la seguì a Londra, anche se non ne fece mai parola con Pascal, né per lettera né per telefono.

«Riesci a dormire, tesoro? Mangi come si deve?» le chiedeva, e lei naturalmente rispondeva di sì, che l'appetito era tornato normale e che la notte prima aveva dormito dieci ore di fila.

«E vai fuori, cara? Vedi gente? Il braccio è guarito?»

E lei mentiva dicendo di essere stata a teatro, al cinema, di avere visto Lindsay, che il braccio era guarito. Com'era brava a recitare al telefono! Com'era brava a ingannare quando scriveva! L'ultima cosa che voleva, di questo era certa, era opprimere Pascal con i suoi problemi; così metteva calore, divertimento e convinzione nella voce. Dopo lo stupore iniziale, gradualmente aveva cominciato a crederle. Continuava a rimandare il ritorno, quando quel ritorno era ciò che desiderava di più al mondo. Certo, recitava bene, ma aveva avuto sei mesi per allenarsi in Bosnia, e forse era più facile convincere qualcuno che a sua volta era sotto stress.

Parte di ciò che gli diceva corrispondeva a verità: il braccio era guarito. Ma la mente no. Quanto tempo le ci sarebbe voluto per guarire la mente? Sei mesi, un anno, dieci anni?

Nove settimane servirono a poco. E la normalità di Londra peggiorò le cose. Lì, com'era normale, la gente continuava la propria vita quotidiana, e per quanto Gini cercasse di comunicare, restava isolata in un altro mondo. Urlava e gesticolava da dietro il vetro della sua prigione mentale, ma nessuno la sentiva. Con il passare dei giorni e delle settimane le persone diventavano impazienti con lei e lei si sentiva sempre più fuori posto.

Quando si trovava sola nel loro bellissimo appartamento, sola nel loro bellissimo letto, veniva assalita dalle paure. Cominciava a piangere per i bambini che avrebbe voluto salvare e che sapeva morti da mesi. Sentiva le bombe e i colpi dei mortai, pensava ai cecchini, temeva la telefonata o la visita di un estraneo che la informasse che Pascal non sarebbe più tornato.

Quando aveva paura per la sua vita, apriva i cassetti e toccava i suoi vestiti, prendeva i suoi libri dalla libreria, leggeva e rileggeva le sue lettere fino a saperle a memoria, tutti piccoli gesti che la rassicuravano. Gli scriveva, stando attenta che le parole non tradissero la disperazione e facendo attenzione che le lacrime non finissero sui fogli. A Natale, era sicura che sarebbe tornato, ricominciò a sperare. Sarebbe stato il loro primo Natale insieme. Corse a comprare un albero e lo decorò. Gli comprò tanti regali, incartandoli uno ogni sera, in modo che la felicità e l'eccitazione potessero durare per un'intera settimana.

Ma Pascal non tornò. All'improvviso ebbe l'opportunità di

recarsi in una zona a nord in cui i giornalisti non avevano accesso da mesi. Per quanto le costasse, Gini lo persuase ad andarci.

Fu allora che scoprì una nuova paura. Andò in bagno, accese tutte le luci, e si confrontò con la propria immagine nello specchio. Vide sul volto gli effetti devastanti della mancanza di appetito e di sonno. Guardò quel viso pallido davanti a lei. Sapeva che Pascal la trovava bella, gliel'aveva ripetuto così tante volte. Girò la testa da un lato e poi dall'altro, cercando di trovare qualche traccia della donna che le aveva descritto, della donna che amava.

Ma non ci riuscì. Allora si sentì cogliere dal panico. Pascal avrebbe a malapena riconosciuto quella donna e sicuramente non avrebbe potuto amarla. Aveva uno sguardo sottile, teso, sfuggente. Non riusciva a guardare negli occhi neanche se stessa. Certo c'era un segreto, una confessione che avrebbe dovuto fare a Mostar, ma non lo aveva fatto. Se Pascal fosse entrato in quel momento forse avrebbe dato voce al suo segreto, ma ne dubitava: le parole sarebbero rimaste bloccate in gola.

La mattina dopo una notte insonne, prese la decisione più ragionevole, più ovvia. Doveva consultare un medico, era un passo necessario, un passo che aveva evitato per due mesi.

Gini non era mai stata dal nuovo medico di zona, l'ambulatorio era rimasto chiuso per le feste di Natale ed era pieno di pazienti. Si sedette nell'affollata sala d'attesa con una rivista che non leggeva sulle ginocchia. Cercò di ignorare i rumorosi bambini e i neonati che strillavano. Cercava di concentrarsi su cosa dire al medico e su come farlo il più brevemente possibile.

Devo essere chiara e concisa, si disse. Spiegargli della Bosnia. Del mio lavoro. Spiegargli che pensavo di poterci riuscire, che ci ho provato, ma che è stato molto duro guardare in faccia la morte. Sì, doveva parlargli della morte. Non era necessario scendere nello specifico. Sussultò, il suo nome veniva chiamato per la terza volta da un'irritabile assistente. Afferrò la borsetta e si alzò.

Lo studio del medico, un giovane più o meno della sua età dall'aria esausta, aveva le dimensioni di una cella. «La sua cartella. Non riesco a trovare la sua cartella», disse.

«Suppongo che il mio medico precedente non gliel'abbia mandata», spiegò Gini. «Forse...»

«Farò in modo di averla.»

Fuori, i telefoni squillavano e i bambini strillavano. Gini fissò gli occhi su un manifesto contro il fumo. Le fu immediatamente chiaro che non poteva parlare della Bosnia con quell'uomo, non in quel posto. Era una questione troppo complicata, avrebbe richiesto troppo tempo. A giudicare da quanto erano rimasti dentro i precedenti pazienti, aveva sì e no cinque minuti.

Il medico la stava fissando, picchiettando la biro sulla scrivania.

«Che sintomi ha?» chiese.

«Io... non riesco a dormire», rispose Gini. Stava cominciando a sudare. Nella stanza mancava l'aria. «Ho gli incubi. Ho passato un periodo di stress. Non mangio molto. Ho perso peso, sette chili credo...»

«Altro?»

«A volte piango. Per nessun motivo. Magari sono dal droghiere, o sto camminando per strada, e... all'improvviso scoppio in lacrime. Non riesco a fermarle.»

«Da quanto tempo le succede questo?»

«Da circa due mesi.»

«Qual è la causa?»

«Mi scusi?»

«Ha avuto un lutto? Un divorzio? Ha perso il lavoro?»

«No. Non sono sposata. Io...»

Si bloccò. Lutto: cercò di ripetere la parola mentalmente. Forse era quella giusta da usare. Solo che in genere si riferiva alla perdita di qualcuno che si conosceva e si amava, come una madre o un padre. Si poteva considerare la morte di estranei un lutto? No, decise. Non aveva il diritto di usare quella parola.

Il dottore stava scarabocchiando degli appunti. Non sembrava comprensivo. Gini non sapeva se perché considerava le donne non sposate con problemi di insonnia delle nevrotiche o se irritato per la biro che non scriveva. La scosse infastidito.

«La perdita di peso è stata rapida. Qualcos'altro? Vomito?»

«No.»

«Il ciclo mestruale è regolare?»

«No. Non ho più avuto mestruazioni per quattro mesi. Ero

all'estero quando mi è successo. Ma mi è capitato anche altre volte. Quando lavoro troppo, quando sono sotto stress. E...»

«All'estero? All'estero dove? In India, in Africa o posti del genere?»

«No. In Europa orientale.»

Perse immediatamente interesse. Riprese a scrivere. Scarabocchiò un «4», e vi fece un cerchio intorno. Sopra il chiasso dei bambini e gli squilli del telefono, Gini poteva sentire il rumore delle mitragliatrici e quello più lieve delle mura che crollavano. A volte le capitava e doveva riprendere l'autocontrollo, perché se non lo avesse fatto, quei rumori l'avrebbero riportata a Mostar, nella corsia di un ospedale, e a un certo giovane che si trovava lì. Avrebbe ricordato i suoi occhi e sarebbe scoppiata sicuramente a piangere. Strinse con forza i braccioli della sedia. Sillabò mentalmente lettera per lettera le parole sul manifesto.

«Ha già fatto un test?» domandò il medico, alzando gli occhi.

«Un test?»

«Un test di gravidanza.» La guardò freddamente, come se la sua stupidità lo irritasse ulteriormente. «Suppongo che lo abbia fatto, dato che non ha avuto le mestruazioni per quattro mesi.»

«Sì, l'ho fatto. Mentre ero via...» Esitò, arrossendo. «La prima volta che mi sono saltate, sono andata da un medico e...»

«Un mese è troppo presto, non lo sapeva?»

«Sì. È solo che ero ansiosa di sapere. Comunque, negli ultimi due mesi, da quando sono tornata, l'ho fatto da sola. Ho comprato quei test che vendono in farmacia.» S'interruppe. Si rese conto di quanto fosse strana e affannosa la sua voce. Nella stanza c'era un caldo insopportabile. Il medico, che continuava a tamburellare con la biro, guardò l'orologio.

«Il risultato è stato negativo. Ero certa dell'esito. Non posso essere incinta dato che ho preso la pillola. O meglio, la usavo. Ho smesso di prenderla quando sono tornata a Londra...»

«Perché?»

«Perché... be', non dormo con nessuno qui a Londra.»

«La situazione può cambiare.»

Si era espresso in tono freddo. Evidentemente tutti quei problemi tipicamente femminili cominciavano a seccarlo.

«In ogni caso...» Prese un altro appunto. «Quei test di gravidanza non sono del tutto affidabili. A meno che non si seguano esattamente le istruzioni...»

«Senta, sono in grado di leggere delle istruzioni su una scatola, d'accordo? Lo sarebbe anche un bambino di cinque anni. Ho solo...»

«Certo. Certo.»

Fu un errore alzare così la voce. Lui assunse subito un tono condiscendente, un modo per nascondere la totale mancanza di compassione. «Be', dubito che si tratti di qualcosa di serio. Penso che si sia affaticata troppo. Le farò ripetere il test di gravidanza per essere sicuri. E anche le analisi del sangue. Non mi piace questa perdita di peso. Se non ha altro da chiedere, si rivolga pure all'infermiera. Torni fra tre giorni.»

Gini tornò tre giorni dopo. La vide un altro medico, perché il primo era fuori per un'emergenza. Era una donna, ed era più vivace del suo collega. Il test di gravidanza risultò negativo. Gli esami del sangue erano normali. La diagnosi fu stress. Le prescrisse una cura di Valium. Gini prese le pillole, le portò a casa e rimase lì a guardarle.

Poi, colta da una violenta rabbia, le gettò nel lavandino.

Affronta i demoni: questo le avrebbe detto Pascal. La sua matrigna Mary, i suoi amici, forse le avrebbero dato lo stesso consiglio. Ma Mary, a cui era molto affezionata, era negli Stati Uniti per un viaggio di tre mesi, e Gini non se la sentiva di rivolgersi agli amici, neanche a Lindsay. Era convinta che i demoni bisognasse affrontarli da soli.

Così cercò di lavorare e non ci riuscì; cercò di dormire e il più delle volte non ci riuscì. E alla mattina, per far scorrere il tempo, per far passare la giornata più in fretta, aveva preso l'abitudine di passeggiare per le strade.

Senza alcuna meta. Quel venerdì, il venerdì che doveva incontrare Lindsay, si diresse a nord, verso Portobello, poi a sud, verso Holland Park, poi a ovest, verso Shepherd's Bush, poi tornò sulla strada principale verso Notting Hill Gate. Stava piovendo, una pioggia sottile, e le macchine sibilavano lungo le vie. Tutti i negozi e i ristoranti parevano animati da un brusio che sembrava provenire da una vita lontana. È la normalità, la normalità, la normalità, si ripeté Gini. *Questa* è la normalità: la gente che fa spese, gli amici che s'incontrano. Sarà un fine settimana normale. Io sarò normale. Parlerò con gli altri e mi comporterò come si deve. Devo smetterla di vivere la mia vita come se fossi una sonnambula.

«Un fine settimana in campagna ti farà bene, Gini», le aveva detto Lindsay. «Charlotte ti piace. Max ti piace. Ti piacciono anche i loro figli. Ti stai trasformando in un'eremita, in una reclusa. Niente discussioni. Tu vieni e basta.»

Gini aveva discusso. Aveva replicato che un fine settimana in campagna sarebbe stato come prendere un'altra dose di Valium. Aveva replicato che non si stava trasformando in un'eremita o in una reclusa un po' tocca, che semplicemente le piaceva restare sola, che aveva bisogno di tempo per pensare.

«Stronzate», aveva ribattuto Lindsay. «Tu pensi già troppo. Lo hai sempre fatto. Pascal tornerà presto...»

«Può darsi. Ma può anche darsi di no.»

«... e cosa troverà? Un rottame. Hai perso sette chili. Hai l'aria triste e malata. Non lavori, non scrivi, non esci. Stai diventando strana. È ora di darci un taglio.»

«D'accordo», aveva acconsentito Gini, pur di porre fine ai rimproveri di Lindsay. «Verrò. Non ti farò sfigurare. Parlerò. Mangerò. Ma niente ginnastica.»

«Niente ginnastica», aveva promesso Lindsay in tono affettuoso. «Non per il momento, almeno. Prima devi riprenderti. Alla ginnastica penseremo dopo.»

Senza neanche essersene resa conto Gini si ritrovò davanti alla casa di Lindsay. Salì i gradini e suonò il campanello. Dopo una lunga attesa, la porta venne aperta da Tom. Lo ricordava come un piccolo selvaggio, ma le piaceva.

«Oh, ciao», la salutò, spalancando la porta e correndo su per le scale. «Vieni su. Sono solo, la nonna è fuori. È andata da Harrods a comprare delle scarpe da tennis. La mamma ha telefonato. Mi ha detto di farmi un panino perché lei arriverà tardi. Le ho risposto che me lo sarei anche fatto, ma che non c'era il pane. Ha detto che c'è un negozio all'angolo e poi ha riappeso. Sembrava dell'umore premestruale, ma del resto lo è spesso. Ti ha detto che due giorni fa avevo la febbre a trentanove? Piuttosto alta, eh? Voglio dire, tre gradi in più e ti bolle il cervello. Lo sapevi?»

«Così si dice», rispose Gini, raggiungendo la cucina al piano superiore.

Guardò Tom, che non vedeva da quando era partita per Sarajevo: si era fatto crescere i capelli che portava raccolti in una coda di cavallo e pareva avere acquistato sicurezza nel parlare. Indossava un maglione stracciato, jeans stracciati, ed era a piedi nudi. Stava per diventare un uomo, un bellissimo uomo, ma non aveva ancora la doppiezza dell'uomo adulto. Si accorse che la stava fissando, lui arrossì e distolse lo sguardo.

«Lindsay non ti aveva avvertito?» domandò. «Ho perso peso.»

«Preparo del caffè. Devono esserci dei biscotti da qualche parte...» Si voltò imbarazzato a rovistare in un armadietto in disordine, cercò di riempire il bollitore lottando con i piatti sporchi che debordavano dal lavandino. «Merda», borbottò. «Farei meglio a pulire un po' prima che torni la mamma. Tocca alla nonna, adesso abbiamo i turni. È l'ultima trovata di mamma per contenere il disordine. La nonna però non rispetta mai i turni. Non le piace lavare i piatti. Dice che il detersivo le provoca l'esantema.»

«Comodo», commentò Gini, che conosceva bene Louise.

«Già. È quello che le ho detto anch'io.»

«Ti aiuto. Se io lavo e tu asciughi non ci vorrà molto. A che ora torna Lindsay?»

«Ha detto all'una e mezzo o alle due. È in agitazione perché lunedì parte per Parigi. Questo fine settimana va via con te. Il turbinio della vita sociale.» Sogghignò. «Questo la fa sentire in colpa. E quando si sente in colpa, allora sì che sembra proprio in fase premestruale. Inoltre c'è uno stronzo al giornale con cui è ai ferri corti, roba seria, è stato lui a trattenerla.»

«Sei stato chiaro e conciso», osservò Gini, facendo scorrere l'acqua calda. «Un tantino crudo per quanto riguarda la psicologia femminile, ma hai reso l'idea. Allora tu non vieni con noi da Max?»

«Non è il mio ambiente.»

«Una volta lo era.»

«Non più. Troppi bambini. Charlotte è di nuovo incinta e... cosa c'è?»

«Niente. Mi sono solo scottata, tutto qui. L'acqua è un po' calda.»

«Comunque, c'è una retrospettiva di Bergman questo fine settimana. Dodici ore di cinema serio. Di arte pura.» Le diede un'occhiata di traverso. «Bergman. Antonioni. Fellini. Godard. Niente a che vedere con i tuoi registi americani.»

«Una volta ti piacevano i miei registi americani. *Mean Streets. Taxi Driver. Il padrino.* Abbiamo visto *Il padrino* almeno tre volte, Tom...»

«Già. Be', il prima Coppola era okay. E Scorsese è fantastico. Hai visto *Quei bravi ragazzi*? Oh, dimenticavo Tarantino. Tarantino è straordinario. Hai visto *Le iene*? E *Pulp Fiction*?»

«No.»

«I due migliori film americani che siano mai stati girati. Nessuno escluso. È cinema postmoderno. Certo sono film violenti...»

«Così ho sentito. Al momento preferirei stare alla larga dalla violenza. Magari li vedrò fra un po' di tempo.»

«Devi. C'è una scena in *Pulp Fiction*... non voglio rovinarti il film perché lui gioca molto sulla narrazione, ma è davvero grandiosa. C'è questo gruppo di studenti a cui stanno per sparare, e Travolta tira fuori la pistola, ma non la punta verso di loro. Se ne sta lì alle loro spalle, e poi...» Tom s'interruppe. Arrossì. «Ehi, mi dispiace. Non avrei neanche dovuto tirare fuori questo argomento. La mamma mi aveva avvertito. Ha detto che...»

«Va tutto bene, Tom. Davvero. Non ti preoccupare. Sto bene. Ti dispiacerebbe passarmi quel tegame?»

Tom glielo passò. Rimase accanto a lei ad asciugare i piatti, lanciando di tanto in tanto un'occhiata nella sua direzione.

«Mi piacerebbe sapere...» esitò. «Insomma, che cosa ti è successo a Sarajevo? Ne parli? La mamma dice che non parli, né con lei, né con nessun altro. Perché?»

«Neanche tu eri un tipo loquace», controbatté Gini. «Tom, per tre, quattro anni, hai parlato a stento. Lindsay è quasi impazzita per l'ansia e il senso di colpa. Sono sicura che avevi pensieri, idee, sentimenti, che potevi comunicare. Solo che hai deciso, per ragioni tue, di non farlo. E non credo di averti fatto pressioni all'epoca, Tom...»

«No. Non l'hai fatto. Sei stata gentile.» Fece una pausa. «D'accordo. Messaggio ricevuto. Comunque la gente parla troppo. In questa famiglia parlano in continuazione. La mamma non prende mai fiato. La nonna non prende mai fiato. Avevo solo bisogno di un po' di spazio per me. Un po' di silenzio.»

«Capisco. A volte può essere di aiuto.» Gini distolse lo sguardo.

«Certo. Nessuna fatica. È solo che tu una volta parlavi, tutto qui. Mi piaceva chiacchierare con te... Ricordi? Mi portavi al cinema e andavamo a prenderci un hamburger. Era divertente...»

«Sì. Ricordo. Mi divertivo anch'io.»

«Per questo non posso fare a meno di chiedermi che cosa abbia provocato questo.» Esitò di nuovo. «Mamma sostiene che si tratta di stress post-traumatico, te l'ha detto?»

«No. E non è niente di così traumatico.»

«Hai visto troppi cadaveri a sentire mamma. Ma io le ho detto che Pascal aveva visto centinaia di guerre, e se lui ce l'aveva fatta a resistere, perché tu non potevi? La mamma mi ha spiegato che è diverso per le donne perché si lasciano coinvolgere di più, ma io non l'ho bevuta. Penso...» Soppesò le parole. «Penso che ti ci abituerai con il tempo. Dev'essere stata dura per te, dato che è la tua prima guerra. E deve aver significato molto perché è sempre stata la tua ambizione diventare corrispondente di guerra, vero?»

«Sì. Una volta. Possiamo cambiare argomento?»

«Sicuro.»

Seguì un breve silenzio. Tom asciugò un tegame e alcuni piatti, mentre Gini risciacquava. Si sarebbe sentita meglio se solo avesse potuto concentrarsi su quelle piccole incombenze... e poi Tom fece qualcosa che non si sarebbe mai aspettata, l'unica cosa che non era in grado di affrontare.

Arrossendo di nuovo, e con un gesto goffo che le ricordò quando era molto più piccolo, le circondò le spalle con un braccio e si scusò. Era stato indelicato, non avrebbe dovuto sollevare l'argomento tanto per cominciare, gli dispiaceva, ma qualcuno, la sua ragazza, gli aveva detto che doveva mettersi in contatto con i sentimenti delle altre persone, così ci aveva provato, e sembrava che stesse funzionando e lui non voleva essere invadente, ma lei era sembrata così diversa che si era sentito in dovere di dire qualcosa...

Allora lei scoppiò a piangere. Si rese conto che Tom era sconvolto dalle sue lacrime, ma non riuscì a fermarsi. Pianse sul lavandino, poi quando Tom la trascinò al tavolo, si sedette e pianse sulla superficie di pino. Tom tirò fuori dei kleenex, cominciava ad agitarsi. Quando infine si calmò, fu ancora più premuroso. Preparò il caffè, sedette accanto a lei e le prese la mano.

«Parlami», la incoraggiò. «Con me puoi. Non lo dirò a nessuno, lo prometto. Posso capire. Cosa ti ha fatto piangere?»

«Non tu, Tom.» Gini gli strinse la mano, poi la lasciò andare. «Per favore, non dare la colpa a te stesso. Sei stato molto gentile. È solo... è solo che in Bosnia non potevo piangere. Non potevo lasciarmi andare. Quindi è un po' come se avessi una riserva di lacrime. Si sono accumulate finché non sono tornata a casa. E adesso, ogni volta che all'improvviso ricordo qualcosa, cominciano a scendere e non riesco a fermarle. Tutto qui.»

«Cosa ricordi?» La guardò seriamente, e Gini ne fu commossa. Quel mezzo bambino e mezzo adulto stava cercando di comportarsi come riteneva avrebbe fatto un vero uomo.

«Cose brutte. Gente che muore. Feriti. Vedi i telegiornali Tom. Puoi immaginare. Anch'io guardavo quei programmi prima. Avevo visto le fotografie di Pascal. Sapevo quello che avrei trovato. Pensavo di essere preparata. Solo quando sei là e vedi con i tuoi occhi, ci convivi per mesi, quando sai che niente di quello che fai, niente di quello che scrivi può alterare la realtà...» Chinò la testa.

«Posso capirti.» Corrugò la fronte. «Perché sei voluta andare là, Gini? Perché volevi fare la corrispondente di guerra? Perché lo ha fatto tuo padre? Perché lui ha vinto il Pulitzer? O forse a causa di Pascal? Perché volevi lavorare con lui?»

«Tutte queste cose messe insieme immagino, Tom», sospirò. «Non so altro. Tutto quello che so... è che non potrei tornare in Bosnia. Non scriverò mai di un'altra guerra...»

«Io spero che tu lo faccia», disse Tom in tono incoraggiante. «La mamma mi ha mostrato gli articoli che hai scritto. Erano davvero commoventi. Quando ha letto il pezzo da Mostar, si è messa a piangere e...»

«Basta, Tom. Non parliamone più. Mi sei stato d'aiuto, veramente. Ho solo bisogno di tempo...»

«E ti manca Pascal.» Tom si alzò. «Mamma è convinta che lui è una parte del problema, e io sono d'accordo. Dice che starai bene quando tornerà. In realtà, è piuttosto arrabbiata con lui perché non è ancora tornato dopo tutto questo tempo. L'altra sera ha dichiarato che se avesse avuto il suo numero, gli avrebbe telefonato per dirgliene quattro...»

«Cosa?» Anche Gini si alzò. Lo guardò costernata. «Non parlava sul serio, vero? Non può fare una cosa del genere. Non ha il diritto di interferire...»

«Stai tranquilla. Non lo farà. È solo che a volte le vengono certe idee. E...» Tacque, cambiando espressione. «Oh, adesso capisco. Non ne hai parlato a Pascal, vero? Lui non sa che stai male, è così?»

«Tom, io non sto male. Possiamo interrompere questa...»

«Sa che hai perso peso? Sa che hai passato il Natale tutta sola?»

Gini avvampò. «Chi te l'ha detto? Non è vero. Sono stata da alcuni amici...»

«Non è quello che pensa la mamma. L'ho sentita che lo diceva alla nonna.»

«Oh, santo cielo! Tutto questo è intollerabile! Non mi piace che si discuta di me in questo modo. Non sono affari di Lindsay su come trascorro il Natale...»

«E invece sì. È una tua amica. E certamente sono affari di Pascal. Conosco Pascal. Mi piace. Scommetto che non gli hai detto niente, né di Natale né della perdita di peso, niente di niente. Perché se lo avesse saputo, e mamma ha ragione in questo, sarebbe salito sul primo aereo...»

«Tom, la vuoi smettere? Lasciami in pace...»

«No.» In quel momento si rese conto che anche Tom era arrabbiato. Era impallidito. La guardava con la tipica ferocia degli adolescenti. «Stai mentendo a Pascal. Non dovresti mentire, non a qualcuno che ti ama...»

«Non sto mentendo», replicò Gini furiosa. «Possono esserci delle cose che preferisco non dirgli per determinate ragioni. Lui deve lavorare, Tom.»

«Un'altra bugia. È una bugia per omissione, tutto qui. Io non mento. Non mentirei mai alla mia ragazza. Non dico una bugia dal nove novembre dell'anno scorso. Neanche bugie indirette, o per cortesia...»

«Capisco. Be', imparerai con il tempo, Tom. A volte la verità provoca dolore. A volte le bugie possono essere d'aiuto. Quando sarai più grande capirai.»

Si rese conto subito che non avrebbe dovuto fare quell'osservazione. Tom si fece paonazzo.

«Soprattutto le coppie non dovrebbero mentirsi», esplose. «È la cosa che più mi manda in bestia. Una moglie che mente al marito. Un marito che mente alla moglie. È quello che fa mio padre quando viene qui, vale a dire una volta ogni cent'anni, non fa che raccontare bugie per tutto il tempo...»

Gini adesso percepiva tutto il suo dolore, tutta la sua rabbia. Il repentino cambio di argomento, l'inaspettata reazione la colsero di sorpresa.

«Tom, non fare così», lo pregò, tendendogli la mano. «Mi dispiace di avere detto certe cose. E tu non dovresti neanche pensarle. Lindsay non mente. Lindsay è una delle persone più sincere che conosco. I tuoi genitori sono divorziati. Lo sono da anni. Non dovresti esprimere certi giudizi su di loro...»

«Perché no? È la verità. Conosco i fatti. Sono rimasti sposati per circa dieci minuti. Si sono scambiati tutte quelle promesse sull'altare e poi quando sono nato io si sono separati. Hanno fatto delle promesse che non hanno mai mantenuto. E tu sei come loro...»

«Tom, dammi retta per un minuto. Tu non pensi quello che dici. Non capisci...»

«Io pensavo che tu e Pascal foste diversi.» Alzò la voce. «Lui mi piace veramente. Lo rispetto. E mi piaci anche tu. Ero convinto che potesse funzionare, che si potesse amare qualcuno per sempre. Sarebbe fantastico, no? Dovevo immaginare che...»

S'interruppe. Da basso una porta sbatté. Entrambi ascoltarono i passi di sua madre che saliva le scale. Gini lo guardò impotente. Gini aveva poca esperienza con i bambini, men che meno aveva idea di come si dovesse parlare a qualcuno che era mezzo bambino e mezzo adulto. Aveva solo dodici anni più di lui, non aveva ancora compiuto i trenta, ma le sembrava che li dividesse un abisso. La sua stessa inadeguatezza la ridusse al silenzio. Aveva ancora la mano tesa verso Tom, ma lui continuava a ignorarla. Sua madre aveva raggiunto il pianerottolo sottostante. Fece un gesto stizzito, cominciò a parlare, s'interruppe, poi uscì sbattendo la porta.

Alcuni secondi dopo sbatté anche la porta della sua camera e subito dopo si udì un pezzo rock ad altissimo volume. Lindsay irruppe in cucina, sembrava particolarmente eccitata e compiaciuta di se stessa. Come se l'avessero cronometrata, nell'attimo stesso in cui entrò, il telefono cominciò a squillare. Lindsay rispose e ascoltò in silenzio per un po'.

«Markov», disse infine. «Non voglio parlare di questo adesso. Non devi parlarmene adesso. Durante il fine settimana non lavoro, d'accordo? Va' al diavolo, Markov.» Posò la cornetta, si voltò verso la porta e urlò: «Tom ti dispiace abbassare di qualche decibel?»

Le infernali batterie vennero quasi ridotte al silenzio.

«Cos'è successo?» Si voltò verso Gini. «Una discussione?»

«Più o meno. Non ne sono sicura. Tom è stato così gentile con me. Stavamo parlando. Poi d'un tratto la conversazione ha preso tutta un'altra piega. Ci siamo trovati...»

«Tu da una parte e lui dall'altra del ring?»

«Sì. Oh, Lindsay... temo di avere fatto fiasco con lui.»

«Non ti preoccupare. È il destino degli adulti. Io faccio fiasco con Tom circa cinque volte al giorno.»

«Forse dovrei andare a parlargli.»

«Non pensarci neanche. È peggio di Savonarola quando è di questo umore. Ti farebbe sentire una strega. Cerca di ricordarlo quando avrai dei figli. Subiscono una metamorfosi. E il punto è che un genitore non si perderebbe quella trasformazione per nulla al mondo. A proposito, parlando degli umori adolescenziali, dov'è mia madre?»

«Se non ho capito male, Louise è da Harrods a comprare delle scarpe da tennis.»

«Non ci credo neanche se lo vedessi con i miei occhi. Mia madre che va da Harrods a comprare delle scarpe da tennis. In realtà sta comprando metà reparto cosmetici. E con questo posso dire addio allo stipendio del prossimo mese. Oh, be', pazienza... preparami un caffè, Gini. Intanto chiamo Charlotte per avvertirla che stiamo arrivando. Ho un milione di cose da raccontarti...»

Gini notò che l'amica aveva la stessa effervescenza e la stessa faccia tosta di sempre, e fece quello che le aveva chiesto. Sull'autostrada per Oxford andò ad alta velocità, dimostrando di non avere migliorato la guida. Gini, che si era dimenticata quale disastro era al volante, chiuse gli occhi. Lindsay chiacchierò per tutto il tragitto. Parlò fino a Oxford, parlò mentre attraversavano Oxford dove, non avendo svoltato al momento giusto, sbagliarono strada. Continuò a parlare anche quando finalmente trovarono la strada giusta che le portò nella campagna fuori Oxford e a Gini non sembrò che avesse un milione di cose da raccontarle, dopotutto.

L'argomento era uno solo, tutto il resto non era che una variazione sul tema. Il soggetto in questione era un uomo che Gini non conosceva e a cui non era minimamente interessata. Si chiamava Rowland McGuire e, stando a quello che sosteneva, Lindsay non lo sopportava affatto.

3

Quel pomeriggio, Charlotte rispose all'inaspettata telefonata di Max nella cucina della fattoria che avevano comprato all'epoca del loro matrimonio, circa dieci anni prima. Stava impastando e aveva le mani ancora sporche di farina. Il figlio più giovane, Daniel, sedeva al tavolo in fondo alla grande stanza, intento a colorare. La telefonata era arrivata poco dopo le due e Max, dopo essersi affrettato a rassicurare la moglie sempre apprensiva nei suoi confronti, arrivò dritto al punto.

«Si tratta di Rowland», spiegò. «Gli ho parlato. È appena andato via, a dire il vero. Ascoltami, tesoro, stavo pensando...»

«Non mi dire che Rowland ha cambiato idea.»

«No, no. Rowland non ha cambiato programma. Sai com'è fatto. Ma io ho cambiato idea. Cara, so quello che abbiamo deciso, ma sono convinto che ci siamo lasciati trasportare. Non dovremmo immischiarci...»

«Oh, Max, non ci stiamo immischiando», replicò Charlotte. «Ne abbiamo parlato per ore, e tu eri d'accordo con me. Tutto quello che dobbiamo fare è dare una piccola mano al destino. Rowland non lo verrà mai a sapere.»

«Sospetterà.» Max aveva un tono cupo. «Tesoro, sai quanto è intelligente, mangerà la foglia. Io o tu ci lasceremo sfuggire qualcosa...» sospirò. «Sono stato un pazzo a darti retta. Non so come mi sono lasciato convincere.»

«Perché dovrebbe sospettare? Dopotutto è stata una sua idea. Noi dobbiamo solo arricchire un po' la trama...»

«No, Charlotte.» Max, un uomo sin troppo sottomesso alla moglie, una volta tanto sembrava determinato a non cedere. «No, tesoro. Ho deciso. Non sfideremo la sorte intromettendoci. È troppo pericoloso con uno come Rowland. Potrebbe succedere di tutto. È mio amico e voglio che resti tale, d'accordo?»

Charlotte esitò. Capitava di rado che Max, sempre così risoluto, cambiasse idea, ed era ancora più raro che si rivolgesse a lei con quel tono di voce. Si pulì le mani sul grembiule e considerò la linea migliore da adottare. Avevano stabilito da tempo che era lei l'arbitro delle questioni di cuore, che era lei ad avere l'intuito femminile, quella che si accorgeva di un potenziale amore fra gli amici settimane, persino mesi, prima di Max. Quell'improvvisa ribellione da parte sua fu inaspettata. Charlotte, felicemente sposata e convinta assertrice delle gioie del matrimonio era la paraninfa riconosciuta della famiglia. Come poteva Max essersene dimenticato?

«È anche mio amico, Max», iniziò, in tono amabile. «Tesoro, ti stai facendo prendere dal panico e non è necessario. Ne abbiamo già discusso. Rowland non è felice, per quanto finga di esserlo. Non può passare il resto della vita dedicandosi solo al lavoro. Si merita di meglio. È solo e insoddisfatto, ed è un tale spreco...»

Tacque, e il silenzio di Max la incoraggiò. «Rifletti, caro», continuò, in tono persuasivo. «Rowland non è solo un bellissimo uomo, è anche intelligente, gentile e buono. Lo hai visto con i bambini, lo adorano. Dovrebbe avere dei figli propri. Quando torna a casa la sera dovrebbe trovare qualcuno che lo ama invece di vivere tutto solo in quella strana casa, mangiare cibo in scatola, lavorare giorno e notte e rimuginare tristemente...»

«Non mangia sempre cibo in scatola», obiettò Max in tono paziente. «Charlotte, vuoi ascoltarmi? Ha uno stuolo di ammiratrici che gli preparano i pasti, gli stirano i vestiti, che lo servono, che saltano dentro e fuori dal suo letto. Triste? Rowland non ha il tempo di essere triste. È troppo occupato a spezzare cuori. Sappiamo entrambi che la sua vita amorosa è un campo minato.»

«Oh, per amor del cielo. Quelle donne non contano. Gli danno un'occhiata e s'innamorano follemente. Nessuna di loro dura più di cinque secondi. Appena Rowland si accorge che fanno sul serio, fugge a gambe levate.»

«Ha le sue ragioni. E tu le conosci quanto me.»

Questa osservazione zittì Charlotte per un po'. Corrugò la fronte.

«Ma non capisci, Max?» disse infine. «Questo conferma quello che penso. Se Rowland si è innamorato una volta, può succedergli di nuovo. Non può portare il lutto per sempre. È successo quasi sei anni fa, Max.»

«Sono sei anni per noi. Non per lui. Tesoro, come ti ho già detto, gli ho parlato. Dovevi vedere la sua faccia quando *en passant* ho nominato Washington. Charlotte, perché credi che insista che portiamo avanti le inchieste sulla droga? Perché credi abbia imposto queste inchieste come condizione per accettare il lavoro? È ancora la crociata personale di Rowland. Noi possiamo anche pensare che gli sarebbe di aiuto ammettere certe cose con se stesso, ma non lo farà. La ferita non si è ancora rimarginata, Charlotte, e lo sai.»

«Una donna potrebbe guarirlo, la donna giusta», insisté Charlotte. Era così convinta. Max, che era meno romantico della moglie, sospirò di nuovo. Trovava la sua ingenuità e la sua fiducia nell'efficacia dell'amore commoventi, ma non sempre lei capiva l'altro sesso.

«Amore», riprese dolcemente, «so che ne sei convinta, e potresti anche avere ragione, capita spesso. Ciononostante, non interferiremo. Se Rowland deve trovare la donna giusta, lo farà da solo. Ne è più che capace. Se lo facessi io per lui, non credi che potrei ottenere l'effetto opposto?»

«Oh, Max.» Sentendo il tono tenero ma divertito, improvvisamente si sentì felice ma anche addolorata. Sorrise a Danny quando alzò lo sguardo dal disegno e posò una mano sulla pancia sentendo scalciare il suo bambino di sette mesi. Sapeva che stava per capitolare, come accadeva sempre ogni volta che Max usava quel tono.

«Voglio solo che sia felice, tutto qui», affermò. «Dati i suoi progetti, ho pensato che fosse l'occasione perfetta. Il momento giusto, la candidata giusta... però forse hai ragione tu. Rowland è imprevedibile. Il nostro piano potrebbe essere presuntuoso. Allora, che cosa suggerisci di fare? Niente?»

«Assolutamente niente», replicò Max, in tono risoluto, deciso a non lasciarsi ingannare dal tono innocente della sua voce. «E parlo sul serio, Charlotte. Devi promettermelo. Niente trovate. Niente allusioni casuali...»

«Oh, d'accordo. Lo prometto. Sbrigati a tornare a casa. Mi manchi. E anche a Danny. Ti manda un bacio. Max...»

«Ti amo», disse Max, in un tono che Charlotte conosceva ma che avrebbe sicuramente sorpreso i suoi colleghi. «Ti amo moltissimo. Diciamo pure che ti adoro. E ho anche...» Tacque. «E ho anche voglia di te. Penso proprio si possa dire così. Ho una riunione fra due minuti e mezzo, li passerò a desiderarti.»

Charlotte sorrise. «Max, la cosa mi lusinga, ma la ritengo improbabile. Sono incinta di sette mesi. Sono più grossa di una mongolfiera.»

«E questo mi ha mai scoraggiato?» ribatté lui. «È sempre stato il contrario, come ben sai. Devo solo ingegnarmi un po'. Ammettendo che guidi come un pazzo e arrivi a casa verso le sei... a che ora arrivano quelle dannate persone?»

«Verso le sette e mezzo. Quando arrivi ci saranno già Lindsay e Gini e potrebbero esserci momenti imbarazzanti.»

«Farò in modo di precederle. Il che vuol dire, stando ai miei calcoli, che avremo circa una mezz'oretta libera. Ora, in quell'arco di tempo, potrei...»

Passò a elencare in dettaglio alcune interessanti attività. Charlotte ascoltò attentamente e arrossì. Proprio quando era arrivato alla parte più ingegnosa di ciò che stava descrivendo, interruppe la comunicazione. Charlotte riappese con un sorriso. Max poteva essere scostumato quando voleva, ma non era mai arrivato in ritardo a una riunione in vita sua.

Era passata un'ora dalla conversazione di Charlotte con il marito. Durante quell'ora era arrivata Jess, la ragazza del paese che l'aiutava, e adesso stava impastando il pane. Charlotte, che aveva completato i preparativi per la cena di quella sera, sedeva con Danny, assorto nei suoi disegni. Aveva parecchio tempo per rimuginare sulle argomentazioni di Max e sulle sue. Era un po' agitata, non era soddisfatta della discussione con il marito, avrebbe dovuto insistere di più. C'erano cose, cose importanti, che andavano affrontate meglio.

Lei e Danny erano circondati da tubetti di colori. Lui si era sporcato mani, viso, gomiti e vestiti; c'era pittura sul pavimento e sul tavolo. Fino a quel momento aveva disegnato un albero rosso, una casa quadrata, un peloso cane blu e una grassa Charlotte arancione con riccioli rosa. La disordinata e accogliente cucina profumava di lievito. Charlotte sapeva che doveva stare tranquilla, e di solito lo era, ma in quel momento non ci riusciva. Guardò il ritratto che aveva disegnato Danny. Perché ho i capelli rosa? si chiese. E improvvisamente le venne voglia di piangere.

D'impulso abbracciò Danny poggiandogli il viso sulla testa. Il profumo dei capelli e della pelle così tipico dei bambini, la calmò. Baciò Danny e si ritrasse, perché lui voleva sfuggire all'abbraccio materno per tornare alla sua pittura. Com'era fortunata. Cosa c'era di male o di presuntuoso nel desiderare qualcosa di bello come l'amore e il matrimonio per qualcuno come Rowland che era così gentile, così sincero e così triste?

Poco dopo le tre, con la questione ancora irrisolta, uscì per portare i quattro cani (due grassi labrador e due aggressivi jack russell) nella passeggiata pomeridiana. Lasciò Daniel con Jess, entrambi impegnati a preparare delle piccole crostate per il tè, in giardino si voltò a guardare la finestra della cucina, con i cani che le gironzolavano intorno abbaiando.

Jess sbatteva burro e zucchero; Danny metteva insieme violette candite e caramelle colorate, le sue decorazioni preferite. A Danny piacevano solo le torte con la glassa rosa e molte decorazioni; per il quarto compleanno, che cadeva il mese dopo, avevano deciso di preparargli una torta a forma di porcospino, il suo animale preferito.

Era un bellissimo e limpido pomeriggio, l'aria profumava di terra umida e di legna bruciata. Quando arrivò in fondo al vialetto, si sentì più calma. La sua innata serenità, la qualità che Max più amava in lei, aveva avuto la meglio. Legò la sciarpa rossa sui capelli in disordine, allacciò il vecchio cappotto sul pancione, chiamò con un fischio i cani e si avviò lungo il solito percorso. Avrebbe costeggiato il fiume, la chiesa e poi sarebbe tornata giù per le colline, raggiungendo casa poco prima dell'arrivo di Lindsay e Gini. Avrebbe avuto giusto il tempo di rinchiudere le galline nel pollaio prima che facesse buio, e doveva assolutamente ricordarsi di farlo, perché c'era una volpe in zona. Poi, una volta che Jess fosse tornata a casa e i figli più grandi rientrati da scuola, avrebbero preso il tè con le crostatine preparate da Danny. Avrebbe abbandonato i progetti per Rowland, diamine, non lo avrebbe neanche nominato.

D'altro canto, Lindsay sarebbe stata perfetta per lui, e quel fine settimana era sembrato l'ideale per instillare l'idea. La loro unione, una volta presa in considerazione questa possibilità appena Max le aveva rivelato i progetti di Rowland, adesso le sembrava così attuabile, così predestinata, che non si spiegava neanche lei perché non ci avesse pensato prima.

Lindsay era una donna forte, indipendente e affettuosa. Aveva un figlio con un disperato bisogno di una figura paterna, un uomo come Rowland, da emulare e ammirare. Il vero padre, l'ex marito di Lindsay, che Charlotte aveva incontrato una sola volta e odiato all'istante, era uno smidollato parassita di bell'aspetto che stando alle ultime notizie si trovava in Canada. Non si faceva mai vivo con il figlio e contattava Lindsay solo quando era a corto di soldi o era stato abbandonato dall'ultima delle sue numerose ragazze.

Lindsay meritava di meglio di un uomo che l'aveva lasciata sei mesi dopo la nascita di Tom. Meritava di meglio che passare il resto della vita a mantenere una madre egoista una volta che Tom se ne fosse andato di casa. Solo l'idea la terrorizzava. Ogni uomo con cui Lindsay era stata seriamente coinvolta dopo il divorzio, era stato allontanato dalla madre che aveva un forte istinto di conservazione. Se Rowland avesse sposato Lindsay, sicuramente avrebbe visto Louise per quella grande ipocrita che era e non si sarebbe fatto scrupolo di cacciarla così su due piedi. Rowland, che sapeva essere spietato, era uno dei pochi uomini di sua conoscenza in grado di liberare Lindsay dalle grinfie della madre. Charlotte se lo immaginava già con la spada sguainata come un eroico salvatore.

Lindsay però era convinta di non volere o di non avere bisogno di essere salvata. Be', si sbagliava. Aveva bisogno di essere salvata da se stessa quanto da sua madre. Doveva imparare ad avere fiducia, capire che abbandono e dolore non facevano sempre rima con amore. Convincersi che alcuni uomini erano degni di fiducia e che quello giusto poteva trasformare la vita di una donna, così come Max aveva trasformato la sua e Pascal quella di Gini.

Arrivata al fiume percorse lo stretto sentiero e si fermò sul ponte. Corrugando la fronte alzò gli occhi e seguì con lo sguardo la valle serpeggiante. Un pomeriggio dell'estate precedente, Max e i ragazzi erano andati avanti e lei si era fermata a parlare con Rowland accanto a quel gruppo di salici un po' più in là. Era stato intrattabile e di cattivo umore per tutta la mattina. In quel momento stava guardando il fiume con lo sguardo fisso. Quando gli aveva posato una mano su un braccio, decisa finalmente a parlargli, lui aveva sussultato, come se si fosse dimenticato della sua presenza.

«So a cosa stai pensando, Rowland», gli aveva detto, il più delicatamente possibile. «È l'anniversario, vero? Max me l'ha detto. Rowland... non puoi tenerti tutto dentro. Perché lo fai? Non puoi parlarne neanche con me?»

«Sminuirebbe quello che è stato. Sminuirebbe lei.» Aveva distolto lo sguardo. «Lascia perdere, Charlotte. Affronterò la cosa a modo mio.»

«Come si chiamava? Non so neanche quello...»

«Il suo nome?» Le aveva lanciato una gelida occhiata. «Si chiamava Esther. Era di colore. Non dirmi che non lo sapevi. Max non può aver tralasciato un dettaglio così rilevante. È l'unico particolare che interessa alla gente. Chissà poi perché.»

«Non lo sapevo.» Si era irrigidito mentre parlava, richiudendosi. «Rowland, tutto quello che so è che amavi qualcuno, che stavi per sposarti e che lei è morta. Max non mi ha detto altro.»

«Quanta discrezione. Max dovrà leggere i giornali americani. Lì ci sono tutti i dettagli, anche se non sono mai stato io a rivelarli. Max non può averli dimenticati, no?»

«Non provarci neanche a schernire Max davanti a me, Rowland», aveva replicato Charlotte, con un certo calore. «Nel caso te ne fossi dimenticato, Max è il più vecchio e più leale amico che hai.»

«Mi dispiace.» Era arrossito. «Un'osservazione fuori luogo. E ingiusta. Io... hai ragione, naturalmente. Oggi sono cinque anni e... di solito riesco a farmi forza. Ma ho la sensazione che non riuscirò mai a superarlo. Perdonami, Charlotte. Non sono una compagnia piacevole. Ho bisogno di restare un po' da solo.»

Era come dirle di farsi gli affari suoi. Ma Charlotte, che a volte si sentiva intimidita da Rowland, aveva tenuto duro.

«Non ho intenzione di lasciarti solo, Rowland», aveva affermato tranquillamente. «Devi parlarne. E non accetterò un no per risposta. È ovvio che...» Aveva esitato. «Il tempo sarà di aiuto. Ma può essere anche di aiuto parlare con un'amica. Dimmi che cos'è successo, Rowland. Esther è morta in un incidente o di malattia?»

Quando aveva menzionato il tempo, le aveva lanciato un'occhiata così sprezzante che l'aveva sbalordita, tanto che era stata incerta se continuare o meno. L'espressione sul suo volto era di rabbia.

«Se non te ne andrai tu, lo farò io.» Aveva cominciato a voltarsi. «Non voglio che tu interferisca, Charlotte. Riesci a capirlo?»

«No», aveva risposto lei, cominciando ad arrabbiarsi. Lo aveva afferrato per un braccio. «No, Rowland. Arrabbiati quanto vuoi, ma non ti lascerò andare via da solo. Non ti permetterò di crogiolarti nel tuo dolore in questo modo...»

«Crogiolarmi? Grazie.»

«Di cos'hai paura, Rowland?»

L'aveva sospinta da parte, e lei si era aggrappata di nuovo al suo braccio. «Hai paura di piangere davanti a me? O hai paura di ammettere con te stesso che dopo cinque anni nessuno, neanche tu, può provare lo stesso dolore di allora?»

Era sbiancato mentre lei diceva questo. Dopo una furiosa imprecazione, aveva cominciato ad allontanarsi, poi si era fermato. Si era voltato, lanciandole una lunga e lenta occhiata, un'occhiata che l'aveva raggelata, un'occhiata che le aveva fatto distogliere lo sguardo per l'imbarazzo. Infine aveva cominciato a parlare, con una voce glaciale che non tradiva la minima emozione.

«Una spiegazione particolareggiata? È questo che vuoi? D'accordo, Charlotte, dato che sei amica mia e così preoccupata per il mio benessere, ti racconterò i fatti. Vivevamo a Washington, in un quartiere chiamato Dupont Circle. Mi trovavo lì da tre anni come corrispondente del mio giornale e un mese prima che succedesse, ero stato richiamato a Londra. Mi sono rifiutato di tornare, a dire il vero ho dato le dimissioni. Non era stata una decisione difficile, Max lo pensa, ma si sbaglia. Esther lavorava per la DEA, per lei era impossibile lasciare l'America. Io potevo fare il free lance, c'era del lavoro al *Post*...» Per la prima volta aveva esitato. «Max riteneva che fossi stato precipitoso, e me lo ha detto. Per me, la decisione fu immediata. Era impensabile lasciarla. Dovevamo sposarci il mese dopo.

«Era il fine settimana di un'estate molto calda, molto umida. Avevamo deciso di passarlo da suo fratello nel Sud. Ho dovuto rimandare il viaggio perché mi era stato chiesto un articolo. Certo, se non avessi mai accettato, non sarebbe successo niente ed Esther sarebbe ancora viva, sarebbe mia moglie. Potremmo avere...» Si era interrotto di nuovo. Vedendo la sua espressione, Charlotte si era mossa involontariamente verso di lui, ma poi si era ritratta. «È uscita per fare delle spese», aveva continuato, con la stessa voce piatta. «Io sono rimasto a casa a lavorare, a fare delle telefonate... e lei non è più tornata. È stata uccisa mentre tornava dal droghiere. Le ha sparato al collo un ragazzino di quindici anni fatto di crack. Voleva la sua borsetta, lei gliel'ha data, ma lui l'ha uccisa lo stesso. È morta sul marciapiede a due isolati di distanza da casa nostra. È morta sul marciapiede circondata da estranei che erano troppo scioccati, o troppo spaventati, per soccorrerla.»

«Avevano paura di aiutarla? Rowland, non capisco...»

«Aveva perso molto sangue. All'epoca la gente era terrorizzata dall'Aids. Non che avrebbe fatto differenza. I medici hanno detto che è morta quasi sul colpo.» Aveva fatto una pausa, guardando le colline di fronte, poi aveva corrugato la fronte e alzato le spalle. «Dopo i funerali, ho lasciato Washington immediatamente. Non ci sono più tornato.» Poi si era incamminato, e Charlotte lo aveva rincorso, con le lacrime negli occhi. Lo aveva preso per un braccio facendolo fermare.

«Rowland, ti prego, aspetta. Sono contenta che tu me ne abbia parlato, è così terribile. Per favore, ascolta... posso capire.

Posso cercare di capire. Se una cosa del genere fosse successa a me... se si fosse trattato di Max. Rowland, non riesci a capire? Non c'è niente di male a parlare. I tuoi amici vogliono aiutarti. Max e io vogliamo aiutarti. Devi cominciare a lasciarti andare. Non puoi permettere che questo ti avveleni la vita. Sono sicura che Esther non lo avrebbe mai voluto. Lei avrebbe capito. Con il tempo...»

Si era interrotta. Rowland l'aveva aggredita, livido in volto.

«Parlarne? Vuoi sapere perché non lo faccio? Perché rimpiango di averlo fatto adesso? Perché so che cosa succederebbe. So quali sarebbero le risposte. Le solite abominevoli parole di conforto, i soliti stupidi consigli, le solite frasi fatte sul tempo che cura ogni cosa. Detesto tutto questo. Non darmi i soliti dannati consigli, Charlotte, mi manda in bestia.»

«Non ti sto dando consigli, Rowland. Sto solo cercando di farti capire che... che dovresti dimenticare.»

«Dimenticare? Capisco. Credi sia così facile? È quello che faresti tu se domani Max finisse sotto un autobus? Quanto tempo ti ci vorrebbe per dimenticare? Tre anni? Cinque? Dieci? E poi cosa faresti? Ti risposeresti? Quanto tempo concedi tu, Charlotte, al dolore?»

«Si tratta solamente di dolore nel tuo caso, Rowland?» gli aveva chiesto pacatamente. «O c'entra anche il senso di colpa?»

«Senso di colpa?» L'aveva incenerita con lo sguardo.

«Ti senti in colpa perché hai cambiato programma il giorno in cui Esther è morta. E ti senti in colpa anche adesso, anche se non vuoi ammetterlo. Non puoi portare il lutto per sempre. Uno di questi giorni potresti avere voglia di sposarti di avere dei figli...» Aveva incontrato i suoi occhi, e impulsivamente gli aveva preso di nuovo il braccio. «Oh, Rowland, perché non riesci a capire? Non sarebbe un tradimento da parte tua. Non si possono tradire i morti.»

«Davvero?» Si era liberato con uno strattone. «Dio, perché te ne ho parlato, perché? Sapevo come sarebbe andata a finire. Io l'amavo. Dubiti forse di questo? Perché se è così, oltre che cieca sei anche una stupida. E lasciami in pace, Cristo santo...»

Vedendo la sua espressione Charlotte non aveva dubitato di quello che stava provando, e non aveva insistito. Mortificata, l'aveva guardato allontanarsi. Era sparito in direzione delle colline a passo rapido. Quando infine era tornato a casa a tarda sera, era di nuovo il Rowland di prima; il Rowland orgoglioso, ostinato, spesso prevenuto, riservato, scaltro eppure stranamente innocente. Non si era scusato né aveva dato spiegazioni. Nessuno dei due aveva più affrontato l'argomento, né allora né in seguito.

Ma tutto sommato era un bene che le fosse venuto in mente quell'episodio che non amava ricordare. Ancora adesso a ripensarci si sentiva infocare le guance.' Rowland l'aveva fatta sentire così piccola e così inadeguata. Come devo essergli sembrata saccente, pensò. Indugiò sul ponte, osservando i salici piangenti presso cui si era svolta quella conversazione. In quell'attimo si rese conto di quanto fosse rischioso pensare di conoscere gli altri e quanto devastante potesse essere scoprire la loro vera natura. C'erano aspetti del carattere di Rowland che andavano ben al di là della sua immaginazione. La sua rabbia e la sua freddezza l'avevano spaventata, eppure quell'uomo, che aveva dimostrato quanto poco lei lo conoscesse, era lo stesso a cui una settimana prima voleva combinare un matrimonio.

Che sciocca sono stata, pensò tristemente. Grazie a Dio Max era riuscito a bloccare i suoi progetti per tempo. Ripensò al colloquio che aveva avuto con lui poco prima e il modo sdegnoso con cui aveva parlato delle ragazze che facevano la fila per Rowland. Adesso le vedeva sotto una luce differente: non doveva essere piacevole essere uno scarto di Rowland.

Usava le donne? Charlotte non ne era certa, anche se lo supponeva. E che ne sarebbe stato di Lindsay se il suo progetto fosse andato in porto? Non se lo sarebbe mai perdonato. Riflettendoci, si rendeva conto di quanto fosse assurdo e stupido quel progetto. Lindsay era una creatura solare, trasparente, mentre Rowland, dietro la facciata esteriore, era un mistero. Sapendolo, come aveva potuto arrivare così vicino a commettere un errore del genere?

Restò ancora un po' sul ponte cercando di calmarsi. Poi, vedendo che la luce stava calando, chiamò i cani e riprese il sentiero. Quando arrivò in un punto in cui la stradina si restringeva, sentì una macchina. Ancora prima che avesse il tempo di voltarsi, sopraggiunse ad alta velocità una BMW argentata nuova fiammante che la sorpassò vicinissima, spruzzandola di fango. Charlotte urlò dietro, ma l'autista, un uomo, la ignorò e proseguì senza rallentare. Charlotte guardò l'auto svoltare in un sentiero e procedere verso i boschi di faggi.

Scossa, strinse il cappotto sul pancione e riprese il cammino. Non vide nessun altro, a parte un signore che passeggiava lungo la riva del fiume con il proprio cane. Anche lui si fermò sul ponte.

Attraversò il villaggio, superò il cimitero, la chiesa normanna, l'ospizio e le alte mura che circondavano i giardini della villa. Passando davanti alle finestre accese dei cottage, sentì il cuore leggero. Lo sconforto e il disagio di poco prima erano svaniti. Voleva ritrovarsi a casa, proprio come i vicini. Voleva ritrovarsi con il marito, i figli e gli amici. Voleva trascorrere una tranquilla serata in compagnia davanti al camino. Incrociò due ragazze con la divisa della scuola che tornavano alla villa. Una era la deliziosa Cassandra, che a volte le faceva da baby sitter, figlia di un'arrogante divorziata che Charlotte detestava. La compagna era Mina, una ragazza che si era trasferita lì da poco il cui padre era un ufficiale della vicina base aeronautica statunitense. Charlotte aveva invitato i genitori di Mina e alcuni amici della zona a prendere un drink quella sera, tanto per rompere il ghiaccio in quello che prevedeva sarebbe stato un difficile fine settimana.

Urlò un saluto alle ragazze, ma con sua sorpresa si comportarono come se non l'avessero vista o sentita. Cassandra, la più alta, si mise a correre, seguita subito dopo da Mina. Charlotte le udì ridere mentre si avvicinavano ai cancelli della villa.

Che strano, pensò. La villania di Cassandra era nota quanto quella della madre, ma Mina, la piccola dolce Mina, la cui madre pareva sempre così triste, le aveva sempre dato l'impressione di essere beneducata. Charlotte alzò le spalle e accelerò il passo. Mentre si avvicinava al vialetto, una piccola macchina nera uscì in retromarcia dalla villa, fece inversione e partì a razzo, mancando per un pelo i montanti del cancello. Quando ebbe terminato di chiudere le galline nel pollaio, Charlotte attraversò il frutteto ed entrò in casa. Lindsay e Gini erano già in cucina, che profumava di pane appena sfornato.

Lindsay teneva in braccio Daniel e conversava fitto con Jess che si preparava ad andare. Gini, che Charlotte stentò a riconoscere, sedeva al tavolo con espressione greve e occhi vacui.

Lindsay l'aveva avvertita di aspettarsi un cambiamento, ma Charlotte, che non vedeva Gini da quando era partita per Sarajevo, non aveva certo previsto niente del genere. La guardò costernata. Charlotte considerava Gini una delle donne più belle che avesse mai conosciuto, anche se la sua bellezza era troppo seria e tranquilla per certi gusti. Adesso era terribilmente magra, il volto pallido e privo di vitalità, i meravigliosi capelli, una volta lunghi e argentei, erano opachi e tagliati cortissimi.

Charlotte si lasciò involontariamente sfuggire un'esclamazione, poi si controllò, cogliendo l'occhiata di avvertimento di Lindsay. Cambiò espressione e, costringendosi a un sorriso, corse verso Gini. Lei si alzò e Charlotte l'abbracciò calorosamente, sopraffatta dal dolore e dalla pietà. Gini ricambiò l'abbraccio, ma si staccò quasi subito. Mentre si ritraeva, colse il luccichio nei suoi occhi, ma Gini, che era orgogliosa quanto riservata, distolse immediatamente lo sguardo. Poi, dopo aver borbottato qualche scusa, prese la valigia e salì di sopra.

«Quella non era Charlotte Flanders?» chiese Mina, mentre la porta della villa sbatteva dietro di loro.

Cassandra era impegnata a disattivare il costosissimo allarme che aveva installato sua madre. Alla fine, smise di suonare.

«Quella con il pancione e i quattro orribili cani? Sì, era lei.»

«Oh, Cass.» Mina si tolse la giacca della divisa e l'appese ordinatamente. «Avremmo dovuto salutarla. È gentile. È stata davvero buona con mia madre, l'ha aiutata a inserirsi...»

«Sì, sì, è gentile.» Cassandra sembrò impaziente. «Ed è anche una chiacchierona. Vuole sempre sapere come sta mia madre, dov'è mia madre. Perché dovremmo mentire più del necessario?»

«Non lo so.» Mina corrugò il pallido visino. «Mi sento in colpa, immagino. I miei genitori vanno da lei stasera per un drink e se gli racconta che ci ha visto?»

«Con questo? Sanno che venivi qui.»

«Non così presto. Se gli dice l'ora in cui ci ha incontrate, mia madre capirà che c'è qualcosa che non va. Scoprirà che abbiamo marinato la scuola.»

«Oh, non pensarci», minimizzò Cassandra. «Non si ricorderà neanche. Se tua madre farà delle domande domani ti inventerai qualcosa. Dille che uno degli insegnanti era ammalato.»

«E se mia madre chiama stasera?»

«Troverà la segreteria telefonica. Noi saremo a teatro a Bath, ricordi? Dopo andremo a cena con degli amici e poi mia madre ci riaccompagnerà. La strada è lunga, non saremo a casa se non dopo mezzanotte... andiamo, Mina. Abbiamo preso in considerazione ogni dettaglio. È un alibi perfetto. Neanche tua madre sospetterà qualcosa.»

«E se qualcuno da Charlotte Flanders dovesse dire che tua madre è via? Non può essere che abbia detto a qualcuno del paese che partiva per New York?»

«Non è possibile», ribatté Cassandra con una scrollata di spalle. «Non vuole avere niente a che fare con la gente del villaggio. Li considera dei contadini. In ogni caso, può essere partita all'improvviso. Smettila di agitarti, Mina e datti da fare. A te spetta l'ala nord, a me quella sud. Accendi le luci, tira le tende, deve sembrare che ci sia qualcuno in casa. Poi mangeremo e ci cambieremo. Rilassati Mina. Ci vediamo in cucina fra cinque minuti, d'accordo?»

Cassandra salì di corsa le ampie scale e girò a destra. Mina la seguì più lentamente. Cercò di convincersi che non aveva cambiato idea sul progetto di Cassandra. Dopotutto, lei era già stata alle feste rave, e aveva detto che erano fantastiche. Ma del resto era facile per lei, sua madre non controllava mai dove andava, o a che ora rientrava, sua madre partiva così su due piedi lasciandola sola in quell'enorme casa di campagna e non telefonava mai per sapere dove fosse. Il suo unico consiglio, pronunciato durante il sedicesimo compleanno di Cassandra, era stato un laconico: «Stai lontana dalle droghe. Usa il preservativo. E ricordati che la maggior parte degli uomini sono degli stronzi».

Mina salì le scale e girò a sinistra. Entrò in una serie di stanze sfarzosamente arredate, un inno alle capacità della madre di Cassandra come arredatrice di interni. Accese le luci e accostò le tende di cinz come le era stato ordinato. Pensò che sua madre non le avrebbe dato un consiglio del genere neanche in un milione di anni. Sua madre sembrava aver dimenticato che avrebbe compiuto sedici anni di lì a qualche mese. Continuava a trattare Mina come se ne avesse dieci. Si preoccupava di tutto: degli uomini, delle feste, dei mezzi che prendeva, del fumare, del bere. Per lei il mondo era un luogo pericoloso, pieno di trappole per sua figlia, ma la natura di queste trappole sembrava imbarazzarla. Ogni volta che cercava di affrontare l'argomento con Mina, arrossiva e si confondeva. Il sesso e le droghe erano le cose che più temeva, ma non riusciva mai a usare quelle parole, così si limitava a parlare di «ragazzi» o di «erba», oppure ritagliava dai giornali articoli sulle gravidanze indesiderate o le conseguenze dell'uso di eroina e glieli lasciava sulla scrivania. Tutti quegli stratagemmi irritavano Mina, che buttava via i ritagli senza neanche leggerli.

Finché suo padre non era stato destinato in Inghilterra, finché non aveva cominciato a frequentare la scuola di Cheltenham, finché Cassandra non era diventata sua amica, Mina aveva sempre accettato di buon grado le preoccupazioni della madre; le voleva bene e sapeva che desiderava solo proteggerla. Poi, alcune settimane prima, durante le vacanze di Natale, era successo qualcosa. Lei e la madre erano sole in casa e Mina aveva deciso di telefonare a Cassandra. Sollevando la cornetta del telefono della camera, aveva sentito la madre parlare con un inglese di cui non conosceva la voce. Stava per riappendere, poi si era bloccata. «Tesoro», aveva sentito la madre che diceva in tono pressante. «Tesoro, anch'io non vedo l'ora di vederti. Ma non posso. C'è qui Mina... dovremo aspettare fino alla settimana prossima.»

Mina si era sentita raggelare. Era rimasta lì con la mano incollata al ricevitore, incapace di muoversi. Aveva sentito tutto, le domande sussurrate, le promesse d'amore, tutti i dettagli che confermavano le menzogne e l'adulterio. Poi piano piano aveva posato la cornetta ed era andata in bagno a vomitare. Bugie, bugie, bugie, aveva pensato. Le bugie erano qualcosa di spregevole e la rendevano furiosa. Dopo di allora, era stata più disposta ad ascoltare Cassandra, a emularla. Certo, significava mentire alla madre, ma adesso che la sapeva infedele, non aveva più importanza.

Mina si fermò nell'ultima delle stanze lussuose. Vide in una psiche la propria immagine riflessa. Si esaminò con occhio freddo e critico: non era che una ragazzina pelle e ossa in una divisa grigia. Quanto odiava i suoi capelli rossi, la carnagione pallida, le lentiggini, il petto piatto. Sembro una dodicenne, pensò. E per l'ennesima volta desiderò assomigliare a Cassandra, che era alta, bionda, spensierata e coraggiosa. Cassandra a cui Dio aveva dato un seno come si deve.

Non era ancora troppo tardi per cambiare idea, pensò. Era possibile che sua madre non avesse veramente un amante, e la conversazione che aveva sentito per caso tutto sommato fosse innocente. Era possibile che tutto il dolore dell'ultimo mese fosse dovuto a un terribile errore.

Ma Mina sapeva che non era così. Sentì gli occhi riempirsi di lacrime e le ricacciò indietro. Lasciò che fosse la rabbia a prendere il sopravvento. La rabbia era preferibile alle lacrime perché le dava coraggio. Pensò: ci andrò, così impara. Poi si voltò e scese di corsa le scale. In cucina trovò Cassandra che stava guardando con disgusto nel frigorifero vuoto.

«Riesci a crederci?» C'era una nota di indignazione nella sua voce. «Poteva lasciarci almeno qualcosa da mangiare. C'è solo qualche scatola di fagioli e un po' di pane, nient'altro...» Sbatté la porta del frigorifero, poi, passata la rabbia lanciò a Mina un breve sorriso. «Guarda cos'ho comprato», disse, vuotando il contenuto di un sacchetto sul tavolo. «Gel per capelli, trucchi, tatuaggi lavabili... non sono fantastici?»

Mina guardò i tatuaggi dubbiosa. C'erano uno scorpione nero, un falco, un drago e alcune lettere che formavano la parola ODIO.

«Ci sistemiamo i capelli e ci trucchiamo... posso prestarti dei miei vestiti, penso che ti andranno bene... quanti soldi hai portato?»

«Dieci sterline.»

«Merda. Non sono abbastanza. Vogliamo fare colpo, giusto?»

«Immagino di sì.»

«Ci sarà un mucchio di roba, magari potremmo prendere un po' di ecstasy. Vedrai, Mina, sarà fantastico. Ti fa sentire veramente sexy. Ah, la musica technò... spero che suonino *The Prodigy*. Magari *Liquid Death*. Ballerò tutta la notte... aspetta un momento. Devono esserci dei soldi qui da qualche parte. Ne tiene un po' da parte per pagare il lattaio e cose del genere.»

Cassandra cominciò ad aprire vasetti e barattoli. Mina la osservò. Si chiese se a volte soffrisse per l'indifferenza dei suoi genitori. Lei affermava che era un vantaggio, ma Mina non era sicura che dicesse la verità. Una volta, dopo essere tornata da un fine settimana passato con il padre, che aveva quarant'anni, e la nuova matrigna, che ne aveva ventisei, Cassandra aveva pianto. Ma questo era successo quasi un anno prima. Adesso non parlava mai del padre e lo vedeva raramente. Da allora non aveva più pianto.

Nel quinto barattolo trovò dei soldi. Li mise sul tavolo della cucina con un piccolo sorriso di trionfo.

«Lo sapevo. Quaranta sterline. Ottimo. Pensi che dovremmo mangiare qualcosa?»

«Non ho molta fame per il momento.»

«Neanch'io. E poi non vado matta per i fagioli in scatola. Se ci verrà fame, troveremo qualcosa di meglio. Vediamo...» Cassandra controllò l'orologio. «Abbiamo un'ora e mezzo per prepararci, dobbiamo andarcene di qui per le sei. Prenderemo il sentiero sul retro che conduce alla strada principale, poi...»

«Quant'è lontano questo posto, Cass?»

«Non molto.» Alzò le spalle. «Non è così difficile arrivarci. Ho persino controllato sulla cartina. So dov'è. È un posto incredibile: un enorme capannone in mezzo ai campi.»

«Sì, ma come ci arriviamo lì, Cass?»

«Faremo l'autostop. In linea d'aria sono pochi chilometri, ma non mi va di attraversare a piedi i campi, non voglio rovinarmi il vestito...» Ridacchiò. «Quindi faremo l'autostop verso Cheltenham, poi prenderemo il sentiero di cui ti ho parlato. È di lì che passano i viaggiatori. Andrà tutto bene, Mina. Ci saranno centinaia di macchine, furgoncini, roulotte... persino cavalli. Quella gente è davvero forte. Ne conosco alcuni, ci daranno un passaggio.»

Mina esitò. Non aveva mai incontrato questi viaggiatori della nuova era, li aveva visti solo al telegiornale, di solito perché avevano avuto degli scontri con la polizia. Trovava che fossero strani con i vestiti sporchi, i bambini trasandati e i cani rognosi. Una tribù di nomadi. Sua madre diceva che erano patetici, solo un branco di parassiti hippy che cercavano ancora uno stile di vita alternativo dopo trent'anni. Ma Cassandra sosteneva che erano i soliti noiosi pregiudizi borghesi. Allora chi aveva ragione?

Cassandra affermava che ci si poteva fidare ciecamente dei viaggiatori: erano odiati unicamente perché mettevano in evidenza i mali e il vuoto della vita moderna.

«Guarda mia madre», le aveva rammentato. «Guarda i tuoi genitori, Mina. Sembrano diversi, ma in realtà sono uguali. Cosa gli sta a cuore innanzitutto? I soldi. Il lavoro. Lavorare duro per guadagnare più soldi, per avere più cose, Mina. Una grossa macchina, una bella casa. Sono tutte stronzate, Mina. Tutte cose che uccidono la mente. È questo che vuoi dalla vita?»

Mina non aveva risposto. Non sapeva neanche lei che cosa voleva dalla vita. Una volta avrebbe replicato che i suoi genitori non erano così, ma adesso non ne era più tanto sicura. Dal giorno della telefonata si sentiva vuota e disincantata, aveva la sensazione che ormai in casa sua regnasse l'ipocrisia. Forse Cassandra aveva ragione.

Guardò l'amica, che era sempre così sicura di tutto, e la invidiò. Cassandra aveva perso la verginità a quattordici anni. Quand'era stata a Glastonbury alla festa rave, aveva preso un po' di acido e aveva guardato le stelle ballare tutta la notte. C'era un altro mondo là fuori oltre le colline, e Mina ne era attratta. Eppure esitava. «Come faremo a tornare indietro?» chiese. «Mia madre telefonerà domattina. Chiama sempre verso le nove, nove e mezzo, ogni volta che mi fermo a dormire da un'amica.»

«E allora, nessun problema. Torneremo per le otto...»

«E quando verrà a prendermi? Si aspetterà di trovare tua madre.»

«Be', lei non ci sarà. Peccato. Le dirò che è uscita per compere o a trovare un'amica. Oppure che è appena andata in chiesa a disporre dei fiori...»

Suo malgrado, Mina rise.

«In chiesa? Tua madre? Non credo proprio che la berrà.» Anche Cassandra scoppiò a ridere. Tirò fuori dalla tasca delle cartine e un sacchetto di plastica con del tabacco misto a un po' di marijuana.

«Che ne dici di tirarci un po' su?»

Mina sospirò. Durante l'ultimo semestre Cassandra l'aveva

iniziata alle sigarette. Quando aveva imparato ad aspirare bene, le aveva dato il primo spinello. All'inizio l'effetto era stato piuttosto deludente, ma poi aveva imparato a trattenere il fumo nei polmoni. Le dava una sensazione di tranquillità e di leggerezza. Sopiva la rabbia e la confusione facendole dimenticare la madre e la telefonata che aveva cambiato la sua vita.

Cassandra stava già arrotolando uno spinello. Lo accese, aspirò profondamente, poi glielo passò. Mina lasciò che il fumo le penetrasse nei polmoni; dopo alcuni minuti cominciò a sentirsi allegra e leggera.

«Ci sarà anche Star?» chiese, espirando.

Cassandra assunse un'espressione sognante. «Certamente. Te l'ho detto. Aspetta solo di conoscerlo, Mina. È veramente incredibile. Sconvolgente. Quando ti tocca...»

«Cosa succede quando ti tocca?»

«Non lo so. Non posso descriverlo. Ma quando ti prende la mano o ti sfiora il braccio, trasmette un'energia che riempie...»

Salirono di sopra e si cambiarono, o meglio, si trasformarono. Cotonarono i capelli tanto da renderli uguali ai serpenti della Medusa, si dipinsero le palpebre di oro e le labbra di nero. Si applicarono tutti i falsi tatuaggi. Mina si appiccicò il falco sulla guancia sinistra. Cassandra lo scorpione sulla fronte, il drago sulla gola, poi tese la mano sinistra perché Mina l'aiutasse ad applicare le quattro lettere che formavano la parola ODIO.

«Siamo splendide», disse Cassandra, mentre si rimiravano nello specchio del bagno.

«Siamo favolose», convenne Mina. Si sentiva ancora leggera.

Cassandra l'abbracciò.

«Prometto di presentarti Star. Sono certa che ti piacerà. Avrà una sorpresa per noi. Dice che è la roba migliore che gli sia mai capitata. L'ha avuta da alcuni amici di Amsterdam...»

4

AL di là della valle l'uomo con il cane, che Charlotte aveva intravisto, proseguì la passeggiata. Arrivato nel punto in cui il fiume curvava, svoltò in una stradina che portava verso i boschi di faggi. Camminava con passo tranquillo, godendosi la serata e i suoi profumi.

A una certa altezza si fermò a guardare il fiume e il villaggio che si estendeva oltre. Contemplò la chiesa e il campanile, la bella facciata della villa, le finestre accese dei cottage. Era una vista incantevole, di quelle che venivano citate nelle guide turistiche e il paesaggio non era cambiato di molto negli ultimi quattrocento anni. Il giovane guardò con disgusto quel sicuro, placido e ricco villaggio. Star odiava la campagna inglese; preferiva le peculiarità, gli odori e i pericoli delle grandi città.

Star, non era il suo vero nome ma ormai era l'unico a cui rispondesse, raccolse un po' di saliva in bocca e sputò. Tirò il guinzaglio del cane che si era accovacciato ai suoi piedi e riprese il cammino. Costeggiò il bosco di faggi finché non si ritrovò in una radura. Lì, seminascosta dietro un muretto, c'era una BMW argentata nuova di zecca con i fari spenti.

«È tua?» chiese al giovanotto grassottello con i vestiti sgargianti che saltellava intorno alla macchina soffiandosi sulle mani per riscaldarle.

«Cristo, mi hai spaventato», esclamò, voltandosi di scatto. «Devi proprio strisciare alle spalle? Questo posto mi dà i brividi. Sei in ritardo.»

«È tua?» ripeté Star. Riacquistata la calma, il giovane sogghignò e fece un gesto vago con la mano.

«In un certo senso. Roba di classe, eh?»

Star gli lanciò uno sguardo bilioso. L'uomo, che si chiamava Mitchell e lavorava nei mercati finanziari della City, non gli piaceva e non gli piaceva neanche la macchina. Alzò le spalle. «Robaccia tedesca. Se proprio devi comprare una macchina tedesca, allora compra una Mercedes, sono le migliori.»

«E chi ha detto che voglio comprare una macchina?» Mitchell sogghignò di nuovo. Si scostò da Star, il quale non doveva essersi lavato di recente dalla forte puzza di sudore che emanava.

«È tutto a posto per stasera?» continuò, riprendendo a saltellare. «Cristo, fa un freddo cane. Vengo direttamente da Londra. Mi raggiungeranno i soliti amici, quindi spero che sia proprio tutto a posto.»

Star indossava un enorme soprabito di tweed tutto stracciato. Da una delle tasche tirò fuori un costosissimo cellulare. Mitchell lo guardò senza stupore, anche se stonava parecchio con l'aspetto zingaresco di Star. Questi formò un numero.

«Un'ultima chiamata», disse. «Sì, è tutto a posto.»

«E le bambole?» chiese Mitchell.

La passione di Mitchell erano le droghe e le adolescenti, possibilmente insieme. Star, a cui spettava il compito di procurargli entrambe le cose, capì al volo la domanda. Gettò indietro i lunghi capelli neri, lasciò squillare il telefono e sorrise. Star aveva la fortuna, o la sfortuna, di essere incredibilmente bello. E il sorriso, esercitato più volte davanti allo specchio, era disarmante. Ma Mitchell, che conosceva Star da tempo, non si lasciò trarre in inganno. Come in altre occasioni, notò lo scintillio malvagio negli occhi blu. C'era un che di follia nel suo sguardo, lo sguardo di chi era capace di compiere qualsiasi cosa. Indietreggiò di un passo.

Star parlò brevemente al cellulare, interruppe la comunicazione e lo chiuse.

Infine rispose alla domanda di Mitchell.

«Le bambole? Ci saranno trecento persone. Minimo. E i porci non ne hanno sniffato neanche un po'. Senti l'energia nell'aria, amico. La tribù si sta radunando. C'è la musica, i mangiatori di fuoco, i giocolieri, e una marea di ragazzini ricchi e creduloni...» Rise. «Troverai una bella scalinata che ti porterà dritto in paradiso, amico, questo te lo prometto. Abbi fiducia in Star. Ti ho mai deluso?»

«Sì», replicò Mitchell, riacquistando coraggio. «Lo hai fatto.»

«Quando, per esempio?»

«L'estate scorsa, per esempio. Mi hai rifilato delle pasticche a venti sterline l'una. Una vera schifezza. Roba per cani con i vermi. I miei amici non sono stati contenti. Io non sono stato contento. Roba buona a spompare più che a sballare... dopo ho vomitato per due giorni. Quella puttanella olandese mi ha attaccato lo scolo...» Tacque. Star non stava ascoltando. «A proposito, che fine ha fatto?»

«È morta.»

«Le mie condoglianze. Resta però il fatto che mi hai deluso. Un vero bidone.»

«Era un esperimento. Stasera sarà diverso. Vedrai. Questa volta i miei amici hanno superato se stessi. Ho della roba seria.» Mitchell cominciò a sembrare più interessato.

«Me ne dai un assaggio?» chiese.

«Niente assaggi. Non gratis, almeno.»

«Senti, questa volta devo esserne sicuro, d'accordo? Ho fatto un sacco di strada. Ho amici che vengono da Birmingham. Non voglio fargli sprecare tempo, né passare per un idiota...»

Star scrollò le spalle. Ci fu silenzio, una lotta di volontà, infine Mitchell tirò fuori un portafogli rigonfio. Estrasse una banconota da venti sterline e gliela tese. Star la ignorò.

«Stai scherzando...»

«Io non scherzo mai.»

Calò di nuovo il silenzio, poi Mitchell tirò fuori un'altra banconota. Star prese i soldi e gli diede un pacchetto. Mitchell lo aprì, esaminò la pillola, poi la inghiottì. Si accese una sigaretta e prese ad andare avanti e indietro, aspettando che facesse effetto. Passò un po' di tempo. Mitchell chiacchierò per tutto il tempo, poi, bruscamente, gettò la sigaretta. Chiuse gli occhi e barcollò fino alla macchina tenendosi il petto. Star lo osservava in silenzio, le braccia incrociate. Alla fine Mitchell riaprì gli occhi.

«Cristo», esclamò. «Gesù Cristo.»

«Un bel viaggetto, eh?»

«Alla velocità della luce, e sto ancora viaggiando. Uau. Questa volta hai veramente superato te stesso. Dove diavolo hai preso questa roba?»

«Ad Amsterdam.»

«Che Dio benedica l'Olanda. Come si chiama?»

«White Dove.»

Mitchell richiuse gli occhi. Star si voltò.

«Allora ci vediamo più tardi», disse. «Con i tuoi amici... oh, a proposito, per te c'è uno sconto. Per loro invece il prezzo sale.»

Mitchell sospirò. «A che ora si comincia?» domandò.

«Le otto. Le nove. Le dieci. Il tempo non ha alcun significato per gli uomini liberi.»

«Non rifilarmi queste stronzate hippy.» Mitchell aprì gli occhi. «I soldi ti piacciono quanto a me. E anche le ragazze. È con Mitchell che stai parlando, ricordi? Ti ho visto con quell'olandesina l'estate scorsa. E la francese l'anno prima. Una parolina da parte mia a chi di dovere, e...»

S'interruppe, trattenendo il fiato. Il cervello gli stava ronzando in preda a una nuova reazione chimica. Impallidì, prese a tremare e a imprecare. Quando la vista gli si schiarì, vide che Star si era avvicinato, gli occhi blu a pochi centimetri dai suoi. Sbatté le palpebre.

«Cos'hai?» disse Star. «Dimmi cos'hai visto.»

«Niente. Non ho visto niente. Stavo solo... Cristo, Star, è questa roba. Non riesco a pensare lucidamente. Andiamo, ci conosciamo, giusto? Niente questioni fra di noi...»

«Oh, sicuro che ci conosciamo.» Star si avvicinò ancora di più e lo afferrò per il bavero. «Tu mi conosci bene. Molto bene. Sai cosa mi manda su di giri, vero? Cosa esattamente, Mitchell? I soldi, la droga e le ragazzine come a te? O c'è di più?»

Mitchell cominciò a lottare per liberarsi. «Lasciami andare», disse alzando la voce. «Lasciami andare...»

«Penso che ci sia di più, Mitchell. C'è una fame che mi porta a volere sempre di più. Di tutto. Più sesso, più soldi, più pasticche, più esperienze eccitanti, più eccessi. Cosa dovrei fare, Mitchell, adesso che mi conosci così bene? Ti devo baciare? Uccidere?»

Mitchell emise un gemito. Star era molto forte e adesso lo teneva sollevato da terra con i piedi penzoloni. L'enorme bocca e i candidi denti regolari erano a un centimetro dalla sua.

Star si chinò in avanti e gli morse il naso.

Mitchell lanciò un urlo di dolore. Star scoppiò a ridere e lo lasciò andare.

«Era solo un morso d'amore. Nient'altro.»

Mitchell con un fazzoletto si tamponò la faccia. Il naso gli sanguinava e le mani gli tremavano; l'effetto della pillola non era ancora svanito.

«Sei un pazzo fottuto...» Guardò il fazzoletto insanguinato. Si guardò intorno con occhi vacui. Star era scomparso. Scosse la testa, inspirò profondamente, chiuse gli occhi e li riaprì. Questa volta riuscì a vedere Star. Era in piedi davanti a lui totalmente indifferente a quello che era accaduto. Uno spiantato dagli occhi diabolici. Mitchell rabbridì, poi imprecò.

«Chi diavolo sei?» iniziò. «Cosa sei? Perché?...»

Star ignorò le domande e accennò un sorrisetto crudele. «Conosci il posto, vero? Allora ci vediamo dopo.»

Non aspettò la risposta del cliente. Mitchell, lo sguardo appannato, stava richiudendo gli occhi. Star lo fissò freddamente per qualche minuto, nello stesso modo in cui uno scienziato avrebbe guardato il risultato dei test di laboratorio sulle cavie. Fece una carezza al cane e poi se ne andò. Mitchell, quando si riprese poco dopo, si guardò intorno, poi andò a scrutare lungo il sentiero. La capacità di Star di comparire e scomparire lo spaventava. Mitchell cominciò a sentirsi nervoso, un po' paranoico. Erano passati sì e no un paio di minuti, Star doveva essere nei paraggi.

Guardò giù per il sentiero che portava alla strada in basso. Ombre e forme indistinte ondeggiavano nella sua mente, il sentiero serpeggiava come se avesse una vita propria. Piano piano cominciò a vedere lucidamente: il sentiero era deserto, la strada era deserta, Star era svanito nel nulla.

Charlotte, nota agli amici come un'eccellente cuoca, preparava sempre dei magnifici tè. Ogni volta che si trovava davanti tutti quei deliziosi panini, tartine e miele, pan di zenzero e torte, Lindsay giurava sempre di trattenersi, ma non ci riusciva mai.

Sentendosi in colpa con Tom, che raramente tornano da scuola trovava una merenda così sontuosa e ricordando che ogni crostatina di Danny conteneva almeno cinquecento calorie l'una, Lindsay ingurgitò un'enorme quantità di roba. Per fare piacere a Danny, che la stava guardando come uno chef che si aspetta tre stelle sulla guida Michelin, prese due delle torte, quella con la lettera «L» in suo onore e quella con la lettera «G» destinato a Gini, che si era rifiutata di assaggiarla.

Fu allora che si accorse delle iniziali sulle torte rimaste. Una aveva la lettera «P» e stava per papà, e l'altra era la lettera «R». Non c'era nessuno in quella casa con il nome che iniziava con quella lettera. La cosa sconcertò Lindsay.

«E questa per chi è, Danny?» chiese.

Con suo stupore Danny arrossì. Guardò il pavimento e poi la madre. Lanciò un'occhiata in direzione dei tre fratelli maggiori, come a cercare il loro aiuto, ma Alex, Ben e Colin erano impegnati a preparare i toast.

«Forse è una 'B'», disse Lindsay. «'B' per Ben, è così, Danny? Che sciocca... è solo che non ci vedo bene da qui.»

«È una 'R'», dichiarò Danny in tono fiero. «È una 'R'. Non sembra affatto una 'B'. La 'R' sta per...»

«Per Ripper!» urlò Charlotte, scattando in piedi e servendo il tè. «Ripper, sai, Lindsay. Il nostro jack russell. Quello che ti ha mangiato le pantofole l'ultima volta che sei stata qui. Quello che mangia tutto ciò che trova...»

Lindsay guardò il cane in questione che, per una volta, giaceva tranquillo russando ai suoi piedi. Si chiese perché mai su quattro cani fosse concesso proprio a lui quel privilegio. Stava per fare l'osservazione ad alta voce, ma ci ripensò. Danny, che continuava a lanciare furtive occhiate alla madre, aveva ancora un'espressione confusa.

A volte i bambini sono strani, pensò Lindsay, lasciandosi andare contro lo schienale della sedia. Forse si trattava di un rituale per Danny, forse a Ripper spettava una tortina quando il padrone tornava da Londra. Guardò l'orologio e si rese conto che mancava poco. Erano le cinque e mezzo passate, e Max sarebbe dovuto arrivare per le sei.

La quantità di cibo che aveva ingurgitato, e il calore del fuoco nel caminetto, le stavano facendo venire sonno. Quanto amava quella casa, quella stanza. Quant'era diverso da Londra! Charlotte e Gini sedevano fianco a fianco su un enorme e consunto divano di fronte a lei; i bambini più grandi, stufi di preparare toast, erano saliti di sopra a giocare; Danny era impegnato a sfogliare un libro illustrato. Charlotte stava cercando di cavare da Gini qualcosa oltre dei monosillabi.

Non voleva farla parlare della Bosnia, Charlotte era troppo intelligente per rischiare di affrontare un simile argomento; cominciò con discorsi innocui, prima chiedendole dell'appartamento che condivideva con Pascal, e poi di Pascal.

«Mi manca», disse Charlotte, con il suo solito calore. «Ti ricordi la cena per festeggiare il tuo arrivo al giornale? In quel ristorantino francese scoperto da Pascal? Sogno ancora quel cibo, era così delizioso... quando rientra dobbiamo assolutamente tornarci. E voglio che lo porti qui, naturalmente. La campagna lo annoierebbe?»

«No. Lui non si annoia mai. Sono sicura che gli piacerebbe

moltissimo. E poi lui adora la campagna. È cresciuto in campagna. In un piccolo villaggio della Provenza. Mi ci ha portata, una volta...»

«Davvero viene dalla Provenza? Non lo avrei mai immaginato. È un tale ciclone. Sempre su e giù dagli aerei, sempre di corsa a scattare fotografie straordinarie in chissà quale angolo del mondo. Alcune delle sue foto mi hanno spezzato il cuore. Deve costargli molto documentare certe situazioni. Anno dopo anno... uno si aspetta che sia triste, tormentato da quello che ha visto, eppure sembra così...» Charlotte corrugò la fronte come se stesse cercando la parola giusta. «Così pieno di energia e di idee... e anche felice. Ma del resto, la prima volta che l'ho visto era con te. Tutti sono felici quando sono così innamorati.»

Niente male come approccio, pensò Lindsay. Vide Gini colorarsi in volto, poi irrigidirsi e distogliere lo sguardo, come se temesse ulteriori domande da parte di Charlotte.

Charlotte, che era molto diplomatica, si guardò bene dal farlo subito. Continuò a parlare del più e del meno per un po', e Lindsay chiuse gli occhi seguendo i propri pensieri. Charlotte, che viveva in campagna, aveva avuto poche occasioni di incontrare Pascal e lo conosceva molto meno di Lindsay. Non sapeva nulla della loro storia, delle strane circostanze del loro primo incontro; a differenza di lei, Charlotte non era stata testimone della reazione di Gini quando si erano incontrati dopo molti anni di separazione. Era difficile immaginarlo, soprattutto adesso che era il fantasma di se stessa, ma Gini era una donna passionale, così come Pascal era un uomo passionale.

La passione era qualcosa che spaventava Lindsay e a volte la metteva persino in imbarazzo. Aveva paura delle sue manifestazioni, aveva paura della parola stessa. Tuttavia era impossibile non percepire la passione, una passione che andava al di là della semplice attrazione sessuale, quando Pascal e Gini erano insieme. Che si trovassero in una stanza o al tavolo di un ristorante, si sprigionava nell'aria qualcosa che Lindsay aveva sempre profondamente invidiato. Pascal la mattina aveva un volto bellissimo e incredibilmente espressivo: osservarlo guardare Gini con tanta devozione e lealtà, vedere la complicità reciproca, era stata un'esperienza dolorosa per Lindsay. Era troppo onesta per non riconoscere che ciò di cui era testimone era qualcosa che lei non aveva mai provato né ispirato.

Spesso rimpiangeva di non poter provare certe sensazioni. Altre volte, provava un senso di sollievo per essere sfuggita a un tale coinvolgimento. L'unica sua grande passione era il figlio. Tutto ciò che le stava a cuore era il suo benessere e la sua felicità, e da un lato era contenta che fosse così. Questo amore era immutabile, mentre la passione fra un uomo e una donna poteva non durare per sempre.

«Allora, dimmi, Gini», sentì domandare, rientrando dai margini della sonnolenza, «come ci sei riuscita? Vi sentite?»

«Sì. Lui cerca di chiamarmi ogni giorno. Qualche volta le linee sono disturbate. Però ci scriviamo...»

«Spesso?»

«Oh, ogni giorno, se possibile. Pascal scrive lettere meravigliose. Mi sembra di sentirne la voce mentre le rileggo. Se siamo fortunati, arrivano presto, altrimenti ci impiegano settimane. Non ho avuto sue notizie questa settimana, ma questo perché si trova chissà dove. Non sempre è a Sarajevo. È la sua sede, ma si muove in continuazione.»

Lindsay, che adesso stava ascoltando attentamente, ringraziò mentalmente Charlotte che era riuscita a ottenere da Gini informazioni che lei non aveva avuto in due mesi. Si augurava solo che stesse dicendo la verità, e non ingannando Charlotte o se stessa. Ma Lindsay cominciava a dubitare che le cose stessero realmente come Gini affermava. Notando come Gini era peggiorata da Natale, le era venuto il sospetto che ci fosse stata una lite in Bosnia e che quella relazione cominciata in una zona di guerra era finita in un paese in guerra. Nient'altro poteva spiegare l'infelicità di Gini e il suo esasperato riserbo. Era tipico di Gini non ammettere che la relazione era finita; raramente si confidava con gli altri ed era per natura orgogliosa.

Più tardi ne avrebbe parlato con Charlotte, forse lei sarebbe riuscita a scoprire la verità prima della fine del weekend. Gini adesso aveva spostato la conversazione su argomenti più neutrali; stava chiedendo a Charlotte della famiglia e del villaggio, le domande erano forzate come quelle di un estraneo imbarazzato che si ritrova a un cocktail party dove non conosce nessuno. Lo sforzo per sembrare interessata alle risposte di Charlotte era ben evidente.

Povera Gini, pensò. Stava davvero passando un brutto momento. Lindsay guardò di nuovo l'orologio, vide Charlotte fare la stessa cosa furtivamente e poi alzarsi.

Per venire in aiuto a Charlotte, e dare così a Gini l'opportunità di restare in silenzio, Lindsay cominciò a chiacchierare: il traffico che avevano incontrato in autostrada, la strada che avevano sbagliato nel labirinto di sensi unici a Oxford, l'eccellente tè che avevano appena bevuto, e poi, senza quasi neanche rendersene conto, di Rowland McGuire, del carattere e dei difetti di Rowland McGuire.

Avvalorò le sue convinzioni su di lui. Ripeté più volte che era meraviglioso passare due interi giorni lontano da Rowland McGuire in un posto dove non avrebbe mai sentito pronunciarne il nome. Poi si era interrotta, ricordando tutto a un tratto che l'odiato McGuire era amico di Charlotte e di Max e che aveva mancato di tatto nel fare quelle osservazioni. «Lindsay, se proprio vuoi dimenticarlo», commentò Gini in tono secco, «perché lo hai nominato? Nessun altro lo ha fatto. E per tutto il viaggio in macchina non hai fatto altro che parlare di lui...»

«Non è vero!»

«Io non ho mai conosciuto quest'uomo, eppure so di lui più del necessario. Potrei descriverne l'aspetto, il suono della voce...»

«Be', a differenza di me Lindsay non conosce molto bene Rowland», intervenne Charlotte, aggiustando i cuscini energicamente. «Lui è... molto carino.»

Lindsay stava per replicare che Charlotte usava troppo spesso e troppo facilmente la parola «carino», ma preferì tacere. In quel momento passò una macchina sulla strada dietro casa e Charlotte entrò subito in tensione. Che strano, pensò Lindsay, e poi si rese conto che l'amica, sempre così serena, era nervosa. Forse era in ansia per Max. Lindsay si alzò e andò a guardare fuori della finestra.

Fuori era buio e la luna era già sorta. Lindsay premette la fronte contro il vetro. Dietro di lei Charlotte era indaffarata a riordinare.

Lindsay guardò in giardino e cercò di distinguere nella luce della luna le forme a lei familiari. Sentì crescerle dentro un senso di tristezza e un vago rimpianto. Guardò la siepe di tasso e il punto in cui il viale si divideva, un sentiero che portava di fronte alla casa e un altro che portava alle stalle e ai garage sul retro. In quell'attimo vide delle luci. Distinse i contorni familiari della macchina di Max.

«Max è arrivato», annunciò, poi corrugò la fronte. «Credo ci sia qualcuno con lui, Charlotte. Aspetti un altro ospite?»

«Oh.» Charlotte si era alzata in piedi. Sembrava apparentemente stupita.

«Chi può essere?» domandò.

A pochi passi dalla porta sul retro Max afferrò il braccio di Rowland in una morsa d'acciaio.

«Lascia fare a me», sibilò. «Tu ti tradiresti. Abbiamo bisogno di un piano. Non puoi materializzarti così dal nulla. Lindsay mangerà la foglia...»

«Lo hai già detto non so quante volte. Possiamo entrare, per favore? Si muore di freddo qui fuori.»

«Aspetta. Aspetta.» Max gli afferrò di nuovo il braccio. «Mi è venuta un'idea. Innanzitutto, facciamo in modo che realizzino la tua presenza gradualmente. Quindi, quando saremo in cucina, fai un po' di rumore. Batti i piedi...»

«Non essere ridicolo. Battere i piedi? Perché? Non c'è neve fuori. E non piove neanche...»

«È solo per far sentire la tua presenza, Rowland. In questo modo capiranno che siamo in due. Poi, mentre percorriamo il corridoio, fai un rumore che ti renda identificabile. Per esempio... potresti tossire.»

«Tossire? E cosa sono? Un tisico? Max, dobbiamo stare qui tutta la notte? Sei nervoso?»

«Nervoso? Io non sono mai nervoso. Ho quel che si dice dei nervi d'acciaio...»

«Cristo santo. Non posso crederci.»

«D'accordo. Sono nervoso. Non conosci Lindsay. Non hai idea di che cosa è capace. Ha una lingua terribile, Rowland. E quando perde le staffe... l'hai mai vista perdere le staffe?»

«Sono certo che avrei saputo tenerle testa.»

«Lo dici perché non ti è mai capitato. Ti è passato per la mente che Lindsay potrebbe pensare che hai organizzato tutto questo per rivederla? Potrebbe pensare che ti piace, Rowland...»

«Sei pazzo. Hai completamente perso il lume della ragione. Quella donna non m'interesserebbe neanche fra un milione di anni. Non è il mio tipo.» Rowland tacque. «Credi davvero che possa pensare una cosa del genere?»

«È possibile. Dobbiamo essere preparati. Le donne sono capaci di pensare qualunque cosa...»

«È vero. È vero. E poi dobbiamo tener conto di Gini.»

«Esattamente. Vuoi farle una buona impressione, no? Be', allora devi fare un'entrata come si deve. Tieni la bocca chiusa e lascia parlare me.»

«Perché? Tu sei un pessimo bugiardo. Il peggiore che conosca. Esagereresti troppo.»

«Sbagliato», replicò Max, che stava riacquistando fiducia. «Sono gentile e sofisticato. Cosa che tu non sei, Rowland.»

Max aprì la porta della cucina. «Seguimi», lo invitò con voce sepolcrale. Rowland sospirò e gli andò dietro. C'era un silenzio innaturale nel soggiorno in fondo al corridoio, così Rowland tossì.

«Rowland! Che magnifica sorpresa! Non riesco a crederci!» Charlotte si voltò di scatto appena entrarono e abbracciò l'amico con fervore. Né a Rowland né a Lindsay sfuggì che Charlotte era fortemente arrossita in volto. Pungolato da Max, Rowland ricambiò l'abbraccio. Lindsay era in piedi accanto alla finestra, le mani serrate. Sul divano accanto, direttamente di fronte a Rowland, sedeva una donna che doveva essere Genevieve Hunter. Quando era entrato, gli aveva posato addosso gli occhi grigio chiaro; quello sguardo acuto e al contempo privo di interesse, lo sconcertò. Appena Max cominciò a parlare, lo spostò sul caminetto. Le fiamme creavano dei riflessi sui suoi capelli. Teneva le mani, dalle dita affusolate e prive di anelli, incrociate in grembo.

«Stavo lasciando l'ufficio quando ho incontrato per caso Rowland nell'atrio», spiegò Max. «Davanti all'ascensore, a dire il vero. È stato allora che mi è venuta l'idea. Perché non chiedere a Rowland di unirsi a noi? Dopotutto, anche lui ha lavorato sodo per tutta la settimana. Ho pensato che un paio di giorni in campagna fosse proprio quello che gli ci voleva. Potrà rilassarsi. Potrà...»

A Max mancarono le parole. Lindsay lo fissava con occhi di basilisco. Aveva le labbra serrate e sulle guance le erano comparse chiazze rossastre.

«Che fortunata coincidenza», dichiarò. «È una bella sorpresa per tutti, Max.»

«Già, già.» Max evitò i suoi occhi. «Ed è stata una fortuna che Rowland non avesse già un programma per questo fine settimana. Be', in realtà qualcuno lo aveva, ma non gli è stato difficile annullarlo...»

«Così di punto in bianco. Non mi ero mai resa conto di quanto fosse impulsivo. Avrei detto che fosse il tipo di uomo che programma sempre tutto. Accuratamente...»

A questo punto, Genevieve Hunter alzò lo sguardo. Rowland pensò che avesse percepito la tensione nella stanza, non che fosse difficile, l'avevano captata persino i cani. Comunque, non sembrò affatto colpita. Guardò Max, Rowland, poi tornò ad appoggiarsi contro i cuscini. A Rowland ricordò quelle persone che si vedono sugli aerei con le cuffie che ascoltano musica che gli altri non possono udire. Che genere di musica? si chiese. Poi, rendendosi conto che qualcuno doveva salvare la situazione, fece qualche passo in avanti e cominciò a parlare. «Confessa la verità, Max», intervenne, facendolo sussultare. «C'è una donna dietro tutto questo e io mi sono fatto invitare per lei. Charlotte... mi sei mancata.» Le diede un bacio sulla guancia e le circondò i fianchi pieni con un abbraccio. «Non ci vediamo da mesi e ci tenevo a vederti prima della nascita del bambino. Hai un aspetto magnifico, Max te lo dice?»

«Non cercare di essere galante», replicò Charlotte, arrossendo di piacere e per il sollievo. «So di essere una montagna.»

«Sei bellissima», asserì Rowland, serio. «E quello che più conta è che questa volta si tratterà di una bambina.»

«Ne sei sicuro?» rise Charlotte. «Come fai a dirlo?»

«Perché hai la pancia bassa. E secondo la mia nonna irlandese, questo significa sempre che si tratta di una femmina.»

«Che sciocchezze, Rowland. Sono sicura che non ti ricordi neanche della nonna irlandese.»

«Vedrai fra due mesi.»

Rowland lasciò andare Charlotte e si guardò intorno. Vide Danny che si nascondeva timidamente dietro una sedia. Sapendo che il bambino avrebbe creato un diversivo, gli tese le braccia. Con un grido di entusiasmo il piccolo corse verso Rowland che lo prese fra le braccia sollevandolo per aria.

Dopodiché, come aveva sperato, il resto fu facile. I cani cominciarono ad abbaiare, Charlotte riprese a sparecchiare, Max raccontò dei viaggiatori della nuova era incontrati sulla strada per il villaggio che li avevano fatti ritardare, i ragazzi, sentendo le voci di Rowland e del padre, si erano precipitati di sotto, un po' per affetto e un po' per interesse, perché Rowland, l'amico di famiglia preferito, non arrivava mai senza regali.

Nel mezzo di tutto quel trambusto, gli venne presentata Genevieve Hunter. Rowland per un breve momento le strinse la mano gelida. Lei borbottò un saluto a voce bassa con accento americano. Rowland, il quale sapeva degli studi inglesi e della matrigna inglese, restò sconcertato. Si era aspettato... che cosa? Forse un po' più di energia, di vivacità, magari un atteggiamento un po' più frizzante, come il suo stile da giornalista.

Invece gli era sembrata disinteressata, quasi annoiata, per quanto cercasse di nasconderlo. Ebbe la sensazione che lo avesse cancellato dalla memoria ancora prima di ritrarre la mano.

Era, anche se non voleva ammetterlo, deluso. Ma era anche leggermente turbato, per quanto non sapesse spiegarsi la ragione. Max non nutriva le stesse incertezze. Era felice come una Pasqua e non vedeva l'ora di ritrovarsi da solo con Rowland. Venti minuti dopo il loro arrivo stava salendo di corsa le scale, seguito più lentamente da Rowland. «Dobbiamo lavarci e cambiarci», urlò giù per le scale, trascinando Rowland nella sua stanza. Chiuse la porta.

«Allora?» domandò trionfante. «Che ne pensi? Ce l'abbiamo fatta, eh? È così facile ingannare le donne...»

«Credi?»

«Lo so. Solo un paio di momenti difficili con Lindsay, ma hai salvato la situazione. Un colpo da maestro, devo ammetterlo. Dovrò imparare da te, Rowland. Sei stato incredibilmente calmo. Non hai battuto ciglio. Una grande presenza di spirito...»

«Grazie, Max. È qualcosa che viene con la pratica.»

«E Gini ti è piaciuta? Ha superato l'esame?»

«È difficile giudicare qualcuno sulla base di una stretta di mano, Max.»

Rowland si voltò a guardare le fotografie sulle pareti. Ritraevano Max ai tempi della scuola: con la squadra di rugby, con la squadra di cricket, a Oxford, e Max e lui sulla famosa moto che condividevano a Oxford. Fu commosso da quest'ultima fotografia. Max si sedette sul letto con aria delusa.

«Be', ti avevo avvertito», riprese. «Gini è una persona riservata. Difficile. Come ti ho già detto, ogni servizio che le è stato offerto dopo la Bosnia... comunque, se vuoi che lavori a questa storia di Lazare, dovrai suscitare il suo interesse in qualche modo.»

«Ne abbiamo già parlato.»

«Lo so. Ma hai solo due giorni, Rowland. D'accordo, è una bella storia, potrebbe essere un'ottima storia. La questione della droga potrebbe interessarla... d'altro canto, le sono stati offerti ottimi servizi negli ultimi due mesi. E lei li ha rifiutati.»

Rowland si chinò a esaminare un'altra fotografia. «Sono per un approccio indiretto. Dalle l'opportunità di conoscerti socialmente prima. Fai in modo di piacerle. Ma conosco Lindsay, e so quello che dirà sul tuo conto. Se vuoi Gini, dovrai lavorare sodo.»

Tacque e lanciò un'occhiata indagatrice a Rowland. Questi, concentrato su una fotografia di Max intento a palleggiare, non diede alcuna risposta.

«Guarda in faccia la realtà, Rowland. Adesso che l'hai conosciuta, forse puoi capire. Sei ancora convinto che ti basterà esercitare il tuo fascino per due giorni?»

«Male non può fare.»

«Be', tanti auguri. Come ti ho raccontato, è stato un incubo assumerla. Lei e Lindsay non vedevano l'ora di lasciare il *News*. E tutto per colpa di quel Nicholas Jenkins che ha trasformato i giornali in spazzatura, pubblicando nient'altro che sesso, sesso, sesso... a proposito, hai visto il numero di copie vendute?»

«Ti riferisci alle cinquantaduemila copie? Sì.»

«Maledetto. E pensare che una volta era un ottimo giornale. Comunque, dov'ero? Ah, sì. Come incastrare Lindsay e Gini. Be', Lindsay è la semplicità fatta persona. Siamo stati a pranzo insieme e ha dettato le condizioni. Il pranzo è stato eccellente, devo riconoscerlo. Sei mai stato da *Tante Claire*, Rowland?»

«No.»

«Mi vergogno a dirlo, ma io e Lindsay ci siamo scolati due bottiglie del miglior Meurseult che abbia mai bevuto in vita mia. Per quanto riguarda Gini...» Fece una smorfia. «Mi ha tenuto in ballo per mesi prima di scegliere fra noi e *The Times*.»

«E con questo? Tu hai usato la stessa tecnica in passato. E anch'io. Lo fanno tutti.»

«Lo so. È solo che non me l'aspettavo. Tutto qui. Non da una donna come lei. Charlotte dice che sembra una madonna del Crivelli...»

Rowland restò in silenzio.

«Le ho risposto che di certo non è quello che penserebbe la maggior parte degli uomini. Di sicuro non io. E io mi ritengo l'uomo più felicemente sposato che conosca. Devi avere notato la sua bocca. Dovevi vedere che corpo prima che perdesse tanto peso... direi che non ricordava esattamente una madonna...»

«Oh, per l'amor del cielo, Max.» Rowland ebbe un gesto seccato. «È una giornalista e maledettamente brava. Non ti basta questo?»

«No», replicò Max. Si accese una sigaretta. «E, dico, da che pulpito la predica. Da quando sei diventato indifferente alle donne? Ne hai una nuova ogni settimana.»

«Non sono mai donne con cui lavoro. Inoltre, la mia vita privata è affare mio, Max.»

Rowland andò alla finestra e guardò fuori.

«Sei uno sciupafemmine, Rowland, lo sanno tutti, quindi non fare prediche.»

«Dio buono, devo proprio stare a sentire questi discorsi?» Rowland premette la fronte contro il vetro freddo. «Le questioni di cuore non dovrebbero essere un argomento frivolo. Cambia disco, Max.»

Max non era disposto a cambiarlo. Guardò le spalle di Rowland, aspirò una boccata di fumo e aspettò per qualche minuto.

«Che fine ha fatto la tua ultima ragazza, quella francese?» chiese infine, in tono casuale.

«Sylvie? Non ne ho idea. Non la vedo da settimane.» Rowland fece un gesto irritato. «Cosa c'è sotto, Max?»

«Niente, niente... era così tanto per chiedere. Allora è finita?»

«Sì. È finita.»

«Definitivamente? Vuoi dire che non ti scrive e non ti telefona?»

«È finita. Ma questo non le ha impedito di chiamarmi trentadue volte la settimana scorsa.»

«Trentadue? Sono impressionato, Rowland.»

Rowland gli lanciò un sorriso glaciale. «Davvero? Può darsi che le telefonate fossero trentatré ho la tendenza a dimenticare.»

Cogliendo lo scintillio divertito nei suoi occhi, Max arrischiò un'altra domanda.

«Con queste donne...»

«Sì?»

«Ti dispiace se ti faccio una domanda?»

«La domanda la puoi fare, sta a me risponderti o meno.»

«Tu... sei franco con loro... gli dici chiaro e tondo che non vuoi alcun coinvolgimento?»

Rowland lo guardò esterrefatto.

«Che domanda straordinaria. È una domanda femminile. C'è Charlotte dietro?»

«Sì o no, Rowland. Voglio sapere. Accidenti, ti conosco da diciassette anni. Ottenere informazioni da te è come cavare sangue da una pietra. Smettila di essere così maledettamente discreto.»

«Oh, d'accordo.» Rowland fece un gesto esasperato. «Sì, Max, faccio in modo che la situazione sia perfettamente chiara, sillabo le parole lettera per lettera, se è necessario. Dopotutto, sono donne moderne, affermano di esserlo. Non fanno che ripetermi quanto sono moderne. Purtroppo, so per esperienza che, indipendentemente da quanto siano state moderne la notte prima, il mattino dopo si rivelano alquanto antiquate.»

Max, per quanto adorasse la moglie, provò una certa invidia nel sentire quest'affermazione. Guardò Rowland severamente.

«E di questo puoi biasimare solo te stesso, Rowland. Se a te interessa solo il sesso, cosa ti aspetti? Inoltre, sei incredibilmente ingenuo per quanto riguarda le donne. Chiedi a Charlotte...»

«Non ho intenzione di chiedere a Charlotte né a nessun altro. Un membro di questa famiglia che si comporta come la peggiore delle zie è più che sufficiente.»

Rowland si diresse verso la porta.

«Quel genere di comportamento incoraggia le donne», continuò Max, deciso a non lasciar cadere l'argomento. «Le donne possono essere perverse, Rowland. Più un uomo è irraggiungibile, più ne sono attratte. O almeno questo è quello che dice Charlotte.»

«Senti.» Rowland si voltò. «Per quel che può valere, conduco la mia vita privata il più onestamente possibile. Ogni tanto, nonostante i miei sforzi, capita di ferire i sentimenti delle persone...»

«I tuoi?»

«No, non i miei.» Rowland esitò, poi alzò le spalle. «Che diavolo dovrei fare, Max? Vivere come un monaco?»

«Puoi sempre sposarti», ribatté Max, reprimendo un sorriso.

«Ne ho abbastanza. Vai a leggerti una rivista femminile, Max. Visto il tuo atteggiamentoa, è quello che ti ci vuole.»

Max, che si aspettava una risposta del genere, non replicò. Rowland aprì la porta e poi la richiuse.

«C'è una domanda che devo farti», disse, voltandosi. «È da un po' che voglio fartela. Riguarda Genevieve Hunter...»

«Sì, Rowland?»

«Perché eri così riluttante a mandarla in Bosnia? Dopotutto, lei e Lamartine avevano già lavorato insieme, è stato lui a raccomandarla. C'è qualche problema di cui non mi hai parlato?»

Max, che aveva previsto quella domanda, esitò. Tolse gli occhiali e poi li rimise. Rowland conosceva bene quel gesto, era tipico di Max quando voleva essere evasivo su un argomento. Si sedette.

«C'è qualcosa. Dovevo immaginarlo. Avanti, Max, di che cosa si tratta.»

«Vivono insieme.»

Ci fu silenzio. Max accese un'altra sigaretta.

«Non lo sapevi?»

«Sai perfettamente che non ne ero al corrente. E ti sei guardato bene dal dirmelo.»

«Proprio così. Perché ti conosco, Rowland. E so che saresti saltato alle conclusioni sbagliate. A volte sei il peggiore dei puritani. È ora che apri gli occhi. Non tutti hanno la tua capacità di separare il lavoro dalla vita personale. Inoltre, pensavo che lo sapessi. Ne hanno parlato tutti...»

«Non ascolto certi pettegolezzi.»

«Be', io sì. A ogni modo, non hanno nascosto la loro relazione, perché avrebbero dovuto? Sono passati quattro anni dal divorzio di lui e stanno insieme da circa un anno. Ma il fatto è che... la cosa mi metteva a disagio. Mandare due persone sentimentalmente coinvolte in mezzo a una guerra? Quando poi lei non era mai stata corrispondente di guerra prima? Non era la situazione ideale, non credi?»

«Sono d'accordo.» Rowland si alzò e cominciò ad andare avanti e indietro per la stanza. «D'altro canto», riprese, in tono cauto, «è stato un rischio e il rischio ha pagato. Hanno realizzato degli ottimi servizi. Lei era sotto contratto per sei articoli, li ha fatti, e devo dire in modo eccellente, quindi, qualunque fossero le motivazioni iniziali di Lamartine, la fiducia che ha riposto nelle sue capacità è stata giustificata. Hai preso la decisione giusta, non credi?»

«Sì. E di certo non ne sono pentito.» Max esitò di nuovo. «Ma le cose non sono andate così semplicemente, Rowland...»

«Continua.»

«Non ti piacerà quello che sto per dire.»

«Continua, Max.»

«Be', la verità è che Lamartine non mi ha dato molta scelta. Devi considerare la cosa in questo contesto. Lamartine è probabilmente il più grande fotografo di guerra del mondo. Sicuramente uno dei due o tre migliori del mondo. Ed è stato ovunque: Indocina, Africa, Afghanistan, Medio Oriente. Ma per tre anni non si è più occupato di guerra e durante quell'arco di tempo ha fatto il paparazzo. Solo Dio sa perché, di certo non ho mai osato chiederglielo. Girava la voce che lo facesse per far fronte agli enormi costi del divorzio e alle enormi richieste dell'esigente ex moglie. A ogni modo, quando si è saputo che sarebbe tornato a fare il fotografo di guerra e che era in partenza per la Bosnia, tutti hanno cercato di accaparrarselo. Io volevo lui e le sue fotografie più di ogni altra cosa. Alla fine ce l'ho fatta. Gini è stata il prezzo.»

Vedendo che Rowland si era accigliato a questa confessione, Max si affrettò a spiegare.

«Senti, so cosa stai pensando, e non è andata così. Ho avuto un incontro privato con Lamartine e lui ha detto a chiare lettere quali erano le sue richieste. Se volevo lui, lei doveva andare con lui. Niente se e ma. Gini non ne sapeva niente, Rowland. Lamartine mi ha fatto promettere che non ne sarebbe venuta a conoscenza, perché nel caso sarebbe successo un putiferio...»

Rowland continuò a restare in silenzio. Max, che immaginava quale fosse il corso dei suoi pensieri, sospirò.

«Ascolta, Rowland, voglio essere chiaro al riguardo. Non è stata lei a spingerlo. Be', non ne ho l'assoluta certezza, ho solo la parola di Lamartine. Ma lui non è un bugiardo, e non permetterebbe mai a nessuno di usarlo. Né lei lo farebbe, Rowland. Ha i suoi difetti, come avrai modo di scoprire se lavorerai con lei, ma non è di certo una senza scrupoli, è esattamente il contrario.»

Neanche questa volta Rowland fece alcun commento. Max alzò le braccia.

«Adesso sai la verità. Voglio essere onesto fino in fondo, se Lamartine non mi avesse messo con le spalle al muro, avrei detto di no. Tanto per cominciare è una donna, in secondo luogo, per quanto avesse esperienza, non era mai stata corrispondente di guerra e terzo punto, c'era la questione della loro relazione. Ma stando ai fatti, non mi ha lasciato molta scelta. Ed è stato molto persuasivo...»

Rowland gli lanciò un'occhiata furiosa. «È davvero così persuasivo?»

«Sì, molto. Mi piace, lo ammiro, e rispetto il suo giudizio. Se lo conoscessi, sono sicuro che saresti d'accordo con me. Naturalmente sapeva quanto lei ci tenesse ad andare in Bosnia. E sì, parlava da uomo innamorato. Era di parte e lo ha anche ammesso. Ma mi ha assicurato che non avrebbe mai permesso che i sentimenti per lei offuscassero il suo giudizio, che mai avrebbe posto quella condizione se avesse pensato che avrebbe potuto deludere lui o me. Mi ha convinto. Ha parlato di lei in termini eccellenti. Voleva che le fosse data una possibilità, una possibilità che secondo lui si era guadagnata.» Max sospirò. «Confesso che tanta lealtà mi ha commosso. Alla fine ho capitolato. Ma come hai detto poco fa, la fiducia che Lamartine aveva in lei non era malriposta.»

Rowland continuò a non fare commenti. Max era sconcertato dall'atteggiamento dell'amico. Solitamente Rowland esprimeva subito la propria opinione su qualunque argomento; gli era sembrato distratto da quando si erano chiusi in camera e trovava quella distrazione piuttosto strana. Rowland era uno dei pochi colleghi che ammirava sinceramente e al cui rispetto teneva: il silenzio che ostentava in quel momento gli provocava una certa insicurezza. Nella stessa situazione, Rowland si sarebbe comportato come lui? Pensava di conoscere la risposta. Rowland, che sul posto di lavoro era totalmente indifferente al sesso, non avrebbe avuto problemi a inviare una donna in guerra; ma davanti alle richiese di Lamartine avrebbe avuto tutt'altro atteggiamento. Non gli piacevano le pressioni di quel genere e se solo avesse sospettato una collusione fra i due, né Lamartine, né Gini avrebbero più lavorato per lui.

In quel caso, pensò Max, i suoi scrupoli lo avrebbero portato a perdere fotografie e articoli di prima qualità; uno dei problemi di Rowland era la sua inflessibilità morale, la sua idiosincrasia al compromesso. Cosa che a volte poteva rappresentare un handicap nel loro mestiere. Ricordare il tallone d'Achille dell'amico, gli restituì il buonumore.

«Naturalmente», riprese, mentre Rowland si avviava verso la porta, «non è mai facile prendere simili decisioni...»

«Direi proprio di no», fu la secca replica. Max si sentì di nuovo incerto.

«Ho avuto qualche preoccupazione al riguardo da allora. Non dal punto di vista professionale...» esitò. «Ma da quello personale, forse...»

«Sì?» Rowland, che stava aprendo la porta, si fermò. Guardò seriamente Max.

«Be', è ovvio che le ho avute», continuò Max sulla difensiva. «A volte penso che Lamartine rimpianga di avermi fatto quella richiesta...»

«Cosa ti porta a dire questo?»

«È solo un'ipotesi.» Assunse un'espressione eloquente. «Dopotutto, lei è tornata da due mesi e lui è ancora là. Non sappiamo quando ha intenzione di tornare. Ritrovarsi in una zona di guerra, tutto lo stress che comporta, il fatto di lavorare gomito a gomito... lei che si è ammalata, il modo in cui è dimagrita, certe allusioni di Lindsay. In effetti mi è passato per la mente che possano aver litigato, magari che si siano anche lasciati, anche se Gini forse non vuole ammetterlo con se stessa...» Scosse la testa. «Spero proprio di sbagliarmi. Fosse così, mi sentirei in parte responsabile. Per quanto, certe relazioni sono destinate a logorarsi...» Max si rese conto che stava temporeggiando e smise di parlare.

«Non devi sentirti responsabile», sentenziò Rowland, tutt'a un tratto assumendo un'espressione vivace. Gli lanciò un caloroso sorriso. «È un loro problema, Max, non tuo. E adesso...» Aprì la porta. «A che ora arriva quella gente? Alle sette e mezzo? Ho giusto il tempo di un rapido bagno...»

Si allontanò lungo il corridoio. Charlotte chiamò il marito da basso, e Max, ricordando all'improvviso il piacevole e breve incontro con la moglie che si era ripromesso, si ritirò nella stanza che fungeva da spogliatoio. Guardò la fotografia che ritraeva lui e Rowland con la moto che un tempo era stata la grande gioia della loro vita.

Si era dimenticato di domandare l'opinione di Rowland a proposito della sua decisione. Lui come si sarebbe comportato con Lamartine? Si ripromise di chiederglielo nel corso del fine settimana, ma poi ci fu una svolta imprevista e se ne dimenticò.

Da basso, Lindsay sedeva accanto al caminetto fissando pensierosa il fuoco, quando Danny trotterellò nella stanza con in mano un disegno che ritraeva un peloso animale blu.

«Dov'è Rowland?» chiese.

«Di sopra, Danny. Lui e tuo padre sono saliti a lavarsi e a cambiarsi.»

«Guarda.» Le mostrò il disegno. «È un cane. L'ho fatto per Rowland.»

«È un bellissimo cane, Danny. Mi piace molto.»

«Ha le gambe corte», disse in tono critico esaminando l'opera.

«Alcuni cani hanno le gambe corte.»

«Potrebbe essere un porcospino», osservò astutamente, girando il disegno. «Mi piacciono i porcospini. Sono i miei animali preferiti.»

«Hai proprio ragione, Danny. Potrebbe essere un porcospino o un cane. In effetti, potrebbe essere un porcospino.»

Danny trovò l'osservazione esilarante. Cominciò a ridere, si gettò per terra e scalciò le gambe per aria. Lindsay stava giusto pensando quanto fossero meravigliosi i bambini piccoli, quando le venne in mente qualcos'altro. Ricordò le crostatine di Danny e corrugò la fronte.

«Danny, sapevi che Rowland sarebbe venuto?» gli chiese, sentendosi improvvisamente la strega malvagia.

«Sì. A colazione la mamma mi ha detto che se avessi mangiato tutto il mio uovo, mi avrebbe rivelato un bellissimo segreto. Io l'ho mangiato tutto e lei me l'ha detto...»

Danny strabuzzò gli occhi, divenne rosso e guardò con ansia Lindsay.

«Ormai non è più un segreto, vero?» sussurrò. «Lui adesso è qui. Mi ha portato una pistola a raggi. E ha mangiato la sua tortina.»

«No, non è più un segreto, Danny.» Lindsay gli diede un bacio. «E poi, non mi lascerò scappare una parola.»

«Promesso?»

«Promesso. Bocca cucita.»

Danny, che amava quel gioco, ripeté più volte quel gesto, poi trotterellò su per le scale. Rimasta sola, Lindsay fissò furiosa il fuoco. Bastardo, pensò. Chissà come aveva riso fra sé e sé durante il loro colloquio di quel mattino. Bugiardo, subdolo, manipolatore e ipocrita che non era. Da quanto tempo aveva organizzato la cosa? Che cosa aveva in mente?

Charlotte fece capolino da dietro la porta, era rossa in volto e sembrava nervosa.

«Oh, sei qui, Lindsay. Io... io pensavo di andare su a fare quattro chiacchiere con Max e a cambiarmi. Gini è in camera a leggere. Gli ospiti arriveranno per l'aperitivo verso le sette e mezzo. Si fermeranno solo un'oretta. Poi mangeremo. Ho preparato un enorme pasticcio di rognone, spero ti piaccia. Purtroppo tu e Gini dovrete dividere il bagno in fondo al corridoio con Rowland, quindi se vuoi fare un bagno...»

«Mi piacerebbe fare un bagno.»

«Allora vai a buttare fuori Rowland. Non lasciare che consumi tutta l'acqua calda. E ignora i ragazzi. Rowland gli ha portato quelle pistole a raggi e stanno facendo un tale baccano che sembra sia scoppiata la terza guerra mondiale lassù...»

Scomparve e Lindsay salì. Dalla mansarda, dove dormivano

i bambini, provenivano urla e grida. La porta di Gini era chiusa. E anche quella del bagno. Il rumore delle vecchie tubature indicava che era ancora occupato da Rowland. Che diavolo stava facendo quell'uomo, un bagno o riempiendo una piscina? E doveva proprio fischiare mentre si lavava? Lindsay ringhiò verso la porta chiusa, poi si ritirò nella sua stanza.

Esaminò i vestiti che aveva messo in valigia. Aveva pensato di indossare un abito piuttosto scialbo che si era portata più che altro perché era pulito e stirato. Improvvisamente, non aveva più voglia di metterlo. Gli preferiva la minigonna di pelle di Donna Karan, un'attillatissima minigonna che avrebbe rivelato a tutti le sue bellissime gambe. Chiedendosi irritata perché nelle vecchie case di campagna inglesi non ci fossero più bagni, afferrò il beauty case, ascoltò da dietro la porta. Era possibile che Rowland McGuire non avesse ancora finito?

Aveva smesso di fischiare ed era passato a brani d'opera. Lo ascoltò inorridita gorgheggiare *La donna è mobile*. Era stonato come una campana. Dopo tutta una serie di arie, finalmente sentì la porta del bagno aprirsi. Contò fino a dieci, poi sgusciò fuori.

Andò a sbattere contro Rowland e barcollò all'indietro. Un metro e novanta di muscoli abbronzati le bloccavano il passaggio. I capelli neri bagnati gocciolavano e l'acqua scendeva dalle spalle possenti per scendere sul petto muscoloso. L'unico indumento era un asciugamano bianco intorno alla vita.

«Devi proprio andartene in giro come Tarzan?» sbottò Lindsay, cercando di distogliere gli occhi dai bicipiti, i pettorali e i fianchi stretti.

«Dato che sono venuto direttamente dall'ufficio», replicò Rowland, sfidandola con lo sguardo, «non ho avuto modo di portarmi...»

«Sei mezzo nudo.»

«Ah, hai delle obiezioni sull'asciugamano? Be', posso toglierlo, se preferisci.»

Portò le mani ai fianchi. Lindsay fuggì in bagno, sbatté la porta e chiuse a chiave. Si ritrovò in una nebbia di vapore. Procedette a tentoni, poi si fermò. Notò che Rowland aveva avuto almeno la cortesia di pulire la vasca, ma che, come tutti gli uomini, aveva semiallagato il bagno e gettato gli asciugamani inzuppati in un angolo.

Si sedette sul bordo dell'enorme vasca. Nella stanza regnava il delizioso aroma del dopobarba di Rowland. Quel profumo la fece sentire arrabbiata, debole e piena di rimpianti.

5

ROWLAND si sentiva sempre un pesce fuor d'acqua ai party, e perciò li detestava. Non era portato per le futili chiacchiere e mal sopportava chi lo era; consapevole di questa mancanza, evitava il più possibile simili occasioni, e quando vi veniva intrappolato, come in quel caso, preferiva restare ai margini.

Scambiò qualche parola con un professore di Oxford e un pittore che viveva nel villaggio vicino, entrambe persone che aveva già incontrato e che gli piacevano. Il professore, un intimo amico di un ex docente di Rowland a Oxford, cercò come al solito di convincerlo che stava sprecando le proprie qualità, che doveva ritornare alla vita accademica.

«È un ambiente troppo chiuso», affermò Rowland.

«La cultura può portare all'isolamento, ne so qualcosa», replicò il professore, che era un'autorità su Wittgenstein. «Però il risultato è molto soddisfacente.»

«Può darsi. Il fatto è che amo il giornalismo. È il mestiere adatto a me. Anche rimediare ai torti è gratificante...»

«Capita spesso?»

«Qualche volta. Inoltre, a me piace la vita variegata.»

«Arrampichi ancora?» chiese il professore, e quando Rowland annuì, il volto dell'anziano s'illuminò. Per un po' parlarono di montagna e dei vari tipi di rocce. Poi arrivò Charlotte e si portò via il vecchio professore. Rowland indietreggiò verso la libreria, da lì poteva osservare la scena senza che per un po' qualcuno lo disturbasse.

Pensò a quanto gli piaceva quella casa che era molto vecchia e costruita in modo irregolare. Profumava di bosco e di cucina, e sembrava racchiudere tutti i piaceri della vita familiare. Guardò Charlotte, che indossava un vecchio maglione da pescatore e una lunga gonna ricamata, mentre si muoveva fra i suoi ospiti. Era la donna più tranquilla e materna che avesse mai conosciuto, e a volte invidiava Max perché l'aveva sposata. Anche se di rado, a Rowland, che viveva da solo e amava vivere da solo, capitava di pensare che Max lo aveva superato da quando avevano lasciato Oxford. Max aveva quattro figli e un matrimonio felice. Legami importanti che davano un senso alla sua vita più di qualunque lavoro. Lui non aveva religione, famiglia o un credo politico; non era irlandese né del tutto inglese; era un *outsider*, uno spettatore, e probabilmente sarebbe rimasto tale per il resto della sua vita.

Questi pensieri lo portarono a cercare con gli occhi Genevieve Hunter, un'altra *outsider*, né del tutto americana, né del tutto inglese. La prima impressione che aveva ricevuto era di una donna alla deriva, e non aveva ancora cambiato parere.

Sembrava che facesse di tutto per camuffarsi. Quand'era arrivato indossava qualcosa di grigio e indefinito; quella sera si era cambiata, ma portava sempre qualcosa di grigio e indefinito. Si era allontanata due volte per una telefonata ed era tornata subito dopo pallida e tesa. Riconsiderò le informazioni che gli aveva dato Max su di lei poco prima e si rese conto che più che dargli delle risposte suscitavano altre domande. Fece qualche passo nella sua direzione, curioso di sentire le poche frasi che riuscivano a strapparle.

Era stata incastrata da una delle ospiti, un'americana sulla quarantina che poco prima era stata presentata a Rowland e da cui era subito fuggito in modo poco cortese. Si chiamava Susan Landis e il marito, che in quel momento si stava vantando della sua bravura a golf con Lindsay all'altro lato della stanza, era, se non aveva capito male, ufficiale in una base aeronautica americana nelle vicinanze.

Considerato che erano in Inghilterra, la signora Landis era fin troppo vistosa per l'occasione. Era l'unica con un trucco troppo pesante, i tacchi a spillo e un completo da città. Era nervosa, a disagio, e si era appiccicata a Gini perché era l'altra americana nella stanza. Gini, notò Rowland, stava cercando in modo deciso ma educato di svincolarsi.

Rowland captò alcuni brani della conversazione. Susan Landis stava esaltando le meraviglie dei Cotswolds.

«È semplicemente stupendo vivere qui», stava dicendo adesso, «è così sicuro. Quello che voglio dire, Gini, è che t'immagini come dev'essere crescere un adolescente a New York o in qualunque altra grande città americana? Qui invece ci sono tutti questi deliziosi villaggi, so sempre dov'è Mina. Niente teppisti, niente droghe, niente spacciatori...» Esitò. «Suppongo che non dovrei dirlo, ma sai che non ho visto neanche un nero da quando ci siamo trasferiti qui? Tranne che alla base, naturalmente.»

«Davvero?»

Rowland vide Gini alzare i freddi occhi grigi sulla signora Landis.

«Be', il mio fidanzato arriverà da un momento all'altro. Si dà il caso che sia nero. E ora vuole scusarmi? È da un po' che sto cercando di fare una telefonata.»

Ben fatto, pensò Rowland. La signora Landis divenne paonazza. Gini lasciò la stanza e poco dopo se ne andarono anche i Landis.

«Non farlo, Rowland.» Charlotte si era materializzata al suo fianco. «So che cosa stai pensando.»

«Ne sono certo. Come puoi permettere a quei due di mettere piede in casa tua?»

«Lui è terribile, lo ammetto.» Charlotte alzò le spalle. «Lei però non è così male come sembra. È una persona sola e repressa alla disperata ricerca di amici. I soliti inglesi snob ridono dei suoi vestiti e della sua casa...»

«E che mi dici della sua opinione sulle razze?»

«Oh, andiamo, Rowland. Loro la pensano come *quelli*. È uno degli svantaggi di vivere nel Gloucestershire. Adesso smettila di startene in un angolo a esprimere giudizi superficiali sui miei ospiti. Esci dal nascondiglio, Rowland, e parla con gli altri. Vieni a tirare un po' su Lindsay. Si è dovuta sorbire Robert Landis per ore. Prima le ha parlato ininterrottamente di golf, poi della Reaganomics, infine si è ricordato chi era e le ha fatto una sfilza di domande su Parigi. Voleva sapere che cosa indosseranno le ragazzine quest'anno...»

«Stai esagerando.»

«Solo un po'. Lindsay gli ha detto che l'anno scorso andavano i seni piccoli, e quest'anno quelli grandi.»

«La cosa gli ha fatto piacere?»

«No. Non è del tutto stupido. Credo si sia accorto che lo stava prendendo in giro.»

Charlotte lo prese sottobraccio. «Dai, Rowland, ancora dieci minuti e se ne andranno. Poi ti aspetta un bel pasticcio di rognone. L'ho preparato apposta per te...»

Rowland esitò. Lindsay, che lo aveva accuratamente evitato da quando era arrivato, gli aveva appena lanciato una gelida occhiata prima di voltargli le spalle. Come aveva notato il vecchio professore poco prima, era molto seducente nell'attillata minigonna di pelle nera, la camicetta bianca con il collo alto e le scarpe basse di vernice nera. L'esile figura e i capelli corti la facevano sembrare un ragazzo, un paggio medievale, pensò Rowland.

Acconsentì a essere trascinato fino da lei. Charlotte li lasciò immediatamente soli. Lindsay partì subito all'attacco. «Un magnifico bagno grazie a te, Rowland. Mi hai lasciato sì e no tre litri di acqua appena tiepida. E tutti gli asciugamano fradici.»

«Mi dispiace. Sono abituato a vivere da solo.»

«Non mi sembri affatto dispiaciuto.» Lindsay alzò gli occhi e lo esaminò attentamente. «Sembri invece divertito e tutt'altro che pentito.»

«Non è vero», replicò Rowland pigramente. «Sono pentito. Nel mio cuore. Non sempre mi si legge in faccia. Ho perso certe abitudini. Capita agli uomini che vivono da soli.»

«Non mi sembra il tuo caso», ribatté Lindsay in tono vivace. «Ho sentito delle voci su di te...»

«Nessuna è vera», dichiarò Rowland con enfasi. «Non so perché la gente diffonde queste malignità su di me. Sono un uomo molto incompreso.»

«Stai cercando di essere affascinante?»

«Niente affatto. Hai avuto il tempo di dare un'occhiata a quel fascicolo?»

La domanda, per qualche ragione che lui non riusciva a immaginare, si rivelò un errore.

«Neanche un minuto», replicò Lindsay, piantandolo in asso.

Donne, pensò Rowland. Poi, dato che Charlotte era sparita e Max era immerso in una fitta conversazione, colse l'opportunità e tagliò la corda.

Passando davanti allo studio di Max in fondo al corridoio, sentì Gini discutere con un centralinista e ripetergli una sequela di numeri con voce stanca. Ai piedi delle scale s'imbatté in Charlotte. Dalla mansarda provenivano le urla e i rumori delle pistole a raggi. Lei lo guardò con occhi esausti.

«Ti dispiacerebbe dargli retta per cinque minuti, Rowland? È perché sanno che sei qui. Vogliono una delle tue storie del terrore. Spaventali a morte finché non si addormentano.»

Quando si trattava di racconti Rowland era un tradizionalista. «C'era una volta», cominciò.

Sedeva a gambe incrociate sul pavimento della mansarda dei ragazzi. Aveva modellini di aeroplani sopra la testa ed era circondato da orsacchiotti e file di animali preistorici di plastica.

Max e Charlotte avevano chiamato i figli in ordine alfabetico. Alex, il maggiore di otto anni, era nel letto superiore alla sinistra di Rowland, e Ben, il secondogenito, sotto il fratello. Colin, di sei anni, e Danny, erano nel letto a castello a destra. Tutti loro avevano sistemato riverentemente le pistole a raggi ai piedi del letto e Colin, il più eccitabile dei quattro, stringeva con forza un pinguino di pelouche.

«C'era una volta», continuò Rowland, «uno gnomo di nome Leaf che viveva sull'estrema costa occidentale dell'Irlanda, dove sono cresciuto io. Aveva la pelle verde chiaro, occhi arancione e una coda...»

«Gli gnomi non hanno la coda», lo interruppe Alex.

«Questo gnomo sì», replicò Rowland. «Aveva una piccolissima coda e viveva con la madre in una tana nella fattoria di mio nonno. Erano sempre felici, ma sfortunatamente...» E qui Rowland abbassò la voce in un agghiacciante sussurro e tacque.

«Aveva un nemico, Rowland?» chiese Ben, con un tremito di piacere. «Era orribile?»

«Il più orribile di tutti», confermò Rowland. «Si chiamava Groilach. Era un malvagio folletto che viveva nelle torbiere presso il lago. Beveva il sangue delle rane per colazione e aveva la pelle squamosa ricoperta di melma...»

«Puah.» Ben si tappò il naso. «Scommetto che puzzava in modo schifoso. Una volta in Scozia sono caduto in una torbiera, ti ricordi, Alex? Come puzzavo. Ho puzzato per giorni.»

«Aveva un odore terrificante», convenne Rowland, improvvisando a loro beneficio. «Pensate agli odori più disgustosi del mondo. Quello del cavolo bollito, per esempio, e...»

«Le scorregge di Danny!» urlò Alex, e tutti e quattro scoppiarono a ridere.

«Groilach puzzava ancora di più. Oltre a essere malvagio, aveva un appetito insaziabile e dava la caccia a Leaf da anni. Dovete sapere che gli gnomi erano il suo cibo preferito...»

Rowland continuò a raccontare finché i ragazzi non cominciarono a sonnecchiare. Il primo ad addormentarsi fu Danny, poi Alex, poi Ben. Solo Colin rimase sveglio, pendendo dalle sue labbra.

«Non ha mangiato Leaf, vero?» sussurrò Colin, tirando fuori una mano da sotto le lenzuola e afferrando quella di Rowland.

«No, naturalmente», rispose Rowland, sapendo che era ora che il suo racconto prendesse una piega diversa. «Leaf era buono e coraggioso, quindi era destinato a trionfare alla fine. Inoltre, aveva una spada. E a dirti la verità, non era così preoccupato per Groilach.»

«Perché no?»

«Perché aveva altro per la testa. Aveva sentito parlare di una principessa. Una bellissima e tristissima principessa. Una principessa gnomo, che aveva occhi come zaffiri e lunghi capelli biondi.»

«Perché era triste, Rowland?»

«Perché molto tempo prima le era stato fatto un incantesimo: era prigioniera in una torre di vetro alta mille metri. Ogni giorno versava lacrime di cristallo perché desiderava essere liberata. Tutti i principi che ci avevano provato, avevano fallito. Solo uno gnomo poteva liberarla. Doveva essere il suo tipo. Doveva essere coraggioso. E doveva avere un cuore puro...»

Colin si stava addormentando. Rowland lasciò andare lentamente la manina. Si alzò, stiracchiandosi. Nella stanza regnava il silenzio, l'unico rumore era il lieve respiro dei ragazzi. Per qualche ragione, quella storia gli aveva procurato un po' di tristezza e si sentì riluttante ad andarsene.

La storia lo aveva riportato all'infanzia; con gli occhi della mente poteva vedere la fattoria che aveva descritto, dove lui stesso aveva vissuto fino all'età di otto anni.

Andò alla finestra e scostò le tende. La luna era alta, gli alberi e le siepi erano già bianchi di brina; guardò quel mondo argentato. Dall'altra parte del frutteto, vide una sagoma sbucare da dietro una siepe; guardò la volpe muoversi cauta attraverso l'erba. Fece il giro del pollaio, annusò nell'aria, poi s'irrigidì. Anche lei aveva sentito le voci delle persone sulla porta d'ingresso.

Gli ultimi ospiti se ne stavano andando, presto sarebbe stata servita una delle meravigliose cene di Charlotte. Ascoltò la ghiaia scricchiolare sotto le ruote delle macchine che percorrevano il viale. Guardò la volpe oltrepassare la siepe e dirigersi verso le colline. Per un momento, sforzando gli occhi per seguire i movimenti dell'animale, a Rowland sembrò di vedere delle luci muoversi su in cima alle colline. Questo lo sconcertò un po', dato che era stato da quelle parti più volte e sapeva che non c'erano né villaggi né strade, ma solo brughiere.

Dalla cucina gli arrivarono delle voci. Rowland lasciò andare le tende e uscì silenziosamente dalla mansarda. Chinando la testa sotto le travi, scese con câutela gli stretti gradini.

Durante la cena, ci mise un po' a riprendersi dalla nostalgia. Gradatamente, tornò al presente, riscaldato dal vino, dalla conversazione, dal cibo. Solo allora si accorse che non era l'unica persona a tavola a essere distratta. Anche la mente di Genevieve Hunter era altrove. Parlò poco, e quando lo fece, sembrò costarle un enorme sforzo.

Era seduta di fronte a lui. Rowland la esaminò apertamente. Aveva capelli d'argento cortissimi, una carnagione pallida e l'espressione degli occhi grigi era indecifrabile. Gli ricordava qualcuno che conosceva, ma non sapeva chi. Poi gli venne in mente. Non era nessuno che conosceva: Gini somigliava alla principessa della favola che aveva raccontato quella sera. Come quella creatura, anche lei sembrava sotto un incantesimo, come se qualcuno o qualcosa la tenesse prigioniera costringendola a guardare il mondo attraverso pareti di vetro.

Quando Mina e Cassandra infine raggiunsero il capannone, faceva già terribilmente freddo. Le enormi porte del capannone erano spalancate e l'interno era illuminato da lampade. La gente stava già ballando e il campo intorno era segnato dai solchi delle ruote delle roulotte, dei bus e dei furgoni. Alcuni viaggiatori avevano acceso dei fuochi che intensificavano l'oscurità dietro di loro.

La zona circostante il capannone pullulava di una massa di ombre in movimento. Ragazzini vestiti di stracci correvano avanti e indietro, i cani abbaiavano, alcuni dei viaggiatori ballavano fuori, altri preparavano da mangiare o sedevano accanto al fuoco sulle coperte e trapunte che avevano steso per terra.

Mina indietreggiò leggermente, ma Cassandra l'afferrò per un braccio e la trascinò nella mischia.

Vennero investite dalla musica assordante e da un misto di odori di marijuana, sudore e vestiti sporchi. Fuori di una delle porte del capannone, un uomo con un cappotto rosso ricamato faceva giochi di destrezza con palle colorate. Le luci stroboscopiche ferirono gli occhi di Mina. Si aggrappò al braccio di Cassandra e vide che la luce creava strani giochi sul suo volto, come se le sue espressioni fossero frammentate e lo scorpione sulla fronte pareva muoversi.

Gli occhi di Cassandra scrutavano nella folla. Lì da qualche parte doveva esserci Star.

«È alto», urlò Cassandra sopra la musica. «Sembra un angelo. Ha lunghi capelli neri. Porta una sciarpa rossa...»

Cominciò a farsi strada fra i ballerini, tenendo Mina stretta per un braccio. E mentre procedevano a fatica, Mina cominciò a sentirsi contagiata dalla musica, dalla folla. Era una sensazione piacevole, non si sentiva per niente minacciata. Il ritmo delle chitarre elettriche cominciò a scorrerle nelle vene, qualche verso delle canzoni a entrarle nel cervello. *Porta la mente in un'altra dimensione. Presta più attenzione...* Le piacevano quelle strane voci acute. *Presta attenzione*, canticchiò. Voleva anche ballare, entrare nella musica.

Cominciò a muovere i piedi, poi le braccia; respirò l'acre aria fumosa.

«Visto? Qui c'è il meglio.» Cassandra accese uno spinello e glielo passò. Mina aspirò sentendo il dolce aroma. Le fece effetto all'istante. Adesso fluiva con la musica, le luci parevano trasportarla in alto fin quasi a toccare le travi quindici metri sopra la sua testa.

Cassandra stava sorridendo, continuava ad annuire in un gesto di apprezzamento e incoraggiamento.

«Vedrai quando arriva Star...»

Si girò nella direzione sbagliata, e Mina, che stava vivendo il tempo al rallentatore, si rese conto che Cassandra non ne percepiva la presenza come stava succedendo a lei. Cercò di formulare le parole, di dirlo a Cassandra: anche senza guardare sapeva che Star era già al loro fianco. Era comparso dal nulla. Lo sentiva anche se non poteva vederlo. Si voltò a guardarlo e capì immediatamente che poteva fidarsi di lui. Era incredibilmente bello, sembrava un'apparizione. Fissò il bagliore nei suoi occhi e quando sorrise le parve di essere investita da un lampo. Poi prese lei e Cassandra per mano e in quell'attimo, come aveva detto Cass, sentì la sua energia.

Salutò Cassandra, poi si voltò verso Mina e le diede una lunga, intensa occhiata.

«Così questa è Mina, la tua amica americana. Benvenuta, Mina. Ho sentito parlare di te. Sei felice stasera? Hai già spiccato il volo?»

«Un po'», rispose Mina. «Sì.»

«Bene.» Le strinse la mano e poi la lasciò andare. «Posso aiutarvi. Vi ho portato un paio di ali che vi faranno volare in cielo.»

Era come guardare un mago che faceva i trucchi con le carte. Un attimo prima la mano è vuota, subito dopo dispiega le dita e, come per magia, gli compaiono due pillole sul palmo. Una rosa come lo zucchero filato, l'altra bianca come una perla.

«Una White Dove e una Pink Jewel», sillabò lentamente. «Un regalo speciale di Star per due ragazze molto speciali. A voi la scelta. A Mina piace il bianco o il rosa?»

«Qual è la più forte?» chiese Cassandra.

«Oh, sono entrambe potenti. Sono andate a prenderle personalmente sul continente.»

«Ad Amsterdam?»

«Forse. Chi lo sa?» Star sorrise. «Direi di dare la rosa a Cassandra e quella bianca a Mina. Rosa come i petali del fiore e bianco come il velo di una suora.»

«No», rifiutò Cassandra. Mina, che non riusciva a distogliere gli occhi da Star, sentì una certa tensione nell'aria, una tensione dettata dalla gelosia e dal risentimento.

«No», ripeté Cassandra, alzando la voce. «Conosco già quella rosa. Voglio la bianca, Star.»

«Ne sei sicura? Allora va bene.»

Fece un altro magico movimento con le mani. Aprì la sinistra offrendo a Mina la pillola rosa, lei la prese e la inghiottì senza esitazione. Aprì la mano destra e comparve quella bianca. Cassandra la prese e la mandò giù. Poi cominciò a frugare nelle tasche. Sembrava che Star stesse aspettando qualcosa, Mina non era sicura perché quelli che ballavano intorno a loro li spintonavano, ma le sembrò che Cassandra gli avesse dato dei soldi. Allora, dopotutto, le magiche pillole non erano un regalo.

D'improvviso, tutto cominciò a girarle intorno. Prima che potesse dire qualcosa, Star le circondò con un braccio la vita e cominciò a trascinarla via. Si voltò una sola volta a guardare l'amica da sopra la spalla, il viso di Cassandra era immobile e pallido come la luna.

Star la portò fuori in un posto tranquillo dove la musica si sentiva appena. Distese una trapunta colorata, Mina si sedette. Star schioccò le dita e un piccolo cane comparve dal nulla. Si accovacciò sulla trapunta accanto a Mina. Lei gli accarezzò l'ispido pelo grigio; era talmente magro, docile e timido. Era una femmina e si chiamava Dancer, le spiegò Star. Mina continuò ad accarezzare il muso appuntito di Dancer, lei cominciò a leccarle la mano. Mina provò un incredibile senso di gioia, sentiva di amare quella cagnetta profondamente. Era come se un dio fosse sceso dal cielo per rimettere nel mondo le cose a posto.

Star le si sedette accanto e Mina lo guardò in volto. Non riusciva a credere che avesse scelto proprio lei, e la stupì ancora di più il fatto che, almeno per un po', volesse restare.

«Hai un falco sullo zigomo.» Le sfiorò delicatamente il dito con la punta delle dita. «Hai le palpebre dorate. Sei bellissima, Mina.»

Mina lo guardò negli occhi. Nessuno, neanche i suoi genitori, le aveva mai detto una cosa del genere.

«Non lo sono», replicò. «Cass è bella, non io. Guarda...» Sollevò il volto verso i bagliori di fuoco. «Ho le lentiggini e i capelli rossi.»

«Cassandra è una ragazza qualunque. Ci sono migliaia di

Cassandra. A me piacciono la tua pelle, le tue lentiggini, i tuoi capelli, Mina. Sotto i bagliori del fuoco sembrano oro rosso...»

Mina continuò a fissarlo. Cercava di capire dal tono da dove veniva. Non aveva l'accento inglese, americano, tedesco o francese. Era un accento indefinibile e sembrava appartenere unicamente a Star.

«Hai paura?» le domandò improvvisamente guardandola negli occhi.

«No. Non ho paura. Mi sento...» Mina esitò, cercando di descrivere quello che stava succedendo dentro di lei. «Mi sento calma. Tranquilla. È come se stessi per aprire una porta e dall'altra parte ci fosse la mia casa.»

La risposta sembrò piacergli. La guardò seriamente per alcuni minuti, poi si sdraiò, incrociò le mani dietro la testa e guardò il cielo stellato.

Mina fece altrettanto. Le sembrò di vedere il Grande Carro e Orione, la Stella Polare, la Via Lattea. Pensò a Cassandra e si chiese dove fosse, poi se ne dimenticò immediatamente. Un bambino passò correndo accanto a loro. Mina osservò quello strano accampamento intorno a sé.

Stavano arrivando veicoli che non avevano nulla a che vedere con quelli già parcheggiati lì. Era una piccola schiera di nuove e costosissime macchine. I passeggeri che ne scesero erano tutti uomini, tutti in giacca e cravatta e ridendo e vociando si diressero verso il capannone. Mina si voltò verso Star.

«Chi sono?»

«Gente di città. Vengono qui per dimostrare la loro superiorità sui viaggiatori. E su di me.» Lo disse in tono annoiato. «Sono degli idioti, ma pagano bene.»

«Sei anche tu un viaggiatore?» domandò Mina.

«No. Io mi trovo bene dappertutto e da nessuna parte. Io non appartengo a nessuno e a niente. Vado e vengo come mi pare.»

«Non ti senti solo?»

«Non adesso. Ho trovato te, Mina. E ti cerco da tanto tempo.»

Gli occhi scintillarono nella semioscurità. «Lascia che succeda, Mina», disse. Poi tornò a sdraiarsi e a fissare il cielo e la prese per mano. «Sdraiati accanto a me», la incitò. «Fai finta che siamo due sculture su una tomba. Stai assolutamente immobile. Guarda il cielo.» Mina ubbidì. Adesso il cielo era striato da mille colori che si inseguivano. Formavano immagini infinite che si mescolavano per riformarne delle altre.

«Tu sai quello che vuoi dalla vita, Mina?» chiese Star.

«No, non lo so. Non so neanche chi sono.»

«Io ti farò capire quello che vuoi e ti dimostrerò chi sei», asserì, senza muoversi. «Stringi la mia mano. Senti l'energia.»

Mina gli ubbidì. Giacquero fianco a fianco, in silenzio, per ore, per secoli. Mina sentì che abbandonava il proprio corpo. Sentì la forza del proprio spirito. Persino la cagnetta di Star percepì che stava accadendo qualcosa di straordinario, qualcosa di incredibile.

Dopo un po', cominciò a guaire, leccò la mano di Mina infine, dopo quello che sembrò un millennio, alzò il muso grigio verso il cielo e ululò.

6

Charlotte era più che soddisfatta di come era andata la cena. Avevano mangiato in cucina a lume di candela. Il pasticcio di rognone era venuto magnifico e il dolce assolutamente perfetto. Gini aveva piluccato qua e là, ma Rowland, da perfetto scapolo poco abituato alla buona cucina, si era servito due volte spazzando via tutto. Fosse stato uno dei figli, Charlotte non avrebbe potuto essere più soddisfatta.

Verso le dieci e mezzo, quando gli altri sciamarono in soggiorno, lei e Max si ritrovarono per un breve momento soli in cucina. Sembrò quasi un miracolo. Charlotte si mise a preparare il caffè, poi notò che Max stava travasando uno dei suoi preziosi Porto, un Fonseca del '69.

«Max», disse, «davvero vuoi servire quel Porto? Ti sembra giusto?»

«Quasi sicuramente no. Ma vale la pena di rischiare. Hai captato l'elettricità nell'aria?»

«Sì. Forse da una sola parte, ma non posso negare che ci fosse una certa elettricità.»

«Non farà del male caricarla un po'...»

«Max. Non sembravi pensarla così questo pomeriggio.»

«Lo so.» La baciò sul collo. «Ma è solo Porto.»

«Non è solo Porto. Quella roba è combustibile puro.»

«Smettila di chiamarlo 'roba'.»

«Se Rowland beve il tuo Porto, comincerà a *parlare* e nessuno riuscirà più a fermarlo fino a domattina.»

«A me piace sentire Rowland parlare. E anche a te.»

«Credi che Lindsay la penserà allo stesso modo?» Charlotte gli lanciò un'occhiataccia. «E non credere che non ti abbia visto sussurrare qualcosa all'orecchio di Lindsay poco prima dell'arrivo degli ospiti.»

«Non stavo sussurrando. Le stavo solo dicendo alcune cose in tono sommesso.»

«Le hai parlato delle donne di Rowland, vero? Max, guardami negli occhi.»

«Così per caso. Che male può farle saperlo? Dopotutto, è la verità.» Osservò il Porto nel bicchiere in controluce e annuì compiaciuto. «A proposito, avevi ragione sulla perversità delle donne. Nell'attimo stesso in cui le ho detto di Rowland, ho colto un certo scintillio negli occhi di Lindsay.»

«Perché fai tutto questo, Max? Sei stato tu a dire che...»

«Puoi spiegarmi perché le donne sono così? Perché il tuo sesso è così strano? Considerata la reputazione di Rowland, ogni donna con un briciolo di buonsenso fuggirebbe a gambe levate.»

«Le donne non sono creature di buonsenso. È la loro maledizione e la loro fortuna. Ma non cambiare argomento. Ti ho fatto una domanda.»

«Ho cambiato idea dopo che ti ho parlato al telefono. O forse mentre venivo qui. No, dev'essere stata la chiacchierata con Rowland di questa sera. Be', diciamo che ho quasi cambiato idea. Ho pensato che un po' di incoraggiamento non avrebbe danneggiato nessuno. Ho pensato che forse io sbagliavo e tu avevi ragione. Non sarebbe la prima volta. Sei una persona incredibilmente saggia...»

«Smettila di baciarmi sul collo, Max.»

«Posso baciarti da qualche altra parte? Sui polsi? Sulle caviglie? Sugli alluci?»

«Max, vai a offrire quel dannato Porto agli ospiti. E mi raccomando, un solo bicchiere a testa. Oh, tranne che a Gini, a lei il doppio.»

«Tu non servi mai il Porto due volte.»

«Allora dagliene un bicchiere pieno. L'adoro, ma non ne posso più di vederla correre al telefono ogni cinque minuti per chiamare Pascal...»

Il complotto fallì. Gini rifiutò il Fonseca. Rowland si limitò a lodare le qualità del Porto. Lindsay, per cui l'alcol era solo alcol, utile quand'era nervosa, bevve il liquore quasi tutto d'un fiato.

Alle undici e quarantacinque squillò il telefono. Gini, che stava avendo una conversazione futile con Rowland, si alzò di scatto dalla poltrona. Come si rese conto del gesto, arrossì. Charlotte andò a rispondere nello studio di Max. Rowland si alzò, prese un libro dalla libreria e cominciò a leggere. Gini aspettò ansiosa.

Quando Charlotte tornò, non ebbe il coraggio di incontrare gli occhi di Gini.

«Lindsay, è quel dannato Markov», annunciò rapidamente. «Deve parlarti. Ti sta chiamando dal telefono della macchina. Da Parigi.»

Lindsay si alzò, sospirando. Andò nello studio di Max e prese il telefono.

«Ascolta questa», cominciò Markov, senza tanti preamboli. «Non è fantastica? Non è pura poesia?»

Avvicinò la cornetta agli altoparlanti dell'hi-fi. Lindsay la conosceva benissimo, era una vecchia canzone che s'intitolava *Be Still, My Foolish Heart*.

«Markov», lo investì Lindsay in tono duro, forse anche a causa del Fonseca, «chi ti ha dato questo numero? Louise? È mezzanotte, Markov. Quella canzone mi ha fatto schifo la prima volta che l'ho sentita e mi fa schifo anche adesso.»

«Vuoi dire che non ti comunica niente? Cos'è, sei di ghiaccio? Come vanno le cose a Maxopoli? Cosa combinate di bello?»

«Markov, metti giù questo dannato telefono.»

«Lindy, sono a Parigi. Ti sto chiamando da Parigi...»

«Non m'importa neanche se stai chiamando dalla Mongolia. Smettila di perseguitarmi. E non chiamarmi Lindy, mi manda in bestia.»

«Vuoi sapere qualcosa di veramente interessante? Vuoi sapere chi ho visto all'aeroporto proprio poco fa?»

«No.»

«Nella sala d'attesa dei vip? Io in arrivo e loro in partenza? Sono sicuro che vuoi saperlo.»

«Oh, d'accordo. Chi? Hai dieci secondi. Sono a letto, Markov, mi stavo quasi addormentando. Fai in fretta.»

«Sei da sola, tesoruccio, oppure ho chiamato in un momento inopportuno? Qualcuno che conosco, tesoro?»

«Ti restano cinque secondi, sto contando...»

«Lindy, sei proprio noiosa, lo sai? D'accordo. Ho visto Maria Cazarès e Lazare. Erano insieme, molto insieme. Lei piangeva, e lui le teneva un braccio intorno alle spalle dandole dei baci sui capelli...»

«Ne sei sicuro?»

«Cara, ho dieci decimi di vista e non portavo neanche gli occhiali da sole. Erano a dieci metri da me. Ero così eccitato, Lindy. Ho sentito per caso alcune cose molto interessanti. Dev'esserci qualche grosso problema.»

«Markov, aspetta un secondo...»

«Tesoro, ci saranno almeno cento persone a cui devo telefonare adesso. Sta per succedere un disastro pari a quello di Chernobyl. Devo diffondere la voce...»

«Markov, aspetta. È una questione importante. Con chi altro ne hai parlato?»

«Con nessuno. Tu sei la prima che ho chiamato...»

«Ci vediamo a cena lunedì?» Lindsay stava pensando rapidamente. «*Maxims*? *La Tour Eiffel*? *Grand Vefour*? Dove desideri fare le sedute fotografiche, Markov? Dillo e sarai accontentato.»

«Hyderabad. Cinque giorni. Voglio la Quest e l'Evangelista. Doppia pagina. A colori, sul *Sunday*. Sedicimila. Ci stai?»

«Affare fatto.»

«Più cena al *Grand Vefour* lunedì.»

«Cristo, Markov. Oh, d'accordo.»

«Le mie labbra sono sigillate, tesoruccio. Ti adoro. Ciao.»

Lindsay tornò in soggiorno con il volto raggiante. Una sbadigliante Charlotte e una silenziosa Gini stavano già andando a dormire.

«È ora di andare a letto», annunciò Charlotte. Lindsay aspettò che la porta si richiudesse alle loro spalle e subito dopo cominciò a raccontare tutto a velocità supersonica.

«*Hyderabad*?» chiese Max, dopo alcuni minuti. «Sei forse impazzita, Lindsay? Niente da fare. Il *Sunday* non accetterà mai. Non lo chiedo neanche.»

«Sedicimila?» ripeté Rowland. «Il Porto deve averti dato alla testa. Markov non è attendibile. Probabilmente starà già telefonando a mezzo mondo.»

«Niente affatto. Noi ci capiamo.»

«Evidentemente.»

«È meno della sua tariffa pubblicitaria...»

«È un'estorsione. Non farebbe certi prezzi nemmeno a *Vogue*.»

Lindsay lasciò perdere Rowland. Era una causa persa. Si rivolse a Max che stava camminando avanti e indietro. «Max, ti prego, rivolgiti al *Sunday*. Io non posso garantire il colore a Markov, ma il *Sunday* sì. Inoltre, Jancy muore dalla voglia di averlo. Non si lascerà sfuggire questa occasione. È il migliore, Max. E la Quest... aspetta di vederla... è straordinaria. La userò a Parigi. Sarà incredibile.»

Rowland gemette, Lindsay lo ignorò.

«Andiamo, Max. È solo un piccolo favore. Non devi fare altro che parlare con il direttore di Jancy... maledizione, Max, lui era a Oxford con te e Rowland. Coprimi le spalle per una volta. Usa il tuo famoso potere di persuasione... chiudi il becco, Rowland, non ho ancora finito. Ti prego, Max, avremo l'esclusiva. Devi solo dire una parolina al tuo amico direttore, Max. È chiederti troppo?»

Lindsay aveva le braccia intorno alla vita di Max. Il silenzio indicava che stava per cedere.

«Sarebbe maledettamente inutile», osservò Rowland, che subodorava un imbroglio. «Li ha visti all'aeroporto insieme, e allora? A me non sembra una notizia da prima pagina.»

«Tu non conosci Markov. Io sì. Quello che ci ha detto è solo l'aperitivo, Rowland. Lasciami parlare con Markov. So che c'è di più.»

«Ho un'idea migliore.» Rowland posò su di lei un gelido sguardo verde. «Che ne dici se parlo io con Markov? Di certo non mi lascerò prendere in giro...»

«Scordatelo. Markov non ti direbbe neanche l'ora.»

«Oh, ne sei convinta? E perché?»

«Perché non ti conosce. Non gli piaceresti. È un tipo difficile con cui trattare e sono sicura, al cento per cento, che lo prenderesti per il verso sbagliato.»

«Be', di sicuro non mi farei raggirare come te. Max, vuoi parlare a questa donna?»

«Non ci penso neanche», rispose Max, trattenendo un sorriso e indietreggiando. «Voglio star fuori da questa storia...»

«Cerca solo di farla ragionare, è tutto quello che ti chiedo.»

Max esitò. Guardò Rowland e poi il viso accaldato di Lindsay. Aveva assunto una posizione da pugile; era una bella donna, ma al contempo sembrava un ragazzo arrabbiato. Rowland, al contrario, bolliva di rabbia, ma cercava di mostrarsi estremamente freddo. Teneva il gomito appoggiato sulla mensola del camino, un bicchiere di Fonseca in mano, e tutta la sua persona trasudava arroganza maschile. Max sospirò.

«Non ci vedo niente di male a proporre le idee, Rowland», disse infine, in tono pacificatorio. «Lindsay ha ragione, Markov è capriccioso. Ma è anche decisamente bene informato. Lui e Lindsay hanno un rapporto speciale. Markov l'adora. Le mangerebbe in mano...»

«Un rapporto speciale? Con Markov?» Rowland aveva un'espressione incredula. «Be', adesso le ho sentite proprio tutte...»

«Forse», lo interruppe Max in tono salomonico, «sarebbe una buona idea se lo vedeste entrambi. Insieme.» Quell'atteggiamento da mediatore fu un errore. Rowland alzò gli occhi al cielo e Lindsay cominciò a parlare a raffica.

«Max, se credi», cominciò, «che io siederei anche per un solo secondo al *Grand Vefour* con questo stupido, ostinato, arrogante irlandese... se pensi che gli permetterò di dare addosso a Markov, allora devi essere impazzito. Lui è delicato come un elefante in un negozio di porcellane. Questo qui è un primitivo, Max, perché non torni sul tuo albero, Rowland? E non sognarti mai più, in nessuna circostanza, di chiedere di nuovo il mio aiuto...»

«Puoi starne certa», replicò Rowland. «Preferisco lavorare con professionisti. Gli isterici dalla collera facile non fanno per me.» E bevve un sorso di Fonseca.

Lindsay non replicò. Sembrava stesse praticando qualche strana forma di respirazione. Entrambi la guardarono inspirare ed espirare per dieci volte.

«Rowland», disse infine, in tono calmo e dolce, «non conosci il mondo della moda. So che è molto difficile per te ammetterlo, ma sono certa che quando saranno passati gli effetti del Porto, persino tu ti renderai conto che è così. Hai bisogno di me per controllare quel fascicolo, hai bisogno di me per parlare con Markov, e hai bisogno della mia esperienza e delle mie capacità. Senza di me, Rowland, brancoleresti nel buio. Quando lo avrai capito, chissà, magari domattina, mi aspetto che mi porga le tue scuse. Voglio vederti strisciare, Rowland. 'Notte, Max.» Si alzò in punta di piedi e lo baciò sulla guancia. «È stata una cena magnifica. Sogni d'oro.»

Lasciò la stanza richiudendosi piano la porta alle spalle. Seguì qualche minuto di silenzio. Rowland posò il bicchiere con il Porto.

«Se solo ridi, Max, se solo accenni anche a un sorriso, ti avverto che...»

«Sto forse ridendo? Ho forse pronunciato anche solo una parola?»

«Togliti quella dannata espressione compiaciuta sul viso, Max.» Rowland si prese la testa fra le mani. «Cosa è successo?» domandò in tono irritato. «Cosa diavolo è successo? Quando è cominciata? È colpa del Porto, Max. Non avrei dovuto neanche toccarlo. Fino a quel momento, tutto procedeva così bene...»

Di sopra, Lindsay si rifugiò nella sua stanza. Poco dopo ne uscì e si recò in bagno in reggiseno e mutandine. Canticchiò felice mentre si lavava. Tornata in camera, si infilò sotto le coperte tremando per il freddo. Si tirò la trapunta fino alle spalle, accese la lampada sul comodino e aprì il fascicolo verde di Rowland. Inizialmente non riuscì a concentrarsi, il viso furioso di Rowland continuava a interporsi fra lei e le pagine. Rivide i suoi occhi e riassaporò il sublime momento in cui con poche parole ben scelte gli aveva cancellato dalla faccia quell'arrogante espressione.

Un paio di volte le sembrò di sentire dei rumori nella stanza di Gini accanto alla sua. Pensò di averla sentita piangere, ma con quei muri così spessi, non poteva esserne sicura. Ascoltò attentamente, poi decise che si era sbagliata.

Tornò a concentrarsi sul fascicolo e lesse per un'ora. Quando arrivò a metà, le tornò alla mente qualcosa che le accelerò il battito cardiaco. C'era un vuoto ben preciso nella storia di Maria Cazarès e di Jean Lazare e lei forse poteva, solo forse, riempirlo.

Da basso, Max cominciava a sentirsi stanco, era l'una passata, e Rowland meditava scuro in volto.

«Se stai pensando in che modo striscerai domani», disse Max, alzandosi, «puoi farlo da solo. Io faccio fare un rapido giro ai cani e poi me ne vado a letto.»

«Vengo con te.»

Indossarono i cappotti e gli stivali e portarono i cani intorno al frutteto. Rowland aveva un udito finissimo. Dopo pochi metri si fermò ad ascoltare.

«Cos'è questo rumore?»

«Quale rumore? Non sento niente. Solo il vento. Andiamo, Rowland, fa terribilmente freddo.»

«Ascolta.» Rowland non si mosse. «Sento della musica. Arriva dalle colline.»

Max ascoltò, e dopo un po' la udì anche lui. Era lontana ma distinta.

«Probabilmente è una festa che si è protratta a lungo», disse. «Che ti prende? Dai, Rowland. Cristo santo, sto congelando.»

«Una festa?» Rowland non si era ancora mosso. «Max, non c'è nessun villaggio lassù. Non c'è neanche una casa. Non c'è niente, solo campi, alberi e quello strano capannone...»

«Be', forse è una festa all'aperto. Chi se ne importa?»

«In gennaio? A queste temperature polari? Andiamo, Max...»

«Senti», replicò Max deciso. «Non me ne importa un accidente. Possono anche fare delle messe sataniche, per quel che mi riguarda. Io adesso faccio il giro del frutteto e poi vado a dormire. Ti consiglio la stessa cosa.»

Camminarono un po', con i cani che correvano avanti e indietro fra gli alberi. Devono aver sentito l'odore della volpe, pensò Rowland. Poi si ricordò delle luci che aveva visto dalla mansarda. Si fermò.

«Potrei andare a fare un giro lassù. Ho bisogno di schiarirmi le idee. E poi non ho sonno adesso.»

«Non hai mai sonno», mugugnò Max. «È un altro dei tuoi tanti difetti. Dove la trovi tutta quell'energia per star sveglio fino all'alba? Io vado a letto. Non chiudo la porta a chiave. Ricordati di farlo tu quando rientri.»

Max tornò verso casa con i cani alle calcagna. Rowland attraversò il frutteto, e aprì il cancello che dava sui campi.

Gli piaceva camminare, soprattutto di notte, e soprattutto da solo. Il silenzio e l'aria della notte gli avrebbero schiarito le idee. Non lo avrebbe mai ammesso davanti a Lindsay, ma alcune delle sue osservazioni lo avevano colpito. Un elefante in un negozio di porcellane? Un primitivo? Era così che lo vedevano? Peggio ancora, era così? Si riscosse da quei pensieri e allungò il passo. Si ricordò che c'era un sentiero una volta attraversato il primo dei due campi.

Mentre camminava, gli tornarono alla mente tutti gli avvenimenti della serata. Un minuto pensava a Lindsay, e quello dopo alla strana, silenziosa, sconcertante Genevieve Hunter. Poi ripensava alla sua infanzia e alla fattoria che aveva descritto ai figli di Max. Perché mi viene in mente proprio questo? si chiese. E per un attimo rivide un posto differente, che niente aveva a che vedere con le favole. Una brutta e squallida casa dove la famiglia di suo padre per generazioni aveva condotto una grama esistenza: quattro minuscole stanze umide, niente acqua calda, niente bagno, solo un gabinetto esterno. Un cortile, una stalla, tre porcili e quattro campi. Rowland amava e odiava quella casa. Lì i suoi genitori avevano lavorato duramente rivolgendosi a malapena la parola. In quelle stanze si respirava la rassegnazione, la disillusione e la disperazione; a volte, quando suo padre beveva, le ostilità trattenute esplodevano in una guerra senza esclusione di colpi.

Perché aveva idealizzato quel mondo a beneficio dei figli di

Max? Perché rivangare il passato quando aveva sempre accuratamente cercato di evitarlo? Sua madre, che aveva messo al mondo l'unico figlio a quarant'anni, era morta da dieci anni; suo padre era finito sotto un trattore preso in prestito quando lui aveva sette anni e mezzo. Non aveva più rimesso piede in Irlanda, men che meno nella casa della sua infanzia, da quasi trent'anni. Allora perché tutto a un tratto gli tornava in mente?

Naturalmente, c'era un mistero nella sua famiglia. Perché la madre, la donna meno impulsiva del mondo, aveva sposato un uomo più giovane di lei di otto anni, un ubriacone irlandese squattrinato e irresponsabile che sapeva a malapena leggere, anche se sapeva parlare come un angelo? Era una zitella inglese di trentotto anni che viveva in un appartamento di due stanze in un quartiere povero di Birmingham, che insegnava letteratura in una tetra scuola della città, mestiere a cui si dedicava con zelo, ma che odiava. Aveva conosciuto suo padre quando si trovava per un breve periodo in Inghilterra. Era lì a lavorare per un costruttore per racimolare qualche soldo. Era andato da lei per sistemarle le grondaie e il muro del giardino.

Cos'era successo? C'era stata attrazione sessuale? Lei voleva disperatamente un figlio? Era una donna convenzionale, di idee ristrette, appartenente alla media borghesia, forse sola, che aveva abbandonato per principio l'educazione impartitale dalla famiglia in una bella cittadina di campagna. Perché si era innamorata di un operaio irlandese, per quanto bello e affascinante potesse essere?

E che cosa aveva attratto suo padre? Aveva messo gli occhi sui proventi della vendita del piccolo appartamento della moglie, quelle duemila sterline che gli erano servite a mandare avanti la fattoria per un po', aveva amato quella donna taciturna e priva di senso dell'umorismo? O prima della nascita di Rowland era diversa, prima di decidere di concentrare tutte le sue energie sull'educazione del figlio?

Cristo, pensò Rowland, cercando di ricacciare indietro i ricordi. Tutte quelle lezioni della sua infanzia. La madre gli aveva insegnato a leggere, a fare i conti, a scrivere, a imparare bene la grammatica e a ragionare così che un giorno avrebbe potuto lasciare quel posto ed entrare nel mondo reale. Il padre gli aveva insegnato come usare un fucile, come prevedere l'arrivo della pioggia un'ora prima, come spezzare il collo di un coniglio con un colpo solo. Una volta avevano trovato il nido di una pavoncella vicino al lago che aveva descritto nel suo racconto. Un'altra volta avevano guardato una poiana in volo e suo padre gli aveva chiesto se non trovava quella vista struggente.

Rowland si fermò bruscamente e si mise a fissare le colline spazzate dal vento. Non ricordava più il viso del padre, il tempo ne aveva cancellato i dettagli, ma poteva ancora sentirne la voce, vedere, dopo quasi trent'anni, l'esatta forma delle grosse, sporche e callose mani. Com'erano abili.

Era passato tanto tempo. Si chinò a raccogliere un sasso e lo scagliò lontano. Appena si era concluso il funerale del padre, sua madre aveva fatto le valigie. Ricordava perfettamente che era vestita di nero: cappotto nero, scarpe nere, calze nere, e una sciarpa a pois bianchi e neri. C'era una certa eccitazione nella stanza, quasi un senso di felicità. Gli aveva abbottonato il mackintosh. «Ecco, Rowland», aveva detto. «Il traghetto è prenotato. Torniamo in Inghilterra. Torniamo a casa.»

Niente a che vedere con le favole. Nessun lieto fine. Niente principesse che aspettavano impazientemente di essere liberate. Rowland sorrise.

Si disse che il Porto di Max gli aveva messo tristezza. Accantonò quei lugubri ricordi e accelerò il passo verso la cima della collina.

Quando la raggiunse, si voltò a guardare da dove era venuto. La casa di Max e il villaggio adesso erano invisibili. Alla sua destra c'era Cheltenham, poteva vedere le luci della città che schiarivano il cielo. A sud c'era la base aerea in cui era ufficiale quel tale Landis che aveva conosciuto alcune ore prima; vedeva le piste illuminate, poteva distinguere le sagome dei capannoni e degli hangar. A nordest invece non c'erano luci, solo mura, campi aperti, gruppi di alberi mossi dal vento. Il silenzio e la solitudine lo aiutarono a riprendersi. Sentiva ancora la musica, ma gli era passata la voglia di indagare. Decise di camminare ancora per qualche chilometro e poi di tornare a casa di Max.

Seguì per circa un chilometro un sentiero che andava in salita. Poi si fermò ancora accanto a un cespuglio di rovi. Si sentiva rinvigorito. Si appoggiò contro un muro a secco cercando di dimenticare il passato; guardò le costellazioni cercando di identificarle. Spostò i piedi, poi abbassò lo sguardo e vide la ragazza.

Lasciandosi sfuggire un'esclamazione si chinò. Finché non la toccò, fu quasi certo di averla immaginata, che fosse un gioco di ombre e della luce lunare.

Poi la toccò e si rese conto che non era un'illusione: la ragazza era reale. Era a piedi nudi e indossava abiti scuri. Scostò qualche rovo di lato e le sfiorò la mano fredda, la donna non si mosse.

Era raggomitolata sul bordo del fosso e il volto era nascosto. Con mani esperte le tastò il collo, poi la spina dorsale; quando fu certo che non era ferita, si arrischiò a muoverla. Con molta delicatezza, la girò su un fianco verso di sé, e rimase in attesa.

Non incontrò nessuna resistenza. Mentre la girava, la luce della luna le illuminò il volto, e Rowland raggelò. Era molto giovane, poco più che una bambina. Aveva della pittura metallica sulle palpebre, del fango sul viso e le labbra erano bluastre. Le tastò il collo, ma non sentì nessun battito. Allora le prese il polso, e scorse la parola ODIO tatuata sulle dita. Una lettera per ogni dito, e le dita si stavano già irrigidendo.

Provò una fredda rabbia, poi un forte senso di pietà. Cercò di nuovo il polso, anche se sapeva che era inutile, perché doveva essere morta da parecchie ore. Si tolse il cappotto e la coprì. Poi si alzò e tornò di corsa a casa di Max per telefonare.

Era piuttosto in forma. Ci mise nove minuti per ripercorrere i nove chilometri. Per le due e un quarto aveva già chiamato la polizia, svegliato Max, informato dov'era la ragazza e tornato là dove l'aveva lasciata.

Gli sembrava giusto che qualcuno le stesse vicino, così rimase accanto al corpo. Si chiese che cosa ci facesse una ragazza così giovane, vestita in quel modo, in un posto così remoto con il freddo e a un'ora così tarda.

Lo choc gli aveva fatto perdere lucidità e dovettero passare alcuni minuti prima che collegasse le luci, la musica che aveva sentito e la ragazza. Solo in quell'attimo si rese conto che la musica era cessata e che l'unico rumore che sentiva era il proprio respiro e il sibilo del vento fra i rovi.

Ma se la musica spiegava la presenza della ragazza, non ne spiegava la morte. Si accovacciò sulle ginocchia per osservarla, cercando di capire com'era arrivata fin lì, e quale poteva essere la causa della morte visto che fisicamente sembrava illesa.

Naturalmente, Rowland non poteva sapere che a Cassandra era sembrata una buona idea andarsene dal capannone, lasciare gli altri ballerini, e attraversare i campi aperti.

Inizialmente si era sentita piena di energia, ma molto accaldata, come se gli abiti avessero preso fuoco. Si era tolta le scarpe e le calze e aveva continuato a camminare, finché l'aria non l'aveva rinfrescata.

Aveva camminato a lungo poi, improvvisamente, non era più riuscita a proseguire. La mente diceva *cammina*, ma il messaggio non arrivava alle gambe tremanti. Aveva pensato che fosse colpa del freddo. Sdraiati, si era detta, e quando aveva visto il fosso, aveva strisciato fino a lì. Aveva vomitato un po', poi erano cominciati i brividi. Però si sentiva ancora bene. Aveva pensato che i tremiti sarebbero scomparsi appena si fosse riscaldata un po'. Non si era aspettata che il White Dove le facesse quell'effetto. Il cuore le martellava in petto, ma doveva resistere, non svenire. Non permettere mai che le droghe ti trascinino giù, le aveva detto Star. Lasciati trascinare dalla marea, ma stai attenta alla risacca. Così aveva fatto, e quando si era sentita risucchiare, aveva cominciato a nuotare.

Ci aveva messo parecchio a risalire e quando aveva raggiunto la superficie era senza fiato, ma si era sentita meravigliosamente bene, accanto a lei, lambito dalle onde, c'era suo padre. Entrambi respiravano quel liquido dorato, quel liquido tranquillizzante. Grazie a Dio lei e Mina si erano scambiate le pillole. Mina non avrebbe mai retto quella roba, ma lei a Glastonbury aveva già preso l'acido così come aveva sperimentato altre interessanti sostanze. Che viaggio, aveva pensato. Che incredibile viaggio su quella lunga e perfetta onda. Poteva sentire il sangue scorrere impetuosamente nelle vene, veniva sbalzata su, poi giù...

Il tremito era peggiorato. Rimani immobile, si era raccomandata, cominciando ad avere paura. Aveva cercato di urlare un nome, le labbra avevano formato la parola «papà», ma dalla bocca non le era uscito alcun suono. L'effetto tossico sul sistema nervoso era ormai già avanzato, ma Cassandra questo non poteva saperlo. Gemendo, si era rannicchiata su se stessa. Cinque minuti dopo erano cominciate le convulsioni.

7

Gini dormì tre ore. Si svegliò alle sei e non se la sentì più di rimanere a letto. Si alzò e aprì le tende, fuori era ancora buio. Si lavò, indossò rapidamente qualcosa, poi scese le scale con passi felpati. In cucina i cani l'accolsero gemendo e scodinzolando. Nessun altro era sveglio, nemmeno i bambini, in casa regnava il silenzio assoluto. Fece bollire dell'acqua sulla strana vecchia stufa e si preparò del caffè istantaneo. Le mani le tremavano e il cuore le batteva forte. Erano passati tre giorni dall'ultima volta che aveva parlato con Pascal. Erano le sei e mezzo, quindi dovevano essere le sette e mezzo a Sarajevo.

Andò in punta di piedi nello studio di Max, richiuse la porta e fissò i telefoni. In quella stanza Max aveva installato tutte le attrezzature più sofisticate della tecnologia moderna. C'erano un Macintosh, un fax, un laptop che usava quando viaggiava e due linee telefoniche separate. Entrambi i telefoni avevano la segreteria telefonica e Pascal aveva i numeri. Max non le aveva inserite prima di andare a letto perché nessuna delle luci rosse lampeggiava. Non erano arrivate telefonate durante la notte, né per Max né per lei.

Si sedette e cominciò a comporre il numero. Dovette rifarlo tre volte prima di avere la comunicazione con l'albergo; squillò a lungo. Mentre aspettava, rivide l'atrio dell'albergo, le scale, gli ascensori che raramente funzionavano, la stanza che lei e Pascal avevano condiviso. Era una squallida stanzetta in cui dominavano il marrone e l'arancione e una finestra panoramica stile anni Settanta con il vetro tappezzato di cerotti.

«Sdraiati accanto a me. Lascia che ti prenda fra le braccia», le aveva detto Pascal, il giorno in cui erano ritornati dall'ospedale di Mostar. Aveva fatto quello che le aveva chiesto. Si era rannicchiata tremante fra le sue braccia. L'indomani avrebbe dovuto stendere il resoconto dell'incidente. Nella mente le parole si susseguivano, ma erano tutte vuote. Aveva guardato fuori della finestra. Era quasi il tramonto. Era sfinita, ma la paura le impediva di chiudere gli occhi.

«Dimmi quello che hai visto. Dimmi quello che hai pensato.» Pascal le aveva accarezzato i capelli ancora lunghi. Glieli aveva scostati dal viso, girandola verso di sé. «Tesoro, devi farlo. Se ti tieni tutto dentro, non riuscirai mai a liberartene. Gini, ti prego di credermi. Io lo so.»

«Lo sai quello che ho visto.» Le era stato difficile formulare le parole. «Lo hai visto anche tu.»

«No.» Le aveva preso la mano. «In certe situazioni, le persone non vedono esattamente le stesse cose...»

«Pascal, eri con me...»

«Lo so.»

A quel punto aveva alzato gli occhi per guardarlo. Aveva visto tutta la fatica su quell'adorato volto, aveva visto rimpianto e rassegnazione, ma anche forza nei suoi occhi. Qualunque cosa abbia visto, aveva pensato, lui ne ha viste di peggio, e molte, molte più volte.

«Gini, parlarne non è un rimedio, non è questo che sto dicendo.» Le aveva stretto la mano. «Non ci sono rimedi. Lo sai. Vivi con me. Una volta aperta quella porta, non si può più richiuderla. C'è un abisso fra coloro che hanno varcato quella porta e quelli che non lo hanno fatto. Ti avevo avvertita.»

«Lo so.»

«Ma fra noi non c'è nessun abisso.» L'aveva attirata verso di sé. «Non crearlo, Gini. Parlami, tesoro. Lascia che veda con i tuoi occhi...»

Così Gini ci aveva provato. Gli aveva descritto l'ex municipio alla periferia di Mostar, un edificio circondato da case bombardate, un edificio che nei due mesi precedenti era diventato l'ospedale improvvisato della città.

Erano entrati nell'enorme stanza riservata ai feriti gravi. Da una parte stavano i soldati, dall'altra i civili. Aveva visto pochi bambini in quella specie di corsia, e questo era stato per lei un sollievo. Aveva intervistato un'infermiera, poi uno dei medici locali che aveva operato tutta la notte pazienti che non avevano avuto neanche il beneficio dell'anestesia. Poi era arrivato uno dei medici volontari di *Medecina senza frontiera*, un francese che Pascal conosceva. Fortunatamente aveva portato rifornimenti di antidolorifici e antibiotici. Gini lo aveva aiutato a svuotare le scatole poi lo aveva seguito fino all'ultimo letto dove le aveva presentato un bambino di dieci anni a cui aveva portato una barretta di cioccolata. Entrambi i genitori del ragazzo erano rimasti uccisi due settimane prima. A lui era stata amputata la gamba fino al ginocchio e aveva una ferita lieve al braccio. Rannicchiata accanto al letto c'era la sorellina di sette anni che si era rifiutata di essere separata da lui. Era fisicamente illesa, ma per quattordici giorni non aveva parlato con nessuno tranne che con il fratello.

Gini si era seduta accanto al ragazzo e aveva parlato con lui, con il medico francese che traduceva. Il dolore e la compassione che aveva provato andavano al di là delle barriere linguistiche. Si era augurata con tutto il cuore che quel bambino dal viso magro e i vigili occhi scuri capisse i suoi sentimenti, anche se non avrebbero alleviato le sue pene.

Durante la conversazione, la sorella del ragazzino non aveva alzato neanche una volta la testa. Aveva continuato a tremare, aggrappata alla mano del fratello. Il medico, vedendo l'espressione di Gini, era intervenuto. Aveva mormorato qualche parola e poi l'aveva portata fuori nel corridoio. Il medico, un giovanotto snello con la barba, più giovane di lei di cinque anni, l'aveva scrutata attentamente.

«Da quanto tempo è qui?»

«Tre mesi. Quasi quattro.»

«Allora mi ascolti. Quel ragazzo sopravvivrà. E anche sua sorella. Adesso sono arrivati i rifornimenti di penicillina. La ferita guarirà presto.»

Gini aveva guardato oltre le sue spalle. Pascal, scuro in volto, stava venendo verso di loro. «Sopravvivrà», aveva ripetuto. «Non ha genitori. Non ha una casa. Ha dieci anni. Ha visto i suoi occhi...»

Si era coperta il viso con le mani. «Ciononostante, sopravvivrà. Non ci si può lasciar coinvolgere emotivamente, se ne rende conto? Io mi sono ripromesso...» Aveva esitato. «Non faccio mai domande. Preferisco non sapere i loro nomi. Mi assicuro solo che abbiano bende, medicinali e tutto quello che serve perché non muoiano. È questo il mio compito. E anche il suo.»

«Il mio?» Gini aveva alzato di scatto lo sguardo. Stava piangendo, ma non le importava che vedesse le sue lacrime. «Il mio compito? In nome di Dio, qual è il mio compito? Mi sento totalmente inutile, peggio che inutile. Mi sembra di essere una *voyeur*.»

«Questo era prevedibile. Passerà.» Aveva distolto lo sguardo, dei rumori provenienti dall'esterno avevano attirato la sua attenzione. Passi affrettati, urla, poi silenzio. L'uomo l'aveva presa per un braccio allontanandola dalla finestra.

«Lei ha un compito», aveva detto. «Chieda a Pascal. Deve suscitare compassione. Indignazione. Allora la gente darà il suo contributo. I politici si sentiranno obbligati a fare qualcosa. Qui abbiamo bisogno di rifornimenti, di medici, di qualunque aiuto possibile. Il suo compito è scrivere. Quindi lo faccia. Scriva di questo posto dimenticato da Dio, descriva quel bambino. Susciti l'attenzione dell'opinione pubblica.»

«Non è abbastanza.» Gini aveva distolto lo sguardo. «Non è sufficiente, e lei lo sa...»

«Ha un suggerimento migliore? È un'infermiera? Ha forse una laurea in medicina? Ascolti...»

Aveva continuato a parlare per quello che le sembrò una frazione di secondo, poi non aveva sentito più nulla. Ebbe giusto il tempo di vedergli cambiare espressione mentre tutt'intorno si faceva buio. Una potente ventata di aria calda li aveva investiti con violenza sollevandoli come se fossero senza peso per poi scaraventarli per terra. Aveva sentito i muri crollare, poi silenzio, poi passi che correvano, poi le grida.

Quanto tempo era passato? Trenta secondi? Sessanta secondi? Aveva proceduto a tentoni lungo il corridoio, strisciando fino all'entrata della corsia. La nuvola di polvere le soffocava la gola, le bruciava gli occhi. Poi piano piano la polvere si era depositata. Una parte della corsia non c'era più. I tre letti in fondo erano svaniti. Il bambino con cui aveva parlato neanche cinque minuti prima e la sorella erano scomparsi. Per un interminabile istante aveva temuto che la stessa sorte fosse toccata a Pascal. Ma per fortuna lui era vivo.

Aveva aiutato a scavare, pur sapendo che c'erano poche speranze, e lo sapeva anche Pascal che stava lavorando al suo fianco. Quando si erano resi conto che non ci sarebbe stato alcun miracolo, lui l'aveva aiutata ad alzarsi portandola via di là. Sdraiata accanto a Pascal in quella stanza d'albergo di Sarajevo, aveva cercato di esprimere quello che provava. Avrebbe voluto chiedere: perché? Perché i due medici, le infermiere, gli altri pazienti e loro erano sopravvissuti? Perché quel ragazzo e la sorella non erano stati risparmiati? Ma alla fine era riuscita a balbettare solo quel *perché*.

Pascal l'aveva stretta fra le braccia, asciugandole le lacrime sulle guance e baciandole le palpebre chiuse.

«Perché? Perché è tutto casuale», aveva risposto infine, tranquillamente. «Perché non c'è una logica. Una vecchia viene risparmiata e una bambina muore. Un soldato che ha violentato due donne il giorno precedente sopravvivrà, e un passante innocente no. Gini, non cercare di dare un significato a tutto questo, perché non esiste...»

«Non c'è un Dio.» Con un improvviso gesto furioso si era alzata dal letto voltandogli le spalle. «Nessun Dio. Non può esserci. Adesso me ne rendo conto.»

«Nessun Dio che vorrei pregare», aveva detto Pascal osservandola. Lei si era coperta il volto con le mani e aveva cominciato a piangere sommessamente.

«Rivoglio quel bambino», aveva singhiozzato, incespicando con le parole. «Quel dottore aveva detto che sarebbe sopravvissuto. Pascal...» Si era voltata a guardarlo. «Come puoi sopportarlo? Come puoi sopportare tutto questo? Come ci riesci anno dopo anno? Io pensavo che ce l'avrei fatta rafforzandomi...» Aveva chinato la testa, scoppiando di nuovo a piangere. «Invece non ci riesco. Non ho più speranze...»

A quel punto Pascal si era alzato e l'aveva di nuovo abbracciata. Aveva aspettato che smettesse di piangere, che si calmasse.

«Io ti amo», aveva sussurrato, sollevandole il viso perché lo guardasse negli occhi. «Ti amo e so che tu mi ami. Quel bambino è stato amato. Tu lo ricorderai. Io lo ricorderò. Non c'è un po' di speranza in questo?»

La voce e l'espressione erano tremendamente serie. Il suo sguardo le aveva trasmesso tranquillità, poi, per la prima volta in settimane, lo aveva desiderato fisicamente. Era stato un impulso inaspettato e se n'era vergognata. Reprimendo quel desiderio, gli aveva appoggiato il volto sul petto ascoltando il battito del cuore.

«So a che cosa stai pensando», aveva detto Pascal. «È tutto così labile, vero? E l'amore non può proteggerci dalla morte, perché questa può aspettarci dietro l'angolo, vero?»

«Sì. Pensavo proprio a questo. E anche che...»

«Che non c'è giustizia.» Le aveva dato un bacio sulla testa chinata, poi aveva sospirato. «Ah, Gini... lo hai capito infine? Era proprio su questo che ti mettevo in guardia. Sapevo che sarebbe successo. Di tutte le cose è forse la più terribile...»

Dopo il ventesimo squillo, finalmente a Sarajevo qualcuno rispose. Spesso gli impiegati alla reception parlavano poco o niente inglese, questa volta fu più fortunata perché le rispose il ragazzo di diciannove anni che si vantava di avere imparato la lingua così bene guardando vecchi film di gangster americani.

La informò che Pascal aveva lasciato l'albergo. Era tornato alle quattro del mattino per poi andarsene mezz'ora dopo. La informò che la sera precedente aveva cercato di mettersi in contatto con lei per due ore, ma le linee erano disturbate. Però aveva ricevuto i suoi messaggi e l'avrebbe sicuramente richiamata nelle ventiquattr'ore successive.

Gini abbassò la cornetta. Si coprì il volto con le mani tremanti. Sapeva che cosa voleva dire veramente quel messaggio e perché le era stato riferito con tono così rassicurante. Voleva dire che Pascal aveva trovato una pista. Voleva dire che era partito per qualche luogo più pericoloso di Sarajevo. E il fatto che fosse andato via all'alba lo confermava. C'era meno attività militare in quelle ore, e non era ancora abbastanza chiaro per i cecchini.

Sentì crescere la paura, quel terribile, paralizzante senso di panico che la coglieva sempre quando era senza difese. Si costrinse ad alzarsi e a lasciare lo studio. Doveva fare qualcosa. Tornò in cucina e lavò i pochi piatti che Charlotte aveva lasciato nel lavandino. Poi infilò il cappotto e portò i cani a fare un giro.

Camminò per il giardino e il frutteto, lasciando impronte sull'erba ricoperta dalla brina. Guardò i campi e oltre le colline, cercando di convincere se stessa che quel presentimento sarebbe passato. Pascal era al sicuro e presto sarebbe tornato. Magari sarebbero venuti lì, come aveva suggerito Charlotte. Avrebbero fatto lunghe passeggiate sulle colline, forse in estate, ancora pochi mesi e quel paesaggio si sarebbe trasformato. Gli alberi sarebbero stati in fiore, e lei e Pascal avrebbero potuto amarsi di nuovo. Ma quello che contava di più è che sarebbero stati al sicuro.

Tornò a casa, si sedette al tavolo della cucina e fissò senza vedere la parete. Avrebbe preferito non ricordare, ma le era impossibile dimenticare la conversazione che aveva avuto a Londra poco prima di Natale con Helen, l'ex moglie di Pascal.

Aveva incontrato Helen, una brunetta tutto pepe, solo in due occasioni, entrambe le volte con Pascal. Quell'incontro a pranzo, suggerito da Helen, era il primo che vedeva le due donne sole. Helen si era risposata all'inizio dell'anno; il nuovo marito, che definiva il suo bravo e tranquillo inglese, era vedovo con tre figli adolescenti che stavano in collegio. Aveva ereditato e gestiva con successo una fabbrica tessile che di recente aveva acquisito una concorrente francese con la sede a Parigi e le fabbriche a Lione. La modernizzazione di questa industria assorbiva la maggior parte del suo tempo, le aveva spiegato Helen, così, lei e Ralph avevano deciso di rimandare la ricerca della casa perfetta nella campagna inglese e di vivere per i sei mesi successivi nell'appartamento di Ralph a Parigi.

«Questo significa che Marianne potrà frequentare per altri sei mesi la sua scuola», aveva spiegato Helen. «L'idea di trasferirsi in Inghilterra le aveva creato qualche problema. Ne ho parlato con Ralph, lo adora già. Ero sicura che le sarebbe piaciuto. Abbiamo voluto evitarle un cambiamento brusco. Frequentando ancora un po' la vecchia scuola, con i suoi amici, avrà tempo di entrare nell'ordine di idee... tutto sommato, ci è sembrata la soluzione più pratica. Anche Pascal si è dichiarato d'accordo.»

«Oh.» Gini aveva alzato lo sguardo. «Non ne sapevo niente.»

«Ne abbiamo discusso brevemente. Prima che partiste per la Jugoslavia... Bosnia o come diavolo si chiama adesso. Suppongo che si sia dimenticato di parlartene. Dovevate avere altro per la testa.»

Aveva guardato attentamente Gini che non aveva fatto alcun

commento. Dopo aver ordinato al cameriere altro caffè, si era accesa una sigaretta.

«Ti dispiace se parlo francamente?» aveva domandato bruscamente. «Non è un argomento facile da affrontare. Voglio che tu sappia che quello che sto per dire non è dettato dal rancore o dalla gelosia. Forse una volta, ma non adesso.»

«No, ti prego. Capisco perfettamente.»

«Sono stata sposata con Pascal per cinque anni. E prima abbiamo convissuto. Non è stato un successo come matrimonio, ma conosco Pascal. Lo conosco molto bene.»

Gini non aveva detto nulla. Si era limitata a guardare il maglione di cashmere rosso che indossava e la collana di perle a un filo. Helen era sui quaranta, ma ne dimostrava dieci di meno. Aveva un aspetto radioso, sicuro, come se tenesse il mondo in mano.

«Avete intenzione di lavorare sempre insieme?»

«No», aveva risposto Gini. «Non sempre, naturalmente. Se qualche volta dovesse capitare...»

«Non mi piace il termine lavoro-dipendente», aveva continuato Helen. «È una parola di cui si è abusato anche troppo. Pascal non mi ha mai dato l'impressione di essere dipendente dal suo lavoro. In genere la dipendenza indica passività, mancanza di forza di volontà, e nessuno potrebbe mai accusarlo di questo, men che meno io.» Aveva accennato un sorriso tirato. «Scusami. Facevo l'interprete, come sai. Sono piuttosto pignola nell'uso dei termini.»

Pensierosa, aveva inspirato con la fronte corrugata. «Ho sempre pensato che Pascal si dedicasse al suo lavoro, in modo intenso, quasi ascetico. Come se fosse una vocazione... capisci cosa intendo?»

«Sì. E gli costa anche parecchio.»

«Può darsi.» Helen aveva liquidato così la sua osservazione. «Per quanto mi riguarda, ho trovato difficile vivere quella situazione. Forse non all'inizio. In un certo senso era eccitante. Pascal cominciava a diventare famoso. Mi piaceva tutto il contorno; il fatto di mandare lettere in posti remoti, cercare di mettersi in contatto telefonico in zone di guerra. Mi hanno persino intervistata, lo sapevi? La gente era curiosa di sapere come ci si sentiva a essere sua moglie. Come riuscivo a far fronte...»

Aveva fatto una smorfia. «Naturalmente, Pascal non approvava. Era furioso quando gli ho mostrato le fotografie. Non ha mai concesso interviste. Non gli è mai interessato essere famoso.»

Gini non aveva aperto bocca. Avrebbe preferito che Helen non avesse mai parlato di zone di guerra. La Bosnia era così vicina per lei. Bastava un niente per rivivere all'istante il dolore e la desolazione. Questo non è normale, si era detta. Doveva ricominciare a vedere le cose nella loro giusta prospettiva. Si era costretta a prestare più attenzione alle parole di Helen.

«Anche prima della nascita di Marianne c'erano dei problemi», aveva continuato. «Pascal a volte stava via per mesi. Dovevo andare alle feste e alle cene da sola. Non che la cosa mi pesasse, sono sempre stata molto indipendente...» Aveva aggrottato leggermente la fronte. «Forse se Pascal avesse guadagnato più soldi, le cose sarebbero andate meglio. Avremmo potuto permetterci un appartamento più grande. Io avrei potuto ricevere. È molto facile che una donna senza marito venga tagliata fuori. Pascal non avrebbe avuto difficoltà a guadagnare di più. Le agenzie di pubblicità facevano a gara per averlo. Lo stuzzicavo sempre al riguardo, dicendogli che poteva concedersi un intervallo fra una guerra e l'altra...»

Aveva riso, e poi guardato Gini.

«Vedo che non approvi. Forse hai un animo più nobile. Io non ci vedevo assolutamente nulla di male. Comunque questa è un'altra questione. Nell'insieme, ce la cavavamo molto bene. Le cose sono cambiate con la nascita di Marianne.» Aveva assunto un'espressione seria.

«Ho dovuto arrangiarmi, Gini. Ero completamente sola. Certo, il nostro matrimonio già scricchiolava un po'. Ciò non toglie che era tutto sulle mie spalle. Se Marianne si ammalava, se c'era qualche problema in casa, piccolo o grande che fosse, dovevo farvi fronte io. Il novanta per cento delle volte, Pascal era via. Era su un aereo, in un aeroporto, o in qualche dannato pidocchioso albergo in un luogo dimenticato da Dio, dove non funzionava il telefono e anche se funzionava, Pascal non c'era... e io dovevo affrontare tutto da sola. Non sempre riuscivo a farlo nel modo migliore. A volte, quando tornava dall'Afghanistan, dalla Cambogia, dal Mozambico o da qualche altro straziato angolo di questo pianeta, cercavo delle spiegazioni. Ma lui non ne parlava mai. E a dire il vero neanch'io volevo sapere. Qualunque orrore avesse visto o vissuto, non c'era niente che potessi fare. Sapevo che non era molto delicato da parte mia assalirlo con i miei piccoli problemi. Sapevo che erano delle sciocchezze per lui, ma era più forte di me. Gli facevo un mucchio di scenate. Recriminavo, piangevo, supplicavo, ma niente di questo faceva la minima differenza. Mi calmava e cinque minuti dopo usciva per prendere il primo volo. Dopo un po'...»

Aveva smesso di parlare, scrutando attentamente Gini. «Dopo un po' ho cominciato a nutrire rabbia. Una forte rabbia. Se avesse avuto un'altra donna, credo che avrei sopportato meglio la cosa, dopotutto poteva rientrare nella normalità. Ma la mia rivale non era una donna, bensì il suo lavoro. E questo dal mio punto di vista era inaccettabile. Un marito assente è una cosa. Un padre assente è un'altra. Pascal adorava Marianne naturalmente. Le poche volte che era a casa, era meraviglioso con lei. Ma non capiva che l'affetto non era sufficiente. Dici che è cambiato?»

La domanda era giunta inaspettata. Gini si era fatta scarlatta.

«È molto difficile per lui, ovviamente», aveva balbettato. «Sta cercando di equilibrare le cose che contano di più per lui. Persino a Sarajevo, pensava continuamente a Marianne. Scriveva costantemente, telefonava. Quando ritorna...»

«Non è proprio questo che intendevo, e tu lo sai», aveva replicato Helen in tono tranquillo. «Sì, pensavo a Marianne. Ma mi riferivo anche a te.»

Gini aveva abbassato lo sguardo. «Non abbiamo figli, quindi è diverso per me.»

«Naturalmente.» Helen l'aveva guardata con espressione dubbiosa. «In ogni caso, non sono affari miei. Non voglio interferire. Sai quando torna da Sarajevo?»

«No, non con precisione. La situazione cambia ogni giorno. Ma credo presto. Probabilmente fra un paio di settimane...»

«Be', sarà di ritorno per il compleanno di Marianne a gennaio. Su questo possiamo contare.» Aveva colto un certo nervosismo nella voce di Helen. «Tornerà prima», si era affrettata ad aggiungere Gini. «Sarà a casa per Natale, lo so.»

Helen non l'aveva contraddetta. Guardandola in faccia, Gini

aveva capito che nutriva dei dubbi sulla sua affermazione. E il tempo dimostrò che Helen aveva ragione. Pascal non era tornato per Natale. L'ex moglie lo conosceva davvero bene.

«Pago io il conto.» Helen aveva chiamato con un cenno il cameriere. «No, insisto. Spero di rivederti presto. Magari a Parigi, per il compleanno di Marianne. Vorrei che conoscessi Ralph. Credo che sia tutto più facile quando si affrontano le cose apertamente. Non c'è ragione per cui adesso non possiamo essere tutti amici...» Aveva esitato, poi, con grande sorpresa di Gini, aveva posato una mano sulla sua.

«Mi piaci, Gini. Non volevo dirlo, ma è così. Spero ti renda conto che Pascal merita un po' di felicità. Dio sa che con me non l'ha mai trovata. L'ultima volta che l'ho visto mi è sembrato cambiato, migliorato, in tutti i sensi. Nessuna amarezza, nessun rancore. Gli hai fatto bene, e ne sono contenta. Solo...»

«Cosa?»

«Tu non sembri affatto stare bene, mia cara.»

«Sto bene. Ho preso qualche infezione a Sarajevo, ma adesso sto bene.»

«Bene.» Helen aveva sorriso. «Be', di' a Pascal di prendersi cura di te, non permettere che il lavoro diventi un'ossessione per lui, dopotutto vivete insieme! La prossima volta che ti telefona, usa un po' la frusta, Gini. Forse non ha funzionato nel mio caso, ma sono sicura che a te andrà meglio.» Si era alzata. «Devo andare. Prendo il volo delle quattro per Parigi. Ralph viene a prendermi all'aeroporto, quindi non posso perderlo.» Le aveva lanciato un'occhiata cospiratrice. «Ho un aereo da prendere.»

Gini era tornata nel suo appartamento. Helen non le piaceva e non sapeva neanche se poteva fidarsi di lei, ma aveva colto una certa sincerità nelle sue parole. Per un paio di ore aveva camminato avanti e indietro. Il telefono non aveva squillato. Alla fine, aveva ceduto alla tentazione ed era andata in bagno per usare il test per la gravidanza che aveva comprato il giorno prima.

C'erano voluti quindici minuti perché reagisse. Per tutto il tempo era rimasta seduta a guardare. Si era chiesta cos'avrebbe detto Pascal se avesse saputo la verità, se gli avesse detto che voleva con tutta l'anima che il test risultasse positivo. Come avrebbe reagito se gli avesse confessato che era stata la speranza di avere in grembo suo figlio a farle superare quei terribili giorni dopo il bombardamento dell'ospedale, e che nutriva ancora quella speranza?

Si era coperta il volto con le mani. Non aveva bisogno di immaginare qualcosa che conosceva e non voleva ammettere: sapeva quale sarebbe stata la sua reazione. L'aveva vista in quella stanza marrone-arancione dell'albergo quando gli aveva rivelato che era in ritardo con le mestruazioni. Aveva letto sul suo volto preoccupazione, ansia, poi qualcosa che si avvicinava molto alla disperazione.

«Non capisco, tesoro. Non stai prendendo la pillola?»

«Sì. Ma probabilmente è solo perché lavoro troppo. La stanchezza...»

«Gini, ne sei sicura? Non è che per sbaglio hai saltato la pillola un giorno o due? Vieni qui, cara. Sembri così terribilmente stanca...»

«Non ho dimenticato di prendere la pillola. Ho controllato. Non ti preoccupare, è solo lo stress. Mi è già capitato prima...»

L'aveva abbracciata, poi aveva cominciato a insistere perché andasse da un medico. Quando le era stato confermato che non era incinta, Gini non era riuscita a guardarlo negli occhi. Aveva paura di vedere quanto fosse sollevato.

«Ammettiamo che lo fossi stata», aveva sussurrato a bassa voce fissando il pavimento. «Cosa avremmo fatto, Pascal?»

«Non lo so, tesoro...» Le aveva messo un braccio intorno alle spalle. «Il momento non mi sembra opportuno. Ci tenevi così tanto a questo lavoro. La carriera conta molto per te. Avevi detto che non volevi figli. Un errore del genere quando entrambi lavoriamo ventiquattr'ore su ventiquattro, siamo sempre in movimento, e direi anche in pericolo...»

«Un errore?»

«Be', in un certo senso sarebbe un errore, tesoro, e tu lo sai. Non abbiamo mai preso in considerazione questa possibilità... è l'ultima cosa a cui dovremmo pensare in mezzo a questa carneficina...»

Gini si era voltata senza parole. Aveva captato l'ansia nella sua voce, l'impazienza malcelata.

Si era detta che aveva ragione. La sua era stata una reazione sensata, pragmatica e responsabile. Poi aveva pensato: non vuole un altro figlio, non vuole un figlio da me.

Il dolore era stato grande. Nonostante la ragionevolezza delle argomentazioni di Pascal, aveva continuato a sperare. Voleva ancora quel bambino e aveva continuato ad aggrapparsi alla speranza di essere incinta anche molto tempo dopo aver lasciato la Bosnia. Sapeva con certezza quand'era nato quel desiderio. Avrebbe potuto dire il giorno e l'ora. Era stato dopo Mostar. Aveva visto troppi bambini morire; ed era stato come se il suo corpo avesse bisogno di sentire crescere una nuova vita dentro di sé.

I quindici minuti alla fine erano passati. Aveva guardato quelle boccette che le ricordavano le lezioni di chimica a scuola anni prima. Il verdetto l'aveva riempita di disperazione: il test era negativo.

Charlotte fu la prima della famiglia ad alzarsi. Scese in cucina sbadigliando, avvolta in un'enorme vestaglia di lana blu, lamentando di essere stata svegliata dalle sirene. Gini distolse gli occhi dal pancione. Charlotte, presa con i cani, non notò gli occhi rossi di Gini.

«Non capisco.» Sventolò un pezzo di carta. «Max mi ha lasciato un biglietto in cui dice che non ha voluto svegliarmi. Dev'esserci stato qualche incidente. Lui e Rowland hanno chiamato la polizia ieri sera dopo che siamo andati a letto. Ma come mai non sono ancora tornati? Dove possono essere? Potevano almeno telefonare.»

«Preparo del tè.» Gini si alzò. «Non ti preoccupare, Charlotte. Ci sarà una spiegazione logica. Non può essere niente di grave. Sono certa che altrimenti Max ti avrebbe svegliato.»

«No, non lo avrebbe fatto. È troppo protettivo. Con me e con la bambina in arrivo.» Si diede qualche colpetto sul pancione. «Mi sta dando i calci adesso. Senti, Gini...» Le prese la mano. «Non è straordinario? Così piccola, dove la trova tanta energia?»

Gini tenne la mano sulla pancia di Charlotte. Si stupì che fosse così dura; in un primo momento non sentì niente, poi percepì un tremito, un movimento. Infine sentì dei colpi, come se, sentendosi relegata in quello spazio ristretto, picchiasse con le manine o i piedini contro le pareti dell'utero.

«Si è girata.» Charlotte sorrise. «Adesso dormirà per un po'. Lei ha i suoi ritmi.»

«Lei?» Gini ritrasse la mano. L'invidia, e un desiderio così intenso, le stavano togliendo il respiro. Si voltò rapidamente e andò alla cucina a legna.

«Ho deciso di credere a Rowland.» Charlotte fece una risatina. «So che mi stava solo prendendo in giro, ma mi fido di lui. È talmente strano, che potrebbe avere dei poteri magici. Oh, il tè. Proprio quello che ci vuole. Berrò solo il tè, poi mi vestirò e andrò al negozio... il centro del pettegolezzo. Se è successo qualcosa... lì lo sapranno.» S'interruppe bruscamente, girandosi di scatto.

Qualcuno la stava chiamando con voce affannosa. Una donna stava arrivando di corsa dalla terrazza; senza bussare, spalancò la porta della cucina. Fu solo quando la sentì parlare e sentì l'accento, che Gini riconobbe in quella donna pallida e scarmigliata, la vistosa Susan Landis che aveva conosciuto, e detestato, la sera prima.

«Ti prego», stava supplicando. «Oh, Dio, Charlotte, mi devi aiutare. Ti prego. Ho provato a chiamare e chiamare, poi sono andata alla villa. C'è la polizia dappertutto...»

Barcollò e si aggrappò allo schienale di una sedia.

«Ti prego, aiutami. È successa una cosa terribile. Cassandra è morta e Mina è scomparsa. È una ragazzina, ha solo quindici anni. Charlotte, ti prego. Non riesco a far capire alla polizia che Mina è scomparsa.»

Erano le nove e mezzo, e Rowland si trovava nella stanza degli interrogatori della stazione di polizia di Cheltenham. La stanza era minuscola e puzzava di fumo. Era lì dalle sei e mezzo. Non aveva dormito, non aveva mangiato, non si era rasato né lavato. Max, che l'aveva accompagnato, era nella stanza accanto. Era stato lui a identificare per primo il corpo di Cassandra Morley. In quel momento, presumibilmente, stava facendo quello che aveva fatto Rowland nelle ultime tre ore, ossia ripercorrere gli eventi della notte precedente.

Rowland aveva dato la sua versione ed era stato interrogato proprio su questi. Come, quando, dove: che ci faceva lassù da solo a quell'ora di notte? Perché aveva spostato il cadavere?

«Perché non sapevo che fosse morta», aveva replicato Rowland. «Giaceva in modo strano. Prima ho verificato che non ci fossero danni al collo e alla spina dorsale, poi l'ho spostata. Dopodiché...»

«Lei è un medico?»

«No. Ho fatto un corso per soccorritori.»

«Davvero? Perché?»

«Senta, io sono un alpinista. Ho scalato in Scozia, sulle Alpi. So quello che devo fare per verificare se ci sono gravi lesioni. È stato automatico per me. Suppongo che volessi verificare se c'erano anche altre ferite... alla testa, per esempio.»

«Ha tentato di rianimarla?»

«No. Non c'era polso, e...»

«Ne è sicuro?»

«Cristo santo», era sbottato Rowland, perdendo la calma. «Era già in corso il *rigor mortis*. Quanti gradi ci saranno stati? Quando l'ho trovata, era già morta da parecchie ore.»

Ed era continuato così. Prima l'aveva interrogato un funzionario, poi un secondo. Aveva avuto la sgradevole sensazione che potessero non credergli perché considerate le circostanze un uomo poteva essere sospettabile. In seguito la tattica di interrogatorio era cambiata, il tono era diventato meno ostile, probabilmente perché avevano ricevuto un referto medico e Max aveva confermato la sua versione. Ma la sfiducia nei suoi confronti gli aveva lasciato l'amaro in bocca; si era sentito in colpa solo per il fatto di essere un uomo, una sensazione che non aveva mai provato prima.

La sua dichiarazione era stata letta e riletta e poi portata via per essere battuta a macchina. Fuori della stanza c'era molto chiasso. Alcuni dei viaggiatori erano stati portati lì per essere interrogati, forse per essere arrestati per possesso di droga. Rowland non era sicuro né dell'una né dell'altra cosa, nessuno si era preso il disturbo di informarlo. Verso le nove qualcuno aveva portato del tè che non aveva neanche toccato. Mezz'ora dopo ritornò il più anziano dei due poliziotti. Era un uomo di mezza età, che aveva già menzionato il fatto di avere due figli adolescenti. Sembrava stanco e nauseato quanto Rowland. Passandosi una mano sulla fronte, si sedette e gli porse la dichiarazione da firmare.

«Una cosa.» Indicò il primo paragrafo. «La sua telefonata risale alle 2.11 del mattino. Che ora era quando è tornato sul posto?»

«Le 2.20. Forse le 2.25.»

«Che ora era quando ha notato che la musica aveva smesso?»

«Forse cinque minuti dopo. Non ne sono sicuro. Non ci stavo proprio pensando, non all'inizio, almeno. È importante?»

«Potrebbe.» Sospirò. «Quando le nostre auto sono arrivate al capannone, i viaggiatori se ne stavano andando. I capobanda si erano già allontanati, o così hanno affermato gli altri. Di solito questi raduni vanno avanti tutta la notte. Vorrei sapere perché hanno smesso così presto, tutto qui.»

«Ci sono dei capobanda?»

«Oh, sicuro. I viaggiatori ci rifileranno un sacco di stronzate. Diranno che stavano solo attraversando i campi, che leggevano i tarocchi, che è per puro caso che si sono ritrovati tutti insieme nello stesso posto. Questa volta però è diverso, una ragazza è morta. Collaboreranno un po' di più. Niente per cui eccitarsi. Sanno chi sono i fornitori, ma non faranno nomi.»

«C'entra la droga?» Rowland lo guardò. «È morta per droga?»

«Dovremo aspettare il referto dell'autopsia per saperlo con certezza. Ma è probabile di sì. Ultimamente c'è un'invasione di quella robaccia. Ecstasy, eroina, cocaina, amfetamine. Tutti pensano che le zone rurali siano sicure. Sono convinti che la droga sia un problema delle grandi città. Si sbagliano. Ho cercato di spiegarlo alle mie figlie. Loro mi ascoltano e poi, appena esco dalla stanza, si mettono a ridere. Lei ha figli?»

«No.»

«Capirà quando li avrà. È facile spacciare qui quanto a Londra. Nei pub, nei club, nelle discoteche, alle feste. L'erba, l'ecstasy, costano meno di una birra. A volte comprano robaccia, altre volte si ritrovano della roba purissima. È come una roulette russa, e ai ragazzi piace. Forse aggiunge un po' più di brivido. Chi lo sa?» Batté la penna sulla dichiarazione. «Se è soddisfatto, firmi. Immagino che non veda l'ora di andarsene di qui.» Rowland firmò.

«Questa è la seconda morte di questo tipo nel giro di quattro settimane», proseguì l'uomo, mentre Rowland si alzava. «Anche la prima era una ragazza. È successo poco prima di Natale. Era un'olandese fuggita di casa. Aveva quattordici anni, proveniva da una famiglia ricca, non aveva alcun problema. Erano nove mesi che mancava da casa. I genitori hanno identificato il corpo il giorno di Natale. È sicuramente stato il Natale peggiore della loro vita.»

«Era olandese?» chiese Rowland. «Di dove?»

«Amsterdam, credo. Aveva i segni dell'ago su entrambe le braccia. Le amfetamine che aveva preso non si mischiavano troppo bene all'eroina. E l'eroina era insolitamente pura. Gli spacciatori qualche volta non la tagliano, quando hanno bisogno di nuovi clienti e devono procurarseli in fretta...»

Aprì la porta. «Grazie per la collaborazione. Il suo amico finirà presto. Può aspettarlo laggiù...»

Rowland ritornò nell'atrio. Si sentiva depresso e arrabbiato. Era arrivato troppo tardi per salvare Cassandra Morley e le informazioni che aveva dato con ogni probabilità non sarebbero state di grande aiuto. Sedette sotto un manifesto che ammoniva di non guidare ubriachi, e si rassegnò ad aspettare Max.

Non c'era traccia dei viaggiatori. L'atrio era deserto tranne il poliziotto di servizio all'ingresso e un bellicoso giovanotto con l'accento londinese che indossava un costoso completo e una camicia sgargiante. I due avevano in corso un alterco che era chiaramente cominciato tempo prima.

Quando Rowland arrivò nell'atrio il giovanotto stava urlando.

«Senta», sbraitava in tono stridulo, «cosa devo fare perché le entri in testa? Sono qui per denunciare che è stato rubato un veicolo, non per rispondere a delle dannate stupide domande. È una BMW. Argentata. Sedili in pelle. Cerchioni in lega. Parliamo di una macchina che costa trentamila sterline.»

«Me li ha già dati tutti questi dettagli. Ho anche il numero di targa. È lei il proprietario del veicolo, signore?»

«No. Quante volte devo ripeterglielo? Mi chiamo Mitchell, ha capito? Sa scriverlo, vero? L'auto appartiene a una mia amica, me l'ha prestata per il fine settimana. È forse un crimine? C'è qualcos'altro che vuole sapere? Forse il mio gruppo sanguigno? Quando è il compleanno di mia madre? Se è questo che ci vuole per avere qualche reazione da queste parti, me lo faccia sapere...»

«Ha chiuso la macchina a chiave quando l'ha lasciata, signore?»

«Sì. No. Senta, non ne sono sicuro, gliel'ho già detto...»

«Non ne è sicuro? Per caso aveva bevuto, signore?»

«No. Non avevo affatto bevuto. Stavo tornando a Londra e ho preso una scorciatoia perché avevo bisogno di fare la pipì. La P-I-P-Ì, ha capito?»

Il poliziotto annotò l'informazione con espressione impassibile. Rowland ascoltò con più attenzione. Quella era una guerra e lui sapeva chi avrebbe vinto.

«Così, sono sceso per fare i miei bisogni, d'accordo?» proseguì Mitchell. «Poi non sono più riuscito a tornare sulla strada principale. Mi sono ritrovato in questo sentiero in mezzo a chissà dove. Più avanti, c'era questo capannone. Potevo vedere le luci, sentire la musica... così ho pensato di andare a farci un salto per vedere che cosa stava succedendo. E cosa ho trovato? Il posto brulicava di hippy. Sono sceso per dare un'occhiata, sarò stato via sì e no tre minuti, e quando sono tornato la macchina era scomparsa. Così ho fatto quello che mi sembrava più ovvio. Sono tornato indietro e ho fatto delle domande. Ho chiesto a quei parassiti se per caso avevano visto di recente una BMW da trentamila sterline. Zero. C'erano tutti quei mocciosi che correvano dappertutto. Ci ho rinunciato. Ho cominciato ad avviarmi verso il sentiero e subito dopo che cosa ho scoperto? Che mi avevano fregato anche il dannato portafogli. Niente soldi. Niente carta di credito. Diciamo che la cosa non ha migliorato il mio umore. Ora, vuole prendere sul serio la mia denuncia o vuole continuare a farmi delle domande idiote?»

L'agente prese un appunto. «Sa dirmi che ora era, signore?» chiese. «Quand'è successo esattamente?»

Rowland, che osservava la scena con interesse, capì che le domande non erano casuali. Anche Mitchell se ne accorse e tutt'a un tratto divenne evasivo.

«L'ora? Non ne sono sicuro. Credo mezzanotte, forse un po' prima...»

«Adesso sono le nove e mezzo passate, signore.»

«E con questo? Cos'è lei, un dannato orologio?»

«Perché non ha denunciato il furto prima?»

«Perché mi sono dovuto fare chilometri a piedi lungo un dannato sentiero al buio. Perché quando, infine, sono arrivato qui, un branco di teste di rapa ha continuato a farmi perdere tempo...»

Mitchell s'interruppe. Mentre stava perorando la sua causa, il poliziotto aveva composto un numero e borbottato qualcosa. Messa giù la cornetta, fece il giro del banco e prese Mitchell per un braccio.

«Se vuole accomodarsi da questa parte, uno dei sergenti vorrebbe scambiare qualche parola con lei...»

Mitchell cominciò a protestare ad alta voce. Rowland lo vide lanciare un'occhiata verso la porta, come se stesse meditando di scappare. Chiaramente pensò fosse meglio non farlo. Scomparve in una delle stanze. Attraverso la porta chiusa, lo sentì per un po' dare in escandescenze. Poi ci fu silenzio. Gli hanno detto della ragazza, pensò Rowland.

Si appoggiò contro la parete e fissò con sguardo spento i manifesti. Mitchell stava mentendo, questo era abbastanza evidente. Si chiese se potesse sapere qualcosa di utile, ma in quel momento aveva la mente altrove. Era in preda a un profondo sconforto, e sapeva dove l'avrebbero portato i pensieri se non avesse cercato di reprimerli: a una strada vicino a Dupont Circle, e a un omicidio commesso da un drogato circa cinque anni e mezzo prima.

Si passò una mano sul volto e si sforzò di pensare ad altro. Cinque minuti dopo, Max uscì. Era talmente stanco che aveva la pelle grigiastra. S'infilò una vecchia giacca da caccia e prese Rowland per un braccio.

«Usciamo di qui», disse. «Andiamo, Rowland. Ho bisogno di pensare. Ho bisogno di un po' d'aria.»

Sulla Land Rover, per prima cosa Max cercò di chiamare Charlotte dal telefono della macchina. Entrambi i numeri erano occupati. Provò diverse volte, poi ci rinunciò.

«Andiamo a casa.» Guardò Rowland. «Senti, ti dispiacerebbe guidare? Mi sento... mi sento a pezzi.» Per un po' nessuno dei due parlò. Max si accese una sigaretta.

«Ti dà fastidio?»

«No. Non mi dà fastidio. Anzi, danne una anche a me.»

«Tu non fumi. Sono tre anni che hai smesso.»

«Andiamo, Max. Dammene una.»

Rowland aspirò una profonda boccata dalla sigaretta che Max gli aveva dato senza ulteriori commenti. Istantaneamente, la nicotina lo calmò. Quella sensazione familiare gli diede un conforto mai provato prima.

«Il fatto è», cominciò Max, improvvisamente, alcuni chilometri dopo, «che non ho mai visto un cadavere prima. Neanche di un estraneo, men che meno di qualcuno che conosco, così giovane. Non sono patetico?»

«No. E la cosa non mi stupisce.» Rowland teneva gli occhi fissi sulla strada. «I tuoi genitori sono ancora vivi. E anche quelli di Charlotte. Inoltre, oggigiorno non abbiamo un contatto diretto con la morte. È qualcosa che avviene in un ospedale, dietro una tenda. Non sentirti in colpa, Max. Cosa dovresti fare? Far finta che non sia successo?»

«Ho avuto una vita protetta», replicò Max. «Suppongo sia questo che stai cercando di dire. Ora come ora, mi disprezzo per questo. Non puoi capire. Sei diverso.»

Rowland non disse nulla. Pensò al padre, poi alla madre, che aveva affrontato la morte con la stessa tristezza con cui aveva affrontato la vita, nel reparto tumori di un ospedale di Londra. Pensò ai due incidenti mortali di cui era stato testimone scalando le Cairngorms, le morti per droga su cui aveva scritto quando era a Washington. Non si permise di pensare a quel giorno d'estate nel freddo obitorio della stazione di polizia di Washington. *Se può fare l'identificazione, signor McGuire. È pronto?*

«Sai cosa mi hanno detto?» disse Max, gli occhi fissi sulla strada. «Che ultimamente gira un sacco di droga nella zona...»

«Hanno detto la stessa cosa anche a me.»

«Cristo santo, Rowland. Fra dieci anni potrebbero essere i miei figli a comprare quella roba. Dieci anni? Anche meno, Alex ne ha otto. Cassandra aveva compiuto da poco i sedici...»

«Lo so.»

«Se siamo venuti ad abitare qui», continuò Max, indicando con un gesto di rabbia i campi, «è perché volevamo far crescere i bambini in campagna, tenerli lontani da Londra. Diamogli un'educazione all'antica, ci siamo detti. Facciamoli crescere in un ambiente sano, dove c'è aria pulita, dove possono passeggiare, giocare con i cani, andare alla scuola del villaggio... pensavamo fosse sicuro. Pensavamo che qui ci fossero ancora dei valori.»

«Ormai nessun posto è più sicuro, Max. Lo sai anche tu.»

«Ci sono troppi soldi che girano qui. Grandi proprietà, scuole private, seconde case. Troppi ragazzini ricchi, troppi genitori distratti. La madre di Cassandra Morley non c'era praticamente mai. Suo padre gira l'Europa con una nuova moglie con la metà dei suoi anni al braccio...»

«Andiamo, Max. Ci sono vittime in ogni ambiente. Vai a farti un giro in qualche scuola pubblica. Ricchi o poveri, oggi come oggi non fa alcuna differenza.»

«Lo so. Certo che lo so...» Max esitò. Indicò fuori del finestrino.

«Vedi quel sentiero? Porta al capannone. La polizia ha detto che alcuni dei viaggiatori sono ancora lì. Li terranno in stato di fermo per altre ventiquattro ore. Forse anche di meno, perché non sembrano molto loquaci. Voglio un servizio su questa storia.»

«Anch'io.»

«Devo mandare lì qualcuno. Voglio che qualcuno parli con i viaggiatori. Ci andrei io stesso, ma...»

Rowland si lasciò sfuggire un sorrisetto. «Con il tuo accento? Vestito come al solito? Non andresti molto lontano.»

«Potresti farlo tu...» Max gli lanciò un'occhiata significativa. «Ma ormai sei un redattore, non più un giornalista. Devi per forza tornare a Londra domani e noi abbiamo bisogno di qualcuno che si fermi qui per un paio di giorni. Qualcuno che possa parlare con i viaggiatori, con le compagne di scuola di Cassandra Morley, qualcuno che riesca a scoprire quello che sanno. Qualcuno giovane, qualcuno con cui potrebbero aprirsi...»

«So a che cosa stai pensando, Max. E la mia risposta è no.»

«Perché? È una brava giornalista. È sul posto. Ieri sembravi così ansioso di farla lavorare...»

«Questo ieri», tagliò corto Rowland. «Oggi è oggi. Dai, Max, non sei cieco. L'hai vista anche tu ieri. Sembra in trance per la maggior parte del tempo.»

«Potrebbe essere una buona occasione per farla uscire dal letargo. Charlotte pensa che lei e Pascal abbiano rotto...»

«Max, i motivi sono irrilevanti. Sembra malata. Si muove come una sonnambula. Non ho intenzione di affidarle la storia su Lazare né nessun'altra. Te lo dico sin da adesso.»

Max non replicò. Era abituato ai preconcetti e ai giudizi precipitosi di Rowland, e questa volta sentiva di poterli condividere. Alzò le spalle.

«Ne parlerò con Charlotte. Poi decideremo. Gira a destra qui, poi a sinistra...»

Rowland accelerò superata la villa, dove erano parcheggiate parecchie auto della polizia, e svoltò nel viale di Max. Fu solo quando entrarono in casa che si ricordò di Lindsay e della discussione avuta con lei la sera precedente. Quel giorno si aspettava le sue scuse, o che strisciasse, come aveva preteso. Sentì delle voci femminili provenire dalla cucina. Le richieste di Lindsay vennero dimenticate all'istante.

Entrando in cucina, fu subito evidente che era successo qualcosa durante la loro assenza. C'era una forte tensione nell'aria. Charlotte era bianca come un lenzuolo, Lindsay sembrava sul punto di scoppiare a piangere, e Gini se ne stava appartata dalle altre voltando la schiena alla stanza. Prima che Max potesse aprire bocca, Charlotte volò fra le sue braccia. Senza prendere fiato, cominciò a raccontare dell'arrivo di Susan Landis e poi del marito, di come la polizia si era decisa infine a muoversi e fare delle domande.

«Non si tratta solo di Cassandra, Max», proseguì. «C'era anche Mina Landis con lei. Era con Cassandra ieri sera. Sono andate tutte e due al capannone...»

«Anche Mina? E dov'è adesso?»

«È questo il punto, Max. Nessuno lo sa. È scomparsa. Non è a casa, non è alla villa, non è con i viaggiatori, non è al capannone. Robert Landis ha appena telefonato di nuovo. A sentire loro, se n'è andata ieri sera. In macchina. Con un uomo...»

Charlotte era vicina alle lacrime. Max le circondò le spalle con un braccio e l'allontanò dagli altri.

«Non fare così, tesoro», Rowland lo sentì dire. «Non devi. Pensa al bambino.»

Rowland si voltò dall'altra parte. L'intimità che si creava

fra Max e Charlotte in certi momenti lo commuoveva sempre, e al contempo lo faceva sentire escluso. Era come se parlassero un linguaggio privato, un linguaggio fra persone sposate: un linguaggio che lui non aveva mai parlato e che probabilmente non avrebbe mai imparato. Notò che anche Lindsay si era voltata nello stesso momento, dandosi da fare con il bollitore sulla cucina a gas.

«Posso dire qualcosa?» disse Genevieve Hunter, cogliendo tutti di sorpresa. «Stiamo perdendo tempo. Tanto per cominciare, Robert Landis vuole che Max lo chiami. È con la polizia di Cheltenham adesso...»

«Senti, Gini, lascia perdere, d'accordo?» la interruppe Lindsay, voltandosi di scatto. «Non è il caso di litigare di nuovo. Lascia che Charlotte spieghi le cose a modo suo. Dalle tempo. È incinta di sette mesi, nel caso non te ne fossi accorta...»

«Sarebbe difficile non accorgersene», sbottò Gini. Charlotte le lanciò un'occhiata di rimprovero e di stupore. Max corrugò la fronte.

«Senti, Gini», cominciò in tono calmo, «mi pare che non ti renda conto della situazione. E osservazioni del genere non aiutano. Quindi, se non ti dispiace...»

«Bene.» L'ammonimento venne ignorato. Gini strinse le labbra. «Ma tutte queste supposizioni sono inutili. Sarà più di un'ora che non facciamo altro.»

«Gini, non si tratta solo di supposizioni.» Charlotte prese la mano di Max. «Lindsay e io stavamo cercando di capire che cosa potesse essere successo. Mina può essere stata rapita. C'è anche la possibilità che sia morta. Ci sono un milione di possibilità e tutte terribili...»

«Rapita? Non è quello che hanno detto i testimoni.» Gini si voltò verso Max. «Max, vuoi ascoltarmi? I testimoni che hanno parlato con Landis e la polizia sono stati molto precisi. Mina non è stata narcotizzata. Non era incosciente. Non è stata trascinata a forza sulla macchina da qualche bruto degno di un film di serie B. A meno che non abbiano mentito, quello che è successo è molto chiaro...»

Esitò. Charlotte aveva cominciato a piangere. Max si chinò su di lei. Rowland, vedendo l'espressione ostinata di Gini, provò una forte antipatia nei suoi confronti. Anche gli altri provavano la stessa ostilità e lei lo percepì. Arrossì. Poi, ignorando totalmente gli altri, tornò a rivolgersi a Max, e l'esclusione fece infuriare ancora di più Rowland.

«Max, è ovvio quello che è successo. Una ragazzina di quindici anni ha mentito ai genitori. È andata al capannone pur sapendo che è l'ultima cosa che le avrebbero lasciato fare. Probabilmente ha fumato dell'erba, è stata vista fumare...»

«Sua madre sostiene che non lo farebbe mai, Gini», intervenne Charlotte. «Fumare marijuana? Non è possibile. Non tocca neanche le sigarette. L'ha detto Susan Landis...»

«Oh, per l'amor del cielo.» Gini fece un gesto di esasperazione. «E tu le credi? Sua madre sarebbe l'ultima a sapere. Max, dammi retta. I testimoni hanno fatto affermazioni ben precise. Se n'è andata via in macchina verso mezzanotte con un uomo. Ma la cosa più importante è che dichiarano che se n'è andata di sua volontà. Grazie alle bugie che ha raccontato, nessuno ha fatto caso alla sua assenza, quindi, chiunque fosse al volante di quella macchina, ha almeno dieci ore di vantaggio. Se si vuole ritrovare Mina, forse non è il caso di limitarsi alla fantasiosa convinzione dei genitori di quanto fosse brava e ubbidiente. Le ragazzine di quindici anni non si comportano come sperano i loro genitori. Se lo facessero, adesso non ci troveremmo in questa situazione.» La collera di Rowland esplose.

«Dio santo», sbottò, con voce fredda e rabbiosa. «Di cosa sei fatta? Forse per te non è così, ma si dà il caso che le persone abbiano dei sentimenti. Non potresti avere un po' di pietà?»

«Pietà? Io sto cercando di essere realistica...»

«Allora pensa prima di parlare. Una giovane è morta. Io ho trovato il suo cadavere. Io e Max abbiamo passato la notte in bianco. Charlotte sta cercando di dare una mano. Si tratta di una persona che loro conoscevano!»

«Lo so. E ormai lei è morta. Nessuno di noi può aiutare Cassandra Morley. Ma forse potremmo aiutare Mina Landis se non rimanessimo qui a piagnucolare e a perdere tempo...»

«Oh, per l'amor del cielo.» Rowland le lanciò un'occhiata di disprezzo. «Perché non ti limiti a chiudere il becco e a startene fuori da questa storia? Ieri non sembravi tanto ansiosa di socializzare...»

Calò un pesante silenzio. Genevieve Hunter indietreggiò come se l'avesse colpita. Si fece paonazza. Si guardò intorno. Poi, a testa china, prese un cappotto gettato su una sedia e si diresse verso la porta. Lindsay imprecò fra i denti e fece per seguirla.

«Gini, aspetta. Dove stai andando?»

«A fare una passeggiata. Ho bisogno di un po' d'aria.»

La porta sbatté alle sue spalle. Seguì un altro lungo momento di silenzio. Rowland la vide attraversare di corsa il giardino e poi scomparire. Lindsay lanciò un'occhiata a Charlotte e sospirò.

«Rowland, non avresti dovuto farlo. Gini non è stata bene. Lei non aveva intenzione di...»

«Non me ne importa un accidente. Qualcuno doveva dirglielo. Che si faccia la sua passeggiata. Può anche tornarsene a Londra a piedi per quel che mi riguarda. Max, devo chiamare John Lane o Chris Huxley. Uno dei due dovrebbe essere disponibile. Se parte subito, sarà qui in un'ora e mezzo.»

«Usa il telefono nel mio studio. Vengo con te. Sarà meglio che chiami Landis.»

Max seguì Rowland. Rimaste sole, Charlotte e Lindsay si scambiarono un'occhiata.

«Oh, Lindsay.» Charlotte sospirò. «Vorrei non averla mai invitata. Forse anch'io manco di sensibilità, ma è così.»

«Non ti biasimo, Charlotte. Non sentirti in colpa. È stata impossibile per tutta la mattina. Non l'ho mai vista così.»

«Si è alzata alle sei.» Charlotte la guardò con espressione preoccupata. «L'ho sentita muoversi. Poi ho ripreso a dormire. Lindsay, mi ha detto di aver dormito bene, ma sono sicura che non è così. Ha cercato di nuovo di mettersi in contatto con Pascal.»

«Ci è riuscita?»

«No.» Sembrò perplessa, poi incontrò gli occhi di Lindsay. «Secondo te è finita? Ti ha detto qualcosa? Io credo di sì. L'ho capito appena l'ho vista ieri.»

«Non lo so, ma comincio a crederlo. Altrimenti perché lui starebbe via così tanto? Prima doveva restare due settimane, poi quattro. Poi doveva tornare per Natale... Charlotte, sarebbe stato il loro primo Natale insieme. Ha preso un albero, gli ha comprato un sacco di regali che ha incartato lei stessa. Dovevi vedere com'era felice, sembrava la Gini di una volta.»

«E lui non si è fatto vedere?»

«No.» Lindsay la guardò con occhi inquieti. «L'ho scoperto solo dopo. Ho dato per scontato che fosse con lei, invece ha passato le feste di Natale da sola.»

«Da sola? E la sua matrigna?»

«È via. Gini sostiene di aver passato il Natale con alcuni amici di cui non ho mai sentito parlare. Ma so che mi ha mentito. È che non sopporta di essere commiserata.»

«Lo so.» Charlotte scosse la testa tristemente. «Be', non si può dire che Rowland l'abbia commiserata. Vorrei che non le avesse detto quelle cose. So che era sconvolto e che non ha chiuso occhio stanotte, ma Rowland a volte è così duro.»

«Chissà, forse le farà bene.» Lindsay corrugò la fronte e guardò Charlotte. «Sai quello che ha detto a proposito delle ragazzine di quindici anni... Di come si comportano?»

«Sì.»

«Be', aveva le sue ragioni per dirlo, delle ragioni molto personali. Sono sicura che s'identifica con Mina. Sai quanti anni aveva quando ha incontrato Pascal per la prima volta?»

Charlotte scosse la testa. Lindsay le raccontò del loro primo incontro a Beirut, della loro relazione di sei settimane, dell'intervento del padre di Gini. Lindsay si rese conto che stava tradendo la fiducia di Gini, e se ne vergognò.

Charlotte l'ascoltò in silenzio con crescente stupore.

«Quindi non si tratta solo del fatto che ama Pascal», proseguì Lindsay. «Non si tratta solo del fatto che hanno vissuto insieme l'anno scorso. C'è qualcosa di più profondo, Charlotte. Qualcosa che risale a molto tempo fa.»

«Non voglio sentire altro.»

Charlotte si alzò, il viso corrucciato in un'espressione di infelicità. Fece un gesto di impotenza.

«Odio tutto questo, Lindsay. Povera Cassandra. Povera Mina. E povera Gini. Le questioni d'amore. Le menzogne. Tutta questa rabbia e disperazione. Mentre ieri sera cenavamo allegramente, il corpo di Cassandra giaceva in un campo da qualche parte. È così terribile. E mi fa sentire così spaventata...»

Cominciò a sparecchiare la tavola, come se mettere in ordine la cucina fosse come mettere ordine nel mondo.

«Porto fuori i ragazzi», annunciò bruscamente. «Non posso

pretendere che giochino di sopra tutto il giorno. Li porterò da un'amica al villaggio, poi andrò da Susan Landis. Non deve restare sola.»

«Charlotte...» iniziò Lindsay, in tono di rimprovero.

«Lo so. Lo so.» Charlotte stava per mettersi ancora a piangere. «Ma tu hai un figlio, Lindsay. Dovresti capire. E io devo fare qualcosa. Non sopporto di starmene qui, Lindsay. Non mi sentirei a mio agio.»

8

Dopo che Charlotte se ne fu andata, Lindsay cercò di occupare il tempo per un'ora. Max e Rowland erano ancora chiusi nello studio, poteva sentire le loro voci, i telefoni squillare. Si sentì esclusa e inutile. Gini non era ancora tornata. Non riusciva a stare ferma. Pulì la cucina e andò a fare una passeggiata. Arrivò fino al cancello che dava sui campi, nella speranza di incontrare Gini per farla ragionare un po', ma non la vide da nessuna parte. Faceva talmente freddo che rientrò.

Una volta a casa, prese il fascicolo di Rowland e cercò di concentrarsi sul resto dei ritagli di giornale, ma l'argomento le sembrò così frivolo e fuori luogo che si ritrovò a pensare quanto odiasse il mondo della moda. Non il lavoro in se stesso, ma l'ambiente, le cattiverie, i capricci, l'ossessione di primeggiare. Una ragazza era morta, pensò, richiudendo il fascicolo. Aveva dedicato diciassette anni della sua vita a una professione così futile. L'idea la innervosì. Un conto era perseguire quel lavoro per dare una casa e un futuro a Tom, ma fra un paio di anni lui sarebbe andato all'università. Allora che ne sarà di me? si chiese. Continuerò a dedicare la mia vita alle collezioni anno dopo anno?

Sentì che la paura e la disperazione erano in agguato. Era meglio non indulgere in certi sentimenti, e in quel momento le sembravano inappropriati, egoistici. Come la morte poteva cambiare le cose. Aveva appena visto Charlotte lottare contro l'improvvisa consapevolezza della fragilità della vita. Adesso anche lei provava la stessa cosa. L'unico rimedio era agire. Anche se era stata esclusa, almeno poteva essere utile. Avrebbe preparato dei panini a Max e Rowland, portato fuori i cani, tenuto acceso i camini della casa. Si avviò verso il corridoio.

«Max...» chiamò, poi si bloccò. La porta dello studio era spalancata. Lui e Rowland stavano parlando e lei poteva sentire perfettamente la discussione.

«Scordatelo, Max», stava dicendo Rowland in tono furibondo. «Te l'ho già detto, prova a rintracciare di nuovo John Lane, oppure Huxley...»

«Senti, non riesco a mettermi in contatto con loro. Lane non risponde. Huxley richiamerà alle quattro. È a Norfolk per un servizio. Non posso stare qui a cincischiare. Devo avere subito qui qualcuno.»

«Allora pensa a qualcun altro. E che sia un uomo, per l'amor di Dio. Ne ho abbastanza degli istrionismi femminili. Prima Lindsay, poi Gini.»

«Rifletti, Rowland. Stai avendo una reazione esagerata. Perché? Senti, è andata a fare una passeggiata. Magari avrà il tempo di pensare.»

«Pensare? Ne dubito. Loro non pensano, Max. Non fanno che perdere le staffe, agitarsi, trasformare qualunque argomento in una dannata questione personale. Sono uno strazio.»

«D'accordo. D'accordo. Provo a chiamare Nick.»

«Fallo adesso. Se non trovi nessuno, ci andrò io a quel dannato capannone. La polizia non tratterrà per sempre quei maledetti viaggiatori. Stiamo sprecando tempo.»

«Tu telefona a Landis. Usa l'altra linea. Cerchiamo di aggiornarci. Magari hanno saputo qualcosa della macchina con cui se n'è andata. Poi chiama la redazione. Oh, di' a Landis che abbiamo bisogno di una foto di Mina. Una recente...»

Ci fu silenzio. Poi sentì che componevano i numeri di telefono. Triste e furiosa al contempo, Lindsay tornò in cucina e cominciò a preparare i panini. Un quarto d'ora dopo, udì dei rapidi passi ed entrò Gini. Scalciò gli stivali infangati contro la porta.

Lindsay la guardò stupefatta. Gini si era trasformata. L'aria fredda le aveva colorito il viso, ma c'era anche qualcos'altro.

Una nuova luce, una nuova determinazione negli occhi. Il suo corpo aveva riacquistato l'energia di una volta. Lindsay, ammutolita per lo stupore, non riusciva a distogliere lo sguardo da lei. La trasformazione era stata improvvisa, e per un attimo si sentì a disagio: aveva dimenticato che viso delizioso avesse Gini, aveva dimenticato quanto la sua vitalità potesse accendere una stanza.

«Dov'è Max?» chiese Gini, senza preamboli.

«Nello studio con Rowland.» Lindsay esitò. «Stanno parlando male di te, Gini, se vuoi sapere la verità. Senti...»

«Non me ne importa un accidente, d'accordo? Ho bisogno di parlare con lui. Sono stata al capannone. Volevo parlare con i viaggiatori.»

«Sei stata lì?»

«Naturalmente. E c'è di più. Hanno parlato con me. Gli ho portato un po' d'erba. È servita.»

«Gli hai portato della droga? E la polizia?»

«Hanno guardato dall'altra parte. Lindsay, è la norma. Una norma molto utile. Lo facevo anche a Sarajevo. Solo che lì erano sigarette e whisky. Max...» S'interruppe. Proprio mentre chiamava, i due uomini entrarono in cucina discutendo animatamente. Fu subito evidente a tutti e quattro che la parola «cagna» appena pronunciata da Rowland, non era riferita agli animali di Max. Vedendo Gini, entrambi gli uomini ammutolirono. Lei ignorò le loro espressioni e quello che aveva appena sentito.

«Max», iniziò, «sono stata al capannone e ho parlato con i viaggiatori. Mina Landis era lì ieri sera, e se n'è andata con un uomo. Se n'è andata poco prima di mezzanotte su una macchina rubata. Una BMW argentata nuova di zecca. L'uomo che la guidava si chiama Star...»

«Una BMW argentata?» la interruppe Rowland. Lanciò un'occhiata a Max. «Conosco quella macchina. Vai avanti.»

«Nessuno sa da dove viene questo Star né dove vive. Nessuno sa dove fossero diretti. Pare che Star viaggi molto. La settimana scorsa era ad Amsterdam, o così ha detto...»

«Amsterdam?» la interruppe di nuovo Rowland.

«Sì. Ed è tornato ben fornito. Erba. Amfetamine. Beta-bloccanti. E una nuova droga chiamata White Dove. Dev'essere qualcosa di speciale perché l'ha fatta pagare tre volte tanto rispetto agli altri stupefacenti. Pare però che avesse poca roba, perché l'ha distribuita con il contagocce...» Tacque, percependo una nuova tensione nella stanza.

«Mi sono persa qualcosa?»

«Non è importante per il momento», replicò Max. «Cos'altro hai saputo? Hai una descrizione?»

«Di Star? Sicuro. È sui venticinque anni. È alto circa un metro e ottantacinque. Senza barba. Capelli neri lunghi fino alle spalle. Occhi azzurri. Lineamenti marcati. Eccezionalmente bello, almeno a sentire le donne. Si veste come i viaggiatori. Un vecchio cappotto di tweed, abiti neri, e porta sempre una sciarpa rossa. Potrebbe essere americano, inglese o di qualche altra nazione europea. Nessuno lo sa.»

Seguì qualche attimo di silenzio. Rowland, che stava osservando attentamente Gini mentre parlava, guardò verso Max. Questi annuì.

«Questo vuol dire che abbiamo una pista», disse. «Una pista importante. Max, tu telefona a Landis. Io chiamerò la polizia. Poi andrò a Cheltenham. Un tale di nome Mitchell ha denunciato il furto di una BMW questa mattina. La polizia lo stava interrogando. Con un po' di fortuna, potrebbe essere ancora lì.»

Si diresse verso lo studio di Max, poi, come se ci avesse ripensato, si voltò a guardare Gini.

«Vuoi venire?»

«Sì. Perché no?» rispose Gini. E Lindsay, dimenticata in un angolo, sospirò e se ne andò.

Mitchell aveva collaborato con la polizia per tutto il giorno. Ammesso che si potesse definire aiutare un silenzio ostile intercalato da frasi ingiuriose. Era riuscito a barcamenarsi finché non lo avevano lasciato andare. Non che ci fossero da fare salti di gioia. Mitchell sapeva quello che lo aspettava: una notte in un pidocchioso motel finché non gli fosse stata data una nuova carta di credito, e la polizia che gli avrebbe soffiato sul collo per settimane. La prospettiva lo rendeva veramente nervoso. L'effetto della pillola non era ancora totalmente passato. Uscendo dalla stazione di polizia incappò in due giornalisti.

Questo gli risollevò un po' l'umore. La donna era una bionda molto attraente, e l'uomo che era con lei gli offrì un whisky. Fu un toccasana per il maltrattato ego di Mitchell che la stampa si interessasse di lui.

Mandò giù il primo whisky tutto d'un fiato. Quando gli venne servito il secondo, stava per berlo, quando il giornalista mise la mano sul bicchiere.

Mitchell li aveva guardati entrambi, cercando di farsi un'idea su di loro. L'uomo, che poteva essere inglese o irlandese, era alto e muscoloso e aveva bisogno di radersi. Aveva gli occhi verdi, i più freddi che Mitchell avesse mai visto e aveva l'aria di uno che portava guai. Lei era americana, bionda, un tantino magra, ma molto graziosa. Aveva una bocca incredibilmente sensuale e dolci occhi grigi che ispiravano fiducia. Sicuramente era la più comprensiva dei due, quella che avrebbe abboccato più facilmente. Decise di ignorare l'uomo e di rivolgersi a lei.

«Andiamo, datemi un'occasione», disse. «Mi sento a terra. Vi ho detto tutto quello che so.»

La mano non si mosse dal bicchiere di whisky. La donna sospirò.

«Oh, accidenti, e io che ero così sicura che ci avresti dato una mano. Rowland, lascia che beva il suo whisky. Sta facendo del suo meglio per aiutarci.»

«Tu credi? Be', io non credo neanche a una parola di quello che ci ha detto. Ha mentito dall'inizio alla fine. Ci ha dato solo una piccola variazione delle stronzate che ha rifilato alla polizia. Di certo non si merita un altro whisky. E questo è anche doppio per giunta.»

«Oh, andiamo, Rowland.» Lanciò un'occhiata complice a Mitchell, come a scusarsi per l'atteggiamento del collega. «Non ci stai mentendo, vero?» chiese. «Non ti biasimo se sei sospettoso. Lo sarei anch'io al tuo posto. Ma ammesso che tu stessi comprando qualcosa, sono certa che non si trattava di roba pesantc. Stavi cercando erba? Forse delle amfetamine?»

«Cristo santo, Gini», intervenne l'uomo, in tono rude. «Quando imparerai? Questo è un maledetto spacciatore. È quello che pensa la polizia. Me l'hanno appena detto.»

Mitchell lo guardò allarmato. Questa era una novità per lui, una novità sgradevole. Sentì che stava cominciando a sudare. Si guardò intorno nel bar, cercando di riacquistare un po' di lucidità.

«Senti», disse, rivolgendosi di nuovo alla donna, «mettiamo subito in chiaro una cosa. Può darsi che stessi comprando, sono anche disposto ad ammetterlo, ma non ho venduto un bel niente. E non so niente di quella ragazza morta. Non l'ho neanche mai vista in vita mia. E questa è la fottuta verità, d'accordo?»

La parolaccia fu un errore. Nell'istante in cui la pronunciò, il volto dell'uomo s'indurì. Si voltò verso la collega. «Per me questo qui può andare al diavolo. Ho di meglio da fare.» Si alzò, prese il whisky e fece per andarsene.

«Aspetta, Rowland.» La donna diede a Mitchell un'occhiata comprensiva.

«Non fare caso a lui», disse, abbassando leggermente la voce. «Io ti credo. So che non mentiresti su qualcosa di così grave. Quella povera ragazza è morta, dopotutto.»

Mitchell, a cui nessuno aveva creduto per tutta la giornata, provò un immenso senso di gratitudine. Improvvisamente sentì il bisogno di confidarsi con quella donna.

«E va bene», cominciò, chinandosi in avanti. «Sono pronto a scommettere che c'è lui dietro la ragazza morta. E non è la prima. L'inverno scorso ha sfregiato una ragazza francese con un rasoio. E dopo di lei ce n'è stata un'altra, una olandese di famiglia molto ricca. Si chiamava Anneka. Andava con lui. Lui però la passava in giro, se capisci quello che intendo. Be', ieri gli ho chiesto di lei, mi ha risposto che è morta. Quello è un fottuto maniaco. Te lo dico io. Guarda qui...»

Venne in avanti sotto la luce. «Guarda che cosa mi ha fatto al naso. È successo ieri. Mi ha colpito così all'improvviso, senza alcun motivo. Adesso mi toccherà fare le analisi del sangue. È probabile che mi sia preso l'Aids. Forse morirò... non m'importa di parlarne, non ne posso più. Non ho chiuso occhio tutta la notte. Ieri mi ha dato questa roba nuova, White Dove l'ha chiamata, per quaranta sterline. Ha detto che era una novità. Mi ha sballato di brutto. Vedi le mie mani? Stanno ancora tremando. Le luci mi sembra che vadano su e giù...»

L'uomo tornò al tavolo e si sedette, ma Mitchell, che era ormai lanciato, lo notò appena. Continuò a guardare la donna che lo stava ascoltando attentamente con espressione scioccata e preoccupata.

«Rowland, dagli il suo whisky per favore», disse in tono indignato. «Vedi anche tu che non si sente bene. Ti avevo detto che ci avrebbe aiutato.»

L'uomo gli passò il whisky con una scrollata di spalle. La donna gli diede un pacchetto di patatine e un panino; Mitchell, che era affamato, divorò tutto in un baleno. I due giornalisti confabularono poi fra di loro. La donna sembrava proporre qualcosa a cui l'uomo era contrario. Alla fine, lei scrollò le spalle e tornò da Mitchell. «Senti, Rowland pensa che non dovrei confidarti questo. Io invece penso di sì. Il fatto è che credo di sapere chi è l'uomo che hai descritto. Sono convinta che sia lo stesso che sto cercando di inchiodare...»

«Lascia perdere, Gini», la interruppe il suo compagno, ma lei lo ignorò. Mitchell, che stava ascoltando attentamente, cominciò a eccitarsi.

«Davvero?» domandò. «In questo caso, sono più che disposto ad aiutarti. Perché no? Dopotutto, non gli devo nessun favore. Se finirà in galera ne saremo tutti felici.»

La donna sembrò impressionata, poi tutt'a un tratto dubbiosa. «Ne sei sicuro? Non voglio che tu corra qualche rischio.»

«Pensi che abbia paura di lui? Niente affatto.» Mitchell adesso faceva lo spaccone. «Voi proteggete le vostre fonti, vero?»

«Naturalmente. Garantiamo l'anonimato.» La donna tirò fuori dal nulla un registratore. Mitchell, incantato dai suoi occhi, notò appena che aveva spinto il tasto «record».

«Dimmi», cominciò, «questo tuo fornitore, perché è il tuo fornitore, vero? È un uomo che chiamano Star?»

Mitchell annuì. Si chinò in avanti e cominciò a raccontare tutto nei minimi dettagli.

Un'ora dopo, Gini stava aspettando nella Land Rover che avevano preso in prestito da Max. Era quasi buio. Rowland era nella stazione di polizia a parlare con lo stesso poliziotto del mattino. Gini guardò i passanti con le borse della spesa che tornavano a casa. Vide Mitchell uscire dal pub barcollando. Quindici minuti dopo Rowland tornò.

«Non sono ancora riusciti a rintracciare la BMW», disse salendo in macchina. Girò la chiave dell'accensione imballando il motore. «Gli ho passato le informazioni che ci ha dato Mitchell, per quel che valgono.» Esitò, poi si girò a guardarla. «Hai fatto un ottimo lavoro con Mitchell.»

Lei alzò le spalle. «Abbiamo seguito la solita routine. Niente di originale, ma a qualcosa è servito. Siamo stati fortunati con i tempi. Vorrei solo che ci avesse detto di più. Il vero nome di Star...» Fece un mezzo sorriso. «Un indirizzo. Qualcosa di concreto. Qualcosa che ci possa essere utile.»

«Io posso seguire la pista della ragazza olandese. Anneka. Suo padre è un mercante di diamanti. La polizia mi ha dato tutti gli estremi.»

Rowland aveva parlato in tono piatto. Stava guardando fuori nel parcheggio.

«E cos'altro?» domandò Gini. «Perché c'è dell'altro.»

«Hanno completato l'autopsia. Un'ora fa. Cassandra è morta per droga. Non si saprà con precisione quale tipo di droga finché non perverrà il referto tossicologico.»

«Vale a dire?»

«Hanno detto minimo tre giorni. Potrebbe richiedere molto di più.»

Rilasciò il freno e partì senza ulteriori commenti. Uscirono dal parcheggio e s'infilarono in un labirinto di sensi unici. I negozi stavano chiudendo e c'era molto traffico. Raggiunsero la periferia della città e imboccarono una tranquilla strada di campagna. Nessuno dei due parlò. Rowland era concentrato sulla guida perché era facile sbagliare nell'oscurità quelle strade che non gli erano familiari. Quando si ritrovarono in un tratto rettilineo, azzardò un'occhiata verso Gini che, insolitamente per una donna, non gli aveva dato suggerimenti.

Aveva il viso in parte nascosto dai capelli d'argento. Faceva freddo e la Land Rover era piena di spifferi. Sedeva rannicchiata nel cappotto, le mani nude incrociate in grembo, la sciarpa di lana verde intorno al collo. I capelli, più lunghi sulla fronte e ai lati, erano molto corti dietro. Era un taglio alquanto strano, come se se lo fosse fatto da sola e con un paio di forbici spuntate per giunta.

Rowland si chiese se avesse davvero rotto con il famoso Pascal Lamartine come aveva lasciato intendere Max. Si chiese se il suo silenzio volesse dire che si stava ritirando di nuovo, come la principessa della sua storia, nella torre di vetro.

Decise che era il momento di parlare, di tentare un approccio.

«In ogni caso gli abbiamo fornito un bel po' di informazioni, o meglio, tu l'hai fatto. La polizia adesso dovrebbe essere in grado di localizzare Mina. Quella non è una macchina che passa inosservata. E neanche loro. Un bel giovanotto vestito in modo strano e una ragazzina con i capelli rossi... sempre ammesso che siano ancora insieme, naturalmente.»

«Oh, ne sono sicura», replicò Gini.

«Per quale ragione?» La guardò incuriosito. Non c'era alcuna resistenza da parte sua, notò. Aveva parlato in tono normale, sicuro.

«Nessuna ragione particolare, istinto più che altro. E in parte anche per quello che ha detto Mitchell. Sembra che ci sia una costante nel comportamento di questo Star. L'inverno scorso la ragazza francese, poi Anneka, adesso Mina. Le prende e le tiene per un po'. Gli piacciono le ragazzine e Mina sembra ancora più giovane della sua età. A sentire Charlotte, dimostra dodici anni, inoltre...»

«Continua.»

«Sembra attratto dalle ragazze di buona famiglia. Poi c'è il fatto della nazionalità. La ragazza che ha sfregiato era francese, Anneka olandese, Mina americana. È come se le volesse sradicare dalle loro famiglie, dalle loro origini. Forse questo gli dà un senso di potere.»

«Analisi interessante. E...»

«Mi chiedo quanto siano andati lontano. Dopotutto, avevano un vantaggio di dieci ore.»

«Lo so. Sono partiti a mezzanotte con una macchina potente. Da qui ci vogliono due o tre ore al massimo per raggiungere i porti sulla Manica. Possono aver preso un traghetto o un overcraft...»

«Vanno di notte?»

«Non ne sono certo. La polizia ci va piano su questa possibilità. Max sta verificando gli orari. Comunque, ci saranno sicuramente delle partenze al mattino presto. Possono aver attraversato la Manica e trovarsi già in Francia.»

«E da lì possono andare ovunque. Ad Amsterdam, per esempio.»

«Esatto. O in Belgio, in Italia, in Germania. Ma può anche darsi che non abbiano mai lasciato l'Inghilterra.»

Gini rabbrividì. Si strinse attorno il cappotto.

«È un tipo pericoloso», osservò. «Ho molta paura per Mina.»

«Già», convenne Rowland, oscurandosi in volto. «E quello che vende è altrettanto pericoloso.»

Calò di nuovo il silenzio. Rowland cambiò marcia. Alla fine, disse in tono brusco: «Senti, ti devo delle scuse. Quando io e Max siamo tornati a casa stamane... quello che ho detto riguardo alla tua insensibilità. Sono stato scortese. Mi dispiace di aver parlato in quel modo».

«Sono contenta che tu abbia parlato in quel modo. Non devi scusarti. Avevi ragione. Se sei stato duro, c'era un motivo.» Tacque. «In realtà, se c'è qualcuno che deve scusarsi, questa sono io. Mi vergogno del tono che ho usato. Mi vergogno anche di come mi sono comportata. Forse per te non è importante, ma volevo lo sapessi.»

Era evidente che quell'ammissione le era costata fatica. Subito dopo si rintanò nel silenzio. Rowland, che cominciava a innervosirsi per la sua riservatezza, cercò di farsi forza.

«Volevo anche dirti», cominciò rigidamente, «che conosco il tuo lavoro. L'ho sempre ammirato, e i servizi che hai fatto da Sarajevo erano molto buoni.»

«Grazie.» Era leggermente trasalita. «Io... io non parlo mai di Sarajevo. È una delle regole che mi sono imposta.»

«Non puoi neanche accettare un complimento?» replicò Rowland, un po' più seccamente di quanto avrebbe voluto. Lei si girò verso di lui, gli diede una lunga occhiata, poi si girò dall'altra parte.

«No», rispose infine, in tono calmo. «Non per quanto riguarda quell'argomento. Per me i complimenti non saranno mai meritati.»

«Perché no?»

Non rispose. Rowland le lanciò un'altra occhiata. Si chiese se per caso non stesse cercando altri complimenti. Poi vide le lacrime nei suoi occhi e si vergognò di quel meschino sospetto.

«Dimmi», insisté in tono più dolce. «Spiegami. A me piace ascoltare.»

«Quello che ho scritto non era adeguato.» Teneva la faccia voltata, ma lui percepì un'improvvisa agitazione. «Quello che ho visto lì... dubito che riuscirei a esprimere la millesima parte di quello che ho visto. Forse è inevitabile in quella situazione, ma io, stupidamente, non l'avevo previsto. Le parole... ormai non ho più fiducia nelle parole. Quando mai le parole hanno cambiato qualcosa?»

«Forse non molte volte e forse neanche troppo a lungo...» Rowland esitò. Sentì che avrebbe perso il suo rispetto se avesse parlato con disinvoltura. «D'altro canto», riprese lentamente, «il silenzio è mai servito a qualcosa? Le parole giuste, gli articoli giusti, possono contribuire a un cambiamento.»

«La penna è più efficace della spada?» Gli lanciò una breve occhiata. «Mio padre amava citare questa frase. Una volta ci credevo. Adesso non più.»

«Ho conosciuto tuo padre una volta», disse Rowland. «A Washington. Quando ero corrispondente là.»

Questo attirò la sua attenzione. Voltandosi a guardarla per un istante, lesse una certa ansia sul suo volto.

«Quanto tempo fa?»

«Circa sette anni. Gli ho parlato solo brevemente. Ci siamo incontrati all'*O'Brien's*, un bar allora molto frequentato dai giornalisti del *Post*.»

«Già. Non potevi che incontrarlo in un bar. Se non fosse stato quello, sarebbe stato un altro. Beve. Come sicuramente saprai.»

Il tono era sulla difensiva. Rowland rallentò. «Sì, lo sapevo. Beve ancora?

«È un alcolizzato. Prima di diventarlo, era un forte bevitore, di quelli convinti che possono smettere in qualunque momento. Non so quando ha varcato il confine, ammesso che ci sia un confine.»

«Beveva quand'eri bambina?»

«Non mi ricordo. Non ho mai veramente vissuto con mio padre. Sono sempre stata in Inghilterra con la mia matrigna da quando avevo cinque anni.»

Diventava sempre meno comunicativa, Rowland percepì che stava alzando le barriere. Proseguirono in silenzio. Dopo un po', lei disse quasi in un sussurro: «È in una clinica dell'Arizona adesso. Segue un programma di disintossicazione. C'è già stato altre volte. Forse questa volta funzionerà. Era molto ubriaco quando l'hai incontrato? Spero... mi piacerebbe pensare che non lo fosse. La gente dimentica. Hanno una memoria così corta. Tanto, tanto tempo fa, era un grande giornalista...»

Rowland fu commosso dalla supplica nella sua voce. Aveva un vago ricordo del celebre vincitore del premio Pulitzer che si era trasformato in un villano, spaccone in sovrappeso. Era protetto da un ristretto gruppo di accoliti; poco prima che Rowland se ne andasse, si era alzato barcollando e poi si era accasciato sul pavimento.

«Non era così ubriaco», rispose infine. «Io almeno non me ne sono accorto.»

«Ha parlato del Vietnam?»

«Perché?»

«È uno degli argomenti fissi di quando è ubriaco.»

Rowland, che percepì la tristezza dietro il tono ironico, decise di mentire. «No, no, non è neanche venuto fuori l'argomento...» Rallentò a un incrocio e svoltò a sinistra. «Comunque, mi avrebbe interessato sentirgliene parlare. Ho letto il libro di tuo padre sul Vietnam. E mi è piaciuto molto. I suoi primi lavori erano elettrizzanti.»

«Oh, sono contenta che la pensi così.» Per la prima volta, gli sembrò di sentire nella sua voce un senso di sollievo. Detestandosi per quello che aveva fatto, passò rapidamente a un'altra domanda nella speranza di coglierla di sorpresa.

«È stato lui a influenzarti? È per tuo padre che sei andata in Bosnia? O per Pascal Lamartine?»

«Volevo che mio padre fosse fiero di me. Quand'ero bambina, pensavo sempre che se fossi diventata...» S'interruppe e chinò la testa a guardarsi le mani che si tormentava. «Forse se fossi stata un maschio, sarebbe stato diverso. Dopotutto, sono gli uomini che fanno la guerra e loro ne scrivono meglio. Certo, ci sono state delle donne che hanno raccontato delle guerre e lo hanno fatto bene. Ma non sono molte.» Indugiò un momento per riprendere il controllo, poi aggiunse in tono secco. «Così adesso non so a che cosa dare la colpa del mio fallimento. Se al mio sesso o al mio carattere. Tutto sommato, direi al mio carattere, non credi?»

Rowland non replicò. C'erano alcuni aspetti di quella risposta che lo interessavano, soprattutto la risolutezza con cui aveva evitato di menzionare Pascal Lamartine. Perché considerava il suo lavoro in Bosnia un fallimento? A ogni frase che pronunciava, rivedeva la sua opinione su di lei. Gli era piaciuta l'ultima domanda e il modo in cui l'aveva posta. Lo aveva colto di sorpresa.

Rallentò, poi, d'impulso, accostò al ciglio della strada. Spense il motore e si voltò a guardarla.

«Posso farti una domanda? Sai perché sei qui?»

«Vuoi... vuoi dire qui questo fine settimana da Max?» Lo guardò incerta, la luce della luna sembrò indurirle i lineamenti. Poi accennò un lieve sorriso.

«Sì. Non sono una stupida, Rowland. Sono qui perché Max e Charlotte provano pietà per me. Perché Lindsay ha instittito perché mi invitassero, dicendo loro che sono sull'orlo di un esaurimento nervoso. E io ho ricambiato la loro gentilezza comportandomi male e...»

«È corretta la diagnosi di Lindsay?»

«Ti riferisci all'esaurimento nervoso?» Incontrò il suo sguardo, poi corrugò la fronte e distolse gli occhi. «No, però ci sono andata vicino. A Natale. Natale non è stato un bel periodo per me. Adesso va meglio.» Sembrò titubante. «Nel frattempo, naturalmente, mi sono comportata malissimo, come mi hai fatto notare stamattina. So di essere stata impossibile...» Fece un altro mezzo sorriso. «Sai cosa dice Lindsay? Che le rendo difficile avere compassione di me.»

Rowland, divertito, ricambiò il sorriso. Si domandò che cosa potesse essere successo a Natale, perché aveva colto il dolore nella voce quando aveva pronunciato quella parola.

«Ovviamente, ha ragione. Sono stata egoista e troppo indulgente con me stessa. Sto cercando di rimettermi sulla retta via e direi che il modo migliore per iniziare sia quello di rimettermi a lavorare, adesso me ne rendo conto. Quando sono tornata dalla Bosnia, non riuscivo più a scrivere. Ho rifiutato diversi servizi.»

«Sì, credo che Max me ne abbia accennato.»

«Ma quando poco fa stavamo parlando con Mitchell, quando sono andata al capannone... ho sentito la storia prendere forma. Mi ero dimenticata di come ci si sentisse quando si è motivati... ma adesso mi piacerebbe trovare Star. Trovare Mina, soprattutto. Quindi se posso essere in qualche modo di aiuto, se tu o Max avete bisogno di qualcuno che parli con gli amici di Cassandra e Mina, forse potrei farlo io. Mi piacerebbe. Sono qui, dopotutto...»

Non osò continuare. Rowland si rese conto che, nell'attimo stesso in cui aveva avanzato quel suggerimento, aveva perso fiducia. Si aspettava che lui sollevasse obiezioni o rifiutasse. Qualcosa o qualcuno aveva intaccato profondamente la sua fiducia in se stessa.

«Perché ti interessa tanto?» chiese.

«Per Mina. Conoscevo una ragazza come lei.»

«Davvero? Ed era altrettanto sconsiderata?»

«È possibile. Ma lei è stata più fortunata.»

Rabbrividì, poi sembrò accorgersi solo in quel momento che la macchina era ferma da un pezzo.

«Comunque, dovremmo tornare a casa. Perché ti sei fermato?»

«Perché volevo dirti perché sei qui questo fine settimana. Non è stato un gesto di pietà. Ti sei sbagliata.»

«Davvero?» Si voltò a guardarlo.

«Sì. Sei qui perché ho chiesto a Max di invitarti. L'ho persuaso a organizzare questo fine settimana. Volevo conoscerti. E chiederti se vuoi lavorare per me...»

«Sul serio?» Arrossì. «Non capisco. Perché non me l'hai chiesto nel solito modo? Perché tutti questi sotterfugi? Oh, capisco. Hai pensato che avrei rifiutato? Oppure che Lindsay mi avesse messo contro di te?»

«Mi è passato per la mente.»

«Ma non è solo questo, vero?» Lo guardò attentamente. «C'è di più. Volevi sottopormi a un esame. Renderti conto fino a che punto sono una nevrotica...»

«Non la metterei in questi termini. Sei stata inviata come corrispondente di guerra, una brutta guerra. È ovvio che ha inciso su di te. Ti stimerei di meno se non fosse stato così. Ma dovevo essere sicuro...»

«Non devi essere diplomatico. Non che tu mi abbia dato questa impressione. Comunque, preferisco che tu sia franco.» Tacque. «Oh, adesso comincio a capire. C'è una connessione fra la tua storia e quello che è successo qui, una connessione che non avevi previsto. Qualcosa che ha a che vedere con la droga, con la White Dove, con Amsterdam. Ecco perché tu e Max avete reagito in quel modo prima.»

«Ti dispiace lasciarmi spiegare?» chiese.

«Adesso? Qui?»

«Preferirei qui che a casa di Max. Lì rischieremmo di essere interrotti. Comunque, non ci vorrà molto. Hai freddo?»

«Un po'.»

«Terrò il motore acceso e farò andare il riscaldamento.» Spense le luci della macchina. Aspettò finché gli occhi non si abituarono alla semioscurità. Poi indicò il sentiero che saliva attraverso i campi.

«Lo vedi quel sentiero? È un'altra strada per arrivare al capannone. Dunque, come hai immaginato, questa storia non comincia da lì. Non comincia con la morte di Cassandra, e neanche con un uomo di nome Star. Fino a oggi, non avevo mai sentito parlare di Star. Comincia...»

S'interruppe. Sapeva che se voleva essere totalmente sincero, avrebbe dovuto dirle che per lui era cominciata tanti anni prima a Washington, ma quei sentimenti, che non intendeva rivelare, erano al momento irrilevanti.

«Comincia l'anno scorso ad Amsterdam...»

«Lo scorso autunno», cominciò Rowland, «stavo lavorando a una serie di inchieste sugli stupefacenti. Poco prima che arrivassi al giornale, mi era stata data una nuova pista. Dovevo tenere d'occhio una piccola organizzazione che fabbricava droga ad Amsterdam. Fino ad allora mi ero principalmente occupato di eroina e cocaina, dei nuovi canali di smercio, del coinvolgimento della mafia russa, e così via. Quelle indagini stanno continuando ed è una storia a cui sono interessato anch'io. L'organizzazione ad Amsterdam ha una specialità: prepara gli stupefacenti per il mondo della moda, la droga del futuro e gira la voce che abbia già riscosso un discreto successo in questo nostro nuovo mondo coraggioso...»

Le lanciò un'occhiata dopo quest'ultima affermazione per vedere se aveva colto l'allusione. Il suo modo di parlare, secco e conciso, la colpì. Le dava l'impressione che provasse emozioni più forti di quanto lasciasse trasparire, e c'era in lui una rabbia repressa.

«Le menti dell'organizzazione ad Amsterdam», proseguì, «erano due giovani. Uno era un americano che operava da anni nell'ambiente degli spacciatori, ed era lui stesso un tossicodipendente. L'altro, suo socio, un giovane chimico olandese di talento. I due hanno fatto fortuna fabbricando il Mdma, altrimenti noto come ecstasy. Però l'anno scorso si sono resi conto che il mercato dell'ecstasy era saturo. Gli adolescenti delle discoteche, i loro principali clienti, stavano esagerando. C'erano state morti per ecstasy, ci si cominciava a rendere conto che la droga non era quella panacea sessuale che si era pensato, e il mercato era stato invaso da surrogati che a volte erano letali. La moda ha un ruolo primario nel mercato della droga giovanile. Ci sono adolescenti che non vogliono bucarsi, ma che sono pronti a prendere delle pillole. Il fatto è che sono sempre alla ricerca di qualcosa di nuovo, qualcosa che li sballi ancora di più...

«Il chimico olandese voleva un nuovo prodotto. È uno che ha fiuto per gli affari. Sapeva perfettamente quello che stava cercando. Qualcosa che desse più assuefazione dell'ecstasy, qualcosa che desse uno sballo e poi una grande energia e, soprattutto, un prodotto che garantisse un'eccitazione sessuale maggiore dell'ecstasy, ma senza gli effetti collaterali...»

«Aveva effetti collaterali dal punto di vista sessuale?»

«Naturalmente. In alcuni casi, c'era l'eccitazione, ma non l'erezione. Tutte le droghe pesanti hanno un effetto negativo, che sia a breve o a lungo termine, ed è inutile dire che il nostro chimico olandese ne era ben consapevole. Sapeva anche che se avesse creato un prodotto in grado di aumentare le prestazioni sessuali, sarebbe diventato un uomo ricco, molto ricco.»

«E ci è riuscito?» chiese Gini.

«Sì. Ci è riuscito, o così afferma. È stato avvantaggiato dal fatto che ha trovato un finanziatore, qualcuno disposto a sostenere i suoi esperimenti. Considerata la portata dell'operazione, l'investitore è stato generoso. Gli ha fornito 250.000 franchi svizzeri prelevati da un conto corrente a Zurigo. I soldi sono stati consegnati al socio americano all'*Hilton* di Amsterdam, lo scorso aprile. Sei mesi dopo, l'olandese aveva realizzato il prodotto ed era pronto a immetterlo sul mercato. Credo tu sappia quale sia il nome di questo prodotto.»

«White Dove?»

«White Dove.»

Seguì un breve silenzio. Gini lanciò a Rowland un'occhiata indagatrice. «Sei molto bene informato», osservò. «Chi è la tua fonte?»

«Ho un contatto alla DEA americana. Il chimico olandese e il suo socio americano erano sotto sorveglianza da quasi un anno. Amsterdam è un crocevia per il traffico dell'eroina e della cocaina. Non è insolito che la DEA abbia degli agenti lì.»

«Immagino.» Gini lo guardò incerta. Tutto a un tratto era evasivo. «Ma è un po' insolito che forniscano tante informazioni a un giornalista inglese.»

«Ho lavorato a Washington per molti anni e ho là dei contatti che risalgono a tempo fa.» Tacque. «Tornerò sull'identità del finanziatore fra un po'. Prima voglio raccontarti quello che è successo lo scorso autunno. Il chimico aveva finalmente il nuovo prodotto, per cui nutriva delle grosse aspettative. Il passo successivo era quello di trovare dei clienti e a questo ha pensato l'americano. Ha cominciato nel solito modo. L'ha data ai suoi amici nell'ambiente della musica rock, i contatti che aveva nei club dei gay, ai fotografi e alle modelle che conosceva, la voce si è sparsa presto. I musicisti hanno scoperto che potevano incidere tutto il giorno, tutta la notte e anche il giorno successivo. Le modelle che toglieva l'appetito... lo slogan era che con White Dove ti sentivi sicuro, felice e ispirato. Niente sonno, niente fame. In compenso, aumentava l'appetito sessuale...»

«Ed era così?»

«Pare di sì. Stando all'americano, dava un forte stimolo sessuale e quando questo succedeva, esplodevano i fuochi d'artificio. Sei, sette, persino otto volte a notte, a sentire lui. Esagerava naturalmente. D'altro canto i prezzi sono triplicati nel giro di due mesi, e ciononostante i clienti facevano la fila davanti alla loro porta. Suppongo quindi che un po' di verità ci fosse...»

Rowland, che aveva parlato in tono secco, alzò le spalle. Gini sospirò. «Era prevedibile. Dove la trovi una droga che rende magri, felici e sessualmente soddisfatti? Realizza i principali sogni di questa fine secolo.»

«Viviamo in un mondo superficiale.» Rowland era sempre fuggito da quel mondo e dal tono che aveva usato, capì che anche Gini la pensava come lui. Si voltò a guardarla.

«Ti rendi conto di quanti soldi ci sono in ballo, vero? Alla fine anche White Dove verrà copiata. Le altre organizzazioni la taglieranno ed immetteranno sul mercato dei facsimile. Ma ci vorrà un po' di tempo. L'intenzione dell'olandese e dell'americano è di incrementare la produzione rapidamente, in modo da fare il colpo grosso entro due anni. L'americano dice che incasseranno almeno cinque milioni, e che a quel punto potrà anche ritirarsi. Potrebbe essere. A meno che la DEA, la polizia olandese o l'eroina non gli rompano le uova nel paniere. Nel frattempo, se la loro droga semina morte, né lui né il socio olandese perderanno il sonno per questo. Per loro, un elemento di rischio rientra nella norma. Non sono certo le Cassandre Morley di questo mondo a preoccuparli.»

Il tono della voce non lo tradiva, ma Gini colse la rabbia crescente negli occhi.

«Non possiamo sapere che cosa ha provocato la morte di Cassandra finché non avremo il referto tossicologico», osservò lei. «D'accordo, è stata vista con Star ieri sera e lui era in possesso di White Dove. Può essere un indizio, ma non una prova. Al massimo è una prova circostanziale. Però Mitchell l'ha presa ed è sopravvissuto per raccontarlo.»

«Sono d'accordo. Ma Mitchell quanto è alto? Direi quasi un metro e ottanta. E peserà almeno novantacinque chili. Cassandra invece era piccola e magra. Può essere che la costituzione fisica e la dose ingerita siano determinanti. Possono esserci anche altri fattori, il cibo, l'alcol.» Tacque. «Comunque, non voglio saltare ad alcuna conclusione. Adesso capisci perché questa storia m'interessa, perché mi interessava ancora prima di quello che è successo questo fine settimana?»

«Sì.»

«Gini...» Si voltò a guardarla. «Il vero giornalismo a volte può aiutare a cambiare le cose. Magari solo piccole cose, come impedire che muoia un'adolescente come Cassandra, indebolire il mercato della droga, anche se solo per un po', far sì che uno come Star non spacci più, anche se ce ne sono altri milioni come lui... ma è sempre un cambiamento, un cambiamento per il meglio. Qualunque cosa tu abbia vissuto in Bosnia, per quanto tu possa aver perso fiducia nel tuo lavoro, non puoi non riconoscere questo.»

Gini fu quasi commossa. Per la prima volta, aveva manifestato i suoi sentimenti. Per un istante, tanta impetuosità e idealismo le avevano ricordato Pascal.

«Me ne rendo conto», rispose infine.

«Allora...» s'interruppe, come se avesse preso una decisione improvvisa. «Allora, lavora con me.»

Tanta franchezza la colse di sorpresa, e anche la rapidità con cui era stata presa la decisione.

«Ne sei sicuro?» Lo guardò attentamente. «Ieri sera, questa mattina, mi avresti fatto questa proposta?»

«No.»

«E adesso vuoi che lavori con te?»

«Sì.»

«Allora accetto.»

La risposta gli fece piacere, ma non fece commenti. Distolse lo sguardo da lei e lasciò andare il freno a mano.

«In questo caso», disse, «ci sono altre cose che dovresti sapere.»

«Come per esempio chi è il finanziatore? Chi ha prelevato un quarto di milione di franchi svizzeri da un conto corrente a Zurigo?»

«Esatto.» Sorrise e avviò la macchina.

«Chi è? Qualcuno che ha notoriamente a che fare con la droga?»

«No. È proprio il contrario. Ma è qualcuno di cui hai sentito parlare. Qualcuno il cui coinvolgimento mi lascia davvero perplesso.»

«Chi è?»

«Un francese.» Rowland sterzò velocemente a una curva. «Un francese molto ricco e molto influente. Il suo nome è Jean Lazare.»

Finì di darle le ultime informazioni mentre imboccavano il viale di Max. Fece il giro della casa e fermò la Land Rover nel cortile della stalla.

«Prima di entrare», disse Gini, voltandosi verso di lui, «voglio assicurarmi di aver capito bene. È stato l'assistente di Lazare a portare i soldi?»

«Sì. Si chiama Christian Bertrand. Una laurea alla Sorbona e alla Harvard Business School. È ambizioso. Lavora per Cazarès e Lazare da quattro anni.»

«Ed è andato fino ad Amsterdam per prendere sei White Dove? Perché così poche?»

«Non lo so.» Rowland tacque come se stesse riflettendo. «Però c'è un fatto. Come Lindsay non smette mai di ricordarmi, la settimana prossima ci sono le sfilate di moda a Parigi. Quella di Cazarès è prevista per mercoledì. Forse Lazare ha bisogno della droga per tenersi su. Si sa che le sfilate sono estenuanti. Ma la cosa non mi convince per niente. Lazare non è un debole. È noto per avere una volontà di ferro.»

«Pensi che la droga possa essere destinata a qualcun altro?»

«Mi è passato per la mente. Maria Cazarès sembra la candidata più probabile. Girano delle voci sul suo stato di salute. Lei è il collante di un'industria che vale un miliardo di franchi, e si dice che Lazare volesse scaricare la società l'anno scorso. Se è vero che hanno ancora intenzione di vendere, Cazarès deve mostrarsi al meglio. È fondamentale che sembri in ottima forma alla fine della sfilata. Se le voci sulla sua salute, sulla sua capacità di stilista, dovessero risultare vere, il prezzo della società crollerebbe. Se invece bastasse qualche pillola di White Dove a farla tornare radiosa e sicura di sé... capisci che cosa voglio dire?»

«Sì.»

«Comunque, si tratta solo di supposizioni», asserì Rowland, aprendo la portiera. «Dobbiamo innanzitutto concentrarci sulle piste che abbiamo. Localizzare Mina. Localizzare Star. Parlare con gli amici di Mina e Cassandra. Parlare con i genitori della ragazza olandese...»

«E parlare con il tuo contatto alla DEA», aggiunse Gini. «Se dovrò andare ad Amsterdam, sarà il caso che mi metta in contatto con lui...» S'interruppe, percependo il disagio di Rowland.

«No», disse infine. «Temo che questo non sarà possibile. È fuori questione.»

Gini lo guardò esterrefatta. «Fuori questione? Perché? Rowland, è la fonte da cui hai avuto tutte le informazioni. Devo parlargli. Ci sono stati degli sviluppi, potrebbe sapere qualcosa su Star.»

«Mi dispiace. La mia risposta è no. Qualunque contatto con la DEA dev'essere fatto tramite me. Questi sono gli accordi, e non li ho stabiliti io. Si trattava di prendere o lasciare. Ho accettato. Ho dato la mia parola che le mie inchieste non avrebbero compromesso le loro.»

«Ma io non comprometterei niente. Mi sono già trovata in simili situazioni. Conosco le regole, Rowland.»

«No.»

«Tutto qui? Solo no? È la tua ultima parola?»

«Sì, e se vuoi lavorare con me farai bene a rispettarla.»

Lo aveva detto in tono gentile ma deciso. Gini, che era sul punto di controbattere, cambiò idea. Decise che sarebbe tornata all'attacco in un momento più propizio. Guardò ancora una volta Rowland, la fermezza degli occhi verdi la sconcertò. Distolse lo sguardo. Scesero dalla macchina.

Senza parlare, Rowland la precedette attraverso il cortile e il giardino. Quando arrivarono ai gradini, le tese cavallerescamente la mano, guidandola. Per quanto facesse incredibilmente freddo, la mano era calda. Gini azzardò un'occhiata, chiedendosi se quel silenzio stesse a indicare che era contrariato, ma dal suo volto non traspariva alcuna emozione.

«Stai attenta, è ghiacciato qui», le raccomandò, quando per poco non scivolò.

Anche il pavimento lastricato della terrazza era ghiacciato. Gini camminò con cautela, poi si fermò per un momento e alzò gli occhi verso il cielo stellato.

«A Londra non si vedono più le stelle», commentò. «Ormai ci sono troppe luci. Non sono magnifiche? Una volta sapevo riconoscere le costellazioni. Chissà dov'è Orione...»

«È quel gruppo là.»

«E la Stella Polare? E il Grande Carro?»

Rowland reclinò la testa e indicò il Grande e il Piccolo Carro, Cassiopea, e la Stella Polare, così utile ai navigatori. Poi la prese per un braccio e la condusse verso casa.

* * *

Lindsay era seduta sul divano in cucina quando sentì il rumore della ghiaia mentre la Land Rover svoltava nel viale.

Stava leggendo una storia a Colin e Danny. I piccoli, già in pigiama, stavano sonnecchiando rannicchiati al suo fianco. Max era in studio a telefonare; Charlotte di sopra a controllare Alex e Ben che stavano facendo il bagno. Lindsay chiuse il libro. Erano le otto. Rowland e Gini mancavano da parecchie ore.

«Voi due, a letto», ordinò. «Siete già mezzo addormentati. No, niente discussioni. Di sopra.»

Danny le diede un bacio, poi lui e Colin lasciarono ubbidientemente la cucina mano nella mano. Lindsay si alzò e cominciò a camminare avanti e indietro. Erano passati dieci minuti da quando aveva sentito la Land Rover. Che diavolo stavano facendo Gini e Rowland? Chiacchieravano al buio?

Mentre prendevano il tè, Max le aveva chiesto con il solito tono casuale, se l'indomani poteva dare un passaggio a Rowland fino a Londra. Se Gini aveva deciso di lavorare alla storia di Cassandra Morley, probabilmente si sarebbe fermata un paio di giorni per parlare con gli amici delle ragazze. A Lindsay era sembrato piuttosto evasivo, e poi aveva capito perché: Max pensava che Rowland non avrebbe gradito la proposta.

«Perché non può tornare con te?» aveva domandato.

«Perché io parto all'alba. È meglio se partiamo un po' alla volta. Non vorrei che Charlotte si agitasse. Andiamo, Lindsay. Lo detesti al punto da non sopportare la sua compagnia per un paio d'ore?»

«Oh, d'accordo», aveva acconsentito Lindsay. «Tanto dovevo comunque parlargli.»

«Davvero?» Max era sembrato interessato.

«Sì. Ricordi quel fascicolo che mi ha dato? Quello su Lazare? Ho finito di leggerlo e ho notato qualcosa di interessante. Io...»

«Accidenti. Sta suonando il telefono. Dev'essere la redazione o Landis. Mi racconterai più tardi, Lindsay.»

Max era scomparso. Era tornato più volte in cucina mentre stava leggendo la storia ai suoi figli, ma sembrava essersi dimenticato della conversazione di poco prima. Lindsay ne era rimasta delusa. Max non era interessato a quello che aveva da dire, e probabilmente non lo sarebbe stato neanche Rowland.

Quindici minuti dopo aver sentito l'arrivo della Land Rover, udì dei passi sulla terrazza.

Rowland e Gini entrarono, portando una folata di aria fredda. Lindsay li guardò con circospezione. Lui aiutò Gini a togliere il cappotto e fece un'osservazione che Lindsay non colse e Gini sorrise.

«Avete visto Mitchell?» chiese Lindsay, decisa a non essere invisibile.

«Cosa?» Rowland si stava sfilando il cappotto. «Oh, sì, lo abbiamo visto. Ed è stato un incontro molto fruttuoso. Dov'è Max?»

«Allora che ne pensi, Rowland?» stava dicendo Gini. «Basta che mi fermi qui un giorno, no? Io direi di sì. Poi potrei partire per Amsterdam.»

«Un giorno sarà più che sufficiente. Dubito che gli amici delle ragazze sappiano più di tanto. Può darsi però che abbiano sentito parlare di Star, è possibile che Cassandra o Mina lo conoscessero prima...»

S'interruppe. Max era appena entrato sventolando un pezzo di carta. Per quanto fosse difficile stabilire quando Max fosse eccitato, in quel momento lo sembrava.

«Abbiamo fatto un passo avanti», annunciò. «Hanno ritrovato la macchina. La polizia mi ha appena chiamato...»

«La BMW? Dove?»

«In un posto interessante.» Scambiò un'occhiata con Rowland. «A Parigi. Ci credereste?»

«Parigi? Ne sono sicuri?»

«Hanno avuto la conferma. È stata abbandonata in periferia. Un agente l'ha notata circa tre ore fa...»

Max fu interrotto di nuovo dallo squillo del telefono. Sentendo Charlotte rispondere di sopra, tornò a rivolgersi a Rowland.

«Sì, proprio a Parigi», continuò. «E considerato quanto mi hai detto, Rowland, direi che forse non si tratta di una coincidenza, non credi?»

Lindsay, ormai rassegnata a fare da tappezzeria, stava osservando Rowland. Non replicò a Max. La sua attenzione era concentrata su Gini. Lei era rimasta immobile, le mani paralizzate nell'atto di rimuovere la sciarpa verde. Stava cercando di captare quello che diceva Charlotte di sopra, il viso era pallido e teso, gli occhi insolitamente luminosi. Cominciò a muoversi appena sentì i passi di Charlotte, e si stava già precipitando verso lo studio di Max ancora prima che lei aprisse bocca.

«Gini», urlò da sopra. «Presto... sono ore che cerca di mettersi in contatto. La linea è molto disturbata, ma puoi sentirlo. Gini, sbrigati, è Pascal.»

Parte Seconda

Europa

9

Le campane della chiesa svegliarono Mina. Il suono s'introdusse nel suo sogno. In principio sembrò quello dei campanacci delle mucche e pensò di trovarsi in alta montagna. Poi si trasformò nel tintinnio dei sonagli e le parve di volare su una slitta accanto a Star. Infine il sogno svanì e si rese conto che erano le campane di una chiesa lì vicino. Si stiracchiò, aprì gli occhi e cominciò a ricordare: Parigi, la stanza in cui si trovava, il materasso su cui aveva dormito. La trapunta con le stelle azzurre e gli esagoni rossi che la copriva.

Si sedette sfregandosi gli occhi, poi sorrise. Star, che le aveva detto che sarebbe uscito per un po' e di riposare, era tornato. Sedeva di fronte a lei su una piccola sedia di legno e stava osservando il suo risveglio.

«Che ore sono, Star?»

«L'ora della seconda messa. Sono le otto.»

«Messa? Vuoi dire che è domenica?»

«È domenica. Eri esausta. È stato un lungo viaggio. Hai dormito per ore. Vuoi fare colazione? C'è un bar qui vicino.»

«In effetti sono affamata. Star...»

«C'è un piccolo bagno sul pianerottolo. Puoi usarlo. Guarda, ti ho comprato un regalo mentre ero fuori. È una sciarpa azzurra. S'intona al colore dei tuoi occhi.»

Infilò la mano in tasca e come per magia tirò fuori la sciarpa. Era di seta e aveva un colore meraviglioso. Mina lanciò un urlo di gioia. Star si alzò e gliela posò dolcemente sulla testa.

«Copriti i capelli con questa», disse. «Per il momento dobbiamo essere prudenti, Mina. Anche qui.»

Mina lo guardò con esitazione.

«Posso chiamarli più tardi, Star? Non voglio che si preoccupino. A quest'ora mia madre sarà già in agitazione. Devo farle sapere che sto bene. Non le dirò dove ci troviamo.»

«Certo che puoi chiamare i tuoi.» Sorrise e la stanza s'illuminò del suo sorriso. «Puoi farlo dal bar. C'è una cabina telefonica. Su, piccola Mina...» Le prese le mani nelle sue. «Questa è un'avventura, ricordi? La nostra avventura. Più tardi...» S'interruppe e Mina lo vide cambiare espressione.

«Più tardi, cosa?» domandò.

«Più tardi ho un appuntamento, tutto qui. Devo andare all'aeroporto. Al Charles De Gaulle. Quando saremo lì, potrai decidere. Ci sono un centinaio di voli per Londra. Almeno uno ogni ora. Se vorrai, ti metterò sul primo aereo. E questo pomeriggio sarai a casa.»

«Davvero?» Mina lo guardò incerta. «Star, non ho i soldi per il biglietto. Non ho proprio soldi. Tutto quello che avevo l'ho dato a Cassandra...»

«Nessun problema.» Fece un altro dei suoi magici movimenti e aprì le mani chiuse a pugno. Erano piene di soldi.

«Franchi, dollari, sterline... ce n'è più che per un biglietto per Londra. Di' una sola parola, Mina, e partiamo tutti e due. Possiamo andare in qualunque parte del mondo.»

«Non posso lasciarti pagare il mio biglietto.» Mina corrugò la fronte. «Te li restituirò, Star.»

«Non litighiamo su questo. Chissà, magari una volta arrivati all'aeroporto, non vorrai più partire. Sbrigati, è una bella giornata. Possiamo sederci al bar e vedere Parigi illuminata dal sole. Parigi è una delle quattro città più belle del mondo.»

Aveva fatto quella dichiarazione molto seriamente. Mina ne fu impressionata. «Quali sono le altre tre?» chiese.

«Venezia, New Orleans e Hong Kong. Un giorno ti ci porterò. Forse.»

«Sei stato in tutti quei posti?» domandò Mina, e lui si voltò dall'altra parte come se improvvisamente fosse annoiato.

«Sicuro», rispose. «Ho girato parecchio.»

Mina capì di essere stata congedata. Stava imparando a conoscere Star, e la prima cosa che aveva imparato erano i suoi repentini cambiamenti di umore. Un minuto la ricopriva di attenzioni, e un minuto dopo si estraniava.

Andò sul pianerottolo, trovò il bagno, si lavò e si pettinò. Il bagno era malconcio, ma del resto quella era una vecchia casa. La stanza era una mansarda e la casa si trovava in cima a una collina. Dalla finestra poteva vedere i tetti, le cupole, i camini e le guglie. Star le aveva detto che l'appartamento apparteneva a un amico, le aveva detto anche che si trovavano nel quartiere studentesco vicino alla Sorbona, sulla riva sinistra, la parte più bella di Parigi.

Mina mise la nuova sciarpa azzurra. Se la legò alla maniera delle donne viaggiatrici, alla zingara. Guardò la propria immagine nello specchio e sorrise. Si era tolta quello stupido tatuaggio di falco, ma si era lasciata quel poco di ombretto dorato sulle palpebre e indossava ancora i vestiti scuri di Cassandra. Una gonna larga che le arrivava alle caviglie, una camicia indiana e una giacca pesante, anche questa nera che la madre di Cassandra aveva comprato da qualche parte all'estero. Sembrava così diversa adesso. Appariva e si sentiva molto più grande, come se in un paio di giorni fosse invecchiata di botto.

Non vedeva l'ora di raccontare tutto a Cassandra. S'immaginava già la scena a scuola, poteva sentire la propria voce: *Sì, siamo partiti a mezzanotte, abbiamo viaggiato tutta la notte e poco prima dell'alba siamo arrivati a Parigi. Siamo stati ospitati da un amico. Star ha amici ovunque. Viaggia in continuazione, Cass. Avrei potuto restare con lui. Me lo ha chiesto. Ha detto che se volevo potevamo fare il giro del mondo insieme...*

Si riscosse dai suoi pensieri. Star la stava chiamando. Pensò ai suoi genitori e fu colta di nuovo dai dubbi. Si sentì nervosa e un po' impaurita.

Star la portò al bar di cui le aveva parlato e sedettero accanto alla finestra. Guardare il viavai dei parigini la calmò.

«Allora non sei mai stata qui?» chiese Star. Stava facendo colazione con croissant e cappuccino. Lui allungò una mano e le tolse una briciola di croissant che le era rimasta appiccicata sul mento.

«No. Mai. Ho sempre desiderato vedere Parigi. Siamo stati in tanti posti, ma erano tutti noiosi. Città con basi aeree. La

Germania è stato il posto peggiore. Ho odiato la Germania. Anche mia madre. Eravamo in un orribile posto nel bel mezzo di una foresta di pini situata chissà dove. Papà era sempre fuori, al lavoro o a giocare a golf. È un fanatico del golf. Ha un vantaggio di otto handicap, il che credo che significhi che sia bravo. Ma la mamma e io siamo quasi impazzite...» S'interruppe. Si ricordò che Star odiava le lamentele, e infatti si era arrabbiato mentre parlava. Probabilmente lo stava annoiando. Lui distolse lo sguardo e cominciò a tamburellare sul tavolo, segno che qualcosa lo disturbava, perché normalmente restava immobile come una statua.

«Torno subito», disse bruscamente, e si alzò. Mina lo guardò farsi strada fra i tavoli e scomparire nella direzione della toilette per gli uomini. Rimase lì, cercando di finire il croissant, di guardare Parigi, ma la città adesso non le sembrava più così allegra e il croissant non sapeva più di niente.

Star stette via più di dieci minuti, ma quando tornò, capì all'istante che era di nuovo di buonumore. Sedette di fronte a lei aggiustandosi i polsini della camicia. Le mani gli profumavano di sapone. Le sorrise in quel modo speciale che le faceva sentire che erano gli unici al mondo.

«In Germania...» si chinò in avanti e le sfiorò la mano. «È stato là che sono cominciate le liti? Ricordi, me ne hai parlato in macchina.»

«Forse.» Mina corrugò la fronte. «Avevo solo tredici anni quando ce ne siamo andati via. Ci siamo rimasti per tre lunghi anni. Eravamo stati alle Hawaii prima della Germania. Credo che abbiamo avuto dei momenti felici. Ma allora ero piccola. I miei genitori si amavano veramente quando si sono sposati. È stata la mamma a dirmelo. Mi ha raccontato che papà la prendeva in braccio e...» Non finì la frase perché le lacrime le serrarono la gola. Star la fissò attentamente per un lungo momento.

Poi le prese la mano. «Mina», disse. «L'amore va e viene. Devi imparare che...»

«Perché non può durare?» Distolse lo sguardo. «Nei libri e nei film succede.»

«Potrebbe durare.» Si accese una sigaretta, aspirò il fumo e lo buttò fuori. Mina lo guardò attraverso la nuvola di fumo blu.

«Tutti vogliono che duri. È per questo che la gente si dà

tanto da fare. Non devi fare altro che aspettare. Lasciare che arrivi. Sperare che duri. C'è una tale quantità di odio in questo mondo, che è già tanto avere un po' di amore.»

Mina continuò a guardarlo seriamente. Trovò la sua risposta sensata, anche se non era quella che si era aspettata. «Star», chiese, «come si fa a capire quando succede?»

Invece di rispondere, le strinse forte il polso, così forte da farle male. Poi l'attirò verso di sé finché il bellissimo viso fu a pochi centimetri dal suo.

«Guardami negli occhi», disse. «Dai, guarda. Guarda attentamente, Mina. Cerca di vedere...»

Mina guardò nei suoi occhi. L'iride era molto scura, quasi nera, e screziata d'azzurro. Vi vedeva se stessa, una minuscola Mina, e poi si perse in quello sguardo, dimentica di ciò che la circondava. Era come guardare nell'oceano, vedeva le onde muoversi e quel profondo mare azzurro la ipnotizzava sempre di più. Fu colta da un tremito, poi sospirò.

Star allentò la presa e le accarezzò la mano. «Adesso mi conosci», disse. «E io conosco te. Ho così tanto bisogno di te, Mina. L'ho capito dal primo istante che ti ho vista.»

Mina trattenne il fiato. Star le lasciò la mano e si alzò.

«Andiamo», disse, come se non fosse successo niente, come se non avesse detto niente di speciale. «Dobbiamo andare all'aeroporto.» Mina prese la giacca e si alzò. Star era già sulla porta, lei gli corse dietro e lo prese per mano.

«Star, la mia telefonata», gli rammentò. «Hai detto che potevo chiamare i miei genitori da qui...»

«Il telefono non funziona. Ho appena controllato.» L'afferrò per un braccio sospingendola per strada, e chiamò con un cenno un taxi. «Puoi chiamare dall'aeroporto. Ci sono centinaia di telefoni lì.»

Ma sembrò dimenticarsi della promessa anche quando furono all'aeroporto. Camminava a passo talmente veloce che Mina dovette correre per stargli dietro. L'aeroporto era molto affollato e la gente spingeva da una parte all'altra.

Si fermò per un secondo davanti ai pannelli degli orari e guardò i numeri girare. Come aveva detto Star, c'erano numerosi voli per Londra. Quello delle dieci era già partito. Quello delle undici veniva chiamato in quel momento. Ce n'era un altro a mezzogiorno.

«Andiamo. Da questa parte.» Star tornò indietro, e la prese di nuovo per un braccio trascinandola. Camminava velocemente, e quando lo guardò, vide che era arrabbiato, molto arrabbiato.

«Ho fatto qualcosa, Star?» domandò. «Ho detto qualcosa che non va?»

Lui si fermò e la fissò con occhi assenti.

«Cosa? Niente. Ho solo fretta, tutto qui. Non voglio perdere un volo in arrivo. Da questa parte... aspetta. Tieni il mio cappotto. Così va meglio. Stai al mio fianco e non aprire bocca.»

Piegò il cappotto e glielo mise tra le braccia. Senza il cappotto sembrava diverso, non più un viaggiatore. Dato che lo guardava sempre in faccia, non aveva notato che si era cambiato. Con i jeans, la camicia sportiva e la giacca nera, pareva uno degli studenti della Sorbona.

«La sciarpa», disse. «Star, hai dimenticato la sciarpa rossa...»

«Sta' zitta», la investì. «Ti ho detto di tenere la bocca chiusa. Da questa parte.»

Attraversarono l'atrio e svoltarono in un corridoio. Mina si adeguò al suo passo. Improvvisamente, la sua mente si riempì di domande. Dov'era finita la bella macchina argentata? Ricordava che l'aveva parcheggiata da qualche parte, ma dov'era adesso? Dov'era stato Star per tutto il tempo in cui lei aveva dormito? E lei aveva dormito almeno sedici ore. Che fine aveva fatto la cagnolina? L'ultima volta che l'aveva vista, ne era sicura, era stato prima di addormentarsi.

«Dov'è Dancer?» chiese, in tono affannoso. «Star, che cosa è successo a Dancer? Hai detto che la portavi con te dappertutto.»

«Non è con me adesso.» Si fermò così all'improvviso che Mina andò a sbattergli contro. Era livido dalla rabbia. «È da un amico. Fai un'altra domanda e...»

Mina vide che lottava per riacquistare l'autocontrollo.

«E ti lascerò qui», concluse. «Me ne vado e ti lascio qui. Odio le donne che fanno domande. Pensavo l'avessi capito.»

«È così. Star...»

«Allora fai quello che ti dico. Quando te lo dico. Se lo faccio è perché c'è una ragione, capito? Adesso stai qui.»

Mina ubbidì. Il corridoio in cui si trovavano era molto più tranquillo. Star si allontanò da lei. Alcuni minuti dopo comparve un uomo, doveva essere un dipendente dell'aeroporto, forse un addetto alle pulizie, perché indossava un'uniforme. Lui e Star sembravano conoscersi. Borbottarono un po' fra di loro. L'uomo si guardò alle spalle. Star fece una delle sue magiche mosse. Non ne era sicura, ma le sembrò che gli passasse dei soldi.

L'uomo tirò fuori una chiave e gli aprì una porta. Star le fece cenno di avvicinarsi e poi entrarono. L'uomo non li seguì. Richiuse la porta alle loro spalle. Mina si guardò intorno. Si ritrovarono in una tranquilla sala d'attesa arredata con colori tenui. C'erano un gruppo di poltrone, un folto tappeto, e dei tavolini ricoperti di riviste.

«Dove siamo?» sussurrò Mina.

«Nella sala d'attesa dei vip», rispose, a bassa voce. «Quando le persone molto importanti partono o arrivano, passano di qui. Alla stampa non è permesso entrare.»

«A noi sì?»

«No. Ma non stiamo facendo niente di male. Ce ne stiamo qui tranquillamente ad aspettare.»

La condusse in un angolo dietro un'alta palma. Mina provò uno strano senso d'eccitazione, come se stesse commettendo qualcosa di illecito. C'erano alcune persone in attesa, e dall'altra parte della stanza alcuni membri del personale dell'aeroporto. Nessuno sembrò accorgersi di loro. Gli impiegati dell'aeroporto erano intenti a riempire dei moduli e a telefonare, gli altri, alcuni uomini e un paio di donne elegantemente vestite, stavano guardando le piste fuori della vetrata. Mina allungò il collo e vide un piccolo aereo privato rullare. Il logotipo che aveva su entrambe le fiancate, non le diceva nulla. Appena si accorse del piccolo velivolo, Star s'irrigidì.

«Non muoverti», le ordinò a denti stretti. «Sta' a guardare e non muoverti.»

Così fece Mina. Provò un senso di delusione. Dopo tutta quell'attesa, non stava succedendo nulla di particolare. Fece appena in tempo a vedere il portello dell'aereo che si apriva, poi tutti quelli in attesa si precipitarono verso la vetrata, impedendole la vista. Non riuscì a capire neanche quello che stavano dicendo, perché sapeva poco o niente di francese.

Però avvertì una certa tensione mista a eccitazione nell'aria, come se quelle persone si aspettassero qualcosa di imprevedibile, ma non successe niente di speciale. Chi era sceso da quell'aereo stava per entrare dalle porte in fondo alla sala, perché tutti corsero lì.

Infine le persone attese fecero il loro ingresso. Mina adesso aveva un buon punto d'osservazione. Si trattava di una coppia, l'uomo era sulla cinquantina, e anche da quella distanza emanava energia. Era piuttosto piccolo di statura ed era vestito in modo formale. Aveva lucenti capelli corvini e la pelle abbronzata. Mina pensò che poteva essere italiano o spagnolo e che si muoveva come un re.

Comnciò a parlare appena varcata la soglia e fu buffo vedere che gli altri si agitavano come se fosse davvero un re e loro i sudditi. Con un gesto imperioso della mano zittì tutti e si scostò di lato per lasciare passare la donna che era con lui.

Mina notò che era minuscola, molto magra e poco più alta di lei. Si muoveva con la grazia di una ballerina. I capelli neri erano quasi completamente coperti da una costosissima sciarpa di seta. Portava occhiali da sole così grandi che a malapena si vedeva la faccia. L'unica cosa evidente erano le labbra pallide prive di rossetto. Indossava una bellissima pelliccia scura lunga al polpaccio. Portava i guanti e appena cominciò a stringere le mani tese, Mina notò i diversi gioielli ai polsi. Ci furono baci e abbracci, poi la donna e il suo premuroso compagno scomparvero attraverso una porta seguiti da un codazzo di persone.

Il silenzio che seguì fu carico di tensione. Star non si era mosso una sola volta. Non aveva tolto gli occhi dalla coppia dall'istante in cui erano arrivati fino a quando erano scomparsi. Il viso privo di espressione era pallido.

Mina non osò parlare. Non capiva se era arrabbiato ma sicuramente c'era qualcosa che non andava.

Dopo un lungo momento Mina gli posò una mano sul braccio. «Star», sussurrò. «È per vedere quella coppia che siamo venuti?»

«Cosa?» Si voltò verso di lei, e sembrò rendersi conto solo in quel momento di lei e dove si trovavano. «Sì», rispose. «Siamo venuti a vedere quell'uomo e quella donna. Ho dei progetti per loro.»

«Dei progetti?» Mina lo guardò perplessa. Lo scintillio nei suoi occhi la spaventò. «Che tipo di progetti? Non capisco.»

«Capirai. Fra tre giorni. Mercoledì. Sai da quanto tempo è che aspetto quel giorno? Venticinque anni.»

«Perché? Chi sono, Star?»

«Sono i miei nemici.»

«Quell'uomo e quella donna?» Mina indietreggiò, perché i suoi occhi le facevano veramente paura. «Perché? Chi sono? Li conosci?»

«Sono dei personaggi», rispose. «Molto famosi. In tutto il mondo.» Parlò con una voce che per un attimo Mina temette che stesse per picchiarla.

«La donna si chiama Maria Cazarès. E l'uomo con lei Jean Lazare.»

A Maria Cazarès piacevano le macchine. A Parigi, Lazare ne teneva pronte quattro. Dalla villa fuori Fez aveva ordinato che venissero a prenderli con l'auto che due anni prima aveva regalato a Maria per il suo compleanno. Era stata fabbricata artigianalmente per un membro della famiglia Krupp nel 1937; possedevano gli ultimi modelli Rolls Royce, ma Maria preferiva quelle di prima della guerra.

All'interno di quella macchina si era fuori del mondo. I vetri fumé proteggevano dagli sguardi dei passanti e l'unico rumore era quello rassicurante delle ruote. L'aria sapeva del profumo di Maria, una fragranza di giunchiglie e narcisi, L'Aurore, il primo e ancora ricercatissimo profumo di Cazarès. Lazare si lasciò andare contro i sedili imbottiti e chiuse gli occhi. Non aveva dormito la notte precedente; non era più giovane e negli ultimi tempi cominciava a rendersi conto di cosa significasse dormire in modo discontinuo e svegliarsi sempre stanchi.

Sentì Maria muoversi accanto a lui e aprì gli occhi. Guardava fuori con il volto premuto contro il finestrino. Apriva e chiudeva nervosamente i piccoli pugni. Poi, si girò di scatto verso di lui.

«Jean, di' all'autista di deviare. Voglio andare a trovare Mathilde. Sono giorni che non la vedo.»

«No, tesoro.» Lazare le prese la mano. «L'hai chiamata quattro volte dal Marocco. È domenica. È ancora presto. La stancherai, tesoro. Dimentichi che ormai ha una certa età.»

«Mi manca. Vorrei che vivesse ancora con noi. Non avresti dovuto mandarla via, Jean.»

«Cara, non l'ho fatto.» Sospirò. «È andata in pensione. Le ho comprato un bell'appartamento. Ha la sua governante...»

«Lei era la mia governante. Era come una madre. Mi capisce. E tu l'hai scacciata.»

«Scacciata? Questa è una sciocchezza, tesoro.» Lazare, che in effetti non aveva mai amato Mathilde, un'arcigna contadina della Provenza, represse uno scatto d'ira. Mathilde si era presa cura di Maria per venticinque anni. Era una donna possessiva, riservata, una misantropa il cui unico oggetto di culto era Maria, ma non l'aveva scacciata. Tutt'al più aveva incoraggiato il suo ritiro, ma del resto Mathilde era stata logorata dallo stress degli ultimi cinque anni.

«Puoi andarla a trovare domani, cara», suggerì. «Domani sarai più riposata. Dimentica Mathilde per il momento. Perché non mi fai vedere quello che hai comprato?»

Con suo grande sollievo, riuscì a distrarla. Sorrise felice e aprì immediatamente la borsa sul sedile. Sapeva che cosa conteneva perché lei stessa aveva comprato quei piccoli deliziosi oggetti marocchini, eppure li tirò fuori a uno a uno guardandoli come una bambina nel paese dei balocchi. Il viaggio in Marocco era stato un capriccio improvviso di Maria. Alle nove di venerdì sera aveva deciso di partire, e due ore dopo erano già in volo con il jet privato. Maria era stata irrequieta e piagnucolosa per tutto il viaggio e non erano ancora arrivati a Fez che voleva tornare.

Lazare, prevedendo questo, aveva già dato disposizioni. Al loro arrivo li aspettava la jeep, con la quale erano partiti verso il deserto per ammirare le montagne. Quella vista, che l'aveva sempre incantata nel passato, aveva richiamato la sua attenzione solo per un attimo.

«Tesoro, guarda», le aveva detto Lazare. «Vedi la cima innevata? Guarda come fa sembrare dorata la luce.»

«Ho freddo, Jean. Voglio tornare a casa.»

«Stiamo qui ancora qualche minuto, cara. Chiudi bene la pelliccia. Vieni più vicino a me. Ti stringerò fra le braccia. Ecco, così. Ti ricordi la collezione del 1985? Ricordi che siamo venuti qui, Maria? Proprio nello stesso posto in cui siamo adesso. Eri così preoccupata per la collezione. Non avevi l'ispirazione, nessun'idea, neanche una! Poi hai visto questa luce, questi colori e improvvisamente ti è tornata l'ispirazione. Siamo tornati subito a casa e hai cominciato a disegnare, cartelle su cartelle, disegni meravigliosi. E i colori erano così tenui, delicati... non puoi non ricordare quei colori, Maria. Quell'anno hai creato abiti per le dee. Chiunque li abbia visti non potrà mai dimenticarli. La gente ne parla ancora.»

«Questo era il passato. Oggi è oggi. Allora ero felice. Oggi non sono felice.»

«Lo sei, tesoro. Lo siamo tutti e due.» L'aveva stretta più forte mentre lei tremava.

«Jean, voglio il mio regalo. Posso averlo adesso? Me lo hai promesso. Hai detto che me lo avresti dato al mattino. Adesso è mattino.»

«D'accordo», aveva acconsentito.

Poi erano tornati velocemente a casa. Lui aveva mandato via la servitù. L'aveva accompagnata nel suo posto preferito, un piccolo cortile all'interno della villa. Era un appartato giardino moresco con piante di gelsomino e alberi d'arancio. L'unico rumore che si udiva era il mormorio dell'acqua della fontanella. Lazare l'aveva fatta sedere su una panchina di pietra accanto alla fontana e poi, con il solito rituale, le aveva messo in mano la scatoletta bianca con il fiocco d'argento.

«Cos'è, Jean? Oh, cosa può essere?»

Aveva alzato la testa verso di lui, il viso delizioso roseo per l'ansia di sapere. I grandi occhi scuri erano così fiduciosi, così innocenti, così infantili che si era quasi sentito spezzare il cuore.

«Non dirmelo, voglio indovinare! È una cosa piccola e bellissima. È un anello, Jean? O una conchiglia? Uno smeraldo? Uno scarabeo? Forse una pietra. Ti ricordi quelle magnifiche pietre che abbiamo trovato quella volta in Thailandia? Sì, è piccola e dura, dev'essere un sasso.»

Lazare aveva sorriso. Lo commuoveva sempre quell'atteggiamento quasi religioso di Maria di fronte alla bellezza. C'era un'altra donna al mondo che restava incantata davanti a un diamante senza prezzo quanto a una deliziosa conchiglia o a un sasso senza valore?

«Niente di tutte queste cose, cara», aveva risposto. «Si tratta di una piccola cosa magica. Ci credi se ti dico che hai qualcosa di magico fra le mani?»

«Davvero, Jean?»

«Sì, tesoro. Questa piccola cosa magica si chiama White Dove. Adesso inghiottila, ti ho portato un bicchiere d'acqua. Devi sempre prenderla con l'acqua, tesoro. Mai con il vino. Vedrai come ti sentirai bene.»

«Ne sei sicuro?» Aveva continuato a fissarlo. «Me lo prometti, Jean? L'ultima volta?»

«Lo so, cara. Niente errori questa volta. Te lo prometto. Prendila.»

Aveva aperto la scatoletta. Dopo aver esaminato solennemente la minuscola pillola bianca, aveva afferrato il bicchiere d'acqua, aveva inghiottito la pillola come una bambina ubbidiente che non vuole deludere il genitore preoccupato. Dopo un po' Maria si era portata la mano al petto e aveva lanciato un grido.

Poi erano seguiti un giorno e una notte di febbrile attività. Maria aveva comprato mezzo suk, nuotato in piscina, ballato, e chiacchierato con lui come non faceva più da anni. Per lui era stata un'agonia, ma per Maria quelle erano state ventiquattr'ore di assoluta felicità. E quella felicità sta per svanire, pensò, tornando al presente.

«Questo sembrava così carino ieri.»

Stava guardando con espressione critica un braccialetto che aveva acquistato al suk. Era esattamente identico a venti o trenta altri braccialetti che aveva comprato allo stesso mercato in passato.

«Jean...» gli afferrò una mano. «Quando arriviamo a casa, voglio andare subito a dormire. Voglio dormire per cent'anni e un giorno, come quella principessa della favola. Voglio dormire nella stanza azzurra con tutte quelle lenzuola bianche che hai spedito da Londra...»

«Qualunque stanza vuoi, cara.»

«Starai con me a chiacchierare finché non mi addormento? Non mi lascerai, vero?»

«No. Oggi è domenica. Starò con te tutto il giorno se vuoi.»

«Domenica. Adoro la domenica.» Sospirò. «Me ne starò sdraiata a parlare con te e ad ascoltare le campane.»

Si appoggiò contro lo schienale e chiuse gli occhi. Jean si voltò a guardare quel volto che aveva amato così a lungo. La fronte era liscia e quasi priva di rughe. Le lunghe ciglia scure formavano un ventaglio sopra le guance rosee. Sentì un impeto di desiderio crescere dentro di lui, e come sempre non riuscì a resistere. Si chinò in avanti e la baciò dolcemente sulla bocca. Lei dischiuse le labbra in un gesto familiare. Infilò la mano sotto la pelliccia ad accarezzare i seni una volta perfetti. Sentì sotto le dita i battiti del suo cuore.

Lei gli circondò il collo con le braccia. Lui la baciò sulle palpebre chiuse, sui capelli. Poi, bruscamente, lei s'irrigidì e lo respinse. Lui si ritrasse, non risciva a fissarla negli occhi.

«Jean, non farlo. Ti prego, tesoro, non piangere.» Cominciò a baciarlo sul viso, cercando di costringerlo a guardarla negli occhi. «Ti prego. Non sopporto di vederti triste. Mi sento molto meglio, davvero. Mi basterà riposare un po', e forse...» Esitò. «E forse un'altra piccola White Dove, Jean. Hai detto che ne hai portate delle altre. Hai detto che mi fanno bene...»

«Quando arriviamo a casa.»

La casa si trovava una ventina di chilometri fuori Parigi, nella dolce campagna fra la città e Versailles. Era la prima che aveva comprato per Maria. Risaliva al diciottesimo secolo, a prima della Rivoluzione, e Lazare aveva seguito con cura ogni dettaglio della ristrutturazione. Un tempo tornava lì con un senso di gioia e trionfo, sentimenti che ormai erano svaniti. Per lui era solo una casa come tante, quantunque perfetta nel suo genere. A volte Lazare la confondeva con le altre proprietà; gli capitava di trovarsi in cima alle scale e guardarsi intorno chiedendosi: *Da che parte devo andare?*

Quel giorno, come aveva chiesto Maria, andarono nella stanza azzurra con l'enorme letto che era appartenuto a Maria Antonietta e le preziose ma scomode poltroncine Luigi XIV. Dopo che si furono sistemati, Lazare mandò via la cameriera.

Tirò fuori dalla tasca la scatoletta bianca. Maria, vedendo che era dello stesso colore restò delusa. Lazare registrò che doveva procurare scatolette di colori differenti.

Maria prese la pillola e la mandò giù con un sorso d'acqua.

«Devi bere tutta l'acqua, tesoro», le rammentò. «E dovresti anche mangiare di più. Vuoi che ti faccia portare qualcosa?»

«No, Jean. Più tardi. Oh, il mio meraviglioso letto! È così bello, così comodo.»

«È stato fatto per una regina.»

«Una regina infelice. Una regina antipatica. Ma chi se ne importa. Adesso è mio.»

Attraversò la stanza. Scalciò le scarpe, gettò la pelliccia per terra, si sdraiò sul letto azzurro con il baldacchino azzurro, e poi diede un colpetto sulla trapunta azzurra.

«Vieni a sederti accanto a me, Jean. Hai promesso di parlare con me finché non fossi addormentata.»

Le sedette accanto. Con molta dolcezza e maestria le sciolse i capelli e li sparpagliò sui cuscini. Erano neri come le ali di un corvo ed erano un tale contrasto contro i cuscini bianchi. Le accarezzò la fronte pallida come l'avorio e cominciò a raccontarle il loro passato.

Maria amava tutte le storie che le raccontava, ma la loro storia era la sua preferita. Cominciò dalla vecchia casa con i balconi in ferro battuto. Le rammentò come entrambi erano poveri, e quanto lui fosse orgoglioso, difficile, ostinato.

«È stato un periodo terribile. Vivevo quotidianamente con la verità, e mi stava distruggendo. Divorato vivo. Poi...»

«Poi è andato tutto bene.» Lei gli prese una mano. «Alla fine è andato tutto bene, perché ti ho fatto capire qual era la cosa giusta.»

«È così.» Si chinò e la baciò sulla fronte. «Ed è stato molto coraggioso da parte tua.»

Lazare esitò. Gli era difficile affrontare quella parte della storia. Forse non se ne sarebbe accorta se avesse tralasciato quei particolari. Maria sembrava quasi addormentata. La White Dove forse la stava calmando; forse le reazioni erano differenti giorno per giorno.

«Due anni dopo siamo partiti», riprese. «Abbiamo preso il treno, poi l'aereo.»

«No. Non saltare.» Aprì gli occhi. «Odio quando salti. Raccontami la parte migliore. Dimmi della prima volta.»

«Non è stata solo quella la parte migliore, vero, tesoro?»

«No. No, ma è stata sicuramente una delle migliori. È quella che preferisco ricordare. Ti prego, Jean.»

«D'accordo.» Sospirò. «È stato nella tua stanza. Ricordi quella stanza?»

«Sì.»

«Stavo bevendo. Non riuscivo a ubriacarmi, per quanto ci provassi con tutte le forze. Poi sono uscito. Ho girato per la città. Sono tornato nel vecchio quartiere che era già buio. Ho girato e rigirato intorno al cimitero. Ricordi il cimitero con tutti quei monumenti grandi come case? Dove andavi a giocare da bambina?»

«Sì.»

«Sono andato là a pensare a te. Si sentiva della musica jazz in lontananza. Quella musica mi ha fatto quasi impazzire. Ero disperato.»

«Non dovevi disperarti. Era tutto così semplice. Non facevo che ripetertelo.»

«Ma io non ti ascoltavo. Non ne avevo il coraggio. Quella sera mi sentivo forte e disperato al contempo. Ero a un punto cruciale della mia vita. Non sapevo se vivere o uccidermi. Avevo bisogno di parlare con te. Avevo così paura di te. Una sola parola da parte tua e avrei fatto qualunque cosa, qualunque cosa...»

«E io ho detto quella parola.»

Aprì gli occhi e si voltò a guardarlo. Aveva ricominciato a tremare e aveva lo sguardo un po' appannato. «Te la ricordi? Dimmi che te la ricordi. Qual era la parola?»

«*Maintenant.*»

Pronunciò la parola con il vecchio accento che un tempo era a entrambi così familiare. Aveva voltato la testa mentre la diceva, quasi a esorcizzare il dolore che quella parola gli provocava. Poteva rivedere la stanza in cui l'aveva detta, poteva sentire i rumori che provenivano dall'esterno, le note tristi di un blues, il fischio di un treno merci.

Aveva guardato il suo viso così minuto e pallido, gli occhi che lo fissavano nella semioscurità. *Adesso*, lei aveva detto, quasi con rabbia, come se non potesse più sopportare le sue evasioni, come se volesse buttare giù il muro di pretesti e difese che aveva eretto. *Adesso*, lei aveva detto, e lui aveva ascoltato lo sferragliare dei treni merci, aveva osservato il crocefisso appeso alla parete e aveva capito di non poter più lottare: non aveva più resistenza.

L'aveva presa fra le braccia, baciandola per la prima volta in modo nuovo, come un amante, un protettore e un amico.

«Ed è così che è cominciata», riprese, tornando alla realtà della tranquilla stanza azzurra. «Sapevo quali sarebbero state le conseguenze. Lo sapevamo entrambi. Avevamo cominciato qualcosa che non avremmo potuto portare a termine.»

Era talmente assorto nel passato, che non si era accorto che lei aveva cominciato a muoversi, stringendosi a lui.

«Toccami, Jean. Ti prego. Toccami come la scorsa notte. Voglio riprovarci.»

«No, tesoro. Hai detto che volevi dormire.»

«Adesso non ho più sonno.»

Si sedette e tirò indietro i folti capelli. Cominciò a sbottonarsi la camicetta. Riuscì a slacciare solo due bottoni, poi strappò la camicetta di seta.

«Non importa. Lascia perdere... Jean, toccami. Accarezzami i seni. Baciami, tesoro. Ti prego, baciami adesso...»

Era spossato, ma si girò verso di lei. Aveva il presentimento che qualcosa sarebbe andato storto. Prese ad accarezzarle la schiena e poi i seni; si sforzò di ignorare quanto fosse dimagrita, ma gli era impossibile. Sentiva sotto le dita ogni vertebra, ogni costola, e i seni, sempre piccoli, erano ora quelli di un'adolescente.

Chiuse gli occhi e seppellì il volto nell'incavo della sua spalla, lottando contro la stanchezza e la vergogna.

«Non è il caso, tesoro», tentò ancora con dolcezza. «Devi riposare, stare tranquilla.»

«Non voglio riposare.» La sua voce si era alzata nel tono imperioso che lui temeva. «Voglio che tu faccia l'amore con me. Ti chiedo forse troppo? Perché non vuoi? Perché non puoi? So che mi ami. So che mi desideri. Allora cosa c'è che non va? Jean, non hai ancora cinquant'anni. Sei forse troppo vecchio?»

Quell'osservazione sarcastica era una novità. Lo vide adombrarsi e lanciò un grido di trionfo. «Allora è così. Sei troppo vecchio. Non riesci più a farlo.»

«Ti sbagli.» Si alzò e la guardò freddamente. «Quando ne ho voglia riesco a farlo benissimo.»

«E allora fallo adesso. Dimostramelo. Io non ti credo.»

«Bene. Visto che me lo chiedi con tanta dolcezza...»

«Jean...»

«Stai giù...»

Slacciò la cintura e calò i pantaloni. Quando le entrò dentro, fece un lungo, tremante sospiro e cominciò a dimenarsi. La tenne giù con tutto il peso del corpo e le bloccò le braccia. Non provò niente mentre si muoveva dentro di lei, la mente completamente vuota, desiderava concludere il più presto possibile, annientare il dolore con il piacere, anche se il piacere sarebbe stato breve.

Lei cominciò a parlare e a muoversi come una puttana. Le mise una mano sulla bocca per zittirla. Cercò di ricacciare la disperazione in qualche angolo della mente. La sera prima aveva fallito, questa volta doveva riuscirci.

Lei continuava a mormorare sotto la sua mano. Sentì che doveva fare qualcosa per estraniarsi. Richiamò alla memoria la Maria di un tempo. Ricordò il pudore e gli occhi fiduciosi di un tempo. Adorava quella Maria, amarla era stata la sua unica religione, la sua sola ragione di vita. Fissò la mente su quella Maria, e anche questa volta lei non lo tradì: solo immaginarla fu sufficiente. Rabbrividì ed eiaculò violentemente. Subito dopo si ritrasse disgustato, odiando se stesso, odiando la donna che era diventata la Maria che aveva perso.

Non l'aveva soddisfatta. Un tempo gli era così facile. Lei gli prese la mano e se la premette fra le gambe. Chiuse gli occhi e cominciò a muoversi contro di lui in modo frenetico. Ci mise cinque minuti a raggiungere l'orgasmo, ma il piacere che provò sembrò intenso. Lasciò la sua mano all'istante.

«Dormi», disse, alzandosi e allacciandosi i pantaloni. «Adesso riuscirai sicuramente a dormire.»

Lei non rispose, ma continuò a restare immobile con gli occhi chiusi. Lazare sedette su una delle preziosissime e scomode poltroncine. Odiava quelle poltrone, odiava il letto di Maria Antonietta, e tutte le cose che aveva accumulato negli anni passati. Le case, le macchine, gli aerei, i quadri. Aveva acquistato tutti quegli oggetti convinto che potessero compensare ciò che avevano perso, ma adesso che vedeva quanto fosse vuota la sua esistenza, provò un senso di paura.

Rimase seduto per un'ora lottando contro la disperazione. Maria in tutto quel tempo non si mosse neanche una volta. Avrebbe voluto fuggire da quella camera, ma non osò muoversi per timore di svegliarla. Desiderava andare nel parco, passeggiare nel viale sotto i castagni, respirare l'aria pulita, riflettere, essere solo. Quelle pillole erano state l'ultima speranza, l'ultimo elemento di un patto faustiano. Adesso si rendeva conto che era stato un errore. Non importava quello che sarebbe successo il giorno della sfilata, non importava se Maria non si sarebbe presentata, non importava se aveva perso la creatività, non importava se andava incontro ad altri cinque anni infernali come quelli precedenti, la sua decisione era stata presa. Avrebbe distrutto quello che restava delle pillole e non ne avrebbe comprate più.

Con il tempo gli affari ne avrebbero risentito, ma non gliene importava più. Li avrebbe portati avanti come aveva fatto negli ultimi cinque anni. Avrebbe continuato a servirsi, pagandoli a peso d'oro, dei due giovani anonimi talenti che avevano cercato di imitare l'inimitabile, producendo negli ultimi cinque anni falsi Cazarès. A lui bastava che terminassero la collezione primavera, poi avrebbe ripreso le trattative cominciate un anno prima, a tempo debito avrebbe venduto la società e lui e Maria avrebbero... che cosa? Tutto a un tratto si rese conto che non c'era un futuro per loro, a meno che un mago della medicina, non ancora consultato, trovasse una cura.

Maria si mosse. Si sedette, scostò i capelli all'indietro e lo guardò tranquillamente: «Jean, dove sono i fogli? Le matite? I miei pennarelli speciali?»

«Sono sul tavolo, tesoro», rispose stancamente.

Con suo grande stupore, non aggiunse altro. Si alzò, andò al tavolo e cominciò a disegnare. Era ancora mezzo nuda. Lazare prese una vestaglia e gliela mise intorno alle spalle. Lei se la scrollò via in un gesto di irritazione.

«Non mi disturbare, Jean. Accendi la luce e vattene.» Lui accese la lampada e si allontanò di qualche passo, guardandola con dolore e preoccupazione. Era la prima volta che cercava di disegnare da più di un anno. Quanto tempo sarebbe passato prima che iniziasse a strappare i fogli e a gettarli per terra? Mezz'ora? Un'ora?

Per il momento sembrava completamente assorta. Si ritrasse in un angolo in fondo alla stanza e si sedette. Prese uno dei libri sul tavolino accanto e cominciò a sfogliarlo distrattamente.

Era tardo pomeriggio quando si alzò e andò alla finestra. Era già buio. Sentì alle sue spalle un fruscio di fogli e poi un lieve gemito disperato.

Attraversò rapidamente la stanza, s'inginocchiò e la prese fra le braccia. Gli schizzi erano sparpagliati sul pavimento. Dapprima era così intento a calmarla che li notò a malapena. Poi, uno per uno entrarono nel suo campo visivo. S'irrigidì e si chinò a raccoglierne uno. Esaminò attentamente le sfumature di colore, le linee. A un estraneo probabilmente non avrebbero detto nulla, ma quei bozzetti erano un linguaggio privato che lui e Maria condividevano. Alzò lo sguardo verso di lei, il volto contratto per lo stupore e lo sforzo di reprimere la speranza. Quelle White Dove funzionano, dopotutto, pensò.

Maria teneva la testa appoggiata sulle braccia. Stava piangendo e il suo corpo sussultava per i singhiozzi.

«Non piangere, cara», sussurrò. «Questi disegni sono bellissimi, i più belli che tu abbia fatto da anni. Lo vedi? Ti ho sempre detto che...» S'interruppe.

Maria non stava ascoltando. Alzò il volto rigato di lacrime.

«Rivoglio il mio bambino», supplicò. «Ti prego, Jean. Voglio mio figlio. Devo vederlo. Ho bisogno di lui.»

Quella richiesta fu una pugnalata al cuore, come sempre quando cominciava a supplicarlo per riavere il suo bambino. La prese di nuovo fra le braccia e le spiegò dolcemente, come sempre, che non poteva esaudirla, perché il bambino era morto da tanto tempo.

«Il bambino è morto, Maria», disse. «Devi accettarlo, tesoro. I medici hanno detto...»

«Stai mentendo. I medici non ne sanno niente. Tu lo hai portato via, Jean. Lo hai allontanato, così come hai allontanato Mathilde. Ti vergognavi del mio bambino...» Si coprì il volto con le mani. «Voglio vederlo. Voglio vederlo adesso.»

Lazare si scostò, cercando di controllarsi. Quel ritornello era cominciato all'epoca della sua operazione, cinque anni prima. Quando si era resa conto che non poteva più avere bambini, qualcosa dentro di lei era scattato. Prima di allora era sempre stato convinto che avesse accettato la perdita. Ma nell'ultimo anno, soprattutto negli ultimi mesi, queste scene di dolore e di accuse erano diventate più frequenti. Adesso stava quasi soffocando per le lacrime. Non riusciva più a sopportare tutto questo. In uno scatto d'ira, si girò e picchiò un pugno sul tavolo.

«Smettila», urlò. «Per l'amor di Dio, smettila. Il bambino è morto, Maria. È morto da venticinque anni. Posso accompagnarti alla sua tomba. Posso portarti nella chiesa dov'è stato celebrato il funerale...»

«Quale funerale? Io non sono mai stata a quel funerale.»

«Stavi troppo male. Ci sono andato io. Io ho organizzato tutto. Posso dirti il nome del prete. Da basso c'è il certificato di morte. Vuoi vederlo? Dio santo, quante volte devo provartelo?»

Lei non lo stava ascoltando neanche adesso. Aveva smesso di piangere e il volto si era trasformato in una maschera. Abbassò lo sguardo, poi gli lanciò un'occhiata di traverso. Si chinò a raccogliere i disegni.

«Vattene», ordinò in tono imbronciato. «Non ti amo quando urli. Stai mentendo. Non voglio ascoltarti. Vattene.»

Lui se ne andò, furioso con se stesso e con lei. Quando tornò un'ora dopo, Maria stava dormendo profondamente e la nuova cameriera stava uscendo. Prima di andarsene lo informò che Mademoiselle Cazarès aveva telefonato a Mathilde per farla venire. La notizia lo lasciò indifferente. Che venga pure, pensò. Poi si concentrò a esaminare i bozzetti sparpagliati sul tavolo.

Durante la sua assenza, Maria non aveva disegnato vestiti. Aveva riempito fogli interi di geroglifici. Qua e là fra i geroglifici aveva fatto dei piccoli disegni che si riferivano al loro passato. Un crocefisso, una culla, delle tombe.

Un disegno in particolare attirò la sua attenzione: sulla tomba più grande aveva scritto il nome di suo figlio, Christophe, e la sua età, tre mesi. Forse stava finalmente cominciando ad accettare quello che le aveva detto. Dovette trattenere le lacrime quando lesse il nome del bambino.

Ma altri dettagli dello schizzo lo sconcertarono. Gli sembrò che avessero un significato che non riusciva ad afferrare. Alla destra della tomba di Christophe Maria aveva disegnato un sole, e alla sinistra una luna crescente. Sopra, c'era una grande stella con più punte. Il resto del disegno era in bianco e nero, ma la stella l'aveva colorata d'oro, come se volesse enfatizzarne il significato.

10

QUANDO domenica sera arrivarono nei pressi di Notting Hill Gate, Lindsay cominciò a farsi prendere dai nervi. Mise la freccia a destra, svoltò a sinistra, e per poco non centrò in pieno uno spartitraffico. Lanciò un'occhiata a Rowland che sedeva al suo fianco, le lunghe gambe sacrificate nel poco spazio che offriva la piccola auto, ma lui restò impassibile.

Frenò bruscamente davanti a casa e si chinò a guardare la facciata. Gli inquilini ai piani inferiori dovevano essere fuori, ma le luci del suo appartamento erano accese. Non sapeva se Tom era in casa, ma di sicuro, con suo disappunto, c'era Louise.

«Faccio una corsa a prendere la fotografia e l'articolo. Non posso spiegarti di Lazare finché non hai visto la fotografia. Vado a prenderla e poi ti accompagno a casa. A proposito, dove abiti?»

«A Spitalfields», rispose Rowland. «È nell'East End. È lontano. Perché non lasci che prenda la metropolitana? E poi qui non puoi parcheggiare, blocchi la strada.»

«Sciocchezze», replicò Lindsay, che aveva solo una vaga idea di come arrivare nell'East End. «Quanto ci metteremo, un quarto d'ora? È una cosa importante, Rowland, aspetta che ti abbia spiegato.»

«Ma non dobbiamo vederci domani a pranzo? Perché non puoi spiegarmelo domani?»

«Perché potrebbe essere importante che tu lo sappia subito. Inoltre, non avrò tempo per andare a pranzo domani. Devo preparare la valigia per Parigi, e... senti, Rowland, ti dispiace aspettare in macchina? Così nel caso qualcuno volesse passare, puoi spostarla...»

Balzò fuori prima che Rowland potesse replicare, corse in casa e cominciò a salire velocemente i quattro piani di scale. A metà strada si fermò. Pensò che forse era stata maleducata, poco ospitale. Pazienza, si consolò. Durante il viaggio aveva preso due decisioni che era determinata a mettere in atto: primo, avrebbe visto la casa di Rowland McGuire a tutti i costi; secondo, Rowland McGuire non doveva incontrare Louise per nessuna ragione al mondo.

Aprì la porta dell'appartamento e fu investita da un odore di cipolle fritte e hamburger. Vide Tom ai fornelli e una pila di piatti da lavare nel lavandino. Louise era seduta in salotto con i piedi alzati. Era vestita come se volesse fare colpo e stava sorseggiando un bicchiere di vino.

«Ciao, mamma», la salutò Tom.

«Dov'è?» domandò Louise.

«È fuori in macchina», rispose Lindsay, abbracciando Tom. «Ti ho già detto al telefono che sarei passata per prendere un paio di cose e che poi gli avrei dato un passaggio fino a casa.»

«Sei stata terribilmente scortese, cara. Cosa penserà di te?»

Louise, che era veloce di gambe quando voleva, stava già aprendo la finestra. «Guarda. Il pover'uomo ha parcheggiato la macchina per te. Se ne sta lì fuori come un'anima persa con il freddo che fa.»

«Louise...»

«Uh, uh...» chiamò Louise, affacciandosi e agitando il bicchiere. «Salve, Rowland», urlò. «Lindsay non riesce a trovare quei giornali. Venga su a bere un bicchiere di vino...»

«Ti prego Dio, non farmi questo», mormorò Lindsay. Louise chiuse la finestra e si voltò. «Cosa stavi dicendo, cara?»

«Stavo pregando», rispose. «Stavo pregando perché la mia vita cambi. Stavo pregando perché tu cambi.»

«Le preghiere esaudite sono sempre le peggiori, come diceva Truman Capote», dichiarò Louise. «Era Capote? È una frase un po' troppo cattolica, un tantino gesuitica. Forse l'ha detta Graham Greene.» Andò al citofono per aprire la porta. Lindsay lanciò un'ultima occhiata alla sua impossibile madre e corse nel suo studio. Pregò di nuovo di riuscire a trovare in fretta quello che stava cercando. Aprì tutti i cassetti. Deve essere su *Vogue*, pensò. Era un articolo che aveva scritto agli inizi, quando era ancora una free lance. Nel 1978 o nel 1979? Lo aveva messo sotto la voce «free lance» o «*Vogue*»?

«Tesoro, stai facendo un mucchio di baccano», urlò Louise. «Fai con calma. Io e Tom ci siamo già presentati. Santo cielo! C'è un terribile odore di cipolla, qui dentro. Tom, apri la finestra della cucina. Lei sa cucinare, Rowland? No? Mi sembra giusto. Ritengo che cucinare rientri fra i compiti della donna, ma Lindsay ha delle idee così progressiste. Per fortuna il povero Tom se la cava da solo. Si sieda qui accanto a me, Rowland. Posi pure quelle riviste per terra. Spero le piaccia lo Chardonnay. Quello australiano, naturalmente. Costa poco e non è male. Mi dica, è da molto che conosce Lindsay?»

Lindsay lasciò cadere uno schedario. Per quanto ficcanaso, Louise di solito non era così insensibile. Decise che non voleva più stare a sentire e chiuse la porta con un calcio. Udiva le voci, ma fortunatamente non distingueva le parole. Chissà se Rowland si stava sforzando di essere cordiale. Accidenti, l'articolo che stava cercando non era sotto «*Vogue*»; allora doveva essere sotto «free lance», proprio lo schedario che aveva fatto cadere. Tutto il contenuto era sparpagliato sul pavimento. Con un gemito esasperato s'inginocchiò e cominciò a scartabellare. Ci vollero quasi dieci minuti per trovare l'articolo e la fotografia che lo accompagnava. Nell'attimo stesso in cui la vide, capì di avere avuto ragione, che la memoria non l'aveva tradita. Provò un senso di trionfo. Raccolse tutto e aprì la porta. «... quindi non si è mai sposato, Rowland?» sentì Louise che chiedeva. «Un bell'uomo come lei? Cos'hanno che non va queste ragazze d'oggi? Be', ai miei tempi, lei sarebbe già stato accaparrato da molto tempo...»

«Ho sviluppato ottime tecniche di fuga», sentì Rowland rispondere.

«Che stupidaggini!» esclamò Louise. «È solo che non ha ancora trovato la donna giusta. Sono sicura che lei è un romantico, Rowland.»

«Ha ragione», convenne Rowland. «Louise, lei riesce a leggermi nel cuore.»

«Senza occhiali», s'intromise Tom, «che è troppo vanitosa per portare, non vede neanche la parete di fronte. Dubito quindi che...»

«Tom, ti prego di non pubblicizzare le mie debolezze», s'indignò Louise, con un sospiro enfatico. «Comunque è vero, Rowland. Devo ammetterlo. Invecchiando si diventa fragili...»

«Non mi dà quest'impressione», la contraddisse Rowland, in tono galante.

«Andiamo, Rowland. Non cerchi di adularmi. Lei è un uomo gentile, ma la verità è che non sono più giovane, e senza Lindsay non riuscirei a cavarmela affatto. Mi sento un tale peso per lei, anche se non si lamenta mai.»

«Sono sicuro che non lo pensa neanche.»

«Sì, ma io dipendo da lei», replicò Louise con voce acuta, come se qualcosa nel tono di Rowland l'avesse contrariata. «Non so cosa farei senza di lei.»

Lindsay, che si era bloccata sulla soglia dello studio sentendo i discorsi noti, non resse più. Di solito Louise aspettava settimane prima di tirare fuori quel repertorio. Perché diamine questa volta aveva tanta fretta?

Entrò in salotto con espressione seria. Si chiese se Rowland avesse notato che la stanza, spaziosa e bene arredata, dava l'impressione di essere stata investita di recente da un uragano. Era il tipo che prestava attenzione a queste cose?

Tom sedeva di fronte a Rowland e Louise, in mezzo a una pila di libri su Ingmar Bergman. Era senza scarpe e aveva le calze bucate. Teneva sulle gambe un vassoio con una gigantesca bottiglia di ketchup e un piatto colmo di hamburger, patatine e cipolle. Louise e Rowland sembravano vecchi amiconi. Lei non gli toglieva i suoi famosissimi occhi azzurri e lui sorrideva rilassato. Tom lanciò alla madre un'occhiata profondamente comprensiva e fece persino il gesto di alzarsi.

«Non alzarti, Tom», disse Lindsay. «Rowland ho trovato l'articolo.»

«E noi purtroppo dobbiamo andare.» Rowland aveva già posato il bicchiere di vino e stava tendendo la mano a Louise. «Louise, è stato un vero piacere conoscerla. Tom, dai un'occhiata a quei libri di cui ti ho parlato.»

Louise, che prima era stata così rapida nel precipitarsi alla finestra, chiese l'aiuto di Rowland per alzarsi dal divano. Fece una smorfia e poi un sospiro, come se avesse affrontato coraggiosamente chissà quale fatica.

«È che la schiena mi fa un po' male», si giustificò. «Rowland, sono così felice di averla incontrata. Naturalmente è stato come se la conoscessi già. Lindsay parla di lei in continuazione.»

«Già. Le toglie la pelle di dosso», intervenne Tom, solidale con la madre.

«Davvero?» si stupì Rowland, lanciando una fredda occhiata in direzione di Lindsay. «Be', le ostilità sono finite, Tom. Siamo ai negoziati di pace. Non è vero, Lindsay?»

Rowland aveva usato un tono volutamente confidenziale.

Lindsay sentì il proprio corpo reagire in modo inaspettato e distolse lo sguardo. Louise ridacchiò compiaciuta.

Lindsay dovette ammettere che Rowland sapeva essere deciso e coraggioso quando voleva. Prima che Louise potesse tornare alla carica, prese Lindsay per un braccio e la condusse verso la porta.

«Lo fa sempre», si lamentò Lindsay entrando in macchina. Nonostante lo spazio limitato Rowland l'aveva parcheggiata perfettamente. «Mi dispiace, Rowland. Fa così con tutti.»

«Capisco», replicò lui, in tono impassibile. «Sterza tutto, Lindsay. Piano. Ben fatto.»

Rossa per lo sforzo e la vergogna, Lindsay infine riuscì a uscire dal parcheggio e a immettersi sulla strada.

«Vado verso est?» chiese. «Mi dici tu come devo continuare una volta lì?»

«Adesso stai andando a nord, Lindsay. Gira a destra, qui.»

Lindsay ubbidì. Proseguirono per un bel pezzo in silenzio. Durante il tragitto Lindsay litigò con un tassista che sembrava cieco e con quattro buffoncelli su una scassata Ford Cortina. I pagliacci avevano da ridire su come si era immessa nella rotatoria. Mentre la sorpassavano, dai finestrini della Cortina emersero quattro braccia con il dito medio alzato. Lindsay si attaccò al clacson finché la macchina non scomparve in lontananza. Guardò Rowland, sembrava tranquillo.

«È un piacere averti come passeggero, Rowland. Non sopporto gli scocciatori che danno consigli. Mi manda in bestia sentirmi dire quando devo frenare o mettere la freccia. Gini è impossibile. Si agita per la minima cosa. Durante il viaggio per andare da Max, ha tenuto gli occhi chiusi per tutto il tempo.»

«Non la biasimo», commentò Rowland in tono leggero. «Sei una pessima guidatrice. Una delle peggiori che abbia mai incontrato in vita mia. Per quanto mi riguarda, ti batte solo un tassista con un occhio solo che una volta mi ha accompagnato a Istanbul. Aveva qualcosa del tuo stile. Devo dire però che lui aveva fumato dell'hascisc.»

Lindsay decise di prendere l'osservazione come una battuta.

«Io guido perfettamente», ribatté. «Forse sono un po' veloce, ma è che non mi piace perdere tempo.»

«Comunque la maggior parte delle donne sono uno strazio al volante», continuò Rowland. «Non hanno il senso dello spazio. Sono stati fatti anche dei test. È scientificamente provato.»

«Che sciocchezze.»

«È la verità. Ecco perché ci sono così poche donne architetto. Ecco perché sono delle mediocri giocatrici di scacchi.»

«Gioco benissimo a scacchi. L'ho insegnato io a Tom.»

«Chi vince fra voi due quando giocate?»

«Be', lui. Ma questo non prova niente. Tom è eccezionale. Davvero molto intelligente.»

«Me ne sono accorto. Mi piace Tom.»

«Davvero?» Lindsay s'illuminò. «Oh, mi fa molto piacere. Suppongo non abbia parlato molto, non con Louise lì.»

«No. È il motivo per cui mi è piaciuto. Ha buoni gusti in fatto di cinema. Ricordami di darti alcuni libri per lui. Inoltre», le lanciò un'occhiata, «mi ha dato l'impressione di uno a cui sfugge ben poco.»

«A Tom non sfugge niente», replicò Lindsay, con orgoglio. «Ha delle antenne invisibili che captano tutto. Qui devo andare a destra o a sinistra?»

«A sinistra. Oh, non importa. Possiamo arrivarci anche da questa parte. Supera quella fabbrica, svolta dove ci sono quelle case, ecco... adesso passa sotto il cavalcavia e prendi la prossima piazza. Quando arrivi alla chiesa di Hawksmoor, gira a sinistra. Non è splendida quella chiesa? È quella che preferisco in assoluto a Londra. A volte me ne sto sdraiato a letto a guardare le sue guglie.»

Lindsay, che non aveva mai sentito parlare di Hawksmoor, svoltò bruscamente dove le era stato indicato. Stava giusto chiedendosi come mai Rowland vivesse nei bassifondi, quando vide la via e la casa che le stava indicando. Sgranò gli occhi e frenò di colpo finendo con una ruota sul marciapiede.

«Mio Dio. Che strada incredibile. Che case...» Rowland stava guardando affettuosamente le facciate di mattoni.

«Risalgono al 1730», spiegò. «Sono state costruite per gli ugonotti venuti qui dopo la cacciata dalla Francia. Erano famosi come mercanti e tessitori. È sempre stata una zona di rifugiati. Dopo che i francesi se ne sono andati, è diventato un quartiere ebraico. Adesso è abitato perlopiù da bengalesi.

Quando ho comprato questa casa, stava cadendo a pezzi.»

«È bellissima, Rowland.»

«Vero? È ancora un po' sottosopra all'interno. Ce l'ho da dodici anni. Ci hanno abitato degli amici quando ero a Washington. Devo dire che non l'ho mai arredata come si deve... Oh, mio Dio. Presto. Metti in moto la macchina...»

Lindsay, che stava già scendendo dalla macchina, si guardò intorno confusa. Vide che qualche metro più in là era parcheggiata una Mercedes bianca decappottabile. Ne scese una ragazza alta, snella e bellissima. Per un attimo Lindsay la scambiò per Gini. La ragazza aveva la stessa figura, gli stessi capelli biondi corti, la stessa bocca carnosa, la stessa aria determinata. Ma Gini non avrebbe mai indossato pantaloni laminati d'argento, una maglietta nera e una giacca di pelle nera da motociclista. Né avrebbe mai provocato una tale reazione in Rowland, il quale sembrava sul punto di darsela a gambe.

«Tu, stronso», urlò la ragazza, raggiungendo Rowland, dandogli un forte pugno sul petto. «Tu, porco. Io telefonato. Io pianto. Io scrito letere. Io sono venuta qui e ho aspettato te piangendo in macchina. Come puoi fare tu questo a me? *Merde, je m'en fiche, tu comprends*?» Continuò a strillare per un po' nella sua lingua, il viso distorto dalla rabbia e dalle lacrime. Di tanto in tanto colpiva Rowland che di tanto in tanto intercalava «*Sylvie...*»

Sylvie continuò la sceneggiata lasciando perdere Rowland e prendendosela con la nuova Volkswagen di Lindsay. Si girò con una velocità inaspettata e picchiò con forza un pugno sul cofano. Comparve un'ammaccatura.

«Ehi, aspetta un minuto», intervenne Lindsay, avanzando.

«Putana», urlò Sylvie. «Putana inglese. Mi hai rubato il mio uomo. Ti facio vedere cosa penso delle putane e delle loro stupide macchine.»

Diede un calcio alla targa della Volkswagen. Comparve un'altra ammaccatura.

«Che diavolo stai combinando?» gridò Lindsay. Fece per afferrare la ragazza, ma la mancò. Vide che Rowland l'aveva sollevata per aria.

«Vattene. Torna a casa», stava gridando Rowland con una voce che si poteva sentire a tre isolati di distanza. «Adesso basta. È finita.»

Sylvie scalciava sputando e graffiando come un gatto. Persino Lindsay, che non scherzava quanto a caratteraccio, era impressionata.

«Mi ucido», minacciò, lasciandosi andare a peso morto. «Mi taglio la gola. Adesso.»

«No. Non lo farai», rimbeccò Rowland, trascinandola verso la sua auto. «Tu hai uno straordinario istinto di conservazione, Sylvie.»

«Allora ucido quella putana prima di andare...»

«Quella puttana è mia moglie, Sylvie», dichiarò Rowland, quasi sbattendola contro la macchina. «Ci siamo sposati ieri. È stato un colpo di fulmine. Adesso torna a casa.»

«*Ta femme? Hypocrite! Menteur! C'est impossible...*»

«Vuoi vedere l'anello?»

Aveva parlato in tono assolutamente convinto. Sylvie lo ricoprì di insulti in francese, lo schiaffeggiò con forza, saltò sulla Mercedes e partì sgommando.

Rowland tornò da Lindsay la quale, ancora allibita, era immobile accanto alla sua povera macchina. Senza dire una parola, l'afferrò per un braccio, la condusse su per i gradini e aprì la porta d'ingresso. Accese la luce. Sul tappetino all'interno e penzolante dalla cassetta delle lettere c'era un assortimento di mutandine da donna. Lindsay si chinò a raccoglierle. Ce n'erano di pizzo nero, di pizzo rosa, di pizzo bianco. Guardò Rowland. «Sono di Sylvie?» chiese.

«Direi di sì», rispose Rowland. «Rientra nel suo stile mettere le mutandine nella buca delle lettere.»

«Accidenti», esclamò Lindsay. Entrambi scoppiarono a ridere.

Risero salendo le scale, lungo il corridoio, e fino al salotto al primo piano. Lindsay non ne poteva più di ridere e si accasciò sull'unica sedia nella stanza.

«Oh, mio Dio», sospirò infine. «Che tipo incredibile quella, Rowland.»

«Già», replicò lui smettendo di ridere.

«Ti capitano spesso cose del genere?»

«Due o tre volte all'anno. Dio sa perché.»

Lindsay fece un rapido calcolo. Max aveva detto che le sue

donne in genere duravano un mese, al massimo tre. Chissà se Sylvie era stata una da un mese o una da tre. Poi decise che non erano affari suoi.

Rowland, si rese conto, girava irrequieto per la stanza. Sembrava piuttosto agitato per essere un tipo impassibile. Chiuse le persiane di legno e accese le lampade. Lindsay cominciò a notare quanto fosse strana la stanza. Era spaziosa, aveva le pareti rivestite di pannelli e c'era un bellissimo vecchio camino. Ma era anche la stanza più monastica che avesse mai visto. A parte la sedia su cui sedeva, un tavolo e scaffali stracolmi di libri, era praticamente vuota. Non c'erano caloriferi e faceva alquanto freddo.

«Fa un po' freddo qui», osservò Rowland, come se le avesse letto nel pensiero.

«Un freddo polare. Sto congelando.»

«Il fuoco. Accenderò il fuoco.»

Ammonticchiò dei ceppi nel camino, li coprì con fogli di giornali e riuscì ad accendere il fuoco con un solo fiammifero, cosa che non capitava mai a Lindsay.

Si alzò. «Un drink», offrì. «Sì, ti ci vuole un drink. Ho del whisky. Ma non so se è il caso, tu devi attraversare Londra e...»

«Non ti agitare, Rowland», disse Lindsay. «Non ho intenzione di fermarmi. Rilassati. Sono qui per lavoro. Ti faccio vedere l'articolo e poi me ne vado. Nel frattempo, berrei volentieri due dita di whisky. Non credo che mi farà male.»

«Bene. Bene.» Rowland sembrava ancora ansioso. «D'accordo. Allora vado a prendere il whisky. Dovrebbe essere in cucina.»

Scomparve in un baleno. Lindsay si alzò e cominciò a girare per la stanza. C'era qualcos'altro che non aveva notato. L'intera parete dietro la sedia su cui era seduta era ricoperta di fotografie in bianco e nero di montagne. Lindsay, che non amava e temeva la montagna, si chinò a guardare più attentamente. Vide che c'erano delle annotazioni nella nitida e raffinata calligrafia di Rowland. Era riportato il nome di ogni montagna con accanto una data e ulteriori note. Alcune si riferivano alle condizioni del tempo, altre ai percorsi per arrivarci. Max le aveva detto che Rowland arrampicava, ma aveva immaginato qualcosa di più modesto. Possibile che scalasse quelle vette?

Rowland tornò alcuni minuti dopo con due bicchieri, una bottiglia di Scotch, una piccola brocca con dell'acqua e un piatto di noccioline salate.

Vedendo Lindsay che osservava le fotografie, si rilassò immediatamente.

«Quella è la Sgurr Na Gnillean.» Indicò una paurosa cima ricoperta di neve. «Nel Cuillin, sullo Skye. Ho attraversato la dorsale il mese scorso. Il tempo era straordinario, due giorni limpidissimi. Ho bivaccato lì la notte di Natale...»

Indicò un punto sulla neve così in alto da far venire le vertigini. A Lindsay sembrò il posto più inospitale del mondo.

«Hai passato lì la notte di Natale?» domandò Lindsay con voce debole. «Eri solo, Rowland?»

«Sì. E probabilmente non è la cosa più saggia da fare in inverno. Di solito arrampico con amici. Ma sai com'è, la maggior parte delle persone preferisce passare il Natale in famiglia. Però a me piace arrampicare da solo.»

Lindsay non disse nulla. Rowland le tese il whisky e le passò il piatto di noccioline. Gliele offrì con commovente cortesia. Guardando quelle noccioline, una decina in tutto, per poco non si mise a piangere.

Solo in seguito avrebbe capito di essersi innamorata di Rowland McGuire in quel preciso istante. Ma cos'era stato a provocare quel disastro? Il pensiero di saperlo solo su una montagna la notte di Natale, o perché quelle dannate, rancide noccioline dovevano essere lì da settimane?

Rowland trovò due sedie e, dopo aver posato i libri sul pavimento, le piazzò vicine al tavolo. Lindsay tirò fuori il fascicolo verde e il suo articolo. Si sedettero. Lei ingollò il whisky in un sorso.

«Ora», cominciò, sin troppo consapevole della vicinanza di Rowland, «sono pronta ad aiutarti, Rowland, come ho promesso, anche se non ti sei scusato.»

«Mi sono dimenticato. Prometto che lo farò.»

«Adesso presta attenzione. Stai per entrare in un mondo che non conosci.»

«Hai tutta la mia attenzione», dichiarò Rowland, con docilità sospetta. «Pendo dalle tue labbra.»

«Bene. Ricordi che abbiamo parlato del mistero che circonda Lazare e Maria Cazarès? Nessuno sa da dove vengono, come hanno messo in piedi la loro fortuna, se sono amanti, che tipo di rapporto hanno adesso, e così via. Secondo te, da che punto bisogna partire per cominciare a sciogliere questo mistero?»

«Dalle loro origini. Se si riesce a sapere da dove vengono, forse sarà più semplice trovare delle risposte alle altre domande.»

«Sono d'accordo. Adesso ti metto alla prova. Hai detto di aver letto il fascicolo. Secondo la versione autorizzata, da dove vengono?»

«La storia è alquanto interessante. Maria Cazarès è nata in un piccolo villaggio della Spagna ed è rimasta orfana di entrambi i genitori da bambina. Dopo la morte dei suoi è andata a vivere con una zia o una cugina, anche lei di origine spagnola, ma che allora viveva in Francia. Questa zia, che nessuno ha mai visto o intervistato, era una bravissima ricamatrice che lavorava da molti anni per Balenciaga. È stata lei a insegnare a Maria a cucire. Maria si è rivelata molto dotata sin dall'inizio. A un certo punto la zia, o cugina, si è ritirata, ma la pensione non le bastava per vivere, così, ha avviato una piccola attività di sartoria con Maria come assistente. In seguito la zia, o cugina, è morta e Maria ha continuato da sola. Piano piano ha cominciato a farsi un nome fra le signore bene di Parigi, finché è riuscita a mettere da parte abbastanza soldi per aprire un negozietto. E chi passa un giorno di lì e resta incantato dai vestiti che vede in vetrina? Un ricco giovanotto di origini sconosciute chiamato Jean Lazare. Lazare, riconoscendo all'istante il genio di Maria, decide di darle una mano. La finanzia e da allora diventa il suo mentore. Nel 1976, dopo qualche insuccesso, la lancia nel mondo della moda. Cazarès presenta la sua prima sfilata d'alta moda.» Lindsay gli lanciò un'occhiata ammirata.

«Perfetto, Rowland. E ti sei bevuto questa storia?»

«Mi è piaciuta. L'ho trovata familiare. C'è un tocco della Piccola Nell, un pizzico di *La signora delle camelie* e *La Bohème*...»

«Ci credi, sì o no?»

«No. Sospetto che il legame Spagna-Balenciaga sia falso. Credo sia tutta un'invenzione dall'inizio alla fine.»

«Sono d'accordo, è un modo per distogliere l'attenzione da

Maria Cazarès. Ma ci sono anche un mucchio di altre domande senza risposta. Se Lazare non è francese, cosa di cui dubitano in molti, allora da dove viene? Dalla Corsica? Da un'ex colonia come l'Algeria? Dal Portogallo? Dalla Spagna? Sono state avanzate tutte queste ipotesi, ma se è così, perché non ammetterlo? Cos'ha da nascondere? In passato girava la voce che fosse di origine corsa e che avesse avuto un'infanzia povera. Ammesso che sia vero, com'è riuscito a mettere in piedi una tale fortuna da trasformare il negozietto di Maria nella casa di moda Cazarès? Risposta: nessuno lo sa.»

«Pensi di aver trovato qualche indizio?»

«Penso di aver trovato più di un indizio, Rowland.»

«Davvero?» La guardò attentamente. «Be', dev'essere qualcosa di grosso. Hai un'aria diversa. Sei persino rossa in faccia.»

«Dev'essere il fuoco», si affrettò a replicare Lindsay. «E poi, sono eccitata. È tutto il fine settimana che sospetto di avere ragione.»

«Non ne hai fatto parola.»

«È che non volevo interferire. Tu, Gini e Max eravate così presi. Non sapevo se t'interessava ancora...»

«M'interessa», la interruppe. «M'interessa molto. Allora, ti decidi a darmi qualche spiegazione?»

«D'accordo.» Lindsay tornò a guardare il fascicolo. Rowland spostò più vicina la sedia. «I tuoi segugi hanno fatto un ottimo lavoro, Rowland», iniziò lentamente. «Ci sono articoli in questo fascicolo che non avevo mai letto. Io ho cominciato a lavorare nella moda nel 1978, e ho assistito alle prime sfilate a Parigi nel 1984. Quindi puoi immaginare come fossi particolarmente interessata ai servizi sulle prime sfilate di Cazarès, sui vestiti che l'hanno resa famosa, quelli che hanno dato inizio alla leggenda. È stato proprio riguardando le fotografie degli inizi che ho notato questa. Mi ha colpito immediatamente. È un abito da sera di Maria Cazarès appartenente alla prima collezione del 1976. La fotografia è stata pubblicata dall'*Harper's Bazaar* americano.»

Prese l'articolo di cui stava parlando. Rowland si chinò a esaminare la fotografia.

«Nessun altro può aver disegnato questo vestito, Rowland», continuò Lindsay. «Neanche il Saint Laurent del passato. Può essere solo un Cazarès. Si vede il suo tocco in ogni dettaglio. Il vestito fa parte della collezione russa, com'è ricordata oggi. Guarda il taglio e la pienezza della gonna, il colore, questo verde mare, non è meraviglioso? Osserva l'orlo, la sottile fascia di velluto nero e la forma del gilet orlato di pelliccia. Guarda il broccato verde oro delle maniche, la cucitura del corpetto e del giromanica per far sembrare le spalle più strette...»

S'interruppe. Rowland stava sbadigliando.

«Per favore, cerca di prestare un po' di attenzione. È importante. Se non ti concentri sui dettagli, non potrai capire. Ora, dimmi che cosa vedi.»

«Non mi piace quel turbante che porta la modella. Non c'entra niente.»

«Rowland, dimentica il turbante. Guarda il vestito. Osservalo pezzo per pezzo. Cerca di capire quello che dice. Leggine la storia. Non è romantico? Non ti fa pensare ai balli di San Pietroburgo? A *Guerra e pace*? Alla corsa di Natascia sulla slitta in piena notte...»

Cominciò a intravedere una scintilla di comprensione negli occhi di Rowland.

«Sì, forse...» disse, corrugando la fronte. «Adesso comincio a vedere... allora tu hai letto *Guerra e pace*?»

Lindsay sospirò. «Non mi sono laureata a Oxford», replicò in tono impaziente, «ma non sono l'ultima degli ignoranti, Rowland. Certo che ho letto *Guerra e pace*. In realtà leggo moltissimo.»

Rowland la guardò con nuovo interesse. «Davvero? Cosa stai leggendo adesso?»

Lindsay abbassò gli occhi. Sul comodino aveva due gruppi di libri, quelli che si riproponeva di leggere e quelli che leggeva veramente. Al momento, in cima alla pila c'era uno di quei romanzoni di amori e di intrighi che avevano il potere di rilassarla dopo una dura giornata di lavoro. Forse lo stile dell'autore non era un gran che, ma la storia era piacevole e i personaggi ben delineati.

«John Updike», rispose infine. «L'ultimo della serie sui conigli.»

Appena pronunciò quel nome, Rowland s'illuminò in volto. Cominciò a parlare, ma Lindsay, che aveva preso la decisione di iniziare il romanzo quella sera stessa, si affrettò a interromperlo.

«Rowland, so che preferiresti discutere di libri, ma non è il momento. Per favore, concentrati su quello che stiamo facendo.»

Rowland si scusò. Si chinò sulla fotografia del vestito da ballo disegnato diciannove anni prima e lo guardò con molta attenzione.

«Ha elementi femminili e maschili», si pronunciò infine. «Il vestito in se stesso non potrebbe essere più femminile. Ma il gilet ha un taglio maschile, ricorda quello che indossano i cosacchi...»

«Eccellente.» Lindsay gli diede un'occhiata di approvazione. «Stai imparando. I contrasti sono l'essenza dello stile di Cazarès. Maschile e femminile, ruvido e morbido, esotico e austero, purezza e impurità. È il suo linguaggio. Adesso, continua a concentrarti. Guarda questa seconda fotografia.»

Tirò fuori l'articolo che aveva preso dai suoi schedari e lo mise davanti a lui. La fotografia che accompagnava l'intervista era a piena pagina. Ritraeva una regale, ancora bellissima donna dai capelli candidi in piedi in un lussuosissimo salotto. Appoggiato su una sedia accanto a lei c'era un lungo vestito con un gilet orlato di pelliccia.

«È lo stesso vestito», asserì Rowland, quasi immediatamente.

«Proprio così», esultò Lindsay. «E questo è strano. Davvero molto strano. Quasi inspiegabile...»

«Perché? Non capisco. Delucidami.»

«Il primo vestito che ti ho mostrato è stato fatto nel 1976. Questo risale esattamente a dieci anni prima. Quello del 1976 è indubbiamente un Cazarès. Quello del 1966 invece, per quanto identico, è stato fatto da una ragazza sconosciuta, una sartina alle prime armi di nome Marie-Thérèse.»

Adesso aveva tutta l'attenzione di Rowland. Lesse nel suo sguardo che stava cominciando a fare dei collegamenti.

«So a che cosa stai pensando, Rowland», proseguì. «Ti stai chiedendo se forse Maria Cazarès e Marie-Thérèse non siano la stessa persona. Se questo vestito non risale al periodo in cui era ancora sconosciuta, prima dell'arrivo di Lazare, prima della fama.»

«Hai ragione. È esattamente quello che sto pensando.»

«Spiacente, ma non è così. Questo vestito non è stato fatto a Parigi, bensì in America.»
«In America?»
«Sì, Rowland. A New Orleans.»

«Posso continuare, Rowland?» chiese Lindsay. Il suo racconto era stato interrotto alcuni minuti prima da una brusca reazione di Rowland che lei non si spiegò. Si era alzato per mettere altri ceppi nel camino. Adesso le dava le spalle. Stava fissando le fiamme come se ne fosse ipnotizzato e pareva essersi dimenticato della sua presenza. «Vorrei che sentissi la storia come mi è stata raccontata», proseguì. «È una bella storia, perlomeno a me piace. Si tratta di una specie di storia d'amore.»
«Certo.» Rowland si voltò. «Voglio sentirla.»
«Qualcosa non va, Rowland?»
«No, no. È solo che quando hai nominato New Orleans mi sono ricordato dell'ultima volta che sono stato lì. Tutto qui.»
«È una città che conosci bene?»
«Abbastanza, ci sono stato qualche volta. Avevo un'amica a Washington il cui fratello era professore in legge alla Tulane.»
«Tulane?»
«È l'università di New Orleans. Ha una delle migliori facoltà di legge in America. Ma questo non è rilevante. Prosegui con la tua storia.»
Tornò al tavolo e si risedette. Lindsay, che non aveva intenzione di porgli ulteriori domande, non capì se i ricordi che aveva di quella città fossero piacevoli o meno. Per un istante aveva visto un Rowland McGuire diverso da quello che stava imparando a conoscere. Ebbe la sensazione che non volesse rivelare quella parte di se stesso e che fosse arrabbiato per essersi lasciato andare, anche se per un attimo. Prese la bottiglia, e quando Lindsay scosse la testa, versò un po' di whisky nel suo bicchiere. Esaminò il liquido in controluce, poi tornò a rivolgersi a lei.
«Allora, vuoi raccontarmi questa specie di storia d'amore, Lindsay?»
«Ne sei sicuro? Si sta facendo tardi. Posso lasciarti l'artico-

lo da leggere se preferisci. Ci troverai tutto, tranne la parte finale che mi è stato chiesto di non pubblicare.»

«No, no. Detesto le storie incomplete. Una storia deve avere un inizio, uno sviluppo e una conclusione.» Sorrise. «Inoltre, preferisco sentirla dalla tua voce.»

«D'accordo.» Il cuore di Lindsay fece un balzo. Prese la fotografia dell'aristocratica signora canuta accanto al bellissimo vestito sulla sedia. Ricordava perfettamente quell'intervista, era stato il suo primo vero incarico come free lance. Aveva vent'anni, ed era stata orgogliosa che fosse stata sua l'idea per quel servizio, orgogliosa che *Vogue* l'avesse accettato, anche se al dunque si era sentita tremare come una foglia.

L'intervista si era tenuta in una splendida palazzina dalle colonne bianche a Belgravia. Le aveva aperto la porta un maggiordomo, il primo maggiordomo in carne e ossa che Lindsay vedeva. Lo aveva seguito su per un'ampia scalinata, ed era stata introdotta in un enorme salone con tre grandi finestre che davano sui giardini nella piazza sottostante. Era autunno, eppure la stanza era piena di fiori primaverili. Lady Roseborough, già Letitia Lafitte Grant, si era alzata vedendola entrare e Lindsay aveva provato soggezione trovandosi in presenza di quella signora dall'eleganza leggendaria.

Poi era bastato che le prendesse le mani e cominciasse a parlare con l'accento strascicato del Sud perché si sentisse a suo agio.

«La donna nella fotografia», cominciò Lindsay, tornando al presente, «si chiamava Letitia Lafitte Grant, o almeno questo era il suo nome quando le è stato confezionato questo vestito. Proveniva da un'antica e ricca famiglia della Louisiana e si era unita per matrimonio a una famiglia ancora più ricca e antica. I Lafitte Grant possedevano piantagioni di cotone e zucchero; dopo essersi sposata, Letitia era andata a vivere in casa loro, una bellissima villa sulla riva nord del Mississippi, fra Baton Rouge e New Orleans. Era una famosa padrona di casa, una famosa bellezza, una famosa cavallerizza e una famosa collezionista di abiti di alta sartoria. Era anche, penso, una donna di buon cuore, nonché molto generosa.

«Andai a intervistarla proprio per via della sua leggendaria eleganza. Era il tipo di donna che poteva indossare qualunque cosa, e risultare sempre elegantissima. Era meravigliosa anche con un paio di jeans, una camicia da uomo e una delle giacche di tweed del marito. Amava i vestiti d'alta moda, e due volte all'anno presenziava alle sfilate di Parigi. Non è mancata una sola volta per più di vent'anni. Teneva il suo guardaroba con maniacale perfezione. È morta tre anni dopo che l'ho intervistata. Oggi la sua collezione di vestiti d'alta moda si trova al Metropolitan Museum di New York.

«Lo scopo dell'intervista era che mi mostrasse la sua collezione, vestiti firmati da Schiaparelli, Balenciaga, la prima Chanel. E lo ha fatto. Prima di andare le avevo chiesto di scegliere uno dei suoi abiti preferiti da fotografare, e lei ha scelto quello che vedi sulla sedia.»

«La cosa ti ha sorpreso?» chiese Rowland, che adesso la stava ascoltando attentamente. «Ti aspettavi che optasse per un vestito firmato da qualcuno famoso?»

«Sì. Ma lei mi ha spiegato di aver scelto quel vestito perché le ricordava un periodo felice della sua vita, quando i figli erano ancora piccoli e il primo marito non era ancora ammalato. Ma soprattutto perché le ricordava una ragazza straordinaria, la ragazza che lo aveva fatto, Marie-Thérèse.

«Letitia mi disse che quella che mi stava per raccontare era la tipica storia di New Orleans», proseguì Lindsay. «Mi disse che dovevo immaginare una città molto diversa da quella che era diventata New Orleans. Quando c'erano pochi turisti, quando era ancora possibile sentire il passato della città. Dovevo immaginare il caldo, le bellissime case nel quartiere francese con i balconi in ferro battuto e l'atmosfera deprimente. Dovevo immaginare una città piena di contraddizioni, un miscuglio di ricchezza e povertà, di razze, di religioni, di superstizioni e di lingue. Disse che dovevo immaginare una città diversa da qualunque altra in America, dove la straordinarietà era all'ordine del giorno. Mi fece vedere la sua New Orleans, Rowland. Poi passò a raccontarmi la storia di Marie-Thérèse.

«Letitia aveva conosciuto la ragazza alcuni anni prima che confezionasse quel vestito. Marie-Thérèse allora aveva circa quattordici anni e frequentava una scuola di suore nel quartiere francese, dov'era andata anche una delle cameriere di Letitia. Su raccomandazione della cameriera, a Marie-Thérèse venne data la possibilità di fare dei lavoretti per la famiglia Lafitte Grant. Ricamava la biancheria e cose del genere. Gliel'avevano insegnato le suore del convento, molte delle quali erano francesi; Marie-Thérèse stessa era di origine francese, anche se era nata a New Orleans. A sentire le suore, era l'allieva più dotata. Quando Letitia vide i lavori che aveva eseguito, li trovò così perfetti che volle conoscere la ragazza. La colpì immediatamente. Era silenziosa, sin troppo timida. Non la si poteva definire una bellezza, ma aveva un fascino che non la faceva passare inosservata. Aveva una carnagione color magnolia, un'enorme massa di capelli neri e un atteggiamento quasi infantile. Letitia era ansiosa di darle altro lavoro, principalmente perché sapeva che la ragazza viveva in condizioni di estrema povertà.»

Lindsay tacque per un attimo, poi guardò Rowland. «Marie-Thérèse aveva un fratello, i due erano rimasti orfani da piccoli. Il fratello aveva abbandonato la scuola quando aveva quindici anni e Marie-Thérèse nove. Da allora era stato l'unico a provvedere alla sorella.»

Nel silenzio che seguì, si sentiva solo il crepitio del fuoco. Rowland alzò lentamente gli occhi e incontrò lo sguardo di Lindsay.

«Un fratello? Un fratello più grande?»

«Sì, e anche molto protettivo, secondo il racconto di Letitia. Un giovanotto poco istruito, ma estremamente sensibile, orgoglioso e suscettibile.»

«Interessante. Continua.»

«Ben presto Letitia si affezionò alla ragazza. Ogni tanto Marie-Thérèse andava a farle visita, ma lei non andò mai a casa della ragazza. Nei due anni successivi cercò di procurarle più lavoro che poté. Piano piano le vennero affidati altri compiti oltre che ricamare. Cucì alcune camicette per Letitia, poi un bellissimo scialle. Le fu permesso di apportare delle modifiche ai vestiti di Letitia, lei sembrò affascinata da questo lavoro. Letitia le raccontò delle case di moda che visitava, dei vestiti che si provava, di quanta perfezione ci fosse dietro ogni capo. Le spiegò la scelta dei tessuti, l'accostamento dei colori. Un giorno le diede da aggiustare uno dei suoi abiti preferiti, un completo di Chanel che risaliva a prima della guerra. Si era strappato e lei riteneva che fosse ormai irrecuperabile. Glielo aveva riportato perfettamente sistemato. Esaminandolo, si era resa conto che aveva disfatto completamente la giacca e l'aveva ricucita. Marie-Thérèse, che di solito apriva a malapena bocca, quel giorno era particolarmente eccitata e non la finiva più di parlare di quello che aveva imparato. Sai cosa disse a Letitia? Cito: '*Madame*, ho sempre pensato che fare vestiti fosse un'arte, ma adesso so che è una scienza...'

«Da quel giorno, Letitia cominciò a interessarsi ancora di più a quella ragazza. La incoraggiò a parlare di se stessa, della casa, del fratello. E restò turbata da quello che sentì. Lei e il fratello vivevano in due stanze nella parte povera di Vieux Carré, accanto al convento e alla scuola. Le suore, il cui ordine possedeva da quelle parti diverse proprietà in pessimo stato, gli avevano affittato le stanze. Il convento era conosciuto come la Maison Sancta Maria, perché aveva una piccola statua della Vergine Maria nel giardino interno. Le suore avevano affittato le stanze come gesto caritatevole, ma c'era dell'altro. Erano convinte, come il fratello, che Marie-Thérèse avesse la vocazione. Le facevano pressioni perché diventasse una novizia una volta finita la scuola. Marie-Thérèse aveva accettato la cosa. Disse a Letitia che aveva intenzione di prendere il velo.

«Letitia, che non era di fede cattolica, si preoccupò. Consigliò alla ragazza di riflettere molto attentamente prima di fare un passo del genere. Le disse che lei stessa era più che disposta a offrirle un'alternativa. Se voleva, poteva andare a lavorare a casa Lafitte Grant come domestica. Con suo stupore, la ragazza rifiutò immediatamente. Le spiegò che suo fratello non avrebbe mai approvato una simile scelta. Non poteva neanche prendere in considerazione l'ipotesi di separarsi da lui. Era tutto per lei: una guida, un protettore, un amico. Letitia le fece notare con delicatezza che anche se il fratello lavorava come giardiniere nel convento, sarebbero stati comunque separati se lei fosse diventata suora. Marie-Thérèse l'ascoltò educatamente, ma sembrò non comprendere.»

Lindsay tacque per un momento e si voltò a guardare Rowland.

«Non mi ha mai rivelato il loro cognome», riprese, «ma il fratello si chiamava Jean-Paul. Nome che si può facilmente abbreviare in Jean. Così come Marie-Thérèse poteva optare per

Maria, soprattutto se voleva nascondere la propria nazionalità, non credi?»

«Sì», rispose Rowland. «Ma non voglio saltare a conclusioni affrettate.» Esitò. «La tua storia mi piace, Lindsay, ma non vedo che cosa c'entra l'amore...»

«Lo capirai presto.»

«Allora vai avanti.»

«E adesso arriviamo al famoso vestito russo di Letitia. Ogni anno per il martedì grasso i Lafitte Grant davano un ballo; era un grande evento in Louisiana e ogni ballo aveva un tema. Il tema del 1966 era la Russia. Per l'occasione, Letitia decise di fare confezionare il vestito da Marie-Thérèse invece che a Parigi, come al solito. I suoi motivi non erano puramente caritatevoli. Se il vestito si fosse rivelato un fiasco, poco male, aveva stanze piene di vestiti. Ma se invece avesse ottenuto il successo che sperava, sapeva che tutte le sue amiche avrebbero sommerso di richieste quella meravigliosa ragazza. E allora forse Marie-Thérèse avrebbe finalmente capito che c'era un'alternativa al convento.»

«È riuscita nel suo intento?»

«No. Il piano è fallito. Il vestito fu un vero successo. Tutte le sue amiche erano ansiose di conoscere il nome della ragazza che lo aveva creato. Ma né loro né Letitia ebbero mai l'opportunità di averla come sarta. Dopo la sera del ballo di martedì grasso, rivide Marie-Thérèse solo una volta ancora...»

Lindsay s'interruppe, corrugando la fronte. Poi sospirò e riprese a parlare. «Quando Letitia arrivò a questo punto del racconto, la vidi cambiare espressione. Pensai che stesse per dirmi che era successo qualcosa di terribile, che forse c'era stato un incidente, che Marie-Thérèse era morta. Ma mi sbagliavo. Non era accaduto niente del genere. Letitia mi disse che mi avrebbe raccontato il resto della storia a condizione che non la pubblicassi. Accettai. La morte non c'entrava niente, era stato suo fratello Jean-Paul a intervenire.»

«Capisco. E Letitia non aveva mai incontrato il fratello?»

«Non fino a quel momento. Sapeva che lavorava ventiquattr'ore su ventiquattro: nei giardini delle suore, nei bar e negli alberghi di New Orleans. Dato che la sorella sosteneva che era un bravissimo meccanico, un paio di volte gli avevano permesso di occuparsi delle macchine dei Lafitte Grant, fra cui alcune Rolls Royce che risalivano a prima della guerra, che erano la passione del marito di Letitia...»

«E Lazare oggi colleziona quel tipo di macchine.»

«Precisamente. Quel lavoro non divenne mai permanente. Il resto del personale dei Lafitte Grant detestava il ragazzo. Lo trovavano arrogante, permaloso e con manie di persecuzione. Aveva un temperamento violento, nessuno voleva lavorare accanto a lui. Quando il giorno dopo il ballo il ragazzo si presentò alla sua porta, Letitia capì perfettamente la reazione dei suoi dipendenti. Provò un'immediata antipatia per quel ragazzo.»

Lindsay esitò. «Però penso che in un certo senso le facesse solo pietà. Aveva diciannove anni e cercava di sembrare in gamba. Ma dal momento in cui entrò in casa sua, si comportò in modo aggressivo e maleducato. Le disse in tono insolente che la sorella non aveva bisogno del suo aiuto, che aveva sempre provveduto lui a lei e lo avrebbe fatto anche in futuro se fosse stato necessario. Disse che non tollerava interferenze nella vita di Marie-Thérèse da parte di una famiglia protestante che non avrebbe mai potuto capire una ragazza cattolica. Sottolineò con enfasi la morigeratezza e la devozione religiosa della sorella. Disse che Marie-Thérèse non avrebbe più lavorato per Letitia, che non l'avrebbe più rivista, perché lei le stava avvelenando la mente con le tentazioni mondane. Marie-Thérèse era destinata a diventare la sposa di Cristo, era stato deciso sin da quando era piccola. Era stato il desiderio della loro madre e lui intendeva realizzarlo. Letitia era riuscita a intervenire poco o niente mentre recitava il suo discorso, chiaramente preparato. Quand'ebbe finito il monologo, si precipitò fuori. Da allora Letitia rivide Marie-Thérèse una sola volta ancora.»

«Incredibile. Davvero strano», disse Rowland nel silenzio che seguì. «Povera Letitia. Poi cos'è successo? Raccontami la fine.»

«Passarono diversi anni. Letitia era rimasta offesa e non aveva fatto ulteriori tentativi per rivedere Marie-Thérèse. Occasionalmente aveva sue notizie da parte della cameriera che gliel'aveva presentata, ma lentamente perse interesse nei suoi confronti. Aveva cose più importanti a cui pensare. La malattia del marito aveva cominciato a manifestarsi. Solo nel 1969, tre anni dopo, venne a sapere dalla cameriera che c'erano stati dei problemi. Marie-Thérèse aveva già completato gli studi ed era entrata in convento. Ma non completò mai il noviziato: aveva perso la fede. Questo e altri fattori la portarono a litigare con le suore. Lei e il fratello vennero sfrattati, buttati per strada. Si ritrovarono così con pochi soldi e senza casa.

«La cameriera, educata in convento come Marie-Thérèse, era anche lei una ragazza morigerata. Quando le aveva raccontato questa storia, Letitia aveva sospettato che erano altri i motivi di quello sfratto e che la ragazza non aveva il coraggio di dirglielo. Alle sue domande aveva reagito arrossendo e balbettando frasi incoerenti. Le confidò che Marie-Thérèse aveva tradito la fiducia che le suore avevano riposto in lei e che la ragazza non stava vedendo nessuno per la vergogna.

«Dato che suo marito era molto malato all'epoca, Letitia non aveva insistito. Passarono alcuni mesi. Si arrivò al gennaio del 1970; il marito stava meglio e il martedì grasso si stava avvicinando. Quell'anno non ci sarebbe stato nessun ballo, ma i pensieri di Letitia tornarono a Marie-Thérèse. Si rivolse di nuovo alla cameriera per avere notizie. Anche se con grande riluttanza, la cameriera le aveva dato il nuovo indirizzo di Marie-Thérèse e del fratello. Disse di aver sentito che erano disperatamente poveri e che Marie-Thérèse era stata malata, ma si rifiutò di rivelarle altre informazioni.

«Alcuni giorni dopo», continuò Lindsay, «Letitia decise di andare a cercare la ragazza. Ti lascio immaginare cos'ha scoperto, Rowland. Ma stranamente era qualcosa che lei non aveva previsto, qualcosa che la scioccò profondamente. Ci mise un bel po' a trovare la casa. Era un sudicio caseggiato in rovina situato a nord del quartiere francese, una zona da cui la maggior parte dei bianchi rifuggiva. Quando infine vi giunse, il portone era spalancato. Non c'erano campanelli né targhette con i nomi, solo un vecchio seduto nel portico che beveva bourbon. Le disse che Marie-Thérèse e il marito vivevano in una stanzetta all'ultimo piano. Letitita sentì un bambino piangere mentre saliva le scale. All'inizio pensò che il pianto provenisse dalla stanza di qualche altro affittuario. Poi, arrivando in cima, capì... la porta della stanza di Marie-Thérèse era aperta, come se qualcuno fosse appena rientrato. Letitia si fermò sulla soglia senza parlare. Marie-Thérèse era seduta su un letto in fondo alla stanza, teneva fra le braccia un neonato cercando di convincerlo a mangiare. Chinata su di lei, con un braccio intorno alle sue spalle, c'era suo fratello Jean-Paul. Letitia mi disse di aver capito all'istante, senza alcun'ombra di dubbio, che era lui il padre del bambino.

«Stava per andarsene prima che si accorgessero della sua presenza, quando qualcosa la bloccò. Letitia aveva avuto quattro figli e dal modo in cui il bambino piangeva capì che era malato. Anche Marie-Thérèse aveva l'aria malata. Era magrissima. Vide la tenerezza e l'apprensione con cui Jean-Paul parlava alla madre e al bambino e si vergognò della sua reazione. Stava per suggerire di chiamare un medico, quando Jean-Paul alzò lo sguardo e la vide. Aveva una tale espressione che non osò aprire bocca. Mise per terra il cesto di frutta che aveva portato, rendendosi conto in quel momento di quanto fosse inappropriato quel dono. Jean-Paul aveva i lineamenti del volto contratti per la rabbia e il disprezzo. Letitia tirò fuori tutti i soldi che aveva con sé e li mise nel cesto. Poi si voltò e se ne andò senza una parola.

«In pratica questa è la fine della storia», disse Lindsay, incontrando lo sguardo turbato di Rowland. «Letitia non li ha più rivisti. Per sei mesi continuò a mandargli soldi per posta. Non ebbe mai nessuna risposta, non sapeva neanche se li ricevevano. Verso la fine dell'anno seppe dalla cameriera che avevano lasciato New Orleans. Ma quando le chiese del bambino, negò di saperne qualcosa. Questo preoccupò Letitia. Si chiese se il bambino fosse morto, o fosse stato adottato. Tutte le sue ricerche si rivelarono infruttuose. Infine andò al convento dove venne ricevuta dalla madre superiora. La suora le confermò che Marie-Thérèse aveva avuto un maschio. Non disse nulla riguardo alla paternità e negò di sapere qualcosa dell'attuale situazione del bambino. Morto o vivo che fosse, le disse, non le interessava la sorte di un bambino nato da un'unione del genere.

«Ormai Letitia era arrivata a un punto morto. Non riuscì a scoprire più niente. Alla fine dell'anno suo marito morì e il figlio maggiore ereditò tutto. Letitia lasciò la Louisiana per andare a trovare degli amici in Europa; tempo dopo incontrò il suo secondo marito e venne a vivere a Londra. Di tanto in tanto tornò in Louisiana, ma mi disse di non essersi più sentita in pace là. Non sentì più parlare di quella straordinaria ragazza e del fratello. Tutto ciò che restava di quell'esperienza era questo vestito che vedi in fotografia. Un vestito che adesso è da qualche parte al Metropolitan Museum.»

Incontrò gli occhi di Rowland, poi distolse rapidamente lo sguardo. Si voltò a guardare il fuoco, le persiane, le fotografie sulla parete. Rowland taceva, ma lei sentì che era rimasto colpito da quella storia, come lo era stata lei la prima volta che l'aveva sentita. Rowland teneva la testa china sulle due fotografie dei vestiti. Con un sospiro, Lindsay si alzò. «Ti avevo detto che era una storia d'amore», disse. «Per quanto una storia d'amore un po' insolita.»

«La maggior parte delle storie lo sono, almeno per quelli coinvolti», replicò lui.

«Sono sicura che è la storia di Cazarès e Lazare», asserì. «Sono sicura, Rowland.»

«Anch'io. Anche se probabilmente non dovrei esserlo, dato che non ci sono prove, a parte i vestiti. Ma anch'io ho istinto, tanto quanto te Lindsay. Sento che è la verità.» Esitò, poi alzò gli occhi a guardarla. «Ma è il caso che tu sappia una cosa, Lindsay. Sono certo che capirai. Anche se potessi provarlo fino all'ultima parola, non potrò pubblicare questa storia finché saranno in vita. Max non lo permetterebbe. E neanch'io. È una storia privata e c'è di mezzo un bambino... cosa stai facendo?»

«Prendo il cappotto. Non ti preoccupare, capisco. Sapevo che avresti detto questo. Adesso devo andare a casa.»

«Perché? Sono solo le nove, potremmo andare fuori a mangiare qualcosa. Io... mi ha fatto molto piacere che tu mi abbia raccontato questa storia. Ci sono migliaia di cose che vorrei chiederti...»

Lindsay si fermò davanti alle fotografie di montagna. Inspirò ed espirò dieci volte, poi mise giù il cappotto con un sorriso.

«Non siamo sposati, Rowland?» disse. «Mi sembra di ricordare che ci siamo sposati ieri dopo un inaspettato colpo di fulmine. Allora perché non comportarci da marito e moglie? Che ne dici se preparo qualcosa da mangiare?»

11

«Questa è una pessima idea», disse Rowland, scendendo i gradini dietro di lei. «Lindsay, come ti ho già detto, non sono un tipo casalingo. Non ci sarà neanche un po' di cibo.»

«Certo che ci sarà», replicò da sopra le spalle. «In ogni cucina c'è del cibo, persino nella tua, Rowland.»

A Lindsay non era sfuggito che la sua proposta lo aveva messo a disagio. Stando a Max, le amiche di Rowland insistevano sempre per cucinargli.

«Senti, Rowland», continuò in tono deciso, prendendo da dietro la porta della cucina un grembiule orlato di gale che sicuramente non aveva comprato Rowland, «chiariamo subito una cosa. Si tratta di lavoro. Noi siamo colleghi. Con un po' di fortuna forse potremmo anche diventare amici. Ma io non ho mire su di te. Non ho intenzione di impormi. Detesto quelle che lo fanno. Ho avuto innumerevoli amanti che hanno cercato di fare lo stesso con me, e adesso sono tutti ex amanti.»

«Davvero?» domandò Rowland, appoggiandosi contro lo stipite della porta e inarcando un sopracciglio. «Innumerevoli amanti, eh?»

«Non hai certo bisogno che ti racconti i particolari, tu dovresti conoscerli meglio di me.» Lindsay cominciò ad aprire gli armadietti. «La tecnica è più o meno la stessa. Nel mio caso cominciano a dirmi che tipo di vino devo comprare. Poi criticano i miei vestiti. Poi mi dicono come devo crescere mio figlio. Poi si lamentano perché lavoro troppo. A quel punto», si voltò a guardarlo con un sorriso, «di solito gli sguinzaglio dietro Louise. Lei se ne sbarazza in men che non si dica.»

«Se si arrendono così facilmente, probabilmente non valeva neanche la pena di perderci tempo», osservò Rowland.

Lindsay ignorò l'eccitazione che la colse a quell'osservazione e si diede un gran da fare per trovare del cibo. Lo scambio di idee parve mettere Rowland più a suo agio; adesso sembrava rilassato, di buonumore, persino divertito. Trovò una bottiglia di vino e l'aprì. Mise due bicchieri sul tavolo. Poi le suggerì di tornare a casa in taxi e che, se lei era d'accordo, lui avrebbe fatto riparare l'auto mentre lei era a Parigi.

«Allora Sylvie non era una cosa seria?» cambiò argomento Lindsay. Sembrò prima stupito e poi amareggiato da quella domanda.

«Una cosa seria? Pensavo che ormai ti fosse giunta la voce. Io non mi lascio mai coinvolgere seriamente. I tuoi informatori non te l'hanno detto?»

Lindsay decise che era più saggio non continuare su quell'argomento. Concentrò la propria attenzione sulla cucina di Rowland che, per quanto lasciasse a desiderare in quanto ad arredamento, non era male. Il frigorifero e la stufa a gas per cucinare dovevano risalire a prima della guerra, ma la stanza aveva un bellissimo pavimento e una splendida credenza incassata.

«Allora, che ne dici di cominciare con le domande?» chiese Rowland, sedendosi al tavolo di pino e passandosi una mano fra i magnifici capelli. «Innanzitutto, perché nessuno ha mai fatto dei collegamenti prima? Quei due vestiti sono identici. Il tuo articolo è comparso su *Vogue* dopotutto.»

«Non hanno coinciso i tempi», rispose Lindsay, esaminando quello che aveva trovato nella credenza e chiedendosi come avrebbe fatto a ricavare un pasto da quegli ingredienti. «Il mio articolo è apparso nella primavera del 1979, tre anni dopo la collezione russa di Cazarès. E su *Vogue* inglese. Invece il vestito di Cazarès del 1976 è apparso solo su riviste americane. A meno che non si mettano a fianco le due fotografie, è impossibile collegarle. Se qualcuno vede prima una e poi l'altra, tutt'al più nota la somiglianza, ma nient'altro.»

Nella credenza c'erano due scaffali. Su quello inferiore c'erano le cose chiaramente comprate da Rowland: cinque barattoli di pomodoro, diverse scatolette di tonno, una scatola di riso a cottura rapida, alcune scatole di cereali e vasetti di marmellata. Su quello inferiore le cose chiaramente comprate da Sylvie e forse da quelle che l'avevano preceduta: una bottiglia di olio extravergine, un vasetto di pomodori secchi, una scatoletta di *pâté de foie gras*, aceto di lampone, dei vasetti di pepe verde e uno di erbe miste.

«Non hai delle uova, Rowland? Oh, scusa, che cosa stavi dicendo?»

Rowland tirò fuori delle uova dal frigorifero e la informò con aria compiaciuta che c'era anche del burro e del pane che non sembrava troppo stantio.

«Stavo parlando di Letitia», rispose, sedendosi di nuovo. «Può darsi che nessun altro abbia notato la somiglianza tra i vestiti, ma lei deve averlo fatto. Era una che comprava capi d'alta moda. Sicuramente dev'essersi accorta che la nuova stilista parigina di grido aveva creato un vestito identico a quello che era stato fatto per lei dieci anni prima.»

«E invece no. Dopo la morte del primo marito ha smesso di andare alle sfilate. Ha smesso anche di comprare abiti d'alta moda. Può darsi che avesse sentito parlare di Cazarès, ma non può aver visto la fotografia del vestito su *Harper's Bazaar*. Te l'ho già detto, Rowland. La foto è stata pubblicata solo in America. Lei allora viveva a Londra. Se lo avesse saputo, sicuramente me ne avrebbe parlato. Rowland non mi guardare mentre cucino. Mi dà fastidio.»

«Scusa. In realtà non ti stavo guardando. Stavo riflettendo. Uova strapazzate? Mi piacciono le uova strapazzate.»

«Sì», rispose lei, rompendo le uova nella ciotola. «Sarà un pasto alla Tom. Sarà maledettamente difficile strapazzare le uova in questa padella. Traballa. Finiranno con l'attaccare. Smettila di guardarmi, Rowland.» Lui distolse gli occhi.

«Le date coincidono», proseguì. «Le età coincidono. Quanti anni ha Lazare? Quasi cinquanta? Cazarès non ha mai rivelato la sua età, ma dev'essere sulla quarantina, anche se sembra più giovane. Se ne aveva sedici o diciassette nel 1966, adesso dovrebbe averne quarantacinque o quarantasei. Non credi?»

«Sì. Per quanto non sia facile definire l'età di una che compare due volte all'anno per mezzo secondo sulla passerella perfettamente truccata.»

«E ci sono anche altri particolari», continuò Rowland. «L'accento di Lazare, tanto per cominciare. Suona un po' strano che abbia l'accento del francese parlato a New Orleans. Cazarès probabilmente ha perso il suo, ma lei ha avuto un'istruzione maggiore rispetto al fratello. Certo che hanno fatto di tutto per nascondere le loro origini. T'immagini se fosse tutto vero, Lindsay? Per tutti questi anni hanno finto di non essere parenti, cercando disperatamente di nascondere la verità al mondo.»

«No, non riesco a immaginare», replicò Lindsay. «Ma dev'essere orribile. E non hanno nascosto solo il fatto di essere parenti. Erano anche amanti, nonostante fossero fratello e sorella. E se dobbiamo dare adito alle chiacchiere, lo sono ancora.»

Smise di mescolare le uova e tostò il pane.

«Continuo a pensare al bambino», affermò, con espressione inquieta. «Immagino che anche Letitia ne sia stata ossessionata. Secondo te che fine ha fatto? È morto? È stato dato in adozione? Io credo che sia morto. Forse è nato con qualche malformazione...»

«Perché figlio di un fratello e una sorella? Può essere.»

«Se fosse vivo, oggi avrebbe più di vent'anni. Da qualche parte nel mondo ci sarebbe un figlio e loro non ne saprebbero nulla. È una cosa così terribile... cosa c'è, Rowland?»

«Niente.» Tutt'a un tratto era diventato così serio. Scosse la testa. «Non stiamo facendo che un mucchio di supposizioni. Non c'è nessuna possibilità di verificare. Non abbiamo neanche un cognome. È tutto troppo vago.»

«Se avessi un cognome», disse Lindsay, mettendo le uova sulle fette di pane tostato, «saresti in grado di controllare?»

«Oh, si possono fare anche senza un nome. Si può cominciare dai Lafitte Grant e da quel convento. Se da lì riuscissimo a sapere il cognome, sicuramente faremmo dei passi in avanti. Potremmo risalire al certificato di nascita di Marie-Thérèse e del fratello. E anche a quello del bambino, scoprire se è morto o meno, forse potremmo risalire anche a quando sono arrivati in Francia attraverso l'archivio dell'ufficio Immigrazione. Questo potrebbe fornirci un primo indirizzo. E magari anche una pista per scoprire come ha cominciato a fare soldi Lazare, e forse anche quando hanno cambiato nome. Ma richiederebbe troppo tempo e non ci porterebbe da nessuna parte. Come ti ho già detto, è una storia privata e deve restare tale.»

Lindsay non disse nulla. Le era passato per la mente che potesse esserci un modo per scoprire quel cognome, ma preferì non farne parola con Rowland, nel caso si fosse sbagliata.

Si sedettero a cenare. In realtà sembrava più un picnic. Mangiarono pane tostato con uova strapazzate, e poi pane tostato con *pâté*. Rowland, che aveva ancora fame, mangiò dei corn flakes come dolce. A Lindsay sembrò ingiusto che un uomo potesse ingurgitare così tante calorie e restare magro. Quand'ebbero terminato, Rowland preparò il caffè. A un certo punto di quella strana cena, che era cominciata in modo cameratesco, Lindsay aveva avvertito che lui si stava ritraendo in un mondo tutto suo.

«Scusami», disse infine, notando che lo stava osservando. «Stavo ripensando alla storia di Lazare. Purtroppo mi succede sempre. Non riesco a togliere la spina. E c'è un particolare che mi disorienta.»

«Riguardo alla storia che ti ho raccontato?»

«Indirettamente.»

«Posso chiederti perché sei così interessato a Lazare?»

«No, Lindsay. Mi dispiace. Quando questa faccenda sarà conclusa, ti darò tutte le spiegazioni che vuoi.»

«Ma Gini lo sa, vero? Lei lavorerà con te.»

«Questa è la mia idea.»

«Quindi è qualcosa che ha a che fare con quello che è successo da Max. C'entra anche Amsterdam?»

«Lindsay, non fare domande.» Si alzò. «Senti, sono le dieci passate. Devo chiamare Gini, ho detto che l'avrei fatto. Questa sera vedeva Susan Landis e alcuni amici di Cassandra e Mina. Ti dispiace se la chiamo subito? Poi ti chiamo un taxi. Non ci metterò più di cinque minuti.»

Ce ne mise quindici. Tornò pensieroso e distratto. Le comunicò che il taxi stava arrivando. «Qualche novità?» chiese Lindsay.

«No, purtroppo. Gini ha incontrato alcune ragazze della scuola di Cheltenham. Una ha affermato di aver sentito Cassandra nominare qualche volta Star. Nient'altro. Nessuna di loro è stata di grande aiuto. Non si hanno notizie di Mina. Be', se ce ne fossero state, Gini, Max o la redazione avrebbero chiamato. Domani pubblichiamo la notizia della morte di Cassandra e della sparizione di Mina, con tanto di fotografie delle ragazze. Forse questo frutterà qualcosa. Nel frattempo, domattina Gini parte per Amsterdam e poi tu andrai a Parigi...» S'interruppe sentendo suonare il campanello.

«Dev'essere il tuo taxi. Lascia che ti prenda il cappotto. Oh, i libri che ho promesso a Tom...»

Cinque minuti dopo Lindsay era su un taxi con in grembo un libro su Bergman, un altro su Fellini e un volume sulla *nouvelle vague* francese. Rowland l'aveva ringraziata calorosamente, eppure aveva ancora la sensazione di essere stata liquidata.

Cosa aveva ottenuto da quella serata? Aveva cucinato delle uova strapazzate perfette in una padella che, se fosse stata sua, avrebbe gettato nell'immondizia. Aveva fornito a Rowland informazioni che potevano essere affascinanti, ma inutili dal punto di vista pratico. Non aveva neanche avuto abbastanza fiducia in lei da parlarle della storia su cui stava lavorando. La storia su cui lui e Gini stavano lavorando.

«Odio questo mondo», disse a Tom, ancora sveglio a guardare un film.

Una protuberanza sul divano, che nella semioscurità aveva scambiato per un cuscino, si mosse sedendosi. Era Katia, la dolce, tranquilla e in un certo senso formidabile ragazza di suo figlio. Tom le circondò le spalle con un braccio.

«Non ti preoccupare», rispose Tom, in tono gentile, gli occhi fissi ancora sulla schermo. «Il mondo non odia te. E neanch'io.»

«Neanch'io», gli fece eco Katia. «Salve.»

Lindsay si sentì meglio a quella dimostrazione d'affetto. Quando andò a letto, gettò il romanzone da seicento pagine sul pavimento, lo cacciò sotto il guardaroba, e lesse Updike per due ore. Verso l'una si alzò dal letto, riprese il romanzone e lo lesse fino alla fine.

«C'è la possibilità che questo Star possa essere americano?» chiese Gini. «O che abbia dei legami con l'America? Anneka ha mai menzionato di avere amici americani?»

Erika van der Leiden, seduta di fronte a lei, scosse la testa. «No. A parte il biglietto che ci ha lasciato, mia figlia non ha mai nominato quest'uomo. Non mi risulta che avesse amici americani. Noi conduciamo una vita tranquilla. Anneka stava a scuola tutto il giorno. Quando tornava a casa, faceva i compiti. Se usciva, era sempre con amici che conoscevo. Io e mio marito non le abbiamo mai permesso di andare in giro per i bar o cose del genere. Anneka ha ricevuto un'educazione severa. Forse io e mio marito siamo un po' all'antica.»

«Capisco», disse Gini educatamente, chiedendosi se valesse la pena continuare. Si trovava in quel delizioso salotto, tranquillo e squisitamente arredato da quasi un'ora. Entrare in quella stanza era stato come entrare in uno di quei quadri d'interno fiamminghi che aveva sempre amato. Il pavimento con le piastrelle di maiolica, la stufa a legna nell'angolo, le alte finestre che davano su uno dei più bei canali di Amsterdam. Erika van der Leiden era una persona semplice e bene educata e parlava un perfetto inglese. Doveva essere sui trentasei anni ed era tradizionalista anche nell'abbigliamento. Indossava una gonna con cardigan e maglietta, un filo di perle e scarpe basse.

Solo le mani tradivano il suo dolore e la tensione che provava. Non riusciva a tenerle ferme. Ogni volta che nominava la figlia morta, le stringeva fino a farsi venire le nocche bianche. Gini sentì una profonda pietà per lei. Erika van der Leiden era una donna che cercava disperatamente di non lasciarsi andare, una donna il cui equilibrio era appeso a un filo sottile.

C'era una sola nota stonata in quella stanza, ed era la ragazza seduta scompostamente nella poltrona alla destra di Gini. Si chiamava Fricke, ed era la sorella maggiore di Anneka. Aveva sedici anni. Gini ebbe l'impressione che facesse di tutto per non dare una buona impressione. Era sovrappeso, portava occhiali con lenti che parevano fondi di bottiglia e lunghi capelli unti. Indossava un paio di jeans e una polo, e anche lei, almeno a giudicare dalle poche frasi ostili che aveva pronunciato fino a quel momento, parlava un eccellente inglese. Sua madre aveva già fatto due tentativi per convincerla a lasciarle sole. Ma fu inutile, nonostante l'educazione severa. Erika van der Leiden si alzò e ci provò una terza volta.

«Fricke, sono sicura che hai dei compiti...»

«Li ho già fatti.»

«Allora ti chiedo di lasciarci un po' da sole, per favore. Come puoi vedere, né io né la signorina Hunter ci sentiamo a nostro agio con te qui...»

Esitò, poi aggiunse qualcosa in olandese in tono più brusco. Fricke lanciò un'altra torva occhiata alla madre e non si mosse.

«Perché non dovrei restare? Anneka era mia sorella. Scommetto che a nessuno è passato per la mente che potrei avere qualcosa di utile da dire.»

Aveva parlato in tono sgarbato e sembrò compiaciuta di questo. Erika van der Leiden arrossì e Gini si affrettò a intervenire. «No, la prego. Non mandi via Fricke a causa mia. Davvero. Potrebbe ricordare qualcosa, qualcosa che forse può sembrare poco importante...»

Fricke fece una smorfia soddisfatta. Sua madre sospirò rassegnata e tornò a sedersi. Lanciò a Gini un'occhiata perplessa e impotente. Gini sentì che l'intervista le stava sfuggendo di mano. Si chinò in avanti.

«Signora van der Leiden, potrebbe raccontarmi qualcosa di Anneka? So che è molto doloroso per lei, ma date le circostanze...»

«Naturalmente.» Si tormentò le mani in grembo. «Un'altra ragazza è morta e una scomparsa. Il mio cuore è con i loro genitori. Vorrei poter essere d'aiuto ma...»

«Forse se mi dicesse le cose che Anneka amava, potrebbe essere utile. Le piaceva andare al cinema o a ballare? Le piaceva la musica o...»

«Be', le piaceva la musica, quella moderna, come la maggior parte dei ragazzi della sua età. Adorava i vestiti. Comprava sempre le riviste di moda, vero, Fricke? Le nostre discussioni erano le solite fra madri e figlie. Sui capelli, il trucco e i vestiti, niente di serio. Anneka era una ragazza molto dolce, non intelligente quanto Fricke, ma molto fantasiosa. E socievole. Aveva molti amici. Corrispondeva con ragazzi di tutto il mondo. Amava ricevere lettere e cartoline. Era molto portata per le lingue. Le piaceva viaggiare. Siamo stati in Italia, in Spagna e in Svizzera a sciare. L'anno scorso è andata in gita scolastica a Parigi e l'anno prima a Londra. Si è divertita moltissimo. Frequentava una scuola di danza classica. Era una brava ballerina, molto aggraziata e...»

Gini lesse sul suo viso che improvvisamente si era resa conto che stava descrivendo una ragazza qualunque che aveva avuto la fortuna di nascere in una famiglia privilegiata. Non era riuscita a trovare qualcosa che indicasse l'unicità di sua figlia. Gli occhi le si riempirono di lacrime. Con un gesto di scusa, si alzò, voltandosi dall'altra parte.

Gini si aspettò che Fricke andasse a confortare la madre, ma la ragazza non si mosse. Fu Gini ad alzarsi.

«Signora van der Leiden», cominciò, «tutto questo è molto doloroso per lei. Mi dispiace. Forse adesso è meglio che vada.»

«No. La prego. Lei è venuta fin qui. Sono stata io ad accettare di vederla. C'è una fotografia di Anneka che mi piacerebbe mostrarle. Vado a prenderla. Se vuole scusarmi un momento.»

Lasciò la stanza. Nel greve silenzio che seguì, Gini tornò a sedersi nella sua poltrona. Prese il biglietto che la madre di Anneka le aveva mostrato poco prima, il biglietto che aveva lasciato sua figlia. La data era del 2 aprile dell'anno precedente. Vi era attaccato un foglio con la traduzione, a beneficio di Gini: *Cari mamma e papà, ieri ho conosciuto un nuovo amico, si chiama Star. È una persona meravigliosa, e molto gentile. Vado in Inghilterra con lui per qualche giorno. Tornerò venerdì. Vi chiamerò da Londra. Non vi preoccupate. Baci, Anneka.*

Nove mesi dopo, era morta. I suoi genitori non l'avevano più rivista viva. Quello che era successo, era l'incubo di ogni genitore. E la noncuranza, l'ingenuità con cui era stato scritto il biglietto, fecero rabbrividire Gini.

«Ci crede veramente, sa?»

Fricke aveva parlato così all'improvviso che Gini sussultò. «Scusa?»

«Mia madre», Fricke si alzò in piedi. «Crede veramente a tutte le cavolate che ha detto poco fa. Gli amici per corrispondenza. Le lezioni di danza...» Scrutò Gini attentamente. «Suppongo che ci creda anche lei.»

«Non necessariamente.» Gini ricambiò quello sguardo gelido. «Tua madre stava cercando di aiutarmi. Può darsi che si sia sbagliata in quello che ha detto.»

«Oh, davvero? Si è sempre sbagliata. E anche mio padre. Non hanno mai capito Anneka. Non la conoscevano affatto...»

«Senti, hai qualcosa da dirmi?»

«Può darsi.»

«Allora perché non me lo dici e la smetti di farmi sprecare tempo?»

La ragazza avvampò, poi alzò le spalle e si voltò. Gini decise di ignorarla e la tattica si rivelò corretta. Fu Fricke la prima a cedere.

«Non posso parlarle qui», disse. «Conosce Liedseplein? È una grande piazza vicino a Vondel Park.»

«La conosco. Sono già stata ad Amsterdam.»

«C'è un bar. Si chiama *Rembrandt*. Ci vediamo lì tra mezz'ora. Dovrei avere una lezione di violino, ma la salterò. Lei non verrà mai a saperlo.»

«Fricke...»

La ragazza si stava già avviando verso la porta. Le lanciò un'ultima occhiata di scherno. «Se ci sarà, bene. Se non ci sarà, chi se ne importa? Voi giornalisti siete tutti degli stronzi. Quando Anneka è scomparsa, facevano la coda davanti alla nostra porta, telefonavano in continuazione. Adesso che è morta, dove sono finiti? Si staranno gettando come avvoltoi sulla prossima tragedia.»

Gini non reagì alla provocazione e lei sembrò delusa. Lasciò la stanza. Gini non rimase a lungo con la signora van der Leiden. Le disse che Anneka teneva un diario e un'agenda, ma che li aveva portati con sé in Inghilterra e non erano stati più ritrovati. La polizia aveva già controllato tutti gli altri suoi effetti personali, ma non avevano riscontrato nulla di particolare. A sentire la madre, Anneka non aveva alcun problema, era una ragazza felice con tanti buoni amici di buona famiglia...

Gini non ne era convinta ed era sicura che in fondo non lo fosse neanche la madre di Anneka. Ecco perché continuava a descriverla in quel modo, con tanta enfasi. Continuò a farlo anche quando l'accompagnò alla porta. «Certo, qualche volta era di cattivo umore», spiegò, con una supplica negli occhi. «Come tutte le adolescenti, come Fricke. Sono cose che passano. Fanno parte della crescita. Sapeva quanto le volevamo bene. Anche lei ce ne voleva.»

Gini sapeva quali sofferte domande si celavano dietro quelle parole, glielo leggeva negli occhi. Erano le stesse domande che i genitori di Mina non avevano osato pronunciare la sera prima: cosa non abbiamo visto? In che cosa abbiamo mancato? Come abbiamo potuto fallire?

«La prego di prendere la fotografia. La tenga. È sua.» Erika van der Leiden le mise la foto di Anneka in mano.

«L'amavo», disse, con improvvisa passione. «L'amavo così tanto. Se non ha figli, non può capire. Amo anche mio marito, naturalmente. Siamo sposati da molti anni e non gli direi mai una cosa del genere. Ma il modo in cui amo lui non è niente, niente in confronto all'amore per le mie figlie. È terribile? Non me ne importa. È la verità. Se dovessi sacrificare lui per loro, non esiterei un secondo. Lui, io, questa casa, tutto ciò che possediamo, non ha alcun senso. Sarei disposta ad abbandonare tutto domani. Ucciderei, se questo servisse a riaverla.»

«La prego», disse Gini.

«Questo significa essere madre. Nessun uomo al mondo può provare qualcosa del genere. Un amore così disperato. Oh, Dio misericordioso...»

Stava tremando. Si coprì il viso con le mani, poi d'improvviso afferrò il braccio di Gini, costringendola a guardarla negli occhi.

«Mi dica che Anneka lo sapeva. Se solo potessi credere che lo sapeva...»

«Ne sono assolutamente certa, signora van der Leiden», affermò Gini.

Era una risposta inadeguata, ma sembrò consolare la madre di Anneka, almeno temporaneamente.

«Forse ha ragione», disse. «Prego Dio che lei abbia ragione.»

Gini si allontanò in fretta da casa van der Leiden, e si fermò sul canale appoggiandosi al parapetto. Stava tremando. Erika van der Leiden le aveva trasmesso tutta la forza delle sue emozioni, era come se facessero parte di lei. Era spaventata da questo, non solo perché aveva percepito quelle emozioni, ma anche perché era stata sul punto di accoglierle, come se le avesse riconosciute. Non avrebbe mai dimenticato quel momento. S'incamminò verso il ponte respirando affannosamente nell'aria fredda.

Arrivata dall'altra parte del canale, si voltò indietro. La madre di Anneka stava chiudendo le persiane. Era quasi il crepuscolo. Gini sapeva di vivere sentimenti contraddittori: un momento si sentiva fisicamente debole, oppressa da un'ansia paralizzante; il momento dopo invece provava una forza così positiva, così inebriante, che le sembrava di camminare a due metri da terra.

Sentì che era cominciata la sua iniziazione per diventare donna. Si era preparata a quell'evento sin da quando era arrivata a Sarajevo, ma com'era strano che questa iniziazione fosse avvenuta in una città sconosciuta, nel salotto borghese di una casa borghese, con l'aiuto di una donna che non aveva mai incontrato prima.

Era così che ci si sentiva a essere madre, adesso le erano chiare le forze e le debolezze di quella condizione. Provò un'improvvisa gratitudine per quella donna. Le aveva fatto un meraviglioso regalo. Era stato l'amore o il dolore di quella donna per la figlia perduta a darle una nuova consapevolezza? Entrambe le cose, si disse. Poi accelerò il passo e si diresse verso Liedseplein.

Non ebbe difficoltà a trovare il *Rembrandt Café*. Nei mesi estivi sarebbe stato pieno di studenti e di un esercito di giovani turisti di tutto il mondo. Ma adesso era gennaio e il locale era quasi deserto. I pochi clienti presenti erano tutti stranieri anziani, forse coppie in pensione che si erano concesse una vacanza a basso prezzo.

Gini scelse un tavolo vicino alla finestra e ordinò un caffè. Mentre aspettava, cercò di tornare con la mente al lavoro, anche se sapeva che da quel momento in poi avrebbe agito con più determinazione e che sarebbe stata condizionata dalla sofferenza che aveva letto negli occhi di Erika van der Leiden. Due ragazze erano morte, Mina Landis non sarebbe stata la terza. Lei non lo avrebbe permesso. Si rese conto che la sua non era una decisione gratuita, un vano proponimento, ma una vera e propria missione. Avrebbe usato ogni mezzo per impedire che fosse fatto ancora del male a una ragazzina.

Però aveva bisogno di aiuto, di qualche nuova pista. A meno che Fricke non avesse informazioni utili, quel viaggio, che non era stato infruttuoso per lei personalmente, si sarebbe rivelato un buco nell'acqua. Aveva bisogno di un cartello che le indicasse qual era la strada successiva da prendere.

Aveva già parlato con l'ispettore di polizia che si occupava del caso di Anneka. Era stato ansioso di aiutarla, ma a quanto sembrava nove mesi di indagini non avevano portato praticamente a nulla.

«La vostra polizia ha un vantaggio su di noi», le aveva detto. «Loro almeno hanno la descrizione dell'uomo. A dirle la verità, comincio a dubitare della sua esistenza. Sono convinto che Anneka van der Leiden si è inventata il nome Star. La cosa non mi sorprenderebbe affatto. Niente mi sorprende delle ragazze di quell'età.»

Un vicolo cieco, pensò Gini. Il giorno prima, a casa di Max, aveva cercato di convincere Rowland ancora una volta a lasciarla parlare con il suo contatto della DEA ad Amsterdam. Si era aspettata un rifiuto, ed era stato esattamente quello che aveva avuto.

«Allora dammi almeno il nome di qualche posto», aveva insistito, accompagnandolo alla macchina di Lindsay con cui sarebbe tornato a Londra. «Un bar. Un locale notturno. Qualche posto che frequentano questo chimico olandese e il suo socio americano.»

«No. E ti ho anche già spiegato perché. Ho le informazioni a patto che non faccia niente per compromettere le indagini che la DEA sta svolgendo da mesi.»

«Non comprometterò le indagini, Dio santo. Cosa pensi che farei, Rowland? Credi che andrei da questi tizi, gli ordinerei una cassa di White Dove, poi tirerei fuori la mia tessera di giornalista e sommergerei di domande Star? Posso affrontare la situazione, Rowland.»

«La risposta è no. Ho dato la mia parola.»

«Oh, d'accordo. A me sembra che ritrovare Mina sia molto più importante di qualunque dannata indagine della DEA. Però sei tu il capo.»

Non era sembrato per niente divertito da quell'osservazione. Le aveva lanciato una lunga, gelida occhiata. «Devo spiegarmi ancora più chiaramente? Gini, un passo falso, imbarazzami con la mia fonte, e sei fuori da questa storia. Non lavorerai mai più per me. Chiaro?»

«Chiaro», aveva replicato Gini, irritata. Stava per voltarsi e rientrare in casa, ma qualcosa nel comportamento di Rowland l'aveva trattenuta. Aveva avuto la sensazione che per lui il discorso non fosse chiuso. Gini sapeva di essere stata sgarbata, ma le risultava ancora difficile accettare ordini da un uomo. In passato era dovuta sottostare troppe volte alle imposizioni di uomini che professionalmente disprezzava. E l'atteggiamento perentorio di Rowland McGuire le aveva fatto subito saltare la mosca al naso.

Ma lui non si era mosso, era rimasto immobile, le mani affondate nelle tasche del cappotto, con il vento che gli scompigliava i capelli scuri, i freddi occhi verdi fissi su di lei. Aveva percepito la sua disapprovazione, come se in qualche modo fosse rimasto deluso di lei. Gini aveva capito che non era solo ostinazione maschile. Rowland voleva vedere se era abbastanza onesta da ammettere che lui aveva ragione.

«Mi dispiace», si era scusata infine. «Davvero. Capisco quali sono le priorità. Ti do la mia parola, Rowland. Non farò nulla per compromettere la tua fonte.»

«Potrebbe essere pericoloso se tu lo facessi», aveva asserito e il suo tono l'aveva confusa.

«Pericoloso? Per me?»

«No. O almeno lo spero. Mi riferivo alla mia fonte.»

«Vuoi dire nel caso saltasse la sua copertura?»

«Forse devo chiarirti un punto. La DEA non manda un agente ad Amsterdam solo per stare dietro alle attività di un oscuro chimico olandese, per quanto letale possa essere quello che produce. Amsterdam è una delle maggiori basi per il traffico dell'eroina e della cocaina. Si stima che in quella città siano passati stupefacenti per un valore di cinque milioni di dollari negli ultimi dodici mesi. Con certe somme di denaro in ballo, la posta è molto alta. E lo sono anche i rischi che corrono gli agenti sul posto. Non credo di doverti spiegare questo.»

Gini era arrossita. «No. Naturalmente, no. Hai ragione a tenermi a freno. Mi dispiace per quello che ho detto. Mi rendo conto che corro troppo. Mi è già stato fatto osservare in passato che sono impulsiva.» A quell'ammissione l'aveva guardata con un po' più di calore. Si era avviato verso la macchina di Lindsay, poi si era voltato.

«Giusto per curiosità, chi ti ha fatto notare che eri impulsiva? Max?»

«No. Mio padre, per anni. E anche Pascal più di una volta.»

Lui non aveva fatto ulteriori commenti. Le aveva lanciato un'ultima strana occhiata ed era salito sull'auto di Lindsay.

Un uomo insolito, pensò Gini, tornando al presente. Un uomo interessante che, a suo avviso, poteva essere impulsivo tanto quanto lei. Lindsay lo aveva definito arrogante. Gini si chiese se durante quel fine settimana avesse cambiato opinione, opinione che lei non aveva condiviso, anche se nel giro di due giorni si era già scontrata due volte con Rowland McGuire. Non amava ricordare il momento in cui l'aveva aggredita nella cucina di Max accusandola di essere insensibile. Era stata l'unica persona presente in quell'occasione ad avere il coraggio di dirle quello che tutti pensavano, e lo aveva ammirato per questo. Rowland McGuire era schietto più che arrogante. E, anche se non lo avrebbe mai ammesso davanti a lui, gli era grata per quello scatto di rabbia. Le aveva dato una forte scossa, strappandola alla disperata, apatica esistenza in cui stava annegando da mesi. Inizialmente ci era rimasta male e ancora arrossiva a ripensarci, ma gliene era riconoscente. Rowland McGuire l'aveva rimessa sulla carreggiata. Grazie a lui, aveva riscoperto com'era essere se stessi.

Si ripromise di chiamare lui e Pascal una volta tornata in albergo. Guardò l'orologio, erano quasi le quattro e Fricke era in ritardo.

Aprì la borsetta e tirò fuori la fotografia di Anneka. Le era stata fatta per il suo quattordicesimo compleanno in uno studio. Il suo ultimo compleanno.

La ragazza nella fotografia aveva un visino delizioso e capelli corti tagliati alla maschietto come la madre. Indossava un vestito antiquato che la faceva sembrare più giovane della sua età. Come Mina, poteva essere scambiata per una dodicenne. Il sorriso sembrava forzato, come se la macchina fotografica la mettesse a disagio.

«Odiava quella foto», disse una voce.

Gini alzò lo sguardo e vide Fricke al suo fianco. Fece una smorfia, posò il violino e si sedette. Si versò del caffè, poi, lanciando un'occhiata di sfida a Gini, si accese una sigaretta.

«Non sembra neanche lei. L'hanno vestita come una bambola.» Osservò Gini con quel suo sguardo indagatore.

«Allora. Ha una fotografia di questa Mina, la ragazza scomparsa?»

«Non con me.»

«Per caso ha i capelli neri?»

«No. Li ha rossi. Perché?»

«Perché a lui piacciono i capelli scuri. Me l'ha detto Anneka. Lei se li è tinti per far piacere a Star. Non lo sapeva?»

«No.»

«Lui glieli ha fatti tagliare corti come i suoi. Poi lei li ha tinti di nero. Diceva che gli piaceva.»

«Capisco.» Gini ricambiò l'occhiata indagatrice. «Allora è questo che volevi dirmi? Che tu e Anneka siete rimaste in contatto dopo che se n'è andata? I tuoi genitori lo sanno?»

«Non lo sa nessuno. Glielo dica pure se vuole. Non me ne importa un accidente.»

«Non ho nessuna intenzione di farlo.» Gini la scrutò. «Perché lo hai detto a me?»

«Lei è venuta fin qui dall'Inghilterra.» Espirò una nuvola di fumo, poi scrollò le spalle. «Forse questo mi ha commosso. Forse ho pensato che avesse più cervello di quegli stronzi che hanno cercato di intervistare mia madre. L'ho osservata. Se l'è cavata piuttosto bene. Ma forse mi andava semplicemente di farlo. Anneka ormai è morta. Perché non parlarne?»

«Le avevi promesso di non dire niente?»

«Già. Ha telefonato due volte mentre i miei genitori erano fuori. La prima volta tre giorni dopo che se n'era andata. La seconda dopo circa due settimane. Mi ha fatto giurare di non aprire bocca, non che ci fosse qualcosa da dire. Era solo in vena di chiacchierare. Non mi ha rivelato dove si trovava. Mi ha assicurato che sarebbe tornata e io le ho creduto. Dalla voce mi sembrava che stesse bene...»

E anche lei, come la madre, scoppiò improvvisamente a piangere. Come se fosse furiosa con se stessa per quella debolezza tolse gli occhiali e cominciò ad asciugarsi freneticamente gli occhi con un tovagliolino di carta. Gini la osservò: senza gli occhiali, senza quell'arrogante espressione di sfida, Fricke sembrava così giovane, così vulnerabile, così spaventata.

«Forse ti senti in colpa per non aver parlato, Fricke?» azzardò, quando smise di piangere.

Sbagliò approccio.

«Perché dovrei? Non ha detto una sola fottuta parola che potesse far capire dove si trovava. Mi lasci perdere...»

Gini decise di usare un'altra tattica visto che i tentativi di mostrarsi comprensiva erano falliti.

«Chi ti ha insegnato l'inglese così bene, Fricke? Degli americani o degli inglesi?»

«Non so di cosa stia parlando. Qui in Olanda tutti parlano bene inglese. Io ho cominciato a studiarlo quando avevo sei anni.»

«Andiamo, Fricke. Non puoi aver imparato il gergo e certe

parole in un'aula. Conosci molte frasi idiomatiche. Non devi neanche cercarle, ti vengono spontanee.»

«E con questo? È un crimine avere amici inglesi o americani?» Le lanciò un'altra occhiata sprezzante. «Amsterdam è piena tutto l'anno di stranieri, di ragazzi della mia età. Certo che parlo con loro. Li incontro in giro.»

«In giro dove?»

«In giro. Nei bar. Nelle gallerie d'arte. Qui a Liedseplein.»

«Oh, andiamo, Fricke. Smettila di far finta di non capire. Tu coprivi Anneka, non è vero? Mentre tua madre sosteneva di sapere dove e con chi fosse Anneka, io mi chiedevo come facesse a eludere quella stretta sorveglianza. Non ho dovuto fare uno sforzo di immaginazione. Vi spalleggiavate, vero?»

«Può darsi. E allora? Lo fanno tutti. Ci siamo sottratte alla prigionia qualche volta.»

«Sicuro. E tua sorella è morta. Chi le ha presentato Star, Fricke? Sei stata tu? Qualcuno dei tuoi amici americani o inglesi?»

«No. Non l'ho mai conosciuto. Non l'ho mai visto in vita mia...» Alzò la voce. «Sta fraintendendo tutto. Proprio come i miei genitori. Anche lei pensa che Anneka fosse la mia piccola, dolce sorellina. Lei ha cominciato a prendere la pillola a dodici anni. Era ad Anneka che i ragazzi davano la caccia, era Anneka che scopava a destra e a manca, non io. Nel gennaio dell'anno scorso è stata scaricata da un ragazzo perché aveva perso la testa. Era veramente a pezzi. Mia madre pensa che fosse felice, be', non lo era. Non faceva che piangere, ogni sera veniva in camera mia, parlavamo, e poi ricominciava a piangere... ecco perché è andata con Star, perché lui capiva.»

«Cosa?» Gini sapeva che se avesse continuato a farle pressione, prima o poi Fricke avrebbe fatto un passo falso. Era appena successo e non se n'era ancora resa conto. La stava fissando con sguardo assente.

«Hai appena detto che è andata da Star. Non che è partita con lui.»

«Devo essermi sbagliata.»

«No. Non credo proprio, Fricke. Parli troppo bene l'inglese. Anneka conosceva già Star, non è vero? Non lo ha incontrato il giorno prima di partire come ha scritto nel biglietto. Aveva programmato la partenza...» Gini sospirò. «Oh, andiamo, Fricke. Hai sedici anni, sei una ragazza intelligente. Perché credi che insista tanto con te? Tua sorella è morta. Un'altra ragazza è morta in Inghilterra. Mina adesso è con Star ed è in pericolo. Voglio che Star venga trovato, voglio che sia fermato. È quello che vuoi anche tu, no? Allora perché diavolo non ti fidi di me e mi dai una mano?»

Seguì un lungo silenzio. Gini non era ancora convinta di aver fatto la mossa giusta. Nessuno dei suoi approcci sembrava funzionare con quella ragazza. Continuava a guardarla con ostilità, come se Gini fosse al di là di un invalicabile muro fra giovani e adulti.

Non c'era alcun segno di cedimento da parte di Fricke. Gini sentiva di essere in un vicolo cieco. Stanca e scoraggiata, accennò al cameriere di portare altro caffè. C'era dell'ironia in quella difficile conversazione. Gini si chiese se Fricke le avrebbe creduto se avesse cercato di spiegarle quanto si sentisse vicina ad Anneka e a Mina. Ricordò se stessa alcune settimane prima del suo sedicesimo compleanno marinare la scuola e prendere un aereo per Beirut per raggiungere suo padre, l'ultimo inutile tentativo per suscitarne l'attenzione, per interessarlo alla sua vita.

«Anch'io voglio essere una giornalista, papà», gli aveva detto. «Ho pensato che se fossi venuta qui, se ti avessi osservato, avrei potuto imparare. E poi volevo vederti.»

Lui non le aveva neanche risposto. Era rimasto lì seduto in quella stanza d'albergo a sorseggiare il terzo bourbon della serata. Quando aveva pronunciato la parola giornalista, aveva colto un lampo di delusione nei suoi occhi. Gini non lo aveva più dimenticato.

Il padre era stato il suo dio. Dato che non lo conosceva e lo vedeva raramente, era stato facile per lei idealizzarlo. A Beirut, osservandolo giorno dopo giorno sudare nel bar dell'*Hotel Ledoyen*, lavorare poco o niente, raccontare interminabili aneddoti sul Vietnam, sul Pulitzer vinto a una folla di adulatori, si era resa conto di quanto la sua idolatria fosse stata malriposta. Tornò a guardare Fricke e il suo sguardo ostile. La ragazza era già alla terza sigaretta.

«Posso capire, Fricke», cominciò. «So come ci si sente alla

tua età, a quella di Anneka. Ricordo la confusione, il dolore, la mancanza di comprensione.»

«Oh, davvero?» Accennò un lieve sorriso. Quell'atteggiamento di sufficienza fece infuriare Gini. Come se lei e la sorella fossero le uniche ad aver vissuto certe esperienze. Poi ricordò la tipica arroganza adolescenziale che portava a credere che nessun altro potesse provare emozioni così complesse e intense come le proprie. Era successo anche a lei.

Sospirò e distolse lo sguardo. Ripensò al giorno in cui aveva incontrato Pascal al bar del *Ledoyen* dove con suo grande imbarazzo il padre teneva corte. Era metà mattina e lui stava già bevendo il terzo bourbon. A un certo punto aveva notato un giovane francese che se ne stava in silenzio ai margini del gruppo e guardava suo padre con aperto disprezzo.

Poco dopo aveva lasciato il bar e lei lo aveva seguito, deciso a sfidarlo. La sfida era diventata un confronto, quasi uno scontro. Era il mese di luglio del 1982 e Beirut era ancora in pieno conflitto. Pascal Lamartine l'aveva presa per un braccio trascinandola fuori dell'albergo nella strada polverosa accecata dal sole.

«Guarda con i tuoi occhi quella che tuo padre definisce una guerricciola di poco conto», l'aveva investita, il volto contratto dalla rabbia. «Non la troverai nel bar di un albergo, ma nelle strade.»

Poi era esplosa un'altra autobomba. Lamartine aveva preso immediatamente le macchine fotografiche. Lei era rimasta lì in mezzo alle macerie, la confusione, i lamenti. Da sotto un muro crollato aveva visto spuntare i piedi di un bambino. Era la prima volta che vedeva e sentiva l'odore della morte.

Passato l'attimo di paralisi, aveva cercato di aiutare. Stavano mettendo un ferito su una barella improvvisata, un pezzo di lamiera. Una donna araba le aveva sputato addosso. Aveva le mani e il volto sporchi di sangue. Poi, in quella confusione, in quel chiasso, era ricomparso Lamartine. Aveva letto lo choc, il dolore e l'ansia sul bellissimo viso della ragazzina. L'aveva circondata con un braccio portandola via da lì. L'aveva condotta in una viuzza vicino al porto, dove aveva una camera sopra un bar. Guardando nei suoi splendidi occhi grigi, aveva capito che stava per succedere qualcosa.

Meno di un quarto d'ora dopo lo scoppio dell'autobomba

era nella sua camera, fra le sue braccia, a fare l'amore per la prima volta con un uomo che aveva appena incontrato, con il quale aveva parlato a malapena, ma che sentiva di conoscere da sempre.

Poteva raccontare questo a Fricke? Avrebbe fatto qualche differenza se glielo avesse detto? Poteva dirle: so come ci si sente a essere pazzamente innamorati per la prima volta. So cosa significa mettere da parte ogni prudenza e rischiare il tutto per tutto. Non sempre le cose vanno in modo negativo, non nel mio caso almeno. Io amo ancora quell'uomo, ci siamo incontrati di nuovo, sto con lui adesso. Forse non è saggio seguire i propri impulsi a quindici anni, ma a me è andata bene.

Si chinò in avanti, decisa a parlare, poi si ritrasse. No. Tanto per cominciare, Fricke non le avrebbe creduto; in secondo luogo, certi impulsi erano costati la vita ad Anneka. Ormai erano cinque minuti che erano in silenzio. Si rese conto che anche Fricke era assorta nei propri pensieri. Poi, scostandosi i capelli dalla fronte, le lanciò una cauta occhiata.

«Quello che ha detto a mia madre...» esitò. «È vero che è stato Star a iniziare Anneka alla droga?»

«Sì, è stato lui. Ho intervistato un uomo che lo conosce abbastanza bene. Lui ha incontrato due volte tua sorella con Star. Si faceva di eroina ed era lui a fornirgliela. L'aiutava anche a iniettarsela.»

«Non ha detto questo a mia madre?»

«No.» Gini sospirò. «E immagino tu capisca anche perché.»

«Sì...»

Restarono in silenzio per un altro po'. Poi, per ironia, il silenzio sembrò riuscire laddove avevano fallito le parole. Tutto a un tratto Fricke cominciò a raccontare.

«Lo ha conosciuto in Francia, durante quella gita scolastica di cui le ha parlato mia madre. Nel febbraio dell'anno scorso, due mesi prima di fuggire con lui. Si sono incontrati a Parigi, non so dove, in un bar o in qualche museo. Ma deve essere stato veramente veloce, perché alle gite scolastiche gli insegnanti tengono sotto stretto controllo. Comunque è riuscito a darle un indirizzo. Lei gli ha scritto e lui le ha risposto.»

«Gli scriveva in Francia?»

«Non lo so. Anneka diceva che si spostava molto. Era diventata molto riservata dopo averlo conosciuto. Qualche allusione qua e là ogni tanto. Non mi ha mai confidato quello che avevano in mente, che avesse intenzione di fuggire con lui. Se lo avessi saputo, avrei fatto qualcosa. Non sono una stupida. Ne avrei parlato con mio padre...»

Esitò di nuovo, guardando attentamente Gini. Poi, come se avesse preso una decisione improvvisa, prese dallo zaino un libretto. «Ecco.» Lo fece scivolare attraverso il tavolo. «È l'agenda di Anneka. La prima volta che mi ha chiamato, era preoccupata per questa agenda.»

Gini fissò la ragazza, che si era fatta paonazza. Lentamente, aprì l'agenda. Era piena di zeppa di nomi e indirizzi.

«Dov'era, Fricke?»

«Aveva un nascondiglio sotto un'asse allentata del suo armadio. Ci teneva il diario, le pillole anticoncezionali e a volte l'erba. Si è portata via le lettere di Star e il diario, ma ha dimenticato questa. Mi avrebbe chiesto dell'agenda, vero?»

«Sì.»

«Può tenersela o darla alla polizia, per quello che me ne importa. L'ho nascosta per lei, perché aveva paura che i nostri genitori potessero trovarla. Poi quando ho visto che non tornava, l'ho guardata. L'avrò guardata un migliaio di volte.»

«C'è l'indirizzo di Star? È per questo che era così preoccupata? Per questo ti ha chiesto di nasconderla?»

«Sì.» Fricke si accese l'ennesima sigaretta. «Solo che non c'è, o almeno io non l'ho trovato. Ci sono migliaia di nomi e indirizzi. Tutti i suoi amici di penna: francesi, tedeschi, italiani, inglesi, belgi, americani, africani... ha cominciato a corrispondere a nove anni. Riceveva sette, otto lettere alla settimana. Può provare a cercare lei, ma dubito che lo troverà.»

Gini riaprì l'agenda. Era la classica agenda da adolescente piena di scarabocchi, illeggibile.

«Fricke, ti sono molto grata, ma non so leggere l'olandese.»

«Non è necessario. Lui non era olandese, non viveva qui. Gli indirizzi sono nella lingua del paese. Potrebbe trovare qualcosa. Lei è una giornalista.»

Fricke, che era stata così ostile fino a poco prima, adesso la guardava con aria supplichevole, come se Gini fosse la sua ultima speranza. Gini, che per natura non era ottimista, non voleva alimentare le sue speranze.

«Ti prometto che la esaminerò attentamente, se necessario, la farò vedere alla polizia di qui.» Tacque. «Fricke, sai che per il tuo bene e il loro, devi parlarne ai tuoi genitori?»

«Lo so.» Abbassò gli occhi e giocherellò con la sigaretta. «Pensi che si arrabbieranno?»

«No. Penso che comprenderanno. Ti vogliono molto bene, Fricke.»

«Lo so. Oh, merda...»

Cominciò a piangere di nuovo. Gini aspettò che si fosse calmata. Dopodiché tirò fuori il registratore e un taccuino.

«Vuole intervistarmi? Davvero pensa che potrei esserle d'aiuto? Anneka non ha detto molto.»

«Questo non è così importante. Quello che conta sono i piccoli dettagli, le cose dette da lei che allora ti sembravano insignificanti, non degne di nota... sono questi particolari che il più delle volte aiutano.»

«Io ho un'ottima memoria.»

Nei dieci minuti successivi le raccontò la sequenza degli eventi: il primo incontro a Parigi, la corrispondenza, l'arrivo di Star ad Amsterdam, la loro partenza, le due telefonate di Anneka, il silenzio che era seguito, i due mesi d'attesa e poi la notizia della sua morte. Mentre Fricke parlava, qualcosa continuava a ronzare nella mente di Gini. Riguardava le gite scolastiche, qualcun altro gliene aveva parlato di recente, solo non ricordava chi né quando.

«Quindi pensi che Star sia venuto ad Amsterdam a prenderla.»

«Sì. Sono sicura che non era qui. Anneka mi ha detto che stava venendo, che lo avrebbe visto... era così eccitata. Ed è stato il giorno prima che se ne andasse.»

«Doveva avere una forte influenza su di lei per farle fare qualcosa di così pericoloso.»

«È così. Era come se fosse venuto a rivendicarla. Le aveva detto che l'aveva cercata per tutta la vita, che era destino che si fossero incontrati.»

«E lei ci ha creduto. Perché? Forse perché la faceva sentire speciale, la prescelta?»

«Immagino di sì. Al telefono mi ha detto che trasmetteva una tale energia. Non parlava d'altro. Le aveva letto i tarocchi. Sosteneva che poteva dirle chi fosse in realtà.»

«Capisco.» Gini abbassò gli occhi sul taccuino. Ancora una volta sentì quanto Anneka fosse simile a lei. Ricordava quell'inebriante sensazione della scoperta di sé. Con Pascal aveva sempre saputo chi era.

Ma se in certi aspetti la storia di Anneka era simile alla sua, la conclusione era stata ben diversa. Anneka era stata avventata, sciocca e sfortunata, anche se Gini non se la sentiva di condannarla per questo. Si era innamorata di un uomo cattivo e pericoloso; Gini l'aveva capito nell'attimo in cui Mitchell aveva cominciato a raccontare la sua storia.

«Continua, Fricke», la incoraggiò, alzando lo sguardo. «Quello che dici mi aiuta e potrebbe aiutare anche Mina. Devi aver fatto delle domande ad Anneka. Cerca di ricordare, Fricke.»

«Ha detto che ha fatto un mucchio di domande su di noi. Voleva che gli descrivesse i nostri genitori, me. Voleva sapere com'era la nostra vita quotidiana. Cosa facevamo a Natale, dove andavamo in vacanza, come si sono incontrati i nostri genitori...»

«Non le ha mai parlato della sua famiglia, da dove veniva?»

«No, mai. Odiava le donne che facevano troppe domande. Ogni volta che Anneka gli chiedeva qualcosa, montava su tutte le furie. Lei si era fatta l'idea che gli era successo qualcosa di orribile quand'era piccolo. Che avesse subito degli abusi, fosse stato adottato, messo in collegio o qualcosa del genere. Ma erano solo supposizioni. Non ha mai detto una parola sui suoi genitori, né su dove era cresciuto.»

«Montava su tutte le furie, ha detto così?»

«Sì. La prima volta che ha telefonato, mi ha detto che non sapeva come prenderlo perché un minuto era tranquillo e dolce, e quello dopo, senza alcun motivo, dava in escandescenze.»

«Repentini cambiamenti di umore?»

«Già.» Fricke incontrò i suoi occhi. «Quando non ha più richiamato, ho cominciato ad avere paura. Mi è venuto il sospetto che lui prendesse qualcosa. Ma Anneka sosteneva che era pulito. Era convinta di poter far fronte ai suoi umori, di essere l'unica a poterlo fare. Lui diceva che lo calmava. La faceva sdraiare accanto a sé e si faceva accarezzare la fronte in un modo speciale. Anneka era fiera di questo.»

Gini non fece commenti. Mentre la ragazza parlava nella

sua mente erano suonati dei campanelli d'allarme. Più pensava a Star, più prendeva forma la parola psicopatico. «Nient'altro, Fricke? Come passavano il tempo?» Sfogliò i suoi appunti. «Ascoltavano musica, fumavano erba, viaggiavano? Cos'altro?»

C'era un'altra attività da aggiungere alla lista, ma Gini decise di aspettare. Fricke aveva la fronte aggrottata, stava cercando di pensare. «Aveva la mania della pulizia», disse infine, sorprendendo Gini. «Anneka rideva di questa sua mania. Quando passavano un po' di tempo con i viaggiatori, lui si lasciava andare, ma appena erano soli correva a lavarsi. Si faceva tre, quattro bagni al giorno. A volte si alzava in piena notte per fare un'altra doccia. Cos'altro? Ah, leggeva. Leggeva molto.»

«Ti ha detto cosa?»

«Sì. Gli piacevano i libri di guerra. Libri sulle armi.»

«Armi?» Gini sentì un brivido correre lungo la spina dorsale. «Fricke, ne sei sicura? I tarocchi non c'entrano molto con le armi.»

«È stata lei a dirmelo. Si vantava di quanto Star fosse intelligente. Che aveva una memoria fantastica. Aveva un catalogo con centinaia di pistole. Facevano un gioco: lei copriva il nome e gli altri dettagli mostrandogli solo la fotografia, e lui doveva identificarla. Non solo il nome, ma anche le dimensioni, il tipo di munizioni, quanti colpi sparava e in quanto tempo. Non ha mai sbagliato una sola volta.»

I campanelli d'allarme cominciarono a suonare più forte. Gini abbassò lo sguardo perché Fricke non leggesse la preoccupazione sul suo volto.

«Anneka non ti ha mai detto se possedeva una pistola?»

«Oh, no. Non aveva pistole. Era solo un gioco.»

«Bene. Fricke, mi sei stata molto utile. Comincio ad avere un profilo della storia. So che Anneka l'ha conosciuto a Parigi, questo è un buon indizio. E ho anche l'agenda. Mi stavo solo chiedendo... non ti ha detto dove s'incontravano quando veniva a trovarla qui ad Amsterdam?»

«No.»

«Ma secondo te dove avrebbe scelto di incontrarlo?»

Fricke rifletté per alcuni minuti. «All'*Antica*», rispose infine. «È un caffè. Vendono l'erba lì. Hanno la licenza. Anneka ci andava con il ragazzo che l'ha piantata. È un posto tranquillo, c'è una buona atmosfera.»

«È facile arrivare all'*Antica*?»

«Certo. È vicino a Singel Canal. Lo conoscono tutti. Non le sarà di alcun aiuto. C'è già stata non so quante volte la polizia con la fotografia di Anneka.»

«Una volta in più non farà male.» Gini sorrise. Per la prima e unica volta Fricke ricambiò il sorriso. Poi guardò l'orologio.

«Senta, io devo tornare a casa. Se faccio tardi, mia madre chiamerà l'insegnante di violino.»

«Un'ultima domanda, Fricke... ti ha detto se andava a letto con lui? Mi è stato detto che è così, ma non ne sono sicura. Qualcosa in quest'uomo mi sconcerta. Il sesso sembra troppo ovvio, troppo semplice.»

«Sconcerta anche me.» Fricke la guardò negli occhi. «Voglio dire, di solito, Anneka non si faceva problemi a parlarne. Se scopava un ragazzo, me lo diceva. Per lei non era un problema. Ma con Star... non ha mai fatto nessun riferimento al sesso. Non una sola volta. Era pazza di lui, ossessionata, quindi non riuscivo a spiegarmi. Così alla fine, la seconda volta che mi ha chiamato, gliel'ho chiesto.»

«E lei cosa ti ha risposto?»

«Non ha risposto. Ha cominciato a piangere e poi ha riappeso.»

12

DOPO che Fricke se ne fu andata, Gini prese un taxi e si recò all'*Antica*.

Il locale era situato in una stradina piena di librerie e gallerie d'arte nella parte vecchia di Amsterdam. L'interno era un'unica grande stanza; su una rastrelliera c'erano parecchi quotidiani in diverse lingue e ai tavoli molti clienti giocavano a scacchi. L'atmosfera, cosmopolita e un po' bohémienne, ricordò a Gini i vecchi caffè di Greenwich Village a New York, tranne che per il forte odore di marijuana e l'erba che veniva venduta insieme con le bevande e le sigarette.

Dalla rastrelliera Gini prese l'*Herald Tribune*, si sedette al banco e ordinò caffè. Il *Tribune* riportava la morte di Cassandra e la scomparsa di Mina su un trafiletto in terza pagina. Gini se l'era aspettata. I servizi sulle ragazze scomparse richiedevano tempo. Se erano adolescenti, si dava per scontato che erano fuggite di casa, e ne fuggivano troppe per mettere la notizia in prima pagina. Sarebbero passati giorni, forse settimane, prima che pubblicassero la storia di Mina sulle prime pagine, a meno che, naturalmente, non avesse usato la sua posizione e la sua influenza.

Ripiegò il giornale e si guardò intorno. Erano le cinque del pomeriggio e il locale non era ancora molto affollato. La clientela era di varie età, sesso e nazionalità. Molti di loro avevano l'aria di essere degli habitué. C'erano diversi studenti, due anziani che giocavano a scacchi, una ragazza che leggeva un libro, e un chiassoso gruppo di tedeschi in un angolo. Si voltò a osservare il personale del caffè, chiedendosi chi di loro avvicinare.

Probabilmente avevano i turni, perché poco dopo il suo arrivo i primi due, un olandese e un australiano, vennero sostituiti da due americani: un giovanotto biondo sui trent'anni e una bruna con un bel sorriso di qualche anno più vecchia. Entrambi indossavano l'uniforme composta da una camicia bianca, un gilet rosso e pantaloni neri. Tutti e due si rivolgevano ai clienti nella loro lingua madre. Vedendo che li guardava, la donna le sorrise.

«Dell'altro caffè?»

«Sì, grazie. Stavo ammirando le vostre capacità linguistiche. Oh, e anche delle sigarette.»

«Solo sigarette?»

«Sì.» Gini marcò il proprio accento. «Avete delle Gitanes?»

«Sicuro. Per quanto riguarda le lingue, non lasciarti ingannare troppo. So dire che il bagno degli uomini è in fondo a destra in dieci lingue. Non un gran che, eh?»

Si chinò attraverso il bancone e guardò Gini. «Non ti ho mai vista qui. È la prima volta che vieni ad Amsterdam?»

«Sì. Sono solo di passaggio. Non conosco bene la città.»

«È una città fantastica. La città della libertà. Vero, Lance?»

Sorrise al collega. «Lance è un surfista di Los Angeles. Un fanatico delle onde. Ma persino lui ama questa città.»

«Che ci fa un surfista ad Amsterdam? Ho sentito che in quanto a spiaggia lascia a desiderare.»

«È qui per fare un po' di grana e per vedere il mondo, come me. E tu?»

«Non sono così fortunata. Facevo la cameriera a Londra ma sono stata licenziata. Sono venuta qui per vedere un amico, ma non riesco a trovarlo. Ne ho abbastanza dell'Europa. Penso che me ne tornerò a casa.»

«So cosa si prova. Tieni duro. Ho dovuto girare per settimane prima di trovare questo lavoro.»

«Davvero? Da quanto tempo sei qui?»

«Da un paio di mesi. Il record di presenza spetta a Lance. È qui da sei mesi.»

«Ehi, allora forse potete aiutarmi. Magari avete visto questo amico che sto cercando. Mi ha detto che veniva qui. Alto, capelli scuri, davvero attraente...»

«Mi piace. Dammi più dettagli.»

«È sui venticinque anni. Lo chiamano Star.»

«Solo Star?» Corrugò la fronte, poi scosse la testa. «No. Non mi è suonato nessun campanellino. Ehi, Lance, conosci un tizio che viene qui di nome Star? Un fusto che sembra essere l'uomo dei miei sogni?»

Lance sogghignò e si avvicinò continuando a pulire un bicchiere.

«Star? Quella testa di cazzo? Sicuro che lo conosco. Viene qui ogni tanto. È più di una settimana che non lo vedo. Spiacente, Sandra, ma escludo che sia l'uomo dei tuoi sogni.»

«Una testa di cazzo?» chiese Gini. «Oh, andiamo...»

Lance alzò le spalle e andò a servire un altro cliente. Sandra rise.

«Non farci caso. Lance è un maniaco della salute. Se prendi un'aspirina pensa che tu sia una drogata. Mi dispiace, purtroppo sei stata sfortunata.»

«È la storia della mia vita. Quanto devo?»

Pagò e aspettò ancora un po', finché Sandra andò a sparecchiare i tavoli. Ci riprovò con Lance, ma non ebbe maggiore fortuna. Non sapeva dove potesse essere Star e non conosceva nessuno dei suoi amici. Poi le propose di andare con lui in una fantastica birreria che le sarebbe sicuramente piaciuta.

«Che ne dici?» Si chinò attraverso il banco. «Sarò libero alle nove. Hai degli occhi fantastici. Te lo hanno già detto?»

«È capitato. Mi dispiace, Lance. Sarà per un'altra volta.»
«Nessun problema. Stai lontana da quella testa di cazzo. Ci vediamo.»

Gini salutò con un cenno della mano Sandra e se ne andò. Tornò in albergo, uno dei tanti anonimi grandi alberghi internazionali. Li conosceva talmente bene che avrebbe potuto girarlo a occhi chiusi. Avrebbe potuto essere in qualunque altra parte del mondo.

Quello era il momento peggiore, quando si trovava in camera. Cercò di combattere il senso di solitudine che l'aveva assalita appena aveva richiuso la porta. Erano le sei e mezzo, le cinque e mezzo a Londra. Provò a chiamare Rowland, ma evidentemente la sua segretaria era già uscita. Tentò in redazione, e rispose il redattore aggiunto. McGuire era da qualche parte nell'edificio, gli avrebbe trasmesso il suo messaggio, ma poteva anche non richiamarla subito perché era scoppiata una crisi.

«Che genere di crisi?» chiese Gini.

«Ha mai visto McGuire quand'è arrabbiato?»

«No, non proprio.»

«È una furia incontenibile. Quindi stia attenta.»

Subito dopo Gini cercò di chiamare Pascal, ma non riuscì a prendere la linea. Dopo vari inutili tentativi, ci rinunciò. Si disse che lui aveva il numero dell'albergo e che forse, tutto sommato, era meglio non parlargli in quel momento. Si sentiva così sola e fragile che sicuramente lo avrebbe supplicato di tornare a casa. La settimana seguente sarebbe stato il compleanno di Marianne. Forse, come aveva detto Helen, sarebbe rientrato. Andiamo bene, pensò. Adesso mi consolo con le previsioni dell'ex moglie di Pascal.

Chiamò il servizio in camera e ordinò qualcosa da mangiare. Poi tirò fuori l'agenda di Anneka e cominciò a scorrerla riga per riga.

Si rivelò un compito faticoso. Anneka aveva una calligrafia minuscola, e le pagine erano piene di disegnini di cuori, fiori, facce e tutta una serie di altri scarabocchi.

Dopo un'ora lasciò perdere e consumò la cena che le era stata portata. Desiderava ardentemente farsi un bagno caldo, guardare un film leggero in televisione, e andare a letto presto. Poi, ricordando Fricke, si sentì in colpa e tornò all'agenda. Aveva già segnato le pagine con gli indirizzi francesi. Li ricopiò sul suo taccuino, erano diciotto in tutto. Da questi estrasse quelli di Parigi e li fissò a lungo. Erano tutti e sette indirizzi di ragazze, presumibilmente amiche di penna di Anneka: Louisette, Chantal, Suzanne, Marie, Christine, Mathilde, Lucille.

Non le dicevano nulla. Deve essere qui, pensò. Forse era qualcosa che non riusciva a decifrare. Altrimenti perché Anneka era stata così protettiva riguardo all'agenda? Perché aveva chiesto a Fricke di nasconderla? D'altro canto, anche se Anneka aveva conosciuto Star a Parigi, non era detto che gli avesse scritto lì. Fricke le aveva spiegato che viaggiava parecchio. Magari Parigi era una falsa pista. Però la BMW di Mitchell era stata abbandonata lì. Continuò a rileggere i nomi di quelle ragazze, poi, d'improvviso, ricordò.

Il legame era la Francia. Forse Parigi, non era una falsa pista: non solo Anneka, ma anche Cassandra era andata in gita scolastica a Parigi l'anno precedente. Gliene aveva parlato Susan Landis a casa di Max. Parlando con le amiche di Cassandra, Gini aveva dato per scontato che avesse incontrato Star in Inghilterra, magari a Glastonbury o a qualche festa rave. E se invece lo aveva conosciuto a Parigi? Questo voleva dire che tutt'e tre le ragazze che avevano avuto a che fare con Star prima di Mina avevano un legame con la Francia. La prima, quella che aveva sfregiato, era francese. Lei e Rowland avevano trascurato quell'episodio, concentrandosi sulle ragazze morte. Ma la ragazza francese era quella che aveva preceduto Anneka nel cuore di Star, sempre ammesso che avesse un cuore. Poteva essere che Anneka scrivesse a Star all'indirizzo di quella ragazza?

Come si chiamava? Gini non riusciva a ricordare. Devo averlo chiesto a Mitchell, pensò, alzandosi velocemente a prendere il nastro con le interviste a Mitchell. Riavvolse il nastro e lo fece andare avanti finché non trovò il punto. Scoprì che non era stata lei a fare la domanda di vitale importanza, bensì Rowland McGuire. Sentendo la sua voce in quella stanza d'albergo, Gini sussultò. Riascoltò il pezzo due volte:

«E la ragazza francese, quella che ha sfregiato, che fine ha fatto?»

«E che ne so. Potrebbe essere tornata a casa o essere da qualunque altra parte. Senti, ho bisogno di un altro drink.»

«Niente da fare. Concentrati. Riesci a ricordare il suo nome? Qualche altro dettaglio? L'ha sfregiata, Cristo santo. Tu che stavi facendo nel frattempo? Sei stato lì a guardare? Non potevi fermarlo?»

«Senti, è successo tutto così in fretta. Certo, ero scioccato. Non sono un animale.»

«No, ma sei un codardo. Mi viene da vomitare ad ascoltarti.»

«D'accordo, d'accordo. Calmati, okay? Non voglio problemi. Cristo, Gini, cos'ha questo? Io sto cercando di darvi una mano.»

«È arrabbiato, tutto qui. È uno che si scalda facilmente.»

«Be', digli di starmi lontano. Che provi a mettermi un dito addosso e torno di corsa alla stazione di polizia a denunciarlo.»

«Tu pensi? Mitchell, per quando avrò finito con te, non sarai neanche in grado di attraversare la strada per andare alla stazione di polizia, figuriamoci a parlare. Ridi un'altra volta e ti faccio ingoiare tutti i denti.»

«Okay, okay. È perché sono nervoso. Rido sempre quando sono nervoso. Ti ho già detto che non mi sento bene. Sto cercando di ricordare. Era molto carina. Credo si conoscessero da un po'. Come diavolo si chiamava? Il nome cominciava per 'C'. Cecile? Claire? No, adesso ricordo. Si chiamava Chantal. Aveva occhi e capelli scuri, sui diciotto anni. È tutto quello che so...»

La rabbia nella voce di Rowland era genuina. Aveva un po' esagerato con le minacce, ma era riuscito a ottenere l'effetto desiderato. Si sentì eccitata. Riprese l'agenda di Anneka e la sfogliò rapidamente, fermandosi alla lettera «C». Trovò l'indirizzo di Chantal e poi, finalmente, il segno che stava cercando. Squillò il telefono. Gini si alzò per rispondere, poi tornò a guardare l'agenda. Accanto all'indirizzo di Chantal, c'era un minuscolo asterisco: un asterisco o una stella. Provò un senso di trionfo. Il telefono stava ancora squillando, attraversò la stanza e sollevò il ricevitore.

Era Rowland McGuire. Senza neanche identificarsi, l'aggredì subito con voce furiosa. «In quanti altri bar sei stata prima dell'*Antica*?» la investì. «Quanti? Perché non metti dei cartelloni pubblicitari, già che ci sei? Forse sei in grado di darmi una buona spiegazione su che diavolo ci facevi lì? Mi avevi dato la tua parola che...»

Continuò a parlare. Gini fissò la parete mentre Rowland McGuire, dotato di notevole dialettica, la faceva a pezzi. Si sentì confusa, umiliata e furiosa con se stessa. Capiva che era inutile cercare di interromperlo a quel punto.

Qualcuno doveva averlo chiamato direttamente dall'*Antica* poco dopo che se n'era andata. Potevano essere state solo due persone. Lei aveva dato per scontato che il suo contatto ad Amsterdam fosse un uomo, e Rowland si era ben guardato dal darle delucidazioni in proposito. Non sapeva neanche lei se sentirsi ingannata o meno. Comunque, chiunque fosse dei due, era molto bravo.

«Chi è il tuo contatto, Sandra o Lance?» chiese, approfittando di un momento di pausa.

«La cosa non ti riguardava prima e non ti riguarda adesso. Mi sembrava di essere stato chiaro su questo. Mi hai dato la tua parola e io mi sono fidato di te. Tralasciando il fatto che mi hai mentito, il tuo comportamento è stato del tutto non professionale.»

«Rowland. Posso spiegarti...»

«Certo che lo farai. A Londra. Nel frattempo, tu hai chiuso con questa storia. Mi hai capito?»

«Rowland, vuoi stare a sentire? Sono andata solo all'*Antica*. Da nessun'altra parte...»

«E ti aspetti che ti creda? Dio solo sa in quanti altri posti sei stata. Sei stata attenta a scegliere quelli in cui il tuo aspetto suscitava più problemi? Non farmi sprecare il mio tempo e la mia intelligenza. Ti suggerisco di prendere il primo aereo domattina. Meglio ancora, prendine uno stasera.»

«Sono andata lì perché ci andava Anneka», sbottò Gini, perdendo le staffe. «Niente a che vedere con il tuo dannato contatto, Rowland. Avevo una pista e l'ho seguita. Vuoi questa storia, sì o no?»

«Sì. Voglio questa storia più di quanto tu possa immaginare.»

«Bene. La voglio anch'io. E voglio anche trovare Star e Mina. E me la caverei molto più in fretta se tu non mi respirassi sul collo.»

«È una questione delicata. Lo sapevi. Se avevi una pista, dovevi chiamare. Ma no, ti sei messa subito a caccia. Ti rendi conto di quello che hai fatto? Mi hai compromesso. Hai ignorato i miei ordini espliciti. Hai messo in pericolo qualcuno che conosco. Non solo hai pregiudicato questa storia, ma anche altre persone. Bel risultato.»

«Non è stato affatto così!» Gini alzò la voce. «Non so cosa ti abbia detto la tua preziosa fonte, Rowland...»

«La mia preziosa fonte, come dici tu, mi ha riportato tutto nei minimi dettagli. Non cercare di scaricare le tue responsabilità. So esattamente quello che hai fatto e quello che hai detto. Forse queste tecniche da giornaletto scandalistico funzionavano per l'ultimo giornale per cui hai lavorato, ma non funzionano con me...» S'interruppe. «Senti. Non ho il tempo né la voglia di stare a discutere. Non mi aspettavo di dover dare lezioni di giornalismo a qualcuno con la tua esperienza. Se avrò tempo, ascolterò le tue spiegazioni quando arrivi a Londra. Il che ti dà abbastanza tempo per trovare una scusa migliore...»

«Io non torno a Londra», lo interruppe Gini furiosa. «Ho intenzione di restare qui e di seguire questa storia a modo mio. Il che dà a te abbastanza tempo per trovare il modo migliore per porgermi le tue scuse.»

«Cos'hai detto?»

«Hai capito benissimo. Chi diavolo credi di essere? Fai questo. Fai quello. A sentire te dovrei chiamarti ogni cinque secondi. Nessuno lavora in questo modo.»

Seguì un momento di silenzio. Quando riprese a parlare, la voce di Rowland era fredda e pericolosamente educata.

«Forse non mi sono spiegato bene. Pare che tu abbia problemi a capire quello che dico. Sei fuori da questa storia, chiaro? E date le circostanze, dubito che lavorerai di nuovo per me. Dovevo diffidare dopo il modo in cui hai operato...»

«Cosa?» Qualcosa nel suo tono fece irrigidire Gini. «Cosa intendi con il modo in cui ho operato?»

«Ho pensato... sono stato così stupido da pensare di essere bravo a giudicare i caratteri. Adesso mi rendo conto che non è così.» Si stava di nuovo arrabbiando. «Tutte quelle scuse, tutta quella storia lacrimevole sul fatto di aver perso fiducia sul tuo lavoro che mi hai rifilato in macchina... non significava nulla.

Dio, dovevo saperlo. È colpa mia. Mi hai usato per avere questa storia nello stesso modo in cui hai usato Pascal Lamartine per andare in Bosnia. Perché lo hai fatto? Non era necessario. Ti avevo detto che...»

«Cos'hai appena detto?» lo interruppe Gini, in tono gelido. «Io avrei usato Pascal? Come osi?»

«Oh, non è così? Bene. Mi sono sbagliato. Senti, devo andare. Prendi al più presto quell'aereo e...»

«No. Aspetta. Non ti azzardare a riappendere. Voglio una spiegazione, e la voglio adesso, Rowland. E guardati bene dal dirmi cosa devo fare e dove devo andare.»

«Maledizione, sono il direttore dei Servizi. Ti ho affidato io questa storia, e solo Dio sa perché. Posso togliertela come e quando voglio.»

«Non fare il prepotente con me. Lindsay aveva ragione. Sei un arrogante. Te ne stai dietro la tua bella scrivania a giudicare e a trarre conclusioni... tu non sai un bel niente di come sono finita in Bosnia. Perché non controlli? Chiedi a Max...»

«Oh, l'ho già fatto. Sapevi che non ti avrebbe mai mandato in Bosnia, non è vero? Le hai provate tutte. Gli hai messo contro *The Times* e quando non ha funzionato, hai mandato il tuo ragazzo a concludere la trattativa...»

«Cosa ho fatto? Non ho la minima idea di che cosa stai parlando...» Gini cercò di controllare la voce. Stava tremando e sentiva che stava per farle qualche rivelazione sgradevole. «Hai dato credito a menzogne che hai sentito chissà dove.»

«No, non è così.» Alzò la voce. «Io non do mai retta ai pettegolezzi. Lamartine ha fatto un patto con Max. Lo so per certo. Max voleva le sue fotografie, e quando lui ha posto come condizione che tu lavorassi per noi, Max ha dovuto accettare. Non ti avrebbe mai mandato laggiù altrimenti, è stato lui a dirmelo. E a giudicare da come ti stai comportando, aveva ragione. Sei inaffidabile, eccentrica, e...»

«Pascal non avrebbe mai fatto una cosa del genere!» Sentì la propria voce riecheggiare nel telefono. Gli occhi le si erano riempiti di lacrime. «Come puoi dire una cosa del genere? Come osi dirla? Tu non sai niente di me. Niente di Pascal. Pascal non avrebbe mai posto delle condizioni. A differenza di te, lui è un professionista.»

Questo dovette averlo colpito, perché lo sentì trattenere il fiato. «Indubbiamente sarai stata molto convincente quando lo hai coinvolto. Lo sei stata anche con me. Devo riconoscerlo, Gini, sei una brava attrice.»

«Bastardo. Maledetto bugiardo. Io...» S'interruppe. McGuire aveva riappeso.

Gini posò la cornetta. Stava tremando dalla testa ai piedi. Non può essere vero. Pascal non l'avrebbe mai ingannata in quel modo.

Ma un secondo dopo pensò che poteva essere vero. Ricordò il pomeriggio in cui era andato a un colloquio privato nell'ufficio di Max. Ricordò quando era tornato, e le aveva detto in tono svogliato che l'incontro era andato bene ma che non era stato ancora deciso niente. Lui e Max erano stati circospetti. La proposta le era infine stata fatta quattro giorni dopo. Pascal aveva firmato due giorni dopo. Non sapeva se prendersela di più perché Pascal, spinto dall'amore, aveva frainteso i suoi desideri, tanto da mentirle e continuare a farlo per più di sei mesi, o perché, come Rowland McGuire si era affrettato a sottolineare, si era sopravvalutata.

Le sue capacità, la sua esperienza, gli anni in cui aveva lottato per avere un simile incarico, non avevano contato nulla. Gliel'avevano dato solo perché era la ragazza di Pascal, una merce di scambio per assicurarsi i suoi servizi. Provò la più acuta e dolorosa delle umiliazioni. Quante altre persone ne erano al corrente? Tutti, dai redattori alle segretarie? Avevano spettegolato, ridendo alle sue spalle?

Il primo impulso fu di telefonare a Pascal e chiedergli spiegazioni. Ma prima di raggiungere l'apparecchio, l'umiliazione e la vergogna svanirono, per lasciare il posto a una rabbia cieca. Ce l'aveva a morte con Max, l'amabile e divertente Max, che diceva una cosa e ne pensava un'altra. Ma la rabbia più furiosa era nei confronti di Rowland McGuire, che era arrivato a conclusioni sbagliate, che era stato prevenuto nei suoi confronti fin dall'inizio, che si era appena rivolto a lei con tanto disprezzo.

Se pensava che avrebbe mollato la storia, che se ne sarebbe

tornata docilmente a Londra a testa china, si sbagliava. Ogni pista di quella storia, a eccezione di Mitchell, l'aveva trovata lei. Era stata lei a persuadere Mitchell a parlare, a ottenere la fiducia di Fricke, ed era lei che adesso aveva una pista a Parigi. Non aveva nessuna intenzione di cedere. Pensa, agisci, muoviti, si esortò. Per un attimo ebbe la visione futura di un McGuire contrito che ritrattava tutto chiedendo il suo perdono. Ma scacciò subito quell'immagine. Aveva passato quasi tutta la vita a cercare l'approvazione di suo padre e non aveva intenzione di commettere lo stesso errore con McGuire. Lo odiava. Non le importava un accidente di quello che pensava. Non doveva dimostrargli niente, non doveva dimostrare niente a nessuno a parte se stessa.

Senza ulteriori esitazioni, chiamò la reception e chiese di prenotarle il prossimo volo per Parigi.

Compose il numero del *St Regis Hotel* di Parigi, dove sapeva che Lindsay e il suo staff avrebbero occupato diverse stanze e suite per tutta la durata delle sfilate. Non riuscì a trovare Lindsay, ma dopo vari passaggi le rispose la sua assistente, Pixie. Pixie, che di solito era così esuberante ed efficiente, le rispose in tono mesto e affranto. Gini cominciò a spiegarle la sua situazione, poi s'interruppe. Si rese conto che Pixie stava piangendo.

«Farò del mio meglio», replicò singhiozzando. «Ma non ti prometto niente. Rimani in linea... mi dispiace, Gini, ma ho Max sull'altra linea. Sto cercando di trovare Lindsay, è fuori con Markov e non sa ancora niente. La notizia è appena arrivata. Qui sta succedendo il finimondo. Non so perché sto reagendo in questo modo. Dopotutto, non la conoscevo nemmeno. Ma mi sento come se, come se...»

«Cos'è successo, Pixie?»

«Vuoi dire che non lo sai? Pensavo stessi chiamando per questo.»

«Cos'è successo?»

«Si tratta di Maria Cazarès. È morta.»

Gini si precipitò all'aeroporto. Prese l'aereo per un pelo e riuscì a riflettere sugli ultimi eventi solo quando fu in volo. Pixie non era a conoscenza dei dettagli, sapeva solo che Cazarès era morta e apparentemente per cause naturali.

Gini si chiese che cosa avesse provocato quella morte improvvisa. Poteva immaginare le immediate conseguenze. Ci sarebbe stato un secondo circo a Parigi. Quando moriva una leggenda, tutti gli avvoltoi del mondo si davano appuntamento.

Ogni dieci minuti Gini controllava l'orologio. Aveva solo bagaglio a mano e con un po' di fortuna nel giro di dieci minuti sarebbe riuscita a prendere un taxi dopo aver sbrigato le formalità alla dogana. Ma le cose non andarono così lisce. La fila per i taxi era lunghissima e il centro di Parigi era bloccato dal traffico. Quando infine raggiunse il *St Regis*, salì di corsa le scale che portavano all'immenso atrio con il pavimento di marmo. Lì si bloccò di colpo.

A quanto sembrava, Rowland McGuire era stato più fortunato di lei. Si alzò in piedi vedendola entrare. Lei tirò dritto, ma lui le sbarrò la strada, e la prese per un braccio.

«Perché sei in ritardo?» domandò.

Gini lo guardò furiosa e cercò di liberare il braccio. «Non mi toccare», gli intimò. «Lasciami passare.»

«Non sprechiamo tempo», replicò lui, senza mollare la presa, sospingendola verso l'ascensore. «Direi di salire direttamente in camera nostra.»

«Cosa hai detto?»

«La nostra stanza. È una suite. Ci sono tre linee telefoniche e due fax. Un letto e un divano. Dato che sono un gentiluomo, io dormirò sul divano, naturalmente...»

«Lasciami andare il braccio, accidenti a te...»

«Anche se dubito che dormiremo molto. La stampa francese è già al lavoro e io intendo recuperare... schiaccia l'ottavo piano.»

«Va' all'inferno.»

«Prendiamo questo corridoio. La prima porta a destra. Eccoci arrivati. Ti piace? Era l'ultima suite disponibile a Parigi. È costata al *Correspondent* seimila franchi più della tariffa normale. Quando sei in dubbio, corrompi. Ora...» Chiuse la porta. «Voglio che mi ascolti.»

«E io voglio uscire da questa stanza», lo aggredì Gini, pallida in volto per la rabbia e la stanchezza. «Pensi davvero che lavorerò per te? Dopo quello che mi hai detto? Lasciami passare. Non voglio lavorare con te, non voglio neanche stare nella stessa stanza con te.»

«Ciononostante, mi ascolterai.»

«Col cavolo. Non ho dimenticato quello che hai detto. Mi hai quasi dato della puttana...»

«Non ho mai usato quella parola.»

«Non esplicitamente. Ma è quello che intendevi.»

«È possibile. Ma credo di avere usato più tatto.»

Gini lo schiaffeggiò. Si era dovuta alzare in punta di piedi per farlo, ma lo aveva colpito con tutte le sue forze. Gli occhi le si riempirono di lacrime. Tremante, si ritrasse, cercando di controllare la voce.

«Pensi che io lavori in quel modo? Pensi che io usi le persone? Be', ti sbagli. Non l'ho mai fatto, mai. Disprezzo le donne che lo fanno. Ho lottato per anni per avere un incarico del genere. Ci tengo alle storie su cui lavoro. Ho cercato di riprendermi dopo la Bosnia, perché pensavo che altrimenti non sarei riuscita a svolgere il mio lavoro serenamente, ma non mi sono ancora ripresa. E adesso non me ne importa. Troverò Mina Landis, e senza il tuo aiuto. La troverò perché... perché ho parlato con la madre di Anneka e lei... ha pianto. Tu non puoi capire. Ma a me importa, Rowland, m'importa moltissimo.»

Aveva alzato la voce, l'emozione che provava era così forte che riuscì a malapena a parlare. Furiosa che fra tutti fosse proprio Rowland McGuire a vederla in quelle condizioni, cominciò a sospingerlo per passare.

«Lasciami uscire, Rowland. Non ho nient'altro da dirti. Lasciami passare...»

«No», replicò lui, perfettamente calmo. «Non lo farò. E non sono neanche sicuro che sia quello che vuoi tu.»

«Cosa?» cominciò Gini, poi s'interruppe. Tutt'a un tratto vide Rowland McGuire in modo diverso. Era come se la macchina fotografica avesse cambiato fuoco, passando da una sfocata inquadratura a distanza a un nitido primo piano. Indossava un cappotto, uno dei suoi soliti completi di tweed, una camicia bianca con il primo bottone aperto e una cravatta verde allentata. Prima, quando l'aveva trascinata nell'ascensore, le era sembrato divertito e arrabbiato allo stesso tempo. Adesso non appariva divertito, arrabbiato o risentito perché lo aveva schiaffeggiato.

Il segno rosso lasciato dalla sberla ne accentuava il pallore e l'espressione determinata. Gli occhi verdi la fissavano seriamente. Gini abbassò lo sguardo, valutando le sue possibilità di fuga, poi rialzò gli occhi e avvertì immediatamente il pericolo.

Tutto a un tratto fu consapevole della loro vicinanza, e del fatto che la collera e l'antagonismo erano svaniti per lasciare posto a un messaggio sessuale così forte da farle trattenere il respiro.

Lesse l'identica sensazione sul volto dell'uomo. L'espressione seria si fece stupita, poi, come in un muto accordo, indietreggiarono tutti e due contemporaneamente.

Gini guardò verso la porta. Rowland adesso si era spostato, quindi se avesse voluto avrebbe potuto andarsene. Si avviò verso la porta, poi si fermò. Rowland le mise una mano sul braccio, ma subito dopo la ritrasse. Gini realizzò che non era più arrabbiata, solo confusa e un po' agitata.

«Come facevi a sapere che stavo arrivando qui?» chiese, con voce più calma.

«Ho chiamato il tuo albergo di Amsterdam. Mi hanno detto che eri partita per Parigi. Ho telefonato un quarto d'ora dopo che te n'eri andata.» I suoi occhi non lasciarono mai il viso di Gini.

«Stavo andando all'aeroporto per venire qui quando ti ho telefonato. Qualcuno doveva fare la cronaca di quello che era successo. Tu eri stata licenziata, e io ero l'unico sufficientemente preparato sulla vicenda. Era mia intenzione scusarmi. Chiederti di raggiungermi. Volevo...» Esitò. «All'albergo mi hanno detto che non eri riuscita a prenotare una stanza a Parigi. Ho immaginato che avessi contattato Lindsay, così l'ho chiamata, e ho parlato con Pixie. Non è stato difficile rintracciarti. Sapevo quale volo avevi preso. Così sono venuto qui. Ho trovato la stanza. Ho fatto delle telefonate. Ho aspettato.»

«Quando hai saputo di Maria Cazarès?»

«Con sicurezza? Cinque minuti dopo che ho parlato con te. Un'ora prima mi aveva accennato qualcosa un amico giornalista di qui. Mi ha richiamato per confermare subito dopo che avevo riappeso il telefono.»

«Allora avevi sentito che era morta prima che ci parlassimo?»

«Sì.»

Ci fu silenzio. Gini percepì un'emozione che era in contrasto con la sua calma apparente. Esitò.

«Perché vuoi scusarti?»

«Mi sono reso conto di essermi comportato male...» Tacque improvvisamente, sembrava turbato.

Gini, che si era pentita di aver posto quella domanda nell'istante in cui l'aveva pronunciata, pregò che non scendesse nei dettagli. Stava per interromperlo, ma lui la precedette.

«Voglio che tu sappia», riprese, «che mi vergogno di quello che ho detto. Non solo perché avevo torto, ma anche perché ho perso la calma, dicendo cose che avresti tutti i motivi per non perdonare. Nonostante quello che la gente dice di me, raramente perdo il controllo in quel modo. Ovviamente, adesso capisco perché l'ho fatto.»

Gini lo ammirò per questo. Il suo sguardo non aveva vacillato mentre faceva questa ammissione, e nessuna donna avrebbe potuto fraintendere quello che intendeva. Poteva essere una dichiarazione fra le righe, ma era una dichiarazione. Lei poteva far finta di niente, o affrontare la cosa con la stessa franchezza.

Continuò a fissarlo, incapace di distogliere lo sguardo. Sapeva che se avesse parlato di nuovo, se fosse stato più esplicito, lei non avrebbe esitato ad andarsene. Anche se lui non parlò, lo fece il silenzio nella stanza. La sensazione di pericolo divenne più tangibile. Il tempo adesso pareva correre con la stessa velocità di un treno e loro erano lì come due passeggeri in attesa. Una parola sbagliata, un gesto sbagliato ed entrambi si sarebbero ritrovati su un treno da cui era impossibile scendere.

«Quello che hai detto non era vero», disse infine Gini. «Mi riferisco all'*Antica* e a Pascal.»

E per un attimo pensò di essere al sicuro. Aveva ignorato la dichiarazione cambiando argomento. Lo vide serrare le labbra. Aveva usato il nome di Pascal come scudo, pensando che in quella circostanza le sarebbe stato di aiuto. Fu l'esatto opposto. Invece di darle forza, la fece sentire ancora più debole. Nominare Pascal aveva riportato a galla le incertezze e l'infelicità. Il ricordo di tutti quei mesi passati nella solitudine e nella disperazione. Quel nome non la protesse da quell'acuta, inaspettata attrazione sessuale, un'attrazione che irradiava ogni singolo nervo del suo corpo come una scossa elettrica.

«No», lo supplicò, vedendolo muoversi verso di lei, come se potesse sentirsi ancora al sicuro se non l'avesse toccata. «Non farlo. Va tutto bene. Mi sento solo ferita nell'orgoglio.»

Lui non aprì bocca. La prese per mano e l'attirò dolcemente verso di sé. Guardò le lacrime che le rigavano il volto, poi l'abbracciò. Dopo così tante settimane di astinenza, il contatto con il corpo di un uomo fu un intenso choc. Appoggiò il viso sul petto muscoloso, ascoltando il battito del cuore. Provò un senso di protezione, e poi di bisogno. Il corpo poteva essere affamato di affetto quanto la mente, e per un po' quell'abbraccio le diede conforto. Aveva lottato contro se stessa così a lungo che fu un sollievo lasciarsi andare.

Poi si rese conto che quello non era un uomo qualunque, bensì un uomo particolare, un uomo forte il cui corpo e tocco le erano sconosciuti. Realizzò che aveva i seni premuti contro il suo corpo, che lui le teneva una mano sul sedere, che cominciava a eccitarsi.

In quel momento squillò il telefono. Né lei né lui si mossero per andare a rispondere. Rowland sospirò, le mise un dito sotto il mento e le sollevò il viso. Gini incontrò il suo intelligente sguardo verde. Lo sentì irrigidirsi contro il suo corpo e fu scossa da un tremito. Anche in quel momento, quando entrambi erano consci della forza di quello che stava accadendo, persino allora, lui ebbe lo scrupolo di darle la possibilità di ripensarci.

«Potrebbe essere una chiamata urgente, vuoi che rispondiamo?»

Gini guardò quell'uomo che era quasi un estraneo. Il desiderio fu così intenso da travolgerla.

«No», rispose.

«Neanch'io», replicò lui, e da quel momento non ci furono più esitazioni. Lasciando da parte ogni autocontrollo, l'attirò di nuovo a sé. Le baciò i capelli, poi gli occhi, poi la bocca. Gini dischiuse le labbra e ricambiò il bacio. Era così eccitata che urlò quando le sfiorò i seni. A un certo punto il telefono smise di squillare, a un certo punto Rowland chiuse la porta a chiave, ma in seguito nessuno dei due avrebbe saputo dire quando.

Molto più tardi, Gini si alzò dal letto e andò in bagno. Era di marmo e lussuoso, com'era tipico di quegli alberghi. Gli oggetti di Rowland erano stati appoggiati alla rinfusa su una mensola. Sopra il lavabo era appeso uno specchio e ce n'era un altro sulla parete alle sue spalle. Guardò la sua doppia immagine riflessa.

Il sesso è come il dolore, pensò. Se non lo si prova per un po', ci si dimentica di quanto possa essere potente. Era sesso che vedeva adesso nello specchio. La sua impronta era visibile sulle labbra tumide, sulla pelle arrossata, sulle parti del corpo che le sue mani avevano esplorato. Era ancora scossa da tremiti. Davanti a sé aveva la prova tangibile del tradimento. Nonostante le sue certezze e tutte le promesse del passato, si era ritrovata in una situazione che non avrebbe mai previsto e che riteneva al di là di ogni possibilità. Aveva fatto la sua scelta, e ad aggravare quell'infedeltà c'era il piacere, che era stato incredibilmente intenso.

Perché si era fissata su quella stupida, adolescenziale certezza che solo Pascal poteva darle piacere? Perché era stata convinta che l'amore alterava la natura stessa del sesso, permeandolo di speciali virtù che non gli erano proprie? Era un errore tipicamente femminile. Quanti uomini erano dello stesso avviso? Adesso si rendeva conto di quanto quella certezza fosse infondata. Nel tradire l'amante, aveva scoperto un'amara e sgradevole verità su se stessa.

Fece scorrere l'acqua e si lavò. Tornò in camera da letto. Una debole luce filtrava attraverso le tende tirate. Rowland McGuire giaceva supino con le mani incrociate dietro la nuca. Si voltò quando Gini entrò. Lei attraversò la stanza e s'inginocchiò accanto a lui. Nudo era bellissimo. Il corpo forte e muscoloso luccicava ancora di sudore. Gli appoggiò il volto sulle spalle premendo le labbra sulla pelle dal sapore salmastro. Lui la circondò con un braccio e l'attirò più vicino.

Anche l'intimità e la pace di quel momento erano inaspettate. Nessuno dei due parlò per un po'. Gini fu la prima.

«Non deve più accadere, Rowland. Non era successo niente prima e non deve succedere niente dopo. È stato un incidente. Un caso...»

«Un errore?»

«No.» Incontrò i suoi occhi. «Non lo considererò mai un errore. Ma è stato qualcosa che nessuno dei due si aspettava o voleva che succedesse. Se non ci pensiamo più, se non ne parliamo più...»

«Dobbiamo considerarlo un momento di distrazione?» La stava guardando con serietà.

«No. Forse... Tu come lo definiresti?»

«Posso darti una definizione da dizionario. Che ne dici di un momento di smarrimento?»

«Sì. Un momento di smarrimento. Qualcosa che non avremmo pensato o permesso che accadesse in circostanze normali.»

«Le circostanze erano così anormali?» domandò, ritraendo il braccio e mettendosi a sedere.

«Sì. Penso che lo fossero.»

«Un uomo e una donna in una stanza? Un'attrazione inaspettata? Davvero lo trovi così anormale?»

«Per me è stato così.» Distolse lo sguardo. «Io amo Pascal. Rowland, niente può cambiare questo.»

Lui le lanciò un'occhiata interrogativa, ma non disse nulla. Si alzò, prese gli abiti e cominciò a vestirsi. Gini sedette sul letto a guardarlo. Si chiese se la trovasse ingenua o in malafede. Forse si era fatto l'idea che stesse ingannando se stessa. Questo pensiero le riportò alla mente un incidente del passato che non amava ricordare.

«Sono stata messa in guardia una volta», riprese, in tono agitato. Rowland si voltò a guardarla continuando ad allacciarsi la cintura.

«È stato un uomo a mettermi in guardia. Non ha importanza come si chiamava, e in ogni caso è morto. È stato lui a dirmi che queste cose succedono, e che è difficile controllarle. Ha detto che il senso del dovere, l'etica, le promesse, persino l'amore, non possono nulla contro...»

«Contro cosa?»

«Tutto questo.» Gini indicò tristemente il letto. «Il desiderio sessuale. L'attrazione sessuale. Desiderare qualcuno così disperatamente da non riuscire a pensare. Mi aveva avvertito di quanto potesse essere potente. Io ero furiosa. Gli ho detto che si sbagliava.» Si alzò. «È successo un anno fa. Lui è stato ucciso alcuni giorni dopo. Adesso mi rendo conto che aveva ragione.»

«Era il tuo amante?»

«No. Assolutamente. Lavoravo a una storia su di lui, tutto

qui. Ero con Pascal. Non m'infilo nel primo letto che capita, Rowland.»

«Non intendevo questo. Non stavo insinuando che...» S'interruppe, prese la cravatta e la giacca.

«Faremo come dici tu», riprese in modo brusco. «Tutto questo non è mai successo. È stato un sogno. Un'allucinazione. Una variazione imprevista sul copione iniziale.»

«È quello che dirò a Pascal», gli comunicò, distogliendo lo sguardo.

«Racconti a Pascal tutti i tuoi sogni e le tue fantasie?»

«No. Naturalmente no.»

«Allora fossi in te non gli rivelerei questo.»

«Intendi dire che dovrei mentirgli?»

«La definirei più un'omissione che una menzogna.»

Gini lo guardò perplessa. Lui era di spalle e non poteva vederlo in faccia.

«Tu menti, Rowland?»

«Molto bene, quando è necessario.»

«Mentiresti a me?»

«Certamente. Senza la minima esitazione. E tu non lo sospetteresti mai.» Poi, cogliendola di sorpresa, attraversò la stanza, le tolse la camicetta che teneva fra le mani e la prese tra le braccia.

«Te lo dirò una sola volta e non lo ripeterò più», cominciò, appoggiandole la testa contro il suo petto e accarezzandole i capelli. «Ti do la mia parola che non parlerò mai con nessuno di quello che è successo stasera. Per nessuna ragione al mondo. Se tu vuoi che sia cancellato, sarà cancellato. Non ci saranno conseguenze. D'ora in poi, ti tratterò esattamente come ti trattavo prima, e tu farai lo stesso. Nessuno sospetterà mai.»

«Ce la puoi fare?»

«Sì. Sono bravo a nascondere i miei sentimenti. L'ho imparato da bambino. Sono molto allenato in questo.»

«I sentimenti non c'entrano.» Gini si staccò da lui. «Quello che è successo non ha nulla a che vedere con le emozioni. Si è trattato di sesso.»

«Allora è ancora più semplice. Non ho mai avuto difficoltà a dimenticare il sesso.»

Si allontanò a raccogliere il portafogli e le chiavi finiti sul pavimento poco prima. Il suo autocontrollo ferì Gini quanto le sue risposte, e lei si disprezzò per questo. Era una perversione tutta femminile quella di sollevare obiezioni appena un uomo acconsentiva ai loro desideri, e lei non aveva intenzione di cedere a quell'impulso. Senza ulteriori commenti, cominciò lentamente a rivestirsi.

Rowland era andato a uno dei fax e stava leggendo i vari messaggi. Gini si chiese quando fossero arrivati: prima, durante o dopo?

«Gli uffici Cazarès sono chiusi per stasera. Almeno apparentemente.» Alzò gli occhi dal foglio. «Io ne dubito. Forse non rispondono al telefono, ma sicuramente stanno lavorando. Staranno preparando la versione ufficiale della morte di Maria Cazarès. Devono presentarla domani. Lazare terrà una conferenza stampa martedì alle undici.»

«Nessun accenno alle cause della morte?» domandò Gini, cercando di assumere lo stesso tono impassibile.

«No. Un arresto cardiaco, pare. E non si sa ancora con esattezza dove e quando è morta. Stando alle voci, non è successo in una delle sue case. Ho già sguinzagliato qualcuno per scoprirlo. Sembra che sia stata portata in ambulanza a una clinica privata, la Saint Etienne e lì abbia ricevuto le prime cure. Sarebbe utile sapere quando e dove è andata a prenderla l'ambulanza.»

«Se le nostre supposizioni sono esatte, prendeva la White Dove. Per quanti giorni, due, tre?»

«Probabilmente tre. Ma si tratta comunque di supposizioni. E penso che rimarranno tali, perché non sapremo un gran che dalla clinica.»

«Non ci sarà un'autopsia?»

«Non lo so. Immagino dipenda da Lazare e dal suo grado di influenza. Stanno già cercando di coprire la cosa.»

«E la collezione? La sfilata di Cazarès è prevista per mercoledì. La cancelleranno?»

«Presumibilmente. Qualunque cosa abbiano deciso, l'annunceranno domani alla conferenza stampa. Aspettiamo di vedere se Lindsay sa qualcosa. Le ho lasciato un messaggio. È ancora fuori con Markov. Pensavo fossero al *Grand Vefour*, ma devono aver cambiato ristorante. È possibile che Lindsay non lo sappia ancora. Comunque...» Si voltò, mentre Gini prendeva il cappotto.

«Facciamo un tentativo con questa Chantal? Può darsi che Star e Mina siano lì. Rue Saint Séverin, hai detto?»

«Sì. È vicino alla chiesa di Saint Séverin. Nel Quartiere Latino. È a una quindicina di minuti da qui.» Gini guardò l'orologio. «Sono le undici e un quarto, Rowland.»

«Lo so. Un po' tardi per fare visite.» Alzò le spalle. «Però questo ci dà il vantaggio della sorpresa.»

«Probabilmente sarà un'altra falsa pista. Questo Star ha il dono della sparizione.»

Raggiunse Rowland sulla porta. Trovandosi al suo fianco, ebbe improvvisamente la sensazione che non ce l'avrebbe fatta a continuare a fingere.

Si chiese se anche Rowland provava la stessa cosa. Apparentemente non dava quell'impressione. Fece per aprire la porta, poi si fermò. Si voltò a guardarla. Le fissò per un lungo momento le labbra. «Voglio baciarti», disse.

«Non farlo, Rowland. Dobbiamo smetterla. Adesso. Hai detto...»

«So quello che ho detto.» Sembrò esitare, poi sollevò lentamente la mano e gliela posò sulla nuca. «Dimmi solo una cosa prima di andare.» Corrugò la fronte. «I capelli, te li sei tagliati da sola? Perché?»

«È stato quando sono tornata da Sarajevo. Esattamente non so neanch'io perché... ero infelice. Volevo cambiare. Ho cominciato dal modo più facile: cambiare il mio aspetto. Li ho tagliati con un paio di forbici per le unghie. Prima avevo i capelli lunghi. Perché me l'hai chiesto? Sono così orribili?»

«No. Niente affatto. Anzi, mi piacciono. Li ho notati quando stavamo tornando da Max dopo l'incontro con Mitchell e... non ha importanza. Dobbiamo andare.»

E invece aveva importanza. Gini lo sapeva e lo sapeva anche Rowland. «Mi piaci, Rowland», disse, mentre apriva la porta.

«Perché?»

«Sei astuto. Molto intelligente. E mi piaci per le cose che non dici...»

«Il tuo silenzio è la prima cosa che mi è piaciuta di te.»

Seguì un breve attimo di silenzio. Poi la prese per un braccio. «Dobbiamo sbrigarci. Dovevamo essere in rue Saint Séverin due ore fa. Che cos'è successo in quelle due ore?»

«C'è stato un imprevisto», replicò, mentre entravano in ascensore.

L'atrio era pieno di giornalisti. Vedendo un gruppo di colleghi inglesi che conosceva, Rowland si unì a loro. Ascoltò attentamente e poi parlò a sua volta in tono sicuro. «Che stavi facendo?» chiese Gini, quando la raggiunse sul taxi. «Prendendo informazioni e dando informazioni sbagliate.» Sorrise. «Qual è la prima regola nel giornalismo, Gini?»

«Oh, la conosco bene. Mio padre me l'ha ripetuta non so quante volte. È verificare e poi riverificare.»

«Questa è la seconda regola. Entrambi abbiamo dimenticato la prima.»

«Qual è?»

«Essere sempre in testa al branco.»

Rue Saint Séverin era una stretta viuzza dominata dalla chiesa. Dirimpetto alla chiesa c'era una sfilza di ristoranti algerini e marocchini che pubblicizzavano *couscous* e *kebab*. Quando l'orologio del campanile scoccò l'ora, Star sospinse Mina verso l'entrata buia della chiesa.

«Sono le undici e mezzo», disse. «Aspetta qui e non ti muovere. Sarò di ritorno fra dieci, massimo quindici minuti.»

«Non posso venire con te?»

«No. Tieni su la sciarpa e stai lontana dalla luce.» Le prese le mani e la fissò con i suoi bellissimi occhi. «Ho bisogno di te, Mina. Mi prometti che aspetterai?» Poi attraversò la strada e scomparve in un portoncino fra i ristoranti di fronte. Mina guardò l'edificio in cui era entrato; c'erano degli appartamenti sopra i ristoranti. Le finestre accese avevano le tende chiuse e lei riuscì a distinguere solo delle ombre che si muovevano, nient'altro.

Guardò con cautela lungo la via. I ristoranti dovevano avere dei telefoni. Star aveva detto che sarebbe stato via un quarto d'ora, se fosse stata veloce, avrebbe potuto chiamare in Inghilterra. Non aveva soldi con sé, ma poteva fare la telefonata a carico del destinatario, anche se non aveva idea di come si facesse in Francia. Fece per avviarsi, poi non ebbe il coraggio. Star poteva arrivare da un momento all'altro. Era meglio aspettare.

Guardò l'orologio. Erano passati solo un paio di minuti. Star continuava a prometterle che avrebbe telefonato, ma ogni volta c'era qualcos'altro di più urgente da fare. C'era sempre un amico che doveva aspettare o qualcuno che doveva incontrare. Chi erano tutte quelle persone e perché doveva vederle? Da chi era in quel momento, per esempio? E chi era la vecchia brontolona vestita di nero che viveva in quell'orribile appartamento pieno di crocefissi, quadri pacchiani e altre cianfrusaglie da cui erano stati quel pomeriggio e con la quale aveva parlottato a lungo? Qualunque cosa gli avesse detto, la vecchia, lo aveva fatto arrabbiare.

«Stupida vecchia», aveva inveito, quando si erano ritrovati per strada. «Non sa se è domani o la scorsa settimana. Ha perso la cognizione del tempo. È completamente rimbambita. Domani mi tocca ritornare fin qui.»

«Perché, Star?» si era lasciata sfuggire, ma per una volta le aveva risposto.

«Perché dovevo incontrare qualcuno da lei. Un'amica. Ma non c'era, perché quella dannata vecchia non sa distinguere un giorno dall'altro. Non importa. Ho ancora tempo.» Si era fermato. «Vedi quella profumeria laggiù? Vai a comprare una tintura per capelli. Ecco...» E le aveva messo in mano dei soldi. «Sbrigati. Non posso farlo io. Si ricorderebbero di un uomo che compra una tintura per capelli. Dai, va'.»

Mina si era avviata verso la profumeria. In cuor suo aveva sperato che ci fosse un telefono, ma naturalmente non c'era. Mentre tornavano indietro si era chiesta se l'amica che Star doveva incontrare dalla vecchia non fosse la donna che avevano visto all'aeroporto, Maria Cazarès, così aveva detto che si chiamava. Mentre tornava dal bagno era passata davanti a una camera da letto che pareva un santuario. C'era un enorme letto con una trapunta rosa e fotografie di Maria Cazarès ovunque, ce n'erano a centinaia, sui tavoli, sui cassettoni, sulle pareti. Ma non poteva essere, perché Maria Cazarès non era un'amica di Star, bensì una nemica. Glielo aveva detto lui stesso all'aeroporto.

Cominciava ad avere freddo adesso. Star era via da più di cinque minuti. D'impulso attraversò la strada, pronta a tornare indietro se fosse stato necessario. Appena si avvicinò a uno dei ristoranti, venne investita dal profumo di cibo e si rese conto di quanto fosse affamata. Star sembrava non mangiare mai. Era passato un bel po' di tempo dall'ultima volta che avevano messo qualcosa in bocca. Tutt'a un tratto vide una ragazza nello specchio davanti all'entrata del ristorante. Trasalì, rendendosi conto che la ragazza era lei. Fissò la propria immagine. Dopo essersi lanciata un'occhiata alle spalle, tirò giù la sciarpa azzurra e fece una smorfia. Le vennero le lacrime agli occhi. Star le aveva tagliato i capelli e poi glieli aveva tinti. Era sembrato così soddisfatto del suo lavoro, non aveva fatto che ripeterle quanto fosse bella.

Lei invece, guardandosi in quello specchio, non si era trovata affatto bella. La tinta non era venuta bene e i suoi bei capelli rossi adesso erano dei ciuffi color ruggine. Aveva un aspetto orribile, sembrava una barbona, una profuga. Si allontanò dallo specchio e tornò di corsa all'entrata della chiesa. Rimise in testa la sciarpa. E se era stata vista? Era capitato quel pomeriggio, cinque minuti dopo che avevano lasciato l'appartamento della vecchia. Non erano stati visti da un poliziotto, Star stava alla larga da chiunque indossasse un'uniforme, ma da un uomo in borghese su una Citroen senza segni particolari. L'uomo si era fermato, aveva detto qualcosa in un cellulare, poi era sceso dalla macchina.

Loro però se l'erano già data a gambe. Non era stato difficile far perdere le tracce in quel labirinto di stradine. Quando finalmente si erano fermati, Mina riusciva a respirare a malapena, e Star era pallido come un cencio.

«Lo hai visto?» le aveva domandato, prendendola per un braccio. «Cristo, sono dappertutto. Girano in borghese con macchine normali. Ti ha visto i capelli, ne sono sicuro. Dobbiamo tagliarli, devi assolutamente cambiare aspetto.»

L'aveva presa fra le braccia, stringendola forte. «Mina, lo sai cosa mi fanno se mi prendono? Mi mettono in prigione.»

Mina aveva cercato di rassicurarlo dicendogli che non lo avrebbe permesso, che avrebbe spiegato di essere andata con lui di sua volontà. Ma Star non la stava ascoltando. L'aveva trascinata di corsa a casa e le aveva tagliato e tinto i capelli. Poi si era messo a fare i tarocchi. Non doveva essergli piaciuto quello che gli avevano detto le carte, perché le aveva scagliate per terra, poi aveva scaraventato la sedia contro una parete.

Si era gettato sul letto con gli occhi fissi verso il soffitto, chiudendo e aprendo le mani a pugno. «Vieni qui, Mina», le aveva ordinato. «Parla con me. Accarezzami la fronte.»

Mina aveva ubbidito. Si era accoccolata accanto a lui e aveva cominciato ad accarezzargli i capelli e il volto.

«Cosa c'è che non va, Star?» aveva chiesto timidamente.

«Le carte erano brutte. Continua, Mina. Tu mi fai sentire meglio. Sei l'unica che ci riesce. Hai il dono di calmarmi. Accarezzami dolcemente. Sì, così.»

Mina aveva continuato così per parecchio tempo. Poi a un certo punto lui si era irrigidito e lei aveva capito cosa stava per succedere. L'aveva afferrata per il polso, aveva aperto gli occhi e fissata per un lungo momento. Infine si era portato la sua mano sul petto e l'aveva fatta scivolare fino all'inguine.

Mina sapeva che cosa doveva fare perché gliel'aveva mostrato il giorno prima. Voleva che gli accarezzasse le cosce e l'inguine, mormorando il suo nome all'infinito. Quando chiudeva gli occhi era il segnale che doveva abbassare la cerniera e tirargli fuori il pene, per poi riprendere le carezze e continuare a sussurrare il suo nome.

All'inizio aveva pensato che a volte si cominciava così a fare del sesso. Era sempre stata convinta che si iniziasse baciandosi, ma forse certi uomini preferivano quel tipo di preludio all'amore. Sapeva che cosa sarebbe successo in seguito perché le era stato spiegato a biologia. Star avrebbe avuto un'erezione e poi avrebbero cominciato a fare l'amore.

Per quanto fosse confusa, Mina aveva pensato di essere pronta a compiere quel passo. Non voleva essere più vergine, ma ci teneva che la sua prima volta fosse speciale, un evento da non dimenticare mai. La sua verginità doveva essere donata a un uomo che amava, e lei amava Star, lo aveva capito sin dal primo istante.

Ma nessuna lezione di biologia e nessuna descrizione delle amiche l'aveva preparata a quello che accadde. Sapeva di essere inesperta e nervosa, ma quando aveva cominciato ad accarezzare il pene di Star, non era successo nulla. Cassandra le aveva assicurato che se si accarezzava il pene a un uomo gli diventava duro, questo però, nonostante i suoi sforzi, non si era verificato con Star. Dove stava sbagliando? Poi aveva capito che cosa non andava. Star non l'amava, non era neanche attratto da lei. Era troppo stupida e goffa per suscitare il suo desiderio.

«Star», aveva osato infine, non sopportando più quella situazione. «Qualcosa non va? Non è quello che vuoi?»

Appena aveva pronunciato quelle parole, si era seduto di scatto e l'aveva schiaffeggiata con tale forza da farla cadere dal letto.

Lei si era rannicchiata sul pavimento, troppo spaventata per piangere. Star l'aveva afferrata per un braccio sollevandola di peso. Tremava per la rabbia e nei suoi occhi c'era quello scintillio che stava imparando a temere.

«Non c'è niente che non va», aveva urlato scuotendola. «Niente, capito? Credi che voglia fare del sesso? Fottere? Be', ti sbagli. Non voglio niente del genere, è quello che vogliono tutti gli uomini.»

Mina era scoppiata in lacrime e, singhiozzando, aveva cercato disperatamente di farsi capire da lui.

«Ma io ti amo, Star. Ti amo così tanto. Pensavo volessi fare l'amore. Ero pronta a...»

«Lo hai mai fatto prima?» aveva chiesto scuotendola, e quando aveva risposto di no l'aveva stretta forte fra le braccia cullandola.

«È fantastico. Tutto questo è fantastico, Mina. Devi capire che noi siamo speciali. Diversi dagli altri. Noi siamo in comunione Mina. Noi scopiamo con gli occhi, con le menti, con l'anima. È questo che voglio, Mina.»

Lei aveva smesso di piangere per guardarlo. I suoi bellissimi occhi bruciavano di convinzione. Mina aveva pensato che fosse la cosa più straordinaria, più meravigliosa che un uomo potesse dire. Poi per un attimo nella sua mente si era insinuato un dubbio: era la prima a cui lo diceva?

Ma poi Star era stato così gentile, così tenero da farle dimenticare tutto. L'aveva presa fra le braccia dicendole che era la cosa più bella, più dolce che gli fosse mai capitata in tutta la vita, che era la sua salvezza, e Mina gli aveva creduto. In seguito, non c'erano più stati scatti di collera, solo qualche atteggiamento strano che l'aveva spinta a pensare che dietro l'apparente tranquillità qualcosa fosse in ebollizione, come un vulcano pronto a esplodere da un momento all'altro.

Qualcosa deve averlo ferito, pensò, tornando al presente. Ferito al punto che niente può alleviare il suo dolore.

Controllò l'orologio. Star mancava da quasi venti minuti. Improvvisamente fu colta dalla paura che non sarebbe più tornato, che si fosse dimenticato di lei e l'avesse abbandonata. Ma l'agonia fu breve. Meno di un minuto dopo, il portoncino si aprì e ne emerse Star. Mina fu così sollevata che si mosse per andargli incontro, ma si fermò vedendo sopraggiungere un taxi. Ne scesero un uomo e una donna. I due s'incamminarono lungo la via, controllando i numeri dei portoni. Sentì che parlavano in inglese.

Star, di solito così cauto, sembrò non accorgersi della loro presenza. Si fermò davanti a lei guardandola come se fosse invisibile. Aveva il volto rigato di lacrime.

«Star, togliti dalla luce», sussurrò, prendendolo per un braccio. «Quelle persone sono inglesi.»

Lui non si mosse. Non sembrava neanche averla sentita. L'uomo e la donna si stavano avvicinando. Spaventata, Mina cercò a tentoni la maniglia del portale della chiesa e l'aprì. Star cominciò a emettere dei gemiti, dei terribili gemiti. Mina gli mise una mano sulla bocca e, un po' spingendolo e un po' tirandolo, lo fece entrare in chiesa e richiuse il portale. La chiesa era vuota e poco illuminata. Star si appoggiò contro il portale e si lasciò scivolare fino a cadere per terra. Seppellì il volto fra le braccia poggiate sulle ginocchia. Mina rimase assolutamente immobile, indecisa se prestare attenzione a Star o ai passi che si avvicinavano sempre di più. La coppia si fermò proprio davanti al portale della chiesa.

«È quella casa di fronte», sentì dire all'uomo. «Le finestre sono accese. Dev'esserci qualcuno...»

«Ci andiamo tutti e due?» chiese la donna. «Certo che è tardi. Non vorrei che si allarmassero.»

«Va' tu per prima. Una donna intimidisce di meno. Ma stai attenta a come parli. Se lei è lì, arrivo anch'io. Ti aspetto qui dove nessuno può vedermi.»

La donna sembrò esitare. «C'è qualcosa che non va, Rowland?»

«No, niente. Va'.»

Mina sentì i passi della donna che attraversavano la strada. Il suo compagno si appoggiò contro il portale. Mina trattenne il fiato. Poi, d'improvviso, sentì un pugno contro il portale e un'imprecazione sibilata fra i denti. Per poco non svenne per lo spavento. Seguirono alcuni minuti di silenzio, poi la donna tornò.

«L'hai trovata?» domandò l'uomo.

«La donna che mi ha aperto sostiene di non essere Chantal. La vera Chantal non vive più lì da mesi e lei non ha la minima idea di dove sia. E posso assicurarti che non ha affatto gradito di trovarsi sulla soglia una perfetta sconosciuta a quest'ora.»

«Stava mentendo?»

«Può darsi. Non saprei dirtelo. Mi ha chiuso la porta in faccia.»

«Maledizione. Adesso cosa facciamo? Forse dovremmo tornare all'albergo, ho bisogno di pensare.»

«Tu hai bisogno di dormire. Sei esausto e...»

«Sto bene.» L'uomo aveva interrotto la donna in modo brusco. «Andiamo. È inutile stare qui. Non possiamo entrare con la forza. Passeremo questa informazione alla polizia. Ti rendi conto che quella potrebbe essere Chantal anche se lo ha negato? E con lei potrebbero esserci anche Star e Mina Landis.»

«Lo so, Rowland. Accidenti, abbiamo fatto la mossa sbagliata. Non dovevamo agire in questo modo. Se Mina e Star sono lì, o se la donna li conosce, li abbiamo appena messi all'erta. È stata una mossa stupida. Non stiamo ragionando lucidamente.»

«Me ne rendo conto anch'io. Adesso torniamo al *St Regis*.»

I passi si allontanarono. Lentamente Mina ricominciò a respirare, a muoversi. Guardò Star ancora seduto per terra. Sicuramente non aveva sentito neanche una parola della conversazione che si era svolta dall'altra parte del portale.

Mina si sedette a terra accanto a lui e lo circondò con le braccia. Stava ancora piangendo. Gli sussurrò parole gentili cercando di sollevargli la testa perché la guardasse in viso.

«Star, non piangere. Che cos'è successo? Cos'è che non va? Ti prego, non sopporto di vederti piangere. Guardami, Star. Non possiamo restare qui. Qualcuno mi sta cercando. Li ho sentiti dire che si rivolgeranno alla polizia. Dobbiamo andarcene.»

«È morta.» Alzò di scatto la testa e la guardò. «Maria Cazarès è morta. L'ho saputo poco fa dalla televisione. È morta da non so quante ore e io non lo sapevo neanche. Non l'ho sentito.» Emise un gemito strozzato. «Le carte hanno mentito. Dovevano avvertirmi. Volevo la sua morte, ma non in questo modo.»

Con un violento scatto l'allontanò e si alzò in piedi. «È colpa tua. Tua e di quella fottuta vecchia. Se non ti fossi sentita male. Se io avessi aspettato. Sapevo che era il giorno giusto. Sapevo che sarebbe venuta ed è stato così. È andata lì un paio d'ore dopo che ce ne siamo andati. Dopo che tu mi hai costretto ad andarcene, dopo aver piagnucolato per tutto il tempo che faceva troppo caldo, che ti sentivi male...»

L'agguantò sollevandola in piedi e l'attirò verso di sé finché non fu a pochi centimetri dal suo volto. Nell'oceano azzurro dei suoi occhi si stava scatenando la peggiore delle tempeste.

«Non l'ho vista morire, te ne rendi conto? Avrei potuto averla ai miei piedi e guardarla morire. Con quell'idiota di Mathilde che piangeva e strepitava per chiamare un prete. Magari affannandosi a cercare il rosario o qualche santino, come se bastava un santino a salvarla. Mi immaginavo già la scena. E io avrei gioito, gioito. Ho aspettato venticinque anni questo momento, e tu, e tu...» Non riuscì a continuare. Mina era così spaventata che non riusciva a muoversi. Star alzò le mani e gliele strinse con forza intorno al collo.

«Cosa faccio, Mina, ti ammazzo?» chiese, in tono più calmo, gli occhi azzurri fissi nei suoi. «Potrei farlo. Potrei spezzarti l'osso del collo come se niente fosse. Poi potrei lasciare il tuo corpo sull'altare mettendo delle candele vicino alla testa e ai piedi.» Tacque e fece un lento, lungo respiro. «Allora, che faccio, ti ammazzo? Forse preferisco baciarti, che ne pensi?»

Mina non poteva parlare. Cercò di muovere le labbra, ma lui premette con più forza sulla gola, poi si chinò a baciarla sulla bocca con forza.

«Sarò clemente, ti grazio», sentenziò. «Ho bisogno di te. Ho bisogno di te adesso più che mai. Dovrò cambiare i miei piani. Posso riuscirci. Sono intelligente. Sono pieno di risorse.»

La prese per un braccio e, come se niente fosse accaduto, tornarono a casa. Durante il tragitto, Mina aveva percepito che il suo umore era cambiato. Il modo in cui camminava, la luce negli occhi, tutto in lui sembrava trasmettere un'energia invisibile.

Arrivati a casa, si mise a fare i tarocchi senza neanche togliersi il cappotto. Mina si raggomitolò sul letto. «Stupende. Le carte sono stupende», dichiarò. «Sapevo che lo sarebbero state. Adesso posso muovermi. Ho i mezzi per farlo.»

Poi tirò fuori una pistola. Mina non sapeva niente sulle armi tranne quel poco che aveva imparato sui suoi cataloghi. Gettò quella piccola arma sul letto a pochi centimetri da lei.

«Niente paura, non è carica. Prendila. Non è bellissima?»

Mina sfiorò la pistola, poi ritrasse la mano. Star la raccolse. L'accarezzò. Poi se la puntò alla tempia.

«Bang», disse, sorridendo. «Una pallottola in testa. Un'altra al cuore. *Au revoir* , Jean Lazare. Semplice, no? Questa spara quindici colpi al secondo. È terribile essere uccisi con quest'arma. La pallottola ti esplode nel cervello o nel cuore. È impossibile sopravvivere. E se per caso non muori all'istante, il dolore è straziante. Conosco quel tipo di dolore, perché la mia vita è stata straziante. Mi hanno strappato il cuore e l'hanno ridotto a piccoli brandelli. Un giorno ti racconterò tutto.»

Mina lo ascoltò, guardando ora lui ora la pistola. Era troppo spaventata per parlare, ma nella sua mente i pensieri si rincorrevano. Star aveva bisogno di aiuto, adesso se ne rendeva conto, ma lui non avrebbe mai accettato di andare da un medico.

«Mercoledì mattina. Mancano meno di due giorni», stava dicendo. Mina, accanto a lui, non osò proferire parola. Il suo unico pensiero era come e quando fuggire da quella casa. La porta non veniva mai chiusa a chiave, ma c'era un problema di cui non vedeva la soluzione. In tre giorni e tre notti che erano insieme non aveva mai visto Star dormire.

13

«ASPETTIAMO», suggerì Markov a Lindsay. «Sono sicuro che Quest arriverà. Mangia sempre qui, solo molto tardi.»

«Markov, è quasi l'una del mattino, non ti sembra abbastanza tardi?»

«Abbi fiducia. Sarà qui al più tardi all'una e un quarto. È un orologio. È fatta così.»

«Markov, so com'è fatta. Tanto per cominciare non parla. Il massimo che le ho mai sentito dire è 'ciao' e 'buonanotte'.»

«Con me parla. Se c'è qualcuno che sa qualcosa sulla morte di Maria Cazarès, questa è Quest. È la modella preferita di Jean Lazare. L'ha scoperta lui. Vieni alla sfilata mercoledì e vedrai.»

«La sfilata verrà cancellata, Markov.»

«Quest sarà l'attrazione principale. Ti dico che sa qualcosa. E poi che alternativa hai? Vuoi startene tutta la notte al *St Regis* con un branco di teste vuote prendendo per buone voci che non sono neanche attendibili? Quest è la fonte giusta.» Gli occhiali scuri si voltarono in direzione di Lindsay. «Cos'hai, Lindsay? È tutta la sera che sei nervosa.»

«Sono sconvolta. Scioccata. Mi sembra ovvio. Tu non lo sei? Non riesco a credere che sia morta. Non mi sembra possibile...»

«E...»

«E devo richiamare il *St Regis*. Markov, te l'ho detto. Devo parlare con Rowland McGuire.»

«Lindy, stasera hai già provato cinque volte a metterti in contatto con McGuire.»

«Era fuori, Markov. Potrebbe essere tornato.»

«Ogni volta che devi chiamarlo entri in agitazione.»

«È il mio direttore. Devo parlare con lui.»

«Sicuro.» Markov sbadigliò. «E qual è il compito di un direttore? Starsene dietro una scrivania e dirigere un giornale. Telefonare e ricevere telefonate, mandare fax e ricevere fax. Scartare le fotografie di Markov o gli articoli che non gli piacciono... e poi, correggimi se mi sbaglio, neanche un minuto fa era guerra aperta fra voi due. Mi sembra di ricordare che avevi intenzioni omicide nei suoi confronti, e...»

«Questo la settimana scorsa, Markov», lo interruppe. «Ho cambiato idea.»

«Solo cambiato idea, Lindy? E che mi dici di McGuire? Voglio dire, come mai ha abbandonato la sua scrivania e si è precipitato a Parigi? Sto rivedendo le mie idee su quell'uomo. Ho come la sensazione di averlo guardato da un'angolazione sbagliata, di averlo giudicato in fretta. Cosa l'ha fatto precipitare qui? Il lavoro o una donna? Delucidami, tesoro.»

«Non essere così maledettamente stupido, Markov. Non c'è di mezzo nessuna donna. Non so come ti sia potuta venire un'idea del genere.»

«Guardando nei tuoi occhi, tesoro.»

«Be', se conoscessi meglio McGuire, sapresti che ti stai sbagliando. È qui solo e unicamente per lavoro. Ha lasciato il suo vice a tenere a bada il forte a Londra.» Lindsay sospirò, lanciò un'occhiata agli odiosi occhiali da sole di Markov e si alzò. «Senti, Markov, lasciami provare a richiamare il *St Regis*. Rowland dovrebbe rispondere adesso.»

«Lindy, Lindy. Mai correre dietro agli uomini. È una pessima idea, lo sai.» Markov agitò l'indice guardandola con espressione materna.

«Non gli sto affatto correndo dietro.» Lindsay esitò, poi si risedette. «Chiariamo subito una cosa, Markov. Io lavoro con lui. Ho bisogno di parlargli per questioni di lavoro. Di Maria Cazarès, per essere precisi. Tutto qui. Fine della storia.»

«Non puoi mentirmi, Lindy. Non ci sei mai riuscita. Io ti leggo dentro. Vedo la luce nei tuoi occhi, il colorito sulle tue guance. Conosci Afrodite, la dea dell'amore? Sapevi che aveva dei figli? Sai come si chiamavano?»

«No, non lo so. Non sapevo neanche che avesse dei figli.»

«Be', sì. Ne ha avuti cinque dalla sua relazione adulterina con Ares, il dio della guerra. Sai come si chiamavano?»

«Sento che stai per dirmelo.»

«Puoi scommetterci. Si chiamavano Eros e Anteros, che rappresentano le due facce dell'amore; Armonia, il cui significato è ben chiaro; e poi altri due, Deimo e Fobo.»

«Che significano?»

«Terrore e Paura.»

Markov le lanciò uno dei suoi tristi sorrisi. Accese una sigaretta e aspirò profondamente.

«Vale la pena di ricordarli, no? I figli dell'amore. Penso a questa particolare unione di tanto in tanto. Penso al frutto di questa unione. Terrore e Paura... non ti sembra ironico?»

«Stai cercando di dirmi qualcosa, Markov?»

«Oh, sì. Tu non vuoi ascoltare, come tutti del resto. Così ho ritenuto opportuno rinfrescarti un po' la memoria. Non sopporto la maggior parte delle donne, ma tu mi piaci. Sei infelice, vero?»

Calò un momento di silenzio. Lindsay guardò attentamente Markov. Non la sorprese che conoscesse così bene la mitologia greca. Non l'avrebbe sorpresa neanche se avesse cominciato a parlare in greco. Markov poteva essere eccessivo, sia nell'aspetto sia nel modo di fare; dare l'impressione di essere stupido, assillante, esibizionista, una vittima della moda, ma in realtà non era niente di tutto questo. Markov era astuto, sensibile, intelligente, oltre che coraggioso e mentalmente elastico. Il suo compagno era morto di Aids due anni prima e Markov si era preso cura di lui fino all'ultimo. Se c'era qualcuno che poteva capire come Armonia, Terrore e Paura potessero essere frutto dell'amore, questi era lui.

Guardò il suo abbigliamento: come al solito era vestito di nero dalla testa ai piedi, portava occhiali da sole nonostante nel ristorante preferito di Quest, uno squallido buco in una viuzza di Montmartre, fosse più buio di una cantina. Aveva anche l'immancabile cappello, raramente si vedeva Markov senza cappello e quello che indossava in quel momento era piuttosto ridicolo, un cappello di velluto a falda larga alla *fin de siècle*, alla Oscar Wilde. Il tocco finale era dato dagli orecchini d'argento a forma di crocefisso e anelli d'argento su tutte le dita. Markov, che era originario di Los Angeles, ma che sosteneva di essere nato su un jumbo jet, dalla morte del compagno era senza radici. Viaggiava da una parte all'altra del mondo, da un set fotografico all'altro. Riusciva a rendere ogni donna che fotografava cento volte più bella di quello che era in realtà; le sue foto, che trascendevano la moda, ossessionavano Lindsay che lo considerava il miglior fotografo di moda del mondo, un'opinione ben poco condivisa perché il lavoro di Markov era ritenuto troppo sovversivo, troppo strano per la maggior parte dei gusti. Dal punto di vista di Lindsay lui era incantevole, sia come uomo sia come artista. Guardandolo in quel momento si rese conto non solo che era il suo migliore amico, ma che voleva anche confidarsi, cosa insolita per lei.

«Oh, d'accordo. Hai ragione», disse, lanciandogli un'occhiata turbata. «Mi piace Rowland. E forse c'è anche di più.

L'altra sera sono stata a casa sua. Stavamo semplicemente chiacchierando, poi è successo qualcosa. Hai presente quando il cuore comincia a fare le bizze?»

«Ho presente. Continua.»

«Non c'è molto altro da aggiungere. Pensavo che non mi sarebbe più capitato, sono passati molti anni dall'ultima volta, Markov. Non sono una bambina. Non sono una stupida. Quest'estate compirò trentanove anni. Ho un figlio diciassettenne. Ho le smagliature, Markov. Se vado a letto con qualcuno, mi assicuro che le luci siano bene abbassate...»

«Oh, per l'amore del cielo, Lindy...»

«È la verità. So che è stupido, ma è così. Continuo a ripetere a me stessa che là fuori c'è qualcuno a cui non importa di tutto questo. Qualcuno che non fa caso alle mie rughe, perché non mi guarda la faccia, il sedere o le tette, ma guarda me, la persona che sono dentro...»

Lindsay s'interruppe. Sentì che l'autocommiserazione era in agguato e si disprezzò per questo. Fece un gesto irritato con la mano. «Non vorrai sentire queste cose. Sto scivolando nell'autocommiserazione.»

«E invece voglio sentirle.»

«Be', il fatto è che non lo incontro, tutto qui. Ammesso che esistano, questi uomini meravigliosi non passano dalle mie parti. Quelli che incontro io rientrano in tre categorie: sposati, bugiardi, noiosi. È la mia età, Markov. Ormai i migliori sono stati già accaparrati, non restano che gli scarti. Almeno questo è quello che pensavo prima di incontrare Rowland McGuire.»

«L'atletico, bellissimo, tenebroso McGuire?» Markov sorrise.

«Sì. Ma non è solo per il suo aspetto.»

«Allora dammi qualche altra ragione.»

«È intelligente, molto. È gentile. È divertente. C'è un'intensità in lui...»

«Va bene, ho capito. Adesso fuori la ragione principale.»

«Oh, d'accordo. Ha sofferto. Gli è successo qualcosa, non so dirti cosa, ma lo sento. Ha bisogno d'amore. Si merita l'amore. Ha bisogno della donna giusta, Markov, la compagna giusta.»

«Non è così per tutti?»

Markov guardò l'orologio. Quest adesso stava tardando troppo, forse non sarebbe venuta.

«E perché non potresti essere tu la donna giusta?» Markov tolse gli occhiali da sole, le lanciò una delle sue rapide e penetranti occhiate e li rimise. «Sei in gamba. Sei gentile. Hai un bell'aspetto. Sei onesta. Sei divertente, una delle poche persone che riesce a farmi ridere. Hai un carattere solare, non tieni mai il broncio. T'interessi alle altre persone, non sei uno dei tanti fottuti egocentrici che conosco. Sei estremamente generosa, Lindsay. E non mi riferisco solo ai soldi. Sei una che dà e a me hai dato molto due anni fa, non pensare che l'abbia dimenticato.»

Lindsay fu commossa dalle sue parole. Prese la mano che le tendeva e gliela strinse.

«Grazie, Markov. È la miglior pubblicità che mi sia mai stata fatta. Forse dovresti farla arrivare all'orecchio di McGuire.»

«Se è come dici tu, non c'è bisogno di farti pubblicità. Gli basta usare gli occhi.»

«No.» Lindsay scosse la testa, distogliendo lo sguardo. «Vorrei che fosse vero, ma temo che non sia così. Le cose non funzionano in questo modo, Markov. Lui non mi vede neanche, io comunque penso di non essere la donna giusta per lui.»

«Perché no? E non mi tirare fuori di nuovo le smagliature.»

«Perché no... oh, è così difficile. Se ci mettessimo insieme, lui vorrebbe sempre qualcosa di più. Qualcosa che non potrei mai dargli.»

«Capisco.» Markov sospirò e alzò gli occhi al cielo. «Vuoi dire che è uno di quelli?»

«C'è una certa tensione in lui, Markov. Una parte oscura.»

«Intendi dire sessualmente?»

«Sì. Ma anche emotivamente e intellettualmente. Lasciamo perdere, Markov. Ho avuto tempo di rifletterci. È quasi tutto il giorno che non penso ad altro. Rowland e io... sarebbe come mischiare vino e latte.»

«Potrebbe essere divertente», replicò Markov, facendo uno dei suoi brevi, tristi sorrisi. «Con un tipo del genere potrebbe essere davvero divertente per un po'.»

«Di sicuro. Ma mi spezzerebbe anche il cuore. Non voglio correre questo rischio, Markov. Ci sono già passata.»

«Anch'io.»

«Pretenderebbe troppo da me. E se non mi ritenesse alla sua altezza, non ci penserebbe un secondo a scaricarmi. Ho quasi quarant'anni, Markov. Non è questo che voglio. Io voglio...» S'interruppe, poi sorrise. «Pace. Sicurezza. Tranquillità. Armonia, se preferisci...»

«E McGuire non ti darebbe tutto questo?»

«No. Non a me.»

«Andiamo, Lindy. Non mi convinci affatto. Non sei convinta neanche tu di quello che dici. Vedo quel piccolo raggio di speranza in fondo agli occhi...»

«Balle», ribatté Lindsay. «Non vedi un bel niente con quei dannati occhiali. Ti metto subito alla prova. Chi è entrato un paio di minuti fa?»

«Quest», rispose Markov, anche se non aveva girato la testa una sola volta durante la conversazione. «E la magnifica Nadia è adesso al suo solito tavolo, nell'angolo giusto dietro di me. Il solito cameriere le ha appena portato una caraffa del suo solito 'vino della casa' e si è appena accesa la prima delle tante Gauloise che fumerà durante il pasto. Ti chiedo scusa, *liebling* ma ho del lavoro che mi aspetta...»

Markov si alzò e andò al tavolo di Quest nell'angolo più buio del già troppo buio ristorante. Lindsay non si aspettò certo che Quest la salutasse, anche se si conoscevano. E così fu. Mentre Markov si alzava, i bellissimi occhi avevano guardato nella loro direzione, per poi essere subito distolti. Anche se non invitato, Markov sedette di fronte a lei, bevve un sorso di vino dal suo bicchiere e si accese una sigaretta. Dopo un lungo sbadiglio, Quest tentò di liquidarlo. «Togliti dai piedi, Markov», gli intimò in tono affettato con voce gutturale.

Markov sembrò deliziato da quell'accoglienza. Si chinò in avanti e cominciò a parlare. Quest gli rispose, ma Lindsay non riuscì a sentire quello che si dicevano. Si limitò a guardarla, affascinata dal suo aspetto.

Osservando la scena che si svolgeva davanti ai suoi occhi, Lindsay si rese conto che ne era valsa la pena. Le cinque ore e più che aveva inseguito Markov senza neanche sapere che cosa stesse facendo, stavano dando i loro frutti. Fu un sollievo per lei vederlo tornare al loro tavolo, gli occhi accesi dall'eccitazione per avere scoperto chissà quale mistero.

«Andiamo», disse, prendendola per un braccio. «Non crederai mai a quello che sto per raccontarti. Saprai tutto mentre ti riaccompagno in albergo.»

In macchina accese il CD appena avviato il motore. *Be Still, My Foolish Heart* era stato sostituito da un vecchio e bellissimo brano di Annie Lennox. Lindsay non era in vena di ascoltare canzoni d'amore, si chinò in avanti e spense il CD.

«Non è il genere di messaggi che mi va di sentire in questo momento.»

«Perché no? Splendido pezzo. Splendida cantante. Splendidi versi. Parla dell'incredibile impetuosità dell'*amour*. Io la sento dentro, Lindy.»

«Anch'io. Ed è proprio questo il problema. Però adesso voglio che mi racconti. Allora, che cos'ha detto?»

«Alcune cose molto interessanti», replicò Markov, accelerando. «Ti dico questo, Lindy, nonostante Quest mi abbia fatto giurare di non parlare, perché tu sei una delle quattro persone che amo di più al mondo. E perché sono sicuro che non ne farai parola con nessuno. Se proprio devi, dillo solo a McGuire. Mi raccomando.» Fece una pausa. «Allora, tanto per cominciare la collezione Cazarès non è stata cancellata. Verrà presentata dopodomani alle undici come programmato. Domattina Lazare terrà una conferenza stampa. La sfilata di mercoledì sarà un omaggio alla carriera di Maria Cazarès. È quello che avrebbe voluto lei. Commovente, no?»

«Già. E?»

«E indovina dov'è stata Quest tutta la sera? Nei laboratori Cazarès. A provare tre abiti molto speciali, tre abiti nuovi.»

«Cosa? Stasera? Mancano due giorni alla sfilata. Non può essere, Markov. Tutti gli abiti della collezione devono essere pronti una settimana prima. Su questo Lazare non transige. È sempre stato così. Probabilmente hanno fatto gli ultimi ritocchi.»

«Sarà così. Ma come ti ho detto, questi abiti sono veramente speciali. Sono l'ultima creazione di Maria Cazarès. Li ha disegnati lo scorso fine settimana. È stata un'idea di Lazare realizzarli immediatamente. È stato tutta la sera nei laboratori, mettendo una fretta del diavolo a tutti quanti. Quest è stata convocata neanche un'ora dopo l'annuncio della morte di Cazarès.»

«Cosa? Non posso crederci.»

«E c'è di più. Pensaci, Lindy, a che ora abbiamo saputo della morte di Maria Cazarès? Intorno alle otto?»

«Saranno state le sette e quarantacinque.»

«Esatto. E quanto ha aspettato Lazare prima di dare la notizia? Quest è stata convocata alle cinque di questo pomeriggio. Se è vero che Cazarès è morta un'ora prima, dev'essere successo intorno alle quattro. Cos'è accaduto nelle quattro ore successive?»

«Non lo so.» Lindsay rabbrividì. «Probabilmente è stata costruita la storia giusta da dare in pasto alla stampa.»

«Immagino di sì. Sicuramente è quello che stavano facendo i suoi tirapiedi. Ma non Lazare. Cazarès è morta da un'ora, non è ancora fredda, e lui è nei laboratori a fare fuoco e fiamme. Tagliano il tessuto sull'indossatrice come faceva Chanel, perché non c'è tempo per fare i modelli. Quest deve stare lì immobile, con le sarte che la pungono con gli spilli e per poco non la tagliano con le forbici perché le mani tremano per la paura. E Lazare è in mezzo a quella confusione, esamina quindici, sedici, diciassette diverse stoffe, incalza le ricamatrici, sceglie bottoni e nastrini, e per tutto il tempo, per tutto il tempo, resta impassibile, come se non fosse successo nulla. Niente lacrime, niente espressioni di dolore, neanche un tremito nella voce che raggela il sangue ai suoi dipendenti...»

«Un'ora dopo che è morta? Non posso crederci, Markov. Lui l'amava. Ne sono sicura. Era la sola cosa che contasse per lui. E lo sai anche tu.»

«Oh, certo.» Markov rallentò a una curva stretta, poi accelerò di nuovo. «Se tu li avessi visti all'aeroporto. Ero teso come una corda di violino. Mi trovavo dietro una palma e avrei voluto che fosse una quercia, perché se Lazare mi avesse visto a quest'ora apparterrei alla storia. Faceva venire i brividi solo a guardarlo, avrei voluto avere con me un crocefisso o una collana d'aglio. Sono rimasto dietro quella palma tremando come una foglia, pensando che il sole era già tramontato.»

«Andiamo, Markov, smettila di esagerare. Lazare non dà certo quest'impressione. Sembra sempre così in forma, attivo, abbronzato...»

«Non quella sera, Lindy», lo interruppe. «Era bianco come un cadavere. Aveva un'espressione così disperata, uno sguardo così assetato di non so cosa. Non conosco lo sguardo dei dannati, ma sono certo che è così. E poi, quando lei ha cominciato a parlare di bambini...»

«Sei sicuro di questo, Markov? Non può essere che hai capito male?»

«Parlo bene il francese, Lindy. So come si dice bambino in questa lingua. E lei ha continuato a ripetere non so quante volte che rivoleva il suo bambino, suo figlio, e lui in un gesto di disperazione l'ha baciata per zittirla...» Markov esitò. Assunse un tono meno concitato. «L'ha baciata, Lindy.»

«Non me lo avevi detto questo.»

«Lo so. Mi sentivo un po' in colpa. Non avrei dovuto essere lì. La cosa mi ha eccitato e subito dopo mi sono sentito una merda per questo.»

«Non ti ha però impedito di telefonarmi.»

«Lo so. La santità non rientra fra le mie qualità. Ma se avessi visto il modo in cui l'ha baciata.» Markov esitò di nuovo. «Voleva impedirle di parlare, ma non era solo questo. Si vedeva chiaramente che la desiderava, che l'amava. Avresti detto che era pronto a morire per lei, o forse pensava che lei stesse morendo, non lo so neanch'io.»

«Certo che non puoi saperlo. Markov...» cominciò Lindsay, mentre svoltavano nella via del *St Regis*. «Stai facendo troppe supposizioni su quello che hai visto.»

«No. Non è così.» Markov fermò la macchina. Si voltò verso di lei e tolse gli occhiali da sole. Lindsay poté leggere quello che esprimevano i suoi occhi.

Imbarazzata per essersi lasciata ingannare dal suo tono, gli prese una mano. Markov sorrise amaramente.

«Lo sapevo, d'accordo?» asserì. «Conosco quel mondo particolare. Parlo la stessa lingua. Ci sono stato solo due anni fa. Non è una lingua che si dimentica, non credi?»

«No. Hai ragione», replicò Lindsay, che aveva circumnavigato simili territori. Si chinò in avanti e diede a Markov il bacio della buonanotte.

«Stai attenta a McGuire. Stai attenta a quello che gli dici», si raccomandò mentre scendeva dall'auto. «Ci vediamo da Chanel domani pomeriggio.»

* * *

Nell'atrio ancora affollato, Lindsay esitò. Aveva tanta voglia di raccontare a Rowland gli ultimi eventi, e moriva anche dalla voglia di vederlo, ma erano quasi le due del mattino. Dopo aver lanciato parecchie occhiate ai telefoni, alla fine si decise e compose il suo numero. Lui rispose al secondo squillo.

«No, no, sali», la invitò, interrompendo le sue scuse. «Sto lavorando. Insieme con Gini. È appena arrivata da Amsterdam. Stanza 810.»

Lindsay fu sorpresa, ma neanche più di tanto. Evidentemente Gini non era stata così introvabile, come aveva pensato Max. Rowland doveva averla rintracciata in qualche modo, e Gini non era il tipo da tirarsi indietro quando una storia la coinvolgeva. Per Gini le due del mattino era presto quand'era al lavoro. Sorrise pensando a questo mentre entrava nella stanza 810. Rowland era ai fax e Gini stava parlando velocemente in francese al telefono. Rowland le spiegò che Mina Landis era stata avvistata nel pomeriggio e che era stata la polizia inglese a trasmettere la notizia alla redazione del *Correspondent*. Gini in quel momento stava cercando di ottenere ulteriori informazioni.

Fece accomodare Lindsay su un divano in fondo alla stanza, ma lui non si sedette. Gli riferì quello che le aveva detto Markov e lui l'ascoltò attentamente. Non le sfuggirono però le occhiate che continuava a lanciare in direzione di Gini. Solo quando arrivò alla fine della storia si rese conto che qualcosa non andava.

Il suo sguardo andò verso la porta in fondo alla stanza che presumibilmente era quella della camera da letto. Era chiusa. La tensione nell'aria era impossibile da ignorare. Guardò Rowland sconcertata: non c'era niente di diverso dal solito nel suo atteggiamento. Spostò lo sguardo su Gini: tormentava il filo del telefono mentre parlava. Le venne da chiedere a quale piano stesse Gini, se alla fine Pixie era riuscita a trovarle una camera lì o in qualche altro albergo, ma poi si rese conto che forse era più saggio non porre certe domande.

Gini terminò la conversazione e riattaccò. Guardò Rowland, distolse gli occhi, poi cominciò a spiegare. Mina Landis e un uomo che corrispondeva alla descrizione di Star, erano stati avvistati da un poliziotto in borghese nell'ottavo *arrondissement*. Prese una cartina di Parigi e la distese sulla scrivania.

«Sono stati visti qui», spiegò. «Non è lontano da Faubourg Saint Germain.» Corrugò la fronte. «Conosco questa zona. Non è molto lontano da dove è morta Maria Cazarès. Che strano.»

Rowland si stava già muovendo verso la scrivania.

«Si sa dove è morta?» chiese Lindsay.

«Cosa?» Rowland le lanciò un'occhiata distratta da sopra le spalle. «Oh, sì, perlomeno secondo l'ultimo telegiornale. Era andata a trovare la sua vecchia governante, e mentre prendevano il tè ha avuto un collasso improvviso. È morta prima che arrivasse l'ambulanza.»

«Hanno già tante notizie?» interrogò Lindsay.

«I giornalisti francesi avranno pagato sotto banco quelli dell'ambulanza mezz'ora prima che circolasse la voce della sua morte, figuriamoci quando è stata annunciata ufficialmente. I paparazzi hanno praticamente invaso l'ospedale. Lo hanno detto anche nel telegiornale.»

Rowland si chinò sulla scrivania. Gini, che non aveva alzato lo sguardo nemmeno una volta durante la conversazione, continuò a tenere gli occhi fissi sulla piantina. Rowland appoggiò con disinvoltura il braccio sinistro sulla spalliera della sedia di Gini e indicò le vie sulla cartina. Poi spostò il braccio.

«Hai ragione», convenne. «È molto vicino.»

Lindsay non poté fare a meno di notare come le loro mani fossero vicine. Gini osservò che quel quartiere era un po' troppo di lusso per una governante in pensione, e Rowland si dichiarò d'accordo. Dopo aver lanciato un'occhiata all'orologio, si scostò da lei. Lindsay si alzò, cercando di nascondere lo choc e l'imbarazzo per ciò che stava accadendo davanti ai suoi occhi.

Se la serata con Markov non fosse stata così strana, se non avessero parlato di amore e di sesso, forse non avrebbe captato l'elettricità e la tensione che i due cercavano a tutti i costi di mascherare. Sentiva il desiderio di entrambi che lei se ne andasse e che lo facesse al più presto.

Stiracchiandosi, dichiarò che doveva andare a dormire perché l'indomani l'aspettavano le sfilate di Chanel e Gaultier, nonché la conferenza stampa di Lazare. Rowland l'accompagnò alla porta promettendo che avrebbe fatto il possibile per essere presente alla conferenza stampa. Gini aggiunse che ci avrebbe fatto un salto anche lei se avesse avuto tempo.

«Buonanotte Lindsay», la congedò Rowland, aprendo la porta e richiudendola immediatamente. Lindsay rimase per un secondo immobile e tremante. Premette le mani sul viso. Non può essere vero, pensò. Forse da Rowland se lo sarebbe aspettato, ma non da Gini.

Tornata nella sua stanza, si mise ad andare avanti e indietro, incapace di prendere sonno. Dovette farsi violenza per non immaginare quello che poteva essere stato detto in quella camera dopo che se n'era andata.

In realtà fu detto ben poco. Mentre la porta veniva richiusa, Gini chinò la testa sulla cartina, non osando guardare. Sentì i passi di Rowland avvicinarsi e poi fermarsi.

Per Rowland la distanza era l'ultima risorsa. Se fosse rimasto qualche metro lontano da lei, se non avesse incontrato i suoi occhi, allora forse sarebbe stato in grado di nascondere quello che provava. Una sola volta, aveva detto lei, per quanto avessero già fatto l'amore due volte. Per tutto il tempo non aveva fatto che pensare a lei. Nella sua mente continuava a toccarla, baciarla, fare l'amore con lei.

Forse Gini non prova tutto questo, pensò. Si tenne a distanza di sicurezza, cercando di tenere sotto controllo il corpo, che si era irrigidito appena aveva richiuso la porta. Guardò la testa chinata di Gini, la curva del collo, la camicia bianca e la gonna nera che indossava. Era incredibilmente magra, eppure aveva bellissimi seni pieni con grandi aureole scure. Chiuse gli occhi combattendo contro il ricordo delle sue mani e della sua bocca premute contro quei seni. Sentì il tocco di lei sulla pelle, le labbra morbide e accoglienti. Imprecò fra i denti, guardò ciecamente per la stanza, e tornò alla scrivania.

Si mise dietro di lei, poi, quando non resistette più all'impulso, le posò le mani sulle spalle. Lei s'irrigidì immediatamente. Anche allora sarebbe riuscito a controllarsi, ma lei reclinò la testa e incontrò i suoi occhi. Lui si chinò in avanti e la baciò sulla bocca. Da quell'istante fu perduto. Lasciò che gli prendesse le mani e le infilasse sotto la camicetta. Tastò la curva e il peso dei seni, i capezzoli erano già turgidi, lei emise un gemito, di piacere e di disperazione, poi scattò in piedi dalla sedia e fu fra le sue braccia.

Le slacciò la camicetta e lei fece altrettanto, passando poi alla cintura dei pantaloni. Quando l'attirò a sé e i seni nudi sfiorarono il petto nudo, emise un rantolo e tremò contro di lui. Gli fece scorrere le mani lungo le cosce e poi sull'inguine. Continuando a gemere, si aggrappò a lui cercando la sua bocca. Rowland non riusciva a pensare ad altro se non a penetrarla. La sospinse all'indietro mormorando il suo nome; lei lasciò che la sdraiasse fra i fogli e i vestiti sparpagliati, attirando la sua mano fra le cosce. Era così bagnata che quando le dita scivolarono con facilità dentro di lei inarcò la schiena in un estasiato sussulto di piacere.

Dischiuse le gambe, spasimando di essere penetrata. Rowland entrò in profondità, sapendo che sarebbe venuta immediatamente. Appena le baciò i seni e poi la bocca, lei inarcò ancora la schiena colta d'improvviso dagli spasmi dell'orgasmo. Sollevandosi sulle braccia guardò i suoi incredibili occhi, il languore dell'abbandono. Aspettò un po', poi ricominciò a muoversi, lentamente, perché non avevano ancora una certa familiarità e voleva che lei avesse il tempo di adattare i suoi ritmi ai suoi. Le ci volle un po'; all'inizio pensò che lo facesse apposta, che non rispondesse deliberatamente ai suoi movimenti. Pensò di conoscerne la ragione, così aspettò, si mosse, aspettò e si mosse di nuovo, anche se era una tortura per lui perché era molto eccitato e sentiva l'orgasmo vicino. Ricorse a tutta la sua abilità, a ogni tecnica possibile, poi sentì quella strana resistenza cominciare a cedere. Lei aprì gli occhi e incontrò il suo sguardo. Rowland si chinò in avanti a baciarle i seni, penetrando in profondità.

«Tesoro, non mi resistere», la supplicò in un sussurro, e da quell'istante tutta la sua resistenza si sciolse. Cominciò a muoversi con lui in perfetta armonia e con incredibile dolcezza. La guardò in viso cercando quell'attimo di immobilità che iniziava a conoscere e significava che era al limite. Poi non riuscì più a guardare perché il piacere era troppo acuto, il desiderio troppo intenso. L'attirò a sé mentre godevano insieme e pronunciò il suo nome. C'erano altre cose che avrebbe voluto dire, ma si costrinse a non farlo. Le prese le mani, confidando che il linguaggio del corpo parlasse per lui.

Più tardi, mentre giacevano l'uno accanto all'altra sul letto con la debole luce della città che filtrava attraverso le tende, lei si voltò verso di lui, languida e rilassata. Gli posò una mano sul ventre e lo guardò eccitarsi di nuovo. Si mise di traverso in modo che i seni toccassero il pene, poi si chinò e lo prese in bocca. Rowland sussultò al contatto delle labbra.

«Sappiamo uno dell'altra», disse alzando la testa e baciandolo sulla bocca. «Uno dell'altra e di troppo sesso. Avevamo detto una sola volta... io avevo detto una sola volta.»

«Era già troppo tardi quando lo hai detto.» Le loro dita s'intrecciarono. «Una volta. Cinque. Sei. Cento. Che differenza fa?»

«Forse nessuna. Io ti desidero ancora tanto. E vedo che anche tu mi vuoi. Mi volevi già da rue Saint Séverin?»

«Sì.» Rowland sorrise. «E anche quando eravamo fuori della chiesa.»

«E nel taxi?»

«Lì poi è stato terribile. E qui ancora peggio. Cercavo di ascoltare Lindsay ma non sentivo nulla di quello che stava dicendo.»

«E io non riuscivo a sentire il poliziotto al telefono. Tutto quello che riuscivo a sentire eri tu.»

Si strusciò contro di lui, poi, lentamente, senza togliere gli occhi dai suoi, si abbassò su di lui come se volesse fondersi con il suo corpo. Aveva le lacrime agli occhi. Rowland baciò quelle labbra. La desiderava, ma provava anche una profonda tenerezza per lei.

«Tesoro, sei triste?» chiese contro la sua bocca. «Non esserlo. Io capisco. Può essere una sola volta, in un certo senso. Una sola unica notte.»

«Sì. Una sola notte. Un tempo fuori del tempo, e...»

Non riuscì a continuare. Cominciò a tremare. Rowland ebbe un orgasmo con un senso di dolorosa liberazione, provando un'immediata tristezza. Poi lei si rannicchiò fra le sue braccia e cadde in un sonno profondo. Rowland rimase sveglio ad ascoltare il suo respiro e a contare le ore che li separavano dall'alba.

Alle sei e mezzo Rowland si alzò e andò in salotto. Com'era consuetudine dell'albergo, i messaggi arrivati durante la notte erano stati raccolti in una busta, poi infilata sotto la porta. Erano tutti per Gini. Mise la pesante busta sulla sua scrivania e raccolse alcuni dei fogli sparpagliati per terra, compresa la cartina della città che avevano consultato la sera prima.

Quale sarà il passo successivo? si chiese. Tornare a concentrarsi sul lavoro, tanto per cominciare. Guardò gli oggetti sparpagliati sulla scrivania: la cartina, l'agenda di Anneka, i suoi taccuini, i taccuini di Gini, un registratore e i nastri. Quegli oggetti non avevano alcuna importanza per lui. Si passò le mani sul viso. Era esausto, per l'intensa attività sessuale e per la rapidità degli eventi. Poteva un cambiamento, un cambiamento decisivo, verificarsi nel giro di una notte?

Interruppe il corso di quei pensieri. Stava mentendo a se stesso. Non era semplicemente una questione di ore. Il cambiamento non era cominciato la sera prima quando aveva condotto Gini in quella stanza e aveva improvvisamente provato un acuto desiderio per una donna che conosceva a malapena. Allora quando era cominciato? Da quanto tempo si stava preparando, formando, per un evento che neanche lui aspettava?

Fissò furioso la cartina sulla scrivania, cercando di combattere quelle incertezze. Squillò il telefono, rispose.

Sentì un brusio, delle interferenze, poi un ronzio.

«Sì?» disse Rowland in tono impaziente. «Chi è?»

«Pascal Lamartine», rispose una voce fredda e nervosa. «Posso parlare con Genevieve Hunter per favore?»

Rowland ci mise una frazione di secondo di troppo a rispondere, ma quando lo fece il tono era ben controllato.

«Mi dispiace, temo l'abbiano messa in contatto con la stanza sbagliata», lo informò. «La rimando al centralino.»

«È la stanza 810?»

«Sì. E Genevieve Hunter stava qui fino a ieri, ma le hanno dato un'altra camera quando sono arrivato io. Sono il suo direttore. Credo sia al sesto piano, vicino a Lindsay Drummond. Conosce Lindsay?»

«Sì. Ma alla reception hanno detto...»

«Oh, è del tutto inutile parlare con la reception», lo interruppe Rowland, in tono leggero. «Sembrano non avere idea di dove stiano le persone. L'albergo è pieno e il *Correspondent* ha non so quante stanze. Gli chieda di controllare di nuovo. Dovrebbe essere al sesto piano. Ma so che alcuni di noi sono anche al dodicesimo. A meno che non l'abbiano spostata nell'altro albergo, naturalmente.»

«Bene. Ci riprovo.»

«Il fatto è che», si affrettò ad aggiungere Rowland, «non sono sicuro se la troverà. Mi ha detto che sarebbe uscita presto stamattina. Aveva alcune interviste da fare.»

«A quest'ora?» il tono dell'uomo si fece acuto. «Non sono ancora le sette.»

«Allora riprovi. Può darsi che mi sbagli. Comunque, se vuole, posso darle un messaggio da parte sua. Più tardi dovrei vederla a una conferenza stampa. Ha il suo numero? Vuole che la richiami?»

«No. Non lascio nessun messaggio. Maledizione...» imprecò Lamartine, quando la linea riprese a ronzare. «Non può richiamarmi. Adesso devo andare. Senta, se la vede, può dirle che la richiamerò questo pomeriggio fra le tre e le quattro?»

«Certo. Le darò il messaggio...» Rowland s'interruppe, rendendosi conto che stava ascoltando il segnale di libero.

Non era stato facile per lui raccontare quelle bugie. L'iniziale senso di disgusto verso se stesso aveva lasciato posto all'ansia. Lamartine era a Sarajevo o in qualche altra parte della Bosnia? Quella telefonata significava che stava per tornare?

In camera da letto Gini sedeva sul letto, pallida e con gli occhi spalancati. «Era Pascal, non è vero?»

«Sì.» Rowland sembrò perplesso. «Sapeva che venivi qui?»

«No.» Aveva cominciato a tremare. «Deve aver chiamato l'albergo di Amsterdam, oppure Max. Una volta saputo che ero a Parigi, probabilmente ha supposto che alloggiassi nello stesso albergo di Lindsay. Non sono riuscita a contattarlo da Amsterdam. Non è a Sarajevo. È tornato a Mostar e...»

«Gini, non fare così.» Era scossa da un tremito incontrollabile. Rowland le circondò le spalle con un braccio. «Gini, ascolta. Va tutto bene. Hai sentito quello che ho detto? Ho dovuto mentire.»

«So che lo hai fatto. Ho sentito parte della conversazione. È solo che... hai mentito così bene. Oh, Cristo!»

«Gini, ascoltami. Ha creduto a quello che gli ho detto. Ti richiamerà fra le tre e le quattro. Per quell'ora sarai in un'altra stanza, te lo prometto. Va tutto bene. Abbiamo tempo. Fammi chiamare la reception. Gli chiederò se c'è un'altra stanza e di portare del caffè.»

Rowland prese il telefono. Gini lo guardò con gli occhi spalancati per l'ansia e il dolore. Adesso stava tremando violentemente e sembrava incapace di muoversi o di parlare.

«Ecco fatto», disse Rowland, mettendo giù il telefono. «Il caffè sta arrivando e forse in mattinata sarà disponibile una stanza singola. Un ospite sta per lasciare l'albergo, a quanto pare. Richiameranno. Senti, Gini, alzati. Fai una doccia. Vestiti. Per quando richiamerà, noi...» Rowland s'interruppe. Lei non riusciva a guardarlo negli occhi. Se ne stava a testa china con le braccia incrociate sul petto. Rowland le prese con delicatezza la mano.

«Gini, non fare così», la esortò, con voce tranquilla. «Mi stai rendendo la cosa molto più difficile. Sai che effetto mi fa vederti piangere. Se potessimo solo... se potessimo solo limitarci a continuare il nostro lavoro. È ancora quello che vuoi?»

«Deve essere così. Deve essere così...» Emise un singhiozzo e staccò la mano dalla sua. «Non so più quello che voglio. Non so più chi sono. Non riesco a pensare...»

Seppellì il volto fra le mani. Rowland esitò, lottando contro la tentazione di parlare, poi alla fine disse quello che voleva dire da ore. Si rese conto che nelle sue parole c'era risentimento, rabbia nei confronti di Lamartine, che si erano accumulati per giorni e che lui non riusciva più a reprimere.

«Gini», cominciò, «io non vado a letto con le donne sposate. Bene o male che sia, questa è una mia regola. Tu non sei sposata. Hai sempre la possibilità di scegliere.»

«Ti sbagli.» Alzò la testa di scatto incontrando il suo sguardo. «Io sono sposata. Mi sento sposata. Non bisogna avere un anello per sentirsi tali. Non c'è bisogno di un pezzo di carta, né di testimoni.»

«Lo so.»

«So che tu hai pensato che fosse finita. So che lo hanno pensato Max, Lindsay e Charlotte, ma vi sbagliate tutti. Non è finita. Non può. Pascal è tutta la mia vita...»

Rowland trattenne il fiato come se lo avesse improvvisamente schiaffeggiato. Si alzò e la fissò per alcuni momenti in silenzio. Bussarono alla porta, ma Rowland lo ignorò. Gli occhi verdi non si staccarono da lei. «Ne sei sicura?»

«Sì. No. Non sono sicura di niente. Se fosse veramente così, non sarebbe successo niente fra di noi.»

«Suppongo di no.» Gli occhi verdi erano diventati gelidi. Di punto in bianco alzò le spalle. «Dev'essere il caffè. Vado ad aprire. Tu alzati e vestiti. Poi...»

«Faremo quello che abbiamo detto? Rowland, le bugie sono già cominciate. Tu hai già mentito. Io dovrò farlo questo pomeriggio. Odio tutto questo.»

«Ci siamo messi noi in questa situazione, adesso tocca a noi uscirne. Limitare il danno, d'accordo?»

Aveva infilato un accappatoio e si stava già avviando verso la porta. Si chiese quanto fosse grave il danno.

«Prendo io», iniziò, aprendo la porta, poi si bloccò. Davanti a lui c'era un uomo alto con i capelli scuri in jeans e giacca di pelle neri. Rowland capì immediatamente dalla sua espressione chi era. «Posso esserle utile?» domandò, poggiando una mano allo stipite.

I freddi occhi grigi dell'uomo lo squadrarono. «Vorrei vedere Gini», dichiarò, in tono duro. «Sta dormendo? Può dirle che sono qui?»

Rowland, che stava pensando velocemente, gli lanciò un'occhiata vacua. Stava considerando che era stato ingannato, che Lamartine poteva essere, quando necessario, un bugiardo determinato quanto lui.

«Gini? Intende dire Genevieve? Mi scusi, ma non abbiamo appena parlato al telefono? Ho riconosciuto il suo accento.»

«Sì, abbiamo appena parlato.»

«Credevo che... al diavolo, non importa. Non sono ancora del tutto sveglio. Forse non ha capito la mia spiegazione? C'è stata un po' di confusione con l'assegnazione delle stanze. Mi hanno messo qui ieri sera. Genevieve è stata spostata altrove. Il *Correspondent* ha praticamente tutto il sesto piano. Ha già controllato?»

«Vogliamo smetterla, e smetterla subito? Non ho viaggiato per due giorni per ritrovarmi in una farsa di Feydeau. Le dispiace spostarsi, per cortesia?»

Nonostante il tono educato, Rowland percepì la sua furia. Sentì che era imminente uno scontro fisico.

«Senta, mi dispiace», riprese, con voce amabile, «ma lei sta commettendo un errore. Questa è la mia stanza. Lo può chiedere alla reception. Sto per fare una doccia...»

«La doccia è già in funzione», disse Lamartine, in tono meno amabile. «Mi sto chiedendo com'è riuscito ad aprirla da qui.»

«Ho forse detto che stavo facendo la doccia da solo?» Rowland gli lanciò un mesto sorriso, poi abbassò la voce. «Senta, la situazione è un po' imbarazzante. Le sarei grato se non ne facesse parola con Genevieve. I pettegolezzi sul lavoro, sa com'è. È solo che... be', questa è Parigi e io sono con la mia segretaria. Sono un uomo sposato. Sono sicuro che mi capisce.»

Per un momento credette di avercela fatta. Registrò sul volto di Lamartine prima il dubbio, poi la speranza, infine il disprezzo. Osservando le sue reazioni, Rowland si sentì fuori posto. Un altro giro della ruota e quell'uomo poteva essere lui. Lamartine era alto quasi quanto lui, aveva una corporatura simile, lo stesso colore di capelli, più o meno la stessa età. Le emozioni che leggeva sul volto di Lamartine in quel momento sarebbero state identiche a quelle sul suo se la situazione fosse stata capovolta. Rowland provava rivalità nei suoi confronti, ma sentiva anche che erano simili. Ci somigliamo, pensò, poi s'irrigidì. Lamartine stava per colpirlo.

Alzò un braccio per difendersi, ma il colpo non arrivò mai. Rowland vide i lineamenti di Lamartine contrarsi in un'espressione di amore e dolore, che solo una persona poteva aver suscitato. Rowland lasciò ricadere il braccio e si fece lentamente da parte.

Gini indossava un accappatoio ma era a piedi nudi. Stava immobile a circa quattro metri di distanza, gli occhi fissi in quelli di Lamartine.

«Non mentire più, Rowland», sussurrò. «Non posso lasciartelo fare. È sbagliato.»

Seguì un silenzio che si poteva tagliare con il coltello. Poi Lamartine attraversò la stanza, superando Rowland senza neanche degnarlo di un'occhiata. Si fermò davanti a Gini. Non la sfiorò con un dito né alzò la voce quando parlò. Rivolgendosi a lei in francese, le suggerì di vestirsi e di lasciare la stanza immediatamente. L'avrebbe aspettata per cinque minuti, non di più, vicino all'ascensore, e le sarebbe stato grato se si fosse sbrigata perché era evidente (qui lanciò un'occhiata a Rowland) che avevano cose di cui discutere.

È piuttosto perspicace nei momenti di grande tensione, pensò Rowland. Uscendo, si fermò sulla soglia e i loro occhi s'incontrarono.

«È sposato?» chiese Lamartine seccamente.

«No», rispose Rowland, e prima di richiudere la porta lesse sul volto di Lamartine che aveva colto che cosa implicava la risposta.

14

«NON parlare, aspetta», le ordinò Pascal, trascinandola in ascensore. Scesero otto piani in silenzio, senza toccarsi, educati estranei fra altri estranei. Ciononostante, gli altri passeggeri percepivano le loro emozioni. Gini se ne rese conto dagli sguardi, dal modo in cui distoglievano rapidamente gli occhi. Attraversò con passo incerto la folla di giornalisti già accalcata nell'atrio e si trovò nell'aria umida e fredda. Cominciò a parlare, a balbettare qualche scusa incoerente, ma Pascal non ascoltava. L'afferrò per un braccio conducendola attraverso il ponte verso la riva sinistra oltre l'ampia, grigia e lenta Senna.

Aveva un aspetto quasi minaccioso, notò Gini, la vista annebbiata dalle lacrime. Pareva non rendersi neanche conto del traffico intorno a loro. Una volta sulla riva sinistra la guidò giù per una stradina, rue Saint Julien le Pauvre. Realizzò che la stava portando in un alberghetto dove erano stati due volte l'anno precedente. Emise un sommesso gemito di dolore, rifiutandosi di procedere, ma lui serrò la stretta sul suo braccio. La condusse all'interno del vecchio edificio, su per le strette scale e in una stanza con vista sul fiume e Notre-Dame.

Era la stessa stanza in cui avevano alloggiato due volte prima di andare in Bosnia, quando erano venuti a Parigi a trovare

Marianne. Avevano fatto l'amore in quel letto, si erano affacciati a quella finestra; era stato la primavera scorsa, quando entrambi erano così felici, quando il mondo era così meraviglioso. In quella camera aleggiavano i loro fantasmi del passato. Si voltò, coprendosi la faccia; Pascal sbatté la porta.

«Adesso puoi parlare...» Lui ci riusciva a malapena. «Da quanto tempo va avanti questa storia? Dimmelo. Dio santo, Gini, da quanto tempo mi stai mentendo? Da quando hai lasciato la Bosnia? Da prima?»

«No. No, te lo giuro.» Si voltò di scatto verso di lui con occhi supplichevoli. «Pascal... è stato la scorsa notte. Solo la scorsa notte. Prima non ho mai...»

«E ti aspetti che ti creda?» Si scostò da lei bruscamente. «Il tuo viso. I tuoi occhi. Non riesco a guardarti. Ti sei tagliata i capelli. Hai il suo odore. Io non ti riconosco. Dio buono, stammi lontano. Avrei giurato sulla mia vita che non avresti mai fatto una cosa simile, non tu.»

«Pascal...»

«Non dire niente. Per l'amor di Dio non mi toccare. Potrei ucciderti. Potrei uccidere lui. Aspetta un momento. Devo pensare. Non riesco a respirare...»

Le voltò le spalle, e con le mani chiuse a pugno cominciò ad andare su e giù per la stanza. Imprecando fra i denti spalancò la finestra e si sporse verso l'aria fresca e la lieve pioggerella. Il vento fece svolazzare le tende, un foglio sul tavolo finì per terra. Sopra c'erano i nomi dei dieci più grandi alberghi di Parigi con relativi numeri di telefono. Il *St Regis* era l'ultimo della lista; vedendo la calligrafia di Pascal, Gini ricominciò a piangere.

«È così che mi hai trovata? Pensavo avessi parlato con Max...»

«Max? No.» Si voltò e la guardò come se non la vedesse. «Non avrei potuto, dato che sono stato in viaggio per due notti e un giorno. Non ho chiuso occhio per tutto il tempo. Sono andato ad Amsterdam, pensavo di trovarti lì. Volevo farti una sorpresa. Quando mi hanno detto che eri partita, sono venuto qui. Sono arrivato alle due di stamane. Mi sono ricordato delle sfilate, e ho immaginato che dovevi essere nello stesso albergo di Lindsay. Quando infine ti ho trovata, era già molto tardi, camera tua non rispondeva, così ho deciso di aspettare fino al mattino e...» Non riuscì a continuare. Lesse il dolore e la confusione sul suo volto; si voltò a chiudere la finestra.

«Ormai niente di tutto ciò ha importanza. È irrilevante. Io... io non riesco a pensare. Non riesco a capire. Riesco solo a vedere quell'uomo che blocca la soglia della porta. Sapevo che stava mentendo, glielo leggevo in faccia. Inoltre avevo visto il tuo cappotto sulla sedia. Ma anche allora, persino allora, continuavo a ripetermi che non era possibile, che doveva trattarsi di un errore. Solo che lo sapevo. Ho capito immediatamente. L'ho capito stamattina, appena ha risposto al telefono. Qualcosa nella sua voce...» S'interruppe, cercando di riacquistare il controllo. «Che strana la vita. È qualcosa che non dimenticherò mai. Io che me ne stavo lì in mezzo a un corridoio di un albergo sentendomi morire dentro...»

«Ti prego, Pascal...» Si mosse d'impulso verso di lui. «Non sopporto di vederti così. Ti prego. Se solo mi ascoltassi, se mi lasciassi spiegare...»

L'espressione del suo viso la bloccò, lasciò ricadere la mano tesa.

«Spiegare?» Si allontanò ulteriormente da lei. «Dovevo immaginare che si sarebbe creata questo tipo di situazione. Qualunque cosa diremo suonerà come un luogo comune, come se fossimo intrappolati in una brutta commedia. Eppure sento di amarti ancora così tanto, Gini. E pensavo che tu mi amassi.»

«Io ti amo.»

«Ti prego, risparmiami. Non credo che riuscirei a sopportare simili bugie da parte tua. Sei stata a letto con un altro, e... come hai potuto? Perché l'hai fatto? Cosa, in nome di Dio, ti ha spinto a fare una cosa del genere? Ci siamo parlati domenica sera quand'eri a casa di Max, vale a dire neanche quarantott'ore fa. Non hai detto niente allora, non mi hai lasciato neanche minimamente intendere...»

«Non c'era niente da dire allora. Pascal, non ti stavo mentendo allora, non ti stavo nascondendo niente.»

«Le tue lettere...» Si rese conto che non la stava neanche ascoltando. Ogni suo intervento pareva non arrivare alle sue orecchie. Lo guardò infilare una mano nella tasca della giacca, tirare fuori un fascio di lettere e gettarle sul letto.

«Conosco a memoria ogni parola che hai scritto in quelle

lettere. Tu non immagini neanche quante volte le ho lette e rilette. Dicevi che 'per sempre' erano le due parole più importanti per te. Io non te le ho mai chieste. Eri libera, e hai fatto la tua scelta. Gini, come hai potuto? Perché? Mi fidavo di te ciecamente. Credi che negli ultimi due mesi io sia stato a letto con qualche altra donna? Non avrei potuto, e non lo volevo neanche. La sola donna che volevo era la donna che amo.»

Gini distolse gli occhi da lui e si guardò intorno senza vedere. La stanza era così francese con la tappezzeria azzurra; le scene pastorali con ninfe e pastorelli che si divertivano fra romantiche rovine. Le lacrime confusero quelle immagini. Non riusciva a guardare Pascal, aveva paura di guardare quel viso che amava così tanto.

«Non era programmato», esplose infine. «Pascal, forse non farà alcuna differenza, ma voglio che tu mi creda. Non è stata una cosa voluta. Non ci sono stati corteggiamenti o tentativi di seduzione, niente del genere. Non posso permetterti di pensare questo, non è giusto nei confronti di Rowland. Quello che è successo è stato inaspettato per me quanto per lui. L'ho incontrato da poco, lo conosco a malapena. Lavoriamo insieme, te l'avevo detto. Ieri sera siamo arrivati qui, abbiamo avuto una lite, e poi... non riesco a ricordare. Credo mi abbia toccato un braccio. O una mano. E poi... è semplicemente successo. Sono stata debole. È colpa mia. Non so perché l'ho fatto. Mi mancavi, mi sentivo infelice e anche sola. So che niente di tutto questo scusa il mio comportamento...»

S'interruppe. Registrò infine fra le lacrime l'espressione di Pascal.

«L'hai appena conosciuto? Quando esattamente?»

«Che importanza ha? Ti prego.»

«No. Rispondi. Quando?»

«Venerdì scorso.»

«Venerdì scorso?» Lo vide sbiancare. «Vuoi dire che lo conosci da meno di tre giorni?»

«Sì.»

«Capisco.» Era pallido come un lenzuolo. «È tutto il tempo che gli ci è voluto? Dio buono. Non riesco a crederci. Non riesco a credere questo di te.»

«Pascal, ti prego...» Lui aveva ricominciato ad andare su e

giù per la stanza. «Non voglio che la pensi così. È sbagliato. Lui non mi ha manovrata, neanche una volta. Stavamo semplicemente lavorando, e poi è successo...»

«No», la investì, girandosi di nuovo verso di lei, il volto contratto dalla rabbia. «Tu hai permesso che succedesse. Mettiamo subito in chiaro questo punto. Sappiamo bene entrambi che in certe situazioni c'è sempre un momento in cui si può scegliere, in cui c'è ancora il tempo di tirarsi indietro. Prima di un bacio, prima di una certa frase, prima di un certo sguardo. Tu hai scelto. Quindi fammi almeno il piacere di non rifilarmi tutte queste belle menzogne liberali, Gini. Non venirmi a dire che puoi amare un uomo e nel contempo scopartene un altro. Risparmiami queste idiozie. Sappiamo tutti e due che non sono vere.»

«Io non lo so!» alzò la voce. «Pascal, non è sempre così semplice. Non puoi essere così categorico.»

«Oh, invece sì.» Incontrò i suoi occhi. «Sono categorico. E lo eri anche tu una volta.»

Emise un gemito fra la disperazione e il dissenso. Lui cambiò di nuovo espressione. Attraversò la stanza e, toccandola per la prima volta, le prese la mano.

«Ascoltami. Guardami.» Le voltò la faccia verso di lui. «Gini, dobbiamo uscire da questo vicolo cieco. Al momento mi è impossibile perché non riesco a capire né a pensare. Qualcosa deve essere andato terribilmente storto. Tesoro, sei così magra. I tuoi capelli. Il tuo viso...» La voce vacillò. L'attirò a sé. «Mi hai nascosto delle cose, al telefono, nelle lettere. Non parlo di quell'uomo, lui non c'entra. Gini, perché lo hai fatto? Cos'è successo da quando mi hai lasciato? Pensavo che non ci fossero segreti fra di noi...»

Fece una pausa, gli occhi sconcertati cercarono i suoi. Vedendo che lei non rispondeva, le prese entrambe le mani con forza e la costrinse a guardarlo di nuovo.

«D'accordo. Ecco cosa dobbiamo fare. Partiamo immediatamente. Lasciamo Parigi con il primo volo. Torniamo a Londra nel nostro appartamento, o in qualche altro posto tranquillo, dove possiamo stare soli e parlare. Forse possiamo recuperare tutto quanto, ma dobbiamo farlo subito. Adesso. Cara, guardami. Dimmi che lo vuoi anche tu.»

Gini restò in silenzio, e lui interpretò questo silenzio. Lasciò andare all'istante le sue mani e indietreggiò.

«Non è quello che vuoi?»

«Sì, Pascal. Ma fra un paio di giorni. È quello che voglio anch'io, lo voglio più di qualunque altra cosa. Ma non posso partire adesso. Sarebbe un errore da parte mia. Devo arrivare fino in fondo a questa storia. Ti ho detto che è scomparsa una ragazza. Io... io devo trovarla. E anche l'uomo che è con lei. Sono già morte due persone a causa sua e io non posso ignorare questo.»

Seguì un silenzio che terrorizzò Gini. C'era un oceano di parole dentro di lei. Un oceano tenuto a freno troppo a lungo che stava per rompere gli argini. Adesso Pascal era furente, la tenerezza e la preoccupazione di poco prima erano scomparse.

«Capisco.» Le lanciò una lunga e gelida occhiata. «Non puoi ignorare la storia di cui ti stai occupando o non puoi ignorare quell'uomo? Vorresti essere più precisa, Gini? Ci tengo a mettere in chiaro questo.»

«Si tratta della storia», replicò lei rapidamente. «Rowland McGuire non c'entra niente. Sono sicura che se glielo chiedessi lui tornerebbe immediatamente a Londra.»

«Tu pensi? Io non ne sarei così sicuro. Sono convinto che sarebbe riluttante a lasciarti. Dubito che se ne tornerà a Londra così docilmente. Non mi ha dato l'impressione di essere un tipo remissivo.»

«Sono certa che ti sbagli. Starà già rimpiangendo quello che è successo. Non vedrà l'ora di districarsi da questa situazione.»

«Mi hai preso per un imbecille? Pensi che non sappia riconoscere come si sente un uomo in quelle circostanze? Non raccontarmi balle. Avete fatto l'amore per tutta la notte, l'ho capito appena ha aperto la porta. L'ho capito quando è stato così galante da mentire per te e tu lo hai lasciato fare. Cristo...» Fece un gesto violento e Gini indietreggiò. «Lui sicuramente non ignorerà la cosa. Non ha nessuna intenzione di districarsi da questa situazione, anzi, è esattamente l'opposto. Me lo ha fatto capire chiaramente mentre lasciavo la stanza.»

«Non è affatto vero, Pascal. Ti ha solo detto una parola e...»

«Una parola è stata più che sufficiente. Il resto gliel'ho letto in faccia. Se mi avesse picchiato, non sarebbe stato più eloquente. E tu lo sapevi maledettamente bene, così come lo sai adesso. Non riesci neanche a guardarmi in faccia. O menti a me, o menti a te stessa. Non si è trattato solo di una rapida scopata che entrambi avete rimpianto subito dopo. Allora di cosa si è trattato?»

«Non ho intenzione di risponderti.»

«Lo hai già fatto.» Cercò di riprendere il controllo, si voltò, poi tornò di scatto a guardarla. «Non provarci neanche a usare lui come paravento. Dev'essere una tua decisione. Una tua scelta.» Fece una pausa. «E rifletti molto attentamente prima di prendere la tua decisione, perché non ci saranno ripensamenti, né domani, né la prossima settimana.» Le lanciò un'occhiata che le spezzò il cuore, nei suoi occhi c'era rabbia, ma anche il più profondo dei rimpianti. «Siamo già stati qui», riprese con voce tesa. «Scegli, Gini. Diciamo pure che è una scelta fra me e la storia di cui ti stai occupando, se preferisci. Fra un'ora parte un aereo e io lo prenderò. Con o senza di te. Maledizione...» Alla fine perse il controllo. Picchiò con forza un pugno contro la parete. «Pensi che adesso ti supplicherò? Pensi che resusciterò il passato ricordandoti quello che eravamo, quello che significavamo l'uno per l'altra? Non lo farò. Puoi starne certa. Se mi ami, verrai con me. Se non mi ami, allora saprò che quest'ultimo anno, come gran parte del mio passato, è stato un errore. La scelta sta a te, Gini, e devi farla adesso. Io non aspetterò.»

«Come puoi dire questo? Come puoi comportarti in questo modo? Io ti ho mai imposto di fare una scelta?» aveva alzato la voce in tono d'accusa. «Sei stato via nove settimane, Pascal. Avevi detto che sarebbero state tre, al massimo quattro. E invece sono state nove. Io ti ho mai fatto una cosa del genere? Ti ho mai detto: 'Pascal, se mi ami, prendi il prossimo volo da Sarajevo e torna da me?' L'ho mai detto?»

«Stai forse dicendo che la situazione è la stessa? Dio santo, che cosa ti ha preso? A te risulta che avessi una relazione con una donna in Bosnia? No, non l'avevo. Ti sono stato fedele, non avrebbe potuto essere altrimenti, e tu lo sai maledettamente bene. Mi sembra di essere stato chiaro riguardo ai miei sentimenti, sia quando abbiamo parlato al telefono, sia quando ti ho scritto. In questo momento non ti sto chiedendo di scegliere fra me e il tuo lavoro, ma chi conta fra me e l'uomo che ti ha convinto ad andare a letto con lui ieri sera.»

«Ti ho già detto che non è andata così. E lui non ha niente a che vedere con la mia scelta di voler restare qui. Ti chiedo solo qualche giorno, tutto qui, Pascal. Mi è così difficile spiegare. Posso solo dirti che ad Amsterdam ho giurato a me stessa che sarei andata fino in fondo a questa storia.»

«Hai fatto anche molti altri giuramenti.» Indicò le lettere sul letto. «Vuoi che ti ricordi qualche giuramento che hai fatto a me? È ovvio che te li sei dimenticati. Non dovevano essere così importanti per te.»

«Non è vero. Pascal, proprio non riesci a capire? Non sto cercando delle scuse per quello che ho fatto. Ma forse dovresti sapere che mentre eri via la mia vita non si è fermata. Mi sono ritrovata sola, settimana dopo settimana. Quello che ho visto in Bosnia mi ha cambiata, e non potevo neanche dirtelo. Non potevo dirti quanto mi sentissi male e disperata, quanto fossi sul punto di impazzire. Volevo che ti sentissi libero da ogni preoccupazione in modo da lavorare serenamente, per questo non mi sono neanche permessa di rivelarti quanto desiderassi il tuo ritorno. Riesci anche solo a immaginare quanto sia stata dura per me non dirti questo? Settimana dopo settimana mi sono cullata nell'illusione che presto saresti tornato. Prima di Natale ne ho avuto addirittura la certezza. Non ti è passato per la testa che anch'io mi sono fatta i miei film? Oh, forse cose stupide. Ho pensato che sarebbe stato il nostro primo Natale insieme. Nel nostro appartamento. Ho preso un albero e l'ho addobbato. Ho comprato dei regali e li ho incartati uno per uno. E poi tu mi hai fatto la sorpresa di non venire.»

«Gini.» Si mosse verso di lei. «Tesoro, di che cosa stai parlando? Mi avevi detto che non t'importava, che avremmo festeggiato il Natale quando sarei tornato. Mi hai detto...»

«So cosa ho detto», lo interruppe, non riuscendo più a trattenere le lacrime. «Ma non era quello che pensavo. Quello che sentivo. Speravo... ero così sicura che avresti capito. Ho pensato: neanche Pascal può stare lì per sempre. Sentirà la mia mancanza. Vorrà tornare. Poi ho visto Helen a pranzo e lei...»

Aveva cominciato a muoversi verso di lei, ma appena sentì il nome dell'ex moglie, si bloccò di colpo.

«Cosa? Hai visto Helen? Quando? Non me l'hai mai detto.»

«L'ho vista prima di Natale. Non mi ci è voluto molto per capire che mi giudicava una stupida. Lei ci era già passata. Sapeva che non saresti tornato per Natale né per l'ultimo dell'anno. Mi ha raccontato com'era quando eravate sposati. Come non riuscisse mai a rintracciarti. Come ha dovuto tirare su Marianne da sola perché tu non c'eri mai. E mentre lei parlava continuavo a ripetermi: Pascal è votato al suo lavoro, è fatto così, è per questo che lo amo. Solo che...» S'interruppe. Gli occhi di Pascal erano cupi per la rabbia. L'afferrò per un braccio.

«Dai, continua. Solo che cosa?»

«Solo che mi stavo distruggendo, Pascal. Non sapere mai dov'eri, se eri ancora vivo. Non poterti dire quello che provavo mi stava annientando. E quando lei ha espresso le stesse emozioni, ho pensato che se avessi avuto un figlio da te mi sarei ritrovata nella stessa situazione. Io sarei stata una seconda Helen e il bambino una seconda Marianne. E tu di nuovo il padre assente, proprio come aveva detto lei.»

«Mio Dio», esclamò, prendendola per entrambe le braccia e scuotendola forte. «Non dire più una cosa del genere. Guardami...» La scosse di nuovo finché non alzò lo sguardo verso di lui. «Vedo i segni delle mani di quell'uomo sul tuo collo. Vedo dove ti ha baciata. Sento il suo odore su di te, e vieni a farmi la ramanzina su mia moglie e mia figlia? Sai perfettamente che cos'è stato quel matrimonio, sai in quale inferno ho vissuto. Se non fosse stato per mia figlia...»

«Oh, so quanto ami Marianne...» Gini si liberò dalla sua stretta con uno strattone. «Perché sei a Parigi proprio adesso, Pascal? Non mentire. Non dirmi che improvvisamente ti è venuta la voglia di rivedermi. So cosa ti ha finalmente portato qui, e di certo non sono io. Tu sei qui perché la settimana prossima è il compleanno di Marianne.»

A quel punto lui la colpì con tale forza che cadde per terra. Istintivamente si rannicchiò contro i piedi del letto proteggendosi il viso. Non l'aveva mai picchiata prima e il colpo era stato così inaspettato e così violento che la vista le si annebbiò. Pascal l'afferrò bruscamente costringendola a rimettersi in piedi.

«Come puoi dire una cosa del genere? Come?» La scosse con rabbia. «Vuoi dire che non hai mai creduto a niente di quello che ti ho detto? Vuoi dire che ti basta una conversazione con la mia ex moglie per cancellare tutta la fiducia che avevi in me? Scommetto anche che è la giustificazione che ti sei trovata per andare a letto con un uomo che conosci da soli tre giorni e scopartelo per una notte intera! Cristo...» La scaraventò lontano da lui. «Non cercare di darmi risposte. Non è necessario. Soprattutto non osare parlarmi di Marianne. Io amo mia figlia. E al momento tu sei l'ultima persona che vorrei sentire pronunciare il suo nome.»

«Cosa vuoi dire?»

«Lo sai. Lo sappiamo entrambi.» Tacque, respirò profondamente per calmarsi. «Mi dispiace di averti colpito. Non volevo che finisse in questo modo. Purtroppo è andata così. Adesso è meglio che vada. Se mi fermassi, potrei picchiarti di nuovo. Io...» Si guardò intorno alla cieca. «C'è stato un momento in Bosnia in cui ho pensato... non importa. Ti chiedo solo di non parlare più di Marianne in quel modo. Tu non hai figli. Non puoi capire. Non hai mai provato quella mistura che è gioia, rimorso e senso di colpa. Tu non hai idea di quanto sia stato difficile per me sforzarmi di dare il massimo e rendermi conto che non era mai abbastanza. Io dovevo lavorare, sai...» Lo sguardo che le diede esprimeva tutto il suo dolore. «Helen ha tralasciato questo particolare, immagino. Comunque, si dà il caso che io dovessi mantenere una moglie e una figlia. Ero un fotografo. Di guerra. Non è il tipo di lavoro che svolgi dalle nove alle cinque e poi torni a casa per cena. Helen lo sapeva quando ci siamo sposati. Quando è nata Marianne, ci siamo imposti delle regole. Dove dovevo andare, quando dovevo ritornare, come programmare la mia vita, quali erano le mie responsabilità di padre. Secondo Helen il risultato è stato un fallimento, e ovviamente la colpa era solo mia. Quando ti ho conosciuta ho sperato...» esitò. «Ho sperato che tu vedessi le cose in modo diverso. Ormai non ha più importanza. Hai pranzato con la mia ex moglie e hai emesso la tua sentenza. Ora mi è tutto più chiaro riguardo a quello che è successo ieri sera. Devo andare. Non ha più senso prolungare questa conversazione. È solo dolorosa per entrambi.»

«Io volevo il tuo bambino», urlò Gini, fece per gettarsi fra le sue braccia, poi si bloccò. «Oh, Pascal, proprio non riesci a capire? Neanche a indovinare? Tutto quanto è cominciato in Bosnia, credo a Mostar, forse perché ti amavo così tanto e intorno a noi non c'era che la morte. Sapevo che non era il momento giusto, e sapevo che tu non lo volevi. Ma mi sono lasciata coinvolgere e da quel momento non sono più stata libera. Desideravo così tanto avere un figlio da te che non riuscivo a pensare a nient'altro.»

Ci fu silenzio. Lui aveva ascoltato quella confusa confessione con espressione seria. Appena ebbe finito, fece un piccolo gesto con le mani, un gesto più che eloquente, come se stesse per abbandonare qualcosa che aveva un immenso valore per lui.

«Capisco», disse infine. «Se ti sentivi così, perché non me ne hai parlato?»

«Perché? Perché ero troppo orgogliosa. Perché non volevo convincerti di niente. Perché quello è un tipo di decisione che si prende in due, non da soli. Una decisione che va presa con gioia. Tutto quello che...»

La voce le mancò. Tutto a un tratto si rese conto che per quanto gli rivelasse i sentimenti e le emozioni che si era tenuta dentro per mesi e per quanto lui sembrasse commosso dalla sua confessione, era ancora fermo sulle sue posizioni.

La fissò a lungo, poi sospirò. «Mi chiedo se sei veramente sincera.» Distolse lo sguardo, poi tornò a guardarla. «Forse sì. Non lo so più. Vorrei che me lo avessi detto allora. Chissà, magari la mia reazione sarebbe stata diversa da quella che ti aspettavi. Ma forse è meglio che le cose siano andate così. A quanto pare hai cambiato idea. Dopo la conversazione con Helen, ti sei improvvisamente resa conto che padre inaffidabile sarei stato.» Aveva parlato in tono gelido. Gini era arrossita.

«No», protestò. «Non è quello che ho pensato, non esattamente. Te l'ho detto. Non stavo bene. Non riuscivo a pensare chiaramente. Avevo paura, una terribile paura. Tu avevi già una figlia, poteva essere che non ne volessi uno da me.»

«Sicuramente mi sarebbe stato difficile prendere una simile decisione in Bosnia. È il tipo di scelta che condiziona la vita per almeno vent'anni. Sarebbe stata una leggerezza da parte nostra, soprattutto considerato che ci trovavamo in una zona di guerra ed eravamo entrambi sotto stress. Mi hai sempre detto quanto fosse importante il tuo lavoro, e hai ribadito il concetto anche adesso. Sì, probabilmente avrei suggerito di aspettare, almeno finché fossimo tornati a Londra, di concederci del tempo per riflettere...» Si chinò a raccogliere la borsa con l'attrezzatura fotografica. «Comunque sia, la cosa è ormai irrilevante. Fuori questione. Tu vuoi determinati requisiti per il padre di tuo figlio e io non sono all'altezza. Lo hai fatto capire chiaramente.»

«Pascal, ti prego. So cosa stai per dire. Non farlo. Ti conosco troppo bene. Se lo dirai, non avremo più la possibilità di ricominciare.»

«So che è doloroso, ma va detto.» Le lanciò una lunga occhiata di rimpianto, poi si diresse verso la porta. «Io ho una figlia, Gini. So cosa comporta questo. Se ti aspetti certi requisiti dal futuro padre dei tuoi figli, non credi che lo stesso possa valere anche per me? So quello che voglio da una futura moglie, dalla futura madre dei miei figli. Questa volta...» Esitò. «Questa volta voglio essere sicuro che ci sia amore da entrambe le parti. Il tipo di amore che non vacilla, che dura per sempre. Voglio senso di responsabilità, fedeltà e tutto questo genere di cose.» La sua voce divenne amara. «Soprattutto, come la maggior parte degli uomini, voglio essere assolutamente certo che l'eventuale figlio che mi darà mia moglie, sia mio. Tu sei troppo concentrata su te stessa al momento, Gini. Ciononostante, immagino tu capisca.» Quest'ultimo rimprovero venne fatto con tale dolcezza, che Gini si vergognò terribilmente. Lasciandosi sfuggire un gemito, tese la mano verso di lui.

«Pascal, aspetta. Qualunque cosa abbia fatto, io ti amo. Ti amo ancora. Non sopporto di sentirti dire queste terribili cose. Darei non so cosa perché non fosse successo niente. Per riportare indietro l'orologio. Abbi fiducia in me. Ti prego, dobbiamo uscire da questo vicolo cieco, lo hai detto anche tu.»

«È stato un'ora fa. Che strano.» La guardò come se non la vedesse, poi abbassò gli occhi sull'orologio. «Sì, è passata solo un'ora. Sembra un'eternità. In quell'ora mi hai detto quanto ardentemente desiderassi un figlio da me e io non dimenticherò mai l'espressione sul tuo viso quando l'hai detto, ma questo non ti ha impedito di andare a letto con un perfetto sconosciuto. Gli hai persino permesso di coprirti, di mentire davanti ai miei occhi...» S'interruppe. «E tu questo lo chiami amore, Gini? Non è il tipo di amore che conosco. Sarei morto piuttosto che farti una cosa del genere. Io... senti, è meglio che vada. Non riesco a sopportare tutto questo. Sei cambiata, Gini.» Le sollevò il viso perché lo guardasse. «Una volta eri così... aperta. Così diretta. Adesso sei così ambigua. Così evasiva. Dici una verità e subito dopo l'esatto contrario. Cosa ti ha ridotto così? La guerra? La mia assenza? Un uomo che conosci a malapena? Dimmi la verità...»

Gini lo fissò per un lungo momento. «Tutte e tre le cose», rispose infine, sottovoce. Vide che quell'ammissione lo ferì tanto quanto ferì lei nel pronunciarla. I lineamenti di Pascal si contrassero in uno spasmo di dolore, poi distolse lo sguardo.

«Almeno sei stata onesta, grazie.» Si avviò di nuovo verso la porta, l'aprì, poi si voltò. «Morivo dalla voglia di baciarti, lo sai?»

«Sì.»

«È stato meglio non cedere a certe debolezze.» Alzò le spalle. «La chiarezza innanzitutto, non credi? Devo prendere l'aereo. Avrò portato via tutto per quando sarai tornata. Ciao, Gini.»

Uscì, chiudendo la porta alle spalle. Sentì i suoi passi sulle scale. Corse prima verso la porta, poi alla finestra e lo vide uscire. Attraversò la viuzza e il piccolo parco con passo veloce. Arrivato dall'altra parte, fermò un taxi con un cenno e salì. Non si era voltato a guardare indietro neanche una volta.

Con le lacrime che le annebbiavano la vista, Gini corse verso il letto. Prese le lettere che gli aveva scritto e se le strinse contro il petto. Le parole di Pascal le avevano spezzato il cuore, e soffriva profondamente perché aveva lasciato lì le lettere. Guardò la tappezzeria con i leggiadri dipinti di ninfe e pastorelle. Vergogna, rimorso e dubbio la travolsero come un fiume in piena. Pensò che avrebbe dovuto corrergli dietro, poi sentì una resistenza, quasi una ribellione, crescere dentro di lei.

Aveva quasi trent'anni. Gli anni fertili diminuivano sempre di più. Pascal aveva compreso quanto lei veramente desiderasse un figlio? Oh, la decisione sta a te, si disse, andando avanti e indietro per la stanza, cercando di concentrarsi. E poi le venne in mente che forse aveva concepito, che forse proprio in quel momento stava cominciando dentro di lei una nuova vita.

Quella possibilità la terrorizzò. Capì che qualunque cosa pensasse la mente, il corpo aveva già scelto. Provò ancora più paura. Poi, inaspettatamente, sopraggiunse una certa esaltazione, una gioia furtiva. Cercò di esaminare l'idea della maternità, quello che comportava, ma era una cosa così grande che le fu impossibile. Come tutte le donne, si rifugiò nel fatalismo.

Aspetta, si disse. Doveva aspettare, perché non poteva prendere nessuna decisione finché non ne fosse stata certa. Nel frattempo, non avrebbe coinvolto né Pascal né Rowland.

Questa consapevolezza la riportò con i piedi per terra. Ripensò alla madre di Anneka e alla promessa che si era fatta. Corse fuori della stanza, giù per le scale e per strada. Mi aspetta del lavoro, pensò, procedendo frettolosamente verso il *St Regis*. La stanza 810 era vuota. Rowland McGuire, rispettando il programma, se n'era già andato.

15

Morte d'une legende titolava il giornale che era stato portato in camera di Lindsay quel mattino. Sotto il titolo c'era la famosa fotografia di Beaton di una ridente giovane donna con i capelli corti e le mani che nascondevano in parte il viso. Lindsay cominciò a tradurre il lungo articolo.

Sapeva il francese quel tanto che bastava, ma non era mai riuscita a venire ai patti con il lirismo e la sonorità di quella lingua. Diede per scontato che quello che stava leggendo fosse la versione autorizzata della vita di Cazarès. A neanche ventiquattr'ore dalla sua morte, Maria Cazarès stava già per essere trasformata in un simbolo.

Ma in un simbolo di cosa? Di molte cose, sembrava. Delle donne moderne che, almeno stando all'autore, aveva liberato ridefinendo la loro immagine. Della Francia, di cui incarnava le virtù dell'eleganza, della raffinatezza e dell'unicità. L'autore concludeva che Maria Cazarès rappresentava *l'eternelle feminine*, l'eterno femminino, e che era *une femme solitaire, unique et mystérieuse*. Lindsay gettò il giornale di lato con una certa irritazione. Com'era tipico, prevedibile, che avessero affidato a un uomo il compito di interpretare quell'enigma femminile che era Maria Cazarès.

Lindsay, che aveva dormito male e si sentiva ancora inquieta, andò alla finestra e guardò fuori. Era ancora presto e la giornata non dava l'impressione di volgere al bello. Il cielo era nuvoloso e il vento basso sferzava i rami degli alberi e le acque grigie della Senna. Tutto preannunciava l'arrivo della pioggia. In lontananza, sull'altra riva del fiume, Lindsay vide un uomo alto con i capelli scuri fermare un taxi e sparirci. Che strano, pensò, allontanandosi dalla finestra. Per un secondo aveva pensato che fosse Pascal.

Quella stanza d'albergo cominciava a sembrare claustrofobica. Lasciò passare un po' di tempo, prima telefonando a casa a Tom, poi mandando un secondo fax al contatto al Metropolitan Museum di New York che non aveva risposto alla sua richiesta del giorno prima. Infine, dopo aver esitato a lungo, si decise a chiamare la stanza di Rowland. Ormai erano le nove del mattino, e non sarebbe stato troppo imbarazzante se avesse risposto Gini.

Lasciò squillare a lungo, ma non rispose nessuno. Poi, sentendosi ancora nervosa, scese nella stanza che il *Correspondent* usava come quartier generale. Pixie, fasciata in un vestitino di lana che pareva fatto a mano, era già lì. Lindsay controllò alcune cose, prese il pass per la conferenza stampa di Lazare che si sarebbe tenuta di lì a un paio d'ore, fece per andarsene ma ci ripensò.

«Ti sei assicurata che Rowland e Gini abbiano i pass?»

Pixie, che non conosceva il significato della parola discrezione, fece un sorrisetto.

«Oh, certo. Glieli ho mandati nella loro stanza ieri sera.» Fece una pausa d'effetto. «È stato abile McGuire a farsi dare quella stanza. Io ho pianto, supplicato, offerto il mio corpo, e non ho avuto la stessa fortuna.»

«E con questo? Rowland ha più peso di te», replicò Lindsay. Pixie fece un largo sorriso. Lindsay sapeva che cosa voleva dire quel sorriso. Era in arrivo qualche pettegolezzo. «Be', su questo non c'è dubbio», ribatté Pixie. «È un uomo a cui è difficile rifiutare qualcosa.»

«Cosa vuoi dire con questo?»

«Solo che mi è sembrato strano che dividesse la stanza con lei. Dopotutto, l'aveva licenziata solo poche ore prima.»

«Cosa? Rowland licenziato Gini?» Lindsay scosse la testa. «No, Pixie. Ti sbagli. Li ho visti insieme ieri sera.»

«Oh, tutti li hanno visti ieri sera», replicò lei, in tono svogliato. «Se non ti sei accorta, questo posto pullula di giornalisti. Che cosa ti aspetti? Li hanno visti tutti uscire a tarda ora e poi rientrare. Quando sono tornati, lei aveva una tale espressione che dovevi sentire i commenti al bar.»

«Che sciocchezze», asserì Lindsay seccamente. «Sono stata con loro dopo. Stavano lavorando, tutto qui.»

«Davvero? Per quanto tempo?»

«Senti, Pixie, sono stata in quella stanza con loro due ore buone, forse di più. E abbiamo lavorato tutti e tre. Cosa che dovresti fare anche tu adesso.»

Si avviò verso la porta, sperando che quella bugia la facesse ricredere, poi esitò.

«Cosa ti fa pensare che Rowland abbia licenziato Gini?»

«Non lo penso. Lo so. Tony mi ha chiamato ieri sera tardi da Londra. Mi ha detto che McGuire era al telefono nel suo ufficio con la porta chiusa, ma che non aveva potuto fare a meno di sentire. Era impossibile non sentire, perché McGuire urlava così forte che lo avrebbero sentito fino a Piccadilly Circus.»

Lindsay sospirò. Tony era l'ultimo ragazzo di Pixie e le era totalmente devoto. Il suo ufficio era di fronte a quello di Rowland McGuire.

«Be', mi dispiace, Pixie», dichiarò, «ma per una volta Tony si è sbagliato. Te l'ho detto, ero con loro. E Gini non aveva certo l'aria di essere stata licenziata.»

«Oh, è stata reintegrata», ribatté Pixie lanciandole un'occhiata di traverso. «La cosa è sembrata ovvia a tutti ieri sera. Ma ti garantisco che l'ha licenziata. E senza tanti complimenti.»

«Per favore, Pixie.»

«Pensavo che non ti piacesse McGuire. Hai detto che era arrogante e...»

«Che mi piaccia o meno non fa alcuna differenza. I pettegolezzi causano sempre problemi e sofferenze. Non voglio più sentire certe cose. E non voglio nemmeno che tu vada a raccontarle in giro.»

«Vuoi dire che non devo parlare di Gini?»

«Esatto. Tanto per cominciare non sono affari tuoi. In secondo luogo, quelle voci non sono vere.»

«Se lo dici tu.» Pixie scrollò le spalle. «Ho le labbra cucite.»

«Parlo sul serio, Pixie. Tieni le tue considerazioni per te, e guardati dal coinvolgere altre persone. Ora, immagino che tu abbia del lavoro da svolgere, perché se non è così, allora sì che sei in una brutta situazione.»

Pixie la guardò stupefatta. «È tutto sotto controllo, Lindsay.»

«Cerca di farmi avere le diapositive delle sfilate di Chanel e Gaultier per stasera alle nove. Assicurati che Markov sia al suo albergo, e ricorda, Pixie, fai anche la più piccola stronzata e sei disoccupata.»

Pixie era arrossita. «Io sono brava nel mio lavoro», asserì. «Andrà tutto alla perfezione.»

«Sarà meglio», replicò Lindsay, uscendo. Dovette farsi forza per non sbattere la porta. Sapeva che probabilmente Pixie stava facendo smorfie appena richiusa la porta e per quello che la riguardava era pienamente giustificata. Lindsay sentiva ancora le guance infocate. Lasciò rapidamente l'albergo e s'incamminò nella leggera pioggia, inspirando a pieni polmoni l'aria fresca.

Quando arrivò al palazzo Cazarès mancava ancora mezz'ora all'inizio della conferenza stampa, ma la tribù dei reporter era già arrivata. La strada e il cortile interno erano intasati di furgoni con i satelliti bianchi che spuntavano come funghi, con i cavi e le attrezzature TV dappertutto. C'era la CNN e tutte le altre maggiori reti americane, vide i volti familiari dei colleghi della BBC e della ITN. C'erano le équipe francesi, italiane, tedesche, spagnole, giapponesi. Lindsay si fece largo in quel muro di persone, in quella babele di lingue. Nell'atrio la ressa era ancora peggiore. Che avessero il pass o meno, tutti spingevano per entrare. Era quasi la stessa baraonda che si creava durante le sfilate, ma questa volta c'era in aggiunta un'isteria collettiva generata dalla forte emozione di quella morte improvvisa. Alcune donne erano già in lacrime.

Lindsay venne strattonata, sospinta, quasi gettata per terra mentre si avvicinava alle porte della sala in cui si sarebbe tenuta la conferenza stampa. Quelli del servizio d'ordine, tutti rigorosamente vestiti in nero, cercavano di controllare la folla, insistendo per vedere i pass, ma erano troppo pochi per contenere quella marea. Lindsay si lasciò trasportare dalla folla. Adesso riusciva a vedere la sala oltre le teste, era illuminata dalle luci delle televisioni. Intravide un palco, un tavolo, un leggio, vari microfoni, telecamere e, troneggiante su tutto, un gigantesco ingrandimento della fotografia scattata da Beaton a Maria Cazarès. Lindsay venne sospinta all'interno da un'ondata di persone, e fu in quel momento che vide Rowland McGuire.

Era in piedi a pochi metri da lei. Grazie alla sua altezza riusciva a scrutare sopra le teste di quelli che entravano. Indossava un completo e una cravatta e un soprabito neri, un abbigliamento formale che lo distingueva ancora di più tra la folla. Era pallido e serio e non distolse gli occhi dall'entrata neanche una volta. Lindsay non ebbe alcun dubbio su chi stesse cercando.

Doveva averla vista entrare, ma non lo diede a vedere, perché continuò a tenere gli occhi fissi sulla porta. Nella calca venne sospinto di lato e si ritrovò al suo fianco.

«Lo vedi quell'usciere laggiù?» Indicò uno del servizio d'ordine di Cazarès. «Ha tre posti per noi, corridoio centrale, quarta fila. Vai a sederti. Ti raggiungo fra un momento.»

«Ci hanno tenuto tre posti? Rowland, come diavolo ci sei riuscito?»

«Con i modi e i mezzi giusti.» Fece un sorriso forzato. «Adesso vai, Lindsay.»

Lei ubbidì. L'usciere in questione non avrebbe mostrato più sollecitudine se fosse stata la direttrice di *Vogue*. Lindsay si guardò intorno sbalordita. I direttori di *Vogue*, *Harper's Bazaar*, dell'edizione francese di *Vogue*, di *Paris Match* e *Hallo!* erano nella stessa fila. Qualcuno la salutò inarcando il sopracciglio, qualcun altro inviandole un breve bacio con la mano. Cinque minuti dopo venne raggiunta da Rowland. Mentre si sedeva, chiese: «Hai visto Gini stamattina? È tornata in albergo?»

«No. Non sapevo neanche che fosse uscita.»

«Aveva delle ricerche da fare.» Si voltò, allungò il collo e guardò verso le porte. «Forse è stata trattenuta. Pensavo che l'avrei trovata qui.»

Lindsay non disse niente. Era teso come la corda di un violino. Guardò il volto pallido, i lineamenti tirati, le forti mani chiuse a pugno e percepì che era successo qualcosa che andava ben oltre lo scenario che si era immaginata. Si vergognò della propria superficialità, e i dubbi che le avevano instillato le parole di Pixie svanirono all'istante.

Se Gini era intenzionata a venire, ormai era troppo tardi. Stavano chiudendo le porte. Davanti, nella buca sotto il palco, i fotografi e i cameramen erano già all'erta. Lindsay chiese gentilmente: «Ti vesti sempre di nero in occasioni del genere, Rowland?»

«Come?» Le lanciò un'occhiata distratta e subito dopo distolse lo sguardo.

«La maggior parte della gente ormai non si veste più di nero, neanche ai funerali.»

«Non lo so. Non pensavo a niente del genere.» Si voltò di nuovo a guardare verso le porte. «È una questione di abitudine, forse. Di educazione. Quando ero piccolo, in Irlanda, la gente si vestiva a lutto. È un segno di rispetto. Perché?»

«Nessuna ragione in particolare.» Lindsay era commossa. «Mi piace. È un po' antiquato, ma lo trovo giusto.»

Lui non la stava neanche ascoltando. Si alzò, tolse il soprabito e lo gettò sul pavimento. Quando si era alzato, nonostante le circostanze, le teste delle donne si erano girate nella sua direzione. Rowland non si accorse neanche di quegli sguardi.

«Maledizione», borbottò risedendosi, mentre un gruppo di collaboratori di Cazarès saliva sul palco davanti a loro. «Maledizione. Adesso è troppo tardi. Ho bisogno di parlare con lei.»

«Hai una pista?» chiese in tono vago, anche se non era la prima cosa a cui aveva pensato.

«Cosa? Sì. E adesso dovrà aspettare.» Tornò a guardare verso il palco occupato dai collaboratori in nero. Lindsay fece altrettanto. Poi entrò Jean Lazare. Appena si diresse con passo rapido verso il leggio, nella sala calò un silenzio assoluto.

Tenne un discorso piuttosto breve in quattro lingue: francese, inglese, spagnolo e tedesco. Mentre parlava, l'unico suono che si sentiva nella sala era il ronzio delle telecamere. Quand'ebbe finito, e solo allora, i fotografi si scatenarono.

«Come sapete», cominciò Lazare, «ieri pomeriggio Maria

Cazarès ha avuto un infarto. Era a casa della sua vecchia governante, a cui era molto devota. Mi dà conforto sapere che quando è successo non era sola, ma a casa di un'amica. Colgo l'occasione per ringraziare i medici dell'ospedale Saint Etienne che hanno fatto ogni sforzo per salvarla e le hanno prestato ogni cura possibile. Sfortunatamente, i loro sforzi non sono stati sufficienti. Mademoiselle Cazarès è morta poco dopo essere giunta in ospedale. Io ero al suo fianco.»

Fece una pausa. «Desidero annunciare che, come Maria Cazarès stessa avrebbe voluto, le sfilate della sua collezione si terranno domani come programmato. La collezione includerà tre modelli che ha creato il giorno prima della sua morte. Maria Cazarès è nata artista ed è rimasta tale fino alla fine.

«Alla sfilata di domani ci sarà gioia, non tristezza.» Fece un'altra pausa, assumendo un tono un po' più autoritario. «Festeggeremo una delle donne più straordinarie della nostra epoca, certamente la donna più straordinaria, più dotata, più fantasiosa che abbia mai conosciuto. Era una stilista intelligente, originale, passionale. Era una donna che, come lei stessa disse una volta, capiva l'arte e la scienza dei vestiti...»

Lindsay lanciò un'occhiata a Rowland. «Lo so», mormorò lui. «Ascolta quello che viene dopo.»

Lazare guardò lungo la silenziosa sala, quel mare di volti alzati verso di lui, poi riprese con la voce dallo strano accento, dal tono perfettamente controllato.

«Non spetta a me scrivere il suo necrologio, ma vorrei dire questo: io conoscevo Maria Cazarès e ho lavorato a stretto contatto con lei per moltissimi anni. In tutto questo tempo, l'ho vista dedicata unicamente alla sua professione. Questo ha comportato, come sempre per le donne, molti sacrifici. Maria Cazarès non si è sposata, non ha avuto figli. Qualcuno ha detto che è stata una scelta facile per lei, ma quel qualcuno non la conosceva, era male informato. Non è stato affatto così. La sua dedizione ha richiesto sacrificio e lotta e c'è solo una parola francese che può rendere l'idea: come tutti i grandi artisti, nei confronti della propria arte Maria Cazarès è stata una *religieuse*.

«Era anche...» esitò per la prima volta, «una donna che ha portato gioia nel cuore delle persone. Nella vita privata ha mostrato candore, comprensione, grazia, coraggio e generosità.

Aveva conservato la schiettezza e la semplicità dell'infanzia e fino alla fine non si è mai fatta sedurre dal successo...

«Nella vita professionale...» la voce riacquistò più forza, «era una rarità, una donna che disegnava per le donne, in un mondo dove questa arte è svolta perlopiù da uomini. Ha ridefinito i modi in cui le donne moderne scelgono di presentarsi al mondo, di cambiare la loro immagine, forse ha trasformato il concetto che hanno di sé. Lascio che siano gli altri a decidere questo, ma voglio aggiungere questo: è stata un'educazione per un uomo lavorare con lei. Mi ha trasmesso valori che apprezzo enormemente, mi ha portato in un mondo dove gli istinti del corpo e del cuore sono validi e importanti quanto le considerazioni della mente, nel mondo femminile, in poche parole.» Abbassò gli occhi sul leggio, anche se stava parlando a braccio, poi rialzò la testa assumendo una posizione formale.

«Userò una frase francese per rivolgerle il mio ultimo estremo saluto. Per il mondo Maria Cazarès era un'artista: per me era, e sarà sempre, la mia *amie de coeur*.»

Tacque, e gli occhi scuri indugiarono sui presenti. Lindsay provò pietà e comprensione per lui. Quanto doveva costargli parlare in quel modo, mischiare bugie e verità? si chiese. Come riusciva a mantenere quel tono impassibile? Senza ancora tradire la benché minima emozione, Lazare rifece il discorso in spagnolo e poi in tedesco. Appena ebbe finito si voltò e lasciò il palco.

Rowland era già in piedi ancora prima che i collaboratori di Cazarès si alzassero. Prese Lindsay per un braccio e la condusse rapidamente lungo il passaggio fra le poltrone, mentre la folla cominciava a muoversi e a commentare. Lindsay fu sorpresa da tutta quella fretta, poi capì: Gini era in piedi accanto a una delle porte in fondo alla sala.

Lindsay ebbe giusto il tempo di notare il suo pallore e lo sguardo interrogativo che lanciò Rowland, poi lui le trascinò entrambe attraverso l'atrio, il cortile, lungo la strada e si fermò solo quando svoltarono un angolo e si ritrovarono in una stradina fra un gruppo di condomini da una parte e un alto muro dall'altra.

«Hai sentito?» chiese Rowland. Lindsay si rese conto che non solo la domanda era stata rivolta unicamente a Gini, ma anche che per quanto li riguardava, lei non era nemmeno lì.

«Sì.» Gini indietreggiò verso il muro. «Daranno copie del testo?» chiese. «Non ho preso appunti. Volevo, ma...»

«Sì. Probabilmente lo stanno già facendo. Noi non ne abbiamo bisogno. Ricordo bene le parti più salienti.»

Lindsay non riuscì a dire niente. Non riusciva a distogliere gli occhi dal viso di Gini. Era stata picchiata di recente, e anche molto forte. Sullo zigomo sinistro si stava formando un livido. Cercava di nasconderlo, tenendo il lato del viso girato verso il muro. Tentativo inutile. Anche Rowland lo aveva notato. Lindsay gli vide cambiare espressione, fare un gesto involontario. Gini, gli occhi fissi nei suoi, sollevò una mano, poi la lasciò ricadere. C'era un silenzio carico di tensione.

Gini sospirò. Aprì e chiuse più volte le mani a pugno. Lindsay guardò ora uno ora l'altra, poi indietreggiò. Sapeva di essere fuori posto. Era meglio ritirarsi. Borbottò che doveva incontrare Markov, il che era vero, e che doveva farlo prima della sfilata di Chanel di quel pomeriggio. Per quel che li riguardava, poteva anche annunciargli che stava per imbarcarsi per Marte. La comunicazione silenziosa fra di loro era più tumultuosa di un torrente di parole. Si voltò e si allontanò rapidamente.

Quanto tempo era passato da quando Lindsay se n'era andata? si chiese Gini. Dieci minuti? Quindici? Il tempo si rifiutava di seguire il suo corso normale. Si voltò a guardare Rowland, che era appoggiato al muro al suo fianco, il viso voltato dall'altra parte.

Respirava affannosamente, come se avesse corso. Poteva percepirne la rabbia e l'agitazione.

«Io voglio solo lavorare, Rowland», disse infine, sfiorandogli la mano. «Ti prego. Non c'è nient'altro che sarei in grado di fare in questo momento. Voglio concentrarmi su questa storia. Voglio rimettere insieme tutti i pezzi e più di ogni altra cosa voglio trovare Mina. Tu eri d'accordo con me, Rowland.»

«Lo so.»

Esitò, poi si girò. Il volto pallido era alzato verso di lui, che non sopportava di guardare quel livido. I suoi bellissimi occhi avevano un'espressione supplichevole. Quando lo guardava in quel modo, non era capace di rifiutarle niente. Si chiese se se ne rendesse conto. Sentì che doveva essere trasparente con lei, doveva sapere.

«Ti prego, Rowland», riprese. «Non posso parlarti di quello che è successo. Non sarebbe giusto. Non devi essere coinvolto. Devo affrontare la situazione da sola, trovare la soluzione a modo mio. Non so neanche se riuscirei a parlarne adesso. Troppe cose sono accadute troppo in fretta. Per questo preferisco concentrarmi su qualcosa di meno complicato, apparentemente più chiaro. Devo fare un passo alla volta: prima questa intervista, poi l'altra. Ti prego di aiutarmi, Rowland. Non sarei in grado di farlo da sola. Non oggi. Non adesso.»

Rowland avrebbe detto che era una donna che non avrebbe mai ammesso una debolezza; fu profondamente commosso da quella confessione di debolezza. In quel momento voleva solamente prenderla fra le braccia, ma sapeva che sarebbe stato sbagliato. Era quello che lei stava cercando di dirgli.

«D'accordo.» Si scostò un po' da lei e Gini pensò che stesse prendendo le distanze.

«Ho lavorato dopo che te ne sei andata.» Stava fissando la via oltre le sue spalle. «Dato che mi hai proibito di stare con te, di venire con te...»

«Ti prego, Rowland.»

«Non avevo altra scelta. Così ho lavorato. Ho parlato con la polizia francese e fatto altre telefonate. Mi sono reso conto che ieri sera abbiamo trascurato qualcosa che era molto evidente.» Tacque e lanciò un'occhiata all'orologio. «Direi però che non tutto è perso. Abbiamo due possibili piste. Possiamo tentare di intervistare la governante da cui era ieri Cazarès, anche se sono quasi certo che Lazare avrà preso le sue precauzioni per proteggerla dalla stampa. Oppure possiamo parlare con Chantal. Adesso è dalla polizia, se ci sbrighiamo, forse la troviamo ancora lì.»

Gini lo fissò. «L'hai fatta arrestare? Quando? Stamattina?»

«Sì.» Le diede uno dei suoi indecifrabili sguardi verdi. «Riesco a lavorare molto bene nelle circostanze avverse.»

«Vedo. Dovrò imparare da te.» Per un attimo si rabbuiò, poi fece un brusco gesto con la mano. «Hai ragione. È il passo successivo da fare. Andiamo a parlare con Chantal.»

* * *

Chantal si rivelò una ragazza magra e rabbiosa con una zazzera e occhi marrone da monello. La prima volta Rowland e Gini la intravidero attraverso la vetrata della stanza degli interrogatori. L'ispettore francese in borghese che li accompagnava si chiamava Martigny. Era un uomo basso, dai capelli scuri, con occhi vispi e modi gentili. Fuori della stanza degli interrogatori fece loro un completo resoconto su Chantal, succinto e, sotto molti aspetti, pensò Rowland, prevedibile.

Aveva ventidue anni ed era la figlia di una francocanadese e di un americano che non aveva mai conosciuto. Sua madre aveva avuto altri due figli illegittimi da cui Chantal era stata separata all'età di sei anni, la prima volta che era stata data in affidamento.

La sua infanzia, se mai ne avesse avuta una, l'aveva trascorsa passando da un istituto all'altro, da una famiglia adottiva all'altra, da cui era sempre fuggita. A quattordici anni era stata condannata per la prima volta per taccheggio e rinchiusa in un riformatorio del Québec. A sedici anni era stata arrestata a Detroit per furto di auto, e a diciassette a New York per prostituzione e possesso di stupefacenti. Non aveva alcun tipo di istruzione ed era praticamente semianalfabeta e negli ultimi tre anni si era stabilita in Francia. Era schedata come eroinomane, avendo ripreso dopo avere abbandonato un programma a base di metadone. L'anno precedente, era stata denunciata due volte per prostituzione e spaccio di droga, ma poi le denunce erano cadute per mancanza di prove. Rischiava di essere espulsa dal paese perché non era in regola e non era certo il tipo che collaborava con la polizia.

Nelle ultime due ore era stata interrogata da due dei migliori agenti di Martigny, un uomo e una donna. Dato che non era stata trovata alcuna imputazione a suo carico, sarebbe stata rilasciata. Quel poco che erano riusciti a tirarle fuori con le minacce era stato che non conosceva nessuno di nome Star, e che non aveva idea di come il suo nome e indirizzo fossero finiti nelle mani di una ragazza olandese morta. Sì, aveva conosciuto molti stranieri a Parigi, e sì, poteva essere che lei o qualcuno dei suoi amici avesse dato il suo indirizzo; era una persona generosa: aveva una stanza, una bella stanza, e a volte le persone avevano bisogno di un posto dove andare a dormire. Non riusciva a ricordare questa Anneka, e poi era forse un reato dare il proprio indirizzo a una ragazza?

Martigny a quel punto guardò i due giornalisti che, a sentire il collega inglese, gli erano stati molto d'aiuto. Lo sconcertavano. L'uomo sembrava che non avesse dormito da una settimana, la donna aveva un livido in faccia segno di botte recenti. C'era una tensione fra di loro che avrebbe potuto essere professionale, emotiva o sessuale. La donna, notò Martigny, aveva un viso delizioso e non banale.

Lasciò da parte le sue considerazioni. Spiegò loro che Chantal parlava bene inglese e francese. Concedeva loro venti minuti. Non che il tempo avrebbe fatto differenza: anche se gli avesse concesso tutto il giorno, non sarebbero mai riusciti a convincere quella donna a parlare.

Li lasciò lì e se ne andò. Rimase accanto alla porta l'agente donna. Rowland e Gini presero posto di fronte a Chantal all'altro lato del tavolo bruciacchiato di sigarette. Chantal continuò a fumare come una ciminiera, a mordicchiarsi le unghie, a evitare il loro sguardo, a sbadigliare, a tamburellare sul tavolo con le dita sottili e a lanciare occasionalmente brevi sguardi di derisione e odio.

La cicatrice sul suo viso era una delle più brutte che Gini avesse mai visto. Partiva dall'angolo dell'occhio sinistro e arrivava all'angolo della bocca. Era stata malcurata e la pelle gonfia era arrossata. Le dava un'espressione strana, come se ci fossero due donne all'altro lato del tavolo. Una volta doveva essere graziosa e lo era ancora quando si girava dall'altro lato, ma lei sembrava servirsi di quella cicatrice come di una sfida. Ogni volta che rispondeva a una delle domande di Rowland, il quale le stava parlando in un eccellente francese, voltava verso di lui il lato sfregiato. Stava diventando sempre più nervosa e impaziente; Gini si chiese se non avesse bisogno di bucarsi.

Il suo silenzio, non aveva aperto bocca neanche una volta da quando erano entrati, sembrò irritare Chantal; all'inizio l'aveva ignorata, fissando gli occhi sul bellissimo volto di Rowland e rispondendogli rudemente, ma anche in modo sfacciato. Forse era così che si rivolgeva ai suoi clienti, pensò Gini. In quello strano modo che era una via di mezzo fra la civetteria e il disprezzo. Sembrava ansiosa di mettere Rowland nella stessa categoria del resto degli uomini; ai suoi occhi non era che un seccatore che apparentemente voleva solo delle risposte, ma che, se ne avesse avuta l'occasione, non avrebbe esitato a molestarla. Tutti i tentativi di Rowland venivano respinti. Gli occhi di Chantal si spostarono in direzione di Gini. Sbadigliò, si accese un'altra sigaretta, poi d'improvviso passò a parlare in inglese.

«E lei perché è qui?» Indicò Gini. «È muta o cosa?»

«Te l'ho già detto, lavoriamo insieme», replicò Rowland in tono calmo. Gini trovò interessante l'accento della ragazza. Tradiva le sue origini ibride. Non era canadese, americano o inglese, ma una via di mezzo fra tutti e tre. Notò che anche Rowland se n'era accorto.

«Cos'è successo alla tua faccia?» Chantal tornò a guardare Gini. «Sei andata a sbattere contro una porta? O contro il pugno di qualcuno?» Fece un sorriso insolente e indicò Rowland. «Magari il suo?»

«Perché non mi dici che cos'è successo alla tua faccia, Chantal?» ribatté Gini. Sentì Rowland irrigidirsi, come se avesse fatto un errore. Gli occhi di Chantal sprizzarono rabbia. Guardò attentamente Gini.

«Va' a farti fottere.» Aspirò una boccata di fumo. «Questi sono affari miei, d'accordo?» Serrò le labbra, poi tornò a guardare Rowland. Gli lanciò una lunga occhiata sensuale. «Perché non la mandi a farsi fottere? Lei e quella rotto in culo alla porta. Se io e te restassimo soli, chissà, potrei anche aprirmi...»

Si passò la lingua sulle labbra mentre diceva questo e si chinò in avanti in modo che il logoro maglione mettesse in evidenza i piccoli seni. Forse si era aspettata di mettere in imbarazzo Rowland, sicuramente di sconcertarlo. Quando questo non avvenne, sembrò lei a essere spiazzata. Prese a guardarsi intorno, curvò le spalle e incrociò le braccia sul petto. Tutt'a un tratto sembrava meno sicura, persino vulnerabile e il linguaggio del suo corpo lo confermava. Gini sentì che adesso era possibile un approccio. Si chinò in avanti.

«Io so chi ti ha procurato quella cicatrice», disse. «È stato un uomo di nome Star, e ti ha sfregiata con un rasoio l'anno scorso in Inghilterra. Ormai credo di conoscere bene Star. È un tipo instabile, eh? Ha il vizio della cocaina e cambia umore in un batter d'occhio. Quando gli succede, è capace di sfregiare una donna o anche di peggio. Secondo te perché, Chantal? Credi che odi le donne? Forse ha dei problemi sessuali con le donne?» Fece una pausa. Chantal si era irrigidita. Chinò la testa e cominciò a stuzzicarsi le unghie. Gini lanciò un'occhiata a Rowland, il quale annuì. «Scommetto che so cosa ti ha detto, Chantal.» Gini continuò a tenere gli occhi fissi sulla testa abbassata della ragazza. «Ti ha detto che tu eri l'unica in grado di calmarlo. È quello che dice sempre alle donne, no? Lo ha fatto con Anneka. Immagino stia facendo la stessa cosa con Mina Landis adesso. E sono sicura che lei gli crederà. Dopotutto, ha solo quindici anni. Lei è molto più ingenua di te, perché a differenza di te, ha sempre avuto una vita protetta. Ciononostante, persino tu gli hai creduto, non è vero, Chantal? Eri convinta di poterlo controllare finché non ti ha fatto quel bel taglio sulla faccia.»

Chantal alzò la testa di scatto. Lanciò a Gini la più velenosa delle occhiate. «Io non lo conosco, stupida puttana. Quante volte devo ripetertelo?»

«Oh, sì che lo conosci, Chantal.» Gini sospirò. «E sai anche come mente. Non ti ha detto la verità sulle altre ragazze, vero? Sapevi che ha portato Mina qui a Parigi? Ieri sono stati visti insieme. Ti ha informato della cosa? O ti ha rifilato la solita storiella che Mina è come Anneka e tutte le altre ragazzine che non contano niente, mentre sei tu la donna della sua vita? È questo che ti ha detto, Chantal?»

Appena ebbe pronunciato quelle parole, Gini seppe di aver fatto centro: Chantal era impallidita. Ebbe un movimento convulso della mano, ma riuscì a nasconderlo. Gettò il mozzicone nel portacenere e si accese l'ultima sigaretta.

«Fottiti. Ne ho abbastanza. Lo ripeterò per l'ultima volta. Non conosco Star. Non l'ho mai conosciuto. Quindi lasciami perdere.

«Lascia che ti mostri le loro fotografie.»

Gini prese dalla borsetta le fotografie di Mina e Anneka e le tese a Rowland, il quale le fece scorrere silenziosamente attraverso il tavolo. Chantal girò la testa dall'altra parte.

«Guardale, Chantal», la esortò Gini con voce tranquilla. «Credo che tu non le abbia mai incontrate, ma sai di loro, vero? Sapevi di loro e ti chiedevi com'erano fatte. Cos'avevano più di te per suscitare l'interesse di Star.» Tacque. «Guardale e capirai. Sono diverse, ma in un certo senso ti somigliano. Entrambe sembrano più giovani della loro età. Quasi delle bambine... è per questo motivo che le cose sono cambiate nei tuoi confronti, Chantal? Ha perso interesse per te quando hai cominciato a sembrare troppo donna?»

Rowland le mise una mano sul braccio come a impedirle di continuare. Chantal stava osservando le fotografie. Era bianca come un cadavere e stava cominciando a tremare.

«Quanti anni avevi quando sembravi così innocente, Chantal? Otto? Nove? Dieci?»

«Maledetta puttana», urlò Chantal e balzò in piedi reggendosi a malapena sulle gambe. «Senti...» si rivolse all'impassibile poliziotta. «Mandala fuori di qui. Voglio uscire. Non potete tenermi qui. Ho dei diritti...»

Adesso stava tremando violentemente. Rowland parlò in tono tranquillo: «Gini, ha bisogno di bucarsi».

«Lo so. L'ho notato appena siamo entrati. Chantal, fammi vedere le braccia. Fammi vedere cos'altro ti ha fatto...»

Gini si alzò mentre diceva questo. Né Rowland né la poliziotta si mossero. Seguì un attimo di silenzio, poi, con grande stupore di Rowland, Chantal lasciò che le prendesse le mani e le scostasse delicatamente indietro le maniche del pullover. Era tutto un buco dai gomiti ai polsi.

Gini le abbassò di nuovo le maniche. Chantal si morse un labbro, stava cominciando a sudare e i tremiti erano più forti. Gini guardò verso Rowland, e un'occhiata fu sufficiente.

Fece il giro del tavolo e le chiese a bassa voce: «Ti va bene se ti accompagnamo a casa?»

Chantal lanciò una rapida occhiata in direzione della poliziotta, la quale non diede l'impressione di aver sentito. Annuì.

Rowland la circondò con un braccio e la condusse verso la porta.

«Allora andiamo. La polizia ha finito con te. Prenderemo un taxi, così arriveremo più in fretta, d'accordo?»

Quando furono fuori della stazione di polizia, Gini si voltò a guardare la ragazza. Era pallida come un cencio e aveva la fronte madida di sudore.

«Da quanto tempo non ti buchi?»

«Da più di un'ora. Quasi due. Per colpa di quei porci...»

Gini provò pietà per lei. Tutta la baldanza era scomparsa. Non riusciva a mettere a fuoco, aveva quello sguardo appannato, quegli occhi morti che aveva descritto Mitchell. Barcollò. Rowland le aveva preceduto ed era riuscito a salire su un taxi in fondo alla via che fece fermare davanti a loro. Gli occhi vitrei di Chantal lanciarono a Gini per un attimo un rapido sguardo da monello.

«Tu e lui. Lui è...»

«Lo è stato, sì.»

«Ci avrei scommesso. Indovino sempre. Ti desidera come io desidero bucarmi.» Barcollò di nuovo. «Quasi con la stessa disperazione. Il sesso è... Cristo.» Rabbrividì. «Riportatemi a casa...»

Poi, si lasciò cadere sul sedile posteriore accanto a Rowland. Rimase semisdraiata con gli occhi chiusi. I tremiti si erano trasformati in spasmi. Gini le tenne la mano. Si chiese se un certo tipo di vita acuisse l'istinto e se Chantal avesse ragione. Vedendo l'espressione torva di Rowland, non lo avrebbe detto. Raggiunsero rue Saint Séverin. Rowland sostenne Chantal su per le scale. Gini li seguì.

La stanza era orribile. Era praticamente un buco di quattro metri quadrati in cui erano stipati un letto a due piazze, un tavolino, alcune sedie, delle scatole, pile di vestiti e un televisore. Trasudava povertà e il tentativo di renderla una casa con i pochi mezzi a disposizione era malriuscito. Dai ristoranti di sotto salivano odori di cibo. Da quello che Gini poteva vedere, ci vivevano due donne, Chantal e, presumibilmente, l'anziana che le aveva aperto la porta la sera prima. Sul tavolo i resti della colazione: due tazze, due piatti, alcuni croissant e della marmellata. Sopra il letto disfatto c'erano due camicie da notte appallottolate, una azzurra e una rosa. La stanza era fredda e umida. I piatti ordinatamente accatastati nel lavandino rappresentavano l'unico tentativo di ordine. Sul pavimento c'era una lettiera e in un angolo un gatto nero cercava di nascondersi dietro una pila di libri in edizione economica. Sul letto era raggomitolato uno sparuto bastardino. Gini si chinò ad accarezzargli il pelo ispido. Attraverso le tende di rete alla finestra s'intravedeva il profilo della chiesa di Saint Séverin. Pioveva ancora e la luce stava già calando. Fissava le tende perché non riusciva a guardare quello che stava succedendo alle sue spalle.

«Aiutami», stava dicendo Chantal a Rowland. «Devi aiutarmi. La sto rovesciando. Non riesco a tenere la mano ferma... Cristo. Mi sono bruciata la mano.»

Gini azzardò un'occhiata. Chantal aveva preparato la soluzione. Vide la bustina con la polvere bianca, il blu della fiamma del gas, il foglietto d'alluminio quadrato. Chantal teneva la siringa in mano, ma tremava così forte che le cadde. Gini la guardò rotolare fino alla lettiera, poi distolse gli occhi.

Sentì Rowland che la raccoglieva.

«Lo specchio», disse Chantal. «Devo stare davanti allo specchio, altrimenti non ci riesco.»

Gini sentì Rowland farsi da parte. Ci fu silenzio. Poi Rowland esclamò: «Oh, Gesù Cristo...»

Gini si voltò. Chantal era davanti allo specchio con la siringa all'altezza del viso. Per un istante non capì cosa stesse succedendo, poi realizzò: Chantal si stava iniettando l'eroina nell'occhio. Teneva con una mano la palpebra inferiore abbassata mentre con l'altra infilzava l'ago. Il liquido chiaro nella siringa divenne rosa. Gini si girò coprendosi il volto con le mani e cominciò a tremare. Sentì le braccia di Rowland intorno alle sue spalle. Alzò la testa a guardargli il volto pallido.

«Può succedere», le spiegò a bassa voce. «Lo fanno quando non possono più usare le vene. Aspettiamo. Fra un minuto starà meglio. Poi si addormenterà, probabilmente.»

«Starà bene?» Gini lo fissò. «Non starà affatto bene. Quante ore passeranno prima che avrà di nuovo bisogno di bucarsi? Rowland...»

«Pensi che possiamo curarla qui e adesso? Andiamo, Gini. Se non l'avessimo accompagnata noi, sarebbe arrivata in qualche altro modo. E in uno stato ben peggiore.»

Chantal fece un profondo sospiro. Voltandosi, Gini notò che aveva smesso di tremare e che sul suo volto era tornato un po' di colorito. Cominciò a parlare, a bassa voce e in modo rapido, rivolgendosi a Rowland come se fossero soli nella stanza.

«Senti, io ho bisogno di dormire, d'accordo? Starò bene. La mia amica Jeanne arriverà presto. Prima o poi la smetterò con questa roba. Lei mi sta aiutando. Io sto attenta a quello che compro e a non usare siringhe usate. Appena Jeanne tornerà, starò meglio.»

Barcollò fino al lavabo e chiuse gli occhi. «Sei stato molto gentile con me. Mi ha fatto piacere. Quindi, ti dirò tutto. Star lo conosco quasi da una vita. Lui è come me: né carne né pesce. Troppe famiglie, troppi paesi, troppe case, troppe botte... tutto questo ci ha fatto schiodare. Siamo entrambi completamente fuori di testa.»

Lasciò cadere la siringa. Né Rowland né Gini parlarono.

«E non so dove sia. Sicuramente da qualche parte a Parigi, ma non so dove. L'ho visto ieri sera. Mi ha detto che era solo, ma è un gran bugiardo. Se quella ragazza è con lui, la terrà nascosta. È tipico da parte sua. Comunque non dovete preoccuparvi troppo. Probabilmente sta bene. Le darà un po' di erba, magari qualche pillola. Niente per cui agitarsi, ha sempre della roba buona. State tranquilli, non la stuprerà, non la scoperà neanche...» Fece una risatina gutturale, poi smise e aprì gli occhi. Adesso non aveva più lo sguardo così annebbiato; portò una mano a una guancia.

«Però lei ha ragione...» Indicò Gini. «È uno che si arrabbia. E quando succede diventa una vera furia. Ieri sera gli ho procurato una pistola. Era da mesi che me la chiedeva. Lui aveva i soldi e io i contatti, così gliel'ho trovata. È passato a prenderla ieri sera, poco prima che tu bussassi alla porta.» Si voltò verso Gini. «Perché eri tu, vero?»

«Sì», rispose, sentendo Rowland irrigidirsi. «Che tipo di pistola, Chantal?»

«Non lo so. Una pistola. Mi ha detto che la voleva e io gliel'ho fatta avere. Mi ha fatto vedere alcune foto e mi ha scritto il nome.»

«È un'automatica?» domandò Rowland.

«Sì. Piccola. Con delle pallottole speciali. Ho scritto il nome su un pezzo di carta, ma l'ho gettato alcune settimane fa. Era tedesca, no, forse italiana...»

«Perché voleva una pistola?» Rowland si mosse verso di lei. Lei aveva chiuso di nuovo gli occhi.

«Non lo so. Gli piacciono le armi. Da sempre. Si eccita a guardare le fotografie. So solo che è costata parecchio. Quasi quattromila franchi. Una pistola seria, così l'ha definita. Solo che poi...» Barcollò di nuovo. «Solo che poi... non lo so. C'era la TV accesa mentre parlavamo, e improvvisamente è diventato strano. Ha assunto un'espressione. Diventa pericoloso quando ha quell'espressione. È la stessa che aveva prima di farmi questo...» Si sfiorò la cicatrice sulla guancia. «Quindi può essere che quella ragazza stia correndo dei rischi. Non lo so. Sentite, io devo dormire...»

Barcollò fino al letto, si sdraiò e chiuse gli occhi. Rowland guardò Gini, poi si chinò verso il letto.

«Chantal. Cerca di stare sveglia. Mi senti? Ha un altro nome a parte Star? Come si chiamava la prima volta che l'hai conosciuto?»

S'interruppe e indietreggiò. Sentirono dei passi veloci per le scale, poi la porta venne spalancata. La donna che Gini aveva visto la sera prima irruppe nella stanza, il volto terreo per la paura. Guardò loro due, poi li superò e s'inginocchiò accanto al letto.

Prese Chantal fra le braccia e cominciò ad accarezzarle i capelli, parlandole con voce sommessa. Quando si voltò a guardare loro due, sul suo volto si leggeva amore e rabbia.

«Quanto tempo l'hanno tenuta là? Fanno sempre così quegli animali.»

Aveva parlato in francese, e Rowland le rispose nella stessa lingua. «Circa un'ora, forse di più.»

La donna cominciò a sbraitare tutta una serie di invettive, prima contro la polizia, poi lo stato, infine contro il mondo intero.

«Jeanne, aspetta...» Chantal cercò di sedersi, ma non ci riuscì. «Lui è a posto. Mi ha aiutata. Non posso parlare. Vogliono sapere di Star. Digli il suo nome, d'accordo?»

Richiuse gli occhi e sembrò precipitare in un sonno profondo. La donna di nome Jeanne si alzò. Con un forte accento, cominciò a spiegare in inglese, il tono pieno di livore.

Era tutta colpa di Star. Era stato lui a iniziare all'eroina Chantal, lui che le aveva rovinato il viso. E Star era l'ultimo di una serie di nomi, quello che attualmente preferiva. I cognomi si sprecavano: Lamont, Parker, Newman, D'Amico, Rivière, Adams, Dumas. A loro la scelta.

Di nomi invece ne aveva due. Ogni tanto usava la versione inglese, ma preferiva quella francese. L'anno precedente non aveva fatto che ripetere che era il suo vero nome, quello che compariva sul certificato di nascita, per quanto lei dubitasse che ne avesse uno. Comunque, per quanto poteva valere, il nome in questione era Christophe.

16

FUORI, nell'aria umida del crepuscolo, davanti all'entrata della chiesa di Saint Séverin con i doccioni sopra le teste, Rowland disse: «Ho bisogno di un drink. E anche tu. E dobbiamo anche mangiare. No, niente discussioni. Conosco un posto...»

La condusse rapidamente verso la Sorbona, svoltarono in boulevard Saint Michel e poi in una viuzza dov'era situato un vecchio *bistro* quasi deserto. Vennero fatti accomodare in un séparé che pareva la piccola cabina di una nave. Sulla tovaglia a quadretti rossi e bianchi c'erano due coltelli, due forchette, due bicchieri da vino. Rowland ordinò del cognac e quando Gini esitò, la costrinse a bere. La osservò. Per la prima volta in quel giorno non sembrava più così tesa e sulle guance le era tornato il colorito.

Era così bella che non riusciva a guardarla. Studiò il menu, si consultò con il basso e grassottello *patron*; qualunque cosa pur di distogliere l'attenzione dalla bocca, dal livido sullo zigomo, dallo scintillio nei bellissimi occhi che esprimevano una muta domanda che non osava rivolgergli per timore della risposta.

Ordinò. Meglio concentrarsi sul lavoro, pensò. Se solo ci fosse riuscito. Di punto in bianco cominciarono a parlare contemporaneamente.

Rowland sorrise, esitò, poi si appoggiò contro lo schienale. «Prima tu.»

«Niente. Volevo solo dire che sei stato molto bravo con Chantal. Le sei piaciuto, per quanto possano piacerle gli uomini. Te ne sei accorto?»

«No.» Rowland alzò le spalle. «Io ho avuto l'impressione di non cavare un ragno dal buco. Mi sembrava di parlare con un muro.»

«No. Ti sbagli. Sei stato paziente ed educato. Ti è stata grata per questo. Forse non le capita spesso. Forse...» Alzò gli occhi verso di lui.

«Forse cosa?»

«Forse le è piaciuto il tuo aspetto. Immagino che tu sia abituato.»

Rowland si chinò in avanti. «Vuoi sapere cosa l'ha portata a parlare? Non sono stato io né quello che ho detto. Non lo ha fatto neanche perché aveva disperatamente bisogno di bucarsi. L'ho osservata attentamente e mi sono accorto dell'istante preciso in cui ha deciso di parlare.»

«Quando le ho mostrato le fotografie?»

«No.» Il fatto che non se ne fosse accorta lo commosse. «No. È stata una tua frase. Ha fatto subito vibrare una corda. Forse hai toccato il nervo lasciato scoperto da Star, forse no. Comunque sia, la tua frase le è andata dritta al cuore.» Fece una pausa. «È stato quando le hai chiesto se credeva di essere la donna più importante della sua vita.»

«Ne sei sicuro?» chiese, arrossendo.

«Assolutamente. In qualunque intervista o interrogatorio, c'è sempre un momento in cui chi fa le domande riesce a fare breccia. Come ti è venuta in mente quella frase?»

«Non lo so. Mi è venuta così. Sapevamo che era diversa dalle altre ragazze. Tanto per cominciare, era più vecchia. Conosceva Star da parecchio tempo, almeno secondo Mitchell. Mi sono solo chiesta se non pensasse di avere un ruolo importante nella vita di Star. È qualcosa che alle donne piace.»

«Ah sì?»

«Naturalmente.» Distolse lo sguardo. «Le donne sono più monogame degli uomini. Per questo trovano mille modi per scusare i loro uomini quando si allontanano. Quando le donne si sentono dire di essere diverse dalle altre, di essere più speciali, di essere le uniche, scatta in loro un senso di protezione.

Ho già visto situazioni del genere.» Rowland pensò che doveva essere anche una sua caratteristica.

«Comunque...» Bevve un sorso di cognac. «Di una cosa sono sicura...»

«Anneka non scriveva a Star da Chantal? Sono d'accordo. L'ho pensato anch'io.»

«In questo caso, siamo daccapo. Abbiamo una sfilza di cognomi falsi, un nome che potrebbe essere o non essere vero. Sappiamo che Star ha una pistola, il che peggiora la situazione. Ma non sappiamo perché voleva la pistola, e non abbiamo ancora idea di dove si trovi.»

«No. Abbiamo più di questo. Conosciamo qualcosa di interessante e anche di curioso...» Rowland s'interruppe, mentre il proprietario serviva loro piatti semplici ma dall'aspetto eccellente: pane appena sfornato, insalata, *pommes frites*, e due omelettes che assicurò essere fatte con funghi freschi e le uova fresche delle sue galline.

Rowland sorrise a quel perfezionismo francese. Aspettò che se ne fosse andato, poi si chinò di nuovo in avanti. Assumendo una finta espressione affamata, Gini cominciò a mangiare.

«Sappiamo più di quanto ci rendiamo conto», disse Rowland. «È qualcosa che abbiamo avuto sotto gli occhi ieri. Pensaci. Maria Cazarès è morta ieri pomeriggio nell'appartamento della sua vecchia governante, ci sei fin qui?»

«Sì, l'appartamento vicino a Faubourg Saint Germain. Ne abbiamo anche parlato. Conosco la zona. Persino la via.»

«Davvero?»

«Sì.» Lei esitò. «L'ex moglie di Pascal Lamartine adesso abita in quella strada. Nell'appartamento del nuovo marito. L'anno scorso sono stata lì un paio di volte per andare a prendere la figlia di Pascal, Marianne. È un quartiere di lusso.»

Riprese a mangiare. Rowland la osservò pensando che si era messa alla prova per vedere se riusciva a nominare Lamartine senza mostrare alcuna emozione, e ci era quasi riuscita. Ma era meglio non fare domande, anche se non gli era sfuggito che l'ex moglie di Lamartine si era risposata e lui no.

«Sappiamo anche», proseguì, «che è proprio nelle vicinanze che sono stati visti Mina Landis e Star ieri pomeriggio.»

«Sì. Verso le due. Abbiamo parlato anche di questo.»

«Ma non ci siamo soffermati a pensare se era una coincidenza o meno. A quel punto, mi sembra che ci siamo distratti...»
«Rowland...»
«D'accordo. Ma è la verità.» La guardò seriamente. «A dire il vero, il nome della governante non è stato menzionato nei telegiornali. Però è apparso sui giornali stamattina. Si chiama Mathilde Duval. Ti dice qualcosa? Cominci a capire?»
«Oh, mio Dio.» Lasciò cadere la forchetta e lo fissò spalancando gli occhi. «Il suo nome era sull'agenda di Anneka. Fra i sette nomi che ho trascritto, c'era anche Mathilde.»
«Esattamente. Una Mathilde Duval che abita allo stesso indirizzo dov'è morta Maria Cazarès ieri pomeriggio. Sono sicuro che Anneka scrivesse lì a Star, non da Chantal. Può anche averle dato l'indirizzo di Chantal per ogni evenienza, questo non lo so, ma sicuramente c'è un legame fra Star e Mathilde Duval.»
«Che non è certo una ragazzina. Dio, che stupida sono stata.»
«È da quando abbiamo parlato con Chantal che ho la certezza che c'è un legame. Ho portato l'agenda di Anneka. Diamole un'occhiata.»
La tirò fuori dalla tasca del soprabito e la mise sul tavolo. Gini cercò Mathilde Duval. L'intera pagina era piena di ghirigori e scarabocchi, e accanto al nome di Mathilde c'era un piccolo crocefisso.
«Christopher», disse Rowland. «*Christophe*. Significa portatore di Cristo. Anneka conosceva il nome di Star, che forse è quello vero, e ha fatto una piccola croce accanto all'indirizzo a cui gli scriveva. Ne sono sicuro, Gini. E questo cosa ti suggerisce?»
«Che se Star conosceva la governante di Maria Cazarès, è possibile che conoscesse la stessa Maria Cazarès. Rowland, lo pensi davvero?»
«Sì. Credo che ieri sia stato dalla governante e che lui e Mina siano stati visti quando se ne stavano andando. Due ore dopo è andata lì anche Maria Cazarès. Non riesci a capire, Gini? C'è un legame fra Star e Maria Cazarès, fra Star e Jean Lazare. Primo, Star si procura la White Dove dallo stesso fornitore di Lazare. Secondo, si stabilisce a Parigi, dove vivono loro. Terzo, ha qualche legame con una governante che Cazarès visita

di frequente e a cui è molto affezionata. E quel legame non è qualcosa di recente, Gini. Se abbiamo ragione, e Anneka scriveva a Star presso Mathilde, possiamo persino risalire a una data. Devono conoscersi almeno dal marzo scorso.» Fece una pausa. «Ora, tutti questi dettagli possono essere delle coincidenze, ma io non lo credo.»

Gini lo stava ascoltando attentamente; era pronta a scommettere che la sua mente stava lavorando rapidamente.

«Rowland, non starai pensando che...»

«Che Star è il famoso figlio di cui ci ha raccontato Lindsay? Confesso che mi è passato per la mente. Quasi subito dopo che Lindsay me ne ha parlato. Non so quanto possa essere utile, ma ieri ho contattato il collaboratore del *Correspondent* a Miami. È andato a New Orleans a fare dei controlli. Per questo volevo che chiedessi alla madre di Anneka se Star poteva essere americano o avere dei legami americani.»

«E ha trovato qualcosa?»

«Non ancora. Cerca principalmente un cognome. Proverà al convento e dai Lafitte Grant. Ma sono passati quasi trent'anni, dubito che arriverà a capo di qualcosa.»

«Ma tu stesso hai ammesso che c'è un legame. Star ha l'età giusta, ha i capelli neri, come Cazarès e Lazare, e non dimentichiamo il tipo di infanzia che ha avuto.»

«Lo so. Ma ci sono altre migliaia di uomini che hanno le stesse caratteristiche. No, Gini. È troppo facile e troppo inverosimile.»

«Le cose inverosimili succedono. Basta aprire qualunque giornale in qualunque giorno della settimana e sono pieni di storie inverosimili. Inoltre, lo ritieni così improbabile? Supponi che Star fosse loro figlio, supponi che sia stato dato in adozione o messo in qualche istituto poco dopo la nascita, avrebbe il diritto di avere i nomi dei genitori raggiunta una certa età. Può averli rintracciati...» S'interruppe, poi scosse la testa. «No. Hai ragione. Non sta in piedi. Come può averli rintracciati? Lazare e Cazarès sono stati molto attenti a far perdere le loro tracce.»

«Concordo.» Rowland alzò le spalle. «Ciononostante, ho ritenuto opportuno avviare perlomeno qualche ricerca. Ma non penso seriamente che Star abbia questo tipo di legame con Lazare e Cazarès. Non avrei neanche preso in considerazione l'idea, ma quando mi è venuta avevo dormito poco o niente per due notti. Continuavo a pensare a Cassandra, non riuscivo a dimenticare il modo in cui l'avevo trovata...» Distolse lo sguardo. «Questa e altre ragioni hanno pregiudicato il mio giudizio, me ne rendo perfettamente conto.»

«Quali altre ragioni?»

«Il lavoro. Le pressioni che comporta. Sto ancora venendo ai patti con le nuove responsabilità di direttore, è qualcosa che non ho mai fatto prima, qualcosa in cui Max mi ha coinvolto...» Esitò, poi si voltò a guardarla. «Venendo a patti con altri cambiamenti nella mia vita. Cambiamenti a cui oppongo resistenza, naturalmente.»

Per un attimo pensò che avesse colto l'allusione, poi si rese conto che non era così, ma qualcosa che aveva detto la rese improvvisamente pensierosa. Prese di nuovo la forchetta, poi la posò. Aveva mangiato solo la metà del cibo sul piatto. Lo spostò da parte con un gesto di scusa. Era leggermente arrossita. Alzò gli occhi su di lui. «Perché le persone resistono ai cambiamenti, Rowland? Perché hanno paura, o cos'altro?»

«Forse si tratta di paura. I cambiamenti possono andare bene o male, quindi si preferisce restare aggrappati a quello che si conosce ed evitare l'ignoto.»

«Pensi che le persone resistano a un cambiamento negli altri o solo in se stessi?»

Capì quanto quella domanda fosse importante per lei. «Credo in loro stessi e negli altri», rispose in tono tranquillo.

«Perché? Perché?»

«Per un mucchio di ragioni, Gini, lo sai. Per l'imprevedibilità del cambiamento. Perché il cambiamento può essere visto come un tradimento verso se stessi...» S'interruppe, e Gini capì che aveva improvvisamente toccato un tasto per lui doloroso. Gli lesse in faccia che non aveva intenzione di parlarne. «Comunque è inutile resistere», riprese, poco dopo con voce calma. «Se il cambiamento non è superficiale, ma profondo, c'è ben poco da fare. Avviene, che lo si voglia o meno. E a volte...» Distolse lo sguardo. «A volte, se il cambiamento è molto rapido, quando te ne accorgi, ormai è troppo tardi.»

Seguì un breve silenzio. Gini, a testa china, spostò di pochi centimetri il coltello e poi lo rimise a posto.

«E tu credi che un cambiamento possa avvenire rapidamente?» domandò.

«Oh, sì. Può accadere nel bel mezzo di una frase, mentre si sta mangiando, passeggiando. Penso persino possa succedere poco prima di addormentarsi. Va però detto che è qualcosa che elaboriamo inconsciamente per un certo lasso di tempo prima di arrenderci all'evidenza. Ma una volta che succede, è irrimediabile.»

«Ne sei sicuro?»

Rowland la guardò tristemente. Capì che stava seguendo il filo dei propri pensieri. Aveva usato una franchezza che non gli capitava da sei anni, eppure lei non ne aveva colto il significato. Si chiese se era intenzionale, poi vide che non era così. Si chiese se doveva essere più esplicito, ma poi vi rinunciò non volendo sembrare invadente.

«È così? È irrimediabile?» Adesso si era chinata verso di lui con occhi supplichevoli.

Rowland sospirò. «Direi di sì», replicò tristemente. «Non c'è modo di riportare indietro quel particolare orologio, Gini.»

La guardò ritrarsi e prendere la sciarpa e il cappotto. Fece un cenno per avere il conto. Gini aveva riacquistato l'autocontrollo assumendo un atteggiamento pratico. La osservò avvolgere la sciarpa verde intorno al collo. Allungò una mano e sfiorò la sua, poi la ritrasse. «Allora cosa vuoi fare adesso Gini? Continuare? Fermarti? Andare a riposare?»

«Continuare.» Prese la borsetta. «Andiamo da Mathilde, che ne dici?»

«È quello che stavo per suggerire, ma se preferisci tornare in albergo, posso andarci da solo. Hai l'aria stanca, Gini.»

«No. Non lo sono. Ti ho già detto che voglio lavorare. Rowland, non possiamo fermarci. Stiamo facendo dei progressi. E Star ha una pistola. Voglio trovare Mina...» Aggrottò la fronte. «Sono decisa a farlo. È qualcosa che mi sono ripromessa dopo aver parlato con la madre di Anneka. Quindi...» Si alzò. «Andiamo tutti e due da Mathilde. Stai pronto a farci entrare a tutti i costi, nel caso Lazare avesse piazzato dei gorilla da lei, d'accordo?» Sorrise nel dire questo.

Rowland la seguì fuori del ristorante.

* * *

Erano le cinque passate quando raggiunsero rue de Rennes, in una costosissima quanto deprimente zona, era la classica cittadella per ricchi borghesi, l'equivalente a Parigi di Mayfair o Park Avenue. Era un ampio boulevard fiancheggiato da alberi e palazzi di dieci piani di fine secolo. C'erano pochi passanti, e le finestre degli appartamenti erano illuminate. Gini si fermò di colpo.

«È quel palazzo al di là della strada. Subito dopo quello di Helen.»

«Helen?»

«Helen Lamartine.» Esitò. E tutto a un tratto notò quanto fosse tesa. «Non è necessario che saliamo in due.»

«Vuoi che ci vada da solo?»

«Preferirei. Ti do dieci minuti, poi ti aspetterò nel bar che c'è dietro quell'angolo. Non puoi sbagliarti.»

«Bene. Comunque, penso che ci metterò meno di dieci minuti. Lazare è un tipo scrupoloso.»

Aveva ragione. Gini rialzò il bavero del cappotto e lo attese andando avanti e indietro lungo il marciapiede. Rowland tornò neanche sei minuti dopo.

«È come pensavamo. C'è una dannata donna dell'ufficio stampa di Cazarès a fare da guardia. Mi ha dato un biglietto da visita e mi ha detto di chiamare domani per eventuali interviste. È stata estremamente cortese. Poi mi ha chiuso la porta in faccia.»

«Davvero?» Gini lo guardò in modo strano. «Quanti anni ha secondo te?»

«Non ne ho idea. Quaranta? Quarantacinque? Che differenza fa?»

«Potrebbe fare differenza. Hai la tendenza a sottovalutare certi tuoi vantaggi, Rowland.»

«Cosa?» Si stava già incamminando. «Di che cosa stai parlando?»

Gini guardò l'uomo alto, i capelli, gli straordinari occhi. Lo prese sottobraccio. «Proprio dietro quell'angolo, accanto al bar di cui ti ho parlato, c'è un negozio di fiori. Uno dei migliori di Parigi.»

«E con questo?»

«Lavorerai anche per un famoso quotidiano, sarai anche un

ottimo giornalista, ma anche tu hai qualcosa da imparare, Rowland. Vieni con me.» Sorrise. «Ricordi cos'hai detto quando mi hai telefonato ad Amsterdam? Be', lascia che ti mostri qualche trucchetto da giornaletto scandalistico...»

Non erano ancora le sei di sera e Mathilde Duval, una donna dalle abitudini consolidate, si stava già preparando per andare a letto. Juliette de Nerval, la donna incaricata di proteggerla da Jean Lazare in persona, la guardò con un misto di pietà, repulsione e disgusto.

Non conosceva l'età esatta di Mathilde Duval, ma sembrava che avesse almeno ottant'anni. Era di razza contadina, e le donne contadine, in particolare quelle del sud, invecchiavano rapidamente, quindi poteva anche essere più giovane. Qualunque fosse la sua età, Mathilde rappresentava tutto ciò che Juliette temeva di più. Guardando la vecchia, giurò a se stessa che, costasse quel che costasse, non avrebbe mai fatto quella fine.

Mathilde non arrivava nemmeno al metro e cinquanta ed era curva come una strega. Indossava abiti neri da contadina, i pochi capelli sottili raccolti sul cranio visibile, aveva un ciuffo di peli sotto il mento e il viso pieno di rughe. Aveva le mani nodose per l'artrite, le caviglie gonfie ed era praticamente cieca; si muoveva in quel terrificante appartamento a passo di lumaca snocciolando un rosario, sfiorando delle immaginette sacre, borbottando chissà cosa fra sé e sé.

La temperatura nell'appartamento era di circa trentadue gradi. Benché la vecchia si desse da fare a pulire, c'era una puzza insopportabile. C'era odore di naftalina, che Juliette aveva scordato esistesse ancora; c'era puzza di olio bruciato, di polvere e di vestiti sporchi. Cominciava anche a venirle il sospetto che Mathilde fosse incontinente, perché si sentiva un forte fetore di urina. L'anziana donna scompariva nel bagno per ore e ne riemergeva più fresca. Se fosse caduta in bagno e avesse chiesto il suo aiuto, le sarebbe stato molto difficile soccorrerla. Le faceva pietà, ma il solo pensiero le faceva accapponare la pelle. Il suo turno sarebbe finito alle sette, nel frattempo, era costretta a respirare quell'aria fetida.

Il rituale di Mathilde per andare a letto sembrò interminabile. Prima la cena, poi il latte caldo, poi aveva dovuto aprire il letto e mettere una borsa dell'acqua calda fra le lenzuola. Poi si era messa a pregare in ginocchio accanto al letto. Poi era andata nella stanza accanto alla sua, quel lugubre tempio per la sua adorata Maria e aveva insistito per preparare il letto, come se dovesse dormirci Maria, come se stesse aspettando una donna che sapeva morta.

Era soprattutto quella parte del rito serale a mettere paura a Juliette. Aveva l'orribile sensazione che lei e la vecchia fossero osservate, che non erano sole, che uno spettro si stesse avvicinando silenziosamente.

Era quasi scappata dalla stanza rosa, mentre Mathilde accendeva i lumini sotto le fotografie di Maria Cazarès. Nella luce tremula, le pareti e le fotografie sembravano muoversi. Il letto, con la spessa trapunta rosa, pareva in attesa di essere occupato. Juliette, che aveva sempre pensato di non credere nei fantasmi, si era ricreduta. Sentiva delle presenze negli angoli della stanza, la carezza di una mano gelida lungo la spina dorsale. Tremante, era fuggita in salotto, dove aveva cominciato a fumare una sigaretta dietro l'altra.

Adesso la vecchia si stava lavando. Juliette ascoltò lo scorrere dell'acqua, il ronzio delle tubature. Cercò di non guardare l'ora. Rimase immobile in mezzo al salotto pieno zeppo di mobili, evitando con gli occhi i crocefissi e i quadri di santi e di Cristo.

Juliette distolse lo sguardo. Non era possibile aprire nessuna delle finestre. Avrebbe dato qualunque cosa pur di potersene andare. Si augurò persino che quel giornalista inglese, quel bellissimo giornalista inglese, tornasse. Qualunque cosa, pur di uscire da quel posto.

Juliette cominciò a muoversi per la stanza irrequieta. Tutt'a un tratto le passò per la mente che quasi sicuramente Maria Cazarès era morta in quella stanza, e il pensiero la raggelò. Dove? Sul divano? Sulla poltrona dove Mathilde permetteva solo alla sua adorata Maria di sedersi? Sul tappeto davanti al camino? Juliette si allontanò dal tappeto e con mani tremanti si accese un'altra sigaretta.

Quante bugie, pensò. Ormai il suo lavoro consisteva solo nel mentire. Era pagata profumatamente per divulgare falsità.

No, le voci sulla salute di Maria Cazarès sono infondate. No, non è vero che sono stati assunti altri stilisti: ogni abito, di alta moda o di prêt-à-porter, era stato creato da Maria Cazarès in persona... persino la conferenza stampa di quel mattino era intrisa di menzogne: ogni frase del discorso di Lazare, che l'aveva commossa fino alle lacrime, era stata una bugia bella e buona o una scappatoia per aggirare la verità.

Maria Cazarès non era morta all'ospedale Saint Etienne. Juliette stessa aveva parlato con quelli dell'ambulanza e con il medico che l'aveva visitata per primo, e tutti erano stati categorici: Cazarès era probabilmente morta prima che la povera Mathilde, in preda all'agitazione, riuscisse a telefonare; certamente era deceduta prima dell'arrivo dei paramedici e ogni tentativo da parte loro di rianimarla era stato inutile. Quindi non era morta al Saint Etienne, con Jean Lazare al suo fianco, e Juliette non capiva perché era stata fatta una simile affermazione, a meno che lui stesso non volesse credere che le cose erano andate così.

Aveva passato la notte precedente a cercare di riempire vuoti, di assicurarsi che il resto del personale desse alla stampa la versione richiesta da Lazare. Lazare era molto bravo a depistare i giornalisti. Li allettava promettendo di farli entrare in una delle case di Maria Cazarès o rivelazioni sul passato e cose del genere. In questo modo li allontanava dalla fonte principale, in questo caso Mathilde, anche se Juliette non capiva perché. Era improbabile che quella vecchia semirimbambita potesse raccontare ai giornalisti qualcosa di utile o di scandaloso. Era la devota governante di Maria, stavano prendendo il tè insieme e d'improvviso Maria ha avuto un infarto. Cosa c'era da nascondere?

Sentì una porta aprirsi e con suo grande sollievo si rese conto che la vecchia aveva finalmente finito di lavarsi e si stava trascinando lungo il corridoio per andare a letto. Sentì le assi del pavimento scricchiolare e poi un borbottio. Probabilmente stava recitando altre preghiere. Guardò l'orologio. Quell'ultima ora le era sembrata la più lunga della sua vita.

E domattina, alle dieci e trenta, aveva altri compiti a cui far fronte. Una limousine sarebbe passata a prendere Madame Duval e l'avrebbe portata da Cazarès dove avrebbe assistito alla sfilata da dietro le quinte. Era ormai diventata una tradizione, una tradizione che, nonostante la morte di Maria, Lazare voleva rispettare. Mathilde Duval era sempre stata presente alle sfilate, in vent'anni o più non era mai mancata una sola volta. In passato, giungeva con Maria Cazarès, stava al suo fianco per tutta la durata della sfilata e la tranquillizzava finché non arrivava il temuto momento in cui Maria doveva uscire sulla passerella ad affrontare il pubblico, le macchine fotografiche e gli applausi. Juliette rabbrividì di nuovo e si diresse verso la stanza da letto. La vecchia stava ancora borbottando le preghiere e attraverso la porta semichiusa s'intravedeva il macabro santuario rosa. Tornò in salotto, corrugando la fronte. Che ci fosse qualcosa da nascondere in quell'appartamento? Aveva pensato di essere stata mandata lì per la mania quasi patologica di Lazare di mantenere l'alone di segretezza intorno a Maria. E se avesse avuto altri motivi per tenere Mathilde lontano dalla stampa? Era per lei che si preoccupava o per qualcosa che era in quell'appartamento?

Cominciò a guardarsi intorno con più attenzione. Si avvicinò al camino e ispezionò i brutti oggetti che ingombravano la mensola. Andò al tavolo su cui erano sistemate le fotografie di Maria, perlopiù recenti. Si mosse fra i tavolini dirigendosi in fondo alla stanza che era dominata da un'enorme e bruttissima scrivania. Era stracolma di cianfrusaglie, come ogni altra superficie nella stanza. Notò che c'era un foglio imbrattato di inchiostro. Sembrava che avesse cercato di scrivere una lettera. Juliette si chinò a guardare meglio. La calligrafia della vecchia era incomprensibile, ma riuscì a decifrare le prime parole: *Mon bien-aimé Christophe, il faut que je te voie, c'est urgent... J'ai mal au coeur, tu me manques...*

Chi era Christophe? si chiese. Forse qualche nipote? Il resto della lettera era coperto di inchiostro, come se si fosse rovesciata la boccetta mentre scriveva, poi avesse abbandonato la lettera. Poveretta, pensò Juliette.

Raddrizzò alcuni oggetti sulla scrivania, sentendosi colpevole per la sua curiosità. Notò delle piccole scatole dietro una pila di fogli. Gli erano stati tolti gli involucri e quegli involucri potevano appartenere solo a Cazarès, perché riconobbe il nastro di seta e la *faille* dorata. Forse Maria aveva portato dei regali alla vecchia il giorno prima. Che tristezza, pensò. Qualunque cosa contenessero quelle scatolette, adesso erano vuote. Forse contenevano qualche piccolo gioiello. Se era così, Mathilde sicuramente non li aveva lasciati in giro.

Attraversò la stanza e scrutò lungo il corridoio. Le preghiere erano cessate. Andò in punta di piedi fino alla porta della stanza della vecchia e sbirciò dentro. Giaceva sul letto, gli occhi fissi nel vuoto. Era come se stesse aspettando qualcosa o qualcuno. Juliette tornò indietro. Stava giusto dicendosi di essersi lasciata prendere dall'immaginazione, quando un'energica scampanellata la fece sobbalzare. Era così nervosa che per poco non urlò.

Andò alla porta d'ingresso e guardò attraverso lo spioncino. Tirò un sospiro di sollievo. Il bel giornalista inglese era tornato.

Aprì immediatamente. Rowland McGuire, di cui teneva il biglietto da visita in tasca, aveva un'espressione mezzo divertita e mezzo impudente, un'espressione che le piacque. E le piacque ancora di più il bouquet di fiori che aveva in mano. Il più bel bouquet che avesse mai visto in vita sua.

«Per lei. Mi stavo chiedendo... posso offrirle un drink dopo il lavoro?»

Aveva gli occhi verdi e il sorriso più incredibile che avesse mai visto.

Esitò per un attimo, poi si disse che erano quasi le sette. Ricambiò il sorriso.

«Ammiro la tenacia. E dopo la giornata di oggi, un drink è quello che ci vuole. Prendo il cappotto...»

Dalla finestra dell'attico di Helen Pascal godeva di una visuale perfetta. In piedi nella stanza buia dove Marianne stava già dormendo, vide Rowland McGuire scendere i gradini del palazzo accanto. Era con una donna di mezza età alta ed elegante. Pascal intravide i capelli biondo chiaro e le scarpe con il tacco alto. Sembrò fare un commento sul brutto tempo mentre si stringeva la pelliccia addosso. McGuire le disse qualcosa e lei sorrise. Poi, camminando fianco a fianco, scomparvero.

Pascal appoggiò la fronte contro il vetro freddo della finestra. Dietro di lui, il respiro di Marianne si era fatto regolare.

Stava bene nel silenzio di quella stanza piena dei giocattoli di sua figlia; il libro che le stava leggendo era accanto a lei sul letto, vicino alla lampada per la notte a forma di gufo che, sapendo quanta paura avesse del buio, le aveva comprato durante uno dei suoi viaggi. Dove? Londra? New York? Madrid? Roma? Non si ricordava. Non rammentava quel piccolo evento più di quanto fosse riuscito a concentrarsi sulle parole del libro che stava leggendo ad alta voce. Prima di cominciare era accanto alla finestra, come in quel momento, e aveva improvvisamente riconosciuto sul marciapiede opposto l'uomo e la donna, l'uomo dall'altezza imponente e la donna snella che mentre parlava stava attenta a non guardare verso il palazzo di fronte.

Vederli gli aveva gelato il cuore; era rimasto lì incapace di muoversi. Aveva visto McGuire lasciare Gini, attraversare la strada ed entrare nella casa di fianco. Proprio nell'attimo in cui Pascal aveva deciso di scendere per parlare con Gini, McGuire era tornato. Si erano allontanati, e arrivati all'angolo, Gini lo aveva preso sottobraccio. Era un gesto cameratesco, come se non fossero amanti, ma solo colleghi. Quel gesto lo aveva colpito al cuore. Sono stato usurpato anche in questo, aveva pensato.

Tornando al presente, si disse che era stata una fortuna perdere quell'aereo, vedere quella scena, resistere all'impulso di scendere a parlarle. Evidentemente Gini aveva deciso di continuare a lavorare con McGuire, nonostante quello che era successo al mattino. Lui invece ne era rimasto così sconvolto che non riusciva neanche a pensare. Odiava protrarre la fine di un rapporto. Quand'era finita era finita. Certo, aveva deciso di restare a Parigi, ma tutto quello che andava detto era già stato detto e non ci sarebbero stati ripensamenti.

Guardò la bambina che dormiva con il cuore traboccante di amore. Si chinò a darle un bacio sulla fronte e poi lasciò silenziosamente la stanza. Tornò nello sfarzoso salotto di Helen dove lei stava leggendo tranquillamente un libro.

«Ci hai messo un po'», disse con un sorriso, poi vedendo la sua espressione chiuse il libro.

Pascal prese il cappotto. «Sì. Le ho letto la storia due volte. Poi abbiamo chiacchierato. Credo sia nervosa perché domani deve andare dal dentista. Sai com'è fatta.»

«Oh, starà bene. È solo un'otturazione. E poi per lei è un

giorno di festa perché l'accompagni tu.» Helen si alzò. Pascal si chiese se avrebbe mai perso l'abitudine di far suonare come un rimprovero quello che era un complimento. Da quando si era risposata il loro rapporto era migliorato, ma le era ancora difficile non lanciargli frecciatine.

«Bevi qualcosa», gli propose, dirigendosi verso il carrello dei liquori. «Andiamo, Pascal. Ralph non tornerà a casa per almeno un'ora. Non riesci a sopportare la mia presenza neanche per dieci minuti? E poi hai proprio l'aria di uno che ha bisogno di un drink.»

«D'accordo. Un whisky, liscio. Grazie.» Cominciò a camminare per la stanza, mentre lei riempiva i bicchieri. A quanto sembrava, il secondo marito di Helen era riuscito a darle tutto ciò che aveva sempre desiderato, tutte le cose materiali che lui non era riuscito a darle. Guardando quei mobili costosi, i tappeti che andavano da una parete all'altra, i quadri prevedibili, la costosa tappezzeria e le tende di lusso, gli sembrò tutto così fasullo, come la scenografia di una commedia degli anni Trenta. Secondo Helen la casa era stata arredata da uno dei migliori arredatori d'interni di Parigi. Per quel che sapeva, il marito, Ralph, aveva gusti più semplici, ma ovviamente Helen lo aveva convertito.

Pascal sedette sul divano ricoperto di cinz a fiori. Appoggiò un braccio sullo schienale e prese il drink che gli tendeva. Helen gli mise davanti delle ciotole d'argento con pistacchi e olive nere. Sull'enorme tavolino di vetro c'erano anche un vaso di gigli e alcuni libri. Libri di fotografia. Libri su case, porcellane, tappeti, quadri, mobili... su cose che si potevano comprare. Erano mai stati consultati? si chiese. Ne dubitava.

Helen indossava un vestito di lana rosso ciliegia. Aveva un nuovo taglio di capelli che le stava bene. Portava pochi gioielli. Aveva un ottimo aspetto, l'aspetto della donna posata, ricca, attraente; l'aspetto della moglie di un uomo con i mezzi, quello che aveva sempre voluto essere, suppose.

Come aveva fatto a restare sposato con lei per cinque anni e conoscerla così poco? Questo lo depresse ancora di più. Helen amava le cose materiali, amava possederle. Pascal invece era esattamente il contrario. Poteva amare l'arte, ma gli bastava ammirarla nei musei e nelle gallerie d'arte. Non sentiva il desiderio di comprarla e aveva pensato che per Helen fosse lo stesso. Quando l'aveva conosciuta aveva altre cose per la mente. Parlavano di politica, teatro, libri, film, e allora era convinto che lei fosse sinceramente interessata a quelle cose quanto lui. Ma forse non era così. Forse all'inizio non l'aveva vista come era veramente, forse aveva commesso lo stesso errore con Gini. Sono un fotografo, pensò. È il mio lavoro vedere, eppure sono stato così cieco. Mandò giù metà whisky in un solo sorso e ignorando lo sguardo di disapprovazione di Helen si accese una sigaretta.

Lei lo stava guardando attentamente. «Cosa c'è, Pascal? Perché c'è qualcosa che non va. Avevi una faccia quando sei arrivato. La stessa che hai adesso.» Tacque, guardandolo meditabonda. «Hai litigato con Gini, vero?»

«Lasciamo perdere, d'accordo, Helen? Sono stanco e non sono dell'umore adatto per uno dei tuoi interrogatori.»

«Come vuoi.» Alzò le spalle. «Però è perfettamente evidente. Devi imparare a parlare con le persone dei tuoi problemi, Pascal. Non è bene tenersi tutto dentro come fai tu.»

«Oh, per l'amor di Dio. Chi dice che ho dei problemi?» Si alzò e prese ad andare avanti e indietro per la stanza, poi, lanciandole una gelida occhiata, si versò un secondo drink.

«Quando hai un problema», riprese Helen, in tono dolce, «assumi un'espressione torva, poi cominci a camminare avanti e indietro. Puoi negare quanto ti pare, e considerato il tuo umore, faresti meglio a smettere di bere.»

«Perché?» Si voltò e le lanciò un'altra gelida occhiata. «Forse mi va di ubriacarmi per una volta nella vita.»

«Sono affari tuoi, solo non farlo qui.» Alzò le spalle irritata. «Quanto ti fermerai a Parigi?»

«Fino al compleanno di Marianne, lunedì prossimo. Vorrei vederla il giorno del suo compleanno. Se non hai obiezioni.»

«No, Pascal. Non ho obiezioni. Te l'ho già detto, puoi venire alla sua festa di compleanno. Non c'è più alcuna ragione per covare delle ostilità. Possiamo essere tutti amici. Tu e Ralph, io e Gini. Siamo persone civili, dopotutto.»

«Oh, sicuro.» Le diede un'altra gelida occhiata. «Magari possiamo concederci un civilissimo pranzetto...»

«Oh, capisco.» Colse immediatamente l'allusione. «È questo il problema, vero? Quale peccato ho commesso! Ho osato invitare un'altra donna a un innocente pranzo. Oh, mi dispiace, Pascal. Sono stata davvero imperdonabile.»

«Non era semplicemente un'altra donna, ma Gini. E so perfettamente quello che hai detto durante il tuo innocente pranzo, quindi non prenderti la briga di negare. Hai cercato di creare dei problemi, come al solito.»

«Questo non è assolutamente vero.» Gli sorrise. «Ho portato Gini a pranzo perché volevo conoscerla meglio. La cosa non mi sembra così irragionevole, visto che si occupa lei di mia figlia quando Marianne sta con te.»

«Era proprio necessario? Avevi già incontrato Gini due volte. Non mentirmi. Ti conosco troppo bene. So maledettamente bene perché hai parlato a Gini in quel modo.»

«Santo cielo, cercavo semplicemente di conoscerla meglio. E Pascal, ti confesso che sono rimasta scioccata quando l'ho vista.»

«Scioccata? Perché? Il tuo intuito femminile ha fatto gli straordinari? Di solito è così.»

«Non serve l'intuito quando puoi constatare con i tuoi occhi che una persona è malata, infelice, profondamente angosciata. Mi ha spaventato vederla in quello stato.» Tacque, si girò a posare con gesto rabbioso il bicchiere, poi si voltò verso di lui con espressione indignata.

«Si dà il caso che sia anche rimasta commossa per la sua lealtà nei tuoi confronti, e dei suoi sforzi per nascondere quanto fosse infelice, malata. Quindi risparmiami le tue prediche, Pascal. Sei così cieco. Sicuramente non si è ridotta così nel giro di una notte. Ovviamente era in quelle condizioni da mesi. Allora come mai non te ne sei accorto quando era in Bosnia con te? Perché, come al solito, sei stato via quando avevi detto che saresti tornato? Lei pensava di rivederti per Natale. C'è mancato poco che mi mettessi a piangere.»

«Non devo rendere conto a te dei miei spostamenti. Gini era d'accordo che restassi. C'erano degli aspetti di quella guerra che non avevo ancora documentato. E lei, a differenza di te, ha capito perfettamente.»

«Tu credi?» Serrò le labbra. «Dio, Pascal, non sei cambiato neanche un po'. Comincio a pensare che non succederà mai.

Non ne hai mai abbastanza di queste eterne guerre? Non ti ha mai sfiorato il pensiero che non puoi passare l'intera esistenza a sacrificare qualcun altro, incluso te stesso, per questa tua ossessione? Credevo avessi imparato. Credevo cominciassi a capire che non puoi sempre mettere al primo, secondo e al terzo posto il lavoro e relegare tutto il resto in fondo. È ovvio che mi sono sbagliata. Avrei dovuto saperlo. I tre anni in cui non sei stato fotografo di guerra non ti hanno insegnato nulla. Ti è bastato mettere piede in Bosnia per tornare quello che eri prima.»

Pascal sbatté il bicchiere sul tavolo. «A te non è mai importato un accidente del mio lavoro. Serviva solo a pagare l'affitto. Naturalmente, le cose sarebbero andate meglio se fossi stato un ricco uomo d'affari che lavora a orari regolari e corre a casa da te alle sei di ogni fottuta sera. Per te il mio lavoro è sempre stata una seccatura, un'eccentricità da parte mia. Ne abbiamo già discusso un milione di volte, e non ho intenzione di tornare sull'argomento.»

«Figurati io. Ti rende irritabile, noioso e sulla difensiva, se proprio vuoi saperlo. La gente si stanca delle crociate, Pascal, per me è stato così. Assicurati che non succeda lo stesso a Gini.» Lo guardò duramente. «Non hai litigato con lei, vero?»

«A dire il vero, è finita.» Si rabbuiò. «Scommetto che ne sei felice. Dai, infierisci. Hai l'occasione perfetta. Sei sempre stata brava a dare il colpo di grazia a chi sta già agonizzando. In questo, sei sempre stata impareggiabile.»

«Io do quello che ricevo», replicò lei. «E non ho nessuna intenzione di negare quello che hai appena detto. Se hai litigato con Gini, farete la pace. Questa volta. La prossima. E quella dopo ancora. Proprio come facevamo noi, tranne che con lei forse sarà più facile perché l'ami più di quanto abbia amato me, e tu e Gini siete meglio assortiti.» Tacque, e quando vide il dolore sul suo volto, sospirò. «Tuttavia, ci saranno altre liti, Pascal. Lei è giovane, non ha neanche trent'anni. È pazzamente innamorata di te. A un certo momento vorrà dei figli. Ci hai pensato?»

«Non sono affari tuoi quello che io e Gini pensiamo. Vedi di stare fuori da questa storia.»

«Non è la donna giusta per te, Pascal.»

Pronunciò queste parole mentre lui si avviava verso la porta per andarsene. È sempre stata di un tempismo formidabile, pensò furioso. Si voltò e la guardò con disprezzo. «Credi davvero che m'interessi la tua opinione su Gini? Be', ti sbagli.»

«Se lo dici tu.» Si fece seria. «Ma stai pur certo che adesso ti dirò quello che penso, Pascal, e tu per una volta mi starai a sentire. Sai di cos'hai bisogno? Di qualcosa di molto antiquato, tanto da essere ormai in via di estinzione. Hai bisogno di una moglie, Pascal, di un certo tipo di moglie. Una donna placida e sottomessa per natura, con una grande forza interiore. Una donna che si senta pienamente realizzata a stare in casa con i figli. Una che accetti che tu vada e venga. Una che non passerà l'esistenza con il patema d'animo che tu venga colpito dalla pallottola di un cecchino o finisca su una mina antiuomo. L'ultima cosa di cui hai bisogno, Pascal, è una persona troppo sensibile, troppo intelligente, una persona che vive le emozioni a fior di pelle, e Gini è così, questo devi ammetterlo.» Lo guardò freddamente. «Per dirla tutta, hai bisogno di una donna più vecchia, una che non ha interesse alla carriera, qualcuno di cui tu non sia pazzamente innamorato. Una compagna silenziosa che non pretenda troppo. Una moglie che non abbia delle esigenze. Perché la tua vita e il tuo lavoro hanno già troppe esigenze. E come si suol dire, il troppo stroppia.»

«Oh, meraviglioso.» L'occhiata che le lanciò esprimeva tutta la sua antipatia. «Secondo te io dovrei sposare una persona non troppo intelligente, non troppo eccitante e di cui non sia troppo innamorato. Fantastico. Il massimo dello squallore. Hai una candidata con i giusti requisiti da presentarmi? Non vedo l'ora di conoscerla.»

Helen rise, poi si fece più seria. «Non ho detto che non devi amarla, Pascal. Solo che sarebbe meglio se non ne fossi follemente innamorato.» Esitò. «Mi immagini follemente innamorata di Ralph?»

«Non mi sono posto il problema. E visto che me lo chiedi, francamente non potrebbe importarmene di meno.»

«Be', non lo sono. Lo amo in modo tranquillo e cameratesco...»

«Oh, ne sono sicuro», la interruppe. «E proveresti lo stesso affetto se non fosse ricco sfondato?»

Helen arrossì, poi, con grande stupore di Pascal, assunse un'espressione triste. «Probabilmente no. Sono una persona realista. Tu e io abbiamo sempre avuto punti di vista diversi su quello che sono le priorità. Non ritengo sia così disdicevole volere dei bei vestiti e un bell'appartamento. E non parlo egoisticamente. Ralph può dare tanto a Marianne. Una bellissima casa in Inghilterra, le migliori scuole. Persino un pony da cavalcare. Grazie ai soldi di Ralph, avrà un'infanzia idilliaca. Avrà la stabilità e i privilegi di cui ha bisogno. Mettiti una mano sul cuore, e dimmi se tu potrai mai darle questo.»

Seguì un lungo silenzio, durante il quale Helen ebbe il tempo di pentirsi del tono che aveva usato, ma anche di pensare che forse da questo suo errore poteva scaturire qualcosa di buono. Tutto a un tratto Pascal non sembrava più così arrabbiato, negli occhi che la scrutavano c'era disapprovazione, ma anche rimpianto.

«Le do tutto il mio amore», disse infine. «Non è l'amore il più prezioso dei doni?»

Helen si voltò con un lieve cenno di stanchezza.

«Sì, hai ragione», si affrettò a convenire. «Non ci sono obiezioni, chi le avrebbe? Non farmi sentire meschina, Pascal.»

«Non era nelle mie intenzioni.»

«No. Forse no. Oh, maledizione, ci riesci sempre. E io che credevo di essere guarita...» Pascal si stupì di vedere le lacrime nei suoi occhi. La donna si passò rabbiosamente una mano sugli occhi, poi si schiarì la gola per assumere il controllo della propria voce. «Non avrei dovuto dire quelle cose riguardo a Marianne. È stato meschino da parte mia. Per quanto riguarda Gini... cerco di essere imparziale. Mi piace veramente. Voglio che fra voi due vada bene. Non ci tengo affatto che Gini si ritrovi infelice come me. E men che meno voglio che tu sia infelice, amareggiato e solo. Vorrei che questa nostra specie di favola avesse il lieto fine... perlomeno è quello che desidero nei miei momenti migliori.» Fece un debole sorriso. «Avrò anche detto un mucchio di sciocchezze, ma non credo di essermi allontanata molto dalla verità.»

«No.» Alzò le spalle. «L'elenco dei miei difetti era perlomeno accurato. Senti, Helen, devo andare.»

«Non dimenticarti di domani...» Si mosse verso di lui. «Devi passare a prendere Marianne, stare con lei, e riportarla. Devi darle il tuo sostegno paterno, e in questo sai essere eccellente, quando vuoi.»

Pascal le lanciò un'occhiata divertita, ma non fece commenti. «Allora ci vediamo domattina», si congedò. «Passo a prendere Marianne verso le nove e mezzo.»

Pascal era ospite di un amico a Montparnasse. Era davanti alla finestra e stava ripensando alle parole di Helen. Sentiva che la disperazione stava per avere il sopravvento. Furente, aprì una bottiglia di whisky, se ne versò mezzo bicchiere, e lo ingollò bruscamente.

Aspettò, furioso con se stesso, che l'alcol gli facesse effetto. Ma non avvenne. Si ritrovò invece a riesaminare con perfetta lucidità il proprio comportamento e gli eventi della sua vita.

Ora con dolorosa chiarezza vedeva che se Gini aveva sbagliato, lui non era stato da meno. Non avrebbe dovuto permettere che l'ossessione per il lavoro lo tenesse così a lungo in Bosnia, avrebbe dovuto capire quanto stava soffrendo. Naturalmente, era stato comodo per lui sentirsi rassicurato dalle sue lettere e dalle sue telefonate, convincersi che per lei non era un problema, che poteva fermarsi una settimana in più, e poi un'altra ancora. Quando lavorava, non si rendeva conto del tempo che passava, lui il tempo lo misurava in base alle fotografie che scattava. Aveva sacrificato la sua vita personale per documentare eventi che un giorno avrebbero fatto la storia, e per farlo, come aveva detto Helen, era immediatamente tornato come un tempo. Ora lo rimpiangeva amaramente.

Però in fondo a se stesso sentiva che c'era qualcosa di più profondo e meno accessibile. Si era accorto di quanto Gini desiderasse avere un figlio, avrebbe dovuto fare qualcosa al riguardo. Negli alti e bassi del loro rapporto, lei aveva sempre mediato, lui avrebbe dovuto fare lo stesso. Aveva considerato le sue reazioni agli eventi di cui erano stati testimoni come puramente femminili, non aveva capito che lei si stava immedesimando con quella gente.

Non era il suo modo di agire. In passato si era sempre affidato a quelle qualità che riteneva unicamente maschili: il distacco, la razionalità, il rifiuto delle emozioni come una tattica per sopravvivere. Non ci si può permettere di piangere quando si devono scattare delle fotografie, l'indignazione e la rabbia non servono quando si deve scegliere l'obiettivo e la pellicola giusta sotto il fuoco delle armi. Se ne rendeva conto, aveva rinunciato alla propria umanità durante i suoi incarichi. Un certo distacco gli era sempre stato utile nella professione, ma adesso che vedeva le cose da una prospettiva diversa, cominciava a dubitarne. Niente di tutto quello che aveva era poi così importante. Si alzò e prese a camminare avanti e indietro. Ripensò al passato migliaia di volte. Non riusciva a spiegarsi l'infedeltà di Gini, ed era convinto che neanche lei ci riuscisse. Era stato così imprevisto, così al di fuori della sua personalità, che era ancora scosso per il dolore provato.

Naturalmente, non era diminuito il suo amore per lei; anzi, si era perversamente rafforzato. Come andava considerato quell'episodio? Continuò ad andare avanti e indietro, finché non cominciò a nutrire un briciolo di speranza. Se lui e Gini fossero rimasti insieme, con il tempo quell'infedeltà sarebbe sembrata un evento di minore importanza, magari anche qualcosa che li aveva avvicinati di più, aveva arricchito il loro amore.

Tutto a un tratto, forte di questa convinzione, e incapace di tollerare l'immagine della sua esistenza futura, prese il telefono e compose il numero del *St Regis*. Gini rispose al terzo squillo.

Ebbero una breve conversazione. Niente scuse, niente recriminazioni, niente domande da entrambe le parti. Pascal aveva paura di rovinare tutto con troppe parole, anche se sentiva il dolore e persino l'ostinazione nella sua voce.

Suggerì di incontrarsi. Lei rifiutò. Propose allora di vedersi l'indomani mattina dopo aver riportato a casa Marianne, lei rifiutò di nuovo, sostenendo che entrambi avevano bisogno di un po' di tempo. Poi si scusò per la banalità. Gli spiegò che il giorno dopo doveva lavorare.

Pascal non riuscì a dire altro. Vedeva il vuoto che si era aperto nella sua vita.

«Ti amo.»

Glielo disse prima in inglese, poi in francese. Si era aspettato, o almeno aveva sperato, che quelle parole sortissero un effetto. Non fu così. Lei fece un breve sospiro, che non riuscì a interpretare, poi rimise giù il ricevitore.

L'indomani mattina, preparandosi per andare a prendere Marianne, Pascal fece i suoi progetti. Appena riaccompagnata la figlia a casa, sarebbe andato dritto al *St Regis*. Se Gini non c'era, l'avrebbe rintracciata. Non sarebbe passato un altro giorno senza che si fossero spiegati.

In rue de Rennes constatò che non sarebbe stato necessario cercarla. Svoltando l'angolo la vide sul marciapiede di fronte al palazzo di Helen, nello stesso posto della sera prima. Quando lo vide, si nascose in un portone. Pascal si fermò.

Era stato un colpo al cuore. Neanche per un secondo gli passò per la mente che lei poteva essere lì per qualche altro motivo. Invece Gini affermò che stava sorvegliando un appartamento e che preferiva che lui se ne andasse. Un altro avrebbe discusso, ma non Pascal.

Si allontanò tranquillamente, andò a prendere Marianne, e se ne andò con lei mano nella mano.

Erano le nove e trentacinque quando Pascal scomparve dietro l'angolo. Alle nove e quaranta, vide per la prima volta Star.

Arrivò con una grossa Mercedes nera e parcheggiò in zona vietata. Scese, guardò da un lato all'altro del boulevard, e prima di entrare nel palazzo di Mathilde Duval consultò l'orologio.

17

ALLE dieci di mercoledì mattina Rowland era ancora convinto che ci sarebbero volute settimane prima di chiarire quella storia. Alle dieci e quarantacinque si rese conto che sbagliava. Il conto alla rovescia era già cominciato, mancavano quindici minuti all'inizio della sfilata di Cazarès e temeva di essere in ritardo.

Alle dieci era ancora al telefono per rintracciare Gini che non era in camera, dove l'aveva già cercata due volte, né al ristorante, né nell'atrio. L'impiegato alla reception, il terzo con cui aveva parlato quella mattina, rispose che non era sicuro, ma pensava di averla vista uscire.

«Quando?» chiese Rowland. «A che ora?»

L'impiegato sembrò seccato, ma rispose che dovevano essere le otto o le otto e trenta. Rowland sbatté giù il telefono. Fissò la parete. Una sola persona poteva spiegare quell'improvvisa sparizione: Pascal Lamartine. Non poteva trattarsi di lavoro, Gini lo avrebbe informato.

Mentre lui era con Juliette de Nerval, Gini, come d'accordo, era tornata in albergo. Quand'era rientrato a sua volta, aveva avuto una breve conversazione con lei sulla soglia della sua stanza, poco prima delle nove. Rowland sapeva che lo avrebbe fatto entrare ed era quello che desiderava ardentemente; sarebbe bastato un gesto, una parola, e lei avrebbe ceduto. Ma qualcosa lo aveva fatto desistere. Dovevano affrontare l'argomento, ma non era il momento, così alla fine se n'era tornato in camera e aveva passato gran parte della notte a chiedersi se quella ritirata era stata giusta.

Tornò al telefono, prese un taccuino ed esaminò il fax che gli aveva mandato durante la notte da New Orleans il suo collega. Confermava che la sua intuizione era corretta. Pensò di telefonare al contatto di Amsterdam, a quella Sandra Lucas che era stata la migliore amica di Esther in un altro paese, in un'altra vita. Cominciò a comporre il prefisso per l'Olanda, poi posò il ricevitore. Stava digitando il numero della stanza di Gini, quando qualcuno bussò. Si precipitò alla porta convinto che fosse lei.

Quando aprì, con il nome di Gini sulle labbra, Lindsay vide la delusione sul suo volto e si sforzò di ignorarla. Era già nervosa per conto suo, in parte per il fax che teneva in mano, in parte perché era ansiosa di non arrivare in ritardo alla sfilata di Cazarès, e in parte perché le era difficile restare indifferente in presenza di Rowland McGuire, cosa che era decisa a superare al più presto.

Irruppe nella stanza guardando l'orologio e sventolando il fax. Gli spiegò rapidamente i dettagli più salienti. Forse non sarebbe servito a nulla, ma per quello che poteva valere, sapeva il cognome di Marie-Thérèse e di Jean-Paul.

«Tutti gli abiti di alta sartoria hanno un'etichetta, Rowland», spiegò. «Anche gli altri vestiti, ma queste etichette sono molto più prestigiose. Marie-Thérèse aveva rispetto per gli abiti che creava. Curava ogni minimo dettaglio. Sapevo che doveva aver messo un'etichetta sul vestito che aveva confezionato per Letitia. Era il primo vero abito che avesse mai fatto. Ero certa che aveva voluto firmarlo. Se quel vestito esisteva ancora, da qualche parte doveva esserci il suo nome. E avevo ragione. Il conservatore del Metropolitan ha verificato per me. Il vestito c'era, e c'era anche un'etichetta con il nome ricamato a mano. Il nome è su questo fax, Rowland.»

Rowland lesse e rilesse il fax. Lo vide corrugare la fronte, poi scuotere la testa.

«Cosa c'è?» domandò Lindsay, incerta. «Adesso devo andare, non voglio arrivare tardi alla sfilata di Cazarès... questo nome significa qualcosa per te?»

«Hai avuto un'idea eccellente. Grazie, Lindsay.» Fece un mezzo sorriso. «Io non ci avrei pensato neanche di qui a cent'anni.»

«Be', tu sei un uomo. E non il tipo d'uomo che presta particolare attenzione alle etichette, immagino.» Avrebbe voluto che Rowland non le avesse sorriso in quel modo. Era troppo diretto, troppo privo di sfumature. Sono la donna invisibile, pensò Lindsay. E con la scusa che era in ritardo, se ne andò.

Rowland continuò a fissare il fax. Il nome che Marie-Thérèse aveva così fieramente cucito sul vestito circa trent'anni prima gli era familiare. Rivière, era anche uno dei tanti cognomi scelti da Star. Un'altra prova che Star poteva essere quel bambino abbandonato a New Orleans. Tuttavia, non riusciva a convincersene.

Squillò il telefono. Era il vicedirettore dell'albergo il quale in tono sprezzante e disgustato lo informò che una ragazza stava facendo un pandemonio per parlare con un inglese di nome Rowland. L'abbigliamento della ragazza non era quello che al *St Regis* si aspettavano dai clienti o dai loro visitatori. Voleva che chiamasse la sicurezza o preferiva parlare con lei personalmente? La ragazza al momento era nel suo ufficio.

L'uomo gliela passò. Appena sentì l'accento della ragazza, Rowland capì all'istante. Scese immediatamente da basso e vide per la prima volta Mina Landis nell'ufficio del vicedirettore. Aveva l'aria sconvolta e stava piangendo. Raccontò in modo confuso, contraddicendosi e ripetendosi più volte. A un certo punto però, Rowland si rese conto della gravità della situazione. Non era più una questione di settimane o di giorni, neanche di ore. Erano le dieci e quarantacinque e la sfilata di Cazarès stava per cominciare. Come aveva fatto a non arrivarci prima?

Guardò il vicedirettore che ascoltava pallido e in silenzio. Rowland gli diede un numero. «Chiami la polizia e chieda di Luc Martigny.»

Mina aveva temuto che quella notte non avrebbe mai avuto fine. Si era detta che non sarebbe mai arrivata la sua occasione, invece arrivò. All'inizio Star era eccitato, aveva gli occhi febbrili e le pupille parevano due capocchie di spillo.

Aveva letto i tarocchi almeno tre volte. Si era fatto due volte il bagno e una volta la doccia, chiudendola a chiave nella stanza ogni volta che si assentava. Aveva fatto l'ultima doccia intorno alle due del mattino, Mina non era sicura dell'ora perché si era fermato l'orologio.

Star non si era accorto della sua apprensione, era troppo impegnato a tirare fuori dei vestiti dall'armadio: un completo nero, una camicia nuova, una cravatta, calze nere, scarpe nere. Aveva lucidato le scarpe tre volte, poi si era messo davanti al piccolo specchio sulla parete a guardarsi. Mina aveva notato che si comportava come le donne. Si era raccolto i capelli, poi li aveva lasciati ricadere sulle spalle; li aveva tirati su di nuovo, guardandosi ora da un lato, ora dall'altro. Aveva sorriso alla propria immagine. Mina, rannicchiata sul letto, lo aveva trovato più bello che mai, ma le aveva dato anche l'impressione di essere pazzo. Aveva continuato a flirtare con se stesso nello specchio.

«Avrei potuto essere una star del cinema», aveva osservato in tono serio. «Una delle più grandi, non credi?»

«Sì», aveva risposto lei con voce piccola. «Potresti ancora esserlo.»

Star si era voltato, aggrottando la fronte.

«Oh, no», aveva replicato, in tono quasi gentile. «Non è nei miei programmi. So quale sarà il mio futuro. L'ho già predisposto.»

Poi le aveva spiegato esattamente quello che avrebbe fatto l'indomani mattina. Glielo aveva già ripetuto più volte. Mina si era resa conto di quanto avesse pianificato tutto nei minimi dettagli. Ma avrebbe funzionato? si era chiesta.

«Vedi», aveva ripreso, «la sfilata di Cazarès durerà un'ora. Comincia alle undici e finisce a mezzogiorno. Io sarò lì in prima fila ad assistere. Certo, non sarà facile entrare. Ci vuole l'invito, e gli inviti vengono distribuiti con molta cautela. E poi ci saranno quelli del servizio d'ordine dappertutto. Ma io posso farcela. Ho fatto la prova lo scorso autunno. Ha funzionato allora, e funzionerà di nuovo, Mina, lo so. E lo sanno anche le carte.» Aveva fatto una pausa, un'espressione sognante dipinta sul volto. «La maggior parte dei posti andranno alle celebrità, alle stelle del cinema, ai ricchi clienti, ai giornalisti e ai fotografi di moda, no?»

«Suppongo di sì. Io non ci capisco molto.»

«Be', sarà così.» Era sembrato irritato. «Ora, potrei esserci anch'io fra di loro. Ma ho preferito di no. Non voglio essere troppo in vista. Devo essere invisibile, capisci? Fino al momento giusto. Poi mi vedranno tutti. Potrei anche essere ripreso mentre lo faccio, il che sarebbe magnifico. Sarei sulle televisioni di tutto il mondo, Mina. T'immagini? Tutto il mondo mi guarderebbe sparare quel colpo.»

Giaceva sul letto accanto a lei mentre diceva questo. Aveva tirato fuori dell'erba e alcune pillole e le stava disponendo sul tavolo accanto al letto.

«Non capisco», aveva detto Mina a bassa voce. «Come farai a entrare, Star?»

«Oh, ho un invito.» Le aveva lanciato un'occhiata di traverso. «Tutte le case di moda, inclusa quella di Cazarès, rilasciano alcuni inviti agli studenti, di moda o di arte, i futuri talenti. Quegli inviti sono preziosi come l'oro, come i diamanti, Mina. E io ne ho uno. Me lo ha dato Maria Cazarès in persona. Così entrerò con gli altri studenti e me ne starò in fondo da dove non si vede un cazzo.» Aveva ridacchiato. «Ma non mi preoccupo troppo di questo. Non starò a guardare i vestiti. Aspetterò la fine della sfilata. Gli studenti verranno piazzati alla destra del passaggio per i fotografi. E quel passaggio porta dritto in fondo alla passerella. Così quando Jean Lazare uscirà per ricevere gli applausi alla fine della sfilata e tutti i presenti impazziranno, soprattutto quest'anno che è morta Maria Cazarès, io farò la mia mossa.» Aveva sorriso. «Pensi che qualcuno si guarderà alle spalle in quel momento? Non lo faranno, Mina.

Avanzerò fino alla passerella, e poi l'avrò in pugno. Una pallottola nel cuore. Una pallottola in testa. Non vedranno neanche la pistola, a meno che non stiano riprendendo. Nel caso, voglio essere elegante Mina. Voglio sembrare un angelo della morte.»

Mina gli aveva posato una mano sul braccio. «Star», aveva cominciato, cercando di avere una voce normale, «sei sicuro che funzionerà? Voglio dire, dopo non ce la farai a fuggire. Non avrai nessuna speranza. La folla e gli uomini del servizio di sicurezza ti salteranno addosso.»

Dentro di sé, Mina aveva cominciato a pensare che il suo piano non sarebbe riuscito e questo le diede un po' di conforto. Però si era ben guardata dal dirglielo, per timore che potesse esplodere in una delle sue collere. «No. Non succederà. Ho un piano anche per questo.» Aveva portato un dito alle labbra. «Ti dirò il resto dopo, Mina. Ritornerò subito qui, mi cambierò i vestiti da studente, il vecchio cappotto, la sciarpa rossa e i jeans sporchi, perché devo sembrare uno studente, giusto? Mi laverò se ci sono macchie di sangue, indosserò quel completo, poi io e te ce ne andremo, perché sarò libero. Libero per la prima volta in vita mia.»

Dopodiché aveva smesso di parlare. Si era rifiutato di rispondere alle sue domande. Tutto quello che Mina riusciva a pensare era come andarsene di lì.

Star aveva tirato fuori due pillole, una White Dove e un'amfetamina e le aveva inghiottite. La cosa aveva stupito e spaventato Mina, perché a parte l'erba, era la prima volta che aveva visto Star prendere delle droghe davanti a lei. Aveva bevuto parecchi bicchieri d'acqua, poi era scomparso di nuovo in bagno, chiudendola a chiave nella stanza. Quand'era tornato, si era sdraiato accanto a lei. Mina aveva notato che si era lavato, ma non abbastanza bene, perché c'erano delle tracce di polvere bianca intorno alle narici e sul labbro superiore.

Le aveva detto di avere un altro gioiello rosa per lei. Mina si era irrigidita, perché sapeva che la pillola l'avrebbe intontita e poi fatta addormentare per ore.

Aveva preso la pillola dalla sua mano e se l'era messa in bocca.

Per non inghiottirla doveva distrarlo in qualche modo. Così

gli aveva chiesto di mostrarle di nuovo la pistola e fortunatamente ci era cascato. Era stata solo questione di un secondo. Quando si era alzato aveva avuto giusto il tempo di sputare la pillola in mano e farla scivolare sotto il materasso. Star non si era accorto di nulla.

Aveva fumato dell'erba, quell'erba forte che la faceva star male, poi l'aveva costretta a fumare anche lei. Le aveva fatto fumare quasi un intero spinello, e lei non aveva mangiato niente per tutto il giorno. La droga le aveva fatto subito effetto, amplificando tutte le sue paure. Aveva avuto la sensazione fisica di essere sollevata da terra da grossi uccelli che la trasportavano in alto sopra un enorme precipizio.

Aveva cercato di combattere contro quell'orribile sensazione. Accanto a lei, Star era impegnato in qualcosa che non voleva vedere. L'aveva sentito abbassare la cerniera. Aveva sentito le sue mani muoversi, il respiro alterarsi. Alla fine, quando non ce l'aveva fatta più, e gli uccelli erano scomparsi per un po', aveva sollevato leggermente le palpebre e guardato di sottecchi.

Star aveva un'erezione. Lui sapeva come eccitarsi. Quando però lo aveva visto prendere la pistola, era stata colta dal panico. Poi si era resa conto che la pistola faceva parte del rituale. Si era accarezzato il pene con la canna, tremando. Mina aveva richiuso gli occhi. C'erano stati altri furtivi movimenti, poi il suo corpo si era irrigidito. «Cristo», lo aveva sentito gemere, «Cristo...»

Mina era stata colta da un conato di vomito. Stava tremando per la paura, il disgusto, la pietà e l'amore. Devo aspettare, si era detta. Devo aspettare. Infine verso l'alba era arrivata la sua occasione. Aveva sentito il canto degli uccelli e visto la luce grigia che filtrava attraverso le tende. Dovevano essere le sette e mezzo, forse le otto. Star aveva gli occhi chiusi e il respiro regolare. Si era spostata verso il bordo del letto, e proprio mentre stava per alzarsi, la sua mano l'aveva afferrata per il polso.

«Star», aveva sussurrato, «non mi sento bene. È l'erba. Devo vomitare...»

Aveva pensato che avrebbe insistito per accompagnarla in bagno, ma non lo aveva fatto. Si era girato e l'aveva fissata con i penetranti, impassibili occhi blu. Lui sa, si era detta. Sa che sto per tradirlo.

Invece non sapeva, perché l'aveva lasciata andare. Era ancora vestita, ma a piedi nudi. Non aveva osato prendere le scarpe, perché allora sicuramente avrebbe sospettato.

In bagno, aveva sentito crescere le ondate di nausea e sudava così copiosamente che aveva temuto di svenire. Dopo aver vomitato diverse volte, aveva cominciato a sentirsi meglio. Aveva aperto tutti i rubinetti del bagno nella speranza che il rumore delle tubature coprisse la sua fuga.

Era scesa di corsa per le scale, terrorizzata che potesse agguantarla da un momento all'altro. Aveva lottato con i chiavistelli e le serrature della porta d'ingresso e quando infine si era aperta, era quasi caduta per strada. Si era messa a correre alla cieca, prima in una direzione, poi in un'altra, finché non si era trovata in un labirinto di viuzze dove aveva avuto la certezza che perlomeno non la stava inseguendo. Si era appoggiata contro un muro incapace di trattenere le lacrime e riuscendo a respirare a malapena. Le era venuta di nuovo la nausea ma aveva vomitato solo bile.

Tutto quello che Mina riusciva a pensare era di chiamare casa. Le sembrava di sentire la voce di suo padre. Ma quando infine aveva trovato un telefono, non era riuscita a farsi capire dalla centralinista. Aveva provato e riprovato più volte, poi le era venuta un'idea che era sempre stata in un angolino della sua mente. Si era ricordata dell'uomo e della donna che aveva sentito quando lei e Star si erano nascosti nella chiesa di rue Saint Séverin. Conosceva il nome dell'uomo perché la donna lo aveva chiamato, e conosceva anche il nome dell'albergo in cui alloggiavano, il *St Regis*. Mina era anche quasi certa di sapere chi fossero. Dovevano essere degli investigatori privati ingaggiati da suo padre. Per quel che ne sapeva lei, suo padre poteva anche trovarsi a Parigi in quel momento. Alla sua ricerca.

Mina non aveva idea di dove si trovasse, né come poteva fare per raggiungere il *St Regis*. Aveva continuato a fermare i passanti, chiedendo loro in un misto di inglese e cattivo francese, ma vedendo com'era vestita, i piedi nudi, i capelli tinti, le lacrime e l'odore di vomito, avevano tirato dritto o l'avevano respinta bruscamente.

Si era detta che doveva andare alla polizia. E aveva visto proprio due poliziotti mentre correva lungo una strada che si chiamava boulevard Saint Michel. Aveva fatto per avviarsi verso di loro, ma poi ci aveva ripensato. Non voleva che Star venisse arrestato, che gli fosse fatto del male; voleva solo che venisse fermato e aiutato. Voleva che venisse portato in ospedale e curato. Così aveva deciso di non rivolgersi alla polizia. Si era avviata barcollando verso il ponte, e non vide l'albergo neanche quando se lo trovò davanti. Fu una passante, più gentile degli altri, a indicarglielo.

«*Mais, il est là*», le aveva detto. «*En face, vous voyez...*» E poi, vedendo che Mina non aveva compreso neanche quella semplice frase, glielo aveva indicato con la mano. A quel punto Mina si era messa a correre verso l'albergo, ma anche lì aveva incontrato delle difficoltà. Il portiere aveva cercato di impedirle di entrare, e quando era riuscita a sgusciare dentro l'atrio affollato, nessuno sembrò volerla ascoltare. C'era voluto tanto tempo per farsi capire. Persino l'uomo di nome Rowland, che era arrivato in seguito ed era stato molto gentile e aveva cercato di calmarla, persino lui era sembrato lento a capire. Forse perché Mina era così confusa che non era riuscita a spiegarsi bene.

Solo quando si era ricordata del catalogo delle pistole quello che stava dicendo aveva cominciato ad avere senso per lui. La sera prima, mentre Star era in bagno, lo aveva arrotolato e infilato nella tasca della gonna. Sapendo che questo lo avrebbe convinto, lo aveva tirato fuori e con mano tremante gli aveva mostrato la pistola comprata da Star.

«Andrà lì come studente», aveva spiegato. «Starà in fondo e aspetterà fino alla fine della sfilata. Poi, quando uscirà un certo Lazare, userà questa.» Aveva picchiato il dito sulla pagina. L'espressione dell'uomo adesso si era fatta attenta. «Non lo farà veramente, ne sono sicura. È solo che è malato, e prende la droga. Non mi ha mai fatto del male. Lui non odia neanche Jean Lazare e Maria Cazarès. Ha persino pianto quando lei è morta. Io credo che voglia bene a entrambi. Ma non lo ammetterà mai, così ha comprato questa...»

Rowland aveva guardato la pistola che indicava affannosamente. Si trattava di una Beretta 93R, capace di sparare quindici colpi da nove millimetri per caricatore. La pallottola che indicava era una Geco 9mm. Conteneva un nucleo di plastica che si spostava una volta partito il colpo. Raggiunto l'obiettivo, la pallottola seguiva una traiettoria discendente in modo da provocare il massimo del danno. Raramente usciva dal corpo della vittima, ed era stata creata proprio con questo intento.

Rowland aveva alzato gli occhi su Mina. Stava tremando violentemente e sembrava sul punto di collassare. Qualunque domanda, anche la più importante, doveva esserle rivolta nel più tranquillo dei modi.

«Mina», aveva chiesto in tono calmo, «vedi questi caricatori? Riesci a ricordare quanti ne ha comprati Star?»

«I caricatori? Vuole dire quei cosi che s'infilano nell'impugnatura della pistola?» Aveva esitato, guardandosi in giro per la stanza. «Ne ha comprati cinque. Sì, cinque. Li ho visti quando li ha messi sul letto.»

Era stato allora che Rowland si era reso conto che non c'era più tempo da perdere. Si era rivolto al vicedirettore dell'albergo, chiedendogli di chiamare la polizia e di chiedere di Martigny. Mentre aspettava che lo mettessero in comunicazione, con Mina che lo supplicava di non farlo, Rowland aveva cominciato a fare i suoi calcoli.

A distanza ravvicinata, e nelle mani di un esperto, un colpo solo sarebbe stato letale. Nelle mani di una persona meno esperta, ne sarebbero stati sufficienti due.

Star aveva cinque caricatori, e ciascuno conteneva quindici cartucce. Settantacinque pallottole in tutto. Per quanto, per spararle tutte, avrebbe dovuto ricaricare la pistola.

Rowland aveva avuto per un breve attimo la macabra visione di una possibile carneficina. Jean Lazare, e chi altro? si era chiesto.

La Mercedes che guidava Star era molto costosa, un 600SEL. Gini notò l'interno di pelle. Probabilmente era rubata. Cercando di non farsi scorgere, sbirciò la targa.

In un primo momento, quando l'auto aveva accostato e lo aveva visto scendere, non si era resa conto che si trattava di Star. L'uomo che era sceso dal veicolo indossava un completo scuro con camicia bianca e cravatta, e aveva i lunghi capelli neri legati dietro. Sembrava uno di quei giovani dirigenti di successo che abbondano nel campo della pubblicità e in quello discografico. Poi, mentre richiudeva la portiera, per un paio di secondi lo aveva visto bene in faccia, e tutti i suoi dubbi erano scomparsi. Era proprio come l'avevano descritto i viaggiatori: bello come un divo del cinema.

Si era preparata a una lunga attesa. Sapeva che se Star visitava regolarmente Mathilde Duval, prima o poi si sarebbe fatto vivo. Aveva avuto ragione, ma l'aveva sorpresa che si presentasse a quell'ora. Juliette de Nerval aveva detto a Rowland che una limousine sarebbe passata a prendere Madame Duval alle dieci e trenta per portarla alla sfilata di Cazarès.

L'appartamento di Mathilde Duval, sempre stando a Rowland, era all'ultimo piano del palazzo davanti a cui si trovava. Gini guardò la Mercedes, poi corrugò la fronte. Se Star aveva parcheggiato in zona vietata, significava che non intendeva fermarsi a lungo. Tutto a un tratto cominciò ad allarmarsi. Madame Duval era anziana, inferma, viveva da sola. Esitò per un attimo, poi salì di corsa i gradini dell'entrata.

Il massiccio portone era chiuso. Sbirciando attraverso il vetro vide un ampio atrio con il pavimento di marmo, al centro del quale dominava un ascensore a gabbia aperta color bronzo. L'atrio e l'ascensore erano identici a quelli nel palazzo di Helen. Anche qui non c'era un portiere. Gini si chiese se questi palazzi erano perlopiù occupati da ricchi che avevano altre case; se, come succedeva da Helen, la maggior parte degli appartamenti restavano vuoti per mesi. Premette il viso contro il vetro e notando i contrappesi, ne dedusse che l'ascensore doveva essere al decimo piano.

Premette sul citofono i bottoni degli altri due appartamenti al decimo piano, ma non ottenne risposta. Provò i piani inferiori, al sesto tentativo fu fortunata. Le rispose una donna in tono impaziente. Parlando uno stentato francese dal forte accento americano, le spiegò rapidamente che gli amici da cui era ospite le avevano dato la chiave dell'appartamento ma non quella del portone.

La donna si lamentò che succedeva la stessa cosa regolarmente quattro volte alla settimana. Poi, dopo qualche altra supplica da parte di Gini, fece quello che in una città americana non sarebbe mai successo: aprì. Gini sospinse il portone ed entrò.

Andò all'ascensore e guardò verso l'alto, sentendo un brivido di paura correrle lungo la spina dorsale. La freccia dell'indicatore dei piani indicava che era al decimo. La base della cabina sembrava un puntino tanto era in alto. C'era un silenzio assoluto.

Considerò varie possibilità. Poteva aspettare; poteva bussare ai vari appartamenti, finché non avesse trovato qualcuno che le avrebbe lasciato usare il telefono; poteva salire fino al decimo piano dalle scale.

Pensò a quella vecchia sola e indifesa, e a Star che di recente aveva comprato una pistola da Chantal. Si mosse verso le scale, poi si bloccò. L'ascensore stava scendendo. Star stava scendendo.

Aspetta, si disse. Comportati come se fossi un'inquilina e aspetta davanti all'ascensore. C'era qualcosa di più naturale? In questo modo poteva verificare se scendeva da solo. Non era solo. Una donna, che poteva essere solo Mathilde Duval, era in piedi accanto a lui e si appoggiava al suo braccio. Appena la cabina si fermò e Gini lo vide, provò pietà e paura per lei. Era così minuscola e fragile. Indossava un completo nero che forse andava di moda quarant'anni prima. Portava guanti neri nuovi, e le mani le tremavano. Gini non sapeva se per infermità o per paura. Quando Star aprì le porte, l'anziana donna alzò il viso e Gini s'irrigidì. Mathilde Duval, si rese conto, aveva il glaucoma: gli occhi erano bianco azzurri, lattiginosi, quasi opachi.

«*Bonjour, madame. Monsieur*», salutò educatamente. Mathilde Duval non rispose, non si girò neanche. Oltre a essere praticamente cieca, era anche sorda.

Sentiva gli occhi di Star su di sé fin dall'istante in cui l'aveva vista. Non sapeva neanche lei cosa fare: parlare o restare in silenzio? Non fare niente o intervenire?

Fu Mathilde Duval a parlare con voce imperiosa. Mentre avanzava verso l'atrio, barcollò e quasi cadde. Star la sorresse con forza e cercò di procedere velocemente.

Dopo qualche passo, Mathilde si fermò, portandosi una mano al petto.

«*Un moment, Christophe*», la sentì dire Gini. «*Tu marches trop vite pour moi... Souviens-toi, je suis vieille maintenant...*»

Star ignorò la supplica. Sembrava pronto a trascinarla, se

fosse stato necessario. Gini lo sentì imprecare a bassa voce, poi cominciò a tirare la donna per un braccio. Gini andò verso di loro.

«Madame Duval?» disse. «*Vous êtes malade? Peux-je vous aider? Un moment, monsieur...*»

Mathilde Duval aveva le labbra blu, respirava con difficoltà. Gini alzò gli occhi e incontrò l'impassibile sguardo di Star. Trovò la forza di suggerire che c'era una poltrona, che forse se Madame Duval si fosse seduta per un momento... Vide Star esitare prima di cedere. Guardò le labbra della donna, poi aiutò Gini a farla sedere sulla poltrona. Gini si sedette accanto a lei, Star si ritrasse.

Prese le mani di Madame Duval fra le sue, e cominciò a dare ulteriori suggerimenti. Che fosse il caso di chiamare un medico? Forse non era raccomandabile che Madame Duval uscisse con un tempo simile, stava per cominciare a piovere e faceva molto freddo... i suggerimenti le fecero guadagnare sì e no trenta secondi. Gli occhi di Star non la lasciarono una sola volta.

«Tu non sei francese. Sei americana, vero?» Infilò una mano in tasca e tirò fuori un piccolo contenitore per pillole.

«Oh, sì.» Gini gli lanciò una rapida occhiata. «Senti, questa donna non si sente affatto bene, ha le labbra blu e...»

«Vivi in questo palazzo?» Prese una pillola dalla scatoletta, gli occhi ancora fissi su di lei. Aveva una voce stranamente bassa, pensò Gini, affascinante e al contempo indefinibile, come le era stato descritto.

«Cosa? Oh, sì.»

Le sembrò la risposta più sicura. Non poteva essere una visitatrice e conoscere Madame Duval. Star sembrò accettare la risposta.

«Ha un'angina», spiegò in tono piatto. «Ha ottantacinque anni, ha bisogno di una di queste pillole. Le fa sciogliere tenendole sotto la lingua. Sono magiche. In un paio di minuti starà bene.»

Mentre diceva questo, aveva fatto scivolare una pillola fra le labbra di Madame Duval. Lei accennò un breve sorriso di gratitudine, e gli occhi lattiginosi si mossero vagamente in direzione di Star.

«Fammi vedere le tue chiavi», disse all'improvviso.

«Scusa?» Gini alzò la testa a guardarlo. Il suo viso non tradiva alcun segno di emozione.

«Le tue chiavi. Se vivi qui, avrai delle chiavi, immagino.»

«Oh, per l'amor del cielo.» Gini si alzò. «Che razza di domande fai? Certo che ho le chiavi. Abito al sesto piano. Senti, credo che dovremmo chiamare un medico.»

«Sono d'accordo.» Sorrise. «Adesso saliamo da te e chiamiamo un medico. D'accordo?»

Gini sapeva che le si leggevano in faccia la paura e l'indecisione.

Lui aggrottò leggermente la fronte e mise una mano in tasca.

«Oh, merda», disse in tono quasi amabile. «Le carte mi hanno detto di aspettarmi l'imprevisto. Le ho fatte stamattina. Suppongo avessero ragione.»

Aveva parlato in tono distaccato, indifferente. Sospirò, alzò le spalle e poi tirò fuori una pistola. La sollevò verso di lei con mano ferma e un'espressione di leggera irritazione. Gini guardò l'arma direttamente puntata verso il suo petto.

«Senti, ti prego...» cominciò. «Non capisco. Volevo solo aiutare Madame Duval, e...»

Star non la stava ascoltando. Corrugò le sopracciglia. «Sai guidare?» domandò.

Gini si stava sforzando di osservare tutte le regole: non guardare direttamente negli occhi; parlare in tono ragionevole; non mostrare che si ha paura.

«Sì, so guidare. Ma, senti...» S'interruppe. Si rese conto di avere appena commesso uno stupido errore, e Star aveva notato la sua reazione.

«Bene.» Lo disse quasi in tono gentile. «Mi hai dato la risposta giusta. Se avessi detto di non saper guidare, ti avrei sparato. All'istante. E non mi va ancora di farlo. Il rumore avrebbe attirato l'attenzione. Mandare a puttane i miei progetti... devo rimediare a un imprevisto, sai com'è. Devo essere flessibile, pieno di risorse, non credi? Ora, vai alla Mercedes che c'è là fuori. Non è chiusa a chiave. Mettiti al volante. Io salirò dietro con Madame Duval.»

Inarcò di nuovo leggermente le sopracciglia. Sembrava, pensò Gini, una persona normale, che programmava qualcosa di normale quotidianità, vagamente irritato per un lieve imprevisto.

«Sei un tipo sveglio?» domandò. Rilasciò la sicura della pistola. Gini guardò l'arma e deglutì.

«Non sono un tipo impulsivo, se è questo che intendi.»

«Bene. Allora non fare nessuna mossa stupida, intesi? Non provarci neanche a urlare o a fuggire. Quando ti darò le chiavi, avvia la macchina e guida con tranquillità. In caso contrario, sparerò. E allora puoi stare certa che Madame Duval non avrà più problemi di angina.»

L'anziana donna sembrò sentire il suo nome. Aveva ripreso colorito. Alzò gli occhi bianco azzurri e per la prima volta sorrise. Gini l'aiutò ad alzarsi e mentre attraversavano l'atrio a passo di lumaca cominciò a borbottare quanto fosse bravo e paziente il suo Christophe.

Arrivati sul marciapiede, Gini guardò lungo la via. Era deserta. Le mani cominciarono a tremarle. Aprì la portiera dalla parte del guidatore e prese posto. Star e Madame Duval si sedettero dietro. La vecchia tirò fuori un rosario. Gini, che non osava guardarsi intorno, ascoltò il rumore dei grani. Aveva la bocca secca per la paura. Quand'era salita in macchina, aveva notato qualcosa: il sedile era coperto da una sostanza brunastra appiccicaticcia, e c'era una chiazza della stessa sostanza ai suoi piedi.

«Sì, è sangue», confermò Star, piegandosi in avanti. Le appoggiò la canna della pistola sulla nuca.

«Sai quante persone ho già ucciso stamattina? Tre. Il terzo era l'autista. È suo il sangue che c'è sul sedile. Il corpo è nel bagagliaio. Avvia la macchina, vai in fondo alla strada, poi svolta a destra.»

Gini temeva di ingolfare il motore. Spinse l'acceleratore fino in fondo prima di girare la chiavetta. Star rise. «Così non andrà mai. Non una Mercedes. Ne hai mai guidata una prima? Sono le migliori. Le preferite di mio padre. Le Mercedes e le Rolls Royce. Ne ha quattro.»

Il motore ronzò sommessamente. Gini esitò, uscì con cautela dal parcheggio e si immise lungo il viale. Alle sue spalle, continuavano a scorrere i grani del rosario.

«Non sta pregando per te. E neanche per me», spiegò Star, in tono loquace. «Sta pregando per mia madre. Mia madre è morta. È morta all'improvviso lunedì pomeriggio. Credo abbia preso troppe pilloline, o almeno è quello che dice Mathilde. Mi stava scrivendo una lettera quando ha preso quelle pillole. Che cosa idiota da fare. Non ha mai finito la lettera. Ha avuto un collasso. Mathilde dice che ci ha messo un po'. Che brutta esperienza. Ma del resto, la morte non è mai un'esperienza piacevole.»

Gini non replicò, e questo sembrò irritarlo. Vide nello specchietto che aveva la fronte corrucciata. «Mia madre era una donna molto famosa», si vantò. «Famosa in tutto il mondo. Sicuramente conoscerai il suo nome. Si chiamava Maria Cazarès.» Fece una pausa. «Al prossimo incrocio, gira a sinistra. Tu chi sei? Una della polizia? Un'investigatrice privata? Ti ha forse assunto il padre di Mina?»

«No. Sono una giornalista», rispose Gini, cercando di tenere ferma la voce. «Sto indagando sulla scomparsa di Mina.»

«Oh, davvero? E anche sulla morte di Cassandra? Che peccato per lei. Ho letto la notizia sui giornali. Mina non ne sa niente naturalmente.» Tacque per qualche momento. «Così sei una giornalista. Bene. Scrivi per giornali americani?»

«A volte. Ma vivo a Londra. Lì lavoro per un giornale inglese. Il *Correspondent*.»

«Oh, lo conosco.» Sembrò compiaciuto. «È un giornale importante, vero? Come *The Times*.»

«Sì.»

«Ehi, ma è fantastico. Gira a destra qui, poi prendi quella strada principale...» Adesso le stava sorridendo nello specchietto retrovisore. Quel sorriso le fece gelare il sangue. «Sai, prima nell'atrio sono rimasto sconcertato. Le carte mi avevano detto di aspettarmi un imprevisto, ma un imprevisto positivo, utile...» Corrugò di nuovo la fronte. «Conosci la vera ragione per cui non ti ho sparato lì sul posto? Non è stato perché volevo farti guidare. Ti ho mentito. Volevo avere il tempo di capire. Sicuramente eri un imprevisto, ma non certo positivo. Ho davvero temuto che mandassi all'aria i miei progetti. Però mi sono fidato delle carte e ho fatto bene. Perché tu sei esattamente quello di cui ho bisogno. Svolta a sinistra qui.»

Gini riusciva a malapena a tenere il volante. Aveva le mani sudate per la tensione, sperò che non se ne accorgesse. Star continuò a muovere la canna della pistola sulla sua nuca come una specie di carezza. Gini aveva il terrore delle armi. In Bosnia e altrove aveva visto quello che possono fare le armi moderne. Deglutì, cercò di assumere un tono tranquillo.

«Perché sono quello di cui hai bisogno?» domandò.

«Perché?» Sembrò sorpreso. «Non riesci a immaginarlo? Perché tu puoi scrivere la mia storia, naturalmente. Spiegare. Se vuoi, ti darò l'esclusiva. Così poi potrai venderla in tutto il mondo. È così che si fa, vero?»

«Sì. Se sono storie importanti.»

«Oh, la mia lo sarà.» Sospirò. «Quando si saprà la mia storia, diventerò famoso. Una celebrità. Tutto il mondo conoscerà il mio nome. E tu mi aiuterai a diventare una star.»

Gini cominciò a rendersi conto di dove stavano andando. In fondo a rue du Faubourg Saint Honoré intravide il famoso *hôtel particulier* che era il quartier generale di Cazarès. Adiacente al suo cortile c'era l'edificio in cui si sarebbe tenuta la sfilata. C'erano già le troupe televisive e la folla elegantemente vestita andava avanti e indietro lungo il marciapiede in attesa di entrare. Gini esitò, poi chiese tranquillamente: «Una star? Star è uno dei nomi che usi, giusto?»

«Giusto. Puoi chiamarmi così quando parliamo, quando mi intervisti. Ma quando scriverai la mia storia, dovrai usare il mio vero nome, quello sul mio certificato di nascita: Christophe Rivière. Rallenta. Gira a destra. Fermati davanti a quei cancelli.»

Gini ubbidì. Guardò gli alti cancelli di ferro e l'insegna su cui era scritto CAZARÈS. Oltre i cancelli c'era uno stretto cortile e una fila di circa venti box che una volta erano le stalle e le rimesse delle ville dietro cui erano situati. Star armeggiò con un piccolo dispositivo elettronico e i cancelli si aprirono. Le ordinò di procedere fino all'ultimo dei garage dove, con lo stesso dispositivo, aprì una porta d'acciaio. Lei entrò con la macchina, si fermò e spense il motore.

Star aiutò Madame Duval a scendere, l'accompagnò all'entrata del box, poi tornò indietro.

Gini fissava davanti a sé, incapace di muoversi. Sapeva quello che stava per fare. Avrebbe chiuso la porta e l'avrebbe lasciata lì con un morto nel bagagliaio.

«Ti prego», mormorò, quando si avvicinò al finestrino. «Ti prego, non mi chiudere qui.»

«Non starò via molto», disse, in tono rassicurante. «Tornerò a prenderti. Dammi le chiavi della macchina. Ora, ascoltami.

Non c'è nessun telefono nell'auto, l'ho strappato. Non puoi muovere la macchina. La porta d'acciaio ha parecchio spessore, quindi non potrà sentirti nessuno se ti metterai a urlare o a picchiare sulla porta. Le altre auto di Cazarès sono tutte fuori sulla rue Saint Honoré in attesa di riaccompagnare i pezzi grossi una volta finita la sfilata. Quindi non verrà nessuno da queste parti per almeno un'ora e mezzo. A parte me, naturalmente. Non ci metterò molto. Devo solo entrare e ammazzare mio padre. È una cosa che aspetto di fare da molto tempo, da quando ho saputo che lui era mio padre, ormai più di un anno fa. Quando avrò finito, tornerò qui e...»

Esitò per la prima volta. La canna della pistola tremò. Gini lesse l'ansia nei suoi occhi.

«E se sarò un po' teso, non spaventarti piccola, d'accordo? Mi capita ogni tanto. Mi viene un terribile mal di testa. Ti farò vedere che cosa devi fare. Basterà che mi accarezzi e andrà via. Inoltre, ho alcune pillole, delle pillole speciali. Forse ne prenderò una per festeggiare.» Sorrise. «Forse ne darò una anche a te. Vedremo. Hai un orologio? Sarò di ritorno per le undici e venti, le undici e mezzo al più tardi. Ehi, quasi dimenticavo. Come ti chiami?»

«Genevieve. Però mi chiamano tutti Gini. Star, ti prego...» Se avesse aperto la portiera di scatto magari lo avrebbe colto di sorpresa e gli sarebbe caduta la pistola. Non se la sentì di correre il rischio. La pistola era a cinque centimetri dalla sua faccia. «Senti, perché non mi lasci venire con te? In questo modo scriverei meglio la tua storia.»

Sembrò incerto e, per un momento, Gini pensò che avesse preso in considerazione il suo suggerimento. Poi scosse la testa.

«No, non posso farlo», spiegò in tono ragionevole. «Ci sono uomini della sicurezza in ogni angolo. Posso entrare con Mathilde perché è già previsto, ma non con te, Gini. Non ti conoscono. Ci vediamo alle undici e venti, d'accordo? La puntualità è tutto per gli uomini liberi.»

Aveva richiuso la porta ancora prima che scendesse dalla macchina. Il garage ora era buio pesto. Cercò nell'oscurità i contorni dell'auto e appoggiò la mano sul bagagliaio. Sentì un movimento, fu sicura di sentire un movimento all'interno. Indietreggiò con un grido di paura. Scattò verso la porta e la tirò.

Non si mosse di un centimetro. Dalla macchina uscì un suono impercettibile.

Gini si accovacciò contro la porta. Sapeva quello che doveva fare, ma le ci vollero alcuni minuti prima di calmarsi. Doveva aprire il bagagliaio. Aspettò ancora un po', alla fine, con mani tremanti, lo fece. Appena il cofano si aprì, si accese una luce interna e vide chiaramente quello che c'era all'interno. Si pentì immediatamente. Premette le mani contro la bocca. Fu veramente difficile non urlare e ancora più difficile non richiudere il cofano.

18

«CHE sta succedendo?» chiese Markov, girandosi per scrutare tra la folla di giornalisti alle loro spalle.

Lindsay si teneva aggrappata al suo braccio. Avevano quasi raggiunto l'entrata del grande *salon* dove si sarebbe tenuta l'ultima sfilata della collezione di Cazarès. Le meraviglie architettoniche del diciassettesimo secolo erano disturbate dal caos che regnava intorno. Più in là, Lindsay poteva vedere i collaboratori di Cazarès in completo scuro e i nerboruti uomini della sicurezza. Davanti e dietro a loro c'era una folla rabbiosa che spingeva per entrare. Qualche metro avanti a lei intravide tre celebri giornalisti di moda; il direttore dell'ufficio acquisti di Bloomingdales; una nota stella del cinema francese, da tempo cliente di Cazarès, famosa per la bellezza enigmatica e la raffinatezza. Guardò quella marea di braccia che sventolavano gli inviti. Non mancava mai di stupirla che tutti, famosi o sconosciuti, potenti o umili, ricchi o poveri, vecchi o giovani, dovessero sottoporsi a quella trafila. Markov sosteneva che tutti gli stilisti creavano questa situazione intenzionalmente per umiliare quelli che vogliono impressionare. «Vogliono l'adrenalina a mille», le aveva spiegato. «Li esalta il fatto che tu possa essere la regina d'Inghilterra e ciononostante aver paura di non poter entrare. Ci vogliono tutti in ginocchio. Vogliono vederci supplicare di far parte degli eletti. In questo modo il nostro senso critico va a puttane ancora prima di varcare la soglia. Annientano l'unico potere che abbiamo su di loro e sul loro lavoro. La cosa puzza.»

Lindsay era d'accordo, ma come tutti si era rassegnata.

«Che confusione», commentò Markov, allungando di nuovo il collo. Si tolse gli occhiali da sole per vedere meglio. «Niente di meno che le truppe d'assalto. Ci sono i blindati, Lindy... Guarda.»

Lindsay arrischiò una breve occhiata e restò stupefatta. Negli spazi tra la folla dietro di lei, intravide i minacciosi e familiari furgoni neri che bloccavano la strada dietro il cortile. Qualcuno stava sbraitando di spostare di lì le Mercedes di Cazarès e i furgoni delle troupe televisive. Una sirena ululò per un attimo, poi smise. I portelli sul retro dei blindati si aprirono e ne scesero in gran velocità uomini con l'elmetto in tuta nera. Qualcuno alle sue spalle le diede uno spintone. Lindsay quasi cadde, poi riacquistò l'equilibrio. Si aggrappò di nuovo al braccio di Markov.

«Che diavolo?... Credevo intervenissero solo in caso di disordini o per i blitz antiterroristi.»

«Una cosa è certa, meglio non avere discussioni con loro.» Markov accennò un lieve sorriso. «Questa non ci voleva. Mancano totalmente del senso dell'umorismo e hanno il grilletto facile. Però hanno il loro fascino, non trovi, Lindy? Tutte quelle tute di pelle nera e quegli stivali da fascisti.»

«Perché sono qui? E poi piantala di metterti in mostra...»

Markov, che nel suo piccolo era una celebrità, fece un altro lieve sorriso. Aveva volutamente fatto i commenti ad alta voce per giocare con la folla.

«Credo che siano qui per filtrare l'ingresso delle persone», rispose. «Al momento credo stiano preparando il recinto per gli animali. No, non guardare. Siamo quasi dentro.» Vennero sospinti verso l'entrata. Attraverso le porte Lindsay vide file di poltrone dorate, una marea di telecamere, le luci accecanti. Graziose dipendenti di Cazarès vestite in nero pattugliavano il santuario spruzzando dappertutto il profumo di narcisi e giacinti. Spruzzavano una tale quantità di L'Aurore che si sentì quasi soffocare. Guardò alle sue spalle per l'ultima volta. Il recinto per gli animali era una piccola area in fondo al cortile. Stretti come sardine, c'erano i giovani, i poveri e gli appassionati: studenti d'arte, studenti di moda, fan. Solo pochi di loro avevano l'invito. Ogni anno, ogni sfilata, era sempre la stessa storia. Alcuni sarebbero comunque riusciti a entrare anche senza invito. Con l'astuzia e con l'inganno, a volte con la forza. Lindsay trovava quella determinazione spaventosa.

Erano le undici passate. Persino da Cazarès, dove ogni cosa veniva organizzata con precisione militare, la sfilata sarebbe cominciata in ritardo. Il *salon* era ancora mezzo vuoto. Era come sempre, ma c'era qualcosa di diverso. Lindsay se ne rese conto a mano a mano che la sala cominciava a riempirsi. Notò che c'erano poliziotti anche all'interno, solo che erano in borghese. Si muovevano lungo le ultime file e avevano dei cani con loro. Allungò il collo e guardò esterrefatta. Era difficile capire quello che stava succedendo perché aveva le luci negli occhi, ma era evidente che qualcosa aveva messo in allarme quelli della sicurezza. Adesso c'era una nuova tensione nell'aria. Si estendeva dai fotografi ammassati in fondo alla passerella e per tutta la sala fino alle entrate. Percepì il nervosismo intorno a sé e colse qua e là delle parole sussurrate: una bomba, una minaccia dei terroristi...

«Be', di certo non amano il popolino», osservò Markov, indicando. «Guarda l'ultima fila, Lindy. Quello è il secondo che trascinano fuori con la forza.»

Lindsay strinse gli occhi per poter vedere in controluce. Guardò un altro giovane che veniva portato via. Era alto, aveva lunghi capelli scuri e indossava jeans neri e un fazzoletto rosso intorno al collo. Corrugò la fronte. Che strano, pensò.

Mezz'ora dopo, finalmente cominciò la sfilata. Nella sala si era creata una certa aspettativa. Tutta l'attenzione era adesso focalizzata sulla passerella. Piano piano, calò il silenzio. Lindsay guardò ancora una volta alle sue spalle. Qualunque cosa avesse suscitato tanto allarme, la situazione non era ancora sotto controllo. In fondo alla sala, ai lati, e persino nella fossa dei fotografi, c'erano agenti di polizia. Lindsay rabbrividì, poi si concentrò sul programma. Gli ultimi tre abiti creati da Cazarès sarebbero stati il clou della sfilata. Il primo avrebbe aperto la sfilata, il secondo sarebbe stato presentato a metà, e il terzo l'avrebbe conclusa. Lazare, che usciva sempre un attimo prima di Maria Cazarès e stava al suo fianco mentre riceveva gli applausi, questa volta sarebbe comparso alla fine da solo.

Le luci si abbassarono; ci fu un'improvvisa esplosione di un brano di Bach. Lindsay e Markov sollevarono contemporaneamente il viso verso la passerella. Un attimo prima che comparisse la prima modella, una fluttuante Quest fasciata in uno splendido abito color fucsia, a Lindsay parve di scorgere Rowland McGuire. Era in fondo al passaggio che portava alla fine della passerella e stava parlando con un uomo che poteva essere un poliziotto. Poi la musica, le movenze della fredda Quest che guardava con distacco gli obiettivi delle macchine fotografiche e il meraviglioso vestito di Cazarès catturarono la sua attenzione. Partecipò al deliziato sospiro collettivo che si alzò nella sala. Quando Lindsay lo cercò di nuovo con gli occhi, Rowland era scomparso. Si concentrò su ogni piccolo dettaglio degli abiti. Come al suo solito, prese appunti e fece rapidi schizzi. Sentì anche lei l'eccitazione, la nostalgia e la tristezza che aleggiavano in sala.

Jean Lazare vide il giovane accanto a Mathilde Duval per la prima volta alle undici e dieci. A farglielo notare era stata Juliette de Nerval, la quale gli aveva spiegato che era il pronipote di Madame Duval. L'anziana donna l'aveva chiamata la sera prima in lacrime insistendo di non voler affrontare da sola quella triste occasione, e dicendo che l'amato pronipote era venuto apposta dalla campagna per assisterla in quel momento di dolore. Senza di lui non sarebbe venuta, così Juliette aveva dovuto suo malgrado acconsentire. Sperava, aveva aggiunto accorgendosi del nervosismo di Lazare, di aver agito bene.

Lazare aveva dato al giovane un'occhiata che Juliette trovò curiosa. Prima era stata un'occhiata fredda e ponderata, poi divertita. Dopo aver approvato la sua decisione e chiesto se qualcuno poteva accompagnare il giovane e Madame Duval nella solita stanza, si era allontanato.

Juliette li condusse lungo il labirinto di corridoi dietro lo spogliatoio, fino alla piccola e tranquilla stanzetta dove Madame Duval aspettava sempre con Maria Cazarès. Si assicurò che

Madame Duval fosse a proprio agio e che lo schermo da cui si vedeva la passerella fosse ben posizionato. Fece portare tè, caffè, tartine e drink, anche se Madame Duval non toccava mai niente, poi si affrettò verso un'altra parte dell'edificio per far fronte a qualche altra richiesta di quegli stupidi poliziotti allarmisti.

Alle undici e venticinque, fu il braccio destro di Jean Lazare, Christian Bertrand, ad attirare per la seconda volta l'attenzione di Jean Lazare sul nipote di Madame Duval. Lazare si trovava nello spogliatoio ed era l'unica persona calma in quel mare di gente in agitazione. Lazare stava aggiustando personalmente la veletta del cappello di Quest. Distolse l'attenzione da Quest solo quand'ebbe ottenuto quello che voleva.

«Monsieur Lazare...» lo apostrofò Christian Bertrand. «Mi dispiace interromperla in un simile momento...»

«Sì?»

«Ma la polizia e gli uomini della sicurezza si sono raccomandati di prendere ogni precauzione. Si tratta del giovane che è con Madame Duval. È scomparso, signore. E nessuno sa dove sia.»

«Lo so io.» Lazare lanciò a Bertrand uno dei suoi sguardi di ghiaccio. «È nel mio ufficio e mi sta aspettando. Lo raggiungerò fra breve. Si occupi di qualcosa di più urgente del nipote di Madame Duval, visto che è così attivo. La sfilata inizia fra tre minuti e mezzo. Mezzo minuto di ritardo e si consideri licenziato.»

«Sì, Monsieur Lazare.»

L'ufficio di Lazare qui era austero quanto quello a palazzo Cazarès. Come tutti i luoghi dove lavorava, era anche insonorizzato. Mentre si richiudeva la porta alle spalle, si chiese se lo sapeva anche il giovanotto che affermava di essere il nipote di Madame Duval.

Come si aspettava, era seduto sulla poltrona davanti all'enorme scrivania nera di Lazare. Teneva gli occhi fissi sul monitor che mostrava la passerella su cui stava ancheggiando una bellissima e arrogante Quest fasciata in un abito fucsia. Appena Lazare entrò, si voltò e si alzò educatamente. Sembrava, pensò Lazare, sconcertato. Probabilmente non si aspettava di vederlo lì così presto.

Lazare guardò il giovane che era più alto di lui almeno quindici centimetri. Notò il completo scuro e la camicia bianca impeccabilmente stirata. Portava una discreta cravatta e le scarpe erano ben lucidate. Il giovane, che aveva un viso bellissimo, cominciò a scusarsi e a spiegare la ragione della sua presenza.

«So perché sei qui», lo interruppe Lazare, secco. Fece un sospiro, poi andò al mobile bar e si versò un drink. Ne offrì uno anche al giovane, ma lui rifiutò scuotendo la testa. Lazare fu quasi certo che avesse preso qualcosa: le pupille parevano due punte di spillo e irradiavano una strana tensione. White Dove? si chiese. Poi ci ripensò. Non poteva essere. Forse cocaina o amfetamina. Se era così, al giovane conveniva stare attento. La sua lucidità mentale era stata compromessa e i tempi di reazione rallentati.

Portò il cognac alla scrivania, si sedette e guardò il giovane. Si domandò se sarebbe stato freddo o entusiasta, lento o veloce. Forse aveva il gusto del melodramma, sembrava il tipo.

«Sai chi sono?» chiese, con quell'impazienza di prendere l'iniziativa che Lazare trovava noiosa nei giovani.

«So che non sei il pronipote di Madame Duval», rispose. Bevve un sorso di cognac. «So anche che stai per dirmi chi sei veramente. Sii breve.»

Il giovanotto non gradì la risposta. Ha proprio il gusto per il melodramma, pensò Lazare, guardandolo. Aveva estratto una pistola dalla tasca e l'aveva appoggiata sulla scrivania sotto la sua mano.

Lazare lanciò un'occhiata alla pistola che riconobbe essere una Beretta. La sicura era stata tolta.

«Hai un sistema d'allarme o qualcosa del genere?» domandò con voce tesa, distogliendo lo sguardo.

«Naturalmente.» Lazare indicò un piccolo pannello sulla superficie della scrivania. «Potrei attivare questo. Potrei schiacciare anche un bottone sul pavimento sotto la scrivania. Ma non ti preoccupare, non ho intenzione di farlo. Inoltre, a meno che tu non abbia una pessima mira, sarei morto prima che arrivi qualcuno. Quindi non ne vale la pena.»

Lo stava ancora sconcertando, persino preoccupando, e questo non era quello che voleva. Roteava gli occhi e il colorito andava e veniva dal suo viso. Con calma, Lazare sospinse all'indietro la poltrona allontanandola dalla scrivania. Sospirò.

«Adesso sono lontano da entrambi gli allarmi. Preferisci così?»

«Sicuro. Stai fermo lì.»

«Ora dimmi chi sei.» Lazare fece una pausa. «Ti dico subito che so già quale ruolo hai avuto nella morte di Maria Cazarès. Sei stato tu a dire del chimico di Amsterdam, vero? Il tuo amico che poteva fornirle, la meravigliosa pillola in grado di darle la felicità e la capacità di lavorare? È passato ormai quasi un anno da quando Maria mi ha detto che un amico aveva scoperto questo uomo. Mi ha detto che l'amico in questione era un altro stilista, ma non le ho creduto veramente. Però per un po' ho creduto in quell'uomo e nei suoi esperimenti, per questo mi sono fatto convincere a finanziarlo. Volevo crederci, naturalmente.»

«Davvero?» Il giovane lo fissò. «Perché?»

«Perché avevamo già provato di tutto. Mi sono rivolto a non so quanti medici e cliniche, tentato non so quante cure. Ho passato gli ultimi cinque anni a esplorare ogni campo della medicina sia con l'aiuto di medici al limite della legalità sia con quello dei migliori professionisti d'Europa. Ero disperato. E quando una persona è disperata, prova qualunque cosa.» Lazare corrugò la fronte. «C'è però una cosa che non mi è chiara. Quando hai messo in testa a Maria che le pillole di quel medico sarebbero state la sua salvezza, sapevi che erano letali?»

«Non sono letali.» Gli lanciò un'occhiata di derisione. «È stata stupida lei. Tu sei stato stupido. Gliene hai lasciate prendere troppe in una sola volta. Quattro in un giorno, una gliel'hai data tu, e tre le ha prese da Mathilde. Senza mangiare. Senza bere. Era già malata, magra come un chiodo...» Alzò le spalle. «L'arresto cardiaco era inevitabile.» Fece una pausa. «Però sei sveglio, questo devo riconoscerlo. Non volevo che le pillole la uccidessero. Anzi, al contrario.»

«Volevi assicurarti che stesse abbastanza bene da presenziare alla sfilata di oggi, non è così?» Lazare corrugò leggermente le sopracciglia. «La volevi sulla passerella.»

«Oh, volevo entrambi sulla passerella.» Il giovane fece un sorriso compiaciuto. «Tu non eri un problema, ma lei stava crollando. Me ne sono accorto subito l'anno scorso. E non era quello che volevo. Non volevo che mandasse a puttane i miei progetti per oggi. Doveva apparire. White Dove avrebbe rimediato al problema...» Esitò, stringendo gli occhi. «Non è strano? Tu sei un uomo attento, persino maniacale nei dettagli, lo dicono tutti. Non c'è un articolo che ho letto su di te che non lo sottolineasse. Eppure hai lasciato che ne prendesse una dose eccessiva. Perché?»

Una fugace emozione passò sull'impassibile volto di Lazare. Il ragazzo non è così stupido, pensò.

«Diciamo che...» sospirò. «Diciamo che ho reso difficile a Maria trovarle, ma non impossibile. Le pillole erano in un cassetto della mia scrivania. Sapeva quale cassetto e quale scrivania. Era chiuso, ma sapeva dove tenevo la chiave. Alla fine, non sapendo quali erano le conseguenze, ho lasciato a lei la scelta. Se voleva prendere più pillole, nonostante le avessi detto quale fosse la dose giusta, questa era una decisione che spettava a lei. Il fatto è che...» Distolse gli occhi dal giovane e li posò sulla parete opposta. «Il fatto è che avevo toccato il fondo. Non potevo più continuare. Non mi sarei mai aspettato una cosa del genere. Non sono un uomo che si arrende facilmente, ma avevo toccato il fondo. E forse anche Maria. A volte la morte può essere un sollievo, sai? Quando si arriva a un certo limite, è molto più semplice tirare una riga, chiudere i conti. Ma forse sei troppo giovane per capire.»

Lazare fece per alzarsi, poi vedendo l'agitazione del giovane, si risedette. Guardò l'orologio. Poi lo schermo.

«Penso di sapere che cos'hai detto a Maria. Penso di sapere chi le hai fatto credere di essere. Mathilde Duval mi ha raccontato certi dettagli. So come l'hai conosciuta la prima volta e so come sei riuscito a insinuarti prima nella vita di Madame Duval e poi in quella di Maria. Non dev'essere stato difficile per te raggirare una vecchia semicieca e mezzo rimbambita e una donna disperatamente malata. Ti sarà più difficile fare la stessa cosa con me.»

Il giovane si alzò e prese la pistola. Indietreggiò di un passo dalla scrivania e puntò gli occhi su Lazare. Lazare si chiese quante volte avesse provato quella scena, e chissà, magari, davanti allo specchio. Si comportava come se stesse recitando davanti a un pubblico invisibile.

«Io sono tuo figlio», affermò.

Lazare continuò a guardarlo in silenzio, senza reagire. Il giovane strinse le labbra assumendo un'espressione fissa.

«Sono tuo figlio. Maria Cazarès era mia madre. Mi chiamo Christophe Rivière. Il tuo cognome una volta era Rivière. Sono nato a New Orleans nel dicembre 1969. L'hai costretta ad abbandonarmi. Eravate poveri. Mi avete messo in un orfanotrofio in attesa che qualcuno mi adottasse, solo che questo non è successo. Ho visto il mio certificato di nascita, è stata Maria a mostrarmelo. Mi ha raccontato quanto ha pianto e quanto ti ha supplicato, ma tu non hai voluto ascoltarla. Ti sei sbarazzato di me come fossi spazzatura.»

«Capisco.» Lazare incrociò le dita. Il tono calmo interruppe quel crescente fiume di parole. Il giovane lo fissava, pallido in volto.

«Così Maria ti ha mostrato il tuo certificato di nascita. Ti ha fatto vedere anche il tuo certificato di morte?»

Il giovane ritrasse le labbra in un ghigno.

«Oh, certo. Mi ha mostrato anche quello. E sapeva benissimo che era falso. Non c'è mai stato nessun certificato, se non anni dopo. Sono passati non so quanti anni prima che lo tirassi fuori. Finalmente eri così maledettamente ricco da comprarti qualunque cosa. Un certificato di morte retrodatato? Nessun problema. Quanto ti è costato? Cinquemila dollari? Diecimila?»

«Cinquemila», rispose Lazare.

Parlò con la stessa voce calma di prima. Il ragazzo assunse un'espressione rabbiosa ed eccitata al contempo. La mano che impugnava la pistola cominciò a tremare violentemente.

«Lo sapevo», esultò. «Lo sapevo. Tu, fottuto bastardo...»

«Tieni la pistola ferma», gli consigliò. «Se continui ad agitarla così, c'è il rischio che parta un colpo. Io non sono armato. Guarda...» Infilò una mano nella tasca interna della giacca e questo gesto sembrò spaventare il giovane. «Voglio solo prendere il portafogli, vedi?» Posò il portafogli di pelle nera sulla scrivania. «E adesso voglio tirare fuori una fotografia che mi piacerebbe mostrarti.»

Fece scivolare sulla scrivania un'istantanea a colori. Il giovane l'afferrò, poi la gettò sulla scrivania. «Chi è quello? È un bambino malato. Una specie di spastico.»

«Questo è mio figlio.» Lazare provò una tale rabbia che avrebbe voluto alzarsi e spaccargli la faccia. Invece aspettò di calmarsi, poi riprese in tono freddo.

«Quello è mio figlio. Si chiamava Christophe Rivière, proprio come hai detto tu. È nato con una paralisi cerebrale. Sai cos'è? È una delle malattie più crudeli che possano attaccare un bambino. Non intacca necessariamente l'intelligenza, ma paralizza i muscoli, come puoi vedere dalla fotografia. È progressiva e irreversibile. I miei soldi, quando ho potuto averli, hanno comprato per mio figlio le migliori cure possibili. Prima di questo, è stato in un orfanotrofio cattolico per bambini malati a New Orleans e in seguito l'ho fatto ricoverare in un'ottima clinica dello stato di New York. Andavo a trovarlo quattro volte all'anno, alla fine è morto, nel 1981, poco prima di compiere il dodicesimo anno.»

Tacque, guardò la fotografia, poi la rimise nel portafogli e infilò questi nella tasca interna della giacca. Il giovane non si era mosso neanche una volta.

Lazare esitò, infine fece un lieve gesto con la mano.

«Amavo profondamente mio figlio. Sono sempre stato fiero di lui. Non potrò mai far capire, né a te né a nessun altro, quanto ammirassi il suo coraggio. La decisione di lasciarlo in America è stata la più dura che abbia mai preso in tutta la mia vita. Se ho fatto fortuna, è stato per amor suo. Il suo benessere, e quello di sua madre, sono sempre stati gli unici veri scopi della mia vita...» Sospirò, e la sua voce s'indurì. «Sento che non mi credi. Fai come vuoi. Per motivi che non ti riguardano ho preferito proteggere Maria da tutto questo. Non ho alcun motivo per proteggere te. Tu sei un mitomane. Non sei mio figlio. Mio figlio, per quanto mi piacerebbe, non tornerà dal regno dei morti.»

Lazare chinò la testa e si passò una mano sul viso. Si rese conto di non avere più un briciolo di energia. Sentiva una terribile stanchezza fisica e mentale, un'apatia e un'indifferenza così profonda che fu sorpreso che il suo ostinato corpo continuasse a funzionare, che nei polmoni circolasse l'ossigeno, che il cuore continuasse a battere.

Pensò al figlio, che aveva amato con tale intensità, e alla sua continua sofferenza. Se avesse potuto riscrivere la sua vita, avrebbe fatto di tutto perché suo figlio passasse la sua breve vita con lui e Maria, anche se Maria, più fragile di lui, non avrebbe retto. Ma non poteva riscrivere la sua vita.

Aveva preso la decisione quando era giovane e straziato fra l'amore, la vergogna e il senso di colpa. Il senso di colpa era stato così lacerante, così intenso. Per lui come per Maria, naturalmente. Guardò il giovane davanti a lui. Maria aveva davvero creduto alle sue menzogne? Forse la parte malata della sua mente aveva voluto crederci. Però era stata molto attenta a non fare certe rivelazioni. Era evidente che il giovane non aveva idea che i suoi genitori erano fratello e sorella. Forse Maria se n'era semplicemente dimenticata, o aveva rimosso quel particolare, come faceva con qualunque cosa le avesse provocato dolore.

Ma la debolezza più grande di Jean Lazare, era stata l'inflessibilità. Una volta presa una decisione, non tornava mai sui suoi passi. Nel cercare di proteggere Maria, aveva negato a se stesso la possibilità di stare vicino a suo figlio, e quella vicinanza era la cosa che aveva desiderato di più nella vita.

Alzò di nuovo gli occhi su quel ragazzo alto, bello e forte che lo stava guardando in quel momento. Che ironia, pensò. Lui è alla disperata ricerca di un padre e io di un figlio. Come fa a non capire che se per miracolo lui fosse mio figlio, non sarei neanche in grado di parlare per la felicità? Che a quest'ora lo avrei già abbracciato? La mia vita sarebbe completamente cambiata e forse, dopotutto, mi sarei anche convinto dell'esistenza di un Dio.

«Allora?» disse, alzando la testa, «dimmi perché sei venuto qui oggi. Dimmi cosa vuoi.»

Il ragazzo lo fece e con spavalderia. È completamente pazzo, pensò Lazare. Sembrava non rendersi conto di quanto fosse impossibile attuare il suo piano. La sola cosa che sembrava preoccuparlo era che l'esecuzione fosse pubblica. Voleva essere visto, fotografato, persino filmato. Mentre ascoltava la filippica del ragazzo, considerò fino a che punto poteva portare il desiderio di fama.

Il giovane invece ne era malato. Glielo si leggeva nel volto pallido, negli occhi scintillanti, nei gesti convulsi. Il suo unico desiderio era diventare famoso con uno schiocco delle dita. Il parricidio era la strada più breve, la passerella il palcoscenico, la stampa mondiale il pubblico. Lazare sospirò. Quel ragazzo era convinto che la fama gli avrebbe ridato l'identità perduta.

Lazare non intendeva morire in quel modo, né era disposto, si rese conto, ad aspettare. Guardò lo schermo: Quest stava avanzando lungo la passerella indossando una delle ultime creazioni di Cazarès, un completo nero orlato di pelliccia di zibellino. Sul braccio teneva una lunga stola di zibellino che arrivava fino al pavimento. Quando si voltò, le diede un esperto calcetto.

Si era ormai a metà sfilata, il completo era delizioso, anche se non aveva mai condiviso la passione di Maria per le pellicce. Corrugò la fronte, poi si alzò. «Non ho intenzione di collaborare», disse.

Il giovane gli puntò addosso la pistola. «Dovrai farlo. Quando te lo dirò, usciremo da questa stanza e percorreremo il corridoio fino alla passerella. Poi agirò.»

«Grazie alla tua incompetenza la sala è piena zeppa di poliziotti armati fino ai denti.»

«Tanto meglio.»

«Vuoi un bagno di sangue?» Lazare gli lanciò una lunga e gelida occhiata. «Be', forse è quello che vuoi. Comunque, non ci riuscirai con il mio aiuto. Questa è l'ultima collezione di Maria e la sfilata proseguirà come tutte le altre volte. Con perfetta disciplina. E c'è una cosa che devi sapere...» Lazare incontrò i suoi occhi. «Non ho mai ubbidito a un ordine in vita mia. Qui sono io che do gli ordini.»

«Non adesso.» Il giovane sorrise. Poi gli puntò di nuovo la pistola. Lazare ricambiò il sorriso, fece il giro della scrivania e si diresse verso di lui. Il ragazzo indietreggiò. Lo vide lanciare uno sguardo verso la porta, cominciava a farsi prendere dal panico. Sentì che doveva dire la cosa giusta e al più presto.

Avrebbe dovuto dire a quel pazzo che voleva morire, che era pronto a morire, e che se non lo avesse fatto lui stesso, avrebbe trovato qualche altro modo? No, pensò. Il giovane non voleva solo sparargli, aspirava a qualcosa di più. Se gli avesse confessato che voleva morire, non avrebbe agito subito, e magari avrebbe anche rinunciato all'idea. Lazare guardò affettuosamente la Beretta. Forse doveva insultarlo, farlo arrabbiare.

«Quanto sei stupido», sibilò, con voce tagliente. «Non riuscirai a farmi fare un bel niente. Che farai se mi rifiuto di lasciare questa stanza? Mi sparerai? Guarda come ti tremano le mani. Non hai fegato. Non ne sei capace, vero? E anche se ci provassi, mancheresti il bersaglio. Hai mai usato una pistola prima? No. Credo proprio di no.»

Lo superò e lui non cercò di fermarlo. Lentamente, si avviò verso la porta. Il ragazzo ancora non fece nulla. Si voltò a guardarlo. Stava tremando più di prima e aveva il braccio teso, anche se la canna della pistola non puntava proprio verso di lui. Era pallido come un cencio, e aveva i lineamenti distorti dalle emozioni. Lazare quasi provò pietà per lui, ma lo guardò con disprezzo.

«Mio figlio aveva un grande coraggio. Amavo questo suo coraggio. Ho sempre provato rispetto e ammirazione per lui per questo.»

«Io sono tuo figlio. Io sono Christophe. Smettila di mentire... Maria mi ha riconosciuto, mia madre sapeva chi ero...»

«Maria non era più sana di mente.» Lazare lo guardò freddamente. «Alla fine era pazza quasi quanto te. Hai paura, vero? Non riesci neanche a tenere la pistola ferma, figuriamoci a sparare. A differenza di mio figlio, tu sei un codardo. Un codardo, uno spaccone e uno stupido. Una nullità.»

Poi, gli voltò le spalle. Afferrò la maniglia e pensò di aver fallito: avrebbe dovuto sopportare le prossime ore, sorbirsi gli applausi, i complimenti e il vuoto che sarebbe seguito. Che peccato, pensò, vagamente divertito. Sarebbe stato un eccellente modo per rendere per sempre indimenticabile l'ultima sfilata di Maria Cazarès. Ma ormai non aveva più importanza. Quella sera sarebbe potuto andare in una delle sue case, prendere una bella manciata dei sonniferi di Maria, preferibilmente con una buona dose di alcol e avrebbe ottenuto il suo scopo.

Girò la maniglia, e sentì una fitta di dolore alla schiena. L'esplosione risonò così forte nella stanza, che mentre cadeva pensò che il ragazzo avesse sparato più di un colpo. Si accasciò contro la parete e sentì la propria voce emettere un suono liquido.

Assisté alla sua stessa morte con una lucidità che lo sorprese. Guardò il sangue chiazzargli la camicia candida e fluire verso l'inguine, tanto che per un attimo ebbe la sensazione di aver perso il controllo della vescica. Poi sentì un sapore disgustoso. Si rese conto che aveva la bocca piena di sangue. Poi la vista gli si annebbiò e la stanza venne verso di lui come se volesse inghiottirlo.

Ebbe la vaga sensazione che il ragazzo si stesse agitando intorno a lui. Urlava qualcosa, parole che non riusciva ad afferrare. Sentì che gli toccava il petto, il collo, la faccia. Tutto quello che riuscirà a ottenere, pensò Lazare, sentendo che stava per perdere coscienza, sarà sporcarsi di sangue.

Cercò di sedersi. Adesso sentiva affetto e gratitudine per quel ragazzo. Voleva fargli sapere che la stanza era insonorizzata, e che probabilmente i colpi non erano stati sentiti. Voleva dirgli che se fosse fuggito dalla porta di servizio, avrebbe avuto un po' più di vantaggio. Voleva dirgli anche qualcos'altro, qualcosa di molto più importante e prezioso, di cui però gli sfuggiva l'esatta natura.

Star, chinato su di lui, vide le smorfie che faceva nello sforzo di parlare. Cominciò a baciare il volto del padre. Guardò le labbra che si muovevano per formare una parola e si aggrappò a lui, in attesa di un ultimo messaggio, che sarebbe stato d'amore.

Lazare tossì leggermente e dalla bocca sgorgò un fiotto di sangue. Star aspettò. Non successe nulla. Lazare non si afflosciò. I suoi occhi non si chiusero. È come nei film, pensò Star, scuotendolo. Aspettò ancora un po'. La stanza cominciò a girargli intorno. Gradualmente, si rese conto che non ci sarebbe stato alcun messaggio finale, che Jean Lazare era morto.

Pianse, poi si alzò e cominciò ad andare avanti e indietro per la stanza. Male, male, male urlò dentro di sé. Si sentiva oltraggiato e angosciato. Si sentiva derubato.

Si mise a tremare, poi a ridere, poi a piangere. Si chinò di nuovo su suo padre e fece qualcosa che non aveva programmato, gli rubò l'orologio e se lo allacciò al polso. Prese il soprabito nero di Jean Lazare dall'attaccapanni e indossò i suoi guanti neri. Erano un po' stretti, ma in questo modo avrebbe coperto il sangue sulle mani. Anche il soprabito era stretto e corto, ma non aveva altra scelta se voleva coprire le macchie sulla camicia. Inserì un nuovo caricatore nella pistola, la infilò in tasca e aprì la porta.

Sentì gli applausi del pubblico in lontananza, e vide la povera Mathilde mezzo cieca e mezzo sorda nella stanza al di là del corridoio, gli occhi lattiginosi rivolti verso lo schermo. Il corridoio era deserto. Entrò nella stanza di fronte, prese un cuscino, lo premette sul collo di Mathilde e sparò due volte. A bruciapelo. Morì all'istante. Era stata più fortunata di suo padre.

Lasciò la stanza, svoltò a sinistra, e uscì dalla porta di servizio. Dava su un passaggio in fondo al quale c'erano dei cancelli e una garitta dentro la quale si trovava una guardia di sicurezza.

Non vide nessun poliziotto a quest'entrata. Gli ci sarebbero voluti meno di quattro minuti per arrivare al garage.

Sentì di avere riacquistato tutta la sua astuzia. Si fermò davanti alla guardia, che lo riconobbe subito per averlo visto quel mattino e gli sorrise. Voleva metterlo alla prova. Gli chiese indicazioni per la farmacia più vicina. Spiegò che Madame Duval non si sentiva bene. La guardia gli rispose che due strade più in là c'era una farmacia molto fornita, una magnifica farmacia.

Star lo guardò, nella testa si sentiva un dio. Se l'uomo non avesse insistito troppo sulle qualità della farmacia, forse gli avrebbe risparmiato la vita. Invece aveva assunto un'espressione impaurita che non era piaciuta a Star. Estrasse la Beretta e gli sparò due colpi dritto in faccia. Guardò il cervello schizzare dappertutto. Poi ricaricò la pistola, la rimise in tasca e percorse i cento metri che lo separavano dal garage.

Niente sirene, niente grida, niente passi che correvano. Facile, facile, facile, si disse. È stato tutto fin troppo facile. Aprì il cancello e percorse gli ultimi metri che lo separavano dal box. Stava per aprire la porta del garage, poi ci ripensò. Mi merito un piccolo premio si disse.

Prese la scatoletta che conteneva le White Dove. Ne rimanevano sei. Ne mise una sul palmo della mano. Ne aggiunse una seconda, poi le inghiottì. Doveva bere dell'acqua, tanta acqua. Ma poteva farlo durante l'intervista a casa di Mathilde.

«Gini», chiamò a bassa voce attraverso la voce. «Gini, sono io. Mi dispiace di essere in ritardo...»

19

Star sollevò la porta del garage. Gini se lo trovò direttamente di fronte, pronto a bloccare ogni suo tentativo di fuga. Ma lei aveva i piedi inchiodati al suolo. Star era completamente coperto di sangue. Aveva sangue sulla camicia, sulle mani, sotto le unghie, sul collo, sulla faccia. Nei capelli aveva piccole schegge bianche. Ossa, pensò. Si premette le mani sulla bocca. Star sorrise e gettò per terra un soprabito e dei guanti neri.

Gini si accasciò tremante contro la parete. Quante altre persone aveva ucciso? Solo Jean Lazare o anche qualcun altro? L'autista nel bagagliaio della macchina era giovane, per quanto potesse giudicare l'età di un uomo a cui era rimasta metà faccia. Aveva cercato di tamponargli le terribili ferite con la sciarpa verde, ma sapeva come sarebbe andata a finire, perché aveva già assistito a cose simili in Bosnia. Niente avrebbe potuto salvarlo, ciononostante aveva cercato di fermare l'emorragia. Era morto più di un'ora dopo dissanguato.

Adesso anche lei era macchiata di sangue. Indossava un maglione e un pesante cappotto, ma aveva i brividi di freddo per lo choc, non riusciva a smettere di tremare e quando infine Star se ne accorse, sembrò compiaciuto.

«È tutto a posto. È tutto a posto», la consolò. «Anch'io ho tremato un po' prima di farlo. Non vergognarti, Gini, è tutto a posto.»

«Non posso guidare...» Si allontanò da lui, poi tese le mani. «Guarda. Non posso guidare con queste mani.»

La colpì con forza in pieno viso, senza alcun preavviso. Gini barcollò e quasi cadde. Quando lo guardò di nuovo, vide che aveva l'espressione descritta da Chantal. Era di un pallore mortale, aveva gli occhi febbrili e la bocca storta in un'orribile smorfia che la disgustò.

«Invece guiderai. E lo farai adesso.» L'afferrò per il bavero dcl cappotto e la sbatté contro la portiera della macchina. Credette che stesse per picchiarla, ma non lo fece. Aveva percepito la sua paura, sapeva che avrebbe ubbidito. Gini si vergognò di questo, e provare vergogna la faceva arrabbiare. Fece quello che le aveva chiesto il più lentamente possibile. Sembrava sordo, inconsapevole del pericolo. Non sentiva neanche gli ululati delle sirene in lontananza.

Sedette sul sedile accanto a lei, tenendo la pistola puntata verso di lei mentre si avvicinavano ai cancelli. Gini ci mise più che poté a uscire, nella speranza di incrociare qualche auto della polizia. Una volta fuori, le fece imboccare una serie di strette strade e lei pregò in cuor suo che incappassero in qualche blocco stradale, ma non fu così. Il suono delle sirene, dapprima molto forte, si fece a mano a mano più distante. Lui sembrava non averle ancora sentite. Pareva assorto in qualcosa, in qualche suo incubo privato, eppure era assolutamente vigile.

In un'occasione, quando le sembrò che non fosse attento, arrischiò ad accendere i lampeggiatori per attirare l'attenzione, ma lui se ne accorse immediatamente.

«Non provarci neanche», sibilò. «Non cercare di farmi fesso. Spegnili. Sto per regalarti la storia della tua vita. Non è questo che vuoi? Gira a destra.»

Gini si rese conto che stavano tornando all'appartamento di Mathilde. La sua mente stava lavorando meglio adesso. La paura e la rabbia le stavano dando una lucidità straordinaria. Con lucidità capì che se fosse andata all'appartamento con lui, prima o poi l'avrebbe uccisa. Doveva fargli cambiare idea, ma non sapeva come. Se si fosse rifiutata di seguirlo, le avrebbe sparato in macchina, per strada, nell'atrio o nell'ascensore.

«Star», osò infine, rallentando, «hai sentito le sirene?»

«No. Perché?»

«Be', stavo solo pensando. Torniamo da Mathilde?»

«Sì.»

«Sei sicuro che sia una buona idea? Potrebbero averci visto, magari in questo momento potremmo essere seguiti. Se restiamo troppo a lungo in quell'appartamento... potresti ritrovarti in trappola, Star. Sai come fanno. Circonderanno l'edificio e non avrai più possibilità di fuga.»

«Oh, ma io non voglio fuggire.» Sorrise, mettendo in mostra i denti bianchi. «Non lo avevi capito?»

«No. Non lo avevo capito. Ma, Star...»

«Senti, non sono uno stupido, d'accordo?» Sentì che era in agguato uno dei suoi scatti di collera. «Non serve a niente fuggire. Prima o poi ti circondano e ti danno il colpo di grazia.

Può essere oggi, domani, o fra una settimana. Nel frattempo, tu sei un mio ostaggio, capito? Sai cosa significa questo? Che evacueranno il palazzo e lo circonderanno. Piazzeranno i loro fottuti tiratori scelti sui tetti. Occuperanno gli appartamenti di fronte, quelli di fianco e quelli di sotto. Installeranno i loro dannati dispositivi in modo da sapere in quale stanza sei. Si metteranno in contatto telefonico. Mi faranno parlare con uno dei loro fottuti strizzacervelli per avere un profilo psicologico. E naturalmente si mostreranno accondiscendenti su tutto. Posso chiedere una macchina, un aereo, un elicottero e stronzate del genere e loro acconsentiranno senza battere ciglio. Anzi, magari mi chiederanno se voglio uno yacht o un Concorde.» Rise. «Credi sia così stupido da bermi certe stronzate? Ho visto la stessa scena in almeno un milione di film... gira a sinistra... so come agiscono. Ti fanno sudare. Aspettano che la tensione ti consumi. Pensano che prima o poi avrai bisogno di dormire e che quindi comincerai a cedere. Poi, quando credono che sia arrivato il momento giusto, li mandano dentro. E le teste di cuoio, o come diavolo si chiamano, non sbagliano mai. Tu sarai fuori in meno di trenta secondi, Gini. E sai cosa succederà a me? La stessa cosa che succede a tutti gli altri poveri sfigati come me: sarò morto, come un fottuto topo in una trappola.» Fece un lungo sospiro. «Be', non è così che ho previsto di morire.»

Gini aveva ascoltato in assoluto silenzio. La precisione con cui aveva descritto quel possibile scenario l'aveva fatta rabbrividire. Strinse con forza il volante, avevano appena svoltato in rue de Rennes. Il palazzo di Mathilde era a tre isolati di distanza. Rallentò.

«Però hai preso in considerazione l'eventualità di morire, vero?» chiese in tono tranquillo.

«Può darsi.» Le lanciò un'occhiata enigmatica, poi sorrise. «La cosa ti preoccupa?»

«Certo. Se muori tu, muoio anch'io. Ho come la sensazione che tu abbia pronunciato la mia condanna a morte.» Riacquistò un po' di coraggio. «Anche se non capisco come farò a scrivere la tua storia, se sarò morta.»

«Lo scoprirai presto.» Fece un altro enigmatico sorriso. «Adesso basta con le domande, d'accordo? Detesto le donne che fanno domande in continuazione. Ehi, che diavolo stai facendo?»

Gini aveva appena riconosciuto i passanti davanti a loro. A una quarantina di metri di distanza stavano camminando Pascal e Marianne.

Si tenevano per mano. Pascal aveva la macchina fotografica a tracolla ed era leggermente piegato verso Marianne ad ascoltare quello che gli stava dicendo. Gini schiacciò l'acceleratore fino in fondo. Star le conficcò la canna della pistola nel basso ventre.

«Ci sono delle persone lì. Star...»

«Frena. Frena subito.»

«Star... ci vedranno. Sei coperto di sangue.»

«Fermati. Qui. Conto fino a tre e poi sparo. Uno. Due...»

Gini si fermò. Erano davanti al palazzo di Madame Duval. Pascal e Marianne erano dieci metri dietro l'auto, poteva vederli avanzare nello specchietto.

«Star, aspetta...» cominciò. Ancora qualche secondo e sarebbero passati accanto alla macchina. Stavano ancora chiacchierando, ridendo, forse non si sarebbero accorti di nulla. «Star, non vorrai, proprio adesso...»

Lui si chinò in avanti, tirò fuori le chiavi e scese rapidamente. Gini tenne gli occhi fissi nello specchietto. Poteva sentire la squillante voce infantile di Marianne. Indossava un giubbotto blu, una gonna scozzese blu e rossa, la calzamaglia blu. I capelli neri avevano un nuovo taglio a caschetto. Gli occhi grigi, uguali a quelli del padre, erano ancora alzati verso Pascal. Ha solo nove anni, pensò Gini. Star aveva chiuso la portiera e stava facendo il giro della macchina. Ancora qualche altro secondo. Non si erano ancora accorti di lui. Se lei fosse rimasta in macchina, se Pascal non l'avesse vista, se Star non avesse parlato. Dio, supplicò.

Un metro, mezzo metro. Avanti, pensò, passate. «*Mais... regarde, papa, cet homme là...*» Dopo tanti anni in zone di guerra, la reazione di Pascal fu immediata. Ancora prima che Marianne finisse la frase, l'aveva già sollevata fra le braccia. Stava già per allontanarsi, quando Star aprì la portiera e ordinò: «Okay, Gini, scendi».

Gini non si mosse. Il viso pallido di Star si abbassò verso di lei. Pensò che dovesse essere cieco oltre che sordo a quello che gli stava succedendo intorno. Non aveva sentito le sirene, e adesso non vedeva Pascal e Marianne. Se solo avesse potuto concedere loro altri venti secondi. Guardò la pistola e aspettò di sentire i loro passi, ma ci fu solo un terribile, interminabile silenzio. Poi Star cominciò a urlare. Il suo urlo riecheggiò per la via e le fece saltare il cuore in gola.

«Scendi da questa dannata macchina. Adesso. Scendi o ti faccio saltare le cervella.»

Saltò giù, rendendosi conto che era arrivato il momento di agire in fretta. Star le storse un braccio dietro la schiena e le premette la pistola sul collo. Con la coda dell'occhio vide Pascal, aveva ancora Marianne in braccio e con una mano le teneva la testa premuta sulla sua spalla. Star li aveva visti? Si era reso conto che erano lì?

«Per favore, Star», iniziò, e senza lasciarlo con gli occhi, si mise fra di loro tendendogli la mano libera. «Portami dentro. Voglio venire dentro con te.»

Stava accadendo qualcosa. Glielo lesse negli occhi. Adesso gli aveva messo un braccio intorno alle spalle, la stretta si era fatta più gentile. Sempre tenendole la Beretta premuta contro il collo, la sospinse verso l'entrata, e salirono i gradini, otto in tutto. Frugò in tasca con la mano sinistra, tirò fuori le chiavi e gliele tese.

«Apri tu la porta. Apri questa dannata porta. Sbrigati.»

Va tutto bene, pensò Gini. Nessuno si sta muovendo. Nessuno si sta avvicinando. Erano solo lei e Star. Il mondo si era ristretto a quel piccolo spazio. Le mani le tremavano terribilmente, non riusciva a inserire la chiave nella serratura.

«Lascia che ti aiuti, Gini», disse una gelida voce alle sue spalle, e sentì la mano di Pascal chiudersi sulla sua. Un secondo dopo la chiave era inserita.

L'uomo che teneva la pistola puntata su Gini non era abituato alle armi, lo aveva capito dalla lentezza della sua reazione. Era teso, ma non realizzò la presenza di Pascal finché non furono tutti e tre nell'atrio.

Pascal incontrò i suoi occhi e gli sorrise come se fossero

vecchi conoscenti. Mettendo sulla spalla la borsa della macchina fotografica, disse: «Vuole che le apra l'ascensore? A che piano andate?»

La semplicità della domanda sembrò mettere l'uomo a proprio agio.

«Apra le porte», rispose.

Pascal ubbidì, muovendosi con calma. L'uomo entrò di spalle, trascinando Gini con sé senza togliere la pistola dal suo collo. Pascal fece per richiudere le porte, poi, all'ultimo momento, ci ripensò.

Cercò di leggere sul viso di Gini anche la più piccola indicazione. Non poteva azzardare alcun gesto violento, alcun passo falso. Gli occhi di Gini, spalancati per la paura, erano fissi nei suoi. Poi vide che ammiccava in modo significativo verso la borsa della macchina fotografica.

«Posso essere d'aiuto?» si offrì, cercando di decifrare il suo messaggio. «Lavoro con Gini, sa, e...» Corrugò la fronte, poi capì. «Sono un fotografo...»

«Davvero?» Lo sguardo dell'uomo si fece dapprima interessato, poi sospettoso. Fece un breve gesto nervoso. «Hai delle macchine fotografiche lì dentro?»

Per quanto impercettibile, c'era una nota di eccitazione, persino di soggezione nella sua voce.

«Certo. Ho qui tutta l'attrezzatura fotografica.»

L'uomo sussultò leggermente, ma continuò a tenere la pistola sotto il mento di Gini e gli occhi fissi in quelli di Pascal.

«Lui è Pascal Lamartine», sussurrò Gini. «Io e lui... noi lavoriamo insieme.»

«Senti, perché non mi fate salire con voi?» Pascal entrò in ascensore. «A che piano?»

Esaminò l'uomo attentamente. Si era aspettato una reazione quando era entrato, ma non era accaduto nulla. Il suo nome sembrò dirgli qualcosa. Appena Gini lo aveva pronunciato, era sembrato perplesso, ma poi mentre salivano aveva assunto un'espressione euforica e sollevata.

Pascal stava pensando che non era il caso di reagire in ascensore e nemmeno sul pianerottolo del decimo piano. Lo spazio era troppo limitato e l'uomo teneva Gini ancora stretta. Nell'appartamento, decise, mentre lui gli lanciava le chiavi ordinandogli di aprire la porta. Sì, qui è l'ideale, pensò, entrando nell'appartamento pieno di mobili. Appena si fosse rilassato o distratto, sarebbe passato all'azione.

«Ti conosco, Pascal», esultò infine l'uomo in tono trionfante. Si era piazzato con le spalle alla parete, sempre tenendo Gini davanti a sé come scudo. «Ho seguito il tuo lavoro. Ho le fotografie che hai scattato a Carolina di Monaco. Le ho ritagliate. E anche quelle di quell'attrice americana, Sonia Swan. Erano davvero fantastiche. Ho ritagliato anche quelle. Lavori per tutte le mie riviste preferite, *Paris Match*, *Paris Soir*, *People*...» Aggrottò la fronte. «Però non ho visto niente di tuo di recente.»

«Ultimamente ho fatto altre cose. Sai com'è.»

«Sì. Sì. Dev'essere stato difficile avvicinarsi a tutte quelle celebrità, superare le guardie del corpo, i cani. Scattare fotografie che il mondo non avrebbe dovuto vedere... Dio se mi sono piaciute. Quella Sonia Swan è una vera e propria puttana. Tu l'hai mostrata per quello che è veramente.»

Tacque. Stava tremando per l'eccitazione. Che ironia, pensò Pascal. I tre anni della sua vita che più disprezzava, i tre anni della sua vita di cui ancora si vergognava, sembravano tornargli utili. Guardò quell'uomo, e vide che era ossessionato dalla fama. Una specie di pazzia, di fanatismo.

«Ho ancora le tue fotografie che ho ritagliato.» Fece una risata stridula. «Le ho qui. Tengo alcune delle mie cose nella stanza di mia madre, è in fondo al corridoio. Più tardi possiamo guardarle. Sono in una valigia sotto il letto.» Tacque di nuovo, riacquistò il controllo ed ebbe un altro scatto nervoso. «Sei un tipo sveglio, Pascal, giusto? Allora farai quello che ti chiedo. Adesso voglio che tu vada in ogni stanza, che chiuda le persiane e tiri le tende. Accendi le luci. Poi vai in cucina e prendimi dell'acqua dal frigorifero. Mathilde ne tiene sempre alcune bottiglie per me. Portamene qui una con un bicchiere. E non cercare di fare il furbo, Pascal, altrimenti...»

«No. No. Ho capito.»

Pascal si mosse verso una delle finestre della stanza in cui si trovavano. Stava calcolando il tempo. Quanto ci avrebbero messo? Cinque, dieci minuti? Avrebbero usato le sirene?

Si mosse rapidamente per l'appartamento, imparandone la pianta. Un lungo corridoio centrale senza finestre con due grandi stanze su entrambi i lati; sulla destra, due camere da letto ciascuna con il proprio bagno; sulla sinistra il salotto dove erano entrati per primo e una sala da pranzo; infine, in fondo al corridoio, un'enorme vecchia cucina. La disposizione era quasi identica a quella dell'appartamento di Helen e, rendendosi conto di questo, sentì crescere le proprie speranze.

La cucina, come quella di Helen, aveva una porta di servizio che dava sulle scale antincendio. Pascal guardò furioso verso la porta. Ci aveva contato, ma era inaccessibile. Era bloccata da un enorme frigorifero. Aprì ogni finestra, come aveva fatto in tutte le altre stanze, anche se dubitava che sarebbe stato d'aiuto. Sembrava che non venissero aperte da secoli. Spinse con forza quella sopra il lavello, non si mosse neanche di un centimetro.

Si guardò intorno, poi cominciò ad aprire i cassetti. Alla fine trovò l'oggetto che stava cercando: un sottile e affilatissimo coltello. Lo fece scivolare nella tasca interna della giacca, senza molto entusiasmo. A differenza di una pistola, un coltello richiedeva una distanza molto ravvicinata.

Stava prendendo l'acqua, quando sentì un gemito che gli fermò il cuore. «No, ti prego...» stava supplicando Gini. «No, Star, non adesso. Dobbiamo parlare. Tu vuoi che ti intervisti. Nella mia borsa ci sono il registratore e le cassette...»

Pascal corse in salotto. Arrivò forse con cinque secondi di ritardo. Se anche avesse avuto una possibilità, adesso era sfumata. Qualunque cosa Star stesse facendo, aveva sentito i passi di Pascal, e si era fermato. Pascal rimase immobile sulla soglia, pallido come un cencio.

La scena davanti a lui era più che eloquente, e lo spaventò da morire. Gini era stata costretta a inginocchiarsi davanti a Star. Tremava violentemente. Lui si era slacciato la cintura e teneva la pistola premuta contro la sua tempia. La mano sinistra stringeva la nuca di Gini. L'eccitazione sul suo viso non lasciava spazio a equivoci. Appena Pascal entrò, sollevò Gini con forza finché non fu in piedi.

«Metti giù l'acqua e vai laggiù», ordinò. Aspettò finché Pascal lo avesse fatto. «Okay. Possiamo cominciare l'intervista. Magari Pascal può scattare qualche fotografia. Qualche fotografia ci vuole, no? Ho così tante cose da raccontare. Ma chissà, forse dovrei essere breve. Ci sono altre cose che vorrei fare prima di...» S'interruppe.

Alzò la testa di scatto come un animale che fiuta il pericolo. Questa volta, anche lui sentì il suono delle sirene.

Si avvicinavano sempre di più, fino a diventare assordanti, poi si fermarono. Star emise un lungo, lento sospiro. Premette Gini contro il proprio corpo, e Pascal, vedendo la faccia terrorizzata di Gini, capì perché lo aveva fatto. Vide il sangue defluire dal suo viso. Chiuse gli occhi e serrò i pugni. La mano destra di Star continuava a tenerle la pistola premuta sulla gola, la sinistra si posò sul suo petto.

Aveva sentito le sirene. Adesso sembrava ascoltare il silenzio.

«Credo che il nostro pubblico sia arrivato», disse.

Alle undici e trenta Quest lasciò la passerella e Rowland percorse il passaggio dirigendosi verso l'uscita. Osservò le facce del publico, la fila di agenti e guardie allineati in fondo alla sala, e il suo istinto gli disse che lì non stava per succedere niente. Quello scenario era troppo in ordine, troppo perfetto, qualunque cosa avesse detto Mina. Era una scena teatrale, e ovunque fosse il regista, lui non sarebbe rimasto in prima fila ad aspettare.

Mentre lasciava l'edificio, la sensazione di essere un intruso nella produzione di qualcun altro crebbe. L'arrivo dei blindati aveva inevitabilmente attirato l'attenzione della stampa. Oltre il cortile di palazzo Cazarès adesso c'era un'enorme folla di giornalisti, fotografi e reporter televisivi, impegnati a lottare con la polizia. Qualcuno riusciva a intrufolarsi attraverso le barricate, poi venivano costretti a tornare indietro, poi avanzavano di nuovo. Rowland girò loro intorno e s'infilò in una serie di stradine laterali. Superò i cancelli dalla parte dei garage dove venivano tenute le macchine di Cazarès, e trovò l'entrata di servizio.

Di lì a poco quel cancello sarebbe stato assediato, ma per il momento non c'era nessuno. La scontrosa guardia al cancello non lo accolse bene. Lo informò che l'accesso era riservato solo al personale autorizzato, e che solo il personale autorizzato era ammesso.

Prese il telefono e minacciò Rowland di chiamare la polizia se non se ne fosse andato. Rowland non se lo fece ripetere. Pensò che c'erano solo altri due posti dove poteva essere andato Star: da Mathilde Duval o da Chantal. Ma Mathilde Duval in quel momento era da Cazarès a guardare la sfilata nella stanza di cui gli aveva parlato Juliette de Nerval. Non restava che Chantal. Meno di dieci minuti dopo scendeva da un taxi in rue Saint Séverin. Il portone era aperto, salì la rampa di scale che portava all'appartamento di Chantal. Anche la porta di sopra era aperta. S'irrigidì. Sentì immediatamente che era successo qualcosa di terribile. Sospinse la porta e vide la parete di fronte imbrattata di sangue. Sentì il gatto che graffiava e miagolava come un forsennato. Era stato chiuso in uno degli armadietti sotto il lavabo.

Per qualche motivo, il gatto era stato risparmiato. Chantal, Jeanne e il loro sparuto bastardino non avevano avuto la stessa fortuna. Jeanne, che aveva tentato di reagire, era riversa contro la parete in una pozza di sangue; Chantal, che era stata uccisa nel letto, probabilmente non si era neanche resa conto di quello che stava succedendo. C'era sangue dappertutto: sul letto, sul pavimento, sulle tende, sulle pareti. Non poteva che essere stato Star, e aveva anche lasciato la sua firma: una stella disegnata con il sangue sulla parete dove era riversa Jeanne e un crocefisso, sempre di sangue, sopra il letto dove giaceva Chantal. Accanto al corpo del cane c'era una pila di vestiti, fra cui un paio di jeans e una giacca rossa, l'uniforme da studente che Star aveva detto che avrebbe indossato da Cazarès. Rowland distolse gli occhi da quei cadaveri. Il lavabo, il ripiano da lavoro e il pavimento erano sporchi di sangue misto ad acqua. Aveva programmato tutto. Era andato lì, aveva massacrato quelle poverette, poi si era lavato e cambiato.

Avvolgendosi un fazzoletto intorno a una mano, Rowland chiamò Luc Martigny, poi aprì l'armadietto liberando il gatto. Questi sfrecciò giù per le scale. Rowland uscì dalla stanza indietreggiando. Quei corpi gli stavano mandando dei segnali, gli dicevano che non era una semplice storia di omicidio, che c'era qualcosa di ben più atroce.

Scese da basso e aspettò l'arrivo della polizia. Cercò di normalizzare il suo respiro e di ricordare quello che gli avevano detto Chantal e Mina. Sebbene con un linguaggio diverso, entrambe avevano affermato che Star era soggetto a improvvise collere, ma che non rappresentava una minaccia dal punto di vista sessuale. Mina aveva addirittura sostenuto che non era cattivo, che non le aveva fatto del male.

Rowland guardò la sagoma scura della chiesa di Saint Séverin. Era cominciata a scendere una leggera pioggerella. Sentì le sirene avvicinarsi e notò a malapena Martigny e i suoi agenti che entravano nell'edificio e salivano le scale. Aveva uno strano presentimento, una paura crescente. Dov'era Gini?

Martigny rimase solo pochi minuti nell'appartamento di Chantal. Quando ritornò, prese Rowland per un braccio e lo condusse verso una macchina della polizia.

«Parleremo in auto», disse, mettendo in moto e dirigendosi verso la riva destra. Rowland ascoltò in silenzio, nonostante il suono assordante delle sirene.

«Non ci sono solo quelle due donne», cominciò Martigny, in tono asciutto. «I morti sono cinque. Alle due ragazze vanno aggiunti Lazare, Madame Duval e una guardia di sicurezza...» Tacque.

«E?» lo incitò Rowland.

«E sappiamo dov'è Star. La telefonata è arrivata cinque minuti fa. È a casa di Mathilde Duval. E temo non sia solo. Con lui c'è quella sua collega, Genevieve Hunter mi pare. Sì, la userà come ostaggio. No, aspetti, non è sola. C'è anche un fotografo che forse lei conosce, Pascal Lamartine.» Martigny esitò, Rowland non aprì bocca. «La presenza di un altro uomo forse può essere di aiuto.» Gli lanciò un'occhiata. «Certo che la situazione è grave. Ha già ucciso cinque persone. Quelle povere ragazze...» Esitò di nuovo. Rowland incontrò il suo sguardo.

«Le ha stuprate, vero?»

«Sì. Temo di sì. Non so se prima o dopo averle uccise.»

Martigny si rabbuiò. «Avremo bisogno del suo aiuto», asserì.

Quando raggiunsero rue de Rennes, Martigny, sempre scuro in volto, scomparve. Ritornò poco dopo per aggiornarlo sul numero dei morti. «Non sono cinque, ma sei. Hanno appena individuato la Mercedes. Mi dia retta, è meglio che non veda quello che c'è nel bagagliaio.»

Si accese una sigaretta e aspirò profondamente. Lui e Rowland rimasero in piedi fianco a fianco sotto la sottile pioggia, guardando il boulevard. I poliziotti stavano evacuando gli edifici e portando dentro le loro attrezzature.

Rowland alzò lentamente gli occhi verso la facciata del palazzo di Madame Duval. Sul suo tetto e su quello della casa di fronte i tiratori scelti si stavano piazzando.

«È quell'appartamento lassù», indicò Martigny. «Quello con le persiane chiuse.»

«So qual è», replicò Rowland.

«Avremo il collegamento telefonico fra dieci minuti. Non ha staccato la linea, apparentemente, il che è di aiuto. Non vogliamo cominciare a parlare con lui troppo presto, e quando lo faremo, dovrà essere nel modo giusto. Avremo bisogno del suo aiuto. Lei lo conosce meglio di chiunque altro.»

«Naturalmente.»

«Senta.» Martigny lo prese per un braccio. «Le ho già detto che non è sola con lui. Questo è un vantaggio.»

«Lei crede? Dalle otto di stamattina ha già ucciso sei persone.»

«Lo so. Ma questa è una situazione in cui è difficile fare previsioni. Probabilmente andrà tutto bene. Gli servono vivi, sono il suo biglietto di uscita. Senta, si fumi una sigaretta.»

Rowland scosse la testa. Continuò a tenere gli occhi fissi sul palazzo di fronte.

«D'accordo», sospirò Martigny, che non era uno stupido. «Probabilmente non ha bisogno di tutti e due.»

«Può ben dirlo.» Rowland si voltò verso di lui furioso. «Il fatto che siano in due non migliora la situazione, anzi, la peggiora. È un esibizionista. Ne ammazzerà subito uno, e terrà vivo l'altro per un po'.»

«Terrà viva la donna.» Martigny sospirò di nuovo. «Questo lo sappiamo entrambi. La donna è fisicamente più debole, più facile da intimidire.»

Incontrò i freddi occhi verdi dell'inglese e seppe esattamente quello che gli stava passando per la mente, perché era quello che pensava anche lui.

«Non serve a niente immaginare il peggio», disse. «Non in queste situazioni. Aspettiamo. Fra mezz'ora saremo in grado di parlare con loro, avremo piazzato i dispositivi di ascolto, avremo la piantina dell'appartamento, sapremo dove si trova esattamente... se sbatte le palpebre, noi lo sapremo. Venga, andiamo verso quel furgone. Stanno installando i cavi e la linea telefonica.»

Rowland lo seguì lentamente. Mentre parlavano, erano comparsi altri tre furgoni e cinque macchine. La prima troupe televisiva stava arrivando. Scavalcò cavi e fili guardando un'altra squadra che scendeva da un blindato. Aveva visto la stessa scena in centinaia di film, in centinaia di telegiornali; ed ebbe la stessa intuizione di poco prima. Era come un film perché Star voleva che fosse così.

«Ma non capisce?» disse al tranquillo psicologo che avrebbe avuto il primo contatto telefonico. Sedeva davanti a lui nel furgoncino. «Davvero non capisce che è quello che vuole? Avrà tutta l'attenzione dei mass media. È la sua sceneggiatura. Il suo film. Finalmente ha l'occasione di essere qualcuno, di essere una star, quando è stato una nullità per la maggior parte della sua vita.»

«Eccesso di vanità?» chiese lo psicologo.

«Forse. Di sicuro non ama le critiche e nemmeno le domande, secondo il racconto delle ragazze finite sotto le sue grinfie. Cambia umore in modo repentino, e quasi sicuramente sotto l'effetto delle droghe...» Rowland s'interruppe. Era furioso e disperato, e in questo crogiolo di emozioni gli venne un'idea. Pensò a Cassandra e a Maria Cazarès. «C'è una possibilità...» iniziò. Poi scosse la testa. «No, è troppo pericoloso.»

Lo psicologo e Martigny si scambiarono un'occhiata.

«Monsieur McGuire», disse lo psicologo, infilando le cuffie, «non c'è niente che non lo sia in questa situazione...»

«Apri la valigia, Pascal», ordinò Star. «Aprila e mettila sul tavolo.»

Pascal aprì la valigia che, come aveva detto Star, era sotto il letto rosa nella stanza rosa piena delle fotografie di una donna in cui Pascal riconobbe la stilista Maria Cazarès.

Alzò lo sguardo. Star era ancora nervoso, ma anche più vigile. Stava a circa cinque metri di distanza, sempre tenendo Gini davanti a sé, sempre con la pistola puntata sul suo collo. Su un tavolino accanto a lui c'era il registratore di Gini. Era acceso.

Sia Pascal, sia Gini sapevano che quella registrazione non

sarebbe stata loro di alcun aiuto. Quella registrazione era il trampolino di Star verso la notorietà, l'immortalità. Gini non avrebbe mai trascritto quell'intervista. Qualunque cosa le avesse detto in precedenza, non era mai stata questa la sua intenzione. Star voleva registrare la sua voce perché in futuro il mondo potesse sentirla. Gini non sarebbe sopravvissuta per dare la sua versione più di quanto sarebbe sopravvissuto Pascal per vedere le fotografie che avrebbe scattato.

Per ora gli erano ancora utili, ma una volta fatte le foto e finita la registrazione, li avrebbe uccisi. Pascal ne era certo, così com'era certo di sapere chi avrebbe ucciso per primo.

La valigia era piena zeppa di taccuini, fotografie e ritagli di giornali. Erano stati gettati dentro alla rinfusa. Con estrema cautela, cominciò a tirarli fuori, disponendoli sul tavolo di fronte a lui.

«Non mischiarle, okay?» gli ordinò Star seccamente. «Sono in ordine. In cima ci sono tutte le fotografie di mio padre e mia madre, e gli appunti che ho scritto quando tutto ha cominciato ad avere un senso.»

A quanto sembrava, i suoi genitori erano Maria Cazarès e Jean Lazare. Pascal ammucchiò i taccuini da un lato e i ritagli da un altro.

Sotto c'erano mucchi di giornali stropicciati e altri ritagli. Ce n'era una collezione sulla famiglia reale di Monaco, incluse le fotografie che lui aveva scattato alla principessa Carolina a cui Star aveva fatto riferimento; sulla famiglia Kennedy, una su un duca inglese con una moglie canadese, una su un magnate della stampa australiano-americano, e svariati divi del cinema americani. Li dispose in ordine sul tavolo. Sul fondo della valigia c'era una serie di fotografie pornografiche di estrema violenza. Pascal chiuse il coperchio della valigia. Star fece uno strano movimento, indicò la seconda pila di ritagli, poi sorrise.

«Quelli sono stati una falsa partenza. Il duca, le star del cinema... ho sempre saputo di essere diverso, che non ero uno qualunque. Ho cercato di rintracciare mia madre appena sono stato abbastanza grande per farlo. Ma Maria, naturalmente, era riuscita a coprire bene le sue tracce. Sapete che cos'hanno cercato di farmi credere?» Assunse un tono di disprezzo e di derisione. «Hanno cercato di farmi credere che mia madre era una puttana da quattro soldi, ormai morta. Be', io non l'ho bevuta. A Montreal ho incontrato una fottuta assistente sociale che mi ha mostrato un certificato di nascita su cui non c'era neanche il nome del padre, e mi ha detto che non poteva contattare mia madre perché era morta, uccisa di botte da uno dei suoi clienti. E mi guardava con tale pietà che avrei voluto ucciderla lì sul posto, spezzarle quel fottuto collo, perché mi aveva rifilato un mucchio di balle. Poi mi sono reso conto che faceva solo parte della cospirazione, tutto qui. Così l'ho lasciata vivere. Quella stupida, dannata bugiarda...»

Rabbrividì, e Gini trasalì.

«Poi mi sono messo a cercare i miei genitori. È stato veramente difficile, ho seguito diverse false piste, infine, roba da non crederci, ho avuto un colpo di fortuna. Ho incontrato Mathilde. Ero appena arrivato a Parigi da Amsterdam ed ero messo piuttosto male. Le carte non erano buone, non avevo soldi, avevo litigato con la mia amica Chantal e non avevo un posto dove stare. È stato allora che ho incontrato Mathilde. A pochi isolati da qui. Era nel parco e stava dando da mangiare ai piccioni, e abbiamo cominciato a chiacchierare. Volevo solo un pasto. Un posto dove dormire. Non mi sentivo bene, sono soggetto a forti emicranie. Così mi ha portato qui e mi ha preparato da mangiare. Mathilde era a posto. Mi piaceva. Si sentiva sola, aveva bisogno di qualcuno con cui parlare. Così ha cominciato a raccontarmi di Maria. Sapevo chi era Maria, perché avevo letto di lei sui giornali. Circa una settimana dopo, forse anche meno, non ricordo, Mathilde mi ha raccontato di come Maria avesse perso il suo bambino a New Orleans. A quel punto è stato tutto chiaro. Tutto corrispondeva. Le date corrispondevano. Una volta sono stato a New Orleans per un po'. Ho i capelli neri come i suoi e quel porco di Lazare. Sì, gli stessi capelli e gli stessi occhi... le somiglio, vero?»

«C'è una certa somiglianza», rispose Pascal.

Teneva gli occhi fissi su Star. La sua attenzione pareva intermittente adesso. Il suo sguardo era vago come le parole. Guardava Pascal, poi Gini, poi la pistola, poi il vuoto. Pascal ebbe la sensazione che questa conversazione gli fosse familiare, che l'avesse già ripetuta chissà quante volte ed era una conversazione che stava tenendo con se stesso.

Cautamente, Pascal fece il giro del tavolo in modo da ridurre leggermente la distanza fra di loro. Star non reagì. Aveva ricominciato a toccare Gini. Le strizzava in modo goffo i seni.

«Star, lasciami controllare il nastro», propose Gini, tenendo gli occhi fissi su Pascal. Aveva un'espressione omicida, era furente per quello che le stava facendo Star. Cercò di dirgli con lo sguardo di non muoversi, di non protestare. «Star... il primo nastro sta per finire. Non è un problema, ne ho molti altri. Lascia che ne inserisca uno nuovo.»

«No. Non ce n'è bisogno. È finita.»

«No, Star. Non è possibile. Ci sono tante altre cose che voglio chiederti. La gente vorrà sapere come ha reagito Maria quando le hai detto chi eri, perché gliel'hai detto, non è vero?»

«Sì. Gliel'ho detto.»

«Vorranno sapere cos'ha detto. E anche cos'è successo dopo...» Continuava a tenere gli occhi fissi su Pascal. «Vorranno sapere perché hai deciso di uccidere Jean Lazare e cos'è successo quando l'hai fatto...»

Pascal non mosse un muscolo. Gini stava cercando di dirgli qualcosa e di prendere tempo. Era di Lazare il sangue che Star aveva ancora sul viso e sulle mani? si chiese Pascal. «La gente vorrà conoscere i fatti, Star...» continuò Gini. «Non è così, Pascal?»

«Certo.» Pascal mantenne la voce pacata. «Sono i dettagli che fanno la differenza.»

«Perché l'ho ucciso?» Star rise. «Come l'ho ucciso? Come avrei ucciso lei, se ne avessi avuto la possibilità? Certo che lo racconterò.»

Agitò la pistola, poi la schiacciò di nuovo sul collo di Gini. I suoi tempi di reazione si stavano allungando. Gli ci erano voluti quasi quindici secondi per rispondere alla domanda di Gini, però non se n'era reso conto. Sta perdendo lucidità, pensò Pascal.

Permise a Gini di cambiare il nastro. Pascal vide in questo un'opportunità, ma non ce ne fu il tempo. Venti secondi dopo che Gini aveva premuto RECORD, l'aveva attirata di nuovo a sé e aveva ripreso a parlare. «Sapete una cosa? Mi ha supplicato.» Alzò la voce. «Il grande Jean Lazare. L'Imperatore in persona si è inginocchiato a supplicare, promettendo di darmi qualunque cosa volessi, se solo non avessi sparato. Mi è piaciuto. Mi sono divertito da morire. Il mio fottuto padre che strisciava ai miei piedi. Avevo aspettato così tanto quel momento.»

Pascal si rese conto che era stato un errore affrontare quell'argomento. Star era di nuovo eccitato. Sembrava che nella sua testa ci fosse un legame fra le umiliazioni che stava descrivendo e il sesso. Attirò Gini bruscamente contro di sé e cominciò a far scorrere le mani lungo il suo corpo. Si strusciò contro la sua schiena, senza mai togliere gli occhi da Pascal.

«Non provarci, Pascal. La sicura è alzata. Capisci qualcosa di pistole? Con questa sarete entrambi morti prima che tu riesca a fare un passo...» Alzò di nuovo la voce. «Non ti piace quello che sto facendo, Pascal? Ti sconvolge, eh? Ti fa sentire un po' inadeguato, un po' impotente? Be', tanto meglio. Io mi sono sentito così per anni. Anni in cui ho subito ogni sorta di abusi. Anni in cui sono stato picchiato e stuprato. E sai quanti ne avevo la prima volta? Cinque. E ho dovuto subire per dodici fottutissimi anni. Anni in cui sono stato trattato come una merda, come se fossi una nullità, quindi...»

A Pascal si gelò il sangue. A Gini scappò un gemito e si coprì la bocca con la mano. Pascal si mosse in avanti, sapeva che Star stava per sparare. Poi cominciò a squillare il telefono. Star stava premendo la pistola contro la bocca di Gini; poi, improvvisamente, dopo cinque squilli, sembrò sentire il telefono e si fermò. Fu scosso da un brivido e gli si irrigidirono i lineamenti, poi sembrò rilassarsi. Conficcò la canna della pistola nelle costole di Gini.

«Vai laggiù con lui. Mettetevi accanto al tavolo dove posso vedervi. Che nessuno di voi osi muoversi. Devo rispondere al telefono...» Rabbrividì, poi rise. «Devo parlare con lo strizzacervelli...»

Guardò Gini barcollare attraverso la stanza. Aspettò che ebbe raggiunto Pascal, poi, tenendoli sempre sotto tiro, sollevò il ricevitore e lo tenne nell'incavo della spalla. Ascoltò, sorridendo. Pascal strinse forte Gini fra le braccia. Pregò Dio che chiunque fosse al telefono fosse bravo e si rendesse conto che dovevano agire in fretta.

Strinse di più Gini, baciandole le lacrime, baciando il viso rivolto verso di lui, cercando di calmare i tremiti di paura che le scuotevano il corpo. Quando Star cominciò a parlare, premette le labbra sul suo orecchio e cominciò a sussurrarle parole che lei riuscì a sentire a malapena. Entrambi sapevano che quella avrebbe potuto essere la loro ultima conversazione. Avevano così poco tempo e così tante cose da dirsi.

«Gini, ti rendi conto che non abbiamo molto tempo?»

«Lo so. Prima pensavo che avrebbe sparato.»

«Lo avrebbe fatto. Ha i nervi a fior di pelle. Ma vuole quelle fotografie e forse c'è qualcosa che posso fare...» Esitò, aspettò finché Star non riprese a parlare, poi continuò a sussurrare. Gini lo ascoltò, gli occhi fissi nei suoi. La sua proposta le mise una paura del diavolo.

«No», rifiutò, premendo le labbra sul suo viso. «No, ti prego, Pascal. Ti ucciderà. Vuole uccidere prima te. Dobbiamo aspettare e continuare a farlo parlare.»

«Dobbiamo tentare. Lo vedi anche tu com'è instabile. La polizia cercherà di protrarre le cose, di stancarlo. Noi non abbiamo tempo per questo...»

S'interruppe, sentendo Star ridere, poi riprese a parlare. Quanto tempo avevano? Dieci, quindici minuti, forse meno.

«Pascal.» La mano di Gini si chiuse sulla sua. «Perché non te ne sei andato con Marianne? Ne avevi tutto il tempo. Oh, Cristo...» Tacque, conosceva la risposta, e se aveva avuto qualche dubbio, poteva leggerla in quel momento sul suo viso.

«Non mi sono neanche posto la domanda», replicò lui. «Gini, non è cambiato niente. Ti amo così tanto. Lo sai.» Poi si chinò e la baciò, girandola in modo da nasconderla alla vista di Star. Lei aprì la bocca e chiuse gli occhi, sentendo in quel bacio l'amore e la disperazione di entrambi.

Pascal la baciò con passione pensando che poteva essere l'ultima volta. Ascoltò il linguaggio della sua risposta. La guardò e lesse il cambiamento, la nuova risoluzione sul suo viso. Star alzò la voce e rise di nuovo. Pascal portò le labbra alla sua gola e sussurrò: «La stanza rosa, Gini. Voglio portarlo nella stanza che più lo sconvolge. La stanza con meno luce...»

Nel furgone, Rowland si aggiustò meglio le cuffie. Lo psicologo della polizia, che si era presentato a Star solo con il nome, Lucien, stava parlando con lui da quasi cinque minuti. Rowland sapeva esattamente che cosa stava cercando di fare: voleva calmarlo e avere informazioni, voleva prendere tempo, voleva soprattutto stabilire con lui un rapporto di dipendenza e fiducia. Rowland aveva l'impressione, e probabilmente anche lo psicologo, che Star sapesse questo.

Star era troppo disposto a cooperare, e lo faceva in tono insolente e beffardo.

«Cibo?» stava dicendo ora, ridendo. «Oh, sì. Ci sono una dispensa e un frigorifero pieni zeppi di cibo, quindi suppongo che, se volessi, potrei starmene qui per giorni, persino settimane. Sicuramente non morirei di fame e nemmeno Gini e Pascal. Ma quando parli di cibo ti riferisci a qualcosa di più raffinato, vero? Sai cosa mi piace veramente? L'aragosta. C'è un ristorante a Saint Germain, *L'Age d'Or*, dove servono le aragoste in modo davvero speciale. Quindi se vuoi mandarmene un po'... ma non immediatamente. Forse tra un'ora. Richiama fra un'ora. No, mezz'ora. No, venti minuti. Per ora rinviamo, d'accordo?»

Lo psicologo guardò perplesso Martigny.

«Naturalmente», rispose, sempre in tono calmo.

«E non dimenticarti la macchina.» Star rise. «Ne avrò bisogno. Voglio che sia la Rolls Royce del 1938 di Jean Lazare a portarmi all'aeroporto. Ma non adesso. Mi sto divertendo troppo. E adesso lascia che ti rilegga la mia lista...»

Cominciò a ripetere le assurde richieste che aveva già fatto. Lo psicologo spense il suo microfono. Guardò Martigny, poi Rowland, poi scosse la testa.

Martigny si voltò a parlare con il comandante delle teste di cuoio che era al suo fianco. Intanto Star continuava a elencare le sue richieste. Quando ci fu di nuovo silenzio nel furgone, lo psicologo accese il microfono. Rowland guardò i nastri che giravano. Mentre ascoltava le farneticazioni di Star, sentì crescere ancora di più la paura e il senso d'impotenza.

Lo psicologo decise di intervenire.

«Christophe», chiamò. «Christophe? Posso dare un suggerimento? Non sarebbe tutto più facile se tu mostrassi un gesto di buona volontà? Noi ti procuriamo la macchina, tu in cambio rilasci uno degli ostaggi.»

«Gini?» Rise di nuovo. «Volete Gini, giusto? Non so. Io e lei andiamo così d'accordo. Devo rifletterci.»

Lo psicologo fece un piccolo segnale a Martigny. «Allora suggerisco questo. Ti richiamo esattamente fra venti minuti, d'accordo? Avrai il tempo di prendere in considerazione la mia proposta. Puoi fare anche altre richieste. Forse c'è qualcuno con cui vorresti parlare, se è così, possiamo metterci d'accordo.»

«Non credo.» Star ridacchiò. «Anzi, direi che è improbabile. Sono tutti morti.»

«Allora ti richiamo fra venti minuti. Alle due in punto.»

Interruppe la comunicazione, sospirò e si voltò verso Martigny e il comandante delle teste di cuoio.

«Pensate di farcela per quel momento? Quindici minuti da adesso?»

I due uomini si consultarono. «Mezz'ora sarebbe meglio», rispose Martigny. «Quarantacinque minuti ancora meglio.»

«Non lo consiglio.»

«Pensa di non riuscire a persuaderlo a rilasciare Genevieve Hunter?»

«Non ha intenzione di rilasciare nessuno dei due. Né di usare la macchina o l'aereo. Lo avete sentito. Sta giocando.»

«Bene.»

Rowland vide che la decisione era stata presa. Guardò il comandante delle teste di cuoio uscire, poi sentì rumori, passi, armi che venivano caricate fuori del furgone.

Lo psicologo si passò una mano sulla fronte, Martigny si risedette e accese una sigaretta.

Aspettarono in silenzio. Guardarono scorrere la lancetta dei minuti, poi sentirono un ronzio. Rowland s'irrigidì. Aveva appena sentito la voce di Gini.

Martigny fece un sospiro. «Finalmente. Hanno posizionato i dispositivi d'ascolto. Entreranno dal davanti e dal dietro simultaneamente. Trenta secondi prima dell'irruzione, squillerà il telefono. Quindici secondi dopo, faremo saltare tutte le luci nell'appartamento. Poi...»

Non c'era bisogno che continuasse. Rowland sapeva che cosa sarebbe successo dopo. Sarebbero scesi a corda doppia giù dal tetto. Ci sarebbero stati rumori di diversione e luci accecanti; poi le teste di cuoio avrebbero fatto irruzione. Loro erano addestrati a irrompere fulminei in una stanza buia in cui non avevano mai messo piede prima e a distinguere rapidamente chi erano gli ostaggi. Sempre rapidamente, usando le armi automatiche, avrebbero neutralizzato Star, e solo lui. A volte questa tecnica aveva successo, altre volte no.

Pascal Lamartine e Star erano più o meno della stessa altezza, ed entrambi avevano i capelli scuri. L'unica differenza era che uno aveva la pistola e l'altro no.

Fissò l'orologio sopra la strumentazione. La ricezione dall'appartamento non era perfetta, ma intermittente, come una radio mal sintonizzata.

Tutt'a un tratto, ci fu un brusio e poi si sentì la voce di Lamartine. Era tranquilla, persino rilassata.

«Non qui», disse. «Andiamo nella stanza di tua madre, quella rosa. C'è un'intera parete con tutte le sue fotografie. Potrei farti lì delle foto in campo lungo. Solo che...»

«Cosa? Qual è il problema?»

«Per le copertine ci vorrebbe almeno un primo piano.»

«Copertine?»

«Certo. Per *Time. Newsweek. Paris-Match.* In bianco e nero per i quotidiani e a colori per le riviste.»

«Non mi piace quella stanza. Era di mia madre. Lei... lei potrebbe tornare.»

«D'accordo. Le farò qui. In fondo non era una bella idea.»

«No. No. Andiamo là. Solo non fare scherzi, altrimenti le sparerò.»

Le voci svanirono di nuovo. Nel furgone c'era un assoluto silenzio.

«Che diavolo pensa di fare?» esplose Rowland. Martigny sospirò e gli posò una mano sul braccio. Lo psicologo scosse la testa.

«Non doveva nominargli la madre né tentare di portarlo in quella stanza. Ma...»

«E men che meno scattargli fotografie.» Rowland si alzò. «Adora la pubblicità. Sarebbe capace di farsi fotografare mentre ammazza Gini. Lamartine non poteva avere un'idea peggiore. Chiami subito Star. Deve fermarlo.»

Martigny e lo psicologo guardarono l'orologio. Erano passati cinque minuti. Martigny cominciò a premere dei tasti e a parlare in un microfono; i nastri presero a ronzare. Nell'appartamento di Madame Duval squillò il telefono. I tre uomini misero le cuffie e ascoltarono. Non rispose nessuno.

* * *

«Lascialo suonare», intimò Star. «Andiamo di là. Sbrigati.»

Pascal cercò di decifrare la sua espressione, di farsi un'idea della stanza. Entrando, come aveva previsto, Star si sentì immediatamente a disagio. Osservandolo, Pascal ebbe l'impressione che stesse vedendo un suo film privato che scorreva velocemente. Più scorreva velocemente il film, più erano lenti i suoi tempi di reazione. Adesso era contro la parete indicata da Pascal, il corpo incorniciato dalle foto di sua madre. Teneva Gini davanti a sé, la pistola sempre premuta sul suo collo. C'era poca luce nella stanza. Pascal alzò la macchina fotografica e guardò attraverso il mirino. Lo mise a fuoco sugli occhi di Star. Non doveva avere fretta, doveva aspettare che gli occhi di Star si fossero adattati alla semioscurità in modo che le pupille si dilatassero.

Sulla macchina aveva fissato un dispositivo che si usava raramente, il ring flash. Quando scattava, emetteva una luce accecante. A distanza ravvicinata avrebbe potuto avere forse venti, trenta secondi di vantaggio, ma non era detto che sarebbero stati sufficienti. Sicuramente non sarebbero bastati con Star che teneva la pistola alla gola di Gini.

Abbassò la macchina fotografica. Gli occhi di Star erano adesso fissi sul letto rosa alle sue spalle. Pascal sospirò e disse in tono rammaricato: «Non va bene. Gini è troppo alta. Non riesco a inquadrare la tua faccia».

«Al diavolo. Così va meglio?»

Con un rapido movimento, aveva costretto Gini a inginocchiarsi e le teneva la pistola sulla tempia.

«No.» Pascal incontrò i suoi occhi. «Non scatterò una fotografia così. Non la pubblicherebbe nessuno.»

«Al diavolo tutti e due. Io... cos'è stato?»

Star aveva cominciato a tremare. Gli occhi giravano da una parte all'altra della stanza. Gini emise un gemito terrorizzato. Pascal, che invece aveva sentito il rumore, gli lanciò un'occhiata perplessa.

«Cosa? Non sento niente.»

«Qualcosa si sta muovendo. Laggiù, vicino al letto...»

Pascal sapeva perfettamente che il rumore proveniva da sopra, quasi certamente dal tetto. Sollevò a metà la macchina fotografica e fece un passo in avanti. Star adesso si era appiattito contro la parete, i lineamenti distorti per la paura. Dalla gola gli usciva un suono soffocato. Pascal sentì il tempo fermarsi e poi riprendere a correre. Un altro rumore e comincerà a sparare, pensò.

«È tornata... mia madre è tornata. Mi sarei dovuto lavare. Volevo lavarmi. Sentirà l'odore di sangue su di me. È qui...» Gli occhi si spostavano irrequieti da Gini al letto.

«Tu...» Le diede un calcio. «Vai a controllare il letto. Tira indietro le coperte. Si sta muovendo. Cristo, si sta muovendo...»

Adesso, pensò Pascal, mentre Gini si alzava in piedi. Appena raggiunse il letto, Pascal avanzò rapidamente. Star era ancora schiacciato contro la parete, bianco come un cadavere, tremando dalla testa ai piedi. Da sopra si sentì un altro rumore. Gini, che stava ripiegando il copriletto rosa, si lasciò sfuggire un «Oh mio Dio», e un secondo prima che Star premesse il grilletto, Pascal scattò il flash.

Nella stanza ci fu un rumore assordante e una luce accecante. Pascal si tuffò in avanti. Sentì la propria spalla destra scricchiolare mentre urtava la cassa toracica di Star. Questi aveva cominciato a sparare prima che Pascal lo colpisse e continuò mentre cadeva. Mentre cadeva, Pascal gli diede un calcio sul braccio che teneva la pistola e Star urlò per il dolore. Ci fu un altro sparo e un'esplosione di vetri mentre la Beretta cadeva dalla mano di Star, poi Pascal venne colpito in piena bocca.

Cercò di urlare il nome di Gini, non riusciva a vederla, magari era stata colpita, poi Star lo afferrò di nuovo, stringendogli con forza le mani intorno alla gola. Dieci secondi ancora e avrebbe perso conoscenza. Pascal gli diede una forte ginocchiata all'inguine, lo sentì piegarsi emettendo un grugnito di dolore e la presa delle dita si allentò. Gli assestò un altro pugno sul collo, Star barcollò, poi si aggrappò di nuovo a lui. Finirono contro la parete con le fotografie, poi contro una poltrona, poi rimbalzarono contro un tavolino e infine rotolarono sul pavimento. Pascal cadde goffamente, quasi storcendosi una gamba e quel secondo di svantaggio gli fu fatale. Star si rialzò all'istante e lo colpì con un violento calcio sul braccio. Perse quasi i sensi, cercò di rialzarsi, ma non ci riuscì. La stanza gli girava vorticosamente intorno. Poi sentì una voce femminile, che riconobbe a malapena: «Dagli un altro calcio, e sei morto...»

Pascal tentò di nuovo di mettersi in piedi, ma il dolore al braccio era troppo forte. Il braccio destro era rotto. Tutto si stava svolgendo come in un film al rallentatore, e vide con chiarezza quello che sarebbe successo dopo. Star era immobile, improvvisamente attento. Un lieve sorriso gli illuminava il volto.

«Tesoro...» disse. «Avanti, spara. Non puoi farmi del male, lo hanno detto le carte. Spara, tanto mi mancherai...»

Sicuramente, pensò Pascal, la vista annebbiata per il dolore. Gini, che odiava e temeva le armi, non sapeva neanche come si teneva una pistola.

La Beretta andava tenuta con due mani. Lei invece la reggeva nel peggior modo possibile, con il braccio completamente teso e il peso della pistola e la paura facevano tremare la canna rendendo impossibile la mira. Era paralizzata dalla paura. Quando Star fece un passo in avanti, sussultò. Da qualche parte in lontananza, Pascal sentì rumori di passi e sussurri. Bene, pensò, ma sono in ritardo. Star fece un altro passo in avanti. Irradiava sicurezza da tutti i pori.

Appoggiata contro il letto, Gini vedeva tutto in ogni dettaglio, la stanza distrutta, il braccio rotto di Pascal, il sangue che gli rigava il viso pallido. Stava ancora cercando di rialzarsi, e Star cercava di avvicinarsi, con quell'orribile ghigno sul volto straordinario.

Una vocina nella mente le parlava. Pascal non avrebbe mai fatto in tempo a raggiungerla, nessuno avrebbe fatto irruzione in tempo, quindi erano solo lei, Star e quella pesante arma nella sua mano, che poteva essere scarica, o quasi. Se avesse sparato, avrebbe dovuto mirare con molta attenzione e non mancarlo.

Star avanzava bisbigliando oscenità, ma poi commise un piccolo errore. Quando passò accanto a Pascal, gli assestò un ultimo calcio. Dopo fu tutto più facile. Piegò il dito sul grilletto; era di nuovo su un ponte di Amsterdam e dentro di lei cresceva una forza sorprendente. Tutta la latente energia femminile che era nella madre di Anneka, che era in lei. Questa energia cancellò il panico e la pietà, così quando fu a un metro e mezzo da lei, sparò, e l'arma rinculò.

L'arma rinculò come se avesse una vita propria, lei continuò a sparare, anche se le sembrò di averlo mancato, perché continuava ad avanzare verso di lei. Allora afferrò la pistola con entrambe le mani e quando fu a qualche passo da lei, gli sparò dritto nel petto.

Quello che successe dopo fu orribile. Barcollò all'indietro, gli occhi spalancati per lo stupore, e mentre continuava a sparare, lui compì dei piccoli movimenti spasmodici come una marionetta. Aspettò che smettesse quella macabra danza e venisse di nuovo verso di lei. Premette ancora il grilletto e non successe nulla, solo una serie di piccoli clic. Allora pensò che era finita, adesso l'avrebbe presa. Ho fallito e io e Pascal moriremo.

Si voltò per guardare Pascal, poi Star emise un gorgoglio. Cadde in avanti sulle ginocchia comprimendosi il torace, come se dentro lo stomaco, il petto, la gola qualcosa di vivo, qualche animale si agitasse. Alzò gli occhi su di lei e aprì la bocca per dire qualcosa, ma le parole gli si bloccarono in gola.

Intravide con la coda dell'occhio Pascal alzarsi, venire al suo fianco, e prenderle la pistola dalla mano. Non riusciva a staccare gli occhi da Star. Aspettò che pronunciasse quelle parole, vide le labbra muoversi per formularle, poi vomitò un grumo di sangue. Cadde in avanti a faccia in giù, le braccia distese, e Gini continuò a fissarlo. Aspettava che si rialzasse.

Pascal l'attirò fra le braccia. Era quasi buio. Sentì squillare il telefono e il rumore di vetri infranti.

«Gini, non guardare», disse Pascal. «Stai ferma. Lascia che ti tenga fra le braccia.»

«L'ho ucciso?» domandò.

Lo hai ridotto a un colabrodo, pensò Pascal, ma non diede voce a questo pensiero. La condusse da un lato. Un attimo dopo gli agenti irruppero nella stanza. Lui le si mise davanti facendole scudo con il proprio corpo, e lasciò che la polizia facesse il suo lavoro.

Alla fine ripristinarono la corrente. Gini guardò un'ultima volta da sopra le spalle prima che li sospingessero fuori. Star giaceva in mezzo a frammenti di legno, porcellana e vetro, le braccia in fuori, le mani chiuse a pugno. Accanto alla mano sinistra c'era una statuina di porcellana senza testa e un crocefisso; accanto alla mano destra una fotografia strappata di Maria

Cazarès. Nella lotta, gli erano caduti dalle tasche alcuni oggetti: un mazzo di tarocchi consumati dall'uso e una scatoletta con le ultime tre White Dove.

20

ROWLAND aspettò in strada. La luce era calata e aveva ripreso una leggera pioggia. La luce artificiale dei lampioni formava degli aloni gialli nell'incipiente oscurità. Si avviò verso la postazione dei furgoni della polizia da dove, nonostante la folla, i giornalisti e gli agenti, poteva vedere chiaramente l'entrata del palazzo di Madame Duval. Sapeva che Gini era salva, ma voleva constatarlo con i propri occhi. Aspettò in quella specie di limbo in cui ci si trova dopo un violento choc, rivivendo gli ultimi frangenti della sua vita come se stesse guardando le sequenze di un film che aveva per protagonista qualcun altro. Stava riflettendo sulla natura dell'eroismo, qualità in cui credeva, per quanto ritenuta antiquata e, per molti, sospetta. Ammirava il coraggio, spirituale o fisico che fosse, e forse in quel momento richiedeva un po' di coraggio da parte sua ammettere che se Gini era viva era merito di Pascal Lamartine.

«Scenderanno fra qualche minuto...» Martigny si era materializzato al suo fianco, aspirando una sigaretta. Buttò fuori il fumo e gli lanciò un'occhiata di traverso. «Le donne. Sono così imprevedibili. E noi che avevamo pensato che non avrebbe sparato.»

«Già.»

«Be', qualcosa dev'essere scattato in lei. Gli ha conficcato in corpo dodici proiettili, non vorrei essere io a fargli l'autopsia.»

«Immagino di no.»

«Pensavo che ormai non ci fossero più speranze.» Alzò le spalle e gettò il mozzicone nel tombino. «Crede sia stata la paura a farla reagire?»

«O la rabbia.»

«È possibile.» Si allontanò di qualche passo, esitò, poi si

voltò verso di lui. «Vuole qualcosa di forte? Posso farglielo portare. Del cognac? Un whisky?»

«No, grazie.»

«Non potrà parlare con lei, lo sa, vero?» Martigny aveva un'espressione gentile. «Devono essere entrambi sottoposti a visita medica. Lamartine ha qualche costola incrinata e un braccio fratturato. Lei, probabilmente, è sotto choc. Poi c'è da fare il rapporto. Non potrà vederla prima di domattina. Lo capisce?»

«Sì.»

«Sono in debito con lei. Quindi se vuole incollarsi a me quando esamineremo l'appartamento...» Martigny fece un ghigno e indicò la folla di giornalisti dietro le barriere. «Preferisco sia lei ad avere per primo l'intera storia. Quei bastardi mi sono stati fra i piedi tutto il giorno. Stanno per scoprire quanto il mio dipartimento possa essere restio a cooperare quando è il caso. Allora, quante ore le servono? Sei? Otto? Tutta la notte? Intanto quelli dovranno arrangiarsi finché non terremo una conferenza stampa domattina. S'illudono se pensano che ce ne sarà una stasera.»

Si scambiarono un'occhiata. Rowland accennò un gelido sorriso. «Una notte sarà più che sufficiente. Sicuramente voglio vedere l'appartamento. Devo mandare del materiale al giornale.»

«Nessun problema. E di materiale ce n'è quanto ne vuole lassù. Appunti, lettere e una specie di diario. Inoltre ci sono i nastri registrati dalla sua collega. Sono tutte prove, naturalmente.»

«Naturalmente.»

«La stampa non dovrebbe avvicinarsi a quel materiale prima che lo abbia consultato la polizia. Quindi, se nella confusione, mentre ho le spalle girate, un giornalista dovesse mettere le mani su qualcuna delle prove, io sarei costretto ad aprire un'inchiesta naturalmente.»

«Indubbiamente.»

«Ma si sa che certe inchieste non portano mai da nessuna parte. Si finisce solo con il riempire un mucchio di scartoffie... Sa com'è.»

«Le sono grato.»

«Non occorre.» Martigny rabbrividì e si strinse nel cappotto. «Più tardi le andrebbe di mangiare qualcosa con me? Diciamo verso le tre o le quattro. Mia moglie ci preparerà qualcosa. Le piace cucinare.»

«Con piacere.» Rowland gli lanciò un'occhiata. «E poi possiamo sempre prenderci quel cognac.»

Martigny rise. Gli diede una pacca sulla spalla, poi fece un gesto molto espressivo tipicamente francese. «Li stanno portando fuori. La lascio solo finché non sono andati via. È quello che vuole, no?»

«È così evidente?» Rowland distolse lo sguardo.

«Forse non a una donna, ma a un altro uomo, sì.»

Lanciò a Rowland un'ultima comprensiva e divertita occhiata, e si allontanò. Un uomo astuto, pensò Rowland, e anche discreto. Ma un secondo dopo si dimenticò di lui. C'era movimento all'entrata del palazzo. I giornalisti stavano urlando e le telecamere avevano acceso le luci.

Una macchina della polizia era stata portata davanti ai gradini. Gini e Pascal Lamartine uscirono di corsa scortati dagli agenti. Rowland intravide di sfuggita il viso pallido di Gini, aveva la testa bassa e Lamartine le teneva un braccio intorno alle spalle. Lamartine si fermò per farla salire per prima in macchina e per un breve istante Rowland vide chiaramente il suo viso. Esprimeva amore e preoccupazione, un'espressione che anche a quella distanza diceva: *sposati*. Delimitava un confine che lui non poteva attraversare.

O così si disse, corrugando la fronte nella sottile pioggia, costringendosi a rimanere nell'ombra. Era la cosa più onorevole da fare. Rowland guardò l'auto della polizia allontanarsi a gran velocità a sirene spiegate. La decisione di poco prima lo faceva arrabbiare, ma era una questione di etica. Anche se cominciava a sentire l'amaro sapore del rimpianto.

Fu allora, mentre la macchina svoltava un angolo e scompariva, che cominciò a pianificare il distacco da Gini. Doveva studiare bene cosa dirle, in modo che non ci fossero sensi di colpa o ripercussioni di alcun tipo, almeno per lei. Avrebbe dovuto mentirle. Si chiese se effettivamente ce l'avrebbe fatta quando sarebbe arrivato il momento. Sarebbe stato in grado di mentire? Ci sarebbe riuscito così bene da non farla sospettare?

Probabilmente. Dopotutto, aveva tutta la notte per inventarsi qualcosa.

«Pronto?» gli urlò Martigny.

Rowland annuì e attraversò la strada. Stavano portando fuori la barella con il cadavere avvolto nel sacco di plastica. Distolse gli occhi.

Di sopra si fermò a guardare quel santuario rosa che era la camera da letto. Aveva immaginato quella stanza come gliel'aveva descritta Juliette de Nerval. L'aveva immaginata mentre aspettava nel furgone della polizia, ma non era come l'avevano vista gli occhi della sua mente. Non aveva previsto tutto quel sangue, tutte quelle macerie. Si passò una mano sugli occhi: quella stanza, la sua vita, sembravano irreali.

Martigny gli fece cenno di seguirlo in salotto. Lì, lo attirò da parte e gli mise in mano una pila di ritagli di giornali e di fogli con appunti scritti a mano.

La mia autobiografia, aveva scritto Star con la piccola e nitida calligrafia. *Hanno cercato di farmi credere che mia madre era una puttana e mio padre uno dei suoi clienti. Quando è morta, io avevo circa due anni, sono stato dato in affidamento a una delle sue sorelle che era sposata con un soldato semplice e viveva vicino a Baton Rouge in Louisiana. Probabilmente non gli piacevo, perché a quattro anni mi hanno portato nel primo di una serie di istituti. Questa versione dei fatti è una grossa menzogna. Adesso conosco la verità ed è molto più piacevole. Quindi ecco chi sono...*

Rowland provò pietà per lui, ma si identificò nelle sue parole. Non vorremmo tutti la risposta a quella domanda? pensò. Non piacerebbe a tutti poter dire con certezza: ecco chi sono? Sfogliò gli appunti, notando che la calligrafia peggiorava a mano a mano, come se Star stesse spiegando una ricerca che si era rivelata inutile e sbagliata. Accese il registratore di Gini, poi lo spense immediatamente, appena sentì la sua voce. Tutti gli elementi che gli servivano per una storia erano in quell'appartamento. Era un professionista abituato all'autodisciplina, quindi, senza ulteriori indugi, si ritirò in un angolo della stanza e si mise al lavoro.

L'indomani mattina Gini venne dimessa dall'ospedale. Verso le sette, mentre Pascal dormiva ancora sotto sedativi, una macchina venne a prenderla per riportarla in albergo. Gini salì docilmente, poi, notando con piacere l'indifferenza dell'autista, lo persuase a farla scendere. Moriva dalla voglia di stare da sola, di camminare e riflettere, così si avviò lentamente verso l'albergo, respirando l'aria fredda, guardando il cielo che si schiariva a est, ascoltando l'eco dei suoi passi nelle vie quasi deserte.

Prese una strada che scendeva alla Senna, e si soffermò sulla riva a osservare l'acqua, riflettendo sugli eventi degli ultimi giorni e della sera prima. Ripensò alle domande che aveva letto negli occhi di Pascal, domande a cui saggiamente non aveva dato voce, ripensò alle domande della polizia, a cui le sue pazienti risposte erano sembrate corrette, ma non giuste. Ripensò al medico che le mostrava la lastra della frattura composta di Pascal, spiegandole che era necessaria un'operazione e indicandole i punti dove avrebbero inserito i ferri. «Dovrà essere in grado di usare le mani», aveva detto all'uomo. «È un fotografo. Un bravissimo fotografo. Deve essere rapido nei movimenti. Si rende conto di questo?»

L'uomo, un luminare nel suo campo, le aveva risposto in tono gentile che si rendeva conto e che era già al corrente della cosa.

Le sue rassicurazioni non le erano bastate. Aveva avuto la sensazione che non la stesse ascoltando veramente, che non capisse pienamente, così aveva ignorato le sue osservazioni sulla terapia postoperatoria che avrebbe richiesto almeno sei mesi.

Aveva ripetuto più volte i suoi timori, le sue ragioni, finché a un certo punto si rese conto che non stava chiedendo a quel luminare di curare solo le ferite provocate da Star, ma anche tutte le altre, soprattutto quelle che aveva inflitto a se stessa.

Non aveva espresso questo pensiero, ma l'uomo sembrò aver percepito qualcosa; forse aveva captato il dolore, il senso di colpa e la stanchezza che provava.

Attribuì la sua reazione, forse a ragione, allo stato di choc. Gini non aveva sollevato obiezioni. Aveva lasciato che le prescrivesse un periodo di tranquillità e di riposo. Era stata portata in una stanzetta e fatta sdraiare su un lettino. Per liberarsi in fretta dell'infermiera che le era stata assegnata, aveva finto di dormire, e quando se n'era andata, aveva chiuso gli occhi ripensando con mortificazione e vergogna a come aveva tradito non solo Pascal, ma anche se stessa.

Per la prima ora, tutto quello a cui era riuscita a pensare, erano state le sue azioni di quella notte al *St Regis*. Sì, aveva detto e fatto cose inimmaginabili, ma mentre riesaminava quei momenti, erano cominciati a sembrarle irreali. La sua mente stanca si ribellava. Aveva cominciato a credere che non era stata lei ad agire in quel modo, ma un'altra Gini, una donna spuntata da chissà dove e per poche ore aveva capovolto la sua vita.

Respingendo quell'idea, e disprezzandosi per esservici aggrappata, era scivolata in un sonno agitato.

Ora, guardando l'acqua grigia del fiume, quel sogno svanì pian piano dalla sua mente. Provò un terribile sconforto, e in lei si fece strada la convinzione che non era in grado di capire quegli eventi più di quanto fosse in grado di capire l'impulso che l'aveva spinta il giorno prima a premere un grilletto e porre fine a una vita. Distolse gli occhi dall'acqua e li fissò sui bellissimi palazzi di fronte. Se la comprensione e la razionalità le sfuggivano, pensò mentre si incamminava, allora la professionalità e il senso del dovere dovevano bastare.

Non ho scelta, si disse. Non ho scelta. Ho fatto la mia promessa, sono quasi una moglie.

Accelerò il passo, ripetendosi questa litania, così come continuò a ripetersi che amava Pascal. Ciò le diede forza. Quando raggiunse l'albergo, era convinta che quella forza sarebbe stata più che sufficiente per affrontare Rowland McGuire e chiudere definitivamente con lui.

Ma quando la sera se lo ritrovò davanti nel ristretto spazio della sua stanza d'albergo, riuscì a vedere solo la banalità e la falsità del discorso che si era accuratamente preparata. Le era bastato dargli un'occhiata per rendersi conto che quel discorso era stato concepito per un uomo diverso, che aveva creato nella sua mente. Farlo sarebbe stato imperdonabile, oltre che un insulto a lui e a se stessa.

Non era la prima volta che Rowland vedeva Gini quel giorno, e i loro precedenti incontri, adesso lo capiva, gli avevano dato una falsa sicurezza. Si erano incontrati la prima volta al mattino, sulla soglia di quella stessa stanza. Rowland rigidamente le aveva chiesto come stavano lei e Pascal, e lei lo aveva rassicurato altrettanto rigidamente. La testa di Rowland era in subbuglio per le parole non dette, ma una notte passata a lavorare lo aveva convinto che era abbastanza determinato per agire. Quel pomeriggio quando, con sua grande sorpresa, Gini aveva insistito per lavorare con lui, per inserire altri spunti per una storia che persino lo scettico Max aveva dichiarato uno scoop, si era ancora ostinatamente ripetuto che era in grado di affrontare la situazione.

Si era seduto accanto a Gini che stava battendo l'articolo al computer. Aveva guardato le parole scorrere sullo schermo, il cursore muoversi e si era reso conto dell'ironia della situazione. Era consapevole che la sua esperienza come direttore dei Servizi Speciali sarebbe stata ben presto richiesta in un diverso contesto. Stava già revisionando il discorso che si era preparato, usando frasi particolari, cancellando ogni possibile emozione. Era arrivato alla conclusione che qualunque discorso avesse concepito, avrebbe cancellato non solo la verità, ma anche lui. Ciononostante, si era detto che era in grado di portarlo avanti. Ma dopo che Gini se n'era andata, si era sentito indeciso, e aveva rimandato due volte il volo per Londra. Quando infine si era deciso a scendere da lei per salutarla, aveva avuto la sensazione di poter tenere sotto controllo le sue debolezze. Era possibile che Gini pensasse male di lui, ma era preparato a questo. Era orgoglioso, e non sarebbe stato facile per lui accettare di perdere il suo rispetto, ma se questo avesse facilitato il suo distacco, allora era un prezzo che era disposto a pagare.

Eppure, qualcosa era andato storto fin dal principio. Era stato influenzato da piccole cose, forse dall'ora, il tardo pomeriggio, quando non è né giorno né notte, un limbo sospeso nel crepuscolo. Appena aveva cominciato a parlare, aveva avuto la sensazione che le sue frasi fossero prolisse e vaghe come la luce della sera sui tetti. Aveva cominciato a parlare, poi si era interrotto.

Alla fine si era concesso di guardarla. Stava in piedi accanto alla finestra e gli voltava le spalle. Percorse con gli occhi i lucenti capelli, la dolce curva del collo, il vestito grigio che indossava. Provò un intenso desiderio per lei. Non si trattava di desiderio fisico, anche se sapeva che si sarebbe acceso subito come un fiammifero se solo fosse stato così malaccorto da toccarla. Il desiderio che provava andava al di là di ogni spiegazione, qualcosa di irrazionale; era un desiderio per la gioia che solo lei poteva dargli. Sapeva quanto fosse inconsistente quel potere; sapeva che era composto da un migliaio di elementi, molto intuito, un po' di istinto e un po' di irrazionale speranza, tuttavia era solido come l'acciaio. Lo percepiva attraverso il silenzio, e sapeva che anche per lei era così. Si voltò lentamente a incontrare il suo sguardo e a quel punto ne ebbe quasi la certezza.

Fece un gesto stanco con la mano, guardò la sua espressione alterarsi, addolcirsi, e poi lesse il rimpianto nei suoi occhi.

«Non farlo.» Attraversò la stanza e gli prese la mano fra le sue. «Stavi per fare un discorso, vero?»

«Sì.»

«Ti prego, non farlo. Anch'io mi ero preparata un discorso. Qualcosa di simile al tuo, immagino. Forse ci avrebbe reso le cose più facili, ma nessuno sarebbe corrisposto alla verità. Volevo essere dura. Fredda. Distaccata. Meschina. Ho pensato che sarebbe stato d'aiuto...» Tacque, fece un mezzo sorriso. «E tu?»

«Brusco. Spregevole. Il classico stereotipo del maschio spietato. Ho una certa pratica in questo.»

Lei sorrise di nuovo, poi, con gli occhi pieni di lacrime, scosse la testa.

«Sono felice che ti sia fermato. Non lo avrei sopportato. Avrebbe voluto dire che mi ero sbagliata su di te, che vali meno di quello che pensavo...» Esitò, poi lo guardò con un'espressione mezzo dubbiosa e mezzo supplichevole. «Posso dire qualcos'altro, invece? Sarò breve, lo prometto. Forse non dovrei, ma...»

«Parla.»

«Avrei potuto amarti, Rowland...» Trattenne il fiato, come se le parole l'avessero sciocccata quanto avevano sciocccato lui. Girò la testa, come se si vergognasse, poi tornò a guardarlo, stringendogli le mani. «Oh, Dio, è la verità. Credo che lo sapessi, ma non so perché. Quando siamo entrati nella stanza, quando hai cominciato a parlare... ancora prima che mi toccassi, ne ero certa. Credo sia questa la ragione per cui sono venuta a letto con te, so che può sembrare una scusa, ma non lo è. No...» Scosse furiosamente la testa. «Non è affatto una scusa. Mi è successo qualcosa che non avevo previsto, te lo giuro. Non è stata una decisione premeditata... io... vedevo tutte le possibili conseguenze molto chiaramente. Mi rimbombavano nella mente, Rowland: tutte le bugie, lo squallore, il tradimento della fiducia, la sofferenza inflitta a qualcuno che amavo, che ancora amo. Oh, Dio...» Contrasse i lineamenti. «Vedevo tutte quelle conseguenze, eppure non mi sono fermata. Non sono fiera di quello che ho fatto, ma non me ne vergogno neanche. Ho percepito qualcosa in quella stanza, Rowland. Forse una speranza, forse una promessa... No, non una promessa, ma per un attimo ho intravisto un altro futuro, io... oh, Dio. Non avrei dovuto dire questo...»

S'interruppe, gli occhi pieni di lacrime, e chinò la testa. Aveva cominciato a tremare mentre parlava. Rowland era profondamente commosso. Tutto quello che aveva cercato di descrivere, lo aveva provato anche lui.

Pronunciò il suo nome e la prese fra le braccia. «Tesoro, ti capisco. So esattamente che cosa vuoi dire. Ascoltami, Gini.»

«No. No.» Si scostò, poi lo riabbracciò. «Tu devi ascoltarmi, Rowland. Ti prego. Non toccarmi... lasciami finire quello che ho da dire. Devo fare una scelta, questo lo so. Lo so da giorni. Ci ho pensato e ripensato, non ho fatto altro. Devo decidere. E io ho fatto la mia scelta, Rowland. Devo restare con Pascal. Lui mi ama, devo farlo...»

«Perché, Gini, perché?» La costrinse a guardarlo negli occhi. «Non c'è bisogno che decidi, non ancora. Devi aspettare, riflettere. Gini, ascolta. Credi non abbia significato niente per me quello che è successo fra di noi? Hai detto che potresti amarmi. Perché hai detto così? Perché? Sai che c'è molto di più, che è qualcosa di più forte...»

«No. No, e so quello che dico. Non mi fido di quel tipo di amore, Rowland. Non mi fido a essere innamorata, è come essere ubriachi o drogati. Non riesco a pensare quando mi sento in quel modo. È come se fossi cieca. Guardami, me lo si legge in faccia.»

Rowland la guardò. Sul suo viso lesse emozioni contrastanti, dolore e gioia.

«Tu credi che io adesso riesca a guardarti», iniziò, con voce malferma. «Tesoro, anch'io mi sento cieco... ma mi sento anche... Gini, per l'amor di Dio, vuoi ascoltarmi.»

«No. So quello che stai per dire, lo sento qui...» Arrossì, premendosi la mano sul cuore. «Tu vedi meglio. Tu vedi di più. Lo so. Lo so. Ma Rowland, non ci si può fidare di questo. Non è la prima volta che provi qualcosa del genere, non può essere. Non è la prima volta neanche per me. E non dura, lo sai quanto me. Quindi devo ascoltare tutte le altre voci, Rowland. Voci come fiducia e onore, ammesso ne abbia ancora. Tutte le promesse che ho fatto a Pascal. Tutte le cose che ho detto. Le cose che ho giurato. Non posso rimangiarmele, Rowland. Io lo amo. Lo amo moltissimo. Gli devo così tanto, non riesco a spiegare...»

«Non occorre che tu mi dia delle spiegazioni.» Si staccò da lei, improvvisamente scuro in volto. «So perché stai dicendo questo. È perché ieri ti ha salvato la vita. È questa la ragione. Se non fosse successo, forse la situazione sarebbe diversa.»

«Ti sbagli», lo contraddisse, in tono tranquillo, «ti sbagli, Rowland. So che mi ha salvato la vita, ma anch'io ho salvato la sua.»

Calò un silenzio assoluto. Gini lo guardò in faccia. Era pallido per la tensione, poi d'improvviso, in un gesto stranamente formale, le lasciò andare le mani e indietreggiò.

«Non volevo che succedesse questo. Soprattutto non volevo dire quello che ho detto. Intendevo andarmene tenendo i miei sentimenti per me. Avevo preso questa decisione.» Esitò. «So quanto Pascal Lamartine ti ama. E non ho dubbi che lo ami anche tu. Mi sento in debito con lui per quello che ha fatto ieri, ma non posso... c'è troppo in gioco. Voglio essere molto chiaro con te. Come dice Lindsay, sono un tradizionalista. Quindi se tu volessi, sarei pronto a sposarti. Se invece sei ancora decisa a congedarmi, lo puoi fare sapendo che ti ho fatto la mia proposta.»

«Come puoi dire questo? Rowland, mi conosci a malapena...»

«Ti conosco quanto basta.»

«Non è possibile. Non devi dire certe cose. Non è giusto nei miei confronti e non lo è nemmeno nei tuoi.»

«Davvero?» Le lanciò un'occhiata dura. «Perché no? Vedo sin troppo chiaramente quale sarebbe l'altra alternativa. So perfettamente come sarà uscire di qui, non vederti più, non sentire più la tua voce, sarebbe una vità a metà.»

«Non deve essere così...» Si coprì il viso con le mani. «Rowland, sai che ho ragione. Questi sentimenti non durano. Forse adesso possiamo crederlo, ma se siamo determinati, se li ignoriamo, se evitiamo di incontrarci, li dimenticheremo. Diventeranno a mano a mano sempre più deboli, finché alla fine, un giorno, ringrazieremo il cielo per essere stati così saggi. Ci daremo degli sciocchi per avere anche solo immaginato...» S'interruppe. La sua espressione da preoccupata si fece seria. Le prese le mani.

«Tu pensi che stiamo immaginando questo?» le chiese, con voce pacata. «Se è così, ringraziamo Dio che ci ha dato l'immaginazione. Io mi fido ciecamente dell'immaginazione, tu no?»

Calò il silenzio mentre aspettava la sua risposta. Si sentì il rintocco di un campanile. Fuori la vita fluiva come sempre. Gini immaginò un possibile futuro insieme, come aveva fatto lui. Era confuso, un po' annebbiato, come la luce di una mattina di primavera che preannuncia una bella giornata. La visione che aveva era molto simile al luminoso panorama che le aveva mostrato la prima volta Pascal. Entrambi gli uomini sembravano avere la capacità di smantellare le sue difese, e aprirle gli occhi su un mondo luminoso e pieno di promesse. Non sapeva se questa loro capacità era innata o se era lei a suscitarla in loro. Scoprire che un altro uomo, oltre Pascal, poteva farle questo effetto, la sconcertava. La portava a diffidare della felicità e di se stessa.

In confronto a tanta inconsistenza, cose come rispetto, lealtà e la quotidianità di un amore radicato, davano una tale sicurezza. Era una questione di disciplina, di rispetto per le promesse fatte, di sincerità, nei confronti di Pascal e di se stessa. Pensò un'ultima volta all'altra Gini, quella che aveva rischiato infischiandosene delle regole, e la cancellò per sempre.

Provò subito un acuto senso di perdita, ma lo ignorò. Se adesso sentiva di avere meno, a tempo debito avrebbe avuto molto di più.

«Devi prendere l'aereo. E io devo tornare in ospedale», disse.

«Capisco.» Rowland la lasciò andare e indietreggiò. «È la tua ultima decisione?»

«Sì, Rowland.»

La risposta sembrò colpirlo come un pugno in faccia. Guardò l'orologio, cercò il biglietto aereo nella tasca del cappotto e poi disse in tono brusco la cosa che più aveva temuto. «Non abbiamo preso precauzioni», iniziò, impacciato. «Mi dispiace, ma devo affrontare il discorso. Ho infranto una delle mie regole inviolabili. Se c'è la possibilità che tu possa essere rimasta incinta, non me ne starò in disparte. Lo capisci?»

«Prendo la pillola, Rowland», rispose, e abbassò lo sguardo. Lo vide avvicinarsi. Rimase fermo per un po' senza parlare. Poi, con molta dolcezza, le sollevò il viso e la scrutò negli occhi. «Non mi stai dicendo la verità», asserì in tono pacato. «Capisco le tue motivazioni, ma non mi mentire, Gini, non su una cosa così importante. Guardami. Voglio che tu mi faccia una promessa. Quando ne avrai la certezza, qualunque sia il risultato, mandami un telegramma o fammi una telefonata. Basta che tu dica: sì o no. Me lo prometti?»

«Te lo prometto.»

Le prese le mani. «Se la risposta è no, allora rispetterò i tuoi desideri. Starò alla larga e continuerò la mia vita. Ma se la risposta è sì, non m'importa in quale parte del mondo ti trovi o con chi sei, io ti raggiungerò. E allora non ti sarà così facile persuadermi ad andarmene. Hai capito bene?»

Vide la sua espressione cambiare, furono i suoi occhi a rispondergli. A quel punto, sicuro che lei si sarebbe messa in contatto, fece per andarsene, ma lei emise un suono inarticolato che lo costrinse a voltarsi. Era un essere umano, un maschio, e meno risoluto di quanto volesse apparire; così cedette e la baciò sulla bocca. Percependo la sua risposta, era quasi sul punto di fermarsi, ma lei lo prese per mano e lo condusse decisa verso la porta. Prima che uno dei due si arrischiasse a parlare, la richiuse.

Andò all'aeroporto come in trance. Fu cieco a tutto, agli altri passeggeri, alle formalità, alla dogana; e lui stesso si stupì quando alcune ore dopo si accorse di essere a casa.

Per due settimane funzionò come un automa, certo che una chiamata sarebbe arrivata. In febbraio, il giorno in cui ricevette il telegramma di Gini con un'unica parola negativa, scappò in Scozia, dove arrampicò in solitaria.

Non ci furono incidenti. Ritornò a Londra, alla sua casa con la vista sulla guglia di Hawksmoor. In marzo, Max gli telefonò alle tre del mattino per annunciargli che Charlotte aveva appena dato alla luce la loro prima figlia. In aprile, ricevette un invito per il battesimo della bambina che si sarebbe tenuto il mese successivo. Rowland accettò.

«Ci farebbe piacere se fossi tu il padrino», disse Max, mentre pranzavano con dei panini nel suo ufficio. «Dopotutto, hai previsto che sarebbe stata una bambina.»

«Sarà un piacere oltre che un onore», rispose Rowland.

«Charlotte chiederà a Tom di essere l'altro padrino.»

«Un'ottima scelta.»

«Non siamo ancora sicuri per quanto riguarda le madrine. Probabilmente sarà una delle sorelle di Charlotte...» Max gli lanciò una breve occhiata di traverso. «E l'altra, pensavamo a Lindsay...»

Rowland si limitò ad annuire. Tornò a concentrarsi sulla storia che avrebbero pubblicato l'indomani. Scritta da Gini e mandata via fax direttamente a Max, riportava l'incursione di polizia in una piccola fabbrica di stupefacenti ad Amsterdam diretta da uno spacciatore americano e un chimico olandese. Entrambi gli uomini erano stati arrestati. A Rowland sembrava molto più interessante quella storia che i dettagli sul battesimo della figlia di Max e l'identità dei suoi padrini.

Appena ebbe lasciato il suo ufficio, Max telefonò alla moglie. Lei lo interrogò con una certa vivacità. Max sospirò.

«Guarda in faccia alla realtà, Charlotte. Te l'ho detto. Non c'è nessuna possibilità.»

Forse Lindsay non l'avrebbe vista in quel modo. Nel corso degli ultimi mesi aveva avuto il tempo di fare certe considerazioni, che naturalmente l'avevano influenzata. Aveva notato che Gini, con cui parlava regolarmente al telefono, era rimasta in Francia con Pascal. Aveva notato che la voce di Gini era allegra e piena di ottimismo quando le aveva raccontato prima del successo dell'operazione al braccio di Pascal, e poi della lenta ma graduale guarigione. Aveva osservato che né Gini né Pascal sembravano ansiosi di tornare a Londra e che avevano programmato di rimanere a Parigi almeno fino alla fine di maggio. Aveva osservato che Rowland McGuire lavorava più ore di chiunque altro al *Correspondent*, persino più di Max. Aveva osservato (con l'aiuto di Pixie) che McGuire era diventato indifferente alle attenzioni di donne seducenti.

Nei momenti migliori, Lindsay non si curava di tutte queste osservazioni. Ma nei momenti di debolezza non le riusciva tanto facile, e Markov sembrava soffiare sul fuoco. Aveva deciso di calarsi nel ruolo di Cupido. «Come sta andando, Lindy tesoro?» cinguettò al telefono, chiamando da qualche parte dell'Australia dove stava fotografando abiti da sera per *Vogue*. «Sei o non sei una donna, Lindy? Cosa pompa il tuo cuore, *liebling*, acqua o sangue? Datti da fare. Io torno domani. Ti porterò a mangiare in quel ristorante lituano. E mi aspetto che tu abbia agito. Voglio un rapporto dettagliato.»

«Allora?» chiese, la sera dopo, nel semibuio, terribile ristorante lituano vagamente alla moda dove avevano servito gnocchi e pesce in salamoia. «Aggiornami, tesoruccio. C'è già stato il rapporto completo, o siamo ancora ai preliminari? Niente? Non riesco a credere alle mie orecchie...» Si aggiustò la tesa del cappello, sospirò e accese una sigaretta. «Bene», disse, in tono pratico. «Allora vediamo se ho capito bene. Devo avere alcune informazioni, prima di passare al contrattacco. Sguardi significativi?»

«Neanche uno.»

«Contatti fisici casuali?»

«Magari.»

«Telefonate?»

«Tu scherzi.»

«Rivali?»

«Nessuna, per quel che ne so. Gira la voce che sia diventato una specie di monaco.»

Markov s'illuminò. «Questo è incoraggiante. L'astinenza accresce le tue possibilità, *liebling*. Soprattutto nel suo caso. Ora. Gli hai proposto di andare a bere un aperitivo dopo il lavoro?»

«Sì. Vuoi darci un taglio, Markov? Non ha voluto l'aperitivo. Non ha voluto venire a pranzo o a cena a casa mia. Non ha abboccato neanche quando gli ho proposto di andare a vedere un film. Ed ero convinta che questo avrebbe funzionato. Tre ore di Eisenstein, più Tom, avrebbero dovuto farlo sentire al sicuro, ero certa che l'idea l'avrebbe tentato, ma non è stato così.»

«Lavora ancora fino a tardi?»

«Sì.»

Markov sembrò interessato, anche se leggermente irritato. Tolse gli occhiali da sole e le diede uno dei suoi sguardi da furetto.

«Tu non ci stai provando, Lindy. Devi essere più sfacciata. Agisci, o te ne pentirai per sempre. Ingoia l'orgoglio, tesoro. Calpesta i tuoi principi. Vola dove gli angeli non osano.»

«Come?» domandò Lindsay.

Markov sembrò pensieroso. Osservò che il pesce in salamoia era una delle cose più disgustose che avesse mai mangiato in vita sua. Ordinò altro vino e del caffè, e si accese una sigaretta. «Condividi i suoi interessi», rispose infine. «Digli che vuoi imparare ad arrampicare. Comprati degli scarponi da montagna e una di quelle orribili giacche a vento imbottite. Vai a spasso con lui su per i monti, *liebling*. Ogni tanto aggrappati al suo braccio maschio. Portagli le piccozze...»

«Dammi tregua, Markov. Mi vengono le vertigini a salire le scale di casa. E poi sembrerei una balenottera con una giacca a vento imbottita.»

«D'accordo, d'accordo. Pensiamo a qualcos'altro. Le chiese. Hai detto che gli piacciono le chiese...»

«Ho detto che gli piace una chiesa, Markov. Quella che sta di fronte a casa sua.»

«Se gliene piace una, gli piacciono tutte. Smetti di fare la difficile. Mi è venuta un'ottima idea. Un fine settimana in campagna, che ne dici? In qualche posto come Norfolk. A Norfolk ci sono delle bellissime chiese. Ovviamente, ti preparerai un po' prima di andarci. Leggi qualche libro, poi gli parli di contrafforte e di *jubé*.»

«*Jubé*? Scordatelo. Versami altro vino.»

«D'accordo. Allora torniamo sull'ordinario. Che ne dici di un night club?»

«Odia i night club e li odio anch'io.»

«I libri!» Markov s'illuminò in volto. «Questa volta ho fatto centro. Hai detto che legge parecchio. Tolstoj. Updike. Proust.

Roba non tanto leggera insomma. Tesoro, è così semplice. Potresti portarlo a una lettura di poesie, o alla presentazione di qualche libro, oppure potresti farti prestare qualche romanzo di Tolstoj. Potresti proporgli di andare a cena e raccontarti *Anna Karenina* o *Guerra e pace*. Da mentore ad amante. Nessun uomo resisterebbe, Lindy. Te lo garantisco.»

«La settimana scorsa», raccontò Lindsay con dignità, «mi ha dato in prestito un romanzo. Era sulla sua scrivania. Sapevo che l'aveva letto e ho pensato... non importa. Fatto sta che l'ho preso in prestito. Gliel'ho riportato dopo due giorni. Era un romanzo di non so quante pagine, Markov. Ho pensato che sarebbe rimasto impressionato perché ero stata così veloce. Gliel'ho restituito, e ho fatto alcuni commenti. Ottimi commenti, presi direttamente dai migliori bigini. Mi era sembrata una mossa astuta. Erano commenti così commoventi, Markov, che per poco non mi sono messa a piangere, e...»

«Che romanzo era?»

«Non importa. Un romanzo francese. Mentre parlavo, ha ricevuto tre telefonate e ha spedito quattro fax...»

«Mentre parlavi? Non posso crederci.»

«Mentre parlavo. Indossavo anche un vestito nuovo. Mi ero tagliata i capelli. E avevo perso peso.»

«*Nada*?»

«Oh, è stato gentile. Un po' ha anche ascoltato. Ma in certi casi la gentilezza fa più male. Non gli dispiaccio, ma non è minimamente interessato a me. Io invece non riesco a togliermelo dalla mente. Continuo a pensare e a ripensare a tutto quello che dice per coglierci chissà quale significato recondito. Ho una tale fantasia. Sono così patetica, Markov. Lui dice 'Buongiorno, Lindsay', e io penso che ci sia chissà quale doppio significato.»

«Oh, accidenti.» Markov tolse gli occhiali da sole. Guardò il minuscolo fisico da ragazzo, i riccioli corti e il pallido viso triangolare. Non sapeva se stesse per mettersi a piangere o a ridere.

«Quando lo vedo per me è come se fosse primavera. Se invece non lo vedo, la giornata non ha più senso. Mi invento qualunque scusa, pur di trovarmi tre minuti nella stessa stanza con lui. Mi vergogno così tanto, Markov. Mi rendo conto che è ridicolo per una donna della mia età correre dietro a un uomo come lui. Ma è come se fosse intrappolato da qualche parte, e a volte ho la sensazione che potrei liberarlo. E adesso è anche peggio di prima. Forse perché lo vedo così infelice e vorrei poter fare qualcosa. Oh, accidenti. Sto per mettermi a piangere. Mi dispiace. Il fatto è che per me è una cosa seria... a dire il vero lo è e non lo è. Oh, al diavolo. Adesso mi colerà tutto il mascara. Credo di aver bevuto troppo vino.»

Markov le strinse la mano e cercò di incoraggiarla. Dopo un po', smise di piangere.

«Ne ho abbastanza di questa storia», decise Markov in tono energico. «È ora di smetterla di cincischiare. Questa è una faccenda seria, quindi affrontiamola come tale. È allarme rosso. È arrivato il momento di andare all'attacco, mia cara Lindy. Lanciamo le bombe sulle sue dannate difese, in questo modo non avrà più una via di scampo.»

«Bombe?» Lindsay tirò su con il naso. «Neanche se scateni una guerra nucleare avrai il benché minimo effetto, Markov.»

«Ah, no?» Markov le lanciò un'occhiata astuta. «Forse se lo affrontassi da sola. Ma adesso sono sceso io in campo. E con me, trova pane per i suoi denti. Fidati, ho un piano. Non ha mai fallito. Soprattutto con un uomo con il suo carattere.»

«Tu non sai niente del suo carattere. E nemmeno io, mi rendo conto. Non lo conosci. È un enigma, Markov.»

«Stronzate. È quello che pensano sempre le donne degli uomini di cui sono innamorate. Da quello che mi hai raccontato conosco quest'uomo come se fosse mio fratello, tesoro. E ti dico che ha un punto debole, *liebling*, un tallone d'Achille.»

«Tu dici?»

Lindsay, che era un'inguaribile ottimista, bevve altro vino. Markov sembrava così sicuro. Si sentì di nuovo speranzosa.

«È la galanteria il suo punto debole», asserì Markov, pensieroso. «Ha un istinto protettivo nei confronti delle donne.»

«Ha il cuore spezzato», replicò Lindsay amaramente. «O almeno è quello che credo io.»

Markov ignorò quel che riteneva un problema minore.

«Tesoro, a questo mondo anche il più infranto dei cuori prima o poi guarisce. È solo una questione di tempo. Non sto dicendo che sarà uno scherzo, non bisogna mai sottovalutare il nemico, ci vorrà un po' di tempo, questo lo so. Bisogna trovare l'occasione giusta. Quindi, per prima cosa devi farti notare, passare un po' di tempo con lui...» Corrugò la fronte, poi aggiunse in tono casuale: «Quando si terrà il battesimo a Maxopoli? Fra due settimane, vero? Per l'occasione, ci sarete entrambi».

«Questo non cambierà niente. Sarò sempre invisibile ai suoi occhi. Cosa dovrei fare? Svenire davanti all'altare? Probabilmente mi scavalcherebbe.»

«Senti, lo vuoi sentire questo piano o no?» Markov cominciava a sembrare veramente convinto. «Ascoltami bene, Lindy. Questo è un piano infallibile. Credimi, tesoro, lo metterai KO.»

«Di cosa si tratta, Markov?»

«Oh, Dio, come ho fatto a non pensarci prima? È così perfetto che...»

«Maledizione, di cosa si tratta?»

Markov sogghignò.

«Te le ricordi ancora le favole?» domandò. «Allora immedesimati nella donzella afflitta.»

21

Il cuore guarisce, pensò Gini. Si sollevò appoggiandosi su un gomito e guardò Pascal. Stava dormendo profondamente, ma era ancora presto, solo le sei del mattino. I capelli arruffati gli ricadevano sulla fronte e il sonno aveva allentato la tensione dei lineamenti. Guardò le sopracciglia, gli zigomi e la bocca che tanto amava. Un raggio di sole lo colpì in viso, si irrigidì, poi tornò a dormire. Gini si chinò su di lui. Se gli avesse dato un bacio, un lieve bacio, si sarebbe svegliato?

Ci rinunciò. Voleva che quella mattina fosse perfetta, e aveva dei preparativi da fare. Scese silenziosamente dal letto e andò all'ampia finestra della loro meravigliosa stanza.

Erano tornati a Londra da due giorni. Nessuno lo sapeva ancora. Avevano fatto bene a tenere segreto il loro rientro. Comunque, la maggior parte dei loro amici sarebbero stati al battesimo della figlia di Max e Charlotte. E poi, lei e Pascal erano stati via così a lungo, più di tre mesi, che probabilmente non avrebbe telefonato nessuno. Questo dava loro qualche giorno senza intrusioni. Erano soli ed era esaltante, come se possedessero la città. Era una magnifica giornata di maggio, una giornata in cui il sole avrebbe continuato a splendere e le nuove foglie sugli alberi a danzare nella leggera brezza. Una giornata di maggio, un cuore guarito, e finalmente una nuova vita.

Scese nella stanza da basso e cominciò a riordinare. Quel giorno doveva essere perfetto, così buttò via i giornali del giorno prima, rimise a posto i libri e piegò un maglione che Pascal aveva gettato per terra la sera precedente. Poi, d'impulso, lo dispiegò e premette il viso contro la lana. Sapeva del suo odore e lei si sentì indicibilmente felice. Tutte le mie predizioni si sono avverate, pensò, ripiegando il maglione. Per quanto ogni tanto s'insinuasse ancora nei suoi pensieri, era guarita da Rowland McGuire. Lei e Pascal erano stati così vicini a perdersi, ma alla fine si erano ritrovati.

Certo non era stato facile. C'erano stati momenti a Parigi in cui entrambi avevano disperato, ma Dio o la fortuna li avevano assistiti. E oggi si rendeva conto della sua buona stella. Forse non era meritata, ma la vita era stata generosa con lei.

Per la seconda volta, pensò, facendo una piccola piroetta di gioia. Poi infilò il maglione sopra la camicia da notte bianca, perché voleva sentire Pascal su di sé. Andò in cucina e cominciò a preparare il vassoio della colazione. Doveva metterci anche un fiore? Assurdo, si disse. Ma i dettagli erano importanti, perché voleva che entrambi li ricordassero per sempre. Quindi: vassoio perfetto, colazione perfetta, giornata perfetta, un inizio perfetto...

«Che giornata...» osservò qualcuno, mentre Rowland apriva la porta di servizio della casa di Max per godersi l'aria fresca di quel mattino di maggio.

Rowland si fermò, seccato. Non erano ancora le sette, non si aspettava che qualcun altro fosse sveglio, di certo non si aspettava di incontrare qualcun altro nel giardino di Max. L'accento e l'intonazione di quella voce suscitarono in lui un certo presentimento. Guardò a destra e poi a sinistra. Non vide nessuno.

«Perfetta», replicò, in tono scoraggiante.

«La giornata ideale per una passeggiata», proseguì la voce, che sembrava provenire da dietro un tasso. «Le dispiace se mi unisco?»

A Rowland dispiaceva, gli dispiaceva parecchio. Accelerò il passo nella direzione opposta, fece il giro di una siepe e percorse un tunnel di maggiociondoli. Proprio quando stava per congratularsi con se stesso per essersela svignata, la ridicola figura di Markov si materializzò al suo fianco.

«Che fantastica idea», osservò, in tono leggermente ironico. «Una passeggiata prima di colazione in una mattina di primavera. Non c'è niente di meglio di una bella camminata tra le colline o in riva al fiume con la brezza che ti accarezza il viso...»

Rowland gli lanciò una breve occhiata. Non capiva perché Max e Charlotte fossero stati così pazzi da invitare Markov al battesimo della figlia, anche se sospettava che ci fosse di mezzo Lindsay. Già non lo sopportava in casa, ancora meno sopportava di averlo fra i piedi in quel momento. Lo squadrò dalla testa ai piedi. Come la sera prima, quell'insopportabile uomo indossava dei vestiti ridicoli. Aveva degli strani pantaloni di velluto neri e una giacca... non riuscì neanche a guardare la giacca. Portava gli orecchini e un berretto da baseball nero sui lunghi riccioli biondissimi. Come al solito, non se li era tolti neanche durante la cena la sera prima, aveva gli occhiali da sole. Occhiali da sole a specchio. Markov era un forte fumatore, e con un po' di fortuna sarebbe rimasto senza fiato prima ancora che avessero attraversato il frutteto.

«Non vado al fiume», avvertì, in tono cortese. «Vado lassù.» Indicò le colline. «Può unirsi a me, se vuole. Solo che l'avverto, è molto ripido, ed è probabile che sia scivoloso a causa del fango.»

«Nessun problema.» Fece un gesto languido con la mano. «Ce la farò. Adoro camminare. Nel mio paese... vengo dalla California, gliel'ho già detto?»

«Lo supponevo.»

«Sa dove vado quando torno a casa? Ha sentito parlare di Yosemite?»

«Ho arrampicato sulla Yosemite. Diverse volte.»

«Uau. Che coincidenza. Be', io vado lì ogni mese. Dovunque mi trovi, torno lì e faccio trekking. Amo la natura selvaggia. Quella non ancora raggiunta dall'uomo. Mi risolleva lo spirito. Immagino lei capisca.»

Rowland rabbrividì e accelerò il passo. Raggiunse la collina più alta dietro la proprietà di Max e cominciò a salire rapidamente lo stretto sentiero fangoso. Con sua grande irritazione, Markov non cedette. Rowland accelerò di nuovo. Si aspettò di sentirlo lamentarsi, ansimare o sospirare, ma Markov continuò a stargli alle calcagna come un segugio.

«Non avrei detto che lei è tipo da battesimo», commentò, un bel pezzo dopo. «E neanche da passeggiate in campagna, se è per questo.»

«Si è sbagliato in pieno», replicò Markov. «Non mi sarei perso quest'occasione per niente al mondo.»

Rowland gli lanciò un'occhiata di pura antipatia. Markov, che era alto, snello e piuttosto gracilino, adesso era riuscito a superarlo. Lo precedette, evitando massi e buche. Rowland rallentò, ma neanche questo stratagemma funzionò. Markov, che fortunatamente era scomparso per alcuni minuti, improvvisamente saltò fuori da dietro un boschetto. Con un sorriso autoritario, prese posto al suo fianco e accordò il passo al suo.

«In realtà, la vera ragione per cui sono qui, è Lindsay», riprese Markov, in tono riflessivo. «Perché mi piace e l'ammiro molto e in questo momento ha bisogno dei suoi amici. Di sostegno morale, capisce? Scommetto che non le ha detto niente. Non è da lei. Povera Lindsay. Ha veramente bisogno di aiuto e di consigli. Ma lei li chiede? No. È troppo orgogliosa, naturalmente.»

Aveva sbirciato Rowland mentre sciorinava il discorsetto. Il suo bellissimo viso era rimasto impassibile. Anche se con riluttanza, Markov non poté fare a meno di ammirarlo. Come aveva detto Lindsay, era un osso duro. Questo avrebbe richiesto più lavoro di quanto avesse immaginato. Il suo disprezzo era quasi tangibile, glielo si leggeva negli occhi verdi e nella smorfia delle labbra. Markov decise di essere più incisivo.

La dialettica era il suo forte e ne fece buon uso. Quanto tempo ci avrebbe messo McGuire a rendersi conto che non era uno stupido? Cinque minuti? Dieci? Ce ne vollero quindici.

Cinque sulla Scozia, dove fortunatamente Markov era stato spesso per delle sedute fotografiche; cinque su Dostoevskij, di cui Markov era un estimatore; e cinque di completo silenzio. Il silenzio fu decisivo. Rowland McGuire accelerò gli ultimi cinquecento metri per arrivare in cima alla collina a un passo che neanche Markov riuscì a tenere, ma arrivato su, lo aspettò con un sorriso.

«D'accordo», convenne Rowland, quando Markov lo raggiunse. «Cammina bene. Parla bene. Adesso vuole dirmi perché è qui?»

«Non ho fatto un pensierino su di lei», replicò Markov, con una certa impudenza. «Meglio essere chiari, giusto nel caso le fosse passato per la mente.»

«Non è così. Sono certo che non ama sprecare il suo tempo.»

«Su questo ha ragione.»

Si appoggiò contro il muro, tirò fuori un pacchetto di Marlboro e si accese una sigaretta. Girò gli occhiali a specchio verso la vallata sotto di loro. «Che magnifica vista da qui.»

Non erano lontani dal posto dove Rowland aveva scoperto il cadavere di Cassandra Morley. Rowland, che stava ripensando a quella notte e agli eventi successivi, non fece commenti. Si appoggiò anche lui contro il muro e con espressione rabbuiata, perlustrò la valle sotto. Dopo un po', Markov, captando il cambiamento di umore, gli allungò una sigaretta senza aprire bocca. McGuire, che per quanto ne sapeva lui non fumava, la prese. Rimasero lì a fumare offrendo il viso al sole. Quel prolungato silenzio sembrò creare un certo cameratismo fra di loro.

«La sa una cosa?» disse infine Markov. «Lei non è affatto come mi aspettavo. Davvero. Mi piace. Pensavo fosse uno stronzo.»

«Oh, davvero?» McGuire arrossì. «E chi le ha dato quest'impressione? Lindsay, suppongo.»

«In parte. Ma anche altre persone. Ho fatto un po' di domande in giro dopo che ha bocciato le mie fotografie. Si ricorda?»

«Sì.»

«Non che qualcuno abbia parlato male di lei. Lindsay, per esempio, decanta sempre le sue lodi. Quanto ammira il suo giudizio. Le sue capacità editoriali.»

«Lindsay?» Rowland sembrò sinceramente sorpreso. «Non

riesco a crederci. Non fa che dirmi come devo fare il mio lavoro.»

«Oh, è il suo modo. Non significa niente. Lo fa per mettersi sulla difensiva. O forse per stuzzicarla. Può essere. La trova insensibile e anche un tantino arrogante, ma altre persone lo pensano.»

McGuire arrossì ancora di più. Alzò le spalle.

«Be', forse è così. È uno dei miei difetti. Ne ho tanti altri, indubbiamente.»

«Chi non ne ha? Lei ha anche la reputazione di donnaiolo, lo sapeva?»

McGuire adesso divenne paonazzo. Lanciò a Markov un'occhiata furiosa.

«Non credo siano affari suoi.» Esitò. «Gliel'ha detto Lindsay?»

«Lindsay? No. Qualcun altro. Lindsay non parlerebbe mai male di lei. Tanto per cominciare, è una persona estremamente discreta, poi, come le ho detto, le piace. Tranne che per la sua arroganza. Non che lei sia nei suoi pensieri, ha altre cose per la mente al momento. Peccato. Ha notato com'è cambiata?»

«Cambiata? Da quando? No, non ho notato niente.»

«Oh, immagino che al lavoro lo nasconda. E poi lei non è da molto tempo al *Correspondent*. Da quanto è lì, sei o sette mesi?»

«All'incirca.»

«Oh, è successo poco prima che arrivasse, suppongo quindi non abbia notato la differenza. Quanto sia tesa. Come se fosse sulla corda. Non crollerebbe o non si metterebbe mai a piangere sul lavoro o davanti a qualcuno come lei... ma io la conosco da anni. Sono gay. Si fida di me. Così quando ci vediamo, si apre.»

Ci fu silenzio. McGuire sembrava soppesare quello che gli aveva detto. Un paio di volte lanciò un'occhiata in direzione di Markov come se stesse per parlare, poi rimase in silenzio. Markov fu lieto di avere gli occhiali a specchio. Il gelido sguardo di McGuire sconcertava persino lui. La maggior parte delle persone a quel punto avrebbe chiesto che problemi avesse Lindsay, McGuire invece se ne guardò bene. Questo modo di non essere ovvio interessò Markov. Alla fine, Rowland disse: «Adesso che me lo ha fatto notare, mi sono accorto di alcuni cambiamenti. Come lei ha detto, non sono certo il suo confidente, ma è diventata più silenziosa in queste ultime due settimane».

Erano passate due settimane da quando avevano cenato al ristorante lituano. Markov non fece commenti.

«E ieri mi è sembrata piuttosto pallida.»

Pallida e interessante, pensò Markov, che si era occupato personalmente del trucco. Secondo Markov, c'erano due tipi di uomini al mondo: quelli che capivano quando una donna era truccata e quelli che non lo capivano affatto. McGuire quasi sicuramente rientrava in quest'ultima categoria. Si congratulò con se stesso.

«Spero non sia malata. Ha qualche problema a casa con la madre o con Tom?»

La domanda era stata posta in modo educato ma neutrale, ed era stata accompagnata da un altro penetrante sguardo verde. Markov, a disagio per quello sguardo, si staccò dal muro a cui si era appoggiato poco prima, e si diresse verso il sentiero.

«No, a casa va tutto bene», rispose infine, in modo evasivo. Aspettò altre domande che non vennero. Imprecò fra sé e sé.

«Così, stavo pensando...» cominciò, mentre ridiscendevano il sentiero. «Il fatto è che io parto la prossima settimana. Vado prima a Haiti. Poi a Tangeri. Poi in qualche remoto luogo della boscaglia africana. Non tornerò prima di un mese...»

«Certo che sceglie degli strani luoghi per fotografie di moda.»

«Può ben dirlo», replicò Markov, reprimendo un sorriso. «Credo mi piaccia scuotere le persone. Sorprenderle.»

«Non ne dubito.»

«Tornando a quello che stavo dicendo, se io sarò via, Lindsay perderà il suo principale confidente. Così ho deciso di trovarmi un sostituto per le prossime quattro settimane. Mi sto guardando intorno. Formando il casting. Ho pensato a lei. Lavorate nello stesso posto e sembrate andare d'accordo. Certo, non le aprirà il suo cuore come fa con me, ma lei potrebbe aiutarla in altri modi. Magari portarla fuori a cena di tanto in tanto. Oppure a teatro o al cinema. Niente di impegnativo. Giusto per sottrarla a quel mostro di sua madre. In questo modo potrà distrarsi un po', invece di starsene a casa da sola a deprimersi. Il problema è che è stata profondamente ferita, e quando succede una cosa del genere, le donne tendono a perdere fiducia in se stesse. Un idiota qualunque le lascia dopo tre anni e loro cominciano a pensare subito il peggio di se stesse... si fissano di essere ributtanti, stupide, che non valgono niente, che nessuno le vuole... la loro autostima va a farsi benedire e...»

Markov s'interruppe. Aveva giurato a Lindsay di non raccontare delle vere e proprie bugie, ma lasciare che McGuire arrivasse a certe conclusioni. Guardandolo, si chiese se avesse recepito il messaggio. Era forse il caso di rincarare la dose?

«Mi riesce difficile crederlo...» Rowland, con la fronte corrugata, pareva confuso. «Lindsay sembra sempre così sicura di se stessa, è bravissima nel suo lavoro, ha molto successo, non l'avrei mai pensato...»

«Oh, conosce le donne...»

«Non ne sono così sicuro.»

«Sono tutte uguali. Sfortunatamente. Il successo? Cosa significa per loro? Niente. *Nada*. Zero assoluto. Gli va bene fino a un certo punto, ma non è quello che vogliono veramente.»

«E secondo lei che cosa vogliono le donne?» chiese Rowland, lanciandogli un'occhiata di traverso.

«L'amore, naturalmente», rispose Markov, ignorando l'occhiata che gli sembrò divertita. «Amore, amore, amore. La santità degli affetti. Nient'altro.»

«Molto saggio.»

«Lo pensa davvero? Può darsi. Va bene finché qualcosa non va male, e quando questo succede, un uomo si riprende, giusto? Continua con la sua vita.»

«Così dicono.»

«Invece la donna, no. Le donne si fanno prendere dall'angoscia più nera. E ci mettono secoli prima di riprendersi. Questo indipendentemente dal fatto che il bastardo in questione ha mentito loro magari per più di tre anni promettendo di sposarle per poi scoprire che il bastardo è già sposato con una moglie ricca che non ha intenzione di mollare e ovviamente tre bellissimi, innocenti figlioletti a cui non può rinunciare. A volte succede che lui si vanti anche con gli amici, raccontando dettagli della loro vita intima. Il guaio delle donne è che si bevono le fandonie degli uomini...»

Markov s'interruppe. Questo poteva bastare. McGuire adesso sembrava preoccupato. Si compiacque di se stesso. La bugia indiretta. Forse ci voleva la ciliegina sulla torta.

«Non parliamo poi di quando la donna è ancora innamorata dell'uomo in questione», proseguì. «Allora è ancora peggio. E questo mi fa davvero imbestialire. Detesto vedere una donna che si spreca. Io non parlo per esperienza personale, naturalmente. Però ho gli occhi per vedere. Per quanto mi riguarda, Lindsay ha tutti i requisiti giusti. È carina. È intelligente. È gentile. È generosa. È buona. È una fantastica madre e sarebbe una fantastica moglie con l'uomo giusto.»

«Ne sono sicuro. A tempo debito.»

«Forse. Però ho i miei dubbi. Perché ci sono alcuni problemi. Uno di questi è che Lindsay non si fida degli uomini.»

Con suo sollievo, finalmente Rowland sembrò reagire. «Ecco perché», riprese Markov, sfruttando l'occasione, «ho pensato a lei. Inizialmente avevo delle riserve. Dopotutto, lei ha la fama di essere un dongiovanni. L'ultima cosa di cui Lindsay ha bisogno al momento, è qualcuno che si approfitti del suo stato di debolezza...»

«Se questo è un avvertimento», lo interruppe Rowland con voce seccata, «posso assicurarle che è superfluo. Non rientra nelle mie abitudini approfittare delle donne. Soprattutto delle donne infelici. Nonostante quello che si dice in giro.»

«Ne sono convinto. Adesso che l'ho conosciuta.» Markov sorrise a trentadue denti. «E poi si tratta solo di qualche settimana. Tutto quello che le serve è una spalla su cui poter piangere. Qualcuno che la rassicuri e la consigli...»

Non ci furono commenti a quest'osservazione. Fecero la discesa finale e si avvicinarono all'entrata del frutteto di Max. McGuire si fermò davanti al cancello e corrugò di nuovo la fronte. I meli fioriti lasciarono cadere i propri petali ai loro piedi. «Senta», disse in tono brusco, «se Lindsay ha veramente bisogno di aiuto, se ha bisogno di qualcuno che l'ascolti ogni tanto, io sono più che disposto a farlo.»

«E si tratta solo di poche settimane», buttò lì Markov. «Allora lei è il mio sostituto, d'accordo? Poi, quando torno da Tangeri...» Esitò.

«O da qualche remota parte della savana africana», aggiunse per lui Rowland, in tono calmo.

«Sì. Sì. Dalle rive dello Zambesi o da chissà dove...»

Con un sorriso trionfante, Markov aprì il cancello del frutteto.

«Però mi sembra strano che nessuno me ne abbia parlato prima», osservò Rowland, con espressione pensierosa. «Né Max né Charlotte...»

«Perché, crede che loro lo sappiano?» si affrettò a interromperlo a effetto. «Io ne dubito. Lindsay è troppo riservata. Non si apre con molte persone. Praticamente con nessuno, a dire il vero.»

«Però lei mi ha dato un'impressione diversa. È stato a gennaio. Mi aveva accompagnato a casa ed era salita per questioni di lavoro. Poi si è messa a cucinare. Giurerei che allora mi abbia parlato di...»

«Di altri uomini?» si affrettò a interromperlo Markov. «Le ha forse detto che ha avuto tutta una serie di uomini? Oh, lo fa sempre. È il suo scudo di protezione, naturalmente. Non mi dica che ci ha creduto. Non può essere così ottuso...»

«Forse sono solo insensibile, come ha sottolineato lei poco innanzi», disse McGuire educatamente con un mezzo sorriso. «E la mia insensibilità non mi ha permesso di comprendere, immagino. Sono stato uno stupido. Ora me ne rendo conto.»

Seguì Markov in giardino. Markov aveva deciso che il silenzio era la miglior risposta. Stava sudando per lo sforzo di non costringersi ad aggiungere altre menzogne, qualcosa nell'atteggiamento di McGuire lo lasciò perplesso. La sua ostentata sicurezza lo irritava e preoccupava al contempo.

«Senta», riprese, mentre si avvicinava alla casa, «forse avrei fatto meglio a tenere la bocca chiusa. Magari è stato un errore parlarle. Ma cerchi di capire, quanti scapoli ci sono nei paraggi...»

«Pochissimi. Siamo una razza ormai in via di estinzione.»

«Potrei rivolgermi a Max. Ma lui è sempre così preso. Ha una moglie e dei figli. Il fatto è che ci vuole qualcuno che Lindsay conosca e di cui si fida.»

«Nessun problema.» Gli mise per un breve attimo un braccio intorno alle spalle. Poi sfoderò uno dei suoi caldi sorrisi. «Sarà un onore per me essere il suo sostituto...»

«Mi promette però di non dire niente a Lindsay? Se viene a sapere che ho parlato con lei le verrà come minimo un infarto.»

«Può contare su di me», replicò Rowland. «Reciterò la parte al meglio delle mie capacità. Fino al suo ritorno, s'intende.»

Markov sospirò. Non era certo quello che si era aspettato,

ma non poteva fare di meglio. D'ora in poi, tutto dipendeva da Lindsay. Lasciò che Rowland lo precedesse verso la porta di casa, e guardò il cielo limpido e i petali di fiori che danzavano intorno. Non era superstizioso, ma le sue labbra si mossero in una muta preghiera verso gli dei.

Pascal aveva avuto uno dei suoi soliti sogni. Erano cominciati nei primi anni in cui aveva iniziato l'attività di fotografo di guerra. A volte riviveva nei sogni eventi di cui era stato realmente testimone ma che pensava di aver dimenticato. Un bambino rannicchiato accanto al corpo di un genitore morto, una madre prostrata sulla tomba del figlio soldato, poi si svegliava di colpo ricordando il posto in cui aveva visto quella scena: Mozambico, Bosnia o Afghanistan. Il suo inconscio selezionava a caso una scena su migliaia e lui si chiedeva perché proprio quella.

Altre volte, cosa che lo metteva più a disagio, i sogno erano più vaghi e gli lasciavano un senso di perdita. Si ritrovava in zona di guerra, in una strada vicino a casa, e cercava freneticamente la figlia, Gini, e a volte una presenza eterea che al risveglio riteneva fosse lui. La ricerca era accompagnata da un senso d'ansia e di paura, e si risvegliava di soprassalto e madido di sudore.

Dopo aver assistito a guerre per più di vent'anni, ormai sapeva come affrontare quegli incubi. E anche quel mattino applicò la stessa tecnica. Aspettò che il battito del cuore si regolarizzasse, concentrandosi sui dettagli dell'ambiente circostante.

Quel mattino il sogno sembrava non voler svanire, si aggrappava con tenacia nei meandri della sua mente. Cominciò a recitare silenziosamente i versi di una poesia che gli aveva insegnato suo padre. Ma il sogno era sempre lì, infine, piano piano svanì. Si era ricordato che era tornato a Londra, che era con Gini, che il braccio adesso era guarito, che le dita erano tornate veloci e forti come una volta. Si sedette e sfiorò le lenzuola accanto a lui, erano fredde. Sentì i movimenti di Gini da basso, i passi felpati, una porta che si apriva e si richiudeva.

Provò un immediato sollievo. Il suo primo istinto fu di chiamarla, ma aspettò. Si appoggiò contro i cuscini e chiuse gli occhi. Voleva godersi quel senso di sollievo, di speranza, perché non era stato facile raggiungerlo e c'erano stati momenti nelle ultime settimane a Parigi in cui aveva temuto che non ci sarebbe mai riuscito.

Mentre era in ospedale, solo notte dopo notte, si era convinto che potevano riprendere la loro vita insieme, riaffermare il loro amore, perché era ciò che entrambi desideravano intensamente. Avrebbero potuto superare le difficoltà. Era una questione di determinazione, di volontà.

Dimesso dall'ospedale e finalmente con Gini in quell'appartamento prestatogli da amici, aveva avviato un programma di riconciliazione. Per prima cosa, si era affidato alle parole. Parlando avrebbero superato qualunque ostacolo. L'importante era affrontare con sincerità argomenti difficili come il suo lavoro, quello di lei, la fedeltà, la possibilità di avere un figlio. Lui avrebbe ignorato la gelosia che ancora nutriva, entrambi avrebbero evitato di accusarsi reciprocamente. Dialogare apertamente li avrebbe uniti più di prima.

Ma quasi subito si erano resi conto che quelle conversazioni non li stavano portando da nessuna parte. Nonostante i loro sforzi, si erano ritrovati a parlare in tono astratto, come se stessero discutendo dei problemi coniugali di due estranei. Pascal aveva avuto la sensazione che si stessero parlando da un lato all'altro di un abisso, un abisso che le buone intenzioni non potevano colmare.

Si era reso conto che ciò di cui avevano bisogno non erano discorsi astratti, ma un'energia invisibile che li unisse. Ma ricercare questa energia sembrò spaventare entrambi. Una volta quell'elettricità era semplicemente lì. Di questo ne erano amaramente consapevoli. Un tempo le parole non servivano, per comunicare bastava uno sguardo, o toccarsi.

Ma ormai anche toccarsi era diventato un problema. La spontaneità di una volta sembrava persa. Per settimane Pascal si era sentito osservato, una vera intimità era impossibile, perché lui aveva la sensazione che ci fosse una terza persona con loro, e la sua presenza disturbava le loro conversazioni, i loro tentativi di fare l'amore. Pascal tentò di esorcizzare quell'uomo, poi, rendendosi conto che anche Gini cercava di fare lo stesso, si era sentito di nuovo geloso. Paragonava i loro baci?

L'aveva toccata in certi punti e allo stesso modo? E se era così, come aveva reagito lei? Moriva dalla voglia di saperlo, e si era disprezzato per questo. Si era guardato bene dal fare domande così volgari o di esprimere i suoi sentimenti, perché era troppo orgoglioso per farlo. Sapeva che temeva i confronti sulle sue prestazioni e s'immaginava i pietosi sforzi che avrebbe fatto Gini per rassicurarlo. Adesso lei lo baciava come se dubitasse di averne il diritto; Pascal, che la desiderava disperatamente ma temeva il confronto e di non essere all'altezza, sfuggiva al suo tocco. Era stata una vera e propria tortura per lui, soprattutto perché odiava le menzogne. Prima di allora non si era mai accorto di quanto il corpo potesse mentire.

Ci erano volute sei settimane prima che riuscisse a fare l'amore con lei. E quando questo infine accadde, fu dopo una violenta lite, durante la quale entrambi avevano bevuto troppo vino, e forse perché cominciavano a credere che l'antagonismo potesse funzionare laddove l'affetto e la pazienza avevano fallito.

L'atto non era stato conciliatorio come aveva pensato. Era stato rabbioso, breve e insoddisfacente. Dopo, Gini aveva pianto e per la prima volta in vita sua si era allontanato da quelle lacrime con una fredda ripugnanza che non sapeva neanche di possedere.

«È tutta colpa tua», l'aveva accusata. «Sei tu che ci hai portato a questo.» Poi era uscito sbattendo la porta, e aveva percorso furioso le vie buie di Parigi.

Il giorno dopo si erano scusati contriti. Poi c'erano state altre liti e altre riconciliazioni. Pascal cominciava a disperare, conosceva quella situazione sin troppo bene. Non poteva credere che stesse rivivendo con la donna che amava l'inesorabile disaffezione che aveva vissuto con la sua ex moglie.

Forse, aveva pensato mentre i terribili mesi di febbraio e marzo volgevano a termine, forse se avesse fatto meglio l'amore, sarebbe stato in grado di esprimere quel forte sentimento che sapeva rinchiuso da qualche parte dentro di lui. Era riuscito a farlo nell'appartamento di Madame Duval guardando in faccia la morte, allora era stato impossibile nasconderlo. Era semplicemente lì, e aveva percepito la stessa cosa in Gini.

Perché non poteva succedere adesso? Cosa c'era di sbagliato? Poi aveva cominciato a convincersi che azioni e discorsi non servivano a niente. Per loro ci voleva un intervento divino. L'amore non lo si poteva ottenere con la forza di volontà. Con terrore, si era reso conto che era qualcosa di misterioso come l'acqua che si accumula nel deserto. In sostanza, l'amore era un dono.

Poi avevano entrambi raddoppiato gli sforzi. La reciproca educazione era stata una sofferenza per loro. Durante le lunghe discussioni fino a tarda notte, avevano preso in considerazione diversi tipi di futuro insieme. Quell'atteggiamento civile ed egualitario non aveva convinto molto nessuno dei due. Lui aveva promesso che era pronto ad abbandonare il lavoro di fotografo di guerra o di limitare quell'attività a pochi mesi all'anno. Lei aveva replicato che era inaccettabile, che non gli avrebbe mai permesso di rinunciare al suo lavoro per lei. Pascal aveva ascoltato le sue argomentazioni, ricordando i commenti della ex moglie, e aveva preso una decisione fra sé e sé: non avrebbe commesso lo stesso errore. Aveva preso anche altre decisioni. Un giorno aveva trovato le pillole contraccettive che aveva ricominciato a prendere il mese prima, e le aveva gettate via. Avevano litigato violentemente per questo, eppure quel gesto aveva segnato una svolta decisiva. Pascal aveva fatto l'amore con lei quella sera e nelle successive settimane con una nuova determinazione: voleva che l'atto avesse delle conseguenze. Sentiva che sarebbe tornata se stessa solo se avesse concepito.

Quella decisione aveva cambiato il loro modo di fare l'amore. Pascal aveva abbandonato ogni sorta di affettuosità e gentilezze, e per quanto lei mostrasse una certa resistenza, lui l'aveva sottomessa. Finalmente aveva sentito che erano soli e che lui aveva ritrovato la strada del ritorno.

Naturalmente è difficile stabilire quando si verificano certi cambiamenti, ma ben presto si erano resi conto che qualcosa era cambiato. Quel cambiamento si era rafforzato giorno per giorno, ma non attraverso le parole, bensì negli sguardi e nel modo di toccarsi. Aveva percepito una nuova calma, la fine della lotta, e poi una sera, senza che l'avessero invocata, una pace assoluta.

Improvvisamente ansioso di trovarsi con lei, Pascal si alzò e si vestì rapidamente. Scese a piedi nudi da basso e si diresse silenziosamente verso la cucina. Si fermò sulla soglia. Gini non aveva sentito i suoi passi, era concentrata a fare qualcosa che lo commosse profondamente. Stava disponendo su un vassoio blu un piatto, una tazza con il piattino e un bicchiere. Era una coppa per champagne. Pascal corrugò la fronte. La guardò prendere un fiore da un vaso sul davanzale, tagliargli il gambo e poi posarlo sul vassoio. L'esatta disposizione del fiore sembrava preoccuparla. Lo mise prima sul piatto, poi sul tovagliolo blu, infine accanto alla coppa. Indossava la camicia da notte e uno dei suoi maglioni, sin troppo largo per lei. Sembrava una ragazzina. I capelli, ormai quasi lunghi fino alle spalle, erano arruffati.

Sentì un amore così profondo per lei che gli fece male al cuore. L'emozione era di una tale tristezza e intensità che per un istante si sentì accecato, come se fosse appena emerso da un mondo buio e stesse fissando direttamente il sole. Alzò involontariamente la mano come a proteggersi gli occhi e quel movimento attirò la sua attenzione. Gini sollevò lo sguardo e diede un piccolo grido di sorpresa.

Cominciò a intuire qualcosa. Rimase lì a guardarla per un altro po' in silenzio. Il viso luminoso era ancora un po' assonnato, come se si fosse appena svegliata da sogni più piacevoli dei suoi. I bellissimi occhi erano spalancati perché l'aveva colta di sorpresa. Fece un rapido gesto come se volesse nascondere il vassoio, poi cambiò espressione.

Osservandola, cominciò a capire. Aveva quell'espressione misteriosa tipicamente femminile che irradiava paura e felicità contemporaneamente. Provò una tale tenerezza per lei che non riuscì a parlare. La prese per mano e l'attirò fra le braccia. Rimasero abbracciati così, in silenzio, per un certo tempo. Gini ascoltò il battito del suo cuore, quel cuore che aveva quasi perso. Adesso era certa di averlo riconquistato e che tutti i dubbi erano svaniti.

Il suo corpo vibrava di una tale gioia che quel mattino non aveva alcuna intenzione di dare retta alla mente. Aveva già smesso di farlo da settimane. Adesso si sentiva completamente appagata, e se Pascal non lo era ancora, ci avrebbe pensato lei. Sarebbe stato il suo dono.

Quel giorno poteva fare qualunque cosa. Poteva ricavare acqua da un sasso o muovere una montagna con un dito. Non si era mai sentita così donna, e mai, mai in vita sua, aveva provato tanto potere. Prese la mano di Pascal come per trasmettergli tutta la sua energia.

«Quando lo hai saputo?» chiese lui.

«Subito, penso. Il giorno dopo. L'ora dopo. Ma dovevo esserne sicura. Così ho aspettato. Ieri ho visto il medico...»

«Ieri? Dovevi dirmelo.»

«Ho preferito aspettare. Volevo che fosse tutto perfetto. Ti avrei svegliato e...» Gli prese di nuovo la mano e se la premette sulla pancia. «Pensi che sia una bambina? Io un bambino. Tuo figlio. E sai quanto tempo ha? Io lo so con esattezza. Sei settimane, due giorni e cinque ore circa. So che te lo ricordi.»

«Sì.» Pascal sorrise. «Per quanto in quelle circostanze... era martedì o lunedì? Mattina o pomeriggio?»

«Lunedì. In una notte di luna. Avremo un figlio concepito in una notte di luna. Avremo... s'interruppe vedendo le lacrime nei suoi occhi.»

«Oh, dimmi che lo vuoi anche tu, ti prego. Sei felice? Lo o la amerai? E me... amerai anche me? Avrai fiducia di nuovo in me? Per sempre? Io avrò sempre fiducia in te. Oh, ti prego, rispondimi, Pascal...»

Pascal l'attirò a sé e appoggiò il suo viso sul cuore. Per un istante, solo un istante, provò una vaga tristezza, come se fosse tornato il suo sogno di quel mattino. Lo annebbiò momentaneamente, riportando a galla le loro differenze, di età e di esperienze. Fortunatamente, la sensazione fu breve; e, saggiamente, non ne fece parola.

«A quale domanda devo rispondere prima?» chiese con dolcezza, baciandola. «Perché credo che ci vorrà un po' di tempo per rispondere, tesoro mio...»

Lindsay piangeva sempre ai matrimoni e ai funerali. Adesso scoprì che piangeva anche ai battesimi. Prima pianse perché le parole del sacerdote erano state bellissime, poi perché la piccola dormiva così tranquillamente, poi perché l'acqua santa aveva svegliato quell'angioletto che si era messo a strillare.

Quando dopo la cerimonia uscì dalla chiesa e si avviò lungo

uno stretto sentiero che fiancheggiava il cimitero, Markov la raggiunse.

«Ottimo», bisbigliò. «Ma non esagerare. Ti sta colando di nuovo il rimmel. Asciugati gli occhi...»

«Oh, va' al diavolo, Markov», lo interruppe Lindsay. «Non sto recitando. Lasciami in pace.»

Markov se ne andò. Lindsay si asciugò gli occhi con il fazzoletto, poi si nascose in un angolo sotto alcuni alberi.

Da lì osservò il resto dei partecipanti al battesimo radunato davanti alla chiesa per le ultime fotografie. C'erano alcuni amici e vicini che conosceva; Tom, a cui una volta tanto era riuscita a far indossare un completo, con la ragazza, Katia; Charlotte che cullava la sua adorata bambina; e Max che sorrideva a tutti a trentadue denti. Per qualche ragione, vederlo così fiero le fece venire voglia di nuovo di piangere. Singhiozzò nel kleenex inzuppato. Dalla chiesa le giunsero i lamenti dei figli di Max. «Ancora altre fotografie? Dobbiamo proprio?»

«Zitto, Alex. E stai fermo.»

«Perché tutto questo trambusto? È solo una stupida femminuccia...»

Lindsay sorrise. Fissò gli occhi sulle lapidi davanti a lei e cominciò a leggere gli epitaffi: 1714, 1648, 1829. Un'adorata moglie, un amato marito, un'amata figlia... gli epitaffi la calmarono. Si asciugò gli occhi.

Il gruppo davanti alla chiesa adesso si stava sciogliendo, solo alcuni si fermarono mentre gli altri tornavano a casa di Max per la festa. Vide l'alta figura di Rowland McGuire, ai margini del gruppo, come sempre. Stava conversando con Mina Landis. I suoi genitori stavano divorziando, o così le aveva detto Charlotte, e presto lei e sua madre sarebbero tornate in America. La ragazza era minuscola e terribilmente timida. Apparentemente Rowland stava cercando di tirarla fuori dal suo guscio, ma i suoi tentativi non sembravano avere successo. Poco dopo arrivò la madre che la portò via. Rowland rimase lì a guardare la chiesa, inconsapevole di essere osservato.

Potrei unirmi a lui, pensò Lindsay. Potrei mettere in atto i consigli di Markov proprio adesso. Potrei chiedergli del frontone e delle colonne. Potrei ammirare con lui il famoso portone normanno. Potremmo guardare i dipinti di santi e angeli, e lui potrebbe spiegarmi il loro simbolismo. Ma preferì non farlo. Non era capace di fingere e non avrebbe sopportato lo spettacolo di Rowland che si mostrava gentile con lei.

Non funzionerà mai, pensò con tristezza. Vide Rowland McGuire rientrare in chiesa. Cosa andava a farci? A esaminarne l'architettura o a pregare? Ritornò sul sentiero e prese la strada che portava verso la casa di Max. Vide alcuni degli ospiti che si avviavano lungo il vialetto, parlando e ridendo fra di loro. «Hai pianto», disse Rowland McGuire alle sue spalle.

Si voltò e se lo trovò di fianco, incredibilmente bello nel sole di maggio e con un'espressione, come sempre, indecifrabile.

«Sì», replicò, in tono un po' irritato, continuando a camminare. «Sono una sentimentale. E poi mi piacciono i bambini.»

«Me ne sono accorto.»

«Mi piacciono tutti i cuccioli. L'ultima volta che la mia gatta ha partorito ne ha fatti otto. Ho pianto tutta la mattina. Non è una virtù, me ne rendo conto. Nessun altro ha pianto in chiesa.»

«Charlotte, sì.»

«Charlotte aveva un motivo.»

Continuarono a camminare in silenzio. Lindsay cercò di trovare qualcosa di memorabile da dire, ma non le venne in mente niente. Per i primi cento metri si sentì imbarazzata, per i secondi centro metri, tutt'a un tratto felice, dopotutto lui aveva deciso di camminare con lei. Quando arrivarono al vialetto di Max, il suo inguaribile ottimismo aveva preso il sopravvento. Lui era lì con lei a godere di quel meraviglioso sole e a respirare il profumo dell'erba appena tagliata.

«Mi piace il tuo vestito», commentò Rowland, in tono cauto.

Lindsay si voltò a guardarlo.

«Cos'hai detto?»

«Che mi piace il tuo vestito. Non sopporto quelli troppo vistosi. E...» Cercò di trovare un aggettivo. Lindsay guardò il proprio vestito. Era un abito di lino color crema a maniche corte che le arrivava a metà caviglia. Era consapevole che risaltava sulla sua abbronzatura.

«Semplice?» osservò, sorridendo. «Modesto? Elegante? Matronale? Brutto?»

«Di sicuro non matronale. Ti sta bene. Ti fa sembrare...»

Ancora una volta non riuscì a trovare un aggettivo. Lindsay

vide con quanto sforzo ci stesse provando e sentì un moto di affetto per lui. Con una naturalezza che la sorprese, lo prese per un braccio.

«Lascia perdere Rowland. Mi rendo conto quanto sia difficile per te trovare dei complimenti. Non importa. Andiamo a berci un bicchiere di champagne e a mangiare quella fantastica torta. È a tre strati e sopra c'è una cicogna che tiene con il becco un bambino fasciato.»

«Davvero?»

«Oh, che giornata meravigliosa!»

Lindsay sollevò il viso verso il cielo. Rowland la guardò, ma non fece commenti. La scortò attraverso i giardini fino al prato sul retro, dove il formale Max, che adorava le cerimonie, aveva organizzato uno splendido padiglione. Trovandosi in mezzo agli amici, Lindsay cominciò a divertirsi, anche se ogni tanto Markov si materializzava al suo fianco per ricordarle in un sussurro che doveva sembrare triste.

«Si suppone che tu abbia il cuore spezzato», tornò alla carica verso sera, quando la festa stava volgendo al termine. «Ritirati da qualche parte da sola. Devi sembrare pensierosa. Non discutere. E passami un po' di champagne.»

Lindsay ubbidì. Le veniva naturale farlo perché per tutto il pomeriggio Rowland McGuire l'aveva coperta di troppe attenzioni. Per più di tre ore si era assicurato che avesse tartine, dolci e il bicchiere sempre pieno. Era venuto in suo soccorso quando la monopolizzavano in troppi e le aveva fatto compagnia quando vedeva che era sola. Tutto quell'interesse aveva un po' stordito Lindsay. Ma forse era anche un po' colpa dello champagne.

Si allontanò dagli ultimi ospiti rimasti e si diresse in fondo al giardino, dove c'era un gazebo costruito anni prima da Max e suo figlio e ormai quasi distrutto.

Lindsay sedette su una delle panche e respirò l'aria profumata. Il sole stava tramontando e i fianchi delle colline in lontananza erano color malva. Chiuse gli occhi e ascoltò i suoni della campagna a lei poco familiari. Fra un mese avrò quarant'anni, pensò. Sospirò contenta. Quel traguardo, che in precedenza l'aveva così spaventata, adesso non le sembrava più così terribile.

«Stai bene?» disse una voce. «Ti stavo cercando e...»

Lindsay aprì gli occhi. Davanti a lei c'era Rowland McGuire.

«Sto bene», rispose Lindsay, dimenticandosi di recitare «Mi sto godendo questa pace.»

«Ti sto disturbando.»

«No, niente affatto.»

Rowland non sembrò rassicurato dalle sue parole. Esitò, poi si sedette accanto a lei. Accavallò le lunghe gambe, poi le scavallò, poi guardò in direzione dei campi. Seguì un momento di silenzio.

«Il tuo amico Markov è una persona interessante», osservò Rowland, dopo un po'. «Non lo immaginavo.»

«Forse eri prevenuto. La gente lo è sempre. E lui si diverte a scherzare con i loro pregiudizi. Per questo porta quei buffi vestiti e gli occhiali da sole.»

«Suppongo di essere stato arrogante come al solito», asserì, lanciandole un'occhiata di traverso.

«È possibile. Forse un po'.» Lindsay sorrise. «Tu a volte sei arrogante, Rowland.»

«Lo so», replicò lui, con un'espressione un po' divertita e un po' triste.

«Dovresti permettere alle persone di sorprenderti.»

«Credi?»

«Sì. A me è sempre piaciuto l'imprevisto. Le cose che ti arrivano così dal nulla...» Incontrando i suoi occhi, improvvisamente Lindsay ricordò che doveva recitare. Fece un breve respiro e incrociò le dita. «Anche quando...» proseguì, assumendo un tono dignitoso ma triste, «anche quando le sorprese non sono piacevoli. Sì, anche allora. Dopotutto, nella vita non si finisce mai di imparare...»

Seguì un lungo silenzio. Lindsay non osava guardarlo. Era quasi sicura di avere esagerato con l'ultima affermazione. Non era stata affatto convincente. Si alzò.

«Mi stavo chiedendo...» Rowland, che sembrava vagamente divertito per qualcosa, si alzò a sua volta. «Tom e la sua ragazza non tornano con te a Londra, vero?»

«No. Vanno da alcuni amici.»

«Allora potresti darmi un passaggio? Sono venuto con Max, quindi non ho la macchina.»

«Non criticherai il mio modo di guidare?»
«Non me lo sognerò neanche.»
«Allora va bene.»
Sarebbero stati insieme in macchina per due ore, pensò Lindsay. Tre, se avesse guidato lentamente e ci fosse stato traffico. Come mai non aveva mai notato prima quanto fosse meraviglioso il giardino di Max? Sembrava il giardino dell'Eden. Cominciò a incamminarsi verso il padiglione bianco e rosa. Rowland decise di scortarla per quella breve distanza. Lindsay prese a pregare in cuor suo che ci fosse un ingorgo. Più in là, vide Markov che le faceva le boccacce seminascosto dietro un cespuglio. Lindsay si augurò che Rowland non notasse quello strano comportamento, e la sua preghiera venne esaudita. Facendo gesti convulsi, Markov inciampò e cadde. Lindsay lanciò un'occhiata a Rowland, ma grazie a Dio stava guardando in un'altra direzione.
Appena raggiunsero le portefinestre che portavano nel soggiorno di Max, il telefono cominciò a squillare. Rowland si scusò, ed entrò, presumibilmente per rispondere, perché gli squilli cessarono subito dopo.
Alcuni minuti dopo, Rowland tornò. Sul suo viso non c'era alcuna espressione.
«Volevano Max?» chiese Lindsay. «Credo sia ancora nel padiglione.»
«No. Era per me. In un certo senso l'aspettavo.»
«Belle o brutte notizie?» Lindsay lo guardò incuriosita. «Va tutto bene, Rowland?»
«Sto bene. Vogliamo unirci agli altri?»
La guidò intorno alla terrazza. Mentre scendevano i gradini, sospirò, poi la prese cortesemente per un braccio.

FINE

Finito di stampare nel settembre 2000
presso la Mondadori Printing S.p.A.
Stabilimento N.S.M. di Cles (TN)
Printed in Italy

Prova d'acquisto
88-8274-152
2000